高等院校汉语言文学专业系列教材

编委会

外国文学

主编 刘亚丁 邱晓林 副主编 邱永旭 薛玉楠

教育部教学改革重点项目
——「文化原典导读与本科人才培养」成果

重庆大学出版社

内 容 提 要

本教材以外国文学史为时间脉络,围绕外国文学经典作品编排国外重要批评家、文学史家的有关评论文章。每部作品由作家及作品简介、精彩点评、评论文章、延伸阅读、练习思考题构成。

本书适合于语言文学专业的本科生、研究生和文学爱好者使用。

图书在版编目(CIP)数据

外国文学/刘亚丁,邱晓林主编.—重庆:重庆
大学出版社,2010.8(2022.4 重印)
汉语言文学专业主干课系列教材
ISBN 978-7-5624-5439-7

Ⅰ.①外…　Ⅱ.①刘…②邱…　Ⅲ.①文学史—外国
—高等学校—教材　Ⅳ.①I109

中国版本图书馆 CIP 数据核字(2010)第 170744 号

外国文学

主　编　刘亚丁　　邱晓林
副主编　邱永旭　　薛玉楠
策划编辑:贾　曼
责任编辑:李定群　李桂英　　版式设计:张　晗
责任校对:夏　宇　　　　　　责任印制:张　策

*

重庆大学出版社出版发行
出版人:饶帮华
社址:重庆市沙坪坝区大学城西路 21 号
邮编:401331
电话:(023) 88617190　88617185(中小学)
传真:(023) 88617186　88617166
网址:http://www.cqup.com.cn
邮箱:fxk@ cqup.com.cn(营销中心)
全国新华书店经销
POD:重庆新生代彩印技术有限公司

*

开本:787mm×1092mm　1/16　印张:21.5　字数:530千
2010 年 8 月第 1 版　　2022 年 4 月第 7 次印刷
ISBN 978-7-5624-5439-7　定价:55.00 元

总序

这是一套以原典阅读为特点的新型教材,其编写基于我们较长时间的教改研究和教学实践。

有学者认为中国当代几乎没有培养出诸如钱钟书、季羡林这样学贯中西的学术大师,以至钱钟书在当代中国,成了一个"高山仰止"的神话。诚然,钱钟书神话的形成,"钱学"(钱钟书研究)热的兴起,有着正面的意义,这至少反映了学界及广大青年学子对学术的景仰和向往。但从另一个角度看,也可以说是中国学界的悲哀:偌大一个中国,两千多万在校大学生,当钱钟书、季羡林等大师级人物相继去世之后,竟再也找不出人来承续其学术香火。问题究竟出在哪里? 造成这种"无大师时代"的原因无疑是多方面的,但首当其冲应该拷问的是我们的教育(包括初等教育与高等教育)。我们的教育体制、课程设置、教学内容、教材编写等方面,都出现了严重的问题,导致了我们的学生学术基础不扎实,后续发展乏力。就目前高校中文学科课程设置而言,问题可总结为四个字:多、空、旧、窄。

所谓"多"是课程设置太多,包括课程门类数多、课时多、课程内容重复多。不仅本科生与硕士生,甚至与博士生开设的课程内容有不少重复,而且有的课程如"大学写作""现代汉语"等还与中学重复。于是只能陷入课程越设越多,专业越分越窄,讲授越来越空,学生基础越来越差的恶性循环。结果就是,中文系本科毕业的学生读不懂中国文化原典,甚至不知《十三经》为何物;外语学了多少年,仍没有读过一本原文版的经典名著。所以,我认为对高校中文课程进行"消肿",适当减少课程门类、减少课时,让学生多有一些阅读作品的时间,是我们进行课程和教学改革的必由之路和当务之急。

所谓"空",即我们现在的课程大而化之的"概论""通论"太多,具体的"导读"较少,导致学生只看"论",只读文学史以应付考试,而很少读甚至不读经典作品,以致空疏学风日盛,踏实作风渐衰。针对这种"空洞"现象,我们建议增开中国古代原典和中外文学作品导读课程,减少文学史课时。教材应该搞简单一点,集中讲授,不要什么都讲,应倡导启发式教育,让学生自己去读原著,读作品。在规定的学生必读书目的基础上,老师可采取各种方法检查学生读原著(作品)情况,如抽查、课堂讨论、写读书报告等。这既可养成学生的自学习惯,又可改变老师满堂灌的填鸭式教育方式。

所谓"旧",指课程内容陈旧。多年来,我们教材老化的问题并没有真正解决,例如,现在许多大学所用的教材,包括一些新编教材,还是多年前的老一套体系。陈旧的教材体系,造成了课程内容与课程体系不可避免的陈旧,这应当引起我们的高度重视。

"窄",也是一个亟待解决的问题。自20世纪50年代以来,高校学科越分越细,专业越来越窄,培养了很多精于专业的"匠",却少了高水平的"大师"。现在,专业过窄的问题已经引起了国家教育部的高度重视。拓宽专业口径,加强素质教育,正在成为我国大学人才培养模式的一个重要改革方向。中文学科是基础学科,应当首先立足于文化素质教育,只要是高素质的中文学科学生,相信不但适应面广,而且在工作岗位上更有后劲。

纵览近代以来的中国学术界,凡学术大师必具备极其厚实的基础,博古通今,学贯中西。而我们今天的教育,既不博古,也不通今;既不贯中,也不知西。这并不是说我们不学古代的东西,不学西方的东西,而是学的方式不对。《诗经》《楚辞》《论语》《史记》我们大家多少都会学一点,但这种学习基本上是走了样的。为什么是"走了样"的呢? 因为今天的教育,多半是由老师讲时代背景、主要内容、艺术特色之类"导读",而不是由学生真正阅读文本。另外,所用的读本基本是以"古文今译"的方式来教学的,而并非让同学们直接进入文化原典文本,直接用文言文阅读文化与文学典籍。这样的学习就与原作隔了一层。古文经过"今译"之后,已经走样变味,不复是文学原典了。诚然,古文今译并非不可用,但最多只能作为参考,要真正"博古",恐怕还是只有读原文,从原文去品味理解。甚至有人提出,古文今译而古文亡,一旦全中国人都读不懂古文之时,就是中国文化危机之日。其实,这种危机状态已经开始呈现了,其显著标志便是中国文化与文论的"失语症"。不幸的是,我们有些中青年学者,自己没有真正地从原文读过原汁原味的"十三经"或"诸子集成",却常常以批判传统文化相标榜,这是很糟的事情,是造成今日学界极为严重的空疏学风的罪魁之一。传统文化当然可以批判,但你要首先了解它,知晓它,否则你从何批判呢?"告诸往而知来者","博古"做不好,就不可能真正"通今"。

那我们在"贯西"上又做得如何呢? 在我看来,当今中国学术界、教育界,不但"博古"不够,而且"西化"也不够,准确地说是很不够! 为什么这样说呢? 详观学界,学者们引证的大多是翻译过来的"二手货",学生们读的甚至是三手货、四手货。不少人在基本上看不懂外文原文或者干脆不读外文原文的情况下,就夸夸其谈地大肆向国人贩卖西方理论,"以己昏昏,使人昭昭"。这种状况近年来虽有所改善,但在不少高校中仍然或多或少地存在着。一些中文系外国文学学者仍然依赖译文来做研究,我并不是说不可以参照译文来研究,而是强调应该尽量阅读外文原文,否则一定会出问题。遗憾的是,我们不少学生依然只能读着厚本厚本的以二手货贩来的以己昏昏,使人昭昭的中国式的西方文论专著。可想而知,在这种状况下怎么可能产生学贯中西的学术大师?

这种不读原文（包括古文原文与外文原文）的风气，大大地伤害了学术界与教育界，直接的恶果，就是空疏学风日盛，害了大批青年学生，造就了一个没有学术大师的时代，造成了当代中国文化创新能力的严重衰减。

基于以上形势和判断，我们在承担了"教育部教学改革重点项目——文化原典导读与本科人才培养"的教改实践和研究的基础上，立足"原典阅读"和夯实基础，组织了一批学科带头人、教学名师、著名学者、学术骨干，群策群力，编写了这套新型教材。其特色鲜明，立意高远，希望能够秉承百年名校的传统，再续严谨学风，为培养新一代基础扎实、融汇中西的创新型人才而贡献绵薄之力。

本教材第一批共九部，分别由各学科带头人领衔主编，他们是：四川大学文科杰出教授、教育部社科委员、985 创新平台首席专家项楚教授，四川大学文科杰出教授、教育部长江学者、国家级教学名师曹顺庆教授，原伦敦大学教授、现任四川大学符号与传播研究中心主任赵毅衡教授，马克思主义理论工程首席专家冯宪光教授，以及著名学者周裕锴、徐开来、阎嘉、谢谦、徐新建、刘亚丁、俞理明、雷汉卿、张勇、李怡、杨文全等教授、博士生导师。

各部教材主编如下：

《西方文化》　曹顺庆　徐开来

《中国古代文学》　周裕锴　刘黎明

《古典文献学》　项楚　张子开

《古代汉语》　俞理明　雷汉卿

《外国文学》　刘亚丁　邱晓林

《中国现当代文学》　李怡　干天全

《语言学概论》　刘颖

《现代汉语》　杨文全

《现代西方批评理论》　赵毅衡　傅其林　张怡

曹顺庆

2010 年春于蓉城

前言

按照我们承担的教改项目"原典阅读与中文学科人才培养"的总体要求,这本《外国文学》教材汇集学者解读外国文学史代表作的文章,引导学生阅读、理解、领悟文学史上的重要作品,旨在培养学生阅读、欣赏、分析、研究外国文学作品的能力。

外国文学教材的编写,或在文学流派的递进上着笔墨,或针对文学嬗变导致的精神演化来做文章,或专在文学作品的分析研读方面下工夫。就目前我国外国文学教材编写的现状而言,第一类外国文学教材在我国已然汗牛充栋,第二类也不多见,第三类则很稀缺。但就目前大学生学习的现状而言,如果没有对外国文学作品深入切实的阅读、品味,没有对作品文本的深入研究,而去奢谈所谓的"文学史"和"精神演化",只可能是雾里观花,凌空蹈虚,落不到实处。毋庸讳言,传统的外国文学教材过于注重基本知识的传授,忽视了学生的阅读、感悟、分析、研究的基本技能的培养。

大学生外国文学作品阅读的现状不容乐观。语言文学类的大学生一般不难对文学作品作出直陈式的判断,如读完巴尔扎克的《高老头》,有不少学生会说:"《高老头》像莎士比亚的《李尔王》。"但要让他进一步去说明:《高老头》在哪些方面像《李尔王》,为什么会像,这样的相似性有什么意义,他就会束手无策。让大学生们写读书报告,他们交出来的往往是粗浅的读后感。一些同学仅限于复述情节,然后加上一两点体会;能够将个人阅读感悟与深入分析相结合的少之又少。造成文学阅读能力缺失的原因,我们认为主要有以下几点:其一,由于中小学语文课程采取应试教育学习法,在一味强调背标准答案之中,限制了学生的自主性阅读,将他们的感悟能力压抑殆尽。其二,大学生阅读的热点,是文化快餐式的小品,而不是厚重的经典作品。因此,他们普遍缺乏阅读经典作品的实际经验。其三,在目前的课程体系框架下,文学类课程讲授知识多于方法训练,多数文学类课程对文学知识、文学史和文学思潮等讲得比较细,但对于文学分析,尤其是文学文本的分析较少涉猎。在这样的背景下,编写以文本阅读分析为核心的外国文学教材,引导学生学会分析、研究外国文学作品的多种方法,这是有针对性的举措。

基于这样的认识,这本《外国文学》旨在体现"原典阅读"的基本要求。所以,我们把文学史、文学思潮演变等一般外国文学史教材所涵盖的内容全都割舍掉,直接进入外国文学代表作的阅读、研究这个环节。本教材采取

"述而不作"的写作方式,围绕外国文学史上的代表性作品,选取优秀学者从某个方面或某几个方面对这些作品进行深入分析、阐释的文章,按照文学史的时间脉络编排起来,辅之以精彩点评、练习思考题和延伸阅读材料目录。当代教育心理学中有一种建构主义理论,提倡以学生为中心,教师为学生自主学习搭建支架(scaffolding)——就是由教师或成人为学习者提供大量支持,然后逐渐减少支持,使学习者自己逐渐承担起学习责任。我们编写此书的目的,就是要把种种文学欣赏、文学分析之"策",交到学生的手里,印到学生心中。先通过教师和教材"现身说法",让学生有所依靠,有所借鉴,读多了,学会了,自己的鉴赏水平就会渐次提升,分析研究能力就应该会被熏陶出来。

本教材分古代文学、近代文学和现代文学三编,每编前有个简短的楔子,略为介绍背景知识。我们将作品的数量定在37部,是基于这样的考虑:如果一周研读一部作品,37部作品基本上可满足两学期外国文学课的课时需求。在作品研读部分,开头是作家和作品简介。"精彩点评"部分选取两三段著名批评家或学者对该作品的精辟评价,仿佛是为该作品勾画几幅素描。"评论文章"部分是选编或选译的批评文章,这是学习的重点。同学们应在认真阅读文学作品的前提下,着重理解这些批评文章的观点、方法,加深自己对作品本身的理解领悟,直至自己也尝试运用类似的方法来分析该作品,或分析其他文学作品。"练习思考题"部分为同学们更深入理解作品提供一些角度和思路。本教材还为同学们设计了课堂练习和课外练习题,有的要求同学们独立完成,有的要求集体完成。这两部分就是为同学们搭建的"支架"。"延伸阅读"部分为进一步深入研究该作品、该作家提供一些相关的书籍和论文目录。同学们可以在老师课堂教授的前提下,借助于本教材这样的"支架",采取个人阅读和读书小组讨论相结合的方法,逐步把自己培养成外国文学作品的优秀读者和合格批评者、研究者。同时还应该看到,外国文学作品不但是一门课程学习的对象,而且它还在人文精神培养、审美情趣熏陶等方面发挥着独特的作用。本教材所选的一些批评文章,就在这些方面给人以启示。

在目前的学术语境下,外国文学课程可以发挥其他课程难以胜任的作用。本教材所选取的文章,将多种文学批评方法运用于分析丰富的文学文本。因此,认真阅读外国文学作品,结合学习本教材,可以学到分析、阐释文学作品的多种路径和方法。善于学习的同学还可以进而生发出对一般文学研究方法的领悟,为毕业论文写作,为成为专业的文学研究者,作知识技能方面的储备。在这个意义上说,本教材对文学专业的研究生也有重要的参考价值。

本书编写者(按姓氏笔画为序)分工如下——马林贤:第九章、第十七章;王彤:第十一章、第十六章;邓鹏飞:第三章、第六章、第十八章;尹锡南:第五章、第三十五章;匡宇:第十四章、第三十三章;刘亚丁:第二十二章、第二十三章、第二十五章、第三十一章;宋军:第二十章、第二十一章;宋再新:第七章、第三十六章;李志强:第二十四章;邱晓林:第二章、第四章、第十章;邱永旭:第二十八章、第三十章;范锐:第二十七章、第三十二章;欧震:第三十四章、第三十七章;宗争:第十九章、第二十六章;韩斌育:第十五章;詹晓娟:第十二章;熊晓霜:第一章;薛玉楠:第八章、第十三章、第二十九章。刘亚丁和邱晓林负责统稿。

因时间仓促,本教材所引用的某些评论文章及译文未及与著作人联系,见书后,请有关著作权人与重庆大学出版社或重庆市版权保护中心联系。

编　者

2010 年 7 月

目　录

第一编　古代文学

第二编　近代文学

第三编　现代文学

第一编　古代文学

　　古代先民的生活,他们对世界的想象,对今天的人们是神秘而富有吸引力的。我们有幸,可以通过阅读古人留在简帛、石刻、泥板、羊皮卷上的文字,窥见古人的物质世界、社会生活和精神世界,见出他们对大自然、对神、对地狱和天界的世界的想象。在外国文学发展的这一时期中,我们可以看到来自于希腊传统的希腊神话、荷马史诗、希腊悲剧,同时我们也可以看到来自于希伯来的圣经故事,可以看到来自东方的印度史诗《摩诃婆罗多》。这里有先民对人类起源的想象,如赫西俄德的《神谱》;也有对部落或部落联盟征战的描写,如《伊利亚特》和《摩诃婆罗多》。远古的神话传说,不仅可以满足我们对人类祖先的好奇心,还可以从中找出许多符合我们审美观念的美好想象,比如关于天后赫拉与银河系产生的故事就是一个时空宏大、色彩绮丽的神话。从远古的神话中,我们可以看到不同文化传统的独立发展,但是如果扩大自己的眼界,我们也可以看到不同文化圈的先民具有某些相似的、非常有趣的想象,如不同文化圈中关于人类遭遇大洪水的叙述,关于逃过大洪水的劫后余生,或关于治水息壤英雄生产的神话传说。远古神话还可以开出学术研究的活水源头。仅就针对中外的大洪水神话的研究而言,在 20 世纪上半叶已有我国学者夏曾佑(《传疑时代的上古神话·女娲氏》)、梁启超(《太古及三代载纪·洪水》)、闻一多(《伏羲考·伏羲与葫芦》)的材料丰瞻、启迪学思的文章;西方学者亦有大量的探索和研究,如 1916 年詹姆斯·弗雷泽发表题为《关于大洪水的古代神话》(*Ancient Stories of a Great Flood*)的论文,对巴比伦、希伯来和希腊的大洪水神话作了全面的钩稽和深入的研究,1988 年,阿·邓迪斯发表的《洪水神话》(*The Flood Myth*)搜集了百年来西方学者研究洪水神话的论文。在本教材所选的论文中,韦尔南从历史神话学的角度分析了赫西俄德《神谱》里所记载的希腊创世神话中的空间政治,简·艾伦·赫丽生则从形象演变的角度分析了希腊神话由母权制向父权制过渡的历史进程。

　　在这一编里,我们还可以读到不同文化圈、不同时代同种体裁作品的不同样态。两部荷马史诗,各自都情节完整、风格统一,叙述流畅连贯,长长二十卷、一万多行,像是一气呵成的诗篇。印度古代史诗《摩诃婆罗多》,在金克木先生看来,则是"印度古人装进去的种种世界缩影。有家谱和说教,那是祠堂和教堂的世界。有数不清的格言和谚语,那是老人教孩子继承传统的世界。有神向人传授宗教哲学被印度人尊为圣典,那是信仰的世界。还有政治、军事、外交、伦理等统称'正法'的各种各样的世界"。英国的英雄史诗《贝奥武甫》完成于公元 8 世纪,是用英语写成的最早的叙事长诗,长达3 000多行。故事的背景在北欧的斯堪的纳维亚半岛。语言学家兼奇幻文学作家 J.托尔金坦言,他写《魔戒》小说系列时,从《贝奥武甫》中获得了许多灵感,例如,与贝奥武甫交战的龙,跟《哈比人历险记》里出现的恶龙十分相似。我们恰好选译了托尔金分析《贝奥武甫》结构的文章,他认为《贝奥武甫》不是史诗,甚至也不是叙事长诗,它是哀歌,"恰恰因为贝奥武甫的主要敌人是非人的魔怪,诗歌就比想象一位伟大国王倒台的诗歌更具意义。它瞥见了宇宙,携带着关注人类生命、努力、命运的思想前进;它处于宇宙中心,高于王子们之间琐屑的争夺,更重要的是,诗歌的主题超越了命运和历史的限制"。

意大利思想家维柯在《新科学》(1725)中指出人类发展经历了三个阶段:神的时代、英雄时代和人的时代,它们周而复始,不断循环。如果我们借用维柯的观点来打比方,那么这个时期的外国文学是神和英雄共舞的时期,但是他们不曾料想到,在下一个文学阶段,新的主人公会把他们同时挤出文学的大舞台。在这个时期文学的神与英雄的共舞中,我们关注更多的还是人在世界的位置,人在同神抗争中的智慧和坚韧,以及文本情节的曲折多变,想象的诡谲峭拔,语言的摇曳多姿。其实这个时期,尽管是人似乎被神的巨大的身影所遮蔽,但人已具有儿童时期朦胧的自信和自我肯定。

第一章　希腊神话

　　希腊神话起源于希腊群岛的克里特—迈锡尼文明,大约形成于公元前 12 世纪到公元前 8 世纪的希腊"荷马时代"。希腊神话在产生之后的很长一段时间里,只存在于古希腊人祭祀、祷告等宗教活动中,口头流传而没有文字记载。经过后世的不断收集整理,希腊神话庞大的体系才得以建立。最早记载和反映这些神话传说的是荷马史诗《伊利亚特》(*Iliados*)和《奥德赛》(*Odysseia*),赫西俄德(Hesiodos)的《神谱》(*Theogonia*),其后古希腊作家阿波罗多洛斯(Apollodorus)的《书库》(*Bibliotheca*)和罗马作家奥维德(Ovidius)的《变形记》(*Metamorphoses*)等著作也较完整地记载了希腊神话。另外,在古希腊戏剧作家,如埃斯库罗斯(Aeschylus)、阿里斯托芬(Aristophanes),以及抒情诗人,如品达(Pindaros)等创作的其他体裁的文学作品中,我们也可以发现大量的希腊神话故事。近代以来,比较通行的希腊神话故事的编撰者有施瓦布(Gustav Schwab)、H. J. 罗斯(H. J. Rose)、罗宾·哈德(Robin Hard)、纽曼父子(Harold Newman and J. O. Newman)等人。

　　古希腊神话的内容广阔浩繁,支脉派系庞杂,传说故事众多,但是大体可以分为神的故事和英雄传说两大部分。神的故事主要包括神的产生、神的谱系、神的活动、神的创造等内容,可以按形成时间的先后分为前奥林波斯神谱(旧神谱)和奥林波斯(Olympus,又译作奥林匹斯)神谱(新神谱)。英雄传说则讲述了神和人杂交的后代,半人半神的英雄的故事。这些英雄传说往往以一个人物为中心,形成一个又一个的传说系列,如俄狄浦斯(Oedipus)传说系列、赫拉克勒斯(Heracles)传说系列、奥德赛传说系列等。

一、精彩点评

- 其结果是我们教育中的自由传统,就像"学术"的词源展示的那样,主要来自希腊,而我们的科学、哲学、数学和史学的命题也基本源于希腊。(弗莱,1998:26)

- 大家知道,希腊神话不只是希腊艺术的宝库,而且是它的土壤。……但是,困难不在于理解希腊艺术和史诗同一定社会发展形式结合在一起。困难的是,它们何以仍然能够给我们以艺术享受,而且就某方面说还是一种规范和高不可及的范本。有粗野的儿童和早熟的儿童,古代民族中有许多是属于这一类的。希腊人是正常的儿童。他们的艺术对我们所产生的魅力,同这种艺术在其中生长的那个不发达的社会阶段并不矛盾。(马克思,1995:52-53)

- 所以关于希腊神话有两种相反的看法。一种看法以为神话只应就故事的字面去看,这些故事虽和神们的身份不相称,而本身却隽妙可爱,引人入胜,甚至具有高度的美,没有理由要进一步去推求更深刻的意义。……另一种看法却不满足于单从字面去理解神话的形象和故事,而是坚持要找出它们后面的更普遍更深刻的意义,并且认为研究神话的科学就要以揭示这种隐藏的意义为它的任务。(黑格尔,1996:16-17)

- 希腊神话本身包含着表示一切思想的无穷寓意和象征。(谢林,1976:269)

二、评论文章

《神话与政治之间》节选

⊙ [法]让-皮埃尔·韦尔南
  (Jean-Pierre Vernant),著

⊙ 余中先,译

希腊创世神话为什么一开始是混沌、大地和爱神这三大神?他们之间是什么样的关系?大地生出天神和海神又意味着什么?让-皮埃尔·韦尔南富于哲理的阐释或可令我们解惑。

赫西俄德写道:

> 最先产生的确实是卡俄斯(混沌,Chaos),其次便产生该亚(Gaia)——宽胸的大地,所有一切以冰雪覆盖的奥林波斯山峰为家的神灵的永远牢靠的根基,以及在道路宽阔的大地深处的幽暗的塔耳塔罗斯(Tartares),爱神厄洛斯(Erôs)——在不朽的诸神中数他最美,能使所有的神和所有的人销魂荡魄呆若木鸡,使他们丧失理智,心里没了主意。(赫西俄德,1997:116-121)

混沌、大地、爱神,这就是三大神,他们的起源先于并引导了宇宙起源的整个组织过程。

应该如何理解赫西俄德笔下最初诞生的这位混沌神卡俄斯呢?人们——古代人就已经这样做了——以哲学的词汇来解释他:人们在他身上看到的,或者是空无,作为纯粹储存的空间,被剥夺了实体的抽象化的地点(亚里士多德,《物理学》,208b,26-33),或者,像斯多噶主义者看待的那样,是一种混乱的状态,一大团东西——构成

世界的所有因素全都不分彼此地混杂于其中,把卡俄斯比作 cheesthai,即倾倒,流洒。但是这两种解释都犯了历史编年上的错误。此外,假如卡俄斯意味着空无、纯粹的消极性,那么,这一无所有又如何能诞生(geneto)呢? 在一种相邻的背景中,人们把卡俄斯当做是史诗中叫做空气(aêr)的,即一种潮湿的、昏暗的、无紧密性的迷雾的同义词。让这些特性体现在卡俄斯中,没有人会不同意。但是,人们或许可以把卡俄斯等同于作为元素的气(aêr),取该词在阿那克西米尼(Anaximène)笔下、在爱奥尼亚人宇宙起源论中的意义,这给各方面都带来了困难。首先是因为,赫西俄德自己把气和卡俄斯区分开来:

> 灼热的蒸气包围了大地所生的提坦族,无边的火焰一直窜到了明亮的高空,雷电的耀眼闪光刺瞎了所有强壮提坦神的眼睛。在这惊人的热浪中,世界走向了混沌。(赫西俄德,1997:697-700)

其次因为,夜之神厄瑞玻斯(Erebos)和尼克斯(Nux)更接近于气的价值,恰恰诞生于混沌,这样,卡俄斯从逻辑上说,如同从历史编年上说,都先于他们俩。

人们还可以尝试一种"神话式"的解释,并且以多种方式。卡俄斯指的是天与地之间的空间;通过一开始时如此命名,赫西俄德搞乱了故事的顺序,在他的故事中,天神乌拉诺斯(Ouranos)被儿子克洛诺斯(Kronos)用砍柴刀一下子阉割后,便永远地离开了地神该亚。在作品中,天上的空间就这样被两次提到:先是在开头,甚至还在该亚出现之前;后是在该亚和乌拉诺斯彼此分开后,作为在他们两者之间开放的间距。但是,当天和地都还没有存在的时候,天与地之间的空间又能是什么呢?

这时,就需要把卡俄斯表现为一个无底的大洞,一个无边无际的游荡、不间断的坠落的空间,就像一个巨大的深渊,即作品中描绘地狱时在第 740 行中所说的缝隙(mega chasma):我们得知,这个张开的口子没有底,哪怕探上一年也探不到底,但是,一阵阵的狂风却会不断胡乱地从一侧吹到另一侧,那乱糟糟的旋风混淆了空间的所有方向。

事实上,为了搞明白卡俄斯的来到,必须把他置于同该亚的对立关系和互补关系之中,这些关系体现在词语"prôtista…autar epeita"中:"首先是卡俄斯……但随后是地神。"卡俄斯这个词从词源学上来说,接近于 chaskō,chandanō,即洞开(béer),半开(bâiller),张开。在万物之前诞生的张开(Béance)是没有底的,就如它没有顶那样:它缺乏稳定性,缺乏形式,缺乏紧实性,缺乏饱满度作为"空洞(cavité)",它本不是一个抽象的地点——空无,而更是一个深渊,一团晕乱的旋风,无限期地自我挖掘着,没有方向,没有走向。然而,作为"开口",它张开在与它相连的同时也是它的对立者上。该亚是一个坚实的基础,可以在其上行走,是一个切实的基座,可以在其上倚靠;她有着盈满的、坚实的形式,一个山一般的高度,一个地层一般的深度;她不仅仅是地面,世界的建筑得以在此基础上构建;她是母亲,是孕育有着千万种形式、存在于各地的万物的祖先，除了卡俄斯本身和他的支系，他们构成了与其他神完全割断的一个神明之家。

……

但是，在宇宙起源诗还没有在重大的神功故事中开始之前，必须让该亚，以她强大的生育之力，生产出世界上那时仍还缺乏的一切，使之真正地成为一个世界。该亚先是生出了群星闪烁的天空（ouranos asteroeis）；她把他生得"与她自身相等"，以便他能够覆盖住她，到处都把她包裹起来：

> 大地该亚首先生了乌拉诺斯——繁星似锦的皇天，他与她大小一样，覆盖着她，周边衔接。（赫西俄德，1997：126-127）。

该亚的一分为二，使得在她对面站立起一个男性搭档，他也显得如同大地神本身，如同卡俄斯，被拉扯于黑暗与光明之间：夜间的天空是昏暗的，但是布满星座。这双重面貌体现了天空在最终远离了该亚之后将扮演的角色：以光线和阴暗，反映出在天地之间白昼和黑夜的交替运行。因为天神乌拉诺斯和地神该亚是平等的，所以，他铺展在她身上时，就能严丝合缝地覆盖她；或许，还应该在另一个意义上理解这种平等，他一直要围裹住她的深处，把她团团包住。无论如何，在混沌—大地的最初张力之后，随之而来的，是大地—天空的一种平衡，其彻底的匀称使得世界成了组织有序、封闭于自身的一个整体，一个宇宙。幸运的众神可以居住在那里，如同住在万分稳固的宫殿中："大地成了快乐神灵永远稳固的逗留场所。"（赫西俄德，1997：128）每一位都有专门保留的位置。这时，该亚生育了一座座高山，它们标志着她跟她刚刚生出的孩子——天空之间的亲密关系。但是，谁若说到高山，谁就是在说山谷（没有无山谷的高山，同样，没有无大地的混沌，也没有无天的地，没有无光的黑暗）。那些山谷被用作了一类特别的神明的居所：她们就是仙女。就像她生育了星星闪烁的天空一样，该亚最后从她自身中生出了她的影子和液态对立物，蓬托斯（Pontos），波浪滚滚的海洋，那里的水一会儿清澈透剔（atrugetos），一会儿就被狂乱的风暴搅得发暗发浑。

宇宙起源的第一阶段由此结束。到那时候为止，来到世界上的强力之神，都表现为大自然的各种基本力量和因素：

> 他们是大地女神该亚、星光灿烂的天神乌拉诺斯和黑暗的夜神纽克斯的子女，以及咸苦的大海蓬托斯所养育的后代。首先请说说诸神和大地的产生吧！再说说河流、波涛滚滚的无边大海、闪烁的群星、宽广的上天……（赫西俄德，1997：106-110）。

——让-皮埃尔·韦尔南，2005：279-287

《希腊宗教研究导论》节选

⊙ 简·艾伦·赫丽生,著

英国著名诗人兼神话学家罗伯特·格雷夫斯(Robert Graves,1895—1985),针对神话的起源和本质问题,提出三条基本线索:一,神话是由古代一部分人创作的;二,神话具有动态可塑性;三,神话和某些特殊的数字密不可分。英国古希腊研究专家简·艾伦·赫丽生(1850—1928),通过潘多拉形象的演变过程,还原了希腊神话从母权制向父权制过渡的历史进程,从而展现了希腊神话所具有的"动态可塑性"。本文选自《希腊宗教研究导论》第六章:女神的诞生中的"潘多拉"一节。

第六章:女神的诞生

潘多拉

对于处于原始的母权社会的希腊人来说,潘多拉就是真正的大地女神——不管是从形象上说还是从名称上说。人们举行仪式献祭她。到了阿里斯托芬的时代,她已经变成一个迷雾般的人物,祭祀她的仪式已经变得过时。在《鸟》这部喜剧中,预言家根据他的书本教导珀斯忒泰洛斯(Peisthetairos):

> 首先要向潘多拉神献上白毛公羊。

对此,评注者作了非常正确且经典的解释:"把公羊献给潘多拉——大地的化身,因为是她赐予生命所需的一切。"[1]到了评注者的时代,甚至之前的时代,这种解释是很必要的。希波那克斯提到潘多拉;阿提尼俄斯在讨论卷心菜时根据自己的记忆引用了以下神秘的诗行:

> 他匍匐着,对那棵七叶卷心菜顶礼膜拜,
> 在塔耳格利亚节上,潘多拉为一个法耳玛科斯
> 向这棵卷心菜敬献过糕点。[2]

这段话虽然有点晦涩难懂,却有着特别的意义,因为它把大地女神潘多拉和塔耳格利亚节联系在一起,而塔耳格利亚节是庆祝大地初果收获的节日。潘多拉在大众仪式上消退之后,转而出现在个人的迷信里。菲洛斯特拉托斯在他的《阿波罗尼俄斯传》(Life of Apollonius)中讲述了这样的故事:某人需要钱为女儿办嫁妆,于是"献祭"

---

① 阿里斯托芬:《鸟》,第971行及有关评注。——原注
② 阿提尼俄斯,IX,§370。——原注

大地女神,祈望得到财宝。他对阿波罗尼俄斯透露了自己的心愿,阿波罗尼俄斯对他说:"大地和我都会帮助你的。"于是他向潘多拉祈祷,然后到花园寻找,最后找到了自己想要的财宝。①

　　在仪式和母权制的神学体系里,潘多拉是以科瑞的形象出现的大地女神。但是,在赫西俄德笔下的父权制的神话里,她那伟大的形象被奇怪地改变了,变得非常渺小。她不再是地生的神,而是作为奥林波斯神的宙斯创造出来的一个生灵,一件作品。在大英博物馆收藏的一个晚期的红绘巨爵②的图案上(作者明显受到了赫西俄德的启发),我们看到了她诞生时的情景。她不再是从地里冒出的半身形象,而是僵直地站在奥林波斯众神当中。宙斯坐在那里,手里拿着节杖和霹雳。在场的还有波塞冬、伊里斯、赫耳墨斯、阿瑞斯和赫拉,雅典娜正准备给这个刚诞生的处女戴上王冠。大地女神已经被全然忘记,但是传统依然保持着它的影响:在这幅画不显眼的地方,在奥林波斯神的下面,有一个合唱队,其成员个个打扮成带羊角的潘神,他们以自己的舞蹈欢迎潘多拉的诞生。这是一种对传统的奇特记忆,但也只能作为传统的遗留看待,因为这跟画面毫不相干。

　　赫西俄德对潘多拉诞生的故事情有独钟,他根据自己那庸俗小市民的悲观目的塑造了她的形象。在他的著作里,潘多拉的故事他讲过两次,一次是在《神谱》里,在这里,这个刚诞生的处女没有名字,对凡人来说,她只是一个"美丽的、邪恶的东西""狡猾的陷阱"。③ 但在《工作与时日》里,他敢于给她起了名字,但却千方百计把她的光荣变成耻辱:

　　　　宙斯发话了,于是他们就按照宙斯——克洛诺斯之子、众神之王——的意愿

　　　　　　立即行动起来。他们取来泥土,将泥土捏成一个漂亮的女郎。

　　　　灰眼睛的雅典娜女神给她穿上衣服,帮她梳理、装饰头发。

　　　　在她的周围,美惠女神和我们的"劝说"女神

　　　　　　给她戴上金手镯;至于其他的女神,

　　　　满头秀发的时序女神用春天的花朵编成花环,

　　　　　　而帕拉斯·雅典娜还命令给她彻底地打扫一番。

　　　　然后,阿耳戈斯的屠夫——众灵魂的总管④——

----

① 菲洛斯特拉托斯:《阿波罗尼俄斯传》,XXXIX,§275。——原注
② 编号 E467。参见《希腊研究》第 11 期,图版 11、12,P.278;另见罗斯切尔《词典》,"潘多拉"条目,图 2。——原注
③ 赫西俄德:《神谱》,570,D. S. 麦科尔译。——原注
④ 《工作与时日 神谱》中译本将此句翻译为:"按照雷神宙斯的要求,阿尔古斯、斩杀者神使赫尔墨斯把谎言、能说会道以及一颗狡黠的心灵放在她的胸膛里,众神的传令官给了她成篇的语言。"阿尔古斯又译阿耳戈斯,希腊神话中的百眼怪物。故,在这里"阿耳戈斯的屠夫"疑是"阿耳戈斯","众灵魂的总管"疑是"赫尔墨斯"。——编者注

　　把种种诡计、甜言蜜语、偷盗计谋放进她的胸怀里。

　　按照宙斯的意愿,雷神赋予她说话的能力,

　　他是众神的代言人,至于她的名字,他决定

　　把她叫做潘多拉①,因为奥林波斯山上的众神都聚在了一起,

　　他们全都给了她一样礼物,这些礼物对贪婪的人们来说可是意味着灾难。②

　　诗人调动自己全部的想象力,刻画了一个让自己着迷的可爱女人。但与此同时,这个女人的身上也带有神学恶意赋予的丑陋。作为众神和万民之君父,宙斯绝不允许在他那个由男人主宰的奥林波斯山上有什么人集大地女神、神母和处女神于一身,但潘多拉从一开始就是这样的形象,因此他要对她进行重新改造。原本是灵感源泉的女人被改造成了充满诱惑的妖妇;是她创造了万物,包括所有的神和人,但现在她反而成了他们的玩偶、奴隶,被赋予漂亮的外表、奴隶的诡计和诱人的甜言蜜语。对宙斯这个父权社会最庸俗的小市民来说,第一个女人的诞生只不过是奥林波斯山上一个天大的笑话:

　　他发话后,这个万民和永生的众神的君父大笑起来。③

　　这种神话是母权制向父权制转变的必然结果。这个转变本身尽管看起来像是一种倒退,却是前进道路上的必然阶段。母权制赋予妇女一种虚假的地位(虽然这是一种神奇的地位)。随着父权制的到来,人们必须面对一个无法躲避的事实:妇女天生的相对于男人的巨大的软弱性。作为强者的男人,在他不再相信女人的神奇力量之后,往往会自然而然地鄙视女人,并把女人当做弱者来奴役。后来的确有过这样的阶段,即人们认识到这样一个非自然的、神秘的真理:强者确实急切地需要弱者。大自然从一开始就迫使人们认识到这一真理,但很难说物质是精神的象征,而且希腊人也没有认识到这一点,只是这一真理偶尔也在哲学家和诗人的脑海里闪现。

　　由此可见,潘多拉这个大地女神的伟大形象消退了:她堕落为一个美丽、古怪的女人。她原本是创造生命的母亲,但她打开了她那个巨大的坟墓坛子④,于是科瑞斯从坛子里振翅飞出,带来死亡和疾病,留下的只有希望。奇怪的是,下文我们将会看到,当大地女神重新出现的时候,她是以阿佛洛狄忒的形象出现的。

　　　　　　　　　　　　　　　　　　——简·艾伦·赫丽生,2006:259-261

---

　　① 潘多拉:意思为"一切馈赠"。《工作与时日 神谱》中译本将此句翻译为:"宙斯称这位少女为'潘多拉',意思是:奥林波斯山上的所有神都送了她一件礼物——以五谷为生的人类之祸害。"——编者注

　　② 赫西俄德:《工作与时日》,69 以下。——原注

　　③ 赫西俄德:《工作与时日》,59。——原注

　　④ 关于这种坛子的起源,参见《希腊研究》1900 年第 20 期,p.99。——原注

练习思考题

1. 阅读中西有关创世的神话和传说,比较二者的异同,据此写一篇千字左右的小论文。
2. 以一个希腊神话故事为例,分析希腊神话中的人本主义精神。
3. 选择一个希腊神话故事中的女性形象,如潘多拉、美狄亚等,结合女性主义理论进行人物形象分析。
4. 在达芙妮与阿波罗的故事中,达芙妮为了躲避阿波罗的追求,变形成了一株月桂树,请以你的理解来重新阐释"变形"的意义和内涵。

延伸阅读

盖雷.2005.英美文学和艺术中的古典神话[M].北塔,译.上海:上海人民出版社.

简·艾伦·赫丽生.2004.古希腊宗教的社会起源[M].谢世坚,译.桂林:广西师范大学出版社.

默雷.2007.古希腊文学史[M].孙席珍,蒋炳贤,郭智石,译.上海:上海译文出版社.

让-皮埃尔·韦尔南.2007.希腊人的神话和思想——历史心理分析研究[M].黄艳红,译.北京:中国人民大学出版社.

斯威布.1978.希腊的神话和传说[M].楚图南,译.北京:人民文学出版社.

Harris L S, Platzner G. 2003. Classical Mythology:Images and Insights (fourth edition). Boston:McGraw-Hill.

Hard R. 2004. The Routledge Handbook of Greek Mythology. London,New York:Routlege.

Woodard D D,ed. 2007. The Cambridge Companion to Greek Mythology. Cambridge:Cambridge University Press.

参考文献

弗莱.1998.批评之路[M].王逢振,秦明利,译.北京:北京大学出版社.

赫西俄德.1997.工作与时日 神谱[M].张竹明,蒋平,译.北京:商务印书馆.

黑格尔.1996.美学:第二卷[M].朱光潜,译.北京:商务印书馆.

简·艾伦·赫丽生.2006.希腊宗教研究导论[M].谢世坚,译.桂林:广西师范大学出版社.

马克思.1995.1857—1858 经济学手稿导言[M]//中共中央马克思、恩格斯、列宁、斯大林著作编译局.马克思恩格斯全集:第三十卷.北京:人民出版社.

让-皮埃尔·韦尔南.2005.神话与政治之间[M].余中先,译.北京:三联书店.

谢林.1976.先验唯心论体系[M].梁志学,石泉,译.北京:商务印书馆.

第二章　荷马史诗

　　荷马(Homeros,约公元前9—前8世纪),古希腊诗人,被古希腊人视为两部伟大史诗《伊利亚特》(Iliados)和《奥德赛》(Odysseia)的作者。但几乎没有人确切了解荷马的生平。他有可能是一个爱奥尼亚人,据传双目失明,以四处说书为业,也有人说他是因为不识字而装作盲人,或是到晚年时才丧失了视力。生平信息的欠缺,以及他和归于其名下作品的关系,引发了人类学、语言学、艺术和比较文学等诸多领域汗牛充栋的研究。现代学者一般认为是荷马将前人流传的史诗、短歌整合为完整的两部史诗,就此而言,其显示的个人才能也令人惊叹。

　　《伊利亚特》以"阿喀琉斯的愤怒"为主线叙述特洛伊战争的故事,《奥德赛》则以归家为主题描述奥德修斯在特洛伊战后返乡途中的种种遭遇。两部史诗为后来的史诗提供了主要的范式,历经世代而魅力依旧,对于其后的西方诗歌产生了深远的影响。虽然评论家们还在就史诗作者的身份以及两部史诗的文本整体性争论不休,但他们一致褒扬两部史诗出色的谋篇布局及其宏大的想象力。

一、精彩点评

- 《伊利亚特》和《奥德赛》曾被称为希腊人的《圣经》。在数百年间,这两部诗歌是希腊教育的基础,无论是正规的学校还是普通公民的文化生活。(H. D. F. 基托,2006:50)

- 荷马史诗已深深地植根于我们的文化传统中。它们为所有后来的史诗树立了典范,并对以后的希腊文化产生过巨大的影响。研究和记诵荷马史诗不仅是古希腊教育的一个重要组成部分,《伊利亚特》和《奥德赛》中体现的宗教思想还在某种意义上成为希腊宗教、诗歌和艺术的标准。(威廉·哈迪·麦克尼尔,1992:33)

- 只要我们在艺术中遇到"素朴",我们就应知道这是日神文化的最高效果,这种文化必定首先推翻一个提坦王国,杀死巨怪,然后凭借有力的幻觉和快乐的幻想战胜世界静观的可怕深渊和多愁善感的脆弱天性。然而,要达到这种完全沉浸于外观美的素朴境界,是多么难能可贵呵!荷马的崇高是不可言喻的,作为个人,他诉诸日神的民族文化,犹如一个梦艺术家诉诸民族以及自然界的梦的能力。(尼采,1986:12-13)

二、评论文章

《城邦的世界》节选

⊙［美］埃里克·沃格林，著

⊙ 陈周旺，译

暴烈鲁莽的阿喀琉斯一向被视为《伊利亚特》中最勇猛无畏的英雄，但政治思想大家沃格林却几乎令人信服地证明他只是一个贪生怕死之辈，并由此引出《伊利亚特》的主题其实是关于政治失序的忧思。其说见人所未见，辨理幽微，发人深省。

这种使《伊利亚特》情节急转直下的独特的愤怒，有别于空虚与黑暗，尽管它是后者的表现形式。阿喀琉斯内心的空虚，使他无法摆脱他的童年，形成正常的社会关系。他的亲生父亲十分了解这个孩子，送他上战场的时候千叮万嘱要他收敛"傲气"，切勿"内讧"；宁可靠"不卑不亢（philophrosyne）"来赢得尊敬（9.254-256）。但是这位儿子把这些忠告都当成了耳边风。阿伽门农说他是一个可恶的人，动不动就喊打喊杀，全副精力都集中在争斗（eris）、战争（polemos）和厮杀（mache）上，忘了他的孔武有力是神赐来在战争中使用的礼物，而不是君临天下的头衔（1.173-187）。甚至他的战友也受不了他，要退避三舍，因为他一犯傲气就勃然大怒。他阴郁冰冷，固执己见，对友人的爱与尊敬毫不领情，傲慢地拒绝了家人的求助，让他们颜面扫地（9.624-642）。当阿喀琉斯面对命运的抉择而苦苦思索之时，通过片段式的自我分析，可以更贴切地界定这种自绝于人的冷酷来自哪里，其性质是什么。神启是个人的痴迷，这层意思也许最能从一个事实中辨别出来，即阿喀琉斯是众王中唯一动过弃战归家念头的人。说来也怪，阿喀琉斯怕死到了这种程度，竟公然考虑临阵脱逃的可能性。他强烈地留恋生命。在他的一波情绪中，丝毫也不在乎以早死来博取不朽；他宁愿尽量长寿，做一位尊贵而富有的国王，娶一位健康的姑娘，此生宠辱不惊；他沉湎于这些明哲保身的想法之中，烧杀抢掠、争强好胜（在其他方面也许很带劲）都无法让一个人回心（psyche）转意，一旦他已经吃了秤砣铁了心（9.393-409）。不过，这只是他其中一波情绪而已。它是一种痴迷，而不是一种意图。怕死对他的心灵荼毒之深，以致他做梦都想摆脱自己的义务，但他却没有认真打算接受国王的角色，做自己王国的秩序支柱。这一段充满乡愁的诗篇是如此抒情，它与9年来阿喀琉斯一直待在特洛伊的事实相矛盾。即使他一怒之下动了回家的念头，现在也还是待在那里。因为，神创造了他，让他成为一名武士；他真的是活在刀光剑影之中的，眼看少了他也将杀个痛快，则保持愠怒最是一种煎熬。可见，较之其他领主，另一种命运并没有特别眷顾阿喀琉斯，给他提供一个真正的选择——尽管是出于一个不同的理由。其他诸侯按照誓约和职责各守其位，只要军事上一天还有取胜的希望,他们一天都不会回家。阿喀琉斯上了战争的贼船,就绝不可以回家,因为他是一名武士(称之为杀人魔王也不为过),与居家秩序相比,他更适合军队的秩序。

事情现在应该明朗了,在荷马社会中,领主的愤怒不是一种私人的感情状态。Cholos,愤怒,是一种法律制度,可比罗马的"敌对(inimicitia)"或者中世纪的世仇(feud)。如果 ate① 引诱一个男人侵犯属于另一个男人的财物和尊严,受害者将报之以愤怒,即情感冲动,决心迎头痛击来犯之敌,最终目的是迫使对方正式予以补偿,承认他们之间应有的关系。因此,在浑然一体的荷马的愤怒中,必须区别两种东西,一种是对侵犯某人地位的伤害,所产生的情感上的愤怒的反应;一种是管制情感过程的习俗。如果我们记得,柏拉图将 cholos 划分为 andreia 和 sophia 两种德性,那么,cholos 的特殊性质和问题就更容易理解了。Andreia,勇气,是灵魂的习惯,路见不平就要凭一时意气拔刀相助;Sophia,智慧,是来引导和制约勇气的,因为感情都会矫枉过正的,不论是否出于正义。荷马的愤怒含有这些成分,都嵌在 themis(正确的秩序,习俗)这个浑然一体的中介里。在一个既定秩序中运作,愤怒作为一种情感,将提供一种反抗非正义、恢复正义秩序的力量;愤怒作为非正义行动的预期后果,可谓代价高昂,这就让人不敢触犯秩序。因此,愤怒的正常运作,对于维持秩序具有根本意义。如果愤怒不抱合作态度,犯罪就无所忌惮;如果犯罪不受约束,秩序就无法恢复。作为秩序的一种工具,愤怒必须按照习俗的要求,招之即来,挥之即去。

照这些标准来看,阿喀琉斯的愤怒十分不妥当。诚然,它因羞辱而发,合情合理。但是其他人觉得它发得过度,它的根源似乎埋藏更深,那就是阿喀琉斯无法无天的本色。适度的愤怒应是一个人的正常地位遭受威胁时引起的一种感性的情感反应,如果第一次攻击没有被当场制止,这种威胁就会一发而不可收拾。然而,阿喀琉斯的愤怒,并不是对一个有限威胁的有限反应,不是旨在修补一时的秩序裂痕;它毋宁是内心深处焦虑的一种发作,基于对自身命运的关切,这种焦虑在他内心生长起来;它起因于他受辱和大限将至之间的情感短路。这一种发作理所当然引起了他人的不安,因为它让人觉得是对秩序意义的一种绝对威胁。因为,秩序的游戏,它总是有一部分坏了又好,反反复复;甘愿置死亡之谜于度外去演出秩序游戏,只有这样来接受生命,秩序游戏才玩得起来。如果死亡不被当做生命中的一个谜,不被当做生命本身之谜的一个部分;如果费尽心机,要通过思考将生命之谜转化为对某种东西的经验,对一种现实的经验,那么,死亡的现实将化为摧残生命现实的虚无。像阿喀琉斯这样的行走幽灵一出场,死亡的苍白就笼罩了秩序的游戏;秩序游戏不再被当作一回事儿,大戏在无序中草草

---

① "The Homeric ate means the folly of the heart, the blindness of passion, that makes a man fall into guilt; and it also means the sinful act, the transgression of the Law." 见 Eric Voegelin. *The World of the Polis*. Louisiana State University Press, 1957, p. 87. ——编者注

收场,白忙乎了一阵。其他领主正确地感受到了阿喀琉斯行径的致命杀伤力所带来的威胁,这种特殊的愤怒是通常的补偿和调解终止不了的。可是,它到底如何才能终止?

回答这个问题,正是《伊利亚特》的旨趣所在。阿喀琉斯的愤怒有一个内心的发展过程,有一个行动;愤怒这场内心戏,决定了《伊利亚特》的外部行动。军事上与这段愤怒插曲相呼应的是一场大战,特洛伊人将亚该亚人赶回营寨,纵火烧毁了第一条船。亚该亚人的这场惨败,差点让他们全军覆没,这实际上是阿喀琉斯不战而退造的孽;但是在阿喀琉斯的内心戏中,他还巴不得有这场劫难,给他们当头一棒。当英雄被阿伽门农羞辱,他求助于自己的圣母:请忒提斯说动宙斯,让亚该亚人大难临头,使他们看清自己从伟大的国王那里究竟得到了啥好处,国王也将明白,羞辱自己最好的领主究竟意味着什么(1.407-412)。好心的母亲不忍自己孩子短暂的一生将由于遭此奇耻大辱而蒙上污点,遂了他的心愿。这个心愿的动机不难识破。阿伽门农的怀疑没有错,阿喀琉斯想爬到国王头上,他的专横暴露出一种永不餍足的统治欲。然而,如果亚该亚人真的被击溃,就没有人能亲眼目睹英雄的意气风发;如果阿喀琉斯回了家,也不能亲眼目睹这场失败,那么,他就不可能爬到国王头上。因此,要仔细量体裁衣才能达成这个愿望:它必须是一场接近溃败的失败,阿喀琉斯必须亲眼目睹,并在最后时刻能够像救星一样出现。而且,这个愿望暴露了佩琉斯之子梦想的虚无主义。阿喀琉斯想要一个力压群雄的胜利时刻,但他并不希望取代阿伽门农做亚该亚人的国王,将这一刻绵延为一种永久的秩序。他向往这一时刻,这一愿望并无政治野心的浇灌;它只是处心积虑,要将死且不朽之名转化为生命中的一场胜利,来逃脱自己的命运。为了抓住这一稍纵即逝的时刻,他宁可让自己的战友殒命沙场才杀入战团,而他这一杀,乃是转败为胜最后也是最勇不可挡的手段。

阿喀琉斯拒绝一切合情合理的和解努力,维持着他的愤怒,以此来实施这个计划。但是,当这一伟大时刻来临,事件之链却从他手中滑落。亚该亚人在营寨堑壕附近被重创,火势燃及第一条船。最后,他自己仍然坐山观虎斗,却让自己的朋友帕特罗克洛斯(Patroclus)和密耳弥多涅人(Myrmidones)加入战团,以避免火势蔓延伤及自身。这一战不打紧,帕特罗克洛斯被赫克托耳杀死。阿喀琉斯机关算尽,却赔上了好朋友的性命。这就是噩梦的终结,伟大的胜利时刻变成了个人的灾难。

愤怒的戏剧,系于帕特罗克洛斯之死。他的朋友一死,阿喀琉斯的痴迷就土崩瓦解了,生命与秩序的现实得到了恢复。荷马描述这一过程的五十行诗,可以毫不夸张地被认为是《伊利亚特》的心理学杰作(18.78-126)。男孩呻吟着,向自己的母亲忏悔,说他心愿了了,"可是我何乐(edos)之有",因为他情同手足(kephale)的帕特罗克洛斯死了。帕特罗克洛斯与他情同手足,令他体验到凡人终有一死;他不再是一个例外,因为他必有一死。他回到共同体的生命现实中去了,这一回归的决定性征兆,就是准备担当义务,赴汤蹈火,万死不辞。因为,当生命又一次变得无比现实,以至于除了为生而生,已经生无可恋,死亡就不再可怕了。第一个义务就是为朋友复仇,尽管根据他的命数,赫克托耳死后不久就是他自己的死。他怒冲冲地坐在船边,"我活着是一个累赘耳",他为自己眼睁睁看着帕特罗克洛斯和其他亚该亚人送死而深深自责,尽管他之骁勇,乃是神灵所赐,他对于别人的用处也就在这里。他诅咒内讧和愤怒破坏了秩序游戏,让他承担罪名;他将阿伽门农的羞辱抛诸脑后,现在一心约束自己的纵情。他现在接受了,自己的命运与别人是一样的,当命运女神茉伊拉(Moira)这样决定了,他也将像赫拉克勒斯一样,坐以待毙。最后,也许是最微妙的,他现在甚至愿意凭借他的事迹来争取流芳百世,共同承担作为一名亚该亚武士应尽的义务——他不再试图凭借生之胜利来逃脱命运了。

——埃里克·沃格林,2008:152-157

《启蒙辩证法》节选

⊙ [德]马克斯·霍克海默
　　西奥多·阿道尔诺,著
⊙ 渠敬东,曹卫东,译

现代性批判对启蒙理性的清算,在霍克海默和阿多诺那里溯源追根到希腊神话和荷马史诗,其对于《奥德赛》,尤其是对于奥德修斯如何抵御海妖塞壬之诱惑的分析堪称经典。

　　荷马史诗中记述了神话、统治与劳动三者之间纠缠不清的关系。《奥德赛》第十二章讲述的是遭遇海妖塞壬(Siren)的故事。塞壬的诱饵,就是人们对过去的迷恋。那些受到诱惑的英雄在磨难中走向成熟。经历若干次的生命危险,英雄都必须挺身过来,这样才能最终为自己锤炼出一种生活的统一性和个性的同一性。时间领域的分离,对他而言就像水、土地和空气的分离一样。他认为,已逝的洪水是从现在的岩隙中消退的,而未来的地平线乌云密布。奥德修斯留下的是一个阴霾世界,因为他自己总是与史前神话如此贴近。或者说,奥德修斯本人就脱胎于这个神话,他自身所经历过的过去成了史前神话。他通过固定不变的时间顺序正在努力去触摸这个神话。三分图式的目的就是要把现实从过去的权力中解脱出来,因为它要为这权力设置一种无法再生的绝对界限,并且在安排现实的过程中把它变成切实可行的知识。强制就是要挽救已逝的过去,把它变为活生生的现实,而不是用作进步的材料,但这种强制只能在艺术中实现。在艺术里面,历史被看做是过去生活的现实再现。一旦艺术放弃认识,继而与实践分离开来,那么社会实践就像默认愉悦一样默认了艺术,然而塞壬之歌还远没有被贬低为一种艺术。海妖们知道"这丰腴的大地上曾经发生的一切"(参《奥德赛》,第12章),包括奥德修斯亲身经历的一切。海妖们也知道:"在特洛伊的土地上,阿耳戈斯的孩子们和特洛伊人在众神的意志面前所遭受的一切苦难。"(同上)正如歌中所唱到的那样,她们用对欢乐的充满诱惑的诺言直接唤起对似水流年的回忆,她们唾骂父权制度,因为在这种制度中,每个人只能返回到一板一眼的时间尺度中去。谁要是落入了这个圈套,谁就会遭受灭顶之灾,相反,只有靠精神永恒再现的力量,人们才能得到摆脱自然的生存方式。即使海妖们知道了已经发生的一切，她们也需要把未来作为获得知识的代价，这样就使回归幸福的诺言变成了欺骗。欺骗的目的就是要用过去来诱捕人们的渴望。奥德修斯受到了喀耳刻(Kirke)这个能把人变成牲畜的神的警告。奥德修斯反抗着喀耳刻，而喀耳刻又给了他反抗其他分裂力量的力量。但是，塞壬的诱惑力简直太大了，闻其声者无一幸免。人们不得不对自我干一些可怕的事情，直到同一的、有目的的、充满阳刚之气的人类本性形成为止，这些本性在每个人的童年时代都会重复出现。人们必须依循自我发展的各个阶段来对自我(Ich)加以把握，而丧失自我的诱惑却又总是盲目而又坚定地介入和维护着这种把握。打个比方，酗酒成瘾可以给自我带来窒息中的亢奋状态，但也可以借助死一般的昏睡来缓解这种亢奋状态，这正是维持自我保持和自我毁灭之平衡的最古老的社会结构——是一种自我维持自身生存的尝试。对丧失自我的恐惧，对把自我与其他生命之间的界限连同自我一并取消的恐惧，对死亡和毁灭的恐惧，每时每刻都与一种威胁文明的幸福许诺紧密地联系在一起。这条道路就是通往顺从和劳作的道路，尽管在它的前方总是临照着烂漫之光，但那仅仅是一种假象，是一种毫无生气的美景。奥德修斯对此心领神会，他既不屑于死亡，也不屑于幸福。他知道在他面前只有两条逃生之路。一种就像他让水手们做的那样：用蜡塞住耳朵，竭尽全力地划桨，想要活命，就绝对不能听到海妖的诱惑之声，一直到无法再听到这种声音为止。整个战船必须遵守上述规定。划桨的水手们必须强壮有力，必须集中精神勇往直前，不得左顾右盼。他们也必须顽强不懈，内心坦荡，努力前行，从而竭力避开诱惑。只有如此，他们才能获得最后的胜利。但是，奥德修斯作为让他人为其劳作的领主，却选择了第二条道路：他把自己牢牢绑在桅杆上，去听那歌声，这诱惑之声越是响亮，他越是把自己绑得更紧——这种情形就像后来资产者在自身权力膨胀的同时，却要坚决否认自己的享乐一样。歌声对奥德修斯并未产生任何后果，而奥德修斯也只是点着头表示他将从这捆绑中解脱出来。但一切都太晚了，"充"耳不闻的水手们，只知道那歌声是危险可怕的，却不知道它是多么的美妙悦耳。他们把奥德修斯牢牢地绑在桅杆上，只是为了拯救奥德修斯和他们自己的生命。他们使他们的压迫者连同自己一起获得了再生，而那位压迫者再也无法逃避他所扮演的社会角色。实际上，奥德修斯绑在自己身上的那条无法解脱的绳索也使塞壬远离了实际：她们的诱惑显得毫无作用，只成了沉思冥想的一个单纯对象，成了艺术。被缚者就像出席了一场音乐会，他静静地聆听着，像别的晚上光临音乐会的观众一样，他兴高采烈地呼唤着解放，但这终究会像掌声一样渐渐平息下来。这样，艺术享受和手工劳动自打史前时代的那个世界就分离开来了。史诗中就包含着与其相应的理论。文化财富与遵令而行的劳动有着严格的对应关系，而对自然进行的社会控制为二者奠定了不可抗拒的强制性基础。

——马克斯·霍克海默，等，2006:25-27

练习思考题

1. 朗诵《伊利亚特》第 22 章，并写一篇分析其艺术特色的千字小文。

2. 《伊利亚特》对于帕里斯和海伦这对人物是一种什么样的态度？

3. 有些评论家并不认为珀涅罗珀(奥德修斯之妻)是一个忠于丈夫和奉献家庭的完美典范，而视其为一个对于命运颇有嘲弄感的复杂的女人，你如何看待这种观点？

延伸阅读

陈中梅.2008.神圣的荷马——荷马史诗研究[M].北京:北京大学出版社.

程志敏.2007.荷马史诗导读[M].上海:华东师范大学出版社.

皮埃尔·维达尔-纳杰.2007.荷马的世界[M].王莹,译.北京:中国人民大学出版社.

雅各布·布克哈特.2008.希腊人和希腊文明[M].王大庆,译.上海:上海人民出版社.

颜敏.2003.《荷马史诗》的象喻世界初探[J].外国文学评论(1).

张德明.2007.经典的普世性与文化阐释的多样性——从荷马史诗的三个后续文本谈起[J].外国文学评论(1).

Baldwin S P. 2000. Homer's The Odyssey. Foster City, CA: IDG Books World Wide, Inc.

Fowler R,ed.2004. The Cambridge Companion to Homer. Cambridge: Cambridge University Press.

Linn B. 2000. Homer's Iliad. Foster City, CA: IDG Books Worldwide, Inc.

参考文献

荷马.2008.荷马史诗·伊利亚特[M].罗念生,王焕生,译.北京:人民文学出版社.

荷马.2008.荷马史诗·奥德赛[M].王焕生,译.北京:人民文学出版社.

埃里克·沃格林.2008.城邦的世界[M].陈周旺,译.南京:译林出版社.

马克斯·霍克海默,西奥多·阿道尔诺.2006.启蒙辩证法[M].渠敬东,曹卫东,译.上海:上海人民出版社.

尼采.1986.悲剧的诞生——尼采美学文选[M].周国平,译.北京:三联书店出版社.

威廉·哈迪·麦克尼尔.1992.西方文明史纲[M].张新南,谭朝洁,译.胡代聪,张卫平,校.北京:新华出版社.

H. D. F. 基托.2006.希腊人[M].徐卫翔,黄韬,译.上海:上海人民出版社.

第三章 《俄狄浦斯王》

索福克勒斯（Σοφοκλης，公元前 496—前 406），生活于雅典奴隶主民族国家全盛时期，几乎活了整个前 5 世纪，他创作最后一部戏剧《俄狄浦斯在科罗诺斯》时已经 90 岁高龄。索福克勒斯一生创作了约 125 部戏剧，却只有 7 部悲剧完整传世，分别是《埃阿斯》（Αιας，公元前 442?）、《安提戈涅》（Αντιγονη，公元前 442?）、《俄狄浦斯王》（Οιδιπους Τυραννος，公元前 430）、《厄勒克特拉》（Ηλεκτρα，公元前 418—前 414）、《特刺喀斯少女》（Τραχινιαι，公元前 413）、《菲罗克忒特斯》（Φιλοκττης，公元前 409）、《俄狄浦斯在科罗诺斯》（Οιδιπους επι Κολωνω，公元前 401 年上演，获头奖）。索福克勒斯曾得过 20 次悲剧竞赛头奖，从未屈居第二名。他被称为埃斯库罗斯和欧里庇得斯之间的伟大过渡者，三人之中最纯粹的艺术家。索福克勒斯最真实地刻画出人类的境况，但他并不潜伏于剧中人物身上，给他们预设程式，而是让剧中人物去自由选择。在《俄狄浦斯王》中，尽管主人公俄狄浦斯最终并没有逃脱"弑父娶母的命运"，但他却凭着自由意志去追问真相，并且最后以刺瞎双眼来承担责任。在他身上，体现了索福克勒斯的悲剧英雄定义——对英雄来说，自由是必备之物。索福克勒斯强调的是俄狄浦斯的伟大勇气，坚强的意志，以及他坦然接受存在状态的可怖改变的丰富人性。《俄狄浦斯王》的戏剧手法杰出，标志着古希腊戏剧形式取得的最高成就。悲剧以倒叙的方式，在剧情将近结尾处展开，在向高潮推进时又向前回溯。结构布局谨严，行动转换迅速流畅，发现、突转与悬念等技巧运用得恰到好处。因而，它被亚里士多德推崇为悲剧艺术的典范。

一、精彩点评

- 这剧写人的意志与命运的冲突。俄狄浦斯命中注定会杀父娶母，他竭力逃避这不幸的命运，但终于受到命运的摧残。……古希腊人把一切无法解释的社会现象归因于命运的捉弄。在索福克勒斯看来，命运不是具体的神，而是一种抽象的力量，一种邪恶的势力。……俄狄浦斯之所以陷入悲惨命运，不是由于他有罪，而是由于他竭力逃避杀父娶母的命运。（罗念生，1985:66-68）

- 突转,如前所说,指行动的发展从一个方向转至相反的方向;我们认为,此种转变必须符合可然或必然的原则。例如,在《俄狄浦斯王》一剧里,信使的到来本想使俄狄浦斯高兴并打消他害怕娶母为妻的心理,不料在道出他的身世后引出了相反的结果。……

  发现,如该词本身所示,指从不知到知的转变,即使置身于顺达之境或败逆之境中的人物认识到对方原来是自己的亲人或仇敌。最佳的发现与突转同时发生,如《俄狄浦斯王》中的发现。(亚里士多德,1996:89)

- 索福克勒斯在他的《俄狄浦斯王》中展现了启蒙这一新问题在历史中的现实意义……他描绘了相信自己的知识和自己的力量的人如何遭到了存在意义上的失败。索福克勒斯并没有把俄狄浦斯塑造成一个启蒙的指路人或理论家,而是把他推到了启蒙的边缘上,使他成为一个具有自我意识的人的代表。这一自我意识建立在人类自律的知识之上。

  《俄狄浦斯王》的反启蒙思想在于意识到人类知识的有限而易朽坏的性质。与俄狄浦斯的人类知识相对立的是忒瑞西阿斯具有神性合法性的知识,这知识是唯一有效的知识。盲先知可能看不见漂浮在这个世界表面的关联,可对本质的关联却洞若观火。俄狄浦斯虽有双眼,看见的却只是表面而已,对本质的东西他如同盲人一般看不见。俄狄浦斯自认知晓一切,末了却是一个无知者。所以,当真相大白于天下之时,他必须刺瞎自己的双眼。(施密特,2007:7-8)

- 在《俄狄浦斯王》中,索福克勒斯怀着反启蒙的意图,试图将人类知识贬得一钱不值。他以神的名义无情地贬低人类知识。他首先试图论证人类知识是无关紧要的。俄狄浦斯曾经解开了斯芬克斯之谜,拯救过这座城市,而到了最后这些又算得上什么呢?其次,索福克勒斯甚至希望证明人类知识是有害的。俄狄浦斯难道不是一个表面的拯救者吗?事实上,他把这座城市卷入瘟疫这一更大的不幸之中。俄狄浦斯当上了忒拜城的国王,却因此带给这座城市更大的灾难。而他之所以能当上国王,是因为他解开了斯芬克斯之谜。因此,瘟疫就是解谜的后果,即人类启蒙能力的后果!启蒙走到了它原本所期望的反面:把这座城市从一场灾难中解救出来,却使它陷入了另一场更大的灾难。(施密特,2007:17)

二、评论文章

《释梦》节选

⊙［奥］弗洛伊德，著
⊙孙名之，译

"俄狄浦斯情结"是弗洛伊德精神分析理论的重要的基础，也成了20世纪西方文学中的精神分析学派的重要的理论工具。《释梦》一书中，弗洛伊德根据精神分析理论对《俄狄浦斯王》的悲剧本质进行了分析。这里节选的就是他提出"俄狄浦斯情结"理论的有关文字。

　　如果说俄狄浦斯王这一悲剧感动现代观众的力量不亚于它感动当时的希腊人，其唯一可能的解释只能是，这种效果并不出于命运与人类意志之间的冲突，而是在于其所举出的冲突情节中的某种特殊天性。在我们的内心中必定也有某种呼声，随时与俄狄浦斯王命运中那种强制力量发生共鸣，而对于格里帕采尔的"女祖先"或其他现代有关命运的悲剧中所虚构的情节，我们却斥之为无稽之谈。在俄狄浦斯王故事中确实存在着可以解释我们内心呼声的一个因素，他的命运能打动我们，只是因为它也是我们大家共同的命运——因为和他一样，在我们出生以前，神谕已把同样的诅咒加诸我们身上了。我们所有人的命运，也许都是把最初的性冲动指向自己的母亲，而把最初的仇恨和原始的杀戮欲望针对自己的父亲。我们的梦向我们证实了这种说法。俄狄浦斯王杀死了他的父亲拉伊俄斯并娶了自己的母亲伊俄卡斯忒为妻，不过是向我们表明了我们自己童年欲望的满足。但是，我们比他要幸运些，因为我们并未变成精神神经症患者，我们既成功地摆脱了对自己母亲的性冲动，同时也淡忘了对自己父亲的嫉妒。我们童年的这些原始欲望在俄底浦斯其人身上获得了满足，我们便以全部抑制力量从他那里退缩开去，因而使我们的这些内心欲望得以被压抑下去。诗人洞悉了过去而揭露了俄狄浦斯的罪恶，同时也强迫着我们认识到自己这些受压抑的同样冲动仍然蛰伏未灭。结尾合唱的对照使我们看到了：

　　……看吧！这就是俄狄浦斯，

　　　他解开了黑暗之谜，位至九尊，聪慧过人；

　　　他的命运人人歆羡，光华赛过星辰；

　　　而现在蓦地沉入苦海，被狂浪噬吞。

　　这对我们和我们的傲慢，对我们这些从童年时代起就自以为聪慧过人、权力无比的人不啻敲了一记警钟。与俄狄浦斯一样,我们在生活中对大自然所强加的这些违背道德的欲望毫无所知,而等到它们被揭露后,我们对自己童年的这些景象又闭上双眼,不敢正视。

在索福克勒斯的悲剧正文中明白无误地指出,俄狄浦斯这个传说来源于远古的某个梦材料,其内容为,由于初次出现的性欲冲动,儿童与其父母之间的关系产生了痛苦的紊乱。俄狄浦斯当时虽然不了解自己的身世,但他已因回忆起神谕而感到不安。伊俄卡斯忒为了安慰他,提到了一个许多人都做过的梦,虽然她认为这并没有什么意义:

> 以前许多人在梦中,梦见
> 与自己的母亲成婚,他仍无忧无虑,
> 从未因此预兆而忧心如焚。

今天和当时一样,许多人梦见自己与母亲发生性关系,但谈到此事时就表现出很大的义愤和震惊。它显然是悲剧的关键所在,也是父亲死亡的梦的补充说明。俄狄浦斯的故事乃是对这两种典型的梦的想象性反应。就像这些梦当成人梦见时也伴有厌恶的感情一样,所以传说中必定也包含了恐怖和自罚。经过对梦材料的几乎不可辨认的润饰作用,梦再度产生了改变,并被利用来投合神学的目的。这个题材与其他题材一样,企图把神的万能与人类责任心协调地联系起来,是必然要失败的。

——弗洛伊德,1996:261-264

《〈俄狄浦斯王〉谜语结构的双重含义和"逆转"模式》节选

⊙［法］让-皮埃尔·韦尔南,著
⊙杨志棠,译

法国学者让-皮埃尔·韦尔南分析了"俄狄浦斯情结"中的双重结构,并认为这些结构通过"逆转"的模式统合在一起,而在"逆转"中俄狄浦斯完成了从国王到"替罪羊"的身份转化。同时词语分析也是本文的特色,语词分析是英美新批评学派分析文学文本的重要工具。

这种"逆转"的现象几乎俯拾皆是,以至俄狄浦斯的名字本身就是一语双关,带有与全剧同样的谜语式特征。"俄狄浦斯",意思是"脚肿的人",这一生理缺陷使人联想起被父母诅咒、弃于郊外的婴儿。可是,"俄狄浦斯"还意味着"懂得关于脚的谜语的人"。他解开了唱着隐晦的歌的阴险的女妖斯芬克斯的"神示"。智慧使这位异乡英雄登上了忒拜的王位,代替了其他合法的继承人。οἰδίπους(俄狄浦斯)的双关意义还存在于这一名词的前两个音节与第三个音节的对立之中。οἶδα意思是"我知道",这是至高无上的国王俄狄浦斯的一句口头禅。(第58-59,84,105,397行;还可参见第43

行) ποῦς意为"脚",这是从他一出生就打下的烙印,他命中注定从出世到死亡都作为一个被驱逐的人,好比一头野兽,迈着飞快的脚步逃跑(第 468 行),他的脚驱使他远离人世。徒劳无益地企图躲避神示(第 479 行),由于触犯了脚踏在高天之上的（第 866 行)天条,被长着可怕的脚的诅咒所追赶,由于爬到了权力的顶峰,结果陷入痛苦的深渊,从此无力从中拔出脚来(第 878 行)。由此看来,俄狄浦斯的整个悲剧似乎就寓于他谜语般的名字的文字游戏之中。受到好运庇护的大智大能的忒拜王似乎在每一点上都可以看到自己的对立面——被诅咒的孩子,被祖国驱逐的"脚肿的人"。不过,只有当他起初扮装的第一个人物"逆转",与第二个人物合为一体时,他才真正知道自己是何许人。

当俄狄浦斯猜斯芬克司的谜语时,他的知识已经在某种程度上切中了他本人的要害。那女妖问道,什么动物同时长着 δίπους, τρίπους, τετράπους (两只脚,三只脚,四只脚),对于俄狄浦斯来说,这不过是不成其为谜的谜:这当然指的是他,指的是人。可是,这个答案不过是不成其为知识的知识,它掩盖着真正的疑问:那么,人为何物?俄狄浦斯何许人也?俄狄浦斯似是而非的回答为他打开了忒拜的城门。可是,在把他拥上王位的同时,又使他的弑父乱伦者的真正身份在不知不觉中得以兑现。对于俄狄浦斯来说,解开自身之谜就等于承认,统治忒拜的异乡人即是过去被该城抛弃的孩子。身份的证实非但没有使俄狄浦斯最终归附自己的故乡,从此以国王合法继承人的资格而不是作为一个异乡僭主占据王位,反而使他变成一个怪物,被永远驱逐出境,与人世隔绝。

被奉若神明,秉公执法的英主,一手掌握着全城的安危,这就是占据着芸芸众生之上最高位置的"全知的俄狄浦斯"。就是他,在剧终"逆转",完全化成另一副形象:"脚肿的俄狄浦斯"出现在社会最底层,可憎恶的污染,集世间耻辱于一身。英主、子民的净化者和拯救者与肮脏的罪人合为一体。为了挽救城邦,使它重新纯洁,必须像赶走一只"替罪羊"一样将他驱逐。

正是围绕着占据顶峰的国王与沦落底层的"替罪羊"的这条中轴线,发生了一系列的"逆转",从而决定了俄狄浦斯这个人物的特征,使得主人公成为双重人物的典型,悲剧人物的典型。

在剧的开头,俄狄浦斯走向他宫殿的门槛,他威严的面容上带着近乎神圣的表情,评论家们对此并没有忽略。古代注释家在第 16 行的评注中写道,请愿的人们走近王家祭坛时,就像来到了神坛前。宙斯的祭司使用的表达方式:"你看我们聚集在你的祭坛前"是意味深长的。特别由于俄狄浦斯自己问道:"你们为什么以请求我的姿势坐在这里,头上戴着缠羊毛的树枝?",因为这个人"靠天神的帮助"(第 38 行)拯救了城邦,因为他靠一种超乎寻常的恩宠成为城邦的"好运气"(第 52 行),人们就把他置于凡人之上,奉若神明。这种尊崇贯穿全剧始终。甚至在俄狄浦斯的双重罪行被揭露以后,歌队还称他为"我的王",把他当做救世主来颂扬,赞赏他"挺身而起,像一座堡垒那样抵御死亡"(第1951行)①。甚至当他们唱到那个可怜人犯下如此不可饶恕的罪行时,总是还念念不忘:"可是,谈老实话,多亏了你我们才能重新呼吸和得到安宁"(第1207行)②。

不过,还是在剧的危急关头,即俄狄浦斯的命运处在千钧一发的时刻,半神形象与替罪羊形象的对立才表现得最为明显。当时的局势是怎样的呢?人们已经知道了,俄狄浦斯可能是杀害拉伊俄斯的凶手,神示的结果一方面落到俄狄浦斯头上,另一方面落到拉伊俄斯和伊俄卡斯忒头上。本来就焦虑不安的主人公们和正直的忒拜人因之越发忧心忡忡。正在这当口,科林斯的报信人赶到了,他宣布俄狄浦斯其实不是他以为的"父母"所生,而是一个弃婴,是他亲自在基泰隆山上从一个牧羊人手中收养下来的。伊俄卡斯忒此时什么都明白了,她恳求俄狄浦斯不要再调查下去了。俄狄浦斯不答应。于是,王后向他发出了最后的警告:"可怜的人,但愿你永远不知道你的身世。"但是,忒拜王又一次误解了"身世"的意思。他以为王后害怕"弃婴"的卑贱出身一旦泄露出去,人们将发现她的婚姻门不当户不对,她嫁给了一个微不足道的人,一个奴隶,一个三世为奴的母亲的儿子(第1065行)。恰恰在此时此刻,俄狄浦斯挺起了腰杆。报信人带来的消息在他沮丧不振的灵魂中唤起一种疯狂的愿望。歌队也有同感,并且在歌中愉快地唱了出来。俄狄浦斯自称是幸运之子,福星高照。在多年间时来运转,从"渺小"变得"伟大"(第1083行),换句话说,昔日的弃婴变成了忒拜的英主。这真是文字的嘲讽:俄狄浦斯不是幸运之子,正如忒瑞西阿斯预言的(第442行),他是它的受害者,所谓的"时来运转"实际上是朝相反方向转化的,伟大的俄狄浦斯变成最渺小的人,与神平起平坐的人成为一钱不值的渣滓。

……

俄狄浦斯的另一副面孔,与前者既互为补充又互为对立的"替罪羊"的一面,已经由评论家们分析得再清楚不过了。他们正确地指出,俄狄浦斯在剧终被赶出忒拜国,是被人们当做一个赎罪的人,以便"清除污染"而驱逐的。但是,明晰地确定了悲剧主题与雅典的驱逐"替罪羊"仪式之间的关系的人,是路易·热尔内。

……

俄狄浦斯便是很明显地以"罪恶",必须驱除的污染的面目表现的。他刚一出场,就无意之中用形容"替罪羊"的话语为自己下了定义,他对请愿的人们说:"我知道你们大家很痛苦,但是,没有一个人比我更加痛苦。因为你们每个人只为自己悲哀,不为旁人。而我的悲痛却同时是为城邦,为我自己,也为你们"(第59-64行)。稍后:"我更主要是为大家担忧,而不单为我自己。"(第93-94行)俄狄浦斯错了:这罪恶——克

---

① 疑为1199行之误。——译者注
② 疑为1221行之误。——译者注

瑞翁立刻说出了它的真正名称是污染(第 97 行)——正是他自己的。然而,他却在错误的情况下无意道出了真理:正因为他本人即是污染,即是城邦的"罪恶",他的的确确承担着所有的臣民的痛苦。

半神的国王—替罪羊:这就是俄狄浦斯的两副面孔。它们像双关语一样,将两个互为对立的形象集于他一身,赋予他谜语式的性质特征。索福克勒斯给俄狄浦斯本质上的"逆转"带上了普遍意义,因为,英雄是人类状况的典型形象。不过,国王与"替罪羊"的对立(悲剧把这个对立集于俄狄浦斯一身)并不是索福克勒斯的发明创造,而是深深地存在于古希腊人的宗教活动和社会思想之中。悲剧诗人只不过赋予了它新的含义,使这种对立成为人类及其本质上的双重性的象征。如果说索福克勒斯恰恰选择了"国王—替罪羊"这对形象,以表明我们称为"逆转"的主题,这是因为,在二者的对立中,他们是对称的,而且在某些方面是不能互换的。二者均表现为对拯救公众而负责的个人。

——让-皮埃尔·韦尔南,1986:509-519

《〈俄狄浦斯王〉中两个主题的转换》节选

⊙ [美]哈尔顿,著
⊙ 邓鹏飞,译

美国学者哈尔顿认为,《俄狄浦斯王》中城邦瘟疫的主题逐渐和俄狄浦斯之痛苦的主题汇合为统一的主题。我们应该注意到,这段文字尽管不长,但作者以对情节和语词的详尽征引,细腻的分析,令人信服地推导出了自己的结论。

戏剧始于瘟疫,聚集起来的公民通过宙斯的祭司乞求俄狄浦斯,找出解救他们痛苦的办法。"田间的麦穗枯萎了,牧场上的牛瘟死了,妇人剧痛流产了;最可恨的带火的瘟神降临到这城邦,使卡德摩斯的家园变为一片荒凉。"(第 25-29 行)随后,当歌队入场后,也立即召唤阿西娜、阿尔忒弥斯和阿波罗前来解除城邦的灾难。歌队唱出抑扬格的抒情段落,简洁生动地描述忒拜人遭遇的疫病和痛苦,戏剧就发生于这样的背景中。瘟疫是索福克勒斯选择的戏剧推进器,因瘟疫而有调查。这样开头或许会让人联想起《伊利亚特》的开头,甚至暗示出雅典遭受过的瘟疫。瘟疫在拉伊俄斯被杀后许多年才发生,俄狄浦斯说"可是他们在哪里? 这旧罪的难寻的线索哪里去寻找?"(第 108-109 行)起初,瘟疫被看做是一个如此大的问题,可是在这壮丽的开头场景和第一和唱歌的激烈语言后,很快瘟疫似乎就被忘记了。戏剧中提及瘟疫的地方极少(如 270 行),戏剧快终了,俄狄浦斯请求克瑞翁放逐他时,俄狄浦斯仅仅提到"上帝的法则"(第 1440 行),他和克瑞翁都没再提出城市的瘟疫灾难这个问题。

实际上,戏剧使用的双重主题技巧,使戏剧行动从城市的痛苦发展到俄狄浦斯的痛苦。后者被认为如此重要,前者相应地退为背景。瘟疫是一个使"动作"行进的装置,事实上保持了戏剧情节的持续性。瘟疫主题和俄狄浦斯的灾难主题的相似性,也被索福克勒斯所用的语言以一个显著的方式继续。用来描述城邦痛苦和疫病的语言,如 πόνος(痛)、πῆμα(痛苦)、νόσημα(病),也一再用于俄狄浦斯的困境(如第60-61,1205,1293 行)。城市遭遇到疫病,但在更深的意义上讲,俄狄浦斯也是一个病人。

另一方面,我们容易发现,描述俄狄浦斯的婚姻和家庭关系的用语,是农耕的隐喻。希腊语自然地把生育和田耕的表达联系起来了。在戏剧中,俄狄浦斯如此说伊俄卡斯忒:"我们共同播种(σπέρμα)的妻子。"(第260 行)忒瑞西阿斯声称被俄狄浦斯寻找的凶手,将被揭露为"他父亲的凶手和共同播种人。"(第460 行)歌队问道:"不幸的人呀,你父亲耕种的土地怎能够,怎能够一声不响,容许你耕种了这么久?"而所有人都会说俄狄浦斯:"把种子撒在生身母亲那里。"(第1497 行)在1404 行,俄狄浦斯称:"婚礼啊,婚礼啊,你生了我,生了之后,又给你的孩子生孩子。"这样的语言贴切于戏剧情境,在这个戏剧情境中耕种和收获的正常过程混乱了。观众很容易想到,"妇人剧痛流产"是瘟疫的伴生物。这里强烈暗示出《俄狄浦斯王》中瘟疫的原因,是人和自然之间的交感关系(人类早期思想中的共同观念),而不是什么上帝的行动,或者外部加于的惩罚。这是戏剧其余部分的内容。

在某种意义上,俄狄浦斯就是原因,他自己是一个污染者,也给大地和城邦带来了污染。这两个主题在美学上相似,具有真正的和密切的联系,伴以语言相似的帮助,我们看到在忒拜的痛苦中俄狄浦斯的痛苦显而易见,而俄狄浦斯痛苦的中心是忒拜的痛苦。……如此,瘟疫不仅是一个启动戏剧行动的装置,也是俄狄浦斯的悲剧的基础。忒瑞西阿斯和阿波罗的主题在结尾成为一体,而在索福克勒斯描绘国家、家庭和个体的疫病与痛苦的主题分支中,最终也汇合成一个统一主题。

——Hulton O A,1967:116-119

练习思考题

1.分析《俄狄浦斯王》中的"命运"主题,写一篇以"命运"和"人生"为主题的文章。

2.请将《俄狄浦斯王》中与"看"有关的词都划出来,分析其意义。

3.《俄狄浦斯王》中是如何体现亚里士多德所提出的悲剧情节三成分"突转""发现"和"苦难"的?

4.找一两篇外国学者或中国学者以"俄狄浦斯情结"来分析文学作品的文章阅读,看看它们同弗洛伊德的文章有何关联。

延伸阅读

陈洪文,水建馥.1986.古希腊三大悲剧家研究[M].北京:中国社会科学出版社.
刘小枫,陈少明.2007.索福克勒斯与雅典启蒙[M].北京:华夏出版社.

罗念生.1985.论古希腊戏剧[M].北京:中国戏剧出版社.

希利斯·米勒.2002.亚里士多德的俄狄浦斯情结[M]//希利斯·米勒.解读叙事.申丹,译.北京:北京大学出版社.

Easterling P E,ed.1997.The Cambridge Companion to Greek Tragedy. Cambridge：Cambridge University Press.

Kitto H D F. 1939. Greek tragedy：a literary study. London：Methuen & Co. ltd.

参考文献

索福克勒斯.2004.俄狄浦斯王[M]//罗念生.罗念生全集:第二卷.上海:上海人民出版社.

弗洛伊德.1996. 释梦[M].孙名之,译. 北京:商务印书馆.

罗念生.1985.论古希腊戏剧[M].北京:中国戏剧出版社.

施密特.2007.对古老宗教启蒙的失败:《俄狄浦斯王》[M].卢白羽,译//刘小枫,陈少明.索福克勒斯与雅典启蒙.北京:华夏出版社.

让-皮埃尔·韦尔南.1986.《俄狄浦斯王》谜语结构的双重含义和"逆转"模式[M]//陈洪文,水建馥.古希腊三大悲剧家研究.北京:中国社会科学出版社.

亚里士多德.1996.诗学[M].陈中梅,译.北京:商务印书馆.

Hulton A O. 1967. Two Theme Changes in the Oedipus Tyrannus. Mnemosyne；A Journal of Classical Studies，Fourth Series，Vol. 20.

第四章 圣经文学

　　圣经文学主要是指被纳入文学阅读的宗教经典《圣经》(*Bible*)，包括《旧约》(*OLD TESTAMENT*)和《新约》(*NEW TESTAMENT*)两个部分。

　　《旧约》是基督教对《希伯来圣经》(*Hebrew Bible*)的称呼，原先并无书名，除个别章节杂有亚兰语外，全部用希伯来语写成，其希伯来文名称《托拉、纳毕姆、纪土宾姆》(*Torah*、*Neviim*、*Ketuvim*)是后人追加的，意为《律法书、先知书、圣文集》，由此可以看出，《旧约》起初其实是三部书的合集。这三部书是陆续编在一起的：先有律法书（成于公元前 5 世纪中叶），其次有先知书（成于公元前 3 世纪），末后才编出圣文集（公元 1 世纪）。其内容包括公元前 13 世纪至公元前 3 世纪之间希伯来人民间流传的历史传说、战歌、爱情诗歌、先知言行录、法律、宗教教条和戒规等。旧约文学是希伯来文学的主要代表作。

　　《新约》形成于基督教兴起之后（公元 1、2 世纪），用希腊语写成，包括福音书、历史记事、使徒书信和启示书四个部分。其内容包括有关耶稣言行的传说、耶稣使徒的传说和书信等。新约文学是基督教文学的早期成果，也含有希伯来文学的性质，既是基督教文学的源头，又是古代后期希伯来文学的重要分支。

一、精彩点评

- 基督教是世界上最富有文学性的一种宗教，其中的道有一种特殊的圣洁性。最能体现这种文学性的例证就是基督教的经典——《圣经》。《圣经》不仅是记载希伯来人和基督教徒信仰的文库，而且也是一部文学结构卓然突出的鸿篇巨制。（勒兰德·莱肯，1988：前言，1）

- 圣经中有一个贯穿性的主题，即上帝和人类的关系。它不仅仅是一部文学作品，更是一部从创世到末日的伟大戏剧。它是几千年以来千千万万人信仰的基础。尤其是在西方，圣经对文化的影响是如此之深，以至于对于文学来说，其世界观已成为一个基本前提。其结果是，圣经主题对西方文学的影响是微妙而基础性的，甚至当文学是对原初圣经观念的一种歪曲或者拒绝时，其影响依然存在。（Nancy M. Tischler，2009：Introduction，1. 邱晓林，译）

二、评论文章

《圣经文学》节选

⊙ ［美］勒兰德·莱肯，著
⊙ 徐钟，等，译

圣经文学的创作历经数百年之久，其题材和形式都极其多样，那么它是否只有集合性而没有统一性？以下节选自勒兰德·莱肯《圣经文学》的文字回答了这个问题。

一般的观点，情节的定义应该是：围绕着一个中心冲突所安排的一系列事件，并且有一个一致的发展过程。根据这一定义，圣经文学必须被看做是具有一个由各部独立作品组成各种不同片段的主要情节。圣经文学的情节就是以善与恶之间的巨大神灵冲突为中心的。

大量的细节构成了这个冲突。这种冲突表现在人物方面，则发生在上帝与撒旦之间，上帝和叛逆的人类之间，上帝和堕落了的天使（或称为恶魔和邪灵）之间以及善人与恶人之间。这种冲突表现在故事背景方面，则发生在天堂和地狱之间（这一点在《新约》中很突出，而在《旧约》中则不甚鲜明）。这种冲突表现在人的内心世界方面，则发生在上帝的旨意和魔鬼的诱惑之间。这种冲突表现在行动方面，圣经文学中的事件则说明：不是顺从上帝的旨意，就是违背上帝的旨意。

在某种意义上，圣经文学中的每一事件几乎都是这种善与恶原型情节冲突的重演。每一种行为和每一个心理活动，都表现出上帝创造之物在或多或少的程度上亲近上帝或背离上帝。这样，圣经文学形式——对照结构就包含这种意义——即善与恶神灵冲突这一事实。

由于存在着巨大的神灵冲突，因此《圣经》中的人物就有抉择自己行为的必要。对人类经验的各个方面，上帝都提出过明确的要求，而撒旦与恶势力也同样提出过相反的要求。二者之间没有中立的余地。任何人类事件都显示出一种信仰上帝或背叛上帝的选择倾向。圣经文学的情节把这个选择结构模式包括进来，结果便产生了称之为心灵选择的戏剧故事。根据这种观点来纵观圣经文学，就不难发现，圣经文学所描述的是一系列重大精神上进退维谷的矛盾和选择。当圣经文学中的人物一旦作出某种重大的，符合道义的选择时，作品便一而再、再而三地强调这种抉择的重大意义。

在圣经文学中，人的决定性行为包括人对外界现实的反应，而不是取决于外部现实本身。《圣经》认为的问题并不是起始于外在事件或周围环境的冲突。与柏拉图的思想截然不同，《圣径》认为物质世界对人类的幸福并不构成巨大的威胁。相反，它认为只有人在精神上的种种选择才关系到人的整个命运。因此,圣经文学的情节内容就是关于人在神灵上的种种选择,而外在事件只不过是为善或恶行为提供一种机会而已。根据这种对历史和人类经验的观点,《圣经》认为人所发生的每一事都是重要的,它象征着人供奉上帝,或者违背上帝的机会。

情节和冲突一样,必须有一个发展过程。在圣经故事中用以表现这一发展过程的因素就是揭示上帝对人类整个历史的旨意。在这类故事中,上帝是中心或主角。正如罗兰·弗莱所说的:"表现上帝性格的确可以说是圣经文学所要描写的中心问题,这一点在《圣经》中是贯彻始终的。"根据这个观点来推断,圣经文学最主要的情节,是叙述上帝在历史上、自然界以及人类生活中的种种神迹。

亚里士多德明确地指出,一个故事必须有开头、中间和结尾。这就阐明了故事情节应有逐步发展的特性。《圣经》中的历史观点坚持了这一模式,因而其中的情节具有统一性。圣经文学体现着一种次序,这种次序的发展过程如下:永恒、创造、人类堕落前的生活、世人的历史、历史的末日,以及善与恶的生物永远存在。这个统一性通过下述事实得以验证:《圣经》是以叙述上帝创造人和人堕落前的生活为开端,以描绘人类历史的终结为结尾,人类历史就在这开端和终结之间演进。《圣经》认为人类的历史就是愿意接受上帝拯救的人赎罪的过程。

圣经文学情节的统一性不仅要通过善与恶的反复较量,通过揭示上帝旨意的描述和通过圣经的历史模式,而且还要借助原型模式才能得到保证。圣经文学的每一单独片段都归纳到单一神话统一模式中去。情节结构和意象模式都是整个圣经文学的统一原型故事的不断重演。诺思罗普·弗莱十分准确地称《圣经》为"以创世到启示的一个单一原型结构"。

——勒兰德·莱肯,1988:17-19

《伟大的代码——圣经与文学》节选

⊙ [加]诺思洛普·弗莱,著
⊙ 郝振益,等,译

原型批评家诺思洛普·弗莱把《圣经》中的意象分为五个类型,即乐园意象、牧放意象、农业意象、城市意象和人类生活本身的意象,并对五类意象的内部结构作了详尽考察。以下节选部分是关于乐园意象的分析,重点分析了其中的两个亚意象即树和水在整个圣经中的演变。

圣经一开始写到伊甸园时,意象的重点在树和水:

耶和华神使各样的树从地里长出来,可以悦人的眼目,其上的果子好做食物。园子当中又有生命树和分别善恶的树。(《创世纪》2:9)

还有四条河。其中三条已确定为尼罗河、幼发拉底河和底格里斯河,第四条"拉伯河",根据约瑟夫斯①的论断就是恒河。虽然他指的也许是印度河。这四条河都出自同一源头(即《钦定译本》《创世纪》2∶6 中的"雾气",在《七十子希腊文本圣经》中为"喷泉")。它们都从中非流向中亚,其共同的源头只能是地底下的一个淡水海,而不是咸水海。咸水海在地面上出现时只能是泉水或井水。《创世纪》没有明显地把这个"喷泉"说成是生命之水,但象征性地说明了这一点。亚当和夏娃被逐出伊甸园后,就失去了树木和生命之水;而到圣经的结尾处,树木和生命之水又得到恢复来拯救人类。(《启示录》22∶1-2)因此,这两个意象成为圣经叙事开头与结尾最明显的象征,它们象征了人类失去的但最终又复得的世界。

圣经的中部有以西结预言。这部分内容是在"巴比伦囚房"②时期写的,表达了被囚房的犹太人盼望返回自己的家园。他们回到家园后要做的第一件事就是重建圣殿,恢复他们崇拜的中心。《以西结书》(47∶1-17)中说,圣殿一建好,殿的门槛下就涌出一股泉水,随之变成一条大河向东流去,沿河两岸生长了许多树木。《撒迦利亚书》(13∶1)也有类似的说法,它预言了在耶路撒冷将开一个"泉源"(《撒迦利亚书》中有两个完全不同的说法,此处取第二个说法)。

这两位先知也预言了雨和"福如甘霖而降"(《以西结书》34∶26),虽然这里雨的语境是指农业而不是畜牧业。雨如果降得不适时可以造成灾难,因此这里所说的雨用词是谨慎的。③《撒迦利亚书》(14∶17-19)说,一旦圣殿中的崇拜中心恢复了,那些没有每年一次来耶路撒冷朝圣的犹太人就得不到雨水。接着他又想到有些犹太人将住在埃及,那儿是没有雨的,但一位警觉的上帝将看顾这些罪人。《钦定译本》《创世纪》(26∶19)中的"泉水"原文是"活水"。《新约》把"活水"认同为福音(《约翰福音》4∶10),而圣经在近结尾处所说的就是邀请得救的人们都来喝生命之水(《启示录》22∶17)。

我们说过圣经中每个启示或理想的意象都有一个恶魔相对应。恶魔意象又分为两类:一类是模仿—恶魔,它和异教国家的一度兴旺有关;另一类是明显的恶魔,即等待着他们的是因干旱而造成的赤地千里。水的模仿—恶魔意象包括历史上的尼罗河、幼发拉底河和底格里斯河。这些河流给了埃及、巴比伦和亚述以生命和力量,也给了地中海和波斯湾异教徒的航运贸易以勃勃生机,尤其是腓尼基人的海上贸易十分兴旺。由于腓尼基的重要城市推罗是以西结谴责的目标之一,因此我们听到了不少有关这个城市最终衰败成为一堆不毛的岩石的说法(在希伯来文中"推罗"和"岩石"十分相近,可以成为双关语)。同样,《启示录》中的大淫妇,即巴比伦和罗马,也将丢失掉

---

① 约瑟夫斯(37? —95?),犹太史学家。——译者注
② "巴比伦囚房"时期:指公元前 6 世纪耶路撒冷陷落,大批犹太人被俘至巴比伦。——译者注
③ 这里所说的雨用词是谨慎的:此处圣经中有"时雨"一词。——译者注

她的航运贸易(《启示录》18:19)。

最富戏剧性的恶魔意象是死海,海里充满了盐,任何生物都不能在其中或四周生存。在《以西结书》里,泉水从重建的圣殿门槛下涌出,向东流去,进入死海,从而使死海获得生命(《以西结书》47:8 说"使水变甜";《撒迦利亚书》14:8 也有类似的说法)。《启示录》的作者在许多具体细节上都得之于《以西结书》。他说末日来临时"海也不再有了"(《启示录》21:1),也就是说,不再有死海了,也就不再有死水了,也就不再有死亡了。虽然在《创世纪》(19)中没有明说,但按照传统的看法,恶魔的城市所多玛和蛾摩拉是沉到死海的底下去的。以西结预言推罗的命运也与此相似(《以西结书》26:19)。

我们在《创世纪》一开始听见的混沌空虚也同恶魔的海紧密相关。我们记得在伊甸园的故事里似乎假定地底下有一个淡水海,从那里涌出了伊甸园的四条河。在天的上面比雨云高得多的地方显然也有一个淡水海(《创世纪》7:11)。因此,从一定意义上说,洪水取消了创世,使世界回到了混沌。在巴比伦人的创世圣歌《埃努玛·埃力希》中,淡水之神艾伯修被杀害。他的遗孀,咸水或"苦"水之神苔莫特以毁坏来威胁诸神。主神马杜克把她杀了,劈为两半,一半造成天,另一半造成地。《创世纪》开始的记叙有相似之处:以"苍穹"把水上下分开,随之出现的世界是一片空虚(tobu)混沌,渊(tobom)面黑暗。据说根据词源学,希伯来词 bobu 和 tobom 与苔莫特是同源词。《旧约》中还有许多别的有关创世的典故,像杀死一条龙或一个怪物之说,这些我们下面还将谈到。苔莫特并没有被明显地说成是怪物,但她给一群怪物哺乳,而这群怪物必定是从某个地方留传下来的后代。

洪水本身既可以从神愤怒和报复的意象意义上看成是恶魔意象,也可以看成是拯救意象,这取决于我们是从挪亚和他家人的观点来看,还是从所有别人的角度来看。类似的双重语境还出现在以色列人穿过红海的记载中,追赶以色列人的埃及军队被合拢恢复原状的海水所淹没。这一节给洪水故事,实际上是给圣经中所有水的意象,增加了一个象征的方面。洪水中鱼的情况如何? 这是一个未能得到解答的老问题。就象征的意义来说,有一种解释:洪水从未退却,我们全都是生活在象征意义上的水下想象世界中的鱼类。被洪水淹没的军队也同样是后来象征意义上的黑暗与死亡的埃及。因此,挪亚的水灾(《彼得前书》3:21)和穿越红海(《哥林多书》10:2)在《新约》中被认为是不同形式的神圣洗礼。在施洗礼时,受洗的人被象征性地淹没在旧世界,而醒来时已到达彼岸的新世界。同样,也就有了这样一种象征:在启示之后,获救的人们能够生活在生命之水中,正如人们现在生活在空气中。

对于沙漠的居民来说,水是一个生死攸关的问题。以色列人旅居沙漠 40 年的记载穿插了许多和水有关的记叙,其中有摩西击石引水的著名故事(《民数记》20:11)。由于他的行为狂妄,因此被拒绝进入应许之地。有一则离奇的传奇说,有个灵磐石随着以色列人行进,一到宿营地就停下流出水来。保罗提到了这个传说(《哥林多书》

10:4），他并不在乎这是否符合历史事实，而是迫不及待地把这个灵磐石说成是基督的身体。当基督的身体在十字架上被枪扎的时候，也有水流出来（《约翰福音》19:34）。有一首著名的18世纪的赞美诗《世纪之石，为我开裂》，就是在这个类型学的基础上产生的。

树的意象也遵循同样的一般模式。《创世纪》（2:9）中提到了两棵树，生命树和区分善恶的禁树。从隐喻的意义上说，它们是同一棵树。就我们现在所知，禁树显然和性行为的发现有关，而生命之树则是我们称之为"失去的阴茎图像"①（现在已经不存在的生殖方式）的神话之一。禁树有一条该诅咒的蛇，没精打采地贴地爬行离它而去。如果用同样的意象，那么生命之树就有一条直立的智慧和知识之蛇穿过树枝往上爬行，就像被称为生命力瑜伽的印度体系中的意象一样。《创世纪》中并没有谈到这一点，但我们应该记住这个事实，意象并非生来就分成好的、坏的，启示的或恶魔的。它属于哪一类要靠语境而定。蛇由于在伊甸园的故事中所扮演的角色，因此按照圣经的传统通常总是罪恶的意象，但是它也可能成为智慧的象征（《马太福音》10:16）或治愈伤病的象征（《民数记》21:9），就像希腊神话中的蛇一样，希西家登上王位后害怕对蛇的膜拜（《列王纪下》18:4）。实际上，《创世纪》中把蛇说成"狡诈的"背叛，也许就反映了希西家的这种恐惧。

在树和水两者中，把王室隐喻的原则用于树比用于水要容易，因为生命之树，就像华兹华斯所说，是"一棵包容了许多树的树"。在《以西结书》（47:7）里，它是"许许多多的树木"；在《启示录》（22:2）里，是12棵树，或者至少是一棵树结了12种果子，这也属于王室隐喻。依据同样的原则，生命之树，除了作为知识禁树的一面，它应该是伊甸园里所有的树。由于知识禁树和性行为有关，因此，这两种树都可能被认为是无花果树或枣椰树，或者其他有两性区别的树。但是在中世纪只有一种拉丁文本圣经，禁树就被认为是苹果树，因为拉丁文malum有邪恶和苹果两个意思。在《失乐园》中，禁树仍然是苹果树。不管怎么说，它是一棵果树，而且亚当在堕落之前，显然完全靠树上的果子为生。因此，生命之树提供了食物，从象征的意义上说，也就是提供了生命本身，提供了对伤病的治愈（《启示录》22:2）。

"树汁"这个词在《钦定译本》中只出现了一次（《诗篇》104:16），而在动物意象中特别强调血是动物的"生命"（《创世纪》9:4及其他章节）。对于树来说，与此相应的意象则是树脂、树胶、油脂或其他类似的汁液，它们代表树的生命或体内精华。这些汁液中有珍珠（《创世纪》2:12），"基列的乳香"（《耶利米书》8:22），它也是治病的药剂，还有东方三博士之一献给儿时基督的乳香和没药（《马太福音》2:11）。这后两种药物

---

① 见杰奎斯·拉孔《著作选》（英译本，1977），281及其后。拉孔使人们知道了"失去的阴茎图像"，但我认为这里真正失去的是男性和女性原则的均衡。布莱克《经验之歌》的序言也提到了这个看法。见马文·H.波普评论中对《雅歌》的概括性解释，载《锚地圣经评论集》（1977），153及其后。——原注

在植物中的价值显然被认为和黄金在矿物中的价值相同。它们,尤其是没药,也是基督受难的象征。(《马可福音》15∶23)处于最中心的"涂油"意象与弥赛亚或基督相关,它以隐喻的方式暗示基督的身体就是生命之树(由此可以假定当时用的油是植物油,如橄榄油——至少在这种情况下不可能假定是用石油)。因此,对于基督教徒来说,很容易把《启示录》(22)中的生命之树和水象征性地分别认定为圣餐和洗礼这两件圣事。

当语境是恶魔的模仿时,《圣经》常常从别的神话学中模仿意象和中心事件。世界各地的神话学不仅有生命之树或食物供给者的象征,而且有"世界之树"。这世界之树有时被认为就是生命之树,有时又认为不是。它代表了神话宇宙的垂直视角(axis mundi)。在这个神话宇宙中,大地位于中间,在它的上方和下方各有一个世界。世界之树的根在下方世界,而枝叶一直伸到天空以外(在经过进一步加工的神话中,把行星说成是它结的果子)。斯堪的纳维亚的乾坤树①和著名的苗圃故事中的豆茎都是世界之树的亲缘植物。在《以西结书》(31)中,作者把亚述同埃及联系起来②,生动地把亚述的权力描述成一棵这样的大树,而这棵树最终被一个更强的敌人砍倒,"伊甸的一切树……都在阴府受了安慰"(31∶16)。随后,在《但以理书》中有一棵树,显然是取自《以西结书》的,其高顶天,从地极都能看见。这棵树被认为就是尼布甲尼撒王和短命的巴比伦王权(《但以理书》4∶10 及以后)。

基督的十字架同红海一样,既是恶魔意象又是赎救意象,取决于从什么角度来看它。作为人对上帝的行为的意象,它纯粹是恶魔的。《申命记》(21∶23)说,"被挂(在树上)的人是在神面前受诅咒的。"保罗读到这一节时(《加拉太书》3∶13),不是仅仅把它同耶稣被钉死在十字架上相联系,而是把它同基督作为人类罪恶的共同替罪羊相联系。关于这一点下面还要谈到。也许正如布莱克所说,把挂在树上和神的诅咒相联系,表明了伊甸园树木意象隐喻意义的扩展。亚当堕落前在隐喻的意义上他自己就是一棵生命之树,而堕落后他就依附于他所选择的那棵失意的性之树——按照布莱克所说,被缚在植物的茎干上。这也许可以解释为什么耶稣会诅咒不结果子的无花果树(《马太福音》21∶19)。我们可以用希腊语中 anthropos(人类)和 anatrope(树)这一双关语,把上面所说树的意象略加改变,就可以得到人是"倒立的树"的意象,人的头发相当于树根③。这个意象并非出自《圣经》,而是从中世纪保留下来的,尽管那时希腊文受到普遍忽视。在马韦尔④的《在阿普顿房上》和布莱克的《欧洲》"序曲"中都有明显的表现。塔罗纸牌⑤中倒吊着的人,一只脚被捆着,两腿成十字,但并不令人感到是

---

① 乾坤树,取自北欧神话,据称此树为大白腊树,接天入地,连天、地、黄泉为一体。——译者注
② 见布莱克《耶路撒冷》,60。——原注
③ 见希格登《综合编年史》(丘吉尔·巴宾顿编,案卷丛书),第 2 卷,ii,第 1 章,183-185. ——原注
④ 马韦尔(1621—1676),英国玄学派诗人。——译者注
⑤ 塔罗纸牌,共 22 张,其中 21 张画有各种传说中的图像。——译者注

在受难,有可能和这同一个复合的意象有关。

乐园中树和水的意象也出现在个人的生活中。《诗篇》一开始就说好人"像一棵树,栽在溪水旁";在《山上宝训》中,良好的和腐烂的果树意象占有重要地位。在《雅歌》里,这一意象延伸到了新娘的身体,把她比作"关锁的园,封闭的泉"(4:17),而这意象的延伸必须在了解别的几类意象之后才能达到。在所罗门王的宫殿里,两根独立的立柱雅斤和波阿斯和那个神秘的"铜海"(《列王纪上》7:21-23),也许表示了树和生命之水的意象在同一个建筑体中相结合。另一个和历史相联系的生命之树的意象是"枝条",作为大卫的直系后代弥赛亚的别称。这在《以赛亚书》(11:1)中出现"从耶西(大卫的父亲)的本必发出一枝条"这句话中。因此,耶西之树成为中世纪大教堂的建筑师们爱用的图像,尤其是用在印花玻璃上。

——诺思洛普·弗莱,1998:188-195

练习思考题

1. 补写亚伯拉罕献祭亲子(《创世纪》)这一事件中你认为可能出现的人物心理活动。

2.《旧约》中的上帝是一个什么样的形象?

3. 结合拜伦的诗剧《该隐》,谈谈你对其中该隐杀其兄弟亚伯(《创世纪》)这一事件的理解。

4. 你如何理解耶稣门徒彼得三次不认主(参看《马太福音》)的原因?

延伸阅读

房龙.1988.漫话圣经[M].施旅,于一,译.北京:三联书店.

戈登·菲,道格拉斯·斯图尔特.2005.圣经导读(上)——解释原则的评论[M].魏启源,等,译.北京:北京大学出版社.

戈登·菲,道格拉斯·斯图尔特.2005.圣经导读(下)——按卷读经[M].李瑞萍,译.北京:北京大学出版社.

克尔凯郭尔.1994.恐惧与颤栗[M].刘继,译.陈维正,校.贵阳:贵州人民出版社.

刘意青.2004.圣经的文学阐释[M].北京:北京大学出版社.

梁工,卢龙充.2003.圣经与文学阐释[M].北京:人民文学出版社.

梁工.2006.西方圣经批评引论[M].北京:商务印书馆.

朱维之.2008.圣经文学十二讲:圣经、次经、伪经、死海古卷[M].北京:人民文学出版社.

参考文献

勒兰德·莱肯.1988.圣经文学[M].徐钟,刘振江,译.沈阳:春风文艺出版社.

诺思洛普·弗莱.1998.伟大的代码——圣经与文学[M].郝振益,樊振帼,何成洲,译.北京:北京大学出版社.

南希·M.蒂斯勒.2009.圣经文学主题指引.北京:中国人民大学出版社.

第五章 《摩诃婆罗多》

　　印度古代吠陀文学之后的又一个文学高峰是与荷马史诗齐名的两大梵语史诗,它们是《摩诃婆罗多》(Mahabharata)和《罗摩衍那》(Ramayana)。其中,《摩诃婆罗多》又被古代印度人称为历史传说(Itihasa)。由于印度古人的历史意识淡薄,历史记录不完整,难以考证它的确切创作年代。一般认为它是集体创作而成,形成于公元前4世纪到4世纪左右。至于在这漫长的800年中的具体形成过程,学者们经过多年探讨,现在一般倾向于分为三个阶段,即八千八百颂(一颂近似于汉语诗歌的完整一句)的《胜利之歌》,到二万四千颂的《婆罗多》,再到最后十万颂的《摩诃婆罗多》。《摩诃婆罗多》的原始作者据说是毗耶娑(Vyasa)。按照印度传统,毗耶娑不仅被说成是《摩诃婆罗多》的作者,还被说成是四部吠陀经典的编订者、往世书的编写者、吠檀多哲学经典《梵经》的作者。毗耶娑这个梵文名字的本意是"划分""扩大"和"编排"等,因此,将毗耶娑看成一个公用名字或专称,泛指包括《摩诃婆罗多》在内的古代印度一切作品的编订者,也未尝不可。在往世书神话中,就提到有28个毗耶娑,这或许可以作为这一看法的一个佐证。《摩诃婆罗多》书名的意思是"伟大的婆罗多族的故事"。全书共分18篇,以列国纷争时代的印度社会为背景,叙述了婆罗多族两支后裔俱卢族和般度族争夺王位继承权的斗争。2005年底,金克木、黄宝生等人历时10年合作翻译的400多万字的中文六卷本《摩诃婆罗多》得以出版。

一、精彩点评

- 事实上,我们只能在非常片面的意义上把《摩诃婆罗多》称为一部史诗或一篇诗歌。在某种意义上,《摩诃婆罗多》根本不是诗歌作品,相反,它倒不如说是一部完整的文献总集。(Winternitz M,1981:296. 尹锡南,译)

- 大史诗《摩诃婆罗多》是古代印度人民的伟大创造。它突出反映了整个时代的精神面貌,强烈表现了种种社会斗争的情景,成为当时包罗万象的知识总汇,给予后代印度以极大的影响,并且影响到了它的一些邻近国家。(金克木,1999:93)

- 这部大书(《摩诃婆罗多》)在印度古时被称为"历史传说"。欧洲人照古希腊荷马的书的归类称它为史诗。这里面有印度古人装进去的种种世界缩影。有家谱和说教,那是祠堂和教堂的世界。有数不清的格言和谚语,那是老人教孩子继承传统的世界。有神向人传授宗教哲学被印度人尊为圣典,那是信仰的世界。还有政治、军事、外交、伦理等统称为"正法"的各种各样的世界。有一个大故事是大世界,还有许多小故事是小世界。读者游览这个复杂的世界比进大观园的刘姥姥还迷惑。……若是有选择地读,书中有不少世界的情景也许不亚于小说那样有趣,寓言教训也不见得完全过时,印度古人好像离开我们今天中国人也不是那么遥远,但也不是中国佛教中的菩萨、罗汉。

这是一部有诗的形式,历史文学的性质,百科全书内容的印度古书。不同的读者可以各自读出不同的意义。(金克木,2005:译本序,2-3)

- 这部史诗(《摩诃婆罗多》)的基调是颂扬以坚战为代表的正义力量,谴责以难敌为代表的邪恶势力。在史诗中,坚战公正、谦恭、仁慈。而难敌则相反,贪婪、傲慢、残忍。他的倒行逆施不得人心,连俱卢族内的一些长辈也同情和袒护般度族。在列国纷争时代,广大臣民如果对交战双方有所选择的话,自然希望由比较贤明的君主,而不希望由暴虐的君主统一天下。(黄宝生,1988:31)

- 《摩诃婆罗多》和《罗摩衍那》的流行,对发展印度各族文化统一的因素来说,对发展印度不同语言的民族的团结思想来说,是具有巨大的历史意义的……向《摩诃婆罗多》搜寻主题、情节、思想等的,不完全是古代和中世纪的印度文学的作家,说得更确切些,乃是各种不同印度语言(包括印度雅利安语和达罗毗荼语)的印度文学的作家。它还继续丰富了 19 世纪和 20 世纪作家的创作。甚至在今天,《摩诃婆罗多》还是很广泛地被印度作家所采用,特别是剧作家和电影工作者……《摩诃婆罗多》的情节还引起了 H. M. 卡拉姆辛、B. A. 茹科夫斯基以及其他俄国诗人的注意。在俄国曾以《摩诃婆罗多》的题材创作了一个歌剧,这就是 A. C. 珂伦斯基的《那罗和达摩衍蒂》(1898—1999)。西欧作家的很多文艺作品的情节都是取材于《摩诃婆罗多》的。(А. П. 巴兰尼柯夫,1984:418-419)

二、评论文章

《在超验哲学意义上的故事》节选

⊙ ［印］苏克坦卡尔，著
⊙ 李楠，王邦维，译
⊙ 杨瑞林，校

作为一部篇幅宏大、内容驳杂的史诗，《摩诃婆罗多》的意义是纷繁复杂的。印度学者苏克坦卡尔在《论〈摩诃婆罗多〉的意义》一文中从世俗意义、伦理意义和超验哲学意义三方面阐释了这部史诗的意义，下面节选的是他阐释超验哲学意义部分的前一半。文章指出，《摩诃婆罗多》超越了二元对立的善与恶、地狱与天堂，这源于印度超验的最高存在"梵"（自我）。在《奥义书》中先哲已经将外在的宇宙移入了人的内心。在《摩诃婆罗多》中将外在的宇宙转移到人内心的人物就是黑天。

《摩诃婆罗多》是印度的长篇英雄传奇，这是无可争议的。和所有真正的英雄传奇一样，这部长篇英雄传奇的主题是一场巨大的战争。重要的是要记住，这场战争发生在两房堂兄弟之间，一边是持国的儿子们，一边是般度的儿子们；或者按一般的称呼，一边是俱卢族，一边是般度族。赳赳武夫、绝色佳人、伟大圣哲在这个戏剧性的故事中纷纷登场，真叫人目不暇接。我们被毗湿摩的誓言震惊，他发誓要放弃王位，放弃婚姻，实际上是要放弃使人值得活着的一切东西，而这仅仅只是为了满足他年迈父亲一时的情欲。当女主人公黑公主受到她那些无法无天的族人们的肆意侮辱，被当众剥掉衣服时，我们又禁不住被她为了免遭这种耻辱而发出的哀婉凄绝但却是没有用处的呼救声而感动得泪落不已。在那利箭如雨，血流成河的激战中，双方的首领们驰骋砍杀，战场上战车狼藉，象、马殒命，尸横遍野，我们读到此处，又真觉得如同身历其境，心惊胆战。

创作史诗的诗人们并不只满足于为我们上演一场极为精彩的戏剧，让我们只是作为观众而观看这场演出。打个譬喻说，他们把我们领到了后台，让我们看个仔细，把所有和我们刚刚在观看的这场悲剧中的演员们有关的事情都告诉我们。他们让我们"从里面"照着它本来的模样来观看这场演出，为我们提供了一个新的也是非常重要的观察点，让我们能够更深地领会这场戏剧的意义。我们看到，那些演员们代表着两个理想中的集体，一个是道德的集体，天神们参加其中，以英雄与正直的个人面目而出现；另一个是邪恶的，或者说非道德的集体，它是前者摧毁的对象。发生在我们面前，被我们目睹的这场战争于是就成了两个阵营的对峙,这两大阵营自不可追忆的往昔起就已存在,又在不同的场合不同的时候以全新的面目不断出现。史诗的作者努力想用这种办法使我们熟悉那种关于发生在正确与谬误、善与恶、正义与非正义之间的永恒的冲突的宇宙观。史诗的作者让我们不知不觉地设想,我们自己事实上也是这场无休止的宇宙戏剧中的演员,我们被置身于冲突之中,扮演着我们自己特定的角色。我们读了这部书后,我们感觉好像《摩诃婆罗多》的故事绝没有真正地结束,此时此刻它好像都正在进行,并且还将永远进行下去。

史诗的作者引用教训,又举出例证,一步步地说服了我们,使我们站到了真理、正义、道德与正确的一方。这些都意味着指的是正法。诗人们反复向我们保证,正法将会满足我们在这一生中能够提出的一切合法的要求。胜利凭借于正法。正法能够使人财源兴盛。它甚至能够使人肉体上的,感情上的,爱美的天性和愿望得到满足。那么我们为什么不应该实行正法呢?

利、欲皆出自达摩[①],

人何不遵循达摩?

不过,当我们已经达到这样一个从伦理道德的角度来观察史诗的阶段时,我们观察的方向又有了一个突然的变化,它整个儿改变了这幅天神们与阿修罗们之间的冲突的图画,把我们引向了更深奥的生命秘密,超出了正法与非法的分野,超出了善与恶的范围。

对这些更深奥的秘密,我们将在合适的地方着手进行考察。我同时想提请你们注意到这一事实:根据印度的思想观念,神和魔并不完全就是照着通常对这些词语的意义所理解的那样,是由善与恶产生出来的。在印度的思想观念中,并没有那种把其他的宗教思想和哲学弄得十分糟糕的极端的二元论思想,也没有极端对立,不可调和的上帝和魔鬼。据说神和魔两者都产生于同一绝对的本源,最后又复归于其中。就这一点而言,最高级形式的印度思想要科学得多、合理得多。

这样,善与恶不是被看成是不可调和的对立物,相反,却被看成是互相补充的过程。它们可以被描述为来自内部的、向上的、创造的一面和来自外部的、下降的、破坏的一面,两者都发源于,最后又同归于终极的实在,同归于那产生万物的力。两个对立物合而为一个整体,这个整体使它们互相结合,成为一个单独的超验的统一体。不仅天神们与阿修罗们是如此,法与非法如此,正确与谬误如此,善与恶如此,人类和自然的其他种种现象也是如此。所有的事物都出自同一本源,因此从一切事物之间都互相联系着这个意义上讲,宇宙实实在在只有一个。但是这里有一点很重要,宇宙充满了相反的倾向。因此它的演化甚至存在都依赖于对立的两极之间的相互作用,这是对立物之间绝对合乎自然规律的,甚至是不可避免的一种较量。如黑格尔所指出的一样:

---

① 这里,达摩指法,即规律。——译者注

"这种实在便是宇宙,它产生于自身,使自身具有特性,又使自身对立于自身。"

你们知道,在印度哲学里,这个超验的实在,或者被称作"梵",或者被称作"自我",或者被称作"最高的自我"。印度哲学家们始终坚持认为,这个"自我",即绝对的实在,是无限变化的现象世界内在固有的,同时又超越于其上。他们坚持认为,即使一般来说它的存在是超感官的,甚至超乎于人的理解能力之外,但它却必然会被我们听到、看到、想到,而且会引起我们对它进行一番深刻的思索。在《摩诃婆罗多》中,我们看到了印度诗人们想要去领会、总结、阐明这个迷惑人的,似是而非的存在体的企图的具体表现,就好像是努力想要去描述一种不可描述之物。这种企图使富有灵感的史诗诗人们创造出了印度精神最有特色的一部作品,这部作品不仅注定要深深地影响后世人的文学与艺术,而且还要影响他们的生活与思想。

不过,要想理解这个玄妙的创造物,我们必须稍稍溯本追源,回到整个婆罗门教的思想与哲学的本源《奥义书》来。《奥义书》的先哲们在寻求真知的过程中,大胆迈出的第一步,就是把众多的吠陀神综合而为一个绝对的存在。这种综合几乎是与确定最高的神就存在于每个人自己内心的隐秘之处的看法同时发生的。《奥义书》的先哲们奇迹般地把天堂整个儿从九天之外转移到了人自身的心灵之穴中来。过去那些神的世界和那些古老的神祇就成了象征性的实体,仅仅是初入门者参考的标准,它们既不是一些单独的个体,也不是一些同等的平面(就神学的意义而言),而是可以在一个人自身内部,在你和我的内心切实感觉得到的状态。人的"心"于是变成了祭坛,变成了圣殿,变成了虔诚的朝圣者的圣地,变成了一个世界,变成了天堂和地狱,一句话,变成了一个宇宙。人只用大胆的一击,就把那曾经把他和他之外的生命拴在一起的不可打破的锁链打了个粉碎。通过他自己不可征服的意志的指令,人获得了自由,完全独立了,独立于现实之外了。照心理学家的说法,人成为内向性格的了。而全能的神却成了囚禁在"瑜伽者"心中的一个孤独的囚徒。

为了再次使这位心灵内部的统治者积极行动起来,史诗的作者进行了大胆的实验,把这位国王从他幽暗的住室引到了光天化日之下,让他面对着他的心情忧郁的信徒们,他们正渴望着看见他的面容,听见他的声音,看他在他自己的戏剧中扮演一个角色。从结果来判断,诗人们的这个实验获得了惊人的成功。你们一定已经猜测到,这位心灵内部的统治者不是别人,正是高贵的黑天,他是许多虔诚的心灵所崇拜的对象,但也是《摩诃婆罗多》的现代批评家们感觉十分讨厌的一个人物。

——苏克坦卡尔,1984:217-221

《〈摩诃婆罗多〉的教诲篇章》节选

⊙［印］莫·温特尼兹,著

⊙胡海燕,译

⊙姚保琮,校

德国著名印度学家莫·温特尼兹对《摩诃婆罗多》中《毗湿摩篇》的著名长篇训诫诗《薄伽梵歌》亦即印度教文化经典进行了精深中肯的评述,他认为《薄伽梵歌》之所以家喻户晓,就在于它具有重视知识,歌颂善良和美德,鼓励人们恪守职责等丰富的哲理内涵。

在《摩诃婆罗多》的教诲章节中,《薄伽梵歌》或曰《神之歌》是流传最广,最负盛名的。在印度,几乎没有任何一部书像《薄伽梵歌》这样受到如此高度的重视,拥有如此之多的读者。这篇插话是薄伽梵的信徒——一个毗湿奴教派——的经典。不仅如此,每个印度人,不论他属于哪个教派,都把《薄伽梵歌》当作祈祷和修身的经典。……

《摩诃婆罗多》这篇插话出现在第六篇的开头,这是读者完全意想不到的地方。这时,战争场面的壮观描绘刚刚铺开:战前的一切准备均已就绪,两军对峙,严阵以待。阿周那让战车停在两军阵前,视察俱卢族和般度族披甲待战的军队。他在双方阵中看见了即将相互残杀的"父亲和祖父们,儿子和孙子们,老师、叔伯和兄弟,朋友、岳父和伙伴"。于是,一种深深的怜悯之情把他征服了。他一想到要去跟亲戚和朋友们打仗,心中便惊慌不安。阿周那觉得杀死亲友是犯罪,是疯狂。因为在正常情况下,人们正是为了亲友的利益才去打仗的。当黑天谴责他临阵退缩、意志薄弱的时候,阿周那申辩说,他非常为难,他不知道是打胜好呢? 还是让对方把自己打败好? 最后,阿周那请求黑天开导他,在这两种义务发生冲突的情况下,到底应该怎样做才对。黑天针对他的问题讲了一番深刻的哲学道理。分析这些道理的直接目的是让阿周那相信,作为刹帝利,他的义务就是打仗,不必顾虑战争的后果如何。黑天说:

> 你说着理智的话,为不必忧伤者忧伤;无论死去或活着,智者都不为之忧伤……正如灵魂在这个身体里,经历童年、青年和老年,进入另一个身体也这样,智者们不会为此困惑……这遍及一切的东西,你要知道,不可毁灭,不可毁灭的东西,任何人都不能毁灭。身体有限,灵魂无限,婆罗多子孙阿周那啊! 灵魂永恒,不可毁灭,因此,你就战斗吧! 倘若认为它是杀者,或认为它是被杀者,两者的看法都不对,它不杀,也不被杀。它从不生下或者死去,也不过去存在,今后不存在;它不生,持久,永恒,原始,身体被杀时,它也不被杀。如果知道,阿周那啊! 它不灭,永恒,不生,不变,这样的人怎么可能杀什么或教人杀什么? 正如抛弃一些破衣裳,换上另一些新

衣裳,灵魂抛弃死亡的身体,进入另外新生的身体。刀劈不开它,火烧不着它,水浇不湿它,风吹不干它……既然知道它是这样,你就不必为它忧伤。(毗耶娑,2005:第3卷,491)

黑天的意思是说:没有理由抱怨这场即将开始的屠杀。因为人,即灵魂,是不会消亡的,是永恒的。消亡的只是肉体。黑天谆谆教导阿周那要牢记自己身为武士的职责,投身到这场正义的战争中去。参加这种战争的武士是幸福的,战争为他打开了通往天堂的大门!……下面这首诗说明,《薄伽梵歌》把知识视为通向幸福的道路,赋予了极高的评价:

即使你犯有罪恶,比一切罪人更有罪,只要登上智慧之船,就能越过一切罪恶。正如燃烧的烈火,将木柴化为灰烬,阿周那啊! 智慧之火将一切行动化为灰烬。(毗耶娑,2005:第3卷,498)

《薄伽梵歌》还认为,只有完全与世隔绝,并且在冥思苦想中追求知识的人才能算作瑜伽行者。这种瑜伽行者是仙人和智者的理想。他们"在严寒和酷暑里,在欢乐和悲伤中,在被人尊敬和蒙受耻辱时",始终保持心灵上的平静。土块、石头和金锭在他们看来毫无区别。他们对朋友和敌人,对陌生人和亲属,对善人和歹徒全都一视同仁。他们坐在僻静的地方,陷入瑜伽状态,"眼睛盯着自己的鼻尖,身体纹丝不动"。"瑜伽行者控制思想,运用瑜伽把握自我,好比无风之处一盏灯,它的火焰静止不动"。(毗耶娑,2005:第3卷,501)……

……

瑜伽行者只有通过敬神才能使他们的善行和种种美德获得真正的价值:

不仇视一切众生,而是友好和同情,不自私,不傲慢,宽容,对痛苦快乐一视同仁。永远知足,控制自己,决心坚定,信仰虔诚,把思想和智慧献给我,我喜欢这样的瑜伽行者。(毗耶娑,2005:第3卷,515)……

《薄伽梵歌》中一切伦理学说的核心就包含在下面这首诗里,评注家们把它称为"精髓"是恰如其分的:"谁摒弃执著,为我而行动,以我为至高目的,崇拜我,对一切众生无怨无恨,他就走向我,阿周那啊!"(毗耶娑,2005:第3卷,514)

这首诗还说明,《薄伽梵歌》认为解脱或最高的幸福就是与神融为一体。这种结合被理解为"你将获得至高的平静,你将达到永恒的居处"。(毗耶娑,2005:第3卷,526)

——莫·温特尼兹,1984:364-370

练习思考题

1."法"或"正法"在《摩诃婆罗多》史诗中一再出现,请查阅印度教及其他相关知识,写一篇千字左右的小论文论述"法"的内涵。

2. 《摩诃婆罗多》中,对一些场景的描绘十分生动,如对持国王、甘陀利、贡蒂三位老人鱼贯而行,后一人的手搭在前一人的肩上,走向森林隐修的描绘,请阅读《林居篇》中的相关章节,写一篇读后感。

3. 在《摩诃婆罗多》中,我们会发现,天神因陀罗也常常受制于修道的仙人,这和希腊神话中天神宙斯统治一切有着明显的不同,试分析这种差异背后的原因。

延伸阅读

季羡林.1991.印度古代文学史[M].北京:北京大学出版社.

刘安武.2001.印度两大史诗研究[M].北京:北京大学出版社.

拉贾戈帕拉查理.1959.摩诃婆罗多的故事[M].唐季雍,译.金克木,校.北京:中国青年出版社.

孟昭毅.2007.《摩诃婆罗多》分合论主题[J].外国文学评论(2).

孟昭毅.2007.印度史诗《摩诃婆罗多》成因考论[J].外国文学研究(6).

毗耶娑.1987.摩诃婆罗多插话选[M].金克木,赵国华,等,译.北京:人民文学出版社.

毗耶娑.1989.薄伽梵歌[M].张宝胜,译.北京:中国社会科学出版社.

参考文献

毗耶娑.2005.摩诃婆罗多:1—6卷[M].金克木,黄宝生,等,译.北京:中国社会科学出版社.

黄宝生.1988.印度古代文学[M].北京:知识出版社.

金克木.1999.梵语文学史[M].南昌:江西教育出版社.

苏克坦卡尔.1984.在超验哲学意义上的故事[M].李楠,王邦维,译.杨瑞林,校//季羡林,刘安武.印度两大史诗评论汇编.北京:中国社会科学出版社.

莫·温特尼兹.1984.《摩诃婆罗多》的教诲篇章[M].胡海燕,译.姚保琮,校//季羡林,刘安武.印度两大史诗评论汇编.北京:中国社会科学出版社.

А.П.巴兰尼柯夫.1984.关于《摩诃婆罗多》俄译本后记[M].林芜,译.季羡林,刘安武.印度两大史诗评论汇编.北京:中国社会科学出版社.

Winternitz M. 1981. A History of Indian Literature. Delhi：Motilal Banarsidass.

第六章 《贝奥武甫》

　　《贝奥武甫》(*Beowulf*)是中世纪最早用当时方言写成的长篇英雄史诗,是古英语文学的最高成就。它最初取材于日耳曼传说,随盎格鲁—撒克逊人入侵传入不列颠诸岛,经几代人说唱流传,约于 700—750 年间成熟定型。其定稿者湮没不闻。贝奥武甫是斯堪的纳维亚传说中的英雄人物,但史诗中某些人物、地点和事件是有历史根据的。

　　《贝奥武甫》共 3 182 行,有引子及长短不一的 34 节,分为两部分。第一部分,高特王子、年轻的贝奥武甫率随从漂洋过海到丹麦,帮助国王罗迦瑟杀掉蹂躏其"鹿厅"12 年之久的邪恶怪物葛婪代,以及前来报复的妖母;尔后回国对高特王赫依拉讲述了历险经历,受到赞扬。第二部分,贝奥武甫在赫依拉死后辅佐其子,其子死后被拥立为王。御宇 50 年后,一条喷火恶龙肆虐高特。贝奥武甫以老朽之躯,在外甥威拉夫协助下迎战恶龙,经过漫长、恐怖且痛苦的战斗,杀死恶龙后也伤重而死。诗歌结束于贝奥武甫的火葬礼和哀歌声中。

　　《贝奥武甫》继承了日耳曼英雄诗传统,推崇对部族及首领忠诚、对敌复仇的道德准则。诗歌混杂着基督教精神,不少批评家认为贝奥武甫是反对恶的善、驱赶黑暗的光明捍卫者。他三次与人类大敌的非人邪恶怪物作战,而不是向人类宿敌实施血亲复仇,是有深刻意义的。《贝奥武甫》前半乐章看似欢乐,实际上充满不祥之暗示。后半乐章缓慢,情绪渐趋阴郁悲伤,恰如命运来到,人人都得在它面前终场。

一、精彩点评

● 基督教是《贝奥武甫》的结构组成,而异教元素不是……诗人利用异教素材的明显好处是增加史诗的"地方色彩",俘获已被传教使团唤起的对异教王国的普遍兴趣,通过提供对鲜明生动甚至轰动性的、他的听众还只是听说过的如火葬等异教仪式的阐释,作者把听众的注意力聚集在更重要的目的上。《贝奥武甫》中的那些异教国王,用以增加趣味、唤起同情。史诗是一类证据,足以证明传教使团报告所说的异教徒也有美德。用异教元素来强调这些"英雄"的危险处境,吁求对他们境况的严肃同情。这或许是"基督教评说"在诗歌中很早就出现的原因,它提供了一个好基督徒能够在其中思索好异教徒的行为的机制。……

- 《贝奥武甫》巧妙地混合了世俗和宗教的价值观,既颂扬理想的日耳曼武士,又宣扬基督教的伦理道德。这些价值观不是截然相对的,但有很大不同……诗人用杀怪故事来思考生命、胜利以及失败的意义。听众被诗歌吸引,听到的主要是英雄行为,英雄们坚持异教信仰就是那个时代的主要特征。这一点强化了丹麦王罗迦瑟的布道:光有力量是不够的,而进一步的要求,连智慧的一神教徒也不具备,力量和禀性虔敬也须加上基督的新法则。《贝奥武甫》中的异教色彩把想象的反讽和诗歌的悲剧安置于真实的反讽和日耳曼民族的历史悲剧的维度内……异教徒的生活方式似乎命定在教堂确定无疑的胜利到来前消失。(Benson L D,2000:45-47. 邓鹏飞,译)

- 史诗以主导性叙事修辞的策略,在看似分离的各个世界和三个魔怪间建立起内在一致性。理解了这一点,我们就会明白,史诗描述的是贝奥武甫穿越青年、中年以及老年的旅程。他被赐予了年轻的天赋,中年的机运,老年的优雅,他又反过来证明审慎、节制、坚韧、正当地生活这四种核心美德。……因而,史诗的总体结构似应看作贝奥武甫的崛起和衰落,这样的结构非常得体。第 1-1008 行用对位叙事修辞(contentio)①描述葛奜代的世界,代表年轻;第 1009-2199 行通过双关的叙事修辞(adnominatio)②讲述妖母的世界,表示中年;第 2200 行到结尾,通过叙事延迟(dilatio)③描绘恶龙的世界,表示老年。而每个阶段贝奥武甫都表现出审慎、节制、坚韧、正当地生活等美德。(Abraham L,1993. 邓鹏飞,译)

二、评论文章

《〈贝奥武甫〉:怪物与批评家》节选

⊙［英］托尔金,著
⊙ 邓鹏飞,译

英国学者托尔金 1936 年在不列颠学院发表演讲——《〈贝奥武甫〉:怪物与批评家》,此文为英美"贝学"开山之作,其中提出了两个论题:《贝奥武甫》究竟带有浓厚的基督教色彩,还是异教色彩?另一个是长诗是否具有一个和谐平衡的对位结构。这两个问题迄今仍是学界争议的热点。笔者节译了托氏长文谈对位结构的部分。

---

① Contentio:英语修辞手法,意为平行对照或建立于相反基础上的陈述,如 I wasted time, and now doth time waste me.(我浪费时间,现在时间浪费我。)——译者注

② Adnominatio:英语修辞手法,意为使用专有名词的字面意义或同音异义词,近于汉语中的双关。——译者注

③ Dilatio:英语修辞手法,即叙事延迟。——译者注

如果我们只抓主要点和大布局,忽略大量小技巧,就不难察觉出诗歌的总体结构。我们须抛弃《贝奥武甫》是讲故事或者打算讲一系列故事的叙事诗的想法。诗歌也不是为了稳定或不稳定地推进。诗歌本质上是个平衡——首尾的对立。用最简单的话讲,它是对一个伟大生命的两个时段的对比描述:崛起与衰落。诗歌是关于古代的佳作,是青年与老年之间、起初成功和最终死亡之间有张力地对照推进的佳作。相应地,诗歌分为两个在内容、风格和篇幅上都不相同的对应部分:A,从第1行到2199行(包括52行序诗);B,从第2200行到3182行(结尾)。没有任何理由对这个划分吹毛求疵,无论如何,就诗歌的目的和所要求的效果来讲,这个划分恰如其分。

这个简单的静态结构稳固而强大,经得起每个部分产生的许多变化。在一边展示贝奥武甫声名鹊起而另一边展示他的王权统治与死亡的组织结构上,批评家欲吹毛求疵,是能找得出不少问题的。不过,我们用心留意的话,也会发现值得称赞的地方更多。诗歌唯一严重或者明显的缺陷,或许是贝奥武甫向赫依拉报告他在丹麦历险的长篇重述。但这个重述处理得好,快速讲述围绕鹿厅发生的故事并加以修饰,并没有严重的不一致。这个故事值得解说,因为贝奥武甫讲述自己的事迹,一个充满活力的年轻人,被命运选中,竭尽全力向前。然而,这样的解释也许不足以证明重述的合理性,那么就得往其他方向寻找问题的解答。

一方面,这个古老的故事并非《贝奥武甫》的作者首创或虚构出来的。……情节也不是出于他的设计,尽管他往素材里注入了感情和意义。诗人加工素材时,主题就从大脑里藏着的那些生命中产生了,而故事情节却非这些主题的最佳载体。这并不是非同寻常的文学事件。如果情节中没有旅行,年轻与年老的对比可能会更好。如果以高特为场景,我们将感到舞台不再狭窄,而是象征性地宽广了。我们会觉得在人类和他们的英雄中,一个民族和他们的英雄更简明清晰了。我读《贝奥武甫》时就有这种感觉,但我也感觉到,把葛蒌代引入高特就修正了这个缺陷。当贝奥武甫站在赫依拉的大厅讲述自己的传奇时,他坚定地站在自己的土地上,不再是一个危险中的离乡背井之徒,迷途的冒险和降妖除魔与他再无瓜葛。

实际上,除了上面这个根本性划分外,这首长诗还有另一种划分法。第二种重要的划分在第1887行。在前半部分的主要内容被囊括凝缩后,贝奥武甫的所有悲剧都在1888行到末尾这一部分里面。当然,如果没有第一部分,我们会错过许多事件的说明,我们会错过鹿厅事件这个黑暗的背景,在古代北方想象的光荣和厄运之中,它如亚瑟王传奇一样令人震惊。没有它,过去的景象就不完整。更要紧的是,我们将错失贝奥武甫的年轻力壮和罗迦瑟年老体衰的直接对比,这对比是前面部分的主要目的。第一部分以意味深长的话语结束:"直至他力量的欢乐,消磨殆尽,犹如岁月摆布的一切。"

无论如何都不应该将诗歌看成激动人心的传奇故事,古英语诗歌的格律容易导致误解。这首诗里并没有一个从头到尾一以贯之的节奏模式(这个节奏模式只需在各行之中稍加变化地重复），各诗行并未遵循同一个调子。诗行建立在一个平衡之上，建立在音律和意义内容大体平衡的两个部分的对比之上，这两部分常在节奏上对立而不是相似。这两部分像砖砌建筑而不像音乐。我认为《贝奥武甫》的诗意表达足以和它的总结构相媲美。《贝奥武甫》确实是最成功的古英语诗歌，因为它的语言、节奏、主题、结构等元素都非常和谐。通过听重音节奏和模式来分析诗节，会误入歧途，因为《贝奥武甫》的节奏似乎断断续续。把诗歌看成情节的叙事处理，也会误入歧途，因为《贝奥武甫》的叙事似乎不流畅。当然，语言、诗行，不同于石头、木头或颜料，听或读只能按时间顺序。因而在任何涉及人和事的诗歌中，叙事成分必须展示出来。在诗行的限制里，《贝奥武甫》仍有一种近于雕刻或绘画的技巧和结构。它不是单一调子的创作物，在第二部分里这很清楚。

在读贝奥武甫和葛蓥代的战斗时，读者可以抛弃那种确定无疑的文学经验——英雄不会死，同时让自己分享高特人在海边时的希望和恐惧。第二部分，作者没有丝毫欲望想按照文学惯例让话题保持开放。无须像带着悲伤消息快马加鞭地要传递给等待的人们的信使那样加快步伐（第2892行）。等待的人或许抱有希望，但我们阅读时不应像现在这样，认为自己理解了叙事计划。灾难被预示出来，失败成为第二部分的主题。战胜人类仇敌取得胜利的摇摇欲坠的堡垒坍塌了，我们虽然不情愿，却一步步靠近了不可逃遁的死亡之胜利。

有人说尽管《贝奥武甫》在细部有许多伟大的优点，但结构脆弱。实际上，尽管《贝奥武甫》的细部有缺陷，但它的结构却很强。诗人的总设计不仅合乎情理，也是值得推崇的。……《贝奥武甫》不是设计来讲述赫依拉的衰落的，不是用以记载贝奥武甫的生平的，也不是写高特王朝的历史和覆灭的。诗歌使用这些事情有自己的目的，它设定了一个视角感，给古代的事迹安置一个更伟大更黑暗的古代背景。这些事是属于那个时代那个地方的，如果它们以这样的方式发挥功用，那么它们就处在边缘或者成为背景，而中心是一个放大了的英雄。

《贝奥武甫》不是史诗，甚至也不是拉长的叙事诗。从古希腊或者其他文学中借用过来的词很难准确描述它……如果我不得不选择一个术语，那么我将使用"哀歌"，它是一首英雄哀挽诗，在某种意义上，它的前3136行都是一首哀歌的序曲："高特人在高地上垒起巨大的柴堆"，这是曾经写下的最感动人心的一幕。……年轻与年老的对比，给最初的主题增加了伟大的更普遍的意义，但这仍不足以阐释《贝奥武甫》。《贝奥武甫》要用民间故事中的崛起和衰落来匹配主题，诗人必须转向巨大的怪物。恰恰因为贝奥武甫的主要敌人是非人的魔怪，诗歌就比想象一位伟大国王倒台的诗歌更具意义。它瞥见了宇宙，携带着关注人类生命、努力、命运的思想前进；它处于宇宙中心，高于王子们之间琐屑的争夺，更重要的是，诗歌的主题超越了命运和历史的限制。……

——Tolkien J R R，1936

《〈贝奥武甫〉的真实声音》节选

⊙［美］格林菲尔德,著
⊙ 邓鹏飞,译

> 美国学者格林菲尔德在《〈贝奥武甫〉的真实声音》一文中从叙事声音的角度对《贝奥武甫》的叙事程式等进行了精妙的分析。叙事分析是文本分析的重要途径之一,它为我们分析文本,提供了一个新的角度和参照点。

我试错数次后乐意地采用了"真实的声音(authenticating voice)"这一术语。因为一方面我不认为我们能够讨论《贝奥武甫》里的讲述者(persona),就像我们从中世纪晚期文学推论出的讲述者那样。另一方面,我们也不能恰当地谈论诗中的"诗人",因为大量使用诸如"我听说(ic hyrde)""我了解(ic gefrægn)"这样的叙事程式,产生了把"我"非个人化的效果。在我看来,"声音"最适合《贝奥武甫》的叙事情形。通过"真实的"这个修饰的形容词,我的意思是表明这种声音不仅和"听到"的事件相关,而且在讲述它们时也确认了理解它们或希望它们被听众理解的方式。因此,这个术语具有许多阐释批评的意图和情感的假设。

接下来,我将证明这个"真实的声音"在叙述人和事时体现为四种主要方式:一、把人物事件和它们自己的或它们直接听众的时代及生活方式历史化或距离化;二、与第一种方式相反,把人物事件当代化,表明过去和现在是连续的;三、评价人物行为的道德因素;四、提出人类存在的偶然和不可预知事件,以强调人类智识的局限性。四种"声音"表达方式一起,使我们能洞察《贝奥武甫》"格式塔"本身。

诗中强调叙述事件的过去性、历史性是很明显的。诗歌伊始,就召唤对叙事呈现的"他种声音、其他地方"方面的注意:"听哪,谁不知丹麦王当年的荣耀,首领们如何各逞英豪!"(1-2 行)①另有 16 处叙述声音使用诸如"我听说(ic hyrde)""我了解(ic gefrægn)"或其变化形式"据我所知(mine gefrægn)"的叙事程式将素材带入叙述的中心。叙事声音使用这些程式有多种有趣的情形变化。其一,叙事声音使用这样的程式,只是描述具体的行动。如当威拉夫遵从即将死去的贝奥武甫之令打开恶龙的宝库:"于是,我听说/他一个人在地府,/搜缴了那座宝藏,/古代巨人的遗作。"(2773-2774行)其二,叙事声音对已经完结的行动作概括性的比较观察。如评论贝奥武甫死于恶龙之爪牙时:"确实,据我所知,/世界上没有谁,/能够恃非凡的勇力(尽管他一直勇猛)/冲上前去,制服那恶龙的毒焰。"(2836-2839 行)第三种情况是以比较的方式进行概括性的人物描述。如说奥法王为"两海之间/一切部族之中/(我听说的)最杰出

---

① 译文据冯象中译,并据英文本做了改动。——译者注

的首领。"(1955-1956 行)第四种情况是对物品的比较描述。如当薇色欧赠送光明的金环给贝奥武甫时,"一只我从未听说过的特大项圈"。(1195-1196 行)这样重复并变化使用"我听说""我知道"的叙事套话,展现出古老的氛围:素材被移植入一代代讲述并传递下来的故事的主体之中,成为记忆宝库的一部分。这些叙事声音使我们相信文学真的是过去的行动或价值。

在其他使用叙事程式的方式中,叙事声音把所叙之事和当代场景分离开来。如三次使用 *on þæm dæge þysses lifes*(这样生活的那些日子):两次用来评论贝奥武甫的伟力(197 行,790 行);一次用以指葛蕖代近在眼前的覆灭,"大限已近,/但从这样生活的那些日子中/交出生命还需一番痛苦,/尚有一段长路"(806 行)。另一类距离化稍微有些不同,出现在贝奥武甫和葛蕖代之母苦战后,鹿厅内负责贵宾起居的内侍引他去安睡:"遵照当时的礼数/这内侍专门负责贵宾的起居,/远道而来的水手们/夜晚的安顿。"(1797-1798 行)

或许,把故事行动与诗人与其听众的时代最有力地距离化出现在第二节末尾,说的是另一种习俗,意气消沉的丹麦人在异教的神庙里崇拜那"灵魂的屠宰"(178 行):"这便是他们的陋俗,异教徒的幻想,心底藏着的那座地狱。他们不知我主上帝,不知一切功罪的仲裁。"……或许,诗人考虑到这种习俗的异教本质而有意距离化自己的叙事,尝试着超越怀疑而建立真正的基督教信仰。……

另一个反复使用的叙事程式 *swa nu gyt deð*(那时一如现在),显示出虚构的过去和实际的现在,或者说异教的过去和基督教的现在之间的对比。无疑,这种特殊形式更确切地说是融合过去于现在,把英雄时代的事件与诗人及其听众的时代之间的关联真实化。因而,让我们检视叙事声音呈现的当代化效果,一种完成了历史化的效果。

如我们所见,把过去与现在距离化,涉及习俗、文学动作,或者对事物或人类行为的比较观察。另一方面,融合过去于现在,就运行在一个稍微不同的领域——在关于主宰人之行为和季节运行的陈述中。这些陈述在诗歌中制造出一个整体性的有趣模式,值得仔细观察。

在贝奥武甫和葛蕖代作战前,在解说没有一个高特人期待能再看到故土后,叙事声音说:"但天主赐予(他们)战斗的胜机,/及时的救援;以便他们全体/通过一个人的勇力和智慧,/战胜顽敌",然后立即加上:"千真万确,/全能的主永远统治着人类。"(700-702 行)和葛蕖代作战后,主统治人类的套话再次出现,当罗迦瑟补偿那不幸遭了葛蕖代毒手的高特武士时,"要不是上帝英明,/壮士虎胆,扭转乾坤,/那怪物不知还要加害于多少好汉!/那时一如现在,主统治着人类。"(1056-1058 行)"那时一如现在"的套话很快第三次出现时,面目稍稍不同。它出现在费恩片段中,说严冬寒冰解锁而自然更新:"坚冰锁住了怒浪,/直至新的一年再临人世,/一如现在的准时。"(1132-1134 行)……和从过去到如今的季节持续的表达紧密相关,这个表达通过 wealdan(统治)的套话形式和"上帝统治人类"的思想直接相联系,在描述贝奥武甫和葛婪代之母战斗时,当剑"仿佛如一支冰棱消融,恰如天父,/松了冰霜的禁锢,解了洪流的绑索。/掌握时令的,才是真正的主。"(1610-1611 行)这样的评论第五次也是最后一次出现,是在贝奥武甫与恶龙之战结束时,威拉夫徒劳地向死去的贝奥武甫淋水,"不管他多么希望,他无法/将首领的生命在尘世多挽留一刻,/也无法丝毫改变上帝的旨意。/每个人的每件事,/都是上帝的安排,/过去一如现在。"(2857-2859 行)

这些控制人和自然的力量的表达……次第出现(先是把人的力量和成就与上帝相联系,后来又分离)。在这样的分离中,人的行动、精神和力量,不再和审判者的意志共同出现。……似乎强调一个运动:从力量到智慧,到自然对人的欲望和季节轮转的影响,到最终完全依靠上帝主宰。这个运动,把人和季节流转,人从小到老进程的和谐完成能力,都归于上帝的赐予。……我们可以确信,一再出现的套话"过去一如现在"和"上帝主宰人类",把过去当代化了。因为叙事声音称,上帝(的力量、智慧和审判)左右贝奥武甫的成功、自然轮转、威拉夫的失败,甚至也在后来的日子里继续控制类似的事物。

把过去当代化,也以箴言的方式出现于人物行为层,……这类箴言如此普遍,是为第三种"真实的声音"。

这类里最常见的,就是叙事声音在一个叙事行动的特殊序列里,频繁地使用 swa sceal(就应当)的程式,表达其对人物行为的赞许。如……当贝奥武甫把他在丹麦获得的财宝献给赫依拉时,叙事声音赞许他的忠诚和慷慨:"亲人之间就应当这样,/决不给对方织起圈套,/暗算自己的战友同胞。"(2166-2169 行)……我们须小心,不要过于简化叙事声音的视角。当叙事声音明确赞许英雄价值观时,它同时也认出人类存在的局限,并在其他片段的箴言智慧中表达对人类终极命运的关怀。如叙事声音评论葛婪代绝望地溃逃,"死,不容易躲,/(谁愿意谁可以试试):运数逼迫,/凡携带灵魂的,都必须寻觅/那为大地的居民,人的子孙/所预备的去处……"(1002-1006 行)在那些所谓基督教插话对把灵魂从在劫难逃中拯救出来的那类行为进行评论时,叙事声音尤其表现出对人类终极命运的关怀:"在劫难逃了,那大难临头反将灵魂投入烈焰的人!他没救了。幸福属于/那死后升天把我主寻找,去天父怀中求得和平的人!"(183-188 行)这种对人类存在及其死去之后何去何从的关怀,让我们考虑"真实的声音"运行的第四个场域。这种叙事声音表达的观点是人类的智识是有局限的,它似乎提供了一个框架,把其他三种声音包含于内。

意识到人类局限的叙事声音第一次出现于诗歌开头,描述希尔德的海葬:"大厅里的谋臣,乌云下的勇士,/没人知道,小舟/究竟驶向谁手。"(50-52 行)对逾越人类理解能力的事物一无所知的表达,随后就出现了,描述葛婪代危害丹麦 12 年:"相反,这神奇的造物,这黑色的死亡之影,/对新老之人都穷追不舍,设下埋伏的圈套。/昏昏荒野,悠悠长夜,/没有人知道,这头地狱之魔/在哪里出没。"(159-163 行)……这是另一类的人类意识局限。诗歌结尾,贝奥武甫将死之时,叙事声音再次表达出对神秘的敬畏与惊奇,"美名的壮士何处了结运数,何时告辞亲人欢聚的大厅。"(3062-3065 行)……

让我们做个简短总结后,再观察这些叙事声音对阐释整首诗歌的意义。

我们已经看到诗歌的叙事声音使故事讲述和故事发生时的时间距离真实化了,使其成为历史;同时,叙事声音也通过表现故事与诗人及其听众的时代的关联,把故事当代化了。第三,叙事声音将对人类道德行为的关注赋形为箴言和套话的形式,证实从古到今人的道德行为有一个持续不变的基础。第四,它对人的智识和能力的局限表现出末世认识般的关注,同时表现出对神秘莫测的敬畏。这些对时间、行为和智识方面的观点不是分离的,而是相互交织的,一如诗歌中的其他元素。它们使人想起人类经历的一种历史编纂模式,这种模式使用叙事声音把存在当代化,从而使历史显示出持续性和系列性,同时它也显示出超出人类理解的神秘(即使无需神秘)的经验模式。进一步讲,这些观点展示出一种道德行为的模式,这种道德行为模式从人类涉入其中的已成故事的过去,延伸到他在可知现在的行动,再到他在不可逃避的不可知的未来的安顿。

现在,这些对"真实的声音"的关注,或许足以让人想起传统基督教寓言的几个层次:历史的、寓言的、神秘的、转喻的。它们真的相同? 这个分析会支持那些寓言和教义批评家基于其他理由,在诗歌中找到各种明确的基督教含义吗? 我不这样认为,尽管有相似之处,甚或有相互影响的地方,诗歌的叙事声音也只证实诗歌字面意义;具体地讲,叙事声音具有的是坚持"那儿为何"的价值。它没有产生象征的、类型的或者寓言的附加价值。

——Greenfield S B,2000:97-108

练习思考题

1. 请尝试分析托尔金的奇幻文学作品《指环王》中有哪些地方体现出《贝奥武甫》的影响,据此写篇千字左右的小文章。

2. 划出《贝奥武甫》中具有异教色彩的场景,并探讨其作用。

3. 除了英国学者托尔金提出《贝奥武甫》具有一个对比结构外,你认为诗歌的结构还有什么特点,请做一分析。

4. 请将长诗中贝奥武甫对敌的三个魔怪与其他英雄史诗或传奇中的敌人相比较,进而分析这三个魔怪的意义。

延伸阅读

冯象.1993.他选择了上帝的光明[J].外国文学评论(1).

李赋宁.1998.古英语史诗《贝奥武甫》[J].外国文学(6).

王继辉.1996.《贝奥武甫》与魔怪故事传统[J].外国文学评论 (1).

肖明翰.2005.《贝奥武甫》中基督教和日耳曼两大传统的并存与融合[J].外国文学评论(2).

Baker P S,ed. 2000. The Beowulf Reader. New York：Garland Publishing, Inc.

Edward E B. 1968. A Reading of Beowulf . New Haven：Yale University Press.

参考文献

佚名.1992.贝奥武甫[M].冯象,译,北京:三联书店.

Abraham L. 1993. The decorum of 'Beowulf '. Philological Quarterly,72(3)：267-288.

Benson L D. 2000. The Pagan Coloring of Beowulf //Baker S P,ed. The Beowulf Reader. New York：Garland Publishing, Inc.

Greenfield S B. 2000. The authenticating voice in Beowulf// Baker S P,ed. The Beowulf Reader. New York：Garland Publishing, Inc.

Tolkien J R R. 1936. Beowulf：The Monsters and the Critics. Proceedings of the British Academy,(22)：245-295.

第七章 《源氏物语》

　　《源氏物语》(げんじものがたり,约 1001—1008)被称为世界文学史上最早的日本古代长篇小说,作者是日本平安时代(794—1192)中期的著名作家紫式部(むらさきしきぶ,生卒年不详)。紫式部本姓藤原,日本古代女子一般没有名字,紫式部只是后人对她的称谓。紫式部出生于中等贵族家庭,她的父亲藤原为实是当时颇有盛名的汉学家、诗人。紫式部是一个极富才情、表面内敛而内心却有强烈自我意识的才女。她幼时便从父亲习汉诗、和歌,熟读中国典籍,精通最为时所重的白居易《白氏文集》。紫式部曾嫁与一个官吏,后寡居,因她的才华被荐于一条天皇的后宫彰子任侍读女官,进讲《白氏文集》。《源氏物语》便是紫式部在这一期间所作。《源氏物语》以细腻的手法描写了日本平安时代贵族社会的习俗和矛盾,讲述了贵公子与众女子错综的爱情悲喜故事。全书共五十四章(原文称为五十四帖),一般将其分为三部分。第一章到第三十三章为第一部分,描写了主人公源氏公子与众多女性的交往经历以及极尽荣华的生活。第三十四章到第四十一章为第二部分,源氏公子迎娶了朱雀帝的三公主,但头中将柏木垂涎三公主,得以私通并生下了薰。源氏公子得知此事,自感遭到报应进而心生遁世念头。从第四十二章到第五十四章为第三部分,描写源氏公子之子薰与宇治山庄女子之间的爱情纠葛。另外,紫式部还著有《紫式部日记》(むらさきしきぶにっき)、和歌集《紫式部集》(むらさきしきぶしゅう)。

一、精彩点评

- 《源氏物语》不仅在日本的物语史,而且在日本文学史上,都具有划时代的意义。对于日本文学史乃至对于整个日本文化来说,《源氏物语》都有不可动摇的示范意义。(伊藤整,1979:1138. 宋再新,译)

- 在紫式部内心是将源氏公子作为良人来描写的。源氏公子有如此罔顾不义且淫乱之事而以为良人,是由于其长于人情,颇知物哀之故。不唯源氏公子,全本物语中所有良人、佳事均缘于通此物哀之心。(本居宣长,1999:92. 宋再新,译)

- 对于四季自然景物的描写,成为四时行事场面描写的重要组成部分,常常是在这些叙事场面中出现,以增强抒情的艺术效果。而且一年中春、夏、秋、冬的各种风物,都是随人感情的变化而有所选择,其中以秋的自然和雪月景物为最多,这是与《源氏物语》以哀愁为主调直接相连的,因为秋景的空蒙、忧郁、虚无缥缈的景象,最容易抒发人的无常哀感和无常美感,最能体现"物哀美"的真髓,同时也可以让人物从这种秋的自然中求得解脱,来摆脱人生的苦恼和悲愁。最典型的是"宇治十回"的"浮舟"一回的小野草庵明澄的秋月之夜,庭院丛生的秋草丛的一节描写,映衬此时浮舟栖身宇治山庄的孤苦心境。(叶渭渠,唐月梅,2004:450)

二、评论文章

《〈源氏物语〉鉴赏》节选

⊙［日］秋山虔,著
⊙宋再新,译

日本《源氏物语》研究专家秋山虔对这部古典名著有深刻的见解。本文是秋山虔为《日本文学鉴赏词典》所写的鉴赏文章,详略得当的征引,要言不烦的分析,给读者提供了解读《源氏物语》的路径。

首先引用一段"桐壶"(《源氏物语》第一章,以下所引原文段落均出自丰子恺译《源氏物语》)的开始部分:

> 话说从前某一朝天皇时代,后宫妃嫔甚多,其中有一更衣,出身并不十分高贵,却蒙皇上特别宠爱。有几个出身高贵的妃子,一进宫就自命不凡,以为恩宠一定在我;如今看见这更衣走了红运,便诽谤她,嫉妒她。和她同等地位的,或者出身比她低微的更衣,自知无法竞争,更是怨恨满腹。这更衣朝朝夜夜侍候皇上,别的妃子看了妒火中烧。大约是众怨积集所致吧,这更衣生起病来,心情郁结,常回娘家休养。皇上越发舍不得她,怜爱她,竟不顾众口非难,一味徇情,此等专宠,必将成为后世话柄。连朝中高官贵族,也都不以为然,大家侧目而视,相与议论道:"这等专宠,真正叫人吃惊!唐朝就为了有此等事,弄得天下大乱。"这消息渐渐传遍全国,民间怨声载道,认为此乃十分可忧之事,将来难免闯出杨贵妃那样的滔天大祸来呢。更衣处此境遇,痛苦不堪,全赖主上深恩加被,战战兢兢地在宫中度日。(紫式部,1980:1)

小说只点明在某帝治世时,虽未明确时代,但可以看出作者从开篇便为读者设定了一个非常严峻的场景。为天皇所爱的更衣因所受宠爱而陷于苦境之中,而愈陷于苦境却圣眷愈隆,于是更衣就只有依靠皇上的宠爱,从而愈加招致憎恨与嫉妒。可以想见,得到天皇宠爱的人居然出自后妃中出身低微的更衣,这一点应特别加以注意的。正是由于她的身份,这样的爱情关系必然受到周围人等的无情指责。作者描写了二人的纯真爱情,以及他们在顺应时代的同时又在反抗时代,并由此拉开了整个故事的大幕。那位更衣便是光源氏的母亲。正如小说梗概所述,更衣病故,其子光源氏容貌才华出众,也由此须面对残酷的现实。可以说光源氏的形象寄托着作者炽烈的梦想。

下面要提到"紫儿"(《源氏物语》第五章)的情节。在中学教科书中关于《源氏物语》的内容中几乎都会选用这一章节。光源氏因患疟疾到北山寺庙中祈福消灾,在晚霞之中信步走到享有盛名的和尚的茅庵柴垣边,看到了相貌高雅年约40来岁的尼姑和在一旁玩耍的小女孩中一个极有姿色的女孩儿紫儿。

> 其中有一个女孩,年约10岁光景,白色衬衣上罩着棣棠色外衣,正向这边跑来。这女孩的模样和以前看到的许多孩子完全不同,非常可爱,设想将来长大起来,定是一个绝色美人。她扇形的头发披展在肩上,随着脚步而摆动。由于哭泣,脸都揉红了。她走到尼姑面前站定,尼姑抬起头来,问道:"你怎么了? 和孩子们吵架了么?"两人的面貌略有相似之处。源氏公子想:"莫非是这尼姑的女儿?"但见这女孩诉说道:"犬君把小麻雀放走了,我好好关于熏笼里的。"说时表示很可惜的样子。旁边一个侍女言道:"这个粗手粗脚的丫头,又闯祸了,该骂她一顿。真可惜呢! 那小麻雀不知飞到哪里去了,近来越来越可爱了。不要被乌鸦看见才好。"(中略)尼姑说:"唉,不懂事的孩子,说这些无聊的话! 我这条性命今天不知道明天,你全不想象,只知道玩麻雀。玩弄生物是罪过的,我不是常常对你说的么?"接着又对她说:"到这里来。"那女孩便在尼姑身旁坐下。女孩的相貌非常可爱,眉梢流露清秀之气,额如傅粉,披在脑后的短发俊美动人。源氏公子想道:"此女长大起来,多么娇艳啊!"便目不转睛地注视她。继而又想:"原来这孩子的相貌,非常肖似我所倾心爱慕的那个人①,所以如此牵惹我的心目。"想到这里,不禁流下泪来。

> 那尼姑伸手摸摸她的头发,说:"梳也懒得梳,却长得一头好头发! 只是太孩子气,真叫我担心。像你这样的年纪,应该懂事了。你那死了的妈妈12岁上失去父亲,这时候她什么都懂得了。像你这样的人,我死之后怎样过日子呢?"说罢,伤心地哭了起来。源氏公子看着,也觉得伤心。女孩虽然年幼无知,这时候也抬起头来,悲哀地向尼姑注视。后来垂下眼睛,低头默坐。(紫式部,1980:98-99)

作者以细致入微的笔触描写了怜惜麻雀的美貌女孩儿,而对尼姑言谈的描写显露出了尼姑对孙女儿的怜爱之情。应注意的是,这些场景都是对光源氏透过柴垣缝隙亲

---

① 光源氏因先皇的妃子藤壶酷似其母更衣,与藤壶有了私情。后此不伦事败露,藤壶皈依佛门。这里指女孩貌似藤壶。——原注

眼所见的摹写。在此作者使用了使读者会产生叠加兴趣的手法:对从柴垣缝隙偷窥的光源氏产生兴趣,进而与光源氏的视线和心绪保持一致,对尼姑、美貌女孩产生兴趣。这是日本古代物语中经常使用的手法,而《源氏物语》的"紫儿"一章里的这段描写堪称是这类写法的典型。光源氏看到眼前的美貌女孩儿天真烂漫的样子不禁黯然泪下。他的眼泪当然是因感动而下,而其"原来这孩子的相貌,非常肖似我所倾心爱慕的那个人……不禁流下泪来"的描写,确实颇值得玩味。光源氏看到这个美貌女孩儿便被吸引,想到这个女孩儿成人后不知会出落成何等美人儿。不过,光源氏并不是只是看到其美貌,而是因发现此美貌女孩儿颇似即使梦中亦难忘却的皇妃藤壶女御。"如此牵惹我的心目"这句话(从语法来看)使用了助动词,有猛然发现或仔细一看的内涵,由此就不难知道光源氏流泪的原因了。光源氏对藤壶满怀思恋,心中充满对藤壶的有违世俗理念的苦涩情感。怀有如此心情的光源氏到了明朗温暖的春日北山,当一看到酷似其人的清纯少女时,顿时觉得心中郁积的愁苦得以释放,所以才垂下泪来。……光源氏当然有暗自想亲近该女孩子的愿望产生,不久二人果然结为人生奇缘。

接下来是"须磨"(《源氏物语》第十二章)中的一节,这是自古以来一直受到喜爱的一段。

　　且说须磨浦上,萧瑟的秋风吹来了。源氏公子的居处虽然离海岸稍远,但行平中纳言所谓"越关来"①的"须磨浦风"吹来的波涛声,夜夜近在耳边,凄凉无比,这便是此地的秋色。源氏公子身边人少,都已入睡,只有公子一人醒着。他从枕上抬起头来,但闻四面秋风猛厉,那波涛声越来越高,仿佛就在枕边。眼泪不知不觉地涌出,几乎教枕头浮了起来(注:《古今和歌六帖》中的和歌有此类描写)。他便起身,暂且弹一会儿琴。自己听了也有不胜凄楚之感。便停止了弹琴,吟诗道:"涛声哀似离人泣,疑有风从故国来。"随从者都惊醒了,大家深为感动,哀思难忍,不知不觉地坐起身来,偷偷地揩眼泪。(中略)

　　有一天,庭中花木盛开,暮色清幽。源氏公子走到望海的回廊上,伫立栏前,闲眺四周景色,其神情异常风流潇洒。由于环境岑寂之故,令人极疑此景非人世间所有。公子身穿一件柔软的白绸衬衣,上罩淡紫面、蓝里子的衬袍,外面穿一件深紫色常礼服,松松地系着带子,作随意不拘的打扮。念着"释迦牟尼佛弟子某某"而诵经的声音,亦复优美无比。其时海上传来渔人边说边唱地划小船的声音。隐约望去,这些小船犹如飘浮于海面的小鸟,颇有寂寥之感。空中一行寒雁,飞鸣而过,其音与桨声几乎不能分辨。公子对此情景,不禁感慨泣下。举手拭泪,玉腕与黑檀念珠相照映,异常艳丽。恋慕故乡女子的随从看了他这姿色,亦可聊以慰情。(中略)

　　此时一轮明月升上天空。源氏公子想起今天是十五之夜,便有无穷往

―――――――――――――

① 或源自《续古今集》的和歌。——译者注

事涌上心头。遥想清凉殿上,正在饮酒作乐,令人不胜艳羡;南宫北馆,定有无数愁人,对月长叹。于是凝望月色,冥想京都种种情状。继而朗吟"二千里外故人心"(白居易《八月十五日夜禁中独直对月忆元九》),闻者照例感动流泪。又讽咏以前藤壶皇后送他的诗:"重重夜雾遮明月……"攒眉长叹,不胜恋恋之情。不禁嘤嘤地哭出声来。左右劝道:"夜深了,请公子安息去也。"但公子还不肯返室,吟诗道:"神京遥隔归期远,共仰清光亦慰情。"回想那夜朱雀帝对他娓娓话旧之时,其容貌酷似桐壶上皇,恋慕之余,又吟诵:"恩赐御衣今在此"①的诗句,然后入室就寝。以前蒙赐的御衣,确是不曾离身。又吟诗云:"命穷不恨人间世,回首前尘泪湿衣。"(紫式部,1980:279-282)

本段文字描写了须磨的一天——八月十五日,光源氏甚为孤独。这一段描写是《源氏物语》故事中最富情趣的一段,从整个具有韵律的描写中便可以看出这一点。从注释中可以了解到,频繁引用和歌和汉诗达到了所追求的效果。从强调光源氏精通弹琴、吟诗、诵经的描写中,就能够知道当时理想的宫廷贵族修养的精髓。而通过这些才能的展示,不难看出被逐出政界后的光源氏是如何哀伤、如何怀念都城,由此更能唤起读者的共鸣。光源氏虽被逐出都城,但他并不怨恨天皇。当然,天皇宛如右大臣和弘徽殿(桐壶帝的皇后,嫉妒光源氏的母亲更衣,排挤光源氏)的傀儡,他本人是个大好人,所以光源氏对他并无怨恨。至于光源氏非但没有怨恨天皇,反而怀念天皇,这说明光源氏坚信皇室和宫廷的传统,这种思想成为光源氏生存下去的精神支柱。

下面再看看《源氏物语》的"新菜"一章(《源氏物语》第三十四章):

婚后三天,源氏夜夜伴三公主宿。紫姬多年以来不曾尝过独眠滋味,如今虽然竭力忍受,还是不胜孤寂之感。她越发殷勤地替源氏出门穿的衣服多加熏香。那茫然若失的神情,非常可怜而又美丽。源氏想道:"我有了这个人,无论发生何事,岂有再娶一人之理。都因我自己性情轻佻,意志薄弱,行事疏忽,以致造成了这个局面。夕雾年纪虽轻,却对爱妻十分忠贞,所以朱雀院没看中他。"他自知薄幸,沉思细想,泪盈于睫,对紫姬言道:"今夜我于理不得不去,请你容许。今后若再离开你时,我自己也不能容许了。不过朱雀院倘知道了,不知作何感想……"他左右为难,心绪缭乱,样子十分痛苦。紫姬微微一笑,答道:"你自己心中都没有定见,叫我根据什么理由来作决定呢?"这分明表示他的话毫不足道,竟使得源氏不胜羞耻,支颐靠在那里,默不作声。紫姬取过笔砚来,写道:"欲将眼底无常世,看作千秋不变形。"此外又写了些古歌。源氏取来看看,觉得虽非正大之作,却也入情入理,便答吟道:"死生有命终当绝,尔我恩情永不衰。"写毕,不好意思立刻离去。紫姬说:"这叫我多难堪啊!"催促他走。源氏

---

① 菅原道真《九月十日》。——原注

便穿上轻柔的衫子,飘着芬芳的衣香,匆匆出门而去。(紫式部,1980:665-666)

所谓"婚后三天",是指三公主下嫁光源氏后的三天。在这之前紫姬一直稳处于正式妻子的地位,光源氏迎娶三公主当然会使紫姬的内心感到不平衡。可是紫姬将自己的内心掩藏起来,帮助光源氏迎娶三公主。不过无论紫姬如何压抑自己,这一事实都让她难以接受。对于自己的心理光源氏当然知道得一清二楚,对自己陷入如此尴尬的境地,光源氏也是惭愧万分。然而无论怎样痛苦,却找不到应对的良策。他所说的只是"今夜……"的话完全不像辩解,也不会对紫姬有任何安慰的作用,而仅仅是迫于无奈的心情表白。小说中描写紫姬的表情是"微微一笑"。这"微笑"中情绪成分复杂,让读者感到无法确定她到底是愤怒、自嘲或是已经绝望。这一句回答实在让人感到怜悯和悲伤。光源氏在那里窘迫不堪,只好支颐沉默。从二人的和歌唱和"眼底无常世""死生有命"可以看出,对于紫姬的绝望,光源氏无论怎样辩解还是抚慰都已经无济于事。读者通过小说的精彩描写可以了解到二人的关系难以调和。光源氏摆脱不了三公主,紫姬看似赶走光源氏一般让他离开自己,可是当送走光彩照人的光源氏时,紫姬心中当是五味杂陈。读者一定要注意到,作者在小说中刻意追求对光源氏和紫姬心理和感情上的变化,以及无可奈何的内心纠葛的描写。在小说的第二部中,这种刻意描写已臻成熟,成为一种新特征。在第一部里已经可以看到,作者并没有试图把光源氏只描写成为集当时时代理想于一身的英雄形象。在小说的第一部里,简单地说就是一些偶然发生事件的叠加,结果成就了光源氏的荣华富贵,一个一好百好的故事。而第二部及以后的故事,可以说描写了在特定的环境里的人物的互动,一个行为的发生导致了其他种种行为的出现,一连串的行为恰如必然的发展,最后导致宿命性的悲剧结果。前面出现的一段故事只是整个故事的一个片段而已。

最后我们看看"梦浮桥"(《源氏物语》第五十四章)中的一段。

且说在小野草庵中,浮舟面对绿树丛生的青山,正在寂寞无聊地望着池塘上的飞萤,回思往事,借以慰情。忽然那遥远的山谷之间传来一片威势十足的开路喝道之声,又望见参参差差的许多火把的光焰。那些尼僧便走出,于檐前观看,其中一人说道:"不知道是谁下山来,随从人员多得很呢。昼间送干海藻到僧都那里去,回信中说大将在横川,他正忙于招待,送去的海藻正用得着呢。"另一尼僧说:"他所说的大将,就是二公主的驸马么?"这正是穷乡僻壤的田舍人口气。浮舟想到:"恐怕确是他了。从前他常走这山路到宇治山庄来,我听得出几个很熟的随从人员的声音,分明夹杂在里头。许多日月过去了,从前的事还不能忘记。但在今日有何意义呢?"她觉得伤心,便念阿弥陀佛,借以排遣。这小野地方,只有赴横川的人才经过,这里的人只有见人经过时才听见些浮世的声息。(紫式部,1980:1283)

　　《源氏物语》中最后的女主人公浮舟苦恼于为薰和匂宫两个男人所爱的两难境地,曾弃世自杀。但是她被横川僧都所救,并得到僧都母亲和妹妹的保护,隐姓埋名在小野山藏身。可是不久薰知道了浮舟藏身所在,于是找到僧都,想请他向浮舟代通款曲。前面所引的一段是浮舟在小野僧庵的情景。当读者读到"且说在小野草庵中,浮舟面对绿树丛生的青山"这段话时,便有了被带到了远离都市、被自然环抱的别样天地之中的印象。在山中,可以看到远处山间薰大将所带领的一行人打着火把行走。通过众尼的交谈,作者自己作出评论:"这正是穷乡僻壤的田舍人口气"。当时浮舟已经远离薰、匂宫以及自己的亲人,然而她尘缘未了,并没有真正大彻大悟。浮舟"寂寞无聊地望着池塘上的飞萤,回思往事,借以慰情",她的情怀仍然难以从对过去的回忆中解脱出来。众尼关于薰大将的议论不过只是与薰大将毫不相干的田舍人的少见多怪。但是对于浮舟来说,她和薰大将却有斩不断理还乱的情缘。在薰大将一行的吆喝声里,就有她在宇治山庄薰大将来访时随从的熟悉声音。"恐怕确是他了"以下的部分是以浮舟自己的心即自己的亲身体验叙述的。浮舟的心理、感情的活动哀切而绝望,她内心仍然和曾经与她相契的薰难以割舍。可是到如今又能如何呢?浮舟想把难温旧梦通通忘掉,此时便只有靠念阿弥陀佛排遣了。可以看出"只有赴横川的人……"以下的结束部分是极具效果的,生动刻画了浮舟竭力试图压抑动摇心旌的心理活动。……读者从《源氏物语》的三部曲中可以看出作者人生态度的演变过程。作者在创作中完成了自己显著的成长过程。认为《源氏物语》的本质是所谓"物哀",这一点固然没错,但其实更重要的是需要读懂作者依据虚构来追求对现实摹写的神来之笔。

　　　　　　　　　　　　　　　　　　　　　　　　　　——秋山虔,1979:217-223

练习思考题

1. 本居宣长(1730—1801)在研究《源氏物语》的著作中提出了"物哀"这一文学概念,并被后人广为引用。请用1 000字描述《源氏物语》所表现出的"物哀"精神。

2. 日本古时曾有过"妻问婚",即访婚的习俗,当时男人夜晚到女方家,黎明鸡叫后就要离开。通过阅读《源氏物语》和查找日本古代史的资料,简述《源氏物语》所反映时代的婚姻关系。

3. 《源氏物语》里收有约800首和歌,除了男女相会后的赠答歌外,也有很多和歌表达了故事中人物的心情或起到渲染气氛的作用。请分析和歌在《源氏物语》中所起的作用。

4. 《源氏物语》深受白居易《白氏文集》的影响,请通过阅读,找出《源氏物语》对白氏《长恨歌》摘引和借用的部分诗句(参见日本学者丸山清子《源氏物语与白氏文集》),并分析其在作品中所起的作用。

延伸阅读

北京日本学研究中心文学研究室.2005.日本古典文学大辞典[M].北京:人民文学出版社.
陶力.1994.紫式部和她的《源氏物语》[M].北京:北京语言学院出版社.

姚继中.2004.《源氏物语》与中国传统文化[M].北京:中央编译出版社.

张龙妹.2004.世界语境中的《源氏物语》[M].北京:人民文学出版社.

参考文献

紫式部.1980.源氏物语[M].丰子恺,译.北京:人民文学出版社.

本居宣长.1999.本居宣长集[M].东京:日本新潮社.

秋山虔.1979.《源氏物语》鉴赏[M]//吉田精一.日本文学鉴赏辞典(古典篇).东京:东京堂出版.

叶渭渠,唐月梅.2004.日本文学史(古代卷下册)[M].北京:昆仑出版社.

伊藤整,等.1979.新潮日本文学小辞典[M].东京:新潮社.

第八章 《神曲》

　　但丁·阿利吉耶里(Dante Alighieri,1265—1321),意大利著名诗人。出生于佛罗伦萨城,其父为商人。当时佛罗伦萨形成了两个对立的政党,即贵尔弗党和吉柏林党,但丁在年轻时就加入了贵尔弗党。1300 年,但丁在贵尔弗党战胜吉柏林党后,被选为佛罗伦萨城行政官。其后,贵尔弗党分裂为黑白两党,黑党于 1301 年取得政权,次年即 1302 年,属于白党成员的但丁被判终生流放。1321 年,但丁客死于拉文那城。

　　但丁作品主要分为俗语和拉丁语两类著作。俗语著作有《新生》(*La Vita Nuova*,1290)、《飨宴》(*Il Convivio*,1304—1307)、《神曲》(*La Divina Comedia*,1307—1321);拉丁语著作有《论俗语》(*De Vulgari Eloquentia*,1304—1305)、《帝制论》(*De Monarchia*,1310—1312)等。《神曲》是但丁最重要的著作,其构思创作历时近 30 年,它描述了但丁在维吉尔和贝阿特丽采的引导下,游历地狱、炼狱和天堂三界的故事。

一、精彩点评

- 《神曲》是一部精心制作,并具有最缜密、最复杂布局的伟大文学作品。它的情节、人物以及到另一个世界旅行的虚构的时间顺序之协调,它的结构之匀称,都充分说明:这是一件完美的、首尾一贯的艺术品。(乔治·霍尔姆斯,1989:75)

- 《神曲》在任何欧洲语言文学中,都堪称最伟大的诗,引用托马斯·卡莱尔的话说,它表达了"十个沉默的世纪的声音"。只有世界上最伟大的诗歌作品——荷马和莎士比亚的诗,才能和它相媲美。(Henderson L, Hall S M,1995:324. 薛玉楠,译)

二、评论文章

《文学的哲学》节选

⊙ [美] 古斯塔夫·缪勒,著
⊙ 孙宜学,郭洪涛,译

欧洲文艺复兴以前的文学作品往往神秘难解。在相传为但丁本人所写的《致斯加拉大亲王书》中论述了从四个层次来阐释文学作品的方法。美国学者古斯塔夫·缪勒"即以其人治人之道还治其人之身",他在《文学的哲学》一书中,结合着《飨宴》对《神曲》所体现的艺术作品的四层意义进行了分析。

字面意义

但丁将艺术作品的意义区分为四个层次①。第一层,也是最低的一层是其"字面意义"。(《飨宴》第 2 篇)《神曲》的实际意义是"死亡之后的灵魂状态,只被看做一种事实"。实际上,"贝阿特丽采与天使们一起生活在天堂里,在地上则在我心里。"(《飨宴》第 2 篇)

那么,字面意义就不仅仅是感觉形象。克罗齐的全部美学只是但丁最低层次的一半。这样的感觉是不能被隔绝的,若被隔绝,它们就成了完全外在的、没有意义的东西。它们只有在与我的生活有关时才是有意义的,因此我能对它们作出反应。"因为灵魂中的敏感部分有自己的眼睛,它就用这种眼睛来理解事物的区别,因此它们的外表被渲染得绚烂多彩;因此每一种事物都注定要满足某种目的,这就是判断力。"(《飨宴》第 1 篇)但鉴于在一般的感觉中感觉的表现性常常是微弱的、混乱的,在艺术中每一个形象一定都洋溢着生活的这种表现性。为了理解形象,我们也总是必须理解其中体现的生活的目的功能。因此,维吉尔告诉但丁,如果他想要理解途中所看到的一切,那他就必须将生活理解为有目的的活动。(《地狱篇》第 11 篇)如果语言不能表达感情、感觉或思想的话,那它更是一种空洞的、没有意义的声音。(《飨宴》第 1 篇)但丁诗歌的力量和流畅主要是因为他明确地抓住了这种"字面意义"的美学。当他在炼狱里赞美艺术时,他在已死的人身上指出了死的外貌和生的生命本质。

在但丁的诗中,人们总是能找到对应的形象和功能,每一种罪恶都找到了自己的表达和体现,并成为自己想成为的东西,那就是它的地狱;在炼狱中,每一种罪恶也都

---

① 但丁的四层次之说来自于圣波拿文都拉,圣波拿文都拉的则来自古代基督教著名的希腊教父之一的奥利金(185?—254?),奥利金是古代基督教著名希腊教父之一,《圣经》学者。——译者注

在忏悔的形象中表现了自己的本质;在这里,忏悔者也想克服他们的罪孽;这种双重作用在灵魂向山上,即向上一层涌动时得到了表现。

寓意

第二层意义是其寓言意义,但丁自相矛盾地将其定义为"隐藏在美丽的谎言下的真理"。(《飨宴》第 2 篇)

寓言意义是诗歌形象的一般特征。形象摆脱了特定事件狭隘的前后联系,摆脱了明确的时间和地点。这样,它就为有五官的自然人而死,又在诗歌的现实中复活。

奥菲士①用自己的音乐驯服野兽。作为一个故事,我们从文字上是能理解的,但这个奥菲士并不是一个可以找出其活动地点的人,这些野兽也不再仅仅是野兽,这种音乐也不再仅仅是通常的音律。我们在所有的时代、所有的地方都可以感觉到那种智慧,因为所有人都可以驯服野蛮的心灵。

这种普遍意义并不是直接、明确地包含于形象本身。若从文字上看,它们甚至会阻止这种寓言式的理解。只有通过否定形象的明显存在才能得到它。因此,它是一种隐藏在本身已变成了谎言的东西中的真理。诗人的任务是通过自己想象出的特殊形象和声音来揭示出普遍的人性;而只有当他对人类生活的普遍性充满了柏拉图式的爱时,他才有权力和使命超越诗歌字面上的真理。"当使人超越真理的是博爱时,他才不会说出违背良知的话。"(《飨宴》第 1 篇)

生命的普遍价值对所有人来说都是根本的。但当诗人通过形象来表达它们时,他却不得不通过某种不适当的东西来表达。为了使其具有可表现性,诗人就必须对要表达的价值观充满强烈的感情,这样才会使其变得明朗。

> 哦,想象啊,有时候你从我们这里夺去了
> 我们的魂魄,就是有一千只号角
> 在周围吹动,我们也什么都感不到,
> 如果感官不把东西献给你,谁来推动你?
> 一种在天体中成形的光明推动你,
> 或者出于自愿,或者由神意指定。(《炼狱》第 17 篇)

想象的字面意义使人摆脱了动物性的感觉压力,寓言意义则将普遍观念和价值转变成活动的象征,人则以狂喜或迷醉对此作出反应。既然普遍意义为所有人共有,而形象则人各不同,那么,这种想象层面就形成了永恒的共同性。

> 在我心中向我低诉的爱情啊,
> 他就开始这样无限美妙地歌唱,
> 那旋律至今还在我心中荡漾。

---

① 奥菲士,希腊神话中的诗人和歌手,善弹竖琴,弹奏时猛兽俯首,顽石点头。——译者注

> 我的导师和我,以及那些同他
>
> 在一起的阴魂都显得那么欢喜,
>
> 好像任什么事情都不放在心上。(《炼狱》第 2 篇)

但不幸的是,传达思想感情媒介的不足也成了这种寓言层面的界限。狂喜要靠讽刺来平衡。诗人知道他不能将自己的幻觉强加给读者。意志、勤奋和技巧充其量只能使形象的字面意义显露出来,但却不能表现出普遍性。诗人必须求助于缪斯来弄清楚自己一定在什么地方失败了。艺术的狂喜甚至会阻碍和迷惑意义新出现的第三个层面:道德意义。因而,就在我们刚才提到的情景里,炼狱守护者那粗哑的声音闯入艺术的集会:

> 我的导师和我,以及那些同他
>
> 在一起的阴魂都显得那么欢喜,
>
> 好像任什么事情都不放在心上。
>
> 我们大家正在全神贯注地倾听
>
> 他的歌声,那可敬的老人猛然说道:
>
> "你们这些懒惰鬼,这算是什么啊?
>
> 看你们荒疏拖延到了什么地步?
>
> 赶快到那山上去把腐肉剥掉,
>
> 不然上帝不会显现在你们面前。"(《炼狱》第 2 篇)

道德意义

第三个层面,即想象作品的道德意义包含在"可以使读者从中寻找到自己优势的东西"。(《飨宴》第 2 篇)

只有与读者相连,才会有诗。对读者来说,诗代表了一种生活感情,一种评价,一种世界观,他必须对此作出反应。在他的反应中,他必须成功地揭示出自己的观点,并具有自己的价值。

如果他住在地狱,他将通过拒绝艺术的这种道德含义揭示自己的观点。地狱里的人宁愿躲在沥青湖中也不愿意被来访的诗人看到。恶魔们紧绷着面孔,或"像老裁缝盯着针眼一样紧皱眉头"。

但否定对价值进行客观调查并不就是否定价值,对否定价值来说,这只使他将生活看做是盲目而邪恶的。

炼狱里的人则相反,他们很乐于被认识。对他们弱点的诊断将帮助他们克服弱点。但若克服不了这种弱点,而且不将其与其他层面一起观照并合而为一的话,诗歌的这种道德意义也可能会变成一种障碍而不是帮助!

于是他回答:

> 凡良心被自己的或别人的

> 耻辱所染黑的人，
>
> 一定觉得你的话严厉刺耳；
>
> 但没有关系，只要你能摆脱所有的诳语，
>
> 显示你所见的所有景象，
>
> 叫那些有疥癣的人自搔其痒处吧！
>
> 因为即使你声调的初味是酸的，
>
> 但消化之后就成了养生的佳品。
>
> 你的呼喊就像飓风打击那些最高的山峰，
>
> 这个对你将是非凡的荣誉。
>
> 所以你在这些轮子上，
>
> 在山上，在苦谷，
>
> 所遇见的都是些知名之辈；
>
> 因为人间的听话者
>
> 对于隐约的无根的例子是不会满意相信的，
>
> 对于不可以感觉的理论也是如此。（《天堂》第 17 篇）

这个超越了道德判断，像在飓风中一样将这种判断消化或溶解了的"完全显示出来的景象"，就是整部作品的意义。

神秘意义

艺术作品的第四层，也是最后一层的意义是其神秘意义或隐秘意义。

这是思想活跃的市民生活的道德价值的首要基础。

这是诗的完整的统一，生活的价值，就像交响乐的主题一样，融合在其中。

这是获得了祝福和幸福，"摆脱了环境束缚"的灵魂的自由。

这是"当此日此时的自然之光不再闪耀时"，诗中闪耀的光芒流溢出的安慰。

这是对美的爱，在这种爱中，"多变成了一"。（《飨宴》第 4 篇）它还提供了一种"快乐的共同生活"。（《飨宴》第 1 篇）

这种对美的爱是对绝对统一，即上帝的爱的反映，就是在这种爱中，意义的其他三个层面被融合，且被显现清楚；生活被理解为一种普遍的共同体，而腐蚀了那个共同体的地狱的否定则也被证实是一个必然且永恒的过程中的一瞬间；自然，这个"上帝之女"，则是与我们相似的活的生物。

诗歌就像一个具体、普遍的生活全体，个体差别的无限以及运动的无限持续性在其中终止了。他是一切人都能分享的东西，而任何人，无论他们是否知道它，也都为其起一份作用。（《飨宴》第 3 篇）从这个层面看，一切生活都是"变美的一场运动"。（《炼狱》第 2 篇）这一公式表现了柏拉图理想主义的美学方面，也表现了柏拉图《理想国》的主题。

——古斯塔夫·缪勒，2001:80—86

《但丁》节选

⊙［英］T. S. 艾略特，著

⊙ 王恩袁，译

对今天的读者来说，《神曲》的丰富寓意是隐而不彰的。T. S. 艾略特认为，应该在不顾及《神曲》寓象的情况下，把它当成视觉意象丰富的诗来读。欣赏作为好诗的《神曲》，会使读者产生追寻其深刻寓意的愿望。作为杰出的诗人，艾略特在此文中提供了另一种阅读《神曲》的途径。

《地狱篇》

但是但丁之所以简单还有另外一个具体的原因。他不仅在思维方法上与当时整个欧洲和他有同样文化的人相同，而且他所采用的表达方式在当时整个欧洲也是共同的，大家都能理解。在这篇论文中，我不想深入探讨如何阐释但丁作品中的寓象问题，这方面人们众说纷纭。对于我要达到的目的来说，……这种方法会使作品简洁明畅。……就但丁这样的诗人来说，我们所忽略的正好是使诗体趋于明晰的特定功能。

我并不是提倡读者在初读《地狱篇》第一章时，就要弄清"豹子""狮子"和"母狼"指的是谁。事实上，一开始不知道或不关心它们意味着什么可能更好些。我们不应该特别考虑意象的含义，而应该考虑那种使人想用意象表达自己思想的反向过程。我们必须考虑那种出于天性和习性往往使用寓象表达自己的心灵：而对于一位名副其实的诗人来说，寓象意味着清晰的视觉意象。如果清晰的视觉意象再被赋予某种含义，那么它的强度就会大大加强——我们不需要知道这种含义是什么，但是在我们意识到意象存在的同时，我们必须意识到这种含义也是存在的。寓象只是写诗的一种方法，但是它是一种具有极大优点的方法。

但丁的想象是视觉性想象。它不同于现代静物画家的视觉性想象：但丁生活在一个人们还能够看到幻象的时代，在这种意义上，他的想象力是视觉性的。它是当时的一种心理习惯；我们已不记得它的诀窍了，但是那一定是和我们的一样灵验的诀窍。我们除了梦幻之外一无所有，我们已经忘了看见幻象——人们今天认为只有反常的和没有教养的人才会看见幻象——曾经是一种更有意义、更有趣味和更有修养的梦想。我们想当然地认为梦从下方跃出：也许正因为如此，我们的梦的质量受到了损害。

……

但是和大多数读者一样，我们一开始就能够充分地理解关于巴奥罗和弗兰西斯加的那段最初的插曲，我们因而被深深地感动，就像我们读某些其他的诗一样。这个插曲是由两个明喻引出的。这两个明喻和我刚才引用的那个一样，是解释性的：

好像在寒冷的季节里，

　大群的欧椋鸟，

　密集地漂浮在空中；

　……

又像天空中的鹤群，

　唱着哀歌，排成长长的一线；

　我看到哀恸的阴魂

　恸哭着被狂风吹刮而来。（《地狱篇》第5歌:37）

　　虽然我们并不理解但丁所赋予的意义是什么，但是我们能够看到并感觉到那对迷失的情人所处的境况。如果我们只读这样的一段插曲，我们从中得到的收获不会亚于阅读莎士比亚的一整部剧所得到的收获。我们不能期望通过一次阅读，当然也不能通过阅读某一部剧就能理解莎士比亚。如果按照顺序来看莎士比亚的剧作，它们之间有某种联系:莎士比亚的剧作像块带图案的大地毯，甚至想对此图案作出自己个人的阐释也得花好几年工夫。莎士比亚本人也不一定知道那是什么。也许那个图案比但丁的更大，但是没有但丁的清晰。我们能够完全读懂下面这些诗句:

有一天,为了消闲,我们一起读

兰斯洛特苦恋的故事;

只有我们两个人,毫无疑惧。

好几次这书使我们不禁

默默相视,脸色都变了;

但使我们屈从的只是一瞬间。

当我们读到那微笑的嘴唇

怎样被她的情人亲吻的时候,

他,永远不会离开我的他

战栗着吻了我的嘴唇。（《地狱篇》第5歌:41）

　　如果我们把这段插曲放到整个《神曲》中,再看看这两位情人所受到的惩罚是怎样同所有其他的惩罚和以及洗罪和奖赏联系在一起的,我们就能更好地理解弗兰西斯加那句话中所蕴含的微妙的心理。

要是宇宙之王是我们的朋友……（《地狱篇》第5歌:39）

或者这一句:

爱,永远不会为被爱的人提供爱的理由……（《地狱篇》第5歌:40）

或者已经引用过的那一句:

他,永远不会离开我的他……（《地狱篇》第5歌:41）

在第一次阅读《地狱篇》的过程中,我们看到一系列幻觉的,但有时清晰的意象,这些意象首尾一致,每一个都进一步加强了前一个;以及一些一闪而过的人物由于完美的语句而使人难忘,例如骄矜的法利那太·德格列·乌勃提:

> 他昂首挺胸站立起来,
> 似乎对地狱极端轻蔑。(《地狱篇》第 10 歌:71)

另外还有某些较长的插曲,它们各自都令人难忘。

《炼狱篇》与《天堂篇》

莎士比亚对人类感情的表现具有最大的广度,但丁的表现则具有更大的高度和深度,他们相互补充。根本没必要问谁从事的工作更为艰难。但《天堂篇》中的"难懂的段落",毫无疑问是但丁的困难,而不是我们的困难;他要使我们感受到至福的各种状态和阶段的困难。……但丁自始至终所强调的是种种不同的感觉状态,推理作为达到这些状态的手段才有它适当的位置。我们不断读到这样的诗句:

> 贝阿特丽采望着我,两眼
> 那样神圣,充满了爱的光芒,
> 我被征服的目光只好移开,
> 我茫茫然,我低垂着眼睛。(《天堂篇》第 4 歌:32)

全部的困难就在于承认这就是我们被希望能感受到的东西,而不仅仅是矫饰的词藻。但丁用了各种意象来帮助我们,如:

> 像是在平静清澈的鱼池里,
> 鱼儿游向自然界落下的东西,
> 以为是什么可以吃的食物。
> 我看见成千种光辉向我游近,
> 似乎都在说:"瞧! 这里
> 有个人会增加我们的爱。"(《天堂篇》第 5 歌:38)

至于但丁在几个不同的地方遇见的人物,我们只需要考虑但丁为什么对他们进行这样的安排就够了。

当我们严格地把握了次要意象的效用,例如上面提到的那个意象,或者甚至兰多所钦佩的那种单纯的比拟:

> 像天上翱翔的云雀。
> 先鸣啭不停,而后寂然无声,
> 陶醉于心爱的最后的甜美。(《天堂篇》第 20 歌:162)

我们就可以怀着尊敬的心情研究那些更具苦心的意象了,例如在第十八章之后相当长的篇幅中都出现的那些由正义的精灵组成的鹰的形象。这种形象并不仅仅是陈腐的修辞技巧,而是使精神变成可见的严肃而实际的手段。理解这种意象的合理性是领会最后一章的预备条件;最后一章也是最伟大、最精细、最强烈的一章。再也没有别的诗能够像它那样,通过巧妙地利用光这一以某种神秘经验的形式出现的意象,如此实在地表现出离日常经验如此遥远的经验了。

> 我看见宇宙的四散的书页,
> 完全收集在那光明的深处,
> 由仁爱装订成一卷完整的书;
> 实质和偶然的以及它们的关系,
> 仿佛糅合融化成一体,
> 竟使我所说的仅仅是一个单纯的火焰。
> 我相信我在这儿看见了
> 这个情结的普遍形式,因为
> 我在这儿说的时候心中感到了更大的快乐。
> 只一瞬间就使我陷于麻木状态中,
> 更甚于二十五个世纪使人淡忘了
> 那使海神见了亚谷船影(越过他头上)而吃惊的壮举。(《天堂篇》第

30 歌:264)

对于大师的这种在每一时刻都能用视觉意象表现艰深事物的能力,我们只能感到敬畏。我不知道还有什么比这种联想力更真切的伟大诗作的标记;在最后一行中当诗人正谈着神圣的幻觉时,它竟能联想到越过漫游中海神的亚谷船。这样的联想完全不同于马里诺一口气说出马格达伦的美和克莉奥佩特拉的丰满(因此,你根本不敢肯定哪个形容词修饰哪个名词)的那种联想。这种联想是真正适当的联想,它是一种在最不相同的美之间建立关系的力量;它是诗人的最大的能力。

> 哦,我的语言同我的构思相比
> 是多么贫乏,多么无力!(《天堂篇》第 33 歌:265)

在写这篇关于《神曲》的论文时,我尽量只论及一些我自己有把握的非常简单的观点。……我的第二个观点是,但丁的"寓象"方法对写诗有很大的好处:这种方法能使措辞单纯,意象清晰、明确。在好的寓象中,像但丁的那种,我们不需要先理解寓象的含义就能欣赏诗,但我们对诗的欣赏又使我们想进一步理解寓象的含义……

——T. S. 艾略特,1989:76-81,97-100

练习思考题

1.认真阅读《神曲》中对维吉尔形象的相关描述,写一篇800字的"维吉尔"形象分析。

2.《神曲》分三部共100歌,除去序曲第一歌外,每部有33歌,试思考,这一结构背后所具有的宗教

内涵。

3. 黑格尔在《美学》卷三下中称《神曲》是基督教的中世纪史诗,并认为"特殊的史诗事迹只有在它能和一个人物最紧密地融合在一起时,才可以达到诗的生动性"。试举例论证,在《神曲》中,但丁是如何"把自己的情感和观感穿插到一部客观的作品里去"的?

4. 但丁在《神曲》第一部第 4 歌中,把很多前基督教时期的圣人、学者,如荷马、柏拉图、亚里士多德等,放在了地狱中的林菩狱;在《炼狱篇》第 30 歌中,又让维吉尔回到了林菩狱,以至如"父亲般"的向导维吉尔也没有进入天堂,观看天堂"至福"的权利。试思考,这是否意味着但丁出于自身的神学观念,而对前基督教文化采取了一种不甚公正的态度? 对此,你有什么看法?

延伸阅读

薄伽丘;布鲁尼.2008.但丁传[M].周施廷,译.桂林:广西师范大学出版社.

乔治·桑塔亚那.1991.诗与哲学:三位哲学诗人卢克莱修、但丁及歌德[M].华明,译.北京:北京大学出版社.

梅列日科夫斯基.2000.但丁传[M].刁绍华,译.沈阳:辽宁教育出版社.

雅各布·布克哈特.1979.意大利文艺复兴时期的文化[M].何新,译.北京:商务印书馆.

Jacoff R,ed. 1993. The Cambridge Companion to Dante. Cambridge:Cambridge University Press.

Lansing R,ed. 2003. Dante:The critical complex,8-Vols/Set. New York ：Routledge.

Lansing R,Barolini T,Ferrante J M,et al,eds. 2002. The Dante Encyclopedia. New York:Garland Publishing,Inc.

参考文献

但丁.1984.神曲[M].朱维基,译.上海:上海译文出版社.

古斯塔夫·缪勒.2001.文学的哲学[M].孙宜学,郭洪涛,译.桂林:广西师范大学出版社.

乔治·霍尔姆斯.1989.但丁[M].裴珊萍,译.北京:中国社会科学出版社.

T. S. 艾略特.1989.但丁[M].王恩衷,译//王恩衷.艾略特诗学文集.北京:国际文化出版公司.

Henderson L,Hall S M,eds. 1995. Reference Guide to World Literature,Second Edition Volume I ／ A-L. Detroit:ST. James Press.

第二编　近代文学

　　这个文学时期涵盖了丰富的信息,从宏观的时代更替来看,从农耕社会进入了工业社会。仿佛地球的转速突然加快了似的,精神的演变主题突出,更替频繁,文艺复兴的人文主义形成了同中世纪的对话。从文艺复兴以后,每一个百年都有自己明显的精神演变里程碑:17世纪的古典主义(请注意作为精神演变史中的古典主义同作为文学思潮的古典主义的区别)、18世纪的启蒙主义,继之而起的则是被黑格尔称为市民社会的、被马克思称为资本主义的新的精神演变。从文学思潮的演变来看,古典主义、清教徒文学、启蒙主义、巴洛克文学、浪漫主义、批判现实主义竞相出现。从文学的体裁看,在这个时期也出现了叙述方式的明显演变,中世纪的英雄史诗和骑士传奇、骑士抒情诗被一种称为小说的体裁代替,其间尽管有古典主义时期悲剧的大繁荣,但小说逐渐成了最主要的文学体裁,独领风骚一直到20世纪。

　　纵观这个时期的西方文学,我们会领悟人类精神演进中的巨大悖论:一方面,人积极摆脱神的奴仆的命运,另一方面,人又沦落到欲望的奴仆的境地。文艺复兴总是受到赞美,这是因为这个时期人文主义倡扬人的权利,把人从神的压抑中解放出来。这方面最有代表性的作品是拉伯雷的《巨人传》,过去匍匐在神的脚下的渺小的人,不但站立起来,而且高大伟岸,一步迈上巴黎圣母院楼顶,在那里便溺撒野,将大钟摘下来当自己的马铃铛。正如本教材选取的巴赫金的精彩论断:"辱骂和脱冕,作为关于旧权力、垂死世界的真理,有机地溶进拉伯雷的形象体系里,并在其中跟狂欢化的殴打结合起来,和改扮、滑稽改编结合起来。"从这里我们可以看出时代精神是如何演化为小说的形象体系的。恰恰也是在文艺复兴时期的作品中,我们看到了摆脱神的羁绊后,人的欲望成了打开的潘多拉魔盒。莎士比亚一方面歌颂人的崇高,另一方面又洞悉人身上卑劣的种子:在饱尝人世冷暖后,《雅典的泰门》的同名主人公发出了对人类的诅咒,"在我们万恶的天性之中,一切都是歪曲偏斜的,一切都是奸邪淫恶。所以让我永远厌弃人类社会吧。泰门憎恨形状像人的一切东西,他也憎恨他自己,愿毁灭吞噬整个人类!"嗣后启蒙运动在激发人的意志中起着重要作用,继续着文艺复兴开创的人的解放的主题。歌德的《浮士德》是人在克服欲望和向崇高使命迈进中寻找平衡的一部大作品。到了批判现实主义时期,那伟岸高大的人的形象已不复存在,马克思认为巴尔扎克"对各色各样的贪婪作了透彻的研究",泰纳指出,"金钱问题是他最得意的题目","他的系统化能力和对人类丑处的明目张胆的偏爱创造了金钱和买卖的史诗"。

在欲望肆虐,人性被欲望戕害的背景下,西方作家并没有放弃对人性的关注。本教材所选取的 F. R. 利维斯的文章,分析了狄更斯在《艰难时世》中对人性的捕捉和同情:"狄更斯兴致勃勃地观察着城市(以及郊区)景致所呈现出来的富有人情味的人性。当他在丑恶、龌龊以及陈腐中看到——也是他非常乐意看到的——日常显露的人性之善以及基本美德伸张自己的时候,他的反应乃是一颗温暖的同情之心,里面完全没有什么需要克服的厌恶感。这不是狄更斯在感情用事,而是天才的表现。"在揭示人的精神演进的悖论的时候,文学成为了捍卫人性,使人成为人的精神家园。

这个时期文学思潮的演变让人目不暇接。应该看到,即使是在同一个文学思潮内部也有不同国度和不同阶段的明显差异。如同样是现实主义作家,巴尔扎克与陀思妥耶夫斯基在对现实的认识上就各异其趣。巴尔扎克在《人间喜剧》的序言中声称:"法国社会将成为历史学家,我只能当它的书记。"如实地描写现实,成了巴尔扎克现实主义的圭臬。陀思妥耶夫斯基则明确表示:"我对(艺术中的)现实有自己特殊的观点,多数人几乎称之为幻想的或奇特的东西,对我来说,恰恰构成了现实最重要的本质。"本教材选译的文章《陀思妥耶夫斯基的风格的艺术特征》从《罪与罚》的结构、时间跨度、处理成梦幻式的现实和偶然巧合等方面展开分析,把陀思妥耶夫斯基的幻想性现实落到了实处。

第九章 《巨人传》

拉伯雷（François Rabelais，约 1494—1553），法国作家。他出生在法国中部的希农城，父亲是富有的法官。他自幼接受教会教育，20 岁左右加入圣方济修道院当修士。他热心学习希腊文，和当代的人文主义大师吉约姆·布代通信，因而受到保守派的歧视与迫害。后学医，曾短时间自由开业，1523 年任里昂天主教医院医师。1533 年他跟随大主教若望·杜伯莱出使罗马，游历了文艺复兴的发祥地意大利。这些职业使他有机会接触并熟练掌握希腊语和拉丁语，为后来研究古典文学和进行文学创作准备了条件。

1532 年拉伯雷在里昂化名出版了《庞大固埃》，这是他的《巨人传》(*Gargantua et Pantagruel*，1532—1564) 的第二部，以后又分别于 1534 年、1546 年、1548 年出了第一部、第三部和第四部，1562 年在他去世后出了第五部残本，1564 年全书问世，从第三部开始用真名出版。《巨人传》虽然也曾被巴黎最高法院宣布为禁书，但也使拉伯雷闻名遐迩。这部长篇小说取材于传奇文学、笑剧、骑士故事、古典作品，以及意大利的文学作品，用法语写成，粗俗的戏谑和深邃的哲理夹杂其中，极具讽刺性。内容涉及法律、医学、政治、宗教、哲学，以及伦理范畴等诸多方面。

一、精彩点评

• 拉伯雷不仅在决定法国文学和法国文学语言的命运上，而且在决定世界文学的命运上都起了重大作用（恐怕丝毫不比塞万提斯逊色）。同样毋庸怀疑的是，在近代文学的这些创建者中，他是最民主的一个。但对于我们来说，最主要的是，他与民间源头的联系比其他人更紧密、更本质，而这些民间源头是独具特色的。（巴赫金，1998:2）

• 狂欢式的笑，第一，它是全民的（上面我们已经说过，全民性是狂欢节的本质特征），大家都笑，"大众的"笑；第二，它是包罗万象的，它针对一切事物和人（包括狂欢节的参加者），整个世界看起来都是可笑的，都可以从笑的角度，从它可笑的相对性来感受和理解；第三，即最后，这种笑是双重性的：它既是欢乐的、兴奋的，同时也是讥

笑的、冷嘲热讽的,它既否定又肯定,既埋葬又再生。这就是狂欢式的笑。(巴赫金,1998:14)

- 拉伯雷擅长于讽刺艺术。他继承了《列那狐故事》等民间讽刺故事的传统。他的讽刺尖锐、犀利、泼辣,富有特色。有时他运用夸张的手法,把批判对象的弊病加以夸大,像放在显微镜下一样,使人一目了然;有时他运用冷嘲的笔法,表面看来像在夸赞,实际隐含抨击;有时他用热骂的写法,痛斥他憎恶的事物,例如为了贬斥讽刺对象,他一连举了一百多种毒虫的名字与之类比;有时他故意摆出"玩世不恭"的姿态,对"神圣"的东西大胆地加以亵渎,使之威信扫地。(柳鸣九,等,1979:110)

二、评论文章

《拉伯雷的创作与中世纪和文艺复兴时期的民间文化》节选

⊙ ［苏］巴赫金,著
⊙ 李兆林,夏忠宪,等,译

苏联著名文学评论家巴赫金运用狂欢化诗学理论,对《巨人传》进行了精彩的解读。除此之外,巴赫金还对《巨人传》中怪诞的人物形象进行了独到的分析,巴赫金从形象类比、词义探源等角度,分析了与庞大固埃出生的有关细节,令人耳目一新。

第三章　拉伯雷小说中民间节日的形式与形象

在前一章结束时,我们涉及了拉伯雷小说中对打架和斗殴的"解剖式"描写,他那独特的"狂欢化—厨房式"解剖学。在拉伯雷的小说中,打架的场面是很常见的。但这不是日常生活中的打架。我们来分析一下其中某些场面。

在小说的第四部,旅行者庞大固埃和他的伙伴来到了"诉讼国"。这个国家的居民即执达吏们,是以甘心挨打来赚钱谋生的。约翰修士选了一个"酒糟鼻子(Rouge Muzeau)"执达吏,花了20块金币把他痛打了一顿。

"约翰修士抢起棍子对准红鼻子的脊梁、肚子、胳膊、腿、头,浑身上下打了一个不亦乐乎,我以为一定打死了。"我们可以看到,这里也没有遗漏对肉体各部位的解剖式罗列。拉伯雷继续描写道:"可是他把20块金币给了他,我看见他马上站了起来,乐得跟一个国王或者双倍国王那样。"("Et mon villain debout , aise comme un roy ou deux")(第四部,第16章)

国王及双倍国王这种形象直接出现在这个场面中,是为了再现"得到报偿的"执达吏的最大快乐。但是,"国王"的形象实质上是与欢乐殴打和欢乐辱骂联系在一起的,是与执达吏的酒糟鼻子、他的假死、他出乎意料的复活和跃起联系在一起的,正如挨打后的小丑一样。

存在着一个层面,其中殴打与辱骂已不再具有日常的、个人的性质,而成为一种象征行为,它指向最上层的"国王"。这个层面就是被狂欢节(当然并不仅仅限于它)最鲜明地表现出来的民间节日形象体系。正像我们已经指出过的那样,也是在这个层面上,厨房与混战呈现在被肢解为肉体各部位的各形象中,并交织在一起。在拉伯雷的时代,无论是在各种形式的广场娱乐中,还是在文学中,这个民间节日形象体系都具有丰满的、最有意义的生命力。

在这个形象体系里,国王是小丑。他是全民选出来的,然后在他的统治期过后,他又受到全民的嘲弄、辱骂和殴打,恰如今天人们对去冬的谢肉节草人或去年的草人("欢愉的怪物")进行辱骂、殴打、撕碎、焚烧或丢到水里一样。如果说人们一开始把小丑打扮成国王,那么现在当他的王国结束后,人们又给他换装,"滑稽改编"成小丑模样。辱骂与殴打跟这种换装、改扮、变形是完全等效的。辱骂揭开被辱骂者的另一副真正的面孔,辱骂撕下了他的伪装与假面具:辱骂与殴打在对皇帝脱冕。

辱骂,就是死亡,就是逝去的青春走向衰老,就是变成僵尸却还活着的肉体。辱骂,这是摆在旧生活面前、摆在历史上理应死去的事物面前的一面"喜剧的镜子"。然而就在这个形象体系里,紧跟着死亡之后的却是复活,是新的一年,是新的青春,是新的春天。因此报答辱骂的是赞美。因此,辱骂和赞美,这是两位一体世界的两面。

辱骂和脱冕,作为关于旧权力、垂死世界的真理,有机地溶进拉伯雷的形象体系里,并在其中和狂欢化的殴打结合起来,和改扮、滑稽改编结合起来。拉伯雷是从自己时代那活生生的民间节日传统里汲取这一类形象的,但他也熟知古罗马农神节的古代书本传统及其改扮、脱冕与殴打的那些仪式(他熟悉我们所知道的那些源头,首先是马克罗比乌斯①的"农神节")。在谈到弄臣特里布莱时,拉伯雷引用了塞内加的这番话(他引用时没有说明出处,但显然根据的是伊拉斯谟):国王与小丑生来都是同一个命。(第三部,第 37 章)②他当然知道福音书中笑谑的故事:加冕与脱冕,殴打与嘲弄"犹太人之王"。③

拉伯雷在他的小说里描绘了对两位国王直接的脱冕:第一部里的毕可罗寿(《高康大》)跟第二部里的安那其(《庞大固埃》)。他是根据纯粹的狂欢化精神去描绘这些脱冕的,但不无古代传统与福音书传统的影响。

---

① 马克罗比乌斯(Ambrosius Theodosius Macrobius):公元 5 世纪罗马作家,其作品保存了大量古罗马的风俗、神话、语言、文学等资料。——译者注

② 塞内加在《变瓜记》里谈到了这一点。这部著名的讽刺作品我们已经谈到过了,它讲的是对垂死的国王在临死之前(他是在出恭时死的)的脱冕,以及他死后在阴间变成了一个"滑稽的怪物",变成了一个卑微的小丑、奴隶和输得精光的赌徒。——原注

③ "犹太人之王":指耶稣。——译者注

毕可罗寿国王吃败仗后逃跑了:他在路上怒不可遏地杀死了自己的马(因为那匹马一个趔趄倒地不起)。为了跑得远远地,毕可罗寿想从路边一家磨坊里牵走一头驴,然而磨坊里的人把他痛打了一顿,剥光了他的国王衣冠,给他换上了一件破外套。后来,他就作为一个普通苦力在里昂混日子。

我们看到,传统的形象体系的一切因素在这里都应有尽有(脱冕、改扮、殴打)。但从中仍能感到农神节的遗痕。被脱冕的国王成为奴隶(苦力),而古代磨坊则成为流放奴隶的惩罚场所:人们揍他们,强迫他们推磨,那可是一种苦役。最后,驴子,这是屈辱与顺从(同时也是复活)的福音书式象征。①

安那其国王的脱冕也完全充满了这种狂欢化精神。庞大固埃战胜他后,把他交给巴奴日处置。后者首先用一套稀奇古怪的小丑行头将原国王加以改扮,然后又叫他去卖绿酱油(低贱的社会等级)。没有漏过殴打。的确,巴奴日自己并没有殴打安那其,但是他让他跟一个老娼婆结婚,而那个老娼婆却辱骂并殴打他。因此,传统的狂欢化脱冕形象在这里不折不扣地实现了。

……

我们再回过头来谈那位酒糟鼻子的执达吏,他挨了一顿毒打,同时却又因挨打而兴高采烈得跟一个"双倍国王"一样。执达吏本来不就是一位狂欢化的国王吗?而被解剖式遍体挨打的形象则导致了另一些不可避免的狂欢化附属物,其中包括跟一位国王甚至是跟双倍国王即垂死的老国王跟复活的新国王的对照:本来大家都以为执达吏要被打死了(老国王),可是他又活蹦乱跳地活过来了(新国王)。而且他有一张红色的丑脸,因为这正是小丑的被胡抹乱涂的滑稽的丑脸。在拉伯雷的小说里,所有打架与斗殴的场面无不具有这一类狂欢化性质。②

在刚才所分析的执达吏挨打这个情节之前,还有四章讲述了在巴舍公爵府里痛打执达吏的类似场面,以及弗朗索瓦·维庸在圣玛克桑排演的一幕"悲惨的滑稽剧"。

对来到自己城堡送法庭传票的执达吏,尊贵的领主巴舍公爵挑了一个能逃避处罚的巧妙法子来揍他们。在故事发生地点都灵,同样也在波亚都及法国其他一些省份,有一种风俗叫"nopcesá' mitaines"(即"带手套的婚礼"):在举行婚礼的喜庆日子里要欢乐地相互赠拳。挨打的人对这一类婚礼上轻轻拳打不能表示丝毫反对,它们是合法的、神圣的习俗。而每一次当执达吏来到巴舍公爵的城堡时,城堡里就马上举行假婚礼;而执达吏则不得不置身于婚礼来宾之中。

第一次来的是一个肥头大耳、面色红红的老执达吏(un viel, gros et rouge chiquanous)。在婚宴中大家按照习俗开始互相赠拳,"走到执达吏跟前,大家一齐拳

---

① 驴子也是中世纪民间节日体系的形象之一,如在"驴节"里。——原注
② 这类性质的余波在以后的文学里也保存了下来,特别是在与拉伯雷一脉相承的文学里,如斯卡龙。——原注

足交加一顿饱打，直打得他七荤八素人事不知，一只眼睛打得像黑奶油，肋骨打断了八根，胸骨打塌了进去，肩胛骨打成了四瓣，下牙床骨打成三段，而且全是在嘻嘻哈哈当中打的。"（"…et le tout en riant"，第四部，第12章。）

这次殴打的狂欢化性质最明显不过了。这里甚至出现了"狂欢节中的狂欢节"，仅仅对于挨打的执达吏来说，后果才是现实的。婚殴这种习俗本身属于狂欢节类型的仪式（它本来就是与生殖力、生育力相联系着的，与时间相联系着的）。这种仪式给予了人们某种随便与狎昵的权利，可以破坏日常的社会生活规范。在我们叙述的情节里，婚礼本身是假的：它是作为谢肉节闹剧或狂欢节骗局来扮演的。然而，在这种双重的狂欢化气氛中，人们招待老执达吏的却是极为现实的殴打，而且用的是"打架手套"。我们要再次强调，对殴打的描写具有解剖式的、狂欢化—厨房—医疗的性质。

对第二个执达吏挨打的描写具有更为鲜明的狂欢化风格，他是在第一个执达吏之后四天来到巴舍公爵城堡的。这一个与上一个不同，是细高个年轻的（un autre jeune, hault et maigre chiquanous）。因此，第一个跟第二个就结成了典型的民间节日的狂欢型喜剧式一对（尽管他们并非同时出现），形成对照：肥胖的跟细瘦的、老的跟年轻的、高的跟矮的①。这类鲜明对照的一对至今还活跃在集市与教堂的喜剧中，堂吉诃德与桑丘正是这样狂欢型的一对。②

对第二个讼棍也排演了一场假婚礼：它的参加者干脆就叫做"闹剧演员（les per-sonnaiges de la farce）"。当执达吏（笑谑的虐待行动中的主角）进来时，所有在场者（合唱团）开始哄笑，而执达吏本人也跟着向大家笑（A son entrée chacun commença soubrire，chiquanous rìoit par compaignie）。滑稽戏就这样开场了。婚礼按发出的信号上演了。然后，酒菜一端上来，人们就开始了婚礼殴打。对执达吏挨打是这样描写的：

> （乌达尔先生）举拳便打，迎面重击，一时戴打架手套的拳头从四面八方像雨点一般一齐落在执达吏头上。"喜呀，喜呀，喜呀！可别忘了这次的喜事！"大家一齐叫嚷。这一顿揍可够重的，嘴里、鼻子里、耳朵里、眼睛里都出了血。最后打得他遍体鳞伤，肩膀脱骱，前额、后脑、后背、前胸、两只胳膊，全都给打坏了。你们可以相信，在亚威农举行狂欢节的时候，那些学生的热闹情况，也及不上今天这一场殴打。执达吏一直被打得昏倒在地。后来往他脸上泼了好些酒，把一条黄绿两色的布条拴在他的袖子上，扶他上了他那匹鼻涕邋遢的瘦马。（第四部，第14章）

---

① 我们在"诉讼国"就遭到了这样的狂欢化一对。除了被约翰修士选中的酒糟鼻子执达吏以外，还有对他的挑选进行抱怨的既高又瘦的执达吏。——原注

② 类似的喜剧式一对——这是极其古老的现象。迪特里希在他的《Pullcinello》（法文：《普利奇涅拉》。——译者注）一书里再现了意大利一个古代花瓶（汉密尔顿收藏）上对爱吹牛的军人及其仆从的喜剧式描绘。这位军人与其仆从的形象跟堂吉诃德和桑丘的形象具有惊人的相似（只是前两个形象有着巨大的男性生殖器）。（见阿尔勒莱希特·迪特里希的《Pullcinells》，S. 329）——原注

在这里,我们又一次目睹了对肉体的解剖式、狂欢化—厨房—医疗式的罗列:罗列了嘴、鼻子、耳朵、眼睛、头、脖子、背、胸、手。这就是对笑谑游戏主角的狂欢化虐待。当然,拉伯雷并不是随意提到亚威农的狂欢节的:学生们在狂欢节假日里玩木柱戏时的敲打声,也不会比拳头落在讼棍身上的声音更悦耳了(真正的"melodieusement"①)。

这个场面的结尾是十分典型的:实质上,人们将挨打的执达吏装扮成了小丑国王:他给泼得满脸都是酒(显然,他也因此像挨约翰修士揍的那个执达吏一样成了一个红脸的"酒糟鼻子"),被五颜六色的彩带装饰得像狂欢节上的祭品。②

……

现在,很清楚为什么要给挨过打的执达吏装饰上五颜六色的彩带了。正像转变为赞扬的辱骂一样,殴打也是双重性的。在民间节日的形象体系里,不存在纯粹的、绝对的否定。这个体系的各种形象无不在极力抓住其矛盾统一体中形成过程的两极。被打者(及被杀者)又被装饰起来;殴打本身带有欢乐的性质;它是通过笑谑来进行和完成的。

对第三个也即最后一个来巴舍公爵府的执达吏,其挨打情节的描写最为详细,最为有趣。

这一次执达吏是带着两个助手(法警)来的。假婚礼则再次上演。执达吏在婚宴中建议恢复善良的古老风俗(nopces à mitaines),并带头挑起婚礼殴打。于是对执达吏的殴打开始了:

> 戴打架手套的人开始行动了,结果执达吏头上打了 9 个窟窿,一个法警的右胳膊打断了,另一个的上颚骨打歪了,只有一半还在下巴颏上,小舌头也露出来了,白齿、犬齿一齐都打掉了。鼓的曲调改变了,戴打架手套的人一个也看不见了,糖果又重新端了上来,大家欢欣享用。快乐的朋友互相干杯,大家齐向执达吏及法警敬酒,乌达尔咒骂婚礼,说他真倒霉,一个法警打得他一个肩膀脱了骱,尽管如此,他还是愉快地和法警碰杯。法警呢,牙床骨都碎了,一句话都说不出来,拱手请求饶命,因为他已经不会说话了。罗亚尔抱怨那断胳膊的法警在他胳膊肘上打过一下,打得很重,连脚后跟都打疼了。(第四部,第 15 章)

对执达吏及其助手所遭受伤害的描写,照例具有对肉体各损伤部位及器官的解剖式罗列。殴打行为本身具有格外欢庆的和节日的性质:它是在婚宴当中完成的,伴有婚鼓的鼓声,而当殴打结束,新一轮的盛宴欢娱又开始后,鼓声则改变自己的音调。婚鼓音调的改变与盛宴的重新进行,开始了滑稽戏的新阶段:嘲笑被殴打的受害者。打人者装成挨打者。每个人都扮演着自己的残疾角色,并为此而咒骂着执达吏。这种肆

---

① "悦耳"。——译者注
② 黄和绿显然就是巴舍公爵家"仆役制服"的颜色。——原注

意狂欢化表演的气氛尤其由于这一点而加强了:它的每一个参加者借助于冗长复杂得难以想象的语句,夸张地(膨胀地)描述着自己的受伤程度。拉伯雷构造出这样的语句并不是偶然的:它们应该在一定程度上从声音上表现出所受重伤的性质,并以其所构成语句(具有明确的语义学色彩)的冗长、大量与多样化,传达出所受打击的数量、多样化与力量。这些语句就其发音来说仿佛是戕害着发音器官(小舌头也露出来了)。这些语句在发音上的冗长与困难随着每一个游戏参加者在增长:如果说乌达尔的一个单词有 8 个音节,那么罗亚尔用的一个单词则有 13 个。由于这些语句,狂欢化的肆意性就转变成为这一场景的语言本身。

……

第五章　拉伯雷笔下的怪诞人体形象及其来源

第 2 章同样也以这同一个母题开始:"高康大在他 480 再加 44 岁的那一年,他的妻子,乌托邦亚马乌罗提国王的公主巴德贝克,生下了他的儿子庞大固埃。巴德贝克因生产送命,原因是孩子长得惊人的肥大,如果不把母亲憋死就没法生下来。"

这是我们根据罗马狂欢节便已熟知的凶杀与生育交织的母题。杀人在此是生育者自己以其生育行为本身实施的。

生育和死亡也就是大地张开的嘴和母亲的肚子。接下来人和动物张开的嘴也出了场。

庞大固埃出生时可怕的干旱也得到了表现:"……狼、狐狸、鹿、野猪、斑鹿、野兔、家兔、鼬鼠、黄鼠狼、獾,等等,还有其他的禽兽都张嘴伸舌地死在田地里。至于人呢,那就更可怜了。你们会看见他们一个个伸着舌头,像跑过 6 小时的猎犬一模一样。不少人跳进井里,有的趴到牛肚子底下那块荫凉里,……于是一个人走进教堂,你就会看见二十来个渴得要死的人跟在后面,张着嘴,等待着那个蘸圣水的人也分给他们一小滴,……真是的,这一年谁要是有一个凉爽而贮藏丰富的酒窖,该是多么幸福啊!"

应当指出,"井""母牛的肚子"和"地窖",都是与"张开的嘴"等值的形象。要知道在怪诞地形学中,嘴和肚子以及子宫(uterus)是相等的,例如,与色情的"trou"即"孔洞"形象并列,地狱的入口被描写成撒旦张开的大嘴("地狱之嘴")。井,则是民间创作中社会公认的正在生育的肚子的形象;地窖也与此相似,但在它身上,死亡—吞食因素更强烈一些。这样一来,即使在这里,大地和大地上的洞孔,便已获得附加的怪诞—肉体含义。这就为下文中将大地和海洋引入肉体系列做了铺垫。

接着,拉伯雷写了古代神话中的法厄同,他驾驶着太阳神的车子,离地面太近,差点使地上着火;大地被烤灼得直出汗,以致由于它的汗水,连海洋也变咸了(按照普卢塔克的说法,对海水所以咸的这种解释出自恩培多克勒)。拉伯雷把这一怪诞—肉体观念从崇高的神话层面转移到了民间节庆降格的欢愉层面上来了:"……总之,大地热得厉害,出了许多汗,汗水成了大海,所以是咸的,因为汗都是咸的。如果你们尝一尝自己的汗,或者患梅毒的人出的汗—— 随便哪一种都行—— 你们就会说是真的了。"

　　须知这一小小片段中形象的集结是很有特点的:它带有宇宙性(要知道在此不光大地会出汗,而且还使海水为汗水所充满);出汗这一典型的怪诞形象在其中起着主导作用(出汗与其他分泌现象相像,汗——尿);接下来,疾病—梅毒的形象也被引进,这是一种"快乐的"病,也是与肉体下部有关的一种病;最后,在此,汗水形象又与饮食相关(要人尝一尝汗水的味道),这是程度弱化了的出汗疗法,是医学怪诞所特有的(见于阿里斯托芬)。在这一片段中,implicite① 还含有与海元素和激起焦渴有关的、小海鬼庞大固埃形象的传统内核。同时,该片段的主人公是大地:在第 1 章中,大地由于浸透了亚伯的鲜血而变得肥沃和多产,而在这里,在第 2 章中,它会出汗,会焦渴。

　　接下来,拉伯雷对捧十字架游行和奇迹进行了大胆地讽刺性模拟的滑稽改编。在教堂组织祈祷过程中,正向上帝祈雨的信徒们,突然发现从地底下,像一个人正在大量出汗一样,冒出来许多大滴大滴的汗粒。人们以为这是上帝听了他们的祷告后而普降的甘露。但人们弄错了,因为当捧十字架游行开始后,每个人都想要饱饮一顿露水时,才发现,原来这是盐水,而且比海水更咸,也更恶劣。于是,奇迹蒙骗了信徒们笃信宗教的希望。这里的母亲即肉体元素是以脱冕者的角色出场的。

　　而庞大固埃就恰好是在这一天的这个时辰降生的。因此人们给他起名叫"庞大固埃",按照拉伯雷的布尔列斯克词源分析,意为"渴望一切的"。

　　主人公的诞生过程本身,就是在一种怪诞的氛围下进行的:从他母亲那张开的肚子里,先是跑出整整一队骡子,背上驮着能够引起焦渴的,浸透了海盐的小吃,而"毛茸茸的像头小熊"的庞大固埃本人,则在这之后才出现。

——巴赫金,1998:225-234,381-384

练习思考题

1.《巨人传》是"庞大固埃主义"的赞歌,请参照艾布拉姆斯《文学术语汇编》或雷蒙·威廉斯《关键词:文化与社会的词汇》等书籍,尝试用千字左右的简练文字编撰"庞大固埃主义"词条。

2.以高康大擦屁股为例,对怪诞的人物形象进行简要分析。

3.从巴奴日追贵妇人的细节,谈谈《巨人传》夸张手法的运用。

4.通过神瓶的寓示——"喝",试析它与原始狂欢化的联系。

延伸阅读

程正民.2003.拉伯雷的怪诞现实主义小说和民间诙谐文化[J].江西师范大学学报,36(6).

邱紫华.2004.论拉伯雷的"怪诞"美学思想[J].武汉大学学报,57(1).

吴岳添.2005.从拉伯雷到雨果——从巴赫金的狂欢化理论谈起[J].外国文学评论(4).

赵　勇.2002.民间话语的开掘与放大——论巴赫金的狂欢化理论[J].外国文学研究(4).

---

　　① "含蓄地"。——译者注

参考文献

拉伯雷.2007.巨人传[M].成钰亭,译.上海:译文出版社.

巴赫金.1998.拉伯雷的创作与中世纪和文艺复兴时期的民间文化[M]//巴赫金全集:第6卷.李兆林,夏忠宪,等,译.石家庄:河北教育出版社.

柳鸣九,等.1979.法国文学史:上册[M].北京:人民文学出版社.

第十章　《堂吉诃德》

塞万提斯(Miguel de Cervantes Saavedra,1547—1616),西班牙小说家、戏剧家、诗人,被狄更斯、福楼拜和托尔斯泰等誉为"现代小说之父"。出生于马德里附近一破落贵族之家,其父是一名外科医生,终身贫困潦倒。他只上过中学,以后全靠自学成才。1569年因斗殴伤人被警方通缉而逃至意大利,得以游历罗马、佛罗伦萨、威尼斯和那不勒斯等地。1570年加入西班牙驻意大利的军队。1571年参加了著名的抗击土耳其军队的勒班陀海战,作战英勇,致左臂伤残,获"勒班陀独臂人"的尊称。1575年回国探亲,途中遇海盗袭击,被押至阿尔及尔,做了5年俘囚,多次逃亡均未成功,后在好心人的帮助下才得以回到祖国。因一贫如洗,不得不再随原部队远征葡萄牙。3年后回国,带回一私生女和一部牧歌体传奇的手稿,在马德里求职失败后,决定以写作为生,接着娶了一位薄有资财的女子为妻。其后几年一共写了二三十个剧本,但演出后反映平平,不得不中止戏剧创作。此后15年里,为无敌舰队做过军需官,在格拉纳做过税史,两任上都曾获罪入狱。1602年开始撰写《堂吉诃德》(*Don Quixote*,1605—1615),1605年上卷问世,立即在全国引起轰动,当年即再版6次,但并未使其摆脱贫困,且屡遭不幸。1614年,因不愤《堂吉诃德》伪续作问世,加快写作速度,于次年出版《堂吉诃德》下卷,再次大获成功。1616年,因积劳成疾,终卧床不起,4月23日因水肿病在马德里去世(据说,同时期另一位文学巨子莎士比亚在同一天去世)。其创作主要分为诗歌、戏剧和小说三类,其中以小说的成就最为突出。其诗作总共只有38首短诗和一篇长诗《帕尔纳斯之旅》(*Viage del Parnaso*,1614)。戏剧流传下来的仅18部,即《被围困的努曼西亚》(*El cerco de Numancia*,1584)、《阿尔及尔的交易》(*El trato de Argel*,1585)以及8个喜剧和8个幕间剧。展示塞万提斯高超艺术才华的是他的小说,尤其是长篇小说《堂吉诃德》;《警世典范小说集》(*Novelas exemplares*,1613)是塞万提斯又一佳作,有的评论家认为塞万提斯即使没有《堂吉诃德》,凭借此书也能跻身于世界伟大小说家的行列;此外还有田园牧歌体小说《伽拉苔娅》(*La Galatea*,1585),以及去世前完成的长篇小说《贝雪莱斯和西吉斯蒙达历险记》(*Los trabaios de Persilesy Sigismunda*,1617)。

《堂吉诃德》戏拟骑士传奇的写法,描述因迷恋骑士小说而一心想做骑士的穷乡绅堂吉诃德与其侍从桑丘·潘沙的"游侠史"。小说出版以后,西班牙再也没有出现过骑士传奇。

一、精彩点评

● 塞万提斯写作《堂吉诃德》是为了讽刺浪漫的骑士文学,但它是唯一幸存下来的浪漫骑士文学作品。而且如果那时没有注意到《堂吉诃德》的话,浪漫骑士文学的任何作品能否保存到现在还值得怀疑。我们没有时间详细分析《堂吉诃德》的优点,但有一点我们必须指出——似乎整个世界都在谈论它的价值,它是所有书籍中,除《圣经》外,拥有读者最多的一部书。(托马斯·卡莱尔,2005:115)

● 一直统治着宇宙、为其划定各种价值的秩序、区分善与恶、为每件事物赋予意义的上帝,渐渐离开了他的位置。此时,堂吉诃德从家中出来,发现世界已变得认不出来了。在最高审判官缺席的情况下,世界突然显得具有某种可怕的暧昧性;唯一的、神圣的真理被分解为由人类分享的成百上千个相对真理。就这样,现代世界诞生了,作为它的映象和表现模式的小说,也随之诞生。(米兰·昆德拉,2004:7)

● 这部作品可以被看做一部史诗,它贯穿着一种启蒙思想。这部书照射出西班牙的一种疯狂情绪,既混乱又狂傲,竭力想以传统的荣誉行为准则和教会、社会里种种迷信活动掩盖它的焦虑不安。(弗里德里希·希尔,2007:302)

二、评论文章

《塞万提斯传》节选

⊙ [西班牙]安德烈斯·特拉彼略,著

⊙ 崔维本,译

为塞万提斯作传的当代西班牙作家安德烈斯·特拉彼略,在总结了从 17 世纪到当代对《堂吉诃德》的阐释和批评之后指出,我们应该从领悟"塞万提斯的感觉"这一点出发去阅读《堂吉诃德》,其看法看似"随意"和"不够专业",但或许恰恰才切中了要害。

　　我真心实意地认为,关于《堂吉诃德》,我们中间还没有一个人还能提出什么新观点。的确,今天在 40 岁以下的作家中,大部分都表达了对塞万提斯的敬仰,甚至把他尊为先锋主义完美的神明。(可是不久前,在现在已经 50 岁以上的西班牙作家中,很难找到要尊重塞万提斯为师的说法,当然也很少有人宣称自己敬佩加尔多斯)。但仅仅敬仰还不够,还要搞清楚,塞万提斯身上有什么引起了我们的兴趣和敬仰。

　　这就是我要讲的问题。今天我们生活在一个讲究形式的时代。《堂吉诃德》最令我们心动或最令我们关注的是它的形式，即它的文学形而上学，如它的镜子效应，让读者觉得小说《堂吉诃德》是一本穿插在一位颠沛流离的骑士真实故事中的虚构小说。也就是说，他们在玩了、做了一个世纪的艺术试验后，像机械师一样，将这本书机械地解读了。简单说来，我们可以肯定，有人称赞《堂吉诃德》是因为它与博尔赫斯和彼雷·梅纳德的创作沾上了边，这就好像有人对杜尚给蒙娜丽莎画的胡子比对达芬奇的原画更感兴趣。

　　的确，问题不在时代，这些观点都是个人提出的。但近年来写就、印刷或出版的大部分有关《堂吉诃德》的书所谈的都是它的写作方法，这一点是不能忽视的。他们一边寻找这种写作方法的源头。在这方面，应该承认，语言学取得了显著的进步（但其中大部分是浮夸的、完全没有任何意义的）或提出了一些没有什么用处的假设。这说明，本世纪末的读者更关注技术性的问题：例如，塞万提斯让书中的人物来介绍读者对上卷的反应，又如塞万提斯假手小说中的虚构人物堂吉诃德来揭穿现实生活中的真人阿维利亚内达的谎言。所有这些确实表现了高超的写作技巧，让他们感到震惊。但是，到此就为止了吗？我们就不能清楚地、直截了当地回答，为什么《堂吉诃德》直至今天仍比其他任何书更能打动我们吗？

　　……

　　《堂吉诃德》所讲述的故事已经超越了文学的范围，成为了人民思想源泉的一部分。不仅是西班牙人民，而且是世界各地的人民，都认为堂吉诃德是理想主义人生观的代表。但是，在有些研究者的引导下，我们在某种程度上把它当做了一本故事书。在这方面，塞万提斯自己也难辞其咎：仅仅因为抽屉中有几篇现成的故事，就不假思索地把它们插了进来，也不管插得是不是地方。

　　虽然它是被人引用得最多的书，不管什么事由和场合都要大量地引用它的文字（顺便说一下，很多被引用的话所以有价值，仅仅由于它们是从这本书上，而不是从其他书上摘录出来的，因为大家知道这是一本充满智慧的书）。但它绝不是为此而写的。

　　《堂吉诃德》从来不是一本一般意义的书。它不是故事书，也不是语录书。它没有写大的时间跨度，只写了一个人的步履。书中重要的是他所走的每一步，不管他的步履是如何的小，不管他有没有走到某家客店，还是迷失了方向。

　　这本书令我们感动的是它的感觉。我觉得，有一句话可能对我写这本书帮助最大，它来自喜剧《慷慨的情人》。我没有见到哪里曾引用过这个剧本中的话。阿索林都能背诵而且非常喜欢引用塞万提斯的作品，但他也没有引用过其中的话。我是在准备《塞万提斯传》时找到这句话的。"谁善于感觉，才善于表达"这是对形式主义文学最中肯的批评。塞万提斯后来还对我们说过，形式如果没有感觉的支撑就毫无用处。感觉还有什么陈词滥调能扭曲、篡改或美化它呢？

有生命才能感觉,只有当我们还活着的时候,我们才能感觉。许多作品能让人惊叹或兴趣盎然,但是只有少数永远活着的作品才能让人找到感觉。

我所以敬佩《堂吉诃德》并不是由于我们前面已经说过的杰出的写作方法,也不是因为它尽管有疏漏和错误仍不失为一部优秀的小说(基于同样的理由,有缺陷的活人总是优于完美的死人)。我对塞万提斯的敬佩是双重的,既敬佩他的感觉,也敬佩他的表达。

塞万提斯的感觉并不完全等同于堂吉诃德的感觉。我们已经说过,对塞万提斯的各种不同看法是相互重叠和补充的。乌纳穆诺的观点和奥尔特加的观点是可以兼容的。我们也已经说过,当今是一个调和折中的时代。

《堂吉诃德》是塞万提斯所有作品中最好的一部。这就足以证明两者的感觉是不同的。一方面,堂吉诃德,作为一个有生命的人物,他的感觉充实和丰富了塞万提斯的感觉;另一方面,没有堂吉诃德,塞万提斯也就不那么塞万提斯了。

塞万提斯的感觉是怎么样的呢?他爱人、事物、风景、房子、寂静、娱乐、旅行、人的千姿百态……塞万提斯关切世界和它的千变万化,对所有的一切,他都观察、理解。这一点也已经说过许多次。他观察是为了理解,而不是评判,更不是谴责。堂吉诃德的感觉又是怎么样的?堂吉诃德难得关心周围的事物。他头脑中只有一件事:他的情人以及由此而及的骑士道的理想。堂吉诃德的感觉,用那个时代的语言来讲,是政治感觉。他不那么关心世界,却关心它的秩序,试图对它作一点修正,让它运转得更为正常。用今天的语言讲,这是一种让我们的公民社会、政治和文明有条不紊地运转的道德感、伦理感,也许可以称之为公民感。

关于塞万提斯的表达,没有什么新的意见可补充了。只是想说,他的表达至今仍充满生命力,这实在是生命的奇迹。他的语言自然流畅,没有矫揉造作,这在一个盛行巴洛克风格和喜欢装腔作势的国度里实属少见,这一点是明摆着的。

大家自然也都谈到过塞万提斯的风格。但是塞万提斯的风格恰恰是没有风格,就像最好喝的水只有水味,它所含的矿物质不多也不少。塞万提斯的风格透明通亮,没有矫揉造作,语言流畅(作者一定有极为敏锐的听觉,才能做到一本小说中3/4都是对话,让大家读了有身临其境的感觉)。在我之前,其他作家也都注意到了,正是由于他没有风格,所以大家都模仿不了他。没有的东西你怎么模仿?曾有人想学习塞万提斯,模仿他的某些表达方法(例如,曼努埃尔·阿萨尼亚的语言纯正显然已经到了矫揉造作的程度),而不是学习他如何去感觉,他们不知道他们应该向塞万提斯学习的是如何去感觉,而不是如何去表达。

我们已经谈到了精神,但是也许谈谈心态就够了,塞万提斯具有大人的心态。我们都知道,他的一生并不容易,但他没有在其作品中大谈自己的生活,这正是他值得或更值得我们尊敬的原因。他没有在作品中诉说自己内心深处的苦楚(只有极少数的例外,如关于他当俘虏的经历)。嘴上挂着微笑,一脚踏上马镫:他通过《佩尔西莱斯》

的序言告别人世、告别生命的方式已尽人皆知,永载史册。

这就是我每天都在向塞万提斯学习的内容。他完全可以在自己的盾牌上漆上"不着急,洗牌吧"的格言。这是一种非常平静、认命和豁达的生活态度,就像只是在玩一场赌博游戏一样。如果他要给自己取一个雅号的话,我觉得它应该与他给堂吉诃德取的外号相匹配,就叫"浪迹天涯的骑士",因为他一生都在命运的作弄下四处奔波。

——安德烈斯·特拉彼略,2009:273-278

《西方正典》节选

⊙ [美]哈罗德·布鲁姆,著
⊙ 江宁康,译

不拘一格的耶鲁批评家哈罗德·布鲁姆以"游戏之道"来解说堂吉诃德和桑丘的冒险活动以及他们之间的关系,不落既有阐释的窠臼,令人耳目一新。

也许只有《哈姆雷特》能够像《堂吉诃德》那样激发出如此多的不同阐释。我们无法清除对哈姆雷特的浪漫主义解释,而堂吉诃德也已引起一个人数众多而持久的浪漫主义批评派别,同时还有反对理想化塞万提斯主人公的各种专著和文章。浪漫派学人(包括我自己)视堂吉诃德为英雄而不是傻瓜,拒绝把小说解读为以讽刺为基调的作品,并在书中发现了一种关于堂吉诃德探求的形而上的或幻想的态度,这使得塞万提斯对《白鲸》产生影响的说法似乎顺理成章。从 1802 年德国哲学家兼批评家谢林到 1966 年的百老汇音乐剧《拉曼却人》,对堂吉诃德那被认为不可能的梦想探求的赞颂一直持续不断。小说家们是神圣化堂吉诃德的主要提倡者,在众多崇拜者中包括英国的菲尔丁、斯摩莱特和斯特恩,德国的歌德和托马斯·曼,法国的司汤达和福楼拜,美国的麦尔维尔和马克·吐温,以及实际上所有现代西班牙语美洲作家。陀思妥耶夫斯基似乎是最不像塞万提斯的作家,但他也坚称,《白痴》中的梅什金公爵就是以堂吉诃德为模型的。因为塞万提斯出色的实验已被公认为是创造了小说的新形式,它一改流浪汉小说的套路,所以许多后代小说家对它的热爱是完全可以理解的;但是这部小说所引发的巨大热情,尤其是司汤达和福楼拜所表现的热情,无疑是对其成就的极大赞扬。

我自己在读《堂吉诃德》时自然地倾向于乌纳穆诺的看法,因为我认为此书的核心即在于对堂吉诃德和桑丘英勇个性的揭示和赞扬。乌纳穆诺反常地偏好堂吉诃德而不是塞万提斯,我对此无法苟同,因为没有一个作家能像塞万提斯那样和笔下的主人公有着如此紧密的联系。我们但愿能知道莎士比亚自己对哈姆雷特有什么想法;但即使借助间接知识,我们也能充分了解堂吉诃德对塞万提斯有什么影响。塞万提斯创造了无数的方法来中断自己的叙述,并迫使读者取代谨慎的作者去讲述故事。那些狡猾邪恶的魔法师不停地作法以便打击不屈不挠的堂吉诃德,同时塞万提斯也用他们来迫使我们变成非常活跃的读者。堂吉诃德认为魔法师是存在的,而塞万提斯实际上将他们变成其语言的关键要素。魔法改变了一切,一切都成了堂吉诃德的悲叹,而邪恶的魔法师就是塞万提斯自己。他笔下的人物已读过彼此的所有故事,小说第二部大半是关于这些人物阅读第一部后的反响。读者被训练得更为老练地作出反应,而堂吉诃德却顽固地拒绝学习,这种拒绝更多和他的"疯癫"有关,而与让他发狂的骑士传奇故事关系不大。堂吉诃德和塞万提斯一起发展了一种新型的文学辩证法,即交替宣称叙述在与真实事件的关系中既是有力的又是无用的。在第一部里,即使堂吉诃德缓慢地了解到虚构的局限性,塞万提斯则增强了作者的那份自豪,特别是因为他创作了堂吉诃德和桑丘。

堂吉诃德和桑丘之间的友爱而又常起龃龉的关系是全书中最精彩的部分,它胜过书中所展现的自然和社会现实的种种生动情态。将堂吉诃德及其随从联系起来的是两人都参与的"游戏之道(order of play)",以及虽然吵闹却相互平等的感情。我在西方文学中还想不到其他完全相似的友谊描写,当然更想不到那种巧妙地依靠闹嚷嚷的对话而存在的友谊。安格斯·弗莱彻在他的《心灵的颜色》中捕捉到了这些对话的光彩:

> 堂吉诃德和桑丘相会于一种生机勃勃的气氛中,即两人对话的那种热烈活泼。他们说话时常常激烈地辩论,这样就大大拓展了彼此思想的空间。没有一个念头不会受到对方的掂量或批评。主要通过礼貌地表示异议,冲突最尖锐时互相也最客气,双方逐渐建起了一个自由游戏的区域,在这里我们读者可任由思想翱翔。

在堂吉诃德与桑丘的多段对话中,我最喜欢的一节是在第二部第二十八章,此时那骑士已经学到了约翰·福斯塔夫爵士的应变机巧,显示其莽撞性格中好的一面。不幸的是,他的决定却让受到震惊的桑丘被丢在那愤怒的村庄里。这事件过后,可怜的桑丘哭诉说浑身疼痛,但他只受到了骑士迂腐的安慰:

> "这原因,"堂吉诃德说,"毫无疑问地就是,他们拿的棍棒太长,把你从头到背凡是疼的地方全打着了;如果那棍棒再打多点地方,你会疼得更厉害。"
>
> "天哪,"桑丘惊呼,"您的恩典使我心里轻快了不少,还把一切都说得清清楚楚!我的天!我疼痛的原因有那么神秘吗,还要您劳神向我解释棍子打着我的地方就会疼?"

这段对话中包含了两人之间的联系,即他们在实质上享有的平等而亲密的关系。

关于谁是更有创造性人物的问题我们稍后再论,但是我们注意到,他们二人合为一个形象时比各自分开时更有原创性。在这个友爱但争吵的二人组合里,桑丘和堂吉诃德是被比相互间的情感和真心敬重更重要的东西联结起来的。就最高境界而言,他们在游戏之道中相互为伴,这一领域自有其规则和现实图景。乌纳穆诺在此再次显示了他作为塞万提斯批评家的作用,不过,约翰·赫伊津哈作为理论家在其精深之作《游戏的人》(1944)中却很少提到塞万提斯。赫伊津哈从一开始就断言,他的主题是游戏,它应和喜剧及傻事分开:"喜剧的范畴与最好和最差意义上的傻事有关。不过游戏不是犯傻,它超出了智慧和傻事的对立。"

堂吉诃德既非疯子又非傻瓜,他只是一位游戏着的侠客。游戏是自发的行为,不同于疯癫和犯傻。赫伊津哈认为,游戏有四大特征:自由、无功利性、排他性或限定性、秩序。这些特征在堂吉诃德的游侠经历中都能看出,但不完全适用于桑丘忠诚的随侍,因为桑丘投入游戏时总是很迟钝。堂吉诃德把自己提升到理想的时空,忠于自由、忠于非功利性和独善其身、遵从限制,直到最后他被击败,于是就放弃游戏,重新恢复基督徒的"清醒",然后死去。乌纳穆诺指出,堂吉诃德要外出寻找真正的故乡,却在流放中找到了它。一如以往,乌纳穆诺懂得这本杰作的内在深刻性是什么。堂吉诃德和犹太人及摩尔人一样,都是流亡者,但他是以改宗的西班牙犹太人或西班牙摩尔人的方式实行国内流亡的。堂吉诃德离开了村庄,在流亡中寻找自己的精神家园,因为他只有在流亡时才是自由的。

——哈罗德·布鲁姆,2005:97-99

练习思考题

1. 写一篇千字左右的小论文,谈谈你对桑丘这个人物形象的理解。

2. 小说中杜撰的"阿拉伯历史学家"熙德·阿默德·贝南黑利这个人物起什么作用?

3. 在塞万提斯那里,文学艺术最重要的品质是什么?

4. 你如何看待纳博科夫当着600名学生的面指责该小说为"残酷的、粗俗的书",并将其撕毁这一事件?

延伸阅读

安德烈·布林克.2010.小说的语言和叙事:从塞万提斯到卡尔维诺[M].汪洪章,等,译.上海:上海人民出版社.

陈凯先.2001.塞万提斯[M].北京:华夏出版社.

钱理群.2007.丰富的痛苦:堂吉诃德和哈姆雷特的东移[M].北京:北京大学出版社.

朱景冬.2009.塞万提斯评传[M].天津:百花文艺出版社.

Cascardi A J. 2000. The Cambridge Companion to Cervantes. Cambridge:Cambridge University Press.

Sturman M. 1964. Don Quixote:Notes. US:John wiley & Sons, Inc.

参考文献

安德烈斯·特拉彼略.2009.塞万提斯传[M].崔维本,译.石家庄:河北教育出版社.

弗里德里希·希尔.2007.欧洲思想史[M].赵复三,译.桂林:广西师范大学出版社.

哈罗德·布鲁姆.2005.西方正典[M].江宁康,译.南京:译林出版社.

米兰·昆德拉.2004.小说的艺术[M].董强,译.上海:上海译文出版社.

托马斯·卡莱尔.2005.卡莱尔文学史讲演集[M].姜智芹,译.桂林:广西师范大学出版社.

第十一章 《哈姆雷特》

威廉·莎士比亚（William Shakespeare，1564—1616），被认为是英国文学史和戏剧史上最伟大的诗人和剧作家，英国的民族诗人，由于在世界文学中的独特地位而被认为是古往今来最伟大的作家之一。他出生于英国中部瓦维克郡埃文河畔斯特拉特福镇，其父约翰·莎士比亚是经营羊毛、皮革制造及谷物生意的杂货商，后任民政官和镇长。莎士比亚幼年在当地文法学校读书。后人从流传下来的文字资料中大概勾勒出莎士比亚的生活轨迹：13 岁时家道中落，此后辍学经商，22 岁时前往伦敦，在剧院工作，后来成为演员和剧作家。1597 年重返家乡购置房产，度过人生最后时光。他流传下来的作品包括 38 部剧本、154 首十四行诗、两首长叙事诗和其他诗作。主要包括历史剧《亨利四世》（*Henry IV*，1597—1598）、喜剧《仲夏夜之梦》（*A Midsummer Night's Dream*，1595—1596）、《威尼斯商人》（*The Merchant of Venice*，1596—1597）、《温莎的风流娘们儿》（*The Merry Wives of Windsor*，1600—1601）、《无事生非》（*Much Ado About Nothing*，1598—1599）、《第十二夜》（*Twelfth Night*，1601—1602）以及广受欢迎的《罗密欧与朱丽叶》（*Romeo and Juliet*，1595）等。一般认为，莎士比亚的伟大最明显地表现于他的四大悲剧：《哈姆雷特》（*Hamlet*，1600—1601）、《奥赛罗》（*Othello*，1604—1605）、《李尔王》（*King Lear*，1605—1606）和《麦克白》（*Macbeth*，1605—1606）。他的剧本被翻译成所有主要使用着的语言，表演次数也远远超过其他任何剧作家。

《哈姆雷特》是莎士比亚最成功的剧作，也是他最长的作品，取材于 12 世纪的《丹麦史》，讲述了丹麦王子哈姆雷特为父复仇的故事。该剧具有不朽的艺术生命力，哈姆雷特这一角色已成为文学中神话般的人物，很多演员都因出演这一角色而达到自己的最高成就。

一、精彩点评

- 如果莎士比亚的作品是文学中的喜马拉雅山，那么《哈姆雷特》就是其珠穆朗玛峰："最有名之作者所写的最有名之剧"，更不用说它是世上最错综复杂、最深奥难解、最具争议和影响力的最长文本①了——"一本保留了西方文学心中之心的代表作"。（理查德·科勒姆,2007:xiii. 王彤,译）

● 就整个剧本而言,就人物形象的塑造和场面描写的语言而言,《哈姆雷特》在所有莎剧中是最好的,是无与伦比的精品佳作。（约翰·阿尔伯特·梅西,2006:171）

二、评论文章

《关于莎士比亚的演讲》节选

⊙ [英]柯尔律治,著
⊙ 刘若端,译

英国浪漫派莎评的代表人物柯尔律治提出了对哈姆雷特的性格的看法,认为哈姆雷特优柔寡断的原因是心灵过度熟虑与思索的习惯。

　　哈姆雷特的行动与性格中的表面上的矛盾,长时期以来已经发挥了批评家们推测的才能;并且,正因为我们总不愿假设这种不完全的理解的原因是在于我们自己;以致太经常地用很简单的方法把这个秘密说成是事实上说明不来的,并且把这种现象解释为莎士比亚的反复无常的、不规则的天才的一种异常发育,或 Lusus②。这些粗俗而懒惰的果断所表现的浅薄和愚蠢的自大,我很愿意尽我的力量来揭发。我相信,哈姆雷特的性格可以到莎士比亚有关心理哲学的深刻而正确的学问中去探索。确实,这个人物必然与我们天性的共同的基本规律有某些联系,这可由哈姆雷特一向是每个抚育英国文学的国家的宠儿这件事实来说明。为了要了解他,我们首先要仔细想想我们自己心灵的构造。人之所以与蛮横的禽兽有所区别,就是在于思想胜过感觉的程度如何:但在心灵的健康的过程中,在因外在事物所引起的印象和智慧的内在作用之间,经常保持着一种平衡;因为,如果在冥想的能力中有一种不平衡时,人因而就要变成为只会沉思默想的生物,而失去了他行动的自然力量。莎士比亚塑造人物的方法之一,就是想象任何一种陷于病态的过剩情况中的智慧和道德能力,而把他自己,莎士比亚,如此遭受毁坏和病态的,置于一种既定的环境中。在哈姆雷特身上,他似乎希望来例证一种应有的平衡在道德上的必要性,即:在对我们感官的事物的注意力与对我们心灵的作用的冥想之间有一种应有的平衡——一种在真实世界想象的世界之间的平衡。在哈姆雷特身上这种平衡被扰乱了;他的思想,他幻想的概念,比他真实的知觉要活泼得多,就是他的知觉本身在通过他的

----

① 《哈姆雷特》是莎剧中篇幅最长的剧本。——译者注
② 拉丁文:异形,畸形物。——译者注

默想的媒介的这个过程中,也获得了一种不是他们天生来具有的形式和色彩。因此,我们看到一种伟大的、几乎是巨大的智慧的活动,和因它而引起的对真实行动的一种相应的反感带着它一切的征兆和伴随着的性质。莎士比亚把这个人物放在这样的环境中,在这个环境中不得不当机立断:哈姆雷特是勇敢的,也是不怕死的;但是,他由于敏感而犹豫不定,由于思索而拖延,精力全花费在作决定上,反而失却了行动的力量。因此,正是这个悲剧与《麦克白》形成了直接的对照,一个以极端的缓慢进行着,另一个则以一种忙碌的、喘不过气来的速度进行着。

这种想象力的失去平衡所产生的效果,由哈姆雷特的头脑永不停息的沉思和过剩的活动很好地证明出来,他那失去了健康的头脑,永远为内在的世界所占据着,而从外在的世界转移开,用幻想来代替实质,在一切平凡的现实上罩上一层云雾。思想的本质是不定型的,定型的只属于外界的形象。因此,情况是这样:崇高之感不是因看到外界的事物而产生的,而是出于观看者对外界事物的反映;不是由于感官的印象,而是由于想象的反射。很少有人看到一个著名的瀑布时,不怀了某种近似失望的感觉:只有事后意象才全部归返心灵中,并同时荷带着一串庄严和美丽的联想。哈姆雷特感到这一点;他的感官陷在一种恍惚的状态中,他把外界的事物当做是用象形文字写成的东西。他的独白:

　　啊! 但愿这太太结实的肉体
　　融了,解了,化成了一片露水,等等。(《哈姆雷特》,第一幕,第二场)

涌自对无限事物的渴望——渴望着目前不存在的东西——这种渴望最容易困扰有天才的人;并且,这种性情的人所具有的关于自己的幻想,由哈姆雷特给他自己性格所作的描写中很好地证实了:

　　因为我怎样说
　　也总是胆小如鼠,缺少胆汁,
　　不以饱受欺压为苦,(《哈姆雷特》,第一幕,第二场)

他把看到他的枷锁误认为打破了它们,他拖延行动,直到行动没有用处,结果作为纯粹是环境和意外事的牺牲品而死去。……

——柯尔律治,1979,上册:145-148

《维廉·麦斯特的学习时代》节选

⊙［德］歌德，著

⊙ 冯至，译

德国诗人歌德在长篇小说《维廉·麦斯特的学习时代》（1795，第四篇，第十三章）中借主人公维廉之口说出了他对哈姆雷特这个人物的看法。他认为《哈姆雷特》悲剧的原因之一在于，赋予了主人公哈姆雷特过重的责任，即"重整乾坤"，结果，主人公因力不胜任而进退维谷。

你们生动地想一想这个青年，这个王子，你们设想一下他的处境，当他听说他父亲的形体出现时，你们仔细观察他；在恐怖的夜里当那尊贵的鬼魂在他的面前登场时，你们要站在他的身边。他感到一种非常的恐惧，他向这奇异的形体谈话，看见它招手，他跟随着它，他听——他耳中听到那最可怕的对于他叔父的控诉、报仇的要求和迫切的一再重复的请求："你要记着我！"

鬼魂消逝了，我们看见什么样的一个人在我们面前呢？是一个迫切要报仇雪恨的青年英雄呢？还是一个天生的王子，他为了要和篡取他的王冠的叔父决斗而感到幸福呢？都不是！惊愕和忧郁袭击这个寂寞的人，他痛恨那些微笑的坏蛋，立誓不忘记死者，最后说出这样意味深长的慨叹的话："时代整个儿脱节了；啊，真糟，天生我偏要我把它重新整好！"

我以为这句话是哈姆雷特全部行动的关键，我觉得这很明显，莎士比亚要描写：一件伟大的事业担负在一个不能胜任的人的身上。这出戏完全是在这个意义里写成的。……

一个美丽、纯洁、高贵而道德高尚的人，他没有坚强的精力使他成为英雄，却在一个重担下毁灭了，这重担他既不能抛起，也不能放下；每个责任对他都是神圣的，这个责任却是太沉重了。他被要求去做不可能的事，这事的本身不是不可能，对于他却是不可能的。他是怎样地徘徊、辗转、恐惧、进退维谷，总是触景生情，总是回忆过去，最后几乎失却他面前的目标，可是再也不能变得快乐了。

——歌德，1979，上册：296-297

《莎士比亚悲剧的实质》节选

⊙［英］布拉德雷，著
⊙ 曹葆华，译

英国学者布拉德雷从主人公、动作、冲突等方面对莎士比亚悲剧的实质进行了探讨，他特别提到莎剧中经常出现的疯狂、幻觉、鬼魂、意外事件等因素在剧本中的作用。

　　……如果我们继续问一下，除了人物富有特征的行为以及痛苦和环境之外，在他的"故事"或"事件"中偶尔或者常常还能找到什么因素呢？在这些另外的因素中，我要谈到的有三种。

　　（一）莎士比亚，偶尔由于无须在这里探讨的某些原因，表现了反常的精神状态；例如，疯狂、梦游病和幻觉。从这些状况所产生的行为，毫无疑问不是我们所称为的名副其实的行为，不是把性格表现出来了的行为。不是的，但是这些反常状况绝不是作为具有任何戏剧性行为的来源而写到戏剧里的。麦克白夫人在睡梦中走路，对于紧接着发生的事件毫无影响。麦克白并不是因为看到空中有把利刃，就去弑邓肯；而是因为他要去弑邓肯，才看见空中有把利刃。李尔的疯狂不是悲剧冲突的原因，正和奥菲利娅的一样。李尔的疯狂，和奥菲利娅的一样，是悲剧冲突的结果。在这两个情况下，效果主要是感动人的。如果李尔在划分王国的时候就真正发了疯的话，如果哈姆雷特在故事进行的任何时候真正发了疯的话，那么他们也就不再成为悲剧性的人物了。

　　（二）莎士比亚在他的几出悲剧里也采用了超自然的因素，他采用了鬼魂，还采用了具有超自然的知识的女巫。这种超自然的因素，在大多数情况下的确不能够作为一个人物的头脑中的幻影而搪塞过去。而且这种因素的确有助于行动的展开，在不止一个情况下还构成行动不可分割的部分，因此，如果总是把人的性格，连同环境一起，描述成这种行动的唯一推动力量，那将是严重的错误。但是，超自然的因素总是安排来同性格紧密联系在一起。它对于已经出现并在发生影响的内心活动给予一种确认，并且提供一种明晰的形式；如对于勃鲁托斯的失败感，对于理查的被压抑着的良心苦责，对于麦克白的关于犯罪的朦胧思想或恐怖的回忆，对于哈姆雷特的猜疑，就是如此。此外，它的影响绝不是带有强制性质的。它在主人公不得不面临的问题中只不过是一个因素而已，不论这个因素是多么重要；我们绝不可以认为它已经取消了主人公处理这个问题的能力或责任。我们确实完全没有这样认为，以致许多读者跑到另一个极端，公开地或私下里以为这种超自然的因素是和剧本的真正兴趣毫无关联的。

　　（三）最后，莎士比亚在他的大部分悲剧中容许"偶然事故"或"意外事件"在情节的某一点上发生相当的影响。我以为，偶然事故或意外事件在这里指的是这样的事变（当然不是超自然的事变），它进入戏剧的连续关系中，既不是由于一个人物的作用，也不是由于明显的周围环境。① 就这个意义来讲，罗密欧一点也没有接到那位修道士送给他的关于药剂的消息，朱丽叶没有从她的长眠中早醒来一分钟，都可以叫作意外事件。爱德伽到达监狱恰好太迟，没来得及挽救考狄利娅的性命，这是意外事件；苔丝狄蒙娜恰恰在最紧要的关头遗失了一块手绢，这是意外事件；海盗船攻击了哈姆雷特的船，因而他能够立刻返回丹麦，这也是意外事件。这种意外事件的作用是人类生活中的一个事实，而且是一个突出的事实。因此，我们可以说，要把它完全排除出悲剧之外，会是不真实的。此外，它还不仅仅是一个事实。人们可以发动一连串的事件，但对这些事件既无法估计，也无法控制，这是一种悲剧性的事实。戏剧家可以利用意外事件，好让我们感觉到这一点；意外事件也有其他的戏剧效用。因此，莎士比亚是承认意想不到的事变的。另一方面，如果大量地把偶然事故摆在悲剧性的连续关系中②，那就一定会削弱并且也许会破坏性格、行为和灾祸的因果关系。莎士比亚使用偶然事故，的确是很有节制的。我们很少发现自己叫喊道："多么不凑巧的偶然事故啊！"我相信，大部分读者要寻找这方面的例证，一定会感到困难的。此外，往往很容易看到一个偶然事故在戏剧上的目的；有一些事情看来像是偶然事故，其实是和性格有关联的，因而就不是名副其实的偶然事故。最后，我相信，人们将会发现，几乎一切突出的偶然事故，正是在行动已经十分展开、因果关系的印象已经牢靠地确定下来而不会遭受损害的时候才发生的。

——布拉德雷,1981,下册:27-29

《哈姆雷特》节选

⊙ [英]基托,著
⊙ 殷宝书,译

英国的希腊文学教授基托反对把《哈姆雷特》理解成"拖延"的悲剧,提出《哈姆雷特》是希腊式的宗教剧的观点。

《俄狄浦斯王》的开头，先以对话后以抒情诗的形式，描述着流行于底比斯的瘟疫。瘟疫发生的原因，是城里住着一个坏人，做了两件污浊不堪悖逆天理的事：他杀了自己的父亲又和亲生的母亲逆伦同居。作者把瘟疫的细节尽情刻画，使我们看到瘟疫的严重是和发生的原因完全相称的：死亡之外，还有不生育；底比斯的土壤、动物和人类都同样不生育。这里的含义是清楚的，除非我们降低这出戏的高度，使它成为一出刻画性格的悲剧，因而也就取消了它的含义。俄狄浦斯的行为冒渎了我们所说的"自

---

① 如果一个行为是一个次要人物的行为，而他的性格又没有被表现出来，那么我认为，这种行为也可以算是一个"意外事件"；因为这类行为通常不会是从戏剧家使我们完全注意的那个小小世界中发生的。——原注

② 喜剧是站在一个不同的立场上的，偶然事故所玩弄的把戏，往往构成喜剧情节的一个主要部分。——原注

然"，就是索福克勒斯所说的"正义"；因为"自然"或"正义"的第一条戒律就是它不能无限期地容忍"违反自然"的事，"自然"最后要行动起来，清算这类亵渎的罪行。不生育的瘟疫正是俄狄浦斯对他父母所做的反常行为的结果。

哈姆雷特以同一方式开始。两个士兵，马西勒斯和勃那多，和既是士兵也是学者的霍拉旭由于完全违反自然秩序的事物的发生而吓得不知所措：

> 倘不是我自己的眼睛向我证明，我再也不会相信这样的怪事。

......

> 那鬼魂正在鸡鸣的时候隐去的。有人说，在我们每次欢庆圣诞之前不久，这报晓的鸡儿总会彻夜长鸣，那时候，他们说，没有一个鬼魂可以出外行走，夜间的空气非常清净，没有一颗星用毒光射人，没有一个神仙用法术迷人，妖巫的符咒也失去了力量，一切都是圣洁而美好的。

......除非希腊悲剧迷住了我的心窍，我认为这个段落不只"给这一场的超自然事件以一种宗教背景"；而且这些事件给全剧提供了背景，就是说，是全剧的逻辑和动力中心。我们在面对罪恶。哈姆雷特刚听到讲述鬼魂时，他的灵魂便有预感：

> 罪恶的行为总有一天会发现，虽然地上所有的泥土把它们遮掩。

如果我们假定莎士比亚没有读过索福克勒斯，——而且哈姆雷特也没有背着莎士比亚在威登堡读过索福克勒斯，——那么，这句话和《俄狄浦斯王》的话如此类似就更有趣了；因为俄狄浦斯在最后发现实际情况时，合唱队唱道：

> 时间看见一切，不管你怎样挣扎，它已把你揭露了。时间向你索取正义，因为你行为反常，和自己的母亲结婚。（1213—1215）

"罪恶的行为总有一天会发现"：有些罪大恶极的行为"自然"不会允许它永远埋藏而不受惩罚。因此我们跟着哈姆雷特回到城堡来和他在一起向鬼魂问道：

> 告诉我为什么你的长眠的骸骨不安宨窆，为什么安葬着你的遗体的坟墓张开它的沉重的大理石的两颚，把你重新吐放出来......

我们知道了缘由：弑兄、乱伦、"凶恶逆伦的谋杀"。

悲剧的真正基础和结构就在这里，它们得到了非常有力的说明。......

——基托，1981，下册：436-438

《在莎士比亚悲剧的意象里所见到的主导性的主题》节选

⊙ [英]斯珀津，著
⊙ 殷宝书，译

被称为"意象派莎评第一人"的英国文学教授斯珀津发现莎士比亚常用同类意象反复出现在同一部作品中以强化主题，如在《罗密欧与朱丽叶》里，反复出现的意象是光，而在《哈姆雷特》里，反复出现的意象就是疾病、身体的残缺或毒疮恶瘤等。

自然，我们发现我们在《哈姆雷特》里却处在一种完全不同的气氛中。如果我们仔细观察，就知道部分的原因是由于剧中许多疾病或身体上缺陷的意象所构成，而且我们还发现，用以描写丹麦精神上不健康状态的恶疮与毒瘤，总的说来是本剧的主导概念。

哈姆雷特把他母亲的罪过比作"天真的爱情的美丽前额上"长出的毒泡，而且像在《李尔王》里那样，这里的感情很强烈，描绘很生动，隐喻大量表现为动词和形容词：哈姆雷特告诉他母亲说，苍天的脸也为这种罪恶挂上愁容，她的丈夫是一棵霉烂的禾穗，祸及他的健康的兄弟，和他结婚，她的感官不只出了毛病而是中风了，并在这可怖的一幕之末（三场4行）他请求她不要自己安慰自己，认为他父亲鬼魂的出现是由于她儿子发疯，而不是为了她自己的罪过，因为：

> 那种想法只能使疮口结起一层薄膜，而看不见的内部却溃烂得越来越深。

所以后来他把挪威和波兰之间不必要的战争也比作过分兴旺而长出的脓包，他把国家和人民都看作需要医药和手术的病体。当他碰上克劳狄斯祈祷时，他说：

> 这服药剂不过苟延你病痛的期限。

他还在一幅令人难忘的图画中描绘着良心使容光焕发的面颊变成憔悴的病容（三幕一场84行）。哈姆雷特用的意象中还有眼里的尘埃，"恶性的疣"，红肿的冻疮，触痛的伤口，灌肠通便等。克劳狄斯的心情也离不开这一主题。

他听到波洛涅斯被刺身死时说，他不能早把哈姆雷特禁闭起来的这一弱点好像一个"有毒疮"的人怕动手术：

> 不让它出毒，弄得毒气攻心，无法医治了。

后来，在他安排到英国杀害哈姆雷特时，他的借口是一句格言式的滥调：

> 应付恶疾，只好用恶法医治，不然就等于不治。

他在命令英格兰王执行他的旨意时说的话,就像一个发热病的人寻找镇定药一样:

> 因为它在我的血液里逞凶发狂,像发高烧一样,你必须把我医好。

在他说服雷欧提斯,引他进入斗剑的圈套时,他的话语充满了同样病体的和不舒适的思想暗流:

> 过度的善就像肋膜炎,会摧毁它本身,

最后他以闪电般速度用医药术语概括了当前的紧急形势:

> 但是,让我们触及疮伤痛处吧,哈姆雷特回来了。

与《李尔王》形成对比的是,这里虽然强调了人体疾病,却不大提身体的动作或身体的紧张。其实只在哈姆雷特的大段讲话中才多少提出一些忍受强弩利箭的射击,拿起武器来消除苦恼,容忍打击,接受鞭笞,忍受痛苦,呻吟流汗于重担之下,等等,这些像在《李尔王》一样,是用以强调精神苦痛的。但在《哈姆雷特》里,痛苦不是主导思想,起主导作用的是腐朽、疾病、腐败、肮脏的结果。……而这种腐败,用克劳狄斯的话说,是"发臭了",是"臭气熏天的",因此丹麦的状况之所以震撼、惊呆、终于压垮哈姆雷特的,正如恶疮向身内腐蚀着并扩散于全身,却

> 外表上看不出人死的原因。

因此,按莎士比亚想象中的图像说,哈姆雷特的问题,主要的不是意志与理智的问题,不是思想过于哲学化,或者气质不适宜于迅速行动。莎士比亚在形象的想象中看到的问题,根本不是一个个人的问题,而是更大,甚至于更神秘的问题。个人对"这种状况"显然是不负责任的,正如一个病人承担不了不治的癌症的责任一样。但这一状况在它的发展过程中无私地、无情地消灭了他和别人,也不管他们有罪,还是无辜。这就是哈姆雷特的悲剧,也许这也是生活的主要的悲剧性的神秘之处。

对这样一个著名的具有丰富想象的剧作不一定需要指出是什么意象衬托出丑恶这一主导意象(病与疮)。剧中有一些极美的意象,使全剧焕发光彩,有画意的美、声音和联想的美,尤其是一组来源于古代文学中的意象和拟人化的形象。例如,在哈姆雷特会见他母亲的那种悲剧的、阴暗的气氛中,在不断强调身体的疾病和痛苦的毒疮外,还描绘了他父亲光辉的肖像,还联系到太阳神、天神和战神所唤起的美感或是他父亲优美的仪表所引起的精致画面:

> 像降落在高吻苍穹的山巅的神使一样。

这些美特别引人注意的地方是在许多事物的拟人化上。例如,我们同霍拉旭在一起,看见了"清晨披着赤褐色的外衣踏着东方高山上的露水走过来了";或是同哈姆雷特在一起,望到雷欧提斯跳下奥菲利娅的墓中并问道:

是哪个人的悲恸词句使天上的行星惊疑止步?

......

这些和其他更多的东西是这一出充满阴暗与忧郁意象的剧作的不容忘怀的光辉笔墨。

——斯珀津,1981,下册:337-341

练习思考题

1. 课下排练《哈姆雷特》,课堂演绎精彩片断。

2. 根据不同译者对哈姆雷特的著名台词"To be,or not to be,that is the question."的不同翻译,试解读这一台词。

3. 分析《哈姆雷特》中的丹麦背景。

4. 请尝试运用女性主义批评理论对剧中的两位女性奥菲利娅和乔特鲁德进行解读。

延伸阅读

方汉文.2001.哈姆雷特之谜新解:拉康的后精神分析批评[J].外国文学研究(1).

陆谷孙.2005.莎士比亚研究十讲[M].上海:复旦大学出版社.

钱理群.1993.丰富的痛苦——堂吉诃德与哈姆雷特东移[M].北京:时代文艺出版社.

安·汤普森,尼尔·泰勒.2007.哈姆雷特[M].北京:中国人民大学出版社.

田民.2006.莎士比亚与现代戏剧:从亨利克·易卜生到海纳·米勒[M].北京:中国社会科学出版社.

杨慧林.2006.诠释与想象的空间:批评史中的莎士比亚与《哈姆雷特》[J].外国文学研究(6).

张冲.2005.同时代的莎士比亚:语境、互文、多种视域[M].上海:复旦大学出版社.

宗亦耘.1998.悲剧与基督教观念——对莎剧《哈姆雷特》的分析[J].外国文学研究(1).

Wofford S L. ed. 1994. Case Studies in Contemporary Criticism:William Shakespeare "Hamlet". New York:St Martin's Press, Inc.

参考文献

莎士比亚.1977.哈姆雷特[M].米生豪,译,北京:人民文学出版社.

布拉德雷.1981.莎士比亚悲剧的实质[M].曹葆华,译//杨周翰.莎士比亚评论汇编(下).北京:中国社会科学出版社.

歌德.1979.维廉·麦斯特的学习时代[M].冯至,译//杨周翰.莎士比亚评论汇编(上).北京:中国社会科学出版社.

柯尔律治.1979.关于莎士比亚的演讲[M].刘若端,译//杨周翰.莎士比亚评论汇编(上).北京:中国社会科学出版社.

基托.1981.哈姆雷特[M].殷宝书,译//杨周翰.莎士比亚评论汇编(下).北京:中国社会科学出版社.

理查德·科勒姆.2008.《哈姆雷特》解读[M].北京:中国人民大学出版社.

斯珀津.1981.在莎士比亚悲剧的意象里所见到的主导性的主题[M].殷宝书,译∥杨周翰.莎士比
　　亚评论汇编(下).北京:中国社会科学出版社.

约翰·阿尔伯特·梅西.2006.文学史纲[M].孙青玥,等,译.西安:陕西师范大学出版社.

第十二章 《伪君子》

　　莫里哀（Molière，1622—1673），法国喜剧作家、演员、戏剧活动家，法国芭蕾舞喜剧的创始人。本名为让-巴蒂斯特·波克兰（Jean Baptiste Poquelin），莫里哀是他的艺名。出生于富商家庭，父亲希望他经营商业，对他颇为器重。他志在戏剧，于1643年，成立"光耀剧团"，经营失败后，仍不听亲友劝其放弃戏剧生涯的规劝，离家出走。他的戏剧生涯，大致可以分为四个阶段：1645—1658，流寓外省13年，处于社会生活经验积累时期；1659—1663，古典主义喜剧开创期；1664—1668，创作成熟期；1668—1673，与王权关系破裂，风格也开始了新的变化。

　　主要作品有《可笑的女才子》（Les Précieuses ridicules，1659）、《伪君子》（Le Tartuffe ou L'Imposteur，1664）、《唐璜》（Don Juan，1665）、《恨世者》（Le Misanthrope，1666）、《吝啬鬼》（L' Avare，1668）、《贵人迷》（Le Bourgeois gentilhomme，1670）、《无病呻吟》（Le Malade imaginaire，1673）等喜剧作品，是法国古典主义（Le Classicisme）文学的杰出代表。五幕诗体喜剧《伪君子》是莫里哀最成功的作品，他成功地刻画了达尔杜弗这一"骗子"形象，为世界艺术画廊，添上了精彩的一笔。

一、精彩点评

- 《伪君子》最重要的特点是他的讽刺目标，这种目标提高到愤怒的暴露社会，并把几乎是悲剧成分（在最后一幕）带进剧本的喜剧情节里面。所以，我们应当把《伪君子》看成一出高度的讽刺喜剧，它开创了莫里哀一系列最尖锐的带揭露性的剧本。（莫库里斯基，1957：37-38）

- 这部喜剧（《伪君子》）无疑表现了对教会人士的反感。首先，它对教会的责任是给人以精神的指导这一观念报以嘲笑；其次，他通过揭露和嘲讽一个真正的假虔诚的基督徒的丑恶行径，而对宗教伪善者进行挖苦。作为一个喜剧作家，他自我辩护说，他天赋的责任就是攻击那些不诚实的精神指导者。（Henderson L，Hall S M，1995：840. 詹晓娟，译）

二、评论文章

《〈伪君子〉里的场景与背景》节选

⊙［美］昆汀·M. 霍普，著

⊙ 熊晓霜，译

过去有研究者认为，在莫里哀的戏剧中场景和背景是无关紧要的。在《〈伪君子〉里的场景与背景》一文中，昆汀·M. 霍普分析了《伪君子》的场景和背景，认为它们发挥了重大的作用。

在古典主义的剧场里，场景和背景的作用在拉辛的戏剧中所受到的关注要远比在莫里哀的戏剧中多。拉辛大多数的悲剧里的情节都是不能与某些表现力强的背景分开的：比如祭坛、神殿、大海、海港、迷宫、苏丹皇妃们的闺房，以及一个仿佛囚禁了其居住者的宫殿。在拉辛的戏剧里，场景还有着一种唤起情感的作用，这种作用可以称之为回忆起一个黑暗的过去或者预言了一个光明的未来。就像《安德洛玛克》的过去是火烧特洛伊，《米特里达特》虚幻的未来则是罗马帝国。拉辛的很多最值得记忆的台词往往都能唤起或者暗示场景。

这些对于场景的有声望的暗示，更多的是属于英雄探险的世界以及宏伟的帝王将相的世界，而不属于喜剧的设置。当然，场景在喜剧里也是重要的。我们只要回忆一些莎士比亚的喜剧，比如《冬天的故事》里的地点就在宫廷和乡村之间移来换去。莎士比亚喜剧的基本主题是矫饰腐化的城市生活和粗俗原始的乡村生活之间的对比，而这些喜剧的结局常常就是这两种极端的和解。即使是在《威尼斯商人》这样的喜剧中，题目也暗示着一种独一无二的城市背景，画面从熙熙攘攘的市场交易所到法庭，再到鲍西娅的乡村居所，在这个乡村居所里，周围的气氛鼓励着亲密的感觉、内省的心理和奔放的激情。

场景和背景在莫里哀的喜剧中不如在莎士比亚的喜剧中那么富有表现力和象征性。而且，地点、气候、季节，以及其他一些围绕着一出戏剧的环境因素，在古典主义的剧院里很明显地没有在强调地方特色的浪漫主义的剧场和强调人是环境产物的自然主义的剧院里那么重要。就算要问莫里哀喜剧里的地点主题是否存在，也是情有可原的。毕竟一出戏剧必然是发生在某个地方，而且故事情节的必然性通常都需要涉及一些地点和背景。有人或许要争辩，莫里哀总是用一种快速、随意的方式来简单地略过背景，这是因为他要将注意力集中到那些真正于他有用的地方：对话的节奏、一个场景与另外一个场景之间的平衡、角色之间的对抗，等等。但是，如果用一种对于场景和背景特别关注的方式来重读莫里哀，必定会发现它们确实对莫里哀喜剧的戏剧性起到了明显的、重要的促成作用。

……

《伪君子》属于那些发生在室内的戏剧种类,尤其是那些发生在巴黎的一个资产阶级家庭里的室内剧。场景在这个喜剧中扮演了一个非常特别、与众不同的角色。莫里哀喜剧中的人物所生活的世界可以被看成是一系列的同心圆:道具、设置、房屋、城市、省份、宇宙。人物生活的地点和围绕着他们的事物都处于不断变化度数的气氛和表现力当中。在《伪君子》里的物质客体,包括道具、房屋本身以及地点都具有特别的重要性,它们的背后指向了巴黎和外省、天国和地上、宫廷和监狱。

《伪君子》发生在奥尔贡的家里。对这一地点来说,最值得关注的是,它庇护了一个并不受欢迎的闯入者:达尔杜弗本人。无论他是否出现在舞台上,达尔杜弗的存在都自始至终充斥了整个戏剧。他虚伪的圣洁隐藏在真实的肉体中,正如他对艾耳密尔所说的一样:"一个肉欲的人(un homme est de chair)。"从道丽娜那里我们得知,他有红色的耳朵和一张红润的脸,以及他是一个引不起性欲的家伙:"我可以把你的裸体从头看到脚,但是你所有的皮肤都不会引起我一丁点儿的兴趣。(Et je vous verrais nu, du haut jusques en bas; Que toute votre peau ne me tenterait pas.)"

我们看见他吃东西、打嗝、睡觉、调情,就像《恨世者》里的阿斯诺伊,"他充满了对事实的热爱(il a de l'amour pour les réalités)"。在第四场的引诱一幕当中,他怀疑艾耳密尔的"甜蜜的话语(propos si doux)"。作为一个本身就是甜言蜜语的高手,他了解这些话语到底具有多少的实用性。他需要"事实(des réalités)",也就是说他希望马上就能享受到艾耳密尔的喜爱。这个躯体——它的肉体欲望是如此精确细致地被展示出来——生活在一个真实的、可以具体感知事物的世界当中。这个自称已经放弃"这个世界的事物(les choses de ce monde)"的伪君子在舞台上和舞台之外都拥有比其他莫里哀笔下的人物更多的小道具。他吃山鹑和小羊腿,酣睡在一张温暖的床上,他喝掉四大杯葡萄酒。他在舞台上一出现,我们就能发现他房间里的教鞭和苦衣,以及发现那块手帕——他从口袋里掏出来给道丽娜让她遮住她那突出的胸部。片刻之后,他就开始对艾耳密尔的裙子材料产生了浓厚的兴趣(l'étoffe en est molleuse),还近身查看她紧身胸衣上的花边。当克莱昂特拉住他争论时,他的表袋——一种有节制的、虔诚的生活的象征——提醒他到了该做圣课的时候了,并给了他离开房间的借口:"先生,已经三点半了。我虔诚的心召唤我回到上面,请您原谅我这么快就离开您。(Il est, monsieur, trios heures et demie. Certain devoir pieux me demande là-haut, Et vous m'excuserez de vous quitter si tôt…)"

他似乎对所有的突发情况都做好了准备。当艾耳密尔假装咳嗽发作时,他从口袋里拿出了一盒子甘草糖,递给她:"您愿意接受这点甘草吗?(Vous plait-il un morceau de ce jus de réglisse?)"在这么简单的一句话中,也具有油滑狡诈的地方,同时还模糊地让人联想起在莎士比亚的喜剧中经常遇到的糖果和虚情假意之间的联系。

......

《伪君子》的开场对故事发生的场景和氛围进行了详细地描绘：一个嘈杂的、好争辩的、坦率直言的家庭；一个充满了空话和流言的邻里；这个家庭已经习惯了这个社交性的、充满活力的都城所给予的欢愉，但是现在它发现它自己违背自己的意愿，抛弃了尘世生活的诉求而跟随一个闯入者去行走一条笔直、狭隘的通向天国的道路。整个开场都由一句发誓要离开的话语："走，福莉波特，走（Allons，Flipote，allons）"和一句与之相呼应的结语："开步，臭丫头，开步（marchons，gaupe，marchons）"建构起来。实际上，这是所有莫里哀的喜剧中最长的，同时也可能是除了《无病呻吟》中第三场佩尔贡先生的旋风似的退场以外，最富表现力的退场了。

在任何戏剧的结构中，入场和退场都是最至关重要的时刻。《伪君子》里的许多入场和退场都戏剧性地被强调，而且彼此之间互相呼应。人物带着咒骂离开这个屋子，比如白尔奈耳夫人；或者被赶出这个屋子，比如达尔杜弗、大密斯和雷信义先生。他们进入并占有这个屋子或者与这个家庭和解。入场和退场强调了这个屋子在《伪君子》里的双重意义：这个房屋既象征和保证了奥尔贡所属的社会地位，同时也是保护和保存家庭生活的亲密关系的庇护所。它既是街上运转的齿轮，也是家。对这个特别场所的进入和离开同时也通过敞开的门提供了对外部世界的窥见。

奥尔贡的首次进入伴随着白尔奈耳夫人的离开。她离开了这个她除了混乱和无礼其他什么也没看见的屋子，而他则进入了这个他除了兴旺和虔诚其他什么也没看见的屋子。"一切看起来都太棒了（Tout semble y prospérer.）"，他兴高采烈地对他的妻弟说。达尔杜弗带来了这种快乐的气氛，除此之外，奥尔贡其他的什么都没说。

......

《伪君子》里奥尔贡的住宅所具有的重要性是独一无二的，但是其他场景则可以在莫里哀的其他喜剧里找到与之相当的设置：除了服装（服装在莫里哀的喜剧里十分重要，值得分开来讨论）之外，道具组成了人物最直接的环境。类似于塑造达尔杜弗的道具是那些腐朽的、丑陋的、过时的和无用的物品，《吝啬鬼》里的道具塑造了阿巴贡这个善于欺骗的借款人，或者与之相对，道具在茹尔丹先生的既高兴又迷惑的行为中，又象征了贵族阶层的地位和优雅的举止。在大多数莫里哀的喜剧里，比如在《伪君子》里，观众总能想到主人公居住在一个充满了恶毒流言的邻里关系当中。阿巴贡也发现了这一点，当他询问了雅克师傅外面的人都在说他些什么以后，茹尔丹太太也相当了解，如果她的女儿嫁了一个贵族的话，周围的邻居都会说些什么。道丽娜对外省生活的讽刺挖苦在莫里哀的半数戏剧里都得到了应和和延伸。莫里哀戏剧里其他的更加不友好的、疏离的场景则让我们从现实进入到了抽象古怪的世界中。他们是从骗子们那里来，就像达尔杜弗那样一边谈论着天堂，一边找寻机会迷惑他们的受害者；或者是从那些失去联系很长时间的远亲那里来，这些人往往从海外带回来一个欢乐的结局。寇唯讷就是这样告诉茹尔丹先生的："我去过世界各地（J'ai woyagé par tout le monde）。"茹尔丹先生则用他惯常的孩子气的惊讶回答道："我想那一定离我们国家很远（Je pense qu'il y a bien loin en ce pays-là）。"《无病呻吟》里的杜瓦勒特同样从遥远的地方来："我是一个旅行医生，一个城又一个城走，一个省又一个省走，一个王国又一个王国走（Je suis médecin passager qui vais de ville en ville, de province en province, de rovaume en royaume）。"富于戏剧性的是，这些恶作剧的玩笑并不能非常明确地和那些由世界旅人们意外带来的奇迹般的结局区别开来：比如在《吝啬鬼》里从那不勒斯来的堂·陶马·达耳毕尔西，以及《太太学堂》里从美国来的长期没有音信的亲戚昂立克。

……

过去一些陈旧的观点认为莫里哀在某种程度上是一个笨拙的、随便的戏剧家，他的喜剧除了人物和思想外其他的什么都不关心。今天我们通过另一个极端，即在他的戏剧法则中，某些仿佛琐碎的、无意义的、常规的设计，完全可以推翻这一种观点。当然，也许在他的某些戏剧中，场景和设置只不过提供了一个可供作画的背景，既可用于这一部戏剧，也可用于另一部当中。无疑地，在《伪君子》中——不管怎样，在《恨世者》中也一样——它们有着不同的表达功能，但都可以被统一归纳为一种整体的美学手法。

——Hope Q M，1974：42-49

《论莫里哀的喜剧》节选

⊙［苏］莫库尔斯基，著
⊙ 宋乐岩，译

在不少读者看来，莫里哀几乎成了古典主义戏剧唯一的代表人物。莫库尔斯基在《论莫里哀的喜剧》一书中，对莫里哀的古典主义戏剧观及创作实践进行了论述，指出莫里哀在理论和实践上都对古典主义规范有所突破。同时，该文也指出，莫里哀喜剧具有人民性，并且和民间文学有着紧密的联系。

莫里哀虽然站在古典主义的立场，但是他从来没有完全沉溺到古典主义的学说里；恰恰相反，他一开头就对古典主义保持着独立的立场。他和古典主义诗学的等级和艺术局限性是格格不入的。在莫里哀的两个独幕喜剧——《夫人学堂的批评》和《凡尔赛的临时演出》中（这两个喜剧是由于围绕着他的剧本《夫人学堂》展开热烈论战而写的），他坚决反对古典主义戏剧体裁的等级区分，否定当时流行的所谓悲剧优于喜剧的见解，他宣布说，创造好的喜剧要比创造悲剧难得多，因为"使正经人发笑并不是一件容易的事"。照莫里哀的说法，喜剧所写的并不是作家臆造出来的英雄，而是从实际生活中挑选出来的人物。喜剧家必须使他所写的人物和实际人物相像，如果大家对他所写的人物看不出是同时代的人，那就完全没有效果。

　　莫里哀就这样修正了古典主义诗学的等级局限性,克服了它的贵族式狭隘性,把它同贯穿着民主主义和现实主义倾向的、范围更广阔的美学对立起来。莫里哀对现实主义的倾向,在他对于古典主义基本法则之一——著名的"三一律"——的态度上,也表现得特别明显。在这个规律不妨碍他的时候,莫里哀基本上是遵守它的,但是当喜剧情节的开展有必要抛弃它的时候,他也不惜把它扔掉。例如,他在《打出来的医生》和《唐璜》这两个剧中,就违反了三一律中的"地点统一"律。莫里哀破坏这个规律并不是偶然的,而是完全有意识这样做的。在《夫人学堂的批评里》,他就摒弃了对这种规律的迂腐态度,他认为亚里士多德和贺拉斯是从常识出发的,他指出:"在从前作过这些观察的那种常识,现在就是不用亚里士多德和贺拉斯的帮助,也可以很容易作这些观察了。"同时,莫里哀提出一个新的原则:"……博得观众喜欢是最大的规律",这个原则证明莫里哀完全摒弃了古典主义美学的教条,他是以广大人民观众的兴趣为创作方针的。

　　莫里哀在《凡尔赛的临时演出》里采取同样的现实主义立场,反对当时剧院流行的那种象征性的、夸大的、追求效果的、与天然语言相距很远的演员朗诵。在这方面,莫里哀曾经批评他的竞赛对手,皇家剧院布尔高涅剧院[①]的演员们,那些人用象征性朗诵式的华丽词句来表演悲剧。莫里哀在"凡尔赛的临时演出"中对布尔高涅剧院演员们的批评,很像莎士比亚所写的哈姆雷特和演员们的著名谈话。莫里哀劝告悲剧演员们要真挚和自然,尽量摆脱贵族"沙龙"的影响,使自己的表演和朗诵接近日常生活。

　　从上面所列举的莫里哀对于戏剧的一切观点来看,可以证明他在法国古典主义的代表人物中是具有独立立场的。莫里哀所以具有这种独立立场,是由于他和人民群众发生联系,他喜爱人民观众,喜爱民主的和平民的思想与趣味。他喜爱人民广场上的喜剧演员,尤其是在广场舞台上表演自己那些愉快、俏皮和辛辣的"庆祝节目"——闹剧和对话(其中以在广场上卖药的江湖医生蒙道尔为对手)的那位有名的让·塔巴兰。塔巴兰是中世纪民间闹剧传统的合法继承人,他是真正的人民滑稽演员。莫里哀从他那里学会了用最普遍的材料引起人民观众发笑的艺术。他从塔巴兰那里借用了不少俏皮话和喜剧手法,紧张场面和特殊技艺。我们只要提出塔巴兰耍口袋的著名技艺,就足以说明这一点。莫里哀接受了这种技艺,把它运用在喜剧《史嘉本的诡计》里,布瓦洛为此责难莫里哀,说他"把特朗斯同塔巴兰混为一谈"。古典主义的理论家布瓦洛非常赏识莫里哀的才能,但在同时,也经常为了他和"人民的友谊"而责难他。他认为莫里哀屈就闹剧是贬损自己的天才,但在实际上,莫里哀永远和闹剧保持紧密的联系,他从这种民间体裁中承受了巨大感动力量,从来没有同闹剧的传统断绝关系,在莫里哀的所有剧本里,甚至在他的最严肃、最"学院式的"剧本里,都可以看出这种

------

　　① 布尔高涅剧院以演悲剧出名。——原注

传统的痕迹。

莫里哀的创作是以人民为基础的,这首先表现在他所创造的一系列的民间人物,在这些人物中间,男女仆人占有头等的地位。这些机智、聪明、灵活、快乐和好嘲笑的角色,是法国人民的,或者如人们经常称为"高卢人"的生活环境中的真正代表人物。喜剧《糊涂人》《情仇》《可笑的女才子》中的马斯喀黎尔,《唐璜》和《打出来的医生》的斯加纳赖尔,《昂非特里永》中的邵基,《贵人迷》中的葛微耶勒,《史嘉本的诡计》中的史嘉本,《伪君子》中的道丽娜,《贵人迷》中妮果罗,《女文人》中的马尔蒂娜,《心病者》中的唐乃特——这只是莫里哀喜剧中民间人物优秀代表者的一个很不完全的名单。莫里哀赋予这些形象以法国人民性格中一向具有的特质,他对这些特质始终表示同情。莫里哀绝不是毫无意义地使这些形象同《伪君子》中的奥尔贡,《贵人迷》中的茹尔丹,《心病者》中的阿尔冈一类的喜剧畸形人物进行坚决的斗争,而且,他使人民的英雄永远在这种斗争中得到胜利。

莫里哀创作中的人民基础,也表现在他所写的民间人物使用的语言上。这是活的人民语言,里面充满方言、大众语汇和从学校文法观点来看"不合规则"的短句,但在同时,它又具有津津有味和形容尽致的特征。文学净化主义者和迂腐的学究们,时常责难莫里哀使用这种语言,说他"不会写作",可是莫里哀对于所谓"正确"语言掌握得非常巧妙,当他需要的时候,就运用它们。

莫里哀在创作中表现人民的自发力量,这从他广泛运用民间传说、民间信仰、谚语、俗语和民歌游戏等可以看得出来。他在自己的优良喜剧中采用民歌,把它们与距离人民很远的"沙龙"诗和音乐对立起来。例如,《恨世者》中"如果国王赐给我……"这个短歌就是这样,剧中主人公阿尔赛斯特喜欢它,而不喜欢奥龙特的甜言蜜语的"沙龙"式十四行诗。《贵人迷》中的短歌"自从你那美丽的秋波……"也是这样,茹尔丹把它跟女歌手甜蜜的小夜曲对立起来。在民歌和民间创作中所表现的真诚思想与感情,在优美的民间创作中所不可缺少的,富有诗意的那种淳朴天真,吸引住了莫里哀。

——莫库尔斯基,1957:21-25

练习思考题

1. 阅读《伪君子》,选取你认为精彩的一幕,和同学们一起进行角色扮演,尝试演出一场别致的化妆喜剧。

2. 结合具体作品分析莫里哀作品中采用的民间闹剧技巧所具有作用和意义。

3. 请以福斯特《小说面面观》中的"扁平人物"和"圆形人物"的概念来解析莫里哀笔下的人物形象。

4. 以《伪君子》为例思考莫里哀喜剧作品中故事地点和场景设置的特点。

延伸阅读

博蒙.1981.莫里哀生平和著作[M].孟庆奎,译注.北京:商务印书馆.

陈惇.1981.莫里哀和他的喜剧[M].北京:北京出版社.

陈惇.1979.一出切中时弊的古典喜剧——评莫里哀的《伪君子》[M]∥世界文学名著选评,第一集. 南昌:江西人民出版社.

陈惇.2000.欧洲古典喜剧的经典作品——莫里哀的《伪君子》[J].广西右江民族师专学报(3).

乔治·蒙格雷迪安.2005.莫里哀时代演员的生活[M].谭常轲,译.济南:山东画报出版社.

皮埃尔·加克索特.1986.莫里哀传[M].朱延生,译.乐祖德,校.北京:中国戏剧出版社.

Bradby D,ed.2006. The Cambridge Companion to Moliere. Cambridge:Cambridge University Press.

参考文献

莫里哀.1978.莫里哀喜剧六种[M].李健吾,译.上海:上海译文出版社.

莫库尔斯基.1957.论莫里哀的喜剧[M].宋乐岩,译.北京:作家出版社.

莫库里斯基.1957.莫里哀[M].徐云生,译.上海:新文艺出版社.

Hope Q M.1974. Place and Setting in Tartuffe. The Modern Language Association of America, Vol. 89, (1):42-49.

Henderson L, Hall S M,eds.1995. Reference Guide to World Literature,Second Edition Volume II/M-Z. Detroit:ST. James Press.

第十三章 《浮士德》

约翰·沃尔夫冈·歌德（Johann Wolfgang von Goethe，1749—1832），德国伟大的诗人、剧作家、小说家和思想家，德国古典文学与民族文学的杰出代表。出生于法兰克福，父亲曾任律师和宫廷顾问。1765—1768 年，歌德按照父亲的意愿，在莱比锡大学攻读法律，1768 年因病辍学。1770—1775 年，在斯特拉斯堡大学获得法学博士学位后，回乡从事律师工作，其间结识"狂飙突进"运动领袖赫尔德等，并逐渐成为"狂飙突进"运动的主将。1775—1786 年，受邀到魏玛公国主管政务；1786—1788 年，游历意大利，后返回魏玛。其后，歌德转向"古典"主义，1794 年与席勒订交，共同开创了德国文学的古典时期（1795—1805）。晚年的歌德在隐居生活中度过，并坚持从事文学创作，1832 年 3 月 22 日，歌德病逝。

主要作品有小说《少年维特之烦恼》（*Die leiden des jungen Werthers*，1774）、《威廉·麦斯特的学习时代》（*Wilhelm Meisters Lehrjahre*，1795—1796）、《威廉·麦斯特的漫游时代》（*Wilhelm Meisters Wanderjahre*，1820—1829）、《亲和力》（*Die Wahlverwandtschaften*，1809），诗歌《西东合集》（*West-östlicher Divan*，1819）、《赫尔曼和窦绿台》（*Hermann und Dorothea*，1797），戏剧《铁手骑士葛兹·封·伯利欣根》（*Götz von Berlichingen mit der eisernen Hand*，1773）、《埃格蒙特》（*Egmont*，1787）、《托夸多·塔索》（*Torquato Tasso*，1789）、《浮士德》（*Faust*，Part one，1808；Part Two，1832），自传体著述《诗与真》（*Aus meinem Leben：Dichtung und Wahrheit*，1811—1830）、《意大利游记》（*Italienische Reise*，1817）以及由爱克曼辑录的《歌德谈话录》（*Gespräche mit Gothe inden letzten Jahven seines Lebens*，1823—1832）等。《浮士德》是歌德的传世之作，创作历时近 60 年，它描绘了浮士德在靡非斯特的引诱下，于书斋生涯、爱情生涯、政治生涯等领域进行探索的悲剧历程。

一、精彩点评

- 他个人创作的唯一伟大之处在于，在他的创作中，最属个人的东西同来自较普遍的各种运动的并成为他的本质的组成部分的一切最紧密地结合在一起。正因为最重大的精神现象都成为他的经历，所以这些精神现象可以同他独特的命运相结合并且

活动与震撼。这样，也只有这样，才有可能产生莎士比亚以后最伟大的诗——《浮士德》。（威廉·狄尔泰，2003:198）

- 与莎士比亚戏剧、但丁的《神曲》和塞万提斯的《堂吉诃德》一样，《浮士德》是另一部世俗圣典，一部野心勃勃的巨著。（哈罗德·布鲁姆，2005:161）

二、评论文章

《文学的哲学》节选

⊙［美］古斯塔夫·缪勒，著
⊙孙宜学，郭洪涛，译

歌德是德国古典文学的杰出代表，他的《浮士德》更是对德国民族精神的集中体现。美国学者古斯塔夫·缪勒在《文学的哲学》一书的相关章节中，正是从这个角度，对《浮士德》的哲理内涵及风格作了分析。

哲理内涵及风格

作为一个整体，《浮士德》完美地体现了歌德的思想理论：它是一种通过对立或冲突的有机生长，一种循环式的进化和从简单到复杂的螺旋式上升，形式则多种多样。第一幕在天堂，两个打赌者对应着结局和救赎。善与恶的对立成为悲剧的背景极点。开始时促使浮士德从自然真实走向道德真实并为格雷琴悲剧作了准备的与魔法有关的数幕，则对应了促使浮士德从思想领域重新返回到实际的现世事务中来的海伦悲剧之后的与魔法有关的数幕。作为第一部中心的格雷琴悲剧则对应着作为第二部中心的海伦悲剧；浪漫的瓦普及斯之夜，远离格雷琴之路，则对应着古典的瓦普及斯之夜，远离海伦之路。第一部的结尾，绝对的主观和孤独，则对应着第二部的开端，浮士德社会经验的完全外在化和客观。第一部作为一个整体将一种内在的感情反映于外，第二部作为一个整体则将世界驱向主体，因而后者就成了普遍形式和现实思想的一员，并在一切生命所爱的社会中达到顶点。第一部的诗体是音乐的、直感的、温暖而充满活力的；第二部的诗体是幻觉的、饱和的、简洁的、柔和的、明晰的，甚至流动在永远变化着的标准和节奏之中。

但这种作为直觉的生命有机进程的美虽然具有完美的形式结构，却仍然遗留下最重要的问题没有回答。《浮士德》的哲理内涵是什么？它的世界观是什么？要回答这个问题，我们就必须理解上帝、浮士德和靡非斯特之间的关系。

"天堂里的序幕"是从上帝的优越地位来看世界大剧场的。天使们就像第二部中的"众母"一样,是宇宙秩序、不朽智慧的原则,它们管理着自己分内的活动领域:第一节用托勒密的天体形象来代表宇宙秩序,第二节则用哥白尼的天体形象来代表尘世的秩序;第三节则是"黑夜和白昼"的有机秩序:

> 主啊,你的日子多么从容,
> 我们对此深怀敬意。(《浮士德》天上序曲:17)

他们不明白上帝,这一切存在的绝对而完整的统一体,而只是为他服务。靡非斯特的闯入打破了这种永恒的和谐,"主啊,多承你又允许我靠近",靡非斯特用的就是这种现世的、暂时的过渡性的词语。在上帝的创造中他也是真实的。他发现这种创造是普遍的,人特别让他难以理解,他觉得人是非理性的生物,与"创世之日"没什么不同。

为什么上帝要给人以天光的虚影,即理性,而人并不能靠其维生,只会将其滥用?

> 他也许还活得好一点点儿,
> 要是你没给他天光的虚影;
> 他称它理性并且独自享用,
> 结果只变成畜生中的畜生。
> 我看他啊,请你千万原谅,
> 简直就像那长腿儿的蛐蛐,
> 不住地飞过来啊、蹦过去,
> 一钻进草丛里便又唧唧哼哼。(《浮士德》天上序曲:18-19)

上帝并未为自己的创造辩护,而是将这一任务交给了持怀疑态度的靡非斯特,允许他去试一试,看人,浮士德,是否对自己现有的一切感到满意或不满意。

> 要是你能将他的灵魂逮住,
> 不妨引诱他背离他的本源,
> 领着他同走你的堕落之路。
> 但是你得认输,如果发现:
> 善良人在追求中纵然迷惘,
> 却终将意识到有一条正途。(《浮士德》天上序曲:21)

在启示和打赌之后,天界关闭。支配着有限生命和变化的混乱、喧闹法则和秩序的宇宙和谐,作为一和其他的绝对存在,作为统一和破裂的绝对存在,是魔鬼无法控制的;但上帝告诫自己"真正的孩子"求助于哲学:

> 享受这生动而丰富的美吧!
> 永恒在造化生生不息,但愿它
> 呵护你们,用温柔的爱之藩篱。
> 世间万象缥缥缈缈,动荡游移,

坚持思考,把它们凝定在心里。(《浮士德》天上序曲:22)

魔鬼一个人被留下来,坐在毫无目的的黑暗之中,并且"很小心,生怕和他(上帝)闹翻",否则自己将被扔进自己绝对想象不到的"无"中。

下一幕使我们了解了浮士德的双重性。他是老师,但智慧是无法传授的。他是一个形而上学主义者,他希望发现"世界核心的凝聚力,看清所有动力和种子①"(《浮士德》第一部第一场:28)。他认识到:宇宙之间一切都是相互和谐依存的:

> 宇宙万物交织成一个整体,
>
> 相互依存,才富有活力。(《浮士德》第一部第一场:32)

但这种绝对存在的思想也只是一种思想而已。他不满自己只是想而不去做。他从思想、沉思的生活,转向行动的生活:

> 我感到已有闯荡世界的勇气,
>
> 去把人世间的苦与乐承担;
>
> 去与狂风暴雨搏斗、周旋,
>
> 即使船将沉没也全不惊慌。(《浮士德》第一部第一场:33)

但对活跃生活的渴望也失败了,因为人类的行动是谦让而有条件的。浮士德失望了,这不仅是因为他处在想过思想家的生活与想过行动家生活、享乐者生活这两种无法调和的欲望之间而心力交瘁,而且是因为这些生活模式没有一种可以供其摆脱自己的有限。对生活及精神的失望,孤独,"死的传统"的重压,无力打破自己存在的孤立,这一切促使他想在自杀中寻找解脱,因为这将证明他至少还是存在的绝对主人,他是超人,可以自由地抛弃一切,与上帝平等。复活节的钟声和天使们关于基督复活以及基督生活的合唱使他清醒过来,唤起了他童年时代的天真和单纯。在这里,基督教对现代人来说成了一种伤感的回忆。复活节早晨的散步表明了他与周围人的关系。他们尊敬他,感激他,但他自己的不满足和只有一般意义的生活的表面性使他深感痛苦:"哦,迷误的海洋无底无垠,有希望浮出者乃幸福之人!"(《浮士德》第一部第一场:65)他呼唤爱神厄洛斯,渴望无限。然而,从多彩世界的灰蒙蒙的黄昏,却跑来了一个像狗一样的夜和否定的精灵。伟大的实验开始了。

浮士德试图通过自杀获得的东西,现在魔鬼只作为一种生活可能性提供给他,那就是在有限中发现绝对。他失败了,因为他没能使浮士德背离自己本源的双重性。浮士德将违背不朽的道德世界秩序看做是良心的犯罪,而这就是将其与这个他想通过打碎而克服的世界联系起来的唯一永恒结果。当这一愿望失败之后,他又尝试其他极端,尝试生活于思想之中。这是他自己的诱惑,靡非斯特只能提供方法。浮士德要海伦。

---

① 此处的种子为术士的用语,意即元素或构成宇宙万物的基本物质。——译者注

靡非斯特:那异教民族与我毫无关系,

　　　　他们都栖息在自己的地狱;

　　　　不过办法呢倒也还是有的。

浮士德:快说,别拖延迟疑。

靡非斯特:泄露天机我真不愿意。

　　　　女神们端坐在岑寂中间,

　　　　周围既无时间也无空间;

　　　　要我谈论她们实在为难。

　　　　她们就是"众母"!

浮士德:(惊诧)众母!

靡非斯特:吓坏你了吧?

浮士德:众母! 众母! 听起来好怪!

靡非斯特:确实怪! 这些女神非你们凡人

　　　　能了解,也讨厌我们呼喊她们。

　　　　她们栖息在深深的地表的底下,

　　　　去挖吧,都是你自己找的事情。

浮士德:走哪条路?

靡非斯特:全没有路! 入无人涉足之途,

　　　　不可涉足;临人所求之境,

　　　　不可乞求。你准备去么?

　　　　……

　　　　形成,变形,

　　　　永恒思想的永恒创造,

　　　　万物的形式——漂浮的自由。

（《浮士德》第二部第一幕第二场:386-391）

在把利比多的钥匙交给浮士德之后,靡非斯特的主动作用结束了。我们已经看到浮士德如何再一次受到双重性的驱使,必须放弃海伦以及绝对的权利,只得满足于自己纯粹的人的存在,而这是他在开始时所诅咒的,并因此为魔鬼的进入打开了方便之门。就如魔鬼对人的评价———阵短途飞行之后,他又一次坐在草地上,唱起自己的老调。

从浮士德的观点,也即从人的观点看,世上存在着逐步的进步,而魔鬼则随之相应地退步;开始时魔鬼具有全部主动性,至中间他是一个伙伴,到最后,浮士德甚至根本不再承认他,而只称他为"管家"。靡非斯特不得不满足于处理不可分割的"战争、商业和海上掠夺",以及它们的"强人",就是这些人构成了浮士德理想主义乌托邦的现实背景,并保护浮士德免受革命的危害。

从魔鬼的观点来看,世上没有什么进步,而只有空洞的循环以及毫无意义的漂浮:

过去和纯粹的无,完全的单调!

这无休止的创造,对我们有什么好?

现在的创造,转瞬又消耗?

"现在即过去!"为什么将书边翻毛?

一切就像从未存在过,

我更喜欢,永远的空虚。(《浮士德》第二部第五幕第五场:707)

盲目的浮士德以未来的幸福自得其乐,他的生活意志建立在自我欺骗的基础之上,他的现实性与开始时一样悲哀。他统治着:

狐猴,你这由肌肉、韧带和骨

半自然的碎片

组成的蹒跚的生灵,

他已

……忘记为什么叫人

助我们一臂之力。(《浮士德》第二部第五幕第五场:702)

浮士德希望缔造一个自由的人类社会,他将这个希望寄托于庞大的工业帝国,寄托于在做着"机械"工作、饿得半死但组织严密,却不知道自己劳动的目的和意义的劳动大军身上,寄托于对他们的欺骗上。

从上帝的观点看,浮士德得到了救赎:

灵魂的高贵成员,

已逃离恶魔手掌,

凡是奋发向上者,

我们都将其搭救。

而且

罪人遭受诅咒,

愿真理来拯救;

罪孽获得解脱,

心中充满欢乐,

从此共享天福,

在万众的归宿。(《浮士德》第二部第五幕第六场:727)

浮士德是一个暂存的生物,他活在自己具体的时间里,在他活跃的回忆里复活着过去。他陪伴着"以前世界的闪烁着银色光泽的幽灵",相信将其带入信仰的永恒中的时间的延续,将使其复活为全新的存在,使其期盼着未来。

对靡非斯特来说,"时间是其主人"。从他的观点来看,时间就是纯粹的否定,过去是无,将来亦是无,现在只是两种无之间的虚幻的分界线。

对上帝来说,时间是永恒的存在,它不停地满足着、再造着作为暂时性的生活;它那空洞的抽象的靡非斯特之"钟",魔鬼认为可以用来测量浮士德的一生,浮士德的奋斗和存在时间都是神的目标在永恒展现过程中的瞬间。

《浮士德》的副标题是"一出悲剧"。文艺复兴时期的人们试图在特定的自我和特定的世界中发现绝对的努力失败了。但要返回原封未动的经院哲学对浮士德的灵魂来说又是不可能的,在这种哲学里,上帝在历史传统里直接被毫无疑虑地交给了人,世界成为通向上帝的一条直接的连续的阶梯。

浮士德最后接受了自己的局限和令人困惑的信仰的匮乏,这是易于失败的信仰。绝对通过自己的否定而存在,有限的生命价值是永远不能控制并代表它的,但要发现绝对又绝对不能脱离它们,排除它们。它就靠自己的有限生活,并以此证明自己是它们的救世主。

但丁的《神曲》以及歌德的《浮士德》两者都提供了一种对立的统一,一种辩证的生命结构。但丁是从永恒的统一和统一本身来看并表现这种辩证法的,而歌德则将我们置于这种统一的辩证运动中间。而《浮士德》中,我们看不到但丁那种明晰的宁静和安静的透明,而是发现我们自己身处现实的、暂时的过程中的最激烈处,而这一过程的结果在任何时刻对参加者来说都是含糊的、模棱两可的。生命既是自己的地狱,同时又是自己的炼狱。美之爱是两部诗的动力和向导,这是那种促使但丁经过地狱、炼狱到达天堂的爱,她被视作万物存在的基础,这也是那种驱使浮士德不断获得自己的快乐和失望的爱:

> 狂野欲望,不再占据我们身心,
>
> 激情行为,不再将我们束缚,
>
> 人类之爱,在我们心中复活,
>
> 上帝之爱,也重放圣光。(《浮士德》第一部第三场:72)

美之爱是诗中一切人和宇宙层面的灵与肉的象征性统一。贝阿特丽采和玛格丽特是同一个人。

但在但丁的诗中,既然矛盾的冲突和辩证法的极点在这些极点中是彼此分离的,而且这种生活的所有阶段都是从外部来看的,所以《神曲》贯穿始终的是一种宁静沉思的崇高严肃的格调,而《浮士德》的基本风格是嘲讽。这种嘲讽是敬神和渎神、严肃与幽默、悲剧和喜剧因素之间的平衡。

浮士德的每一次提升都遭遇到靡非斯特的对立。靡非斯特是矛盾精神,他甚至嘲讽自己的否定性,特别是在第一和第二部中与学生在一起的几幕,或者如另一个例子,即他讽刺自己抽象的科学主义时所说的话:

> 听这番高论,先生实在很有学问!
>
> 凡摸不着的,您便以为远在天边,

> 凡抓不住的，您便根本不予承认，
>
> 凡算不出的，您便否认事实确凿，
>
> 凡没称过的，您便相信分量为零，
>
> 凡非您铸的，那金币便不值分文。

（《浮士德》第二部第一幕第二场：312）

每一种计划的目的都与实际的意义正好相反。魔鬼与浮士德一样不停地处于失望之中。

当浮士德教海伦学押韵时，诗歌自身已将嘲讽当做了自己的风格理论。艺术媒介在巧妙地约束着自己的严肃性，整个美学真实领域被艺术表现为一种有限的真实——这是海伦及其留给浮士德的外衣的意义。这种美的嘲讽与哲学思想的辩证法中的认识领域的逻辑局限是类似的。

就是因此，黑格尔才宣称嘲讽是"现代艺术"的根本风格原则，《浮士德》则代表着一种"绝对的哲学悲剧"。

——古斯塔夫·缪勒，2001：121-130

《歌德》节选

⊙ ［联邦德国］彼得·伯尔纳，著

⊙ 关惠文，韩耀成，高中甫，等，译

《浮士德》也深刻反映了歌德本人的宗教观。宗教和人类的关系，在某种程度上，也是《浮士德》的主题之一。联邦德国学者彼得·伯尔纳在《歌德》一书中，结合歌德本人对《浮士德》的论述，对这部伟大著作的思想内涵进行了精彩的解读。

在歌德笔下，与魔鬼结盟从属于天上序曲，故事的轴心是"上帝"，上帝对于虽然误入迷途但在本质上仍然是好的人类并没有丧失信心，而靡非斯特在这里也不复是话本里那个渴求攫取人的灵魂的魔鬼，他更像一个从各个侧面体验怀疑主义的角色，是上帝手下群仆中的一员罢了。在这样一个广阔的背景里，浮士德和靡非斯特之间的契约受到歌德这样一个总的观点的制约，即浮士德对于认识的追求能否有朝一日由于饱尝官能快乐或自我满足而停止下来。正是在这个意义上浮士德与靡非斯特打赌：

> 假如有一日我心安理得懒睡在床上，
>
> 那我的一生便算收场！
>
> 你若能用奴颜媚骨将我欺诳，
>
> 使我对自己得意洋洋，
>
> 你若能用享乐令我迷惘，
>
> 那就算将我的丧钟敲响！

我愿打赌一比高强！（《浮士德》第一部第四场：100）

从这场赌赛出发来考察,悲剧中发生的一切事情无不是靡非斯特试图通过生活享受使浮士德上当。浮士德的道路经过了大世界和小世界,在第一部里主要体现为格雷琴的爱情和由此产生的种种纠葛;在第二部里,他出现在华丽的皇廷,他去找众母,他在古典的瓦普及斯之夜里与希腊神话中的人物直接周旋,在这一场,他又和象征着最纯洁的美的海伦有了来往。在第五场中,他作为皇帝的军事统帅立下了汗马功劳,最后国王赐他一片海滩地作为封疆,他将这片海域开拓为良田。歌德在最后几幕中的一个场面里,描写浮士德想象自由的人民有朝一日得以在这片土地上生活:

预感到这一崇高幸福即将来临,

此刻我享受到了最美妙的一瞬。（《浮士德》第二部第五幕第五场：706）

说完这句话,百岁高龄的浮士德溘然长逝。靡非斯特始终未能做到让浮士德放弃自己的追求,他在这场赌赛里虽然在形式上没有实际上却失败了。上天的力量,基督教世界里的圣徒和天使引走了浮士德不死的灵魂。也许,歌德的这部悲剧的最主要的风貌,恰恰在于书中的情节不仅发生在外部世界,而首先是在浮士德的内心世界进行的。尽管各幕斑斓多姿,情节层出不穷,歌德的《浮士德》却是包含着一连串的内心经历、斗争和怀疑的灵魂剧。在1831年6月,在完成该书的两周前,爱克曼记下歌德的一个明白无误的说明:接下去我们谈到《浮士德》的结尾,他要我留心以下诗句,即

神灵界中高贵的一员,

已由恶的掌心里脱险,

"谁若永不停歇努力奋斗,

这个人我们可以搭救。"

连上天对他都垂以厚爱

群仙载歌载舞,

衷心迎逆他归来。（《浮士德》第二部第五幕第六场：727）

歌德认为,在这几行诗里包含着浮士德获救的钥匙。浮士德至死不渝地进行着愈来愈崇高、愈来愈纯洁的活动,来自上天的永恒之爱又给予他以帮助。这与我们的宗教观念完全和谐一致水乳交融。根据宗教观念,我们不能仅凭一己的力量享受到神祉的福佑,还必须加上神的恩惠方可。（《歌德谈话录》1831年6月6日谈话:239-241）

——彼得·伯尔纳,1986:131-134

练习思考题

1.《浮士德》第一部第十五场《格雷琴的住房》,是一首歌颂热恋相思之情的名歌,请从亲情、爱情、友情等主题中任选一种,仿写一篇千字左右的小诗剧。

2. 威廉·狄尔泰在《体验与诗》中认为,歌德创作的伟大之处在于,把个人体验和社会运动结合在了一起,试思考并举例说明,在《浮士德》中,它们的结合具体体现在哪些方面?

3. 《浮士德》天上序曲,借天主之口说:"善良人在追求中纵然迷惘,却终将意识到有一条正途。"试结合《歌德谈话录》1831 年 6 月 6 日谈话及歌德的宗教观,谈谈这句话对于《浮士德》主旨的揭示具有什么作用?

4. 《浮士德》中,靡非斯特形象来源于撒旦原型,撒旦原型在其他文学作品中亦有所表现,试举例并进行对比,从而论述"靡非斯特"形象系列与撒旦原型的异同。

延伸阅读

阿尼克斯特.1986.歌德与《浮士德》[M].晨曦,译.北京:三联书店.

董问樵.1987.《浮士德》研究[M].上海:复旦大学出版社.

歌德.2003.歌德谈话录[M]爱克曼,辑录.朱光潜,译.北京:人民文学出版社.

汉斯-尤尔根·格尔茨.1982.歌德传[M].伊德,赵其昌,任立,译.北京:商务印书馆.

余匡复.1999.《浮士德》:歌德的精神自传[M].上海:上海外语教育出版社.

Boyesen H H. 2006. Goethe and Schiller: Their Lives and Works Including A Commentary On Goethe's Faust. Montana: Kessinger Publishing, LLC.

Sharpe L, ed. 2002. The Cambridge Companion to Goethe. Cambridge: Cambridge University Press.

参考文献

歌德.1984.浮士德[M].钱春绮,译.上海:上海译文出版社.

彼得·伯尔纳.1986.歌德[M].关惠文,韩耀成,高中甫,等,译.北京:人民文学出版社.

古斯塔夫·缪勒.2001.文学的哲学[M].孙宜学,郭洪涛,译.桂林:广西师范大学出版社.

哈罗德·布鲁姆.2005.西方正典:伟大作家和不朽作品[M].江宁康,译.南京:译林出版社.

威廉·狄尔泰.2003.体验与诗:莱辛·歌德·诺瓦利斯·荷尔德林[M].胡其鼎,译.北京:三联书店.

第十四章 《抒情歌谣集》

　　威廉·华兹华斯(William Wordsworth,1770—1850),英国浪漫主义诗人。生于英国坎伯兰郡(Cumbria)的考克茅斯(Cockermouth)。8 岁时丧母,被送至故乡东南二三十英里①处的豪克斯海德小镇上学,在那里一直待到 1787 年。年轻的诗人常在当地湖山之间随意徜徉。学校校长是位诗歌爱好者,对华兹华斯在诗歌方面的兴趣爱好起了很好的引导和点拨作用。在豪克斯海德近 10 年的学生生活,对华兹华斯后来的艺术风格和思想旨趣的形成影响很大。1787—1791 年,华兹华斯就读于剑桥大学圣约翰学院,期间曾去法国、瑞士和意大利做徒步旅行。大学毕业后向往法国革命,在法国有过短暂居留,回到伦敦后,仍与威廉·戈德温周围的一帮激进派青年过从甚密。1793—1795 年是其生平最不幸的时期,生计无着,思想苦闷。直到 1795 年意外获得一笔遗产后,诗人得以和妹妹一起迁居乡间,并由此结识了柯尔律治(Samuel Taylor Coleridge 1772—1834),《抒情歌谣集》(Lyrical Ballads,1798)即为这段友谊的结晶。1798—1799 年,华兹华斯和妹妹一起去德国小住。诗人满怀乡愁,写下了《采干果》(Nutting)、《露西》(The Lucy Poems)组诗等诗篇,同时开始创作自传长诗《序曲》(The Prelude)。1802—1807 年是华兹华斯创作颇丰的时期,他除了写出《孤独的收割者》(The Solitary Reaper,1803)等名篇外,还写了通常被称为《不朽颂》(Ode:Intimations of Immortality)的名诗《颂诗:忆幼年而悟不朽》(Imitations of Immortality from Recollections of Early Childhood,1802—1804)。长诗《序曲》于 1805 年完成,但直到 1850 年他去世后才出版。1807 年之后是华兹华斯的后期创作阶段,这期间的主要作品有他原计划写的总名为《隐者》(The Recluse)的哲理长诗的第二部分《漫游》(The Excursion,1814),第一部分就是《序曲》。诗人的晚年,想象力渐衰,但声誉日隆。1843 年,华兹华斯被授予"桂冠诗人"称号。1850 年 4 月 23 日,诗人去世。

　　1798 年版的《抒情歌谣集》包括华兹华斯的《丁登寺旁》(Lines Composed A Few Miles abvoe Tintern Abbey)和柯尔律治的《古舟子咏》(The Rime of the Ancient Mariner)在内的 23 首诗,1800 年诗集增删后再版,共有 37 首诗,华兹华斯为之作序(Preface to the Lyrical Ballads),这一集一序,便在英国文学史上革命性地开创了一个时代,即浪漫

---

① 1 英里≈1.6 千米。——编者注

主义时代。

一、精彩点评

- 《抒情歌谣集》包含如下一些主题。一方面,这里有一些诗作(《荆棘》《西蒙·李》《布莱克老妇人和哈里·吉尔》),充满了对不幸、冷漠、被社会遗弃以及衰老的悲悯之情;另一方面,有些诗作(《痴童》)则涉及爱和关怀,以及对人和自然亲密和谐关系的颂赞(《致妹妹》《劝导和回答》《转折》)。华兹华斯借《丁登寺旁》,这本诗集最后的一篇压轴之作,表达了记忆力在回味美景、心灵在"洞察万物的内在生命"("see into the life of things")方面所具有的作用。这种由自然唤起的崇高情感,在这首诗最核心的乐章(起始于"我感到""I have felt")中得到了充分地表达,这是无法企及的。(Kirkpatrick D L,1991:1423. 匡宇,译)

- 我们可以先来看《写于早春》:……这诗里有许多华兹华斯独特的东西:朴素、清新的文字,对自然的细致观察,对花鸟的亲切感情,但又总同人联系起来——在这里就是人对人的残酷。也许,在写这首诗的时候,华兹华斯想到了正在法国遭受杀害的他的吉伦特派的朋友们,也许他还想到由于人虐待人而造成的广泛的人间不幸,诗句背后是有深切的感慨的。

  值得注意的是大自然在这里不是背景,而是一种使人良善和纯净的精神力量,美好事物也不只是好看,而是通过诗人"联系人的灵魂"的,因而诗人更感到"痛心万分",因为人是如此冥顽不灵,不能吸取大自然的教益。这个意思在集子里另一首诗《反其道》中写得更清楚,诗人直接点出了大自然施与人的恩泽。……这就更进一步提出人的理智、学问的危害了。其精神同布莱克反对理性主义是一致的,不过不借神话和宗教之助,而是出自诗人特有的自然观罢了。

  诗人也知道仅仅通过说理是不行的(虽说以说理为主的《反其道》并不干巴巴,而是颇有诗艺的,例如韵律和形象的运用——"歪曲了事物的美丽形态,/解剖成了凶手"就是至今都有人吟咏的名句),所以他又拿自己作例,写出了大自然能在人身上起到什么作用。这也就是《抒情歌谣集》最后一首诗《丁登寺旁》的主旨。(王佐良,1997:235-238)

二、评论文章

《关于英国文学的三次讲座》节选

⊙ ［英］威廉姆·S. 麦克科米克，著

⊙ 李婧，译

威廉姆·S. 麦克科米克在关于《英国文学的三次讲座》中，对华兹华斯的《丁登寺旁》一诗作了条分缕析式的解读。他指出，自然美景和人性之美是《丁登寺旁》一诗美的源泉，而对于华兹华斯本人来说，他不是把自己融于作品之中，而是把作品融于自己的人性之中，从这点来看，这才是《丁登寺旁》，乃至整个《抒情歌谣集》的魅力所在。

《丁登寺旁》最初收录于1798年出版的《抒情歌谣集》中。诗中，华兹华斯首次显露了自己具有深远影响的独到创见。然而在当时，它并未引起人们的注意（很少有人阅读，更别说真正理解了）。这其中很重要的一个原因是，《抒情歌谣集》包含了许多华兹华斯最失败的作品，而《丁登寺旁》又位于此诗集的末尾。时至今日，在华兹华斯后期诗作之光的指引下，重新品读《丁登寺旁》，我们可以从中看到他后来全部诗作的精髓与缩影。

创作《丁登寺旁》时，华兹华斯正重访怀河河岸（Wye）——距诗人上一次到访，时光已逝去了五年。诗歌以描绘内陆河流的柔声低语拉开帷幕——峻峭巍峨的山崖将湖光山色与宁静的高天连成一线；村舍密布的田野与一片葱绿的果园隐没在高低错落的林木之中；篱墙成排，牧场如茵，袅袅的炊烟从树林中静静升起。

在这宁静的图景中，没有什么新奇甚或是别致的东西。千真万确，在《丁登寺旁》——华兹华斯所有关涉自然的诗作中最杰出的诗篇—— 中，我们找不到任何"风景写生"的痕迹——诗人极少描绘美妙的自然奇景或是变幻莫测的天空。[①] 他并不像专业艺术家或是游客所做的那样，搜寻"如画美景"。他与自然就生活在一起，他们同声同气；他从不拜访她，只为游览观光。他把自然视作一位离群幽居、铅华洗尽的女

---

① 在他后来的作品——如《欧陆漫游记》与《代顿河十四行诗》——中，我们发现诗人陷入一种有意识的景物描绘之中，伴随着的是他诗才的锐减。奈特《华兹华斯的一生》第三卷，第61页收录了1822年4月华兹华斯写给理查德·夏普（Richard Sharp）的一封信，我从中摘录了以下这一引人注意的段落："你一定记得，格雷在给我的一封信中断言，描写——他指的是自然风景与自然循环更替的描写——虽然是一种值得称颂的修饰手法，但是它绝不应该成为诗歌的主题。有多少僵死的教条曾被确立，而年复一年，天才们又是怎样胜利地驳倒了它们！你是我的老朋友了，对你我可以畅所欲言。假如我这些描绘本地风物的诗作中，找不出足够的证据证明格雷对诗歌的限制是错误的，那么我难道就该受他迷惑，同意他的观点了么？你知道，批评家兄弟们很可能在毫无灵感与诗心引导的情况下，贸然架起他的大炮，对别人发起攻击。"——原注

人：他深爱着她的灵魂,而不是她外表的华贵光鲜。他并不吹毛求疵。"找寻如画美景的游客"就好像言情小说的读者,他们自身的想象力与感受力是如此孱弱,以至于必须依靠外界的激发才能唤醒它们。与之不同,华兹华斯内心深处拥有强大的生命力,他需要自然提供的仅仅是一种保持身心健康的营养支持。在他的诗篇中,自然以她纯粹与本真的面貌被呈现出来。①

现在让我们回到《丁登寺旁》一诗。我们一来就触碰到了华兹华斯诗作灵感的主体部分——回忆和由回忆而生的思索：

> 这些美好的形体
> 虽已久别,倒从来不曾忘怀,
> 不是像盲人看不见美景,
> 而是每当我孤居喧闹的城市,
> 寂寞而疲惫的时候,
> 它们带来了甜蜜的感觉,
> 让我从血液里心脏里感到,
> 甚至还进入我最纯洁的思想,
> 使我恢复了恬静。②

在有意识的回忆中,诗人探寻了逝去岁月对当下的影响。但他并未就此停步。就好像我们当下的性格缘起于行动——甚至是最无意义的行动——那样,我们当下的感受也是一系列情感无意识发展的结果;只不过那些情感现在被遗失在脑海深处：

> 还有许多感觉,
> 使我回味起已经忘却的愉快,它们对
> 一个良善的人的最宝贵的岁月
> 有过决非细微、琐碎的影响,
> 一些早已忘却的无名小事,
> 但饱含着善意和爱。③

这些对过去情感的回忆隐没于自然的和谐力量之下。倘若能恰如其分地运用这

---

① "'当你坐着马车旅行时,'我问道,'他会不会告诉你,他最喜欢哪一座山,或是邀请你观看日落?''啊,啊,'有时他会说,'你看,那多美啊'.有时他会继续独自呢喃。但是他不会再次对山峦作出评价。我曾听到将去观山的乡亲问他,'华兹华斯先生,现在我们想要去看看国内最美的山川.'他会回答说,'每座山都是最美的.'啊,那就是他要说的。"——瑞弗·H. S. 劳恩斯莱《忆华兹华斯与西摩兰农民在一起的日子》——原注

② 就算是华兹华斯最寻常的读者,都知道这一主旨贯穿了华兹华斯所有的诗歌。最明白易懂的例子是,《我孤独地漫游,像一朵云》和《孤独的刈麦女》。(本节选所引华氏诗歌均采用王佐良先生的译文,见方平、李文俊主编《英美桂冠诗人诗选》,上海文艺出版社,1999 年。——译者注)——原注

③ 这种思想在《不朽颂》中得到了更为详尽的呈现。《不朽颂》中,华兹华斯着意强调了童年时代那"久已忘怀的愉悦"对一个人日后性格塑造的深远影响。同样地,《抒情歌谣集序言》指出,"思想是所有过去情感的重现"。——原注

些回忆,它们就会充盈我们日后的所思所感,使我们能透过这喧嚣嘈杂与令人厌倦的俗世,不时地听到世界深处的和谐天籁:

> 不仅如此,
> 我还靠它们得到另一种能力,
> 更高的能力,一种幸福的心情,
> 忽然间人世的神秘感,
> 整个无法理解的世界的
> 沉重感疲惫感的压力,
> 减轻了;一种恬静和幸福的心情,
> 听从温情引导我们前进,
> 直到我们这躯壳中止了呼吸,
> 甚至我们的血液也暂停流动,
> 我们的身体入睡了,
> 我们变成一个活的灵魂,
> 这时候我们的眼睛变得冷静,由于和谐的力量,
> 也早于欢乐的深入的力量,
> 我们看得清事物的内在生命。

有些人认为,所有这些体验只不过是一种幻觉。以下的诗行有力地回应了这种质疑。这些体验曾为诗人带来欢欣与慰藉,而那便是它们真实存在过的最好证明。

> 也许这只是
> 一种错觉,可是啊,多少次
> 在黑暗中,在各色各样无聊的白天里,
> 当无益的纷乱和世界的热病
> 沉重地压在我的心上
> 使它不住的狂跳,多少次
> 在精神我上我转向你,啊,树影婆娑的怀河!
> 你这穿越树林而流的漫游者,
> 多少次我的精神转向了你!

现在诗人迸发出一系列新的想法,虽然它们与之前的想法依然密切相关。他回忆起逝去的年华:他从自然所蒙受的教诲感化;他童年时代"粗鄙的乐趣"和"动物般的嬉戏";还有他少不更事的青年时代,那时,自然对他来说是:

> 一种体感,一种爱欲,
> 无需思想来提供长远的雅兴,
> 也无需感官以外的
> 任何趣味。

这些"狂喜"已然消逝;但是他既不哀痛也不怨诉。他获得了另一种馈赠,"这一种损失,已得到了充分的补偿"。

> 因为我学会了
> 怎样看待大自然,不再似青年时期
> 不用头脑,而是经常听得到
> 人生的低柔而忧郁的乐声,
> 不粗厉,不刺耳,却有足够的力量
> 使人沉静而服帖。我感到
> 有物令我惊起,它带来了
> 崇高思想的快乐,一种超脱之感,
> 像是有高度融合的东西
> 来自落日的余晖,
> 来自大洋和清新的空气,
> 来自蓝天和人的心灵,
> 一种动力,一种精神,推动
> 一切有思想的东西,一切思想的对象,
> 穿过一切东西而运行。所以我仍然
> 热爱草原,树林,山峰,
> 一切从这绿色大地能见到的东西,
> 一切凭眼和耳所能感觉到的
> 这个神奇的世界,既有感觉到的,
> 也有想象所创造的。

这些高瞻远瞩的诗句是全诗的高潮所在。在华兹华斯所有的诗作中,它们或许是对诗人中心思想最明晰、最完整的表达。正是在这种中心思想的推动下,他的灵感随之源源涌出。一些人称这种信仰为"自然宗教",另一些则称之为"基督教泛神论"。这一信仰不仅仅注意到上帝之外宇宙的运转规律,还注意到身处宇宙的上帝自身——那指引一切、缓缓逼近完美结局的圣灵。

诗歌最后的部分是写给他妹妹的。除自然之外,诗人还有另一个慰藉与欢乐之源——美好的人性,尤其是家中笼罩着的美好人性。这同样是人类生存的自然环境,是人类活动与教育获得重要力量的源泉所在。

> 也许即使
> 我没有得到这样的教育,我也不至于
> 遭受天生能力的毁蚀,
> 因为有你陪着我在这美丽的
> 河岸上;你呀,我最亲爱的朋友。

但是只有在与自然的交流之中,人类之爱才能以最美好的方式存在:

> 由于她能够
> 充实我们身上的心智,用
> 宁静和美感来影响我们,
> 用崇高的思想来养育我们,使得
> 流言蜚语、急性的判断、自私者的冷嘲,
> 硬心汉的随口应对,日常人生里的
> 全部阴郁的交际
> 都不能压倒我们,不能扰乱
> 我们的愉快的信念,相信我们所见的
> 一切都充满幸福。

所以,

> 当你的心灵
> 变成了一切美丽形体的大厦,
> 当你的记忆像家屋一般收容下
> 一切甜美的乐声和谐音;啊,那时候,
> 纵使孤独、恐惧、痛苦、哀伤
> 成为你的命运,你又将带着怎样亲切的喜悦
> 想起我,想起我今天的这番嘱咐
> 而感到安慰!

或许这首诗中贯穿了太多的"劝勉之言",这被认为是诗人才华的最佳例证之一。但是我选择这些诗句的目的的确是出于它们本身的"劝导"意义。我的目的是要向你展示其中的哲思,以使你能够完全独立地鉴赏诗人所有的诗作。我们一旦紧紧抓住了这首诗的思想主旨,也就掌握了打开诗人其他诗作之门的钥匙。现在,我们洞察了华兹华斯的观点;而且这一观点是唯一的。他的诗从始至终都表达了同一样东西,我们近似地称之为静止的人格(stationary personality)。在英语文学的经典作家中,弥尔顿在这一点上与他最为相似。莎士比亚则与他最为不同:他从不站在相同的立场上反复考察生活:他极少重复自己。莎士比亚把他的个性浸没在自己的作品之中,而华兹华斯则把他的作品浸没在自己的个性之中。因此,我们可以在对雅克或是李尔王一无所知的情况下被福斯塔夫与贝特丽丝所取悦;但是一旦我们理解了华兹华斯任何一首伟大的诗作,我们也就理解了他全部的诗作。这也导致了一个结果,即其中一位作家备受欢迎,而另一位则不可能变得炙手可热;因为所有人都能根据他们自己的口味与能力从某种程度上理解莎士比亚的世界;但是只有那些与华兹华斯具有相同高度的人才

有能力鉴赏他的诗歌①——而这部分人总是极少数。

——M'Cormick W S,1889:71-82

《诗,诗人,诗意》节选

⊙ ［美］海伦·文德勒,著
⊙ 梁昭,译

　　美国著名学者海伦·文德勒对华兹华斯诗歌中的情境、语调、词汇的分析十分精彩。

　　我们常说一首诗是"动人的"。什么使得一首诗动人？通常,这来自诗暗指的情境(如一位女孩窗边的爱人)和这首诗的语调(哀怨的、机智的,或狂喜的)之间的关系。

　　通常,一首诗所叙述的情境随着诗的发展而变化,诗的语调也随着新的事件或者新的感知而变化。例如,我们从未期待,我们所爱的人会离我们而去。然而从逻辑上说,我们可能"知道"死亡会降临到每个人的头上。通过某些方式,我们会"抑制"住关于我们最爱的人必朽的念头。华兹华斯的叙述者在一首著名的诗中说他的心灵(mind)［他称为他的"精神(spirit)"］使爱人豁免了死亡的威胁时,陷入了"昏睡(slumbered)"。在诗的第一节里,一个词"看似(seemed)"暗示了即将到来的灾难:

A Slumber Did My Spirit Seal

A slumber did my spirit seal;
I had no human fears:
She seemed a thing that could not feel
The touch of earthly years.

昏睡曾蒙住我的心灵

昏睡曾蒙住我的心灵;
我没有人类的恐惧:
她漠然于世间岁月的相侵,

---

　　① 在一次与克罗普史托克(Klopstock)的谈话中,华兹华斯说:"把人们提升到与自己相同的高度,而不是让自己屈降至他们的行列中,是一个伟大诗人应尽的本分。"——《塞迪拉恩来信》第三部分。从奈特《华兹华斯的一生》第一卷,176 页中,我们可以找到华兹华斯自己对这次面谈的记述。

　　"对于我这样一个诗人来说,仅仅刻画会引起全人类共鸣的这种情感是不够的;在这种刻画过程中加入其他一些东西同样充满必要:那些过去不曾但将会引起人们共鸣的东西;那些倘若引起共鸣,就会让人们变得更加完善更加高尚的东西。"——摘自华兹华斯写给克里斯多夫·诺斯的一封信(1802),奈特《华兹华斯的一生》,第一卷,404 页。——原注

> 看似感觉已失去的物体。

空行插入了第一节和第二节之间。当我们开始阅读第二节时,我们看到,在两节之间,这个女孩死了——空行暗示着她的死亡。第一节描述了一种错觉,第二节述说的是真实:

> No motion has she now, no force;
> She neither hears nor sees;
> Rolled round in earth's diurnal course
> With rocks, and stones, and trees.
> 如今她不动,全无力量,
> 既不听也不看,
> 每天随地球的旋转循环,
> 伴随着山岩、石头和树林。

在这儿,首先令人心酸的是叙述者用完全压抑的语调来讲述女孩的死亡。他没有说,"但是接着她病倒并死了"——对他来说,说出这样直白的句子太痛苦。他在第一节第二句话中仍将"她"作为行动的主体,在第二节的第一句话中也是如此:"She seemed… She has now…; She neither hears nor sees."但第二节的句子是对行动的否定:运动?不是。力量?没有。听?不。看?不。再往回阅读,我们于是发现,第一节诗中有一个类似的否定:她能感到世间岁月吗?不能。但是这句诗的前面有一个动词"seemed"。现在,这个动词表明,她不能感受岁月的变迁是不真实的。她能感到岁月的流逝,但是是像一个"物"去感知,为此,叙述者在第一节中用这个词来指涉她——"物(thing)"——这原来是一个具体的词。她现在是一个物,如同山岩、石头、树林一样,她随着星球自身的运动,如日夜流转一样无生命地循环。

假如这样的辛酸部分地存在于叙述者的错误,部分存在于"thing"的其他用途,那么,它也存在于第二节所叙述的严酷真相中。诗人精确地使用了表示无机物理的词语:运动(motion)、力量(force)、每日的(diurnal)、进程(course)、山岩(rocks)、石头(stones)。他也提到了有机物的功能——听和看,但只是为了否认女孩还拥有这些能力。虽然如此,他最终还是平和下来:不仅将爱人与山岩、石头和星球运动等同,而且最终将她与有机而生机勃勃的树林等同,赋予她死后的生命。任何一首诗中的辛酸之处,都来自说出真相与承受强烈情感回潮之间的斗争。

——Vendler H, 2002:91-93

《理解诗歌》节选

⊙［美］柯林斯·布鲁克斯
　　罗伯特·佩恩·沃伦,著
⊙梁昭,译

美国评论家布鲁克斯、沃伦对华兹华斯诗歌叙述话语中意象问题作了深入地解读。

　　　　她住在无人迹的小路旁

　　　　她住在无人迹的小路旁,
　　　　在鸽子溪边住家,
　　　　那儿无人赞颂这位姑娘,
　　　　也难得有人会爱她:

　　　　她像不为人见的紫罗兰
　　　　被披青苔的岩石半掩!
　　　　她美丽如同一颗寒星
　　　　孤独地闪烁在天边。

　　　　她不为人知地活着,也几乎
　　　　无人知她何时死去;
　　　　但如今露西已躺进坟墓,
　　　　对于我呀,世界已非往昔。

　　……(在上一节中),我们看到了一个单一的意象是如何通过这种或那种方式发展的。意象有时是作为诗的基本蕴涵,有时是作为诗的结构出现。在这首诗中,基本的结构是一段叙述话语;诗人告诉我们关于露西的各种事情,但是在第一节中没有任何意象出现。为了理解意象在这首诗中的重要性,我们可以先忽略第二节。余下我们还读到什么? 余下的"诗"(第一和第三节)告诉我们,自从露西住在偏远之地,她的死就不为人知。很少有人知道她,而且,他们都是质朴的、不识字的乡民,他们缺乏将对她应得的赞美公之于世的方式。虽然露西的离世对于世界而言并无影响,但给她的爱人——这首诗的叙述者——带来了不同。

　　第一节和第三节的内容可作如此总结。但是所有的诗不都像这样么? 如果我们省略掉紫罗兰和傍晚星星的意象,那么我们将失去什么呢? 我们可以试着回答:只是失去了一些装饰性的喻体——诗人通过把露西与花和星星两个有魅力的客体并列,用它们来增强露西的魅力。

然而,如果这就是意象的全部意义,那么人们可能就要疑惑,如果华兹华斯没写第二节,为什么这首诗就没有价值(或乏味)。或者,如果这首诗根本不包含任何对照,我们是否会觉得它直白得令人无法忍受,如果用其他的花作为喻体也能起到同样的效果吗? 例如,诗人可能写道:

> 一朵灿烂的褐色玫瑰,
> 照耀着一道花园的墙。

很明显,第二节的意象给女孩提供了一种隐隐的魅力,而"玫瑰"的意象达不到这样的效果。露西的自然魅力,就像紫罗兰一样,来源于谦逊的气质。她"不为人见",平淡而不被注意。然而,如果这真的是诗人试图用紫罗兰比拟来试图造成的效果,那么就不会出现另一个问题了吗? 诗人在写了花以后,紧接着又用了星星来作比拟,这不是混淆重点吗? 他强调星星——几乎可以肯定,这颗星是金星,通常是日落后的第一颗星星——不是包含着矛盾吗? 露西怎么能立即被轻易地忽略,然而却不可能被遗忘?

当然,这里没有矛盾。第二节通过意象做出了第三节中的"陈述"——一个有些矛盾的陈述:虽然露西在这个世界上,就像谦逊的花朵生长在长着青苔的石头的阴影中一样平凡,但在爱人的眼睛里,她是他的天空中唯一的星星,像爱的星星一样闪耀。

也许现在我们可以回到先前提出的问题:这首诗中的意象的重要性是什么? 在重要的意义上说,意象就是诗。意象不只是一种有趣的方式,用来说明诗人可能用抽象语汇说出的东西;就是说,意象不是某种"附加性"的东西——仅仅起到装饰的作用。如果诗确实把理念和情感融合在一起,通过具体的语汇戏剧性地提供具体的经验,那么第二节就是诗的核心——真正的中心。

——Brooks C,Warrent R P,2004:220-221

练习思考题

1. 请结合《丁登寺旁》的原文,分析自然世界的外部空间是如何与诗人意识和精神的内在空间互动的。就此写一篇小文。

2. 请结合《昏睡曾蒙住我的心灵》的原文,指出诗中的时态变化,并分析由此体现出来的时空观。

3. 阅读《抒情歌谣集》,辨析该作品如何体现华兹华斯的诗歌理论主张。请结合具体诗歌文本分析。

延伸阅读

陈才忆.2007.湖畔对歌:柯尔律治与华兹华斯交往中的诗歌研究[M].成都:四川人民出版社.

苏文菁.2000.华兹华斯诗学[M].北京:社会科学文献出版社.

赵光旭.2000.华兹华斯"化身"诗学研究[M].上海:上海大学出版社.

Gill S,ed.2003.The Cambridge Companion to Wordsworth[M].Cambridge:Cambridge University Press.

Purkis J. 2005. 华兹华斯导读[M]. 北京:北京大学出版社.

参考文献

黄杲炘. 2000. 华兹华斯抒情诗选[M]. 上海:译文出版社.

方平,李文俊. 1999. 英美桂冠诗人诗选[M]. 上海:上海文艺出版社.

王佐良. 1997. 英国诗史[M]. 南京:译林出版社.

Brooks C, Warren R P. 2004. 理解诗歌[M]. 4 版. 北京:外语教学与研究出版社.

Kirkpatrick D L, ed. 1991. Reference Guide to English Literature, Second Edition Volume2 Writers H-Z [M]. Chicago:ST James Press.

M'Cormick W S. 1889. Thress lectures on English Literature. London:A. Gardenr.

Vendler H. 2002. Poems,Poets,Poetry:An Introduction and Anthology(Second Edition). Boston:Bedford/St. Martin's.

第十五章 《艰难时世》

　　查尔斯·狄更斯(Charles Dickens,1812—1870),英国最伟大的小说家。出生于南部朴次茅斯的波特西地区,12 岁时因父亲负债入狱而被迫辍学做工,15 岁时在一家律师事务所当缮写员,后又当过法庭速记员和新闻记者。1833 年开始为报刊杂志编写故事和散文,并于 1836 年一举成为最受大众欢迎的作家。一生创作了 14 部长篇小说和许多中短篇小说等,广泛描写了 19 世纪英国维多利亚时代的社会生活,揭露了资产阶级金钱世界的种种罪恶。著名作品有《匹克威克外传》(*The Pickwick Papers*,1836—1837)、《奥列弗·退斯特》(又译《雾都孤儿》,*Oliver Twist*,1838)、《老古玩店》(*The Old Curiosity Shop*,1841)、《董贝父子》(*Dombey and Son*,1848)、《荒凉山庄》(*Bleak House*,1853)、《大卫·科波菲尔》(*David Copperfield*,1850)、《双城记》(*A Tale of Two Cities*,1859)、《远大前程》(*Great Expectations*,1861)等。晚年仍笔耕不辍,积劳成疾而于 1870 年 6 月 9 日溘然病逝。《艰难时世》(*Hard Times*,1854)是描写劳资矛盾的长篇代表作,带有道德寓意的性质。它以焦煤镇为背景,批判了为资本家剥削辩护的自由竞争原则以及作为工业制度核心的功利主义对人性的摧残,辛辣地嘲讽了资产阶级道德的沦丧。

一、精彩点评

● 狄更斯的《艰难时世》仍然是描写 19 世纪中叶维多利亚时期的社会和工业问题的最生动、人们最熟悉的作品之一。(安德鲁·桑德斯,2000:600)

● 《艰难时世》读来并不艰难:其意图和性质非常明白。假如它就是我以为的杰作,那么何以未获广泛认可呢?据批评记录来看,它是没有得到任何承认的。假如哪里还存有一篇赏析文章,或哪怕有一句好话,那就是我有所遗漏了。……然而,假如我没弄错的话,在狄更斯的所有作品中,它却是囊括了其天才之长的一本书,同时还有一个其他作品都没有的优点,即它是一件完全严肃的艺术品。(F. R. 利维斯,2002:377)

● 那部作品《艰难时世》(就很多方面而言,在我看来是他最好的一部)的实际效用被很多人严重地低估了,就因为庞得贝先生是个戏剧化的怪物而非世俗雇主的典型,斯蒂芬·布拉克普尔是戏剧化的完美形象而非诚实工人的代表。但让我们不要忽视狄更斯对机智和见识的运用,因为他有意选择在舞台灯火的包围中讲话。(Ruskin J,2006:146.韩斌育,译)

二、评论文章

《伟大的传统》节选

⊙ [英]F.R.利维斯,著
⊙ 袁伟,译

F.R.利维斯认为《艰难时世》具有明显的道德寓意,并对其功利主义批判思想有独特的分析。

给道德寓言下定义只需说明一点,即其意图具有特别的持续性,这样,寓言里的一切——人物、情节等——所具有的典型意味,一读之下,便能清晰可见。《艰难时世》的开场是葛擂硬先生的学校,那一幕的意图所显现的持续性或许是足够的。不过,在狄更斯那里,意图的持续性往往都很充足,与此同时,却也谈不上什么贯穿作品并构成一个连贯整体的纲领性的意义将之吸纳。可是,由于人们对有机整体没有任何期望,无疑便以为《艰难时世》开头两章的冷嘲热讽,只是按豪放开怀的狄更斯的风格,用闹剧、哀婉之情和幽默拼凑出来的;以为我们可以在其他地方看到更加丰富而多彩的这类东西。其实,狄更斯风格的活力就在那里,其形式多样而独特,且因不为赘言所累而更形有力:创造性的勃勃生机是被一个深刻的灵感约束着的。

这个灵感就见于小说的名字——《艰难时世》。狄更斯对自己生活于其间的世界所作的批评,一般都是偶尔顺带为之,在一本书的诸多要素里,包含一些对某个具体弊端的愤愤描述,如此而已。但在《艰难时世》里,他却破例有了个大视野,看到了维多利亚时代文明的残酷无情乃是一种残酷哲学培育助长的结果;这种哲学放肆地表达了一种没有人性的精神,其代表人物就是焦煤镇议员,乡绅汤玛士·葛擂硬。此公按约翰·斯图尔特·穆勒所记录的亲身经历的实验模式来教育子女。葛擂硬所代表的东西虽然令人厌恶,却也值得尊敬,他的功利主义是他真诚信仰的一种理论,而且实践起来理智而不偏不倚。但他却把大女儿嫁给了身为"银行家、商人和制造商"的约瑟亚·庞得贝,此人身上可没有一点儿不偏不倚的精神,也没有任何值得尊敬之处。庞得贝代表的是维多利亚时代最粗鄙、最顽固的"赤裸裸的个人主义"。他只关心恣意伸张自我,关心权力和物质成就,而对理想或观念没有一点儿兴趣——除了做完全自立之人这个观念外(因为,虽然他自吹自擂,但实际却并非一个自立之人)。狄更斯在此对功利主义的天然本性和实际趋向发表了公正的看法;同样,在对葛擂硬家和葛擂硬小学的描绘中,他也就维多利亚时代教育里的功利主义精神提出了正当的批评。

所有这一切都是明显可见的。然而狄更斯的艺术,尽管仍是广受欢迎的娱乐大家之道,却在《艰难时世》里,随着他展现其全面的批判视野,获得了一份耐力,一种结合了连贯性的弹性,以及一种他好像甚少为人称道的深刻性。且看开场在教室里的那一幕:

"第二十号女生,"葛擂硬先生用他那正方形的食指正对着对方指去,"我不认识那个女孩子。她是谁?"

"西丝·朱浦,老爷",第二十号女生涨红了脸,站起来行了个屈膝礼,说明道。

"'西丝'算不得学名,"葛擂硬先生说,"别管自己叫做'西丝'。叫你自己做'塞西莉亚'。"

"是父亲管我叫'西丝'的,老爷,"这个女孩子战战兢兢地回答道,又行了个屈膝礼。

"那就是他的不是了,"葛擂硬先生说,"告诉他,不容许那样叫。塞西莉亚·朱浦。等一等。你父亲是做什么的?"

"他是在马戏班里的,请您原谅,老爷。"

葛擂硬先生皱了皱眉头,然后用手一甩,想把这讨厌的职业甩开。

"我们在这儿,不愿意知道什么马戏的事,你不必告诉我这个。你父亲是驯马的,是吗?"

"请原谅,老爷,要是他们有马可训的话;在马戏场里,他们的确要训马的,老爷。"

"在这儿,不许你告诉我关于马戏场的事。那么,好啦,就说你父亲是个驯马的人。我敢说,马生了病,他也能医吧?"

"唔,是的,老爷。"

"那么,很好。他是个兽医、马掌铁匠和驯马师。告诉我,你给马怎样来下个定义。"

(西丝·朱浦一听到这个要求,给弄得惊慌失措了。)

"第二十号女学生竟然不能给马下个定义!"葛擂硬先生为了对这些小罐子进行教育而这样说道。"第二十号女学生不能掌握事实,不能掌握关于一个最普通的动物的事实!哪个男孩子能给马下定义?毕周,说你的!"

......

"四足动物。草食类。四十颗牙齿,其中二十四颗白齿,四颗犬齿,十二颗门牙。春天换毛,在沼泽的地方还会换蹄子。蹄子很硬,但仍需钉上铁掌。从牙齿上可看出它年纪。"毕周如此这般地说了一大套。(狄更斯,2008:6-7)

劳伦斯本人在抗议教育里的不良倾向时[1]，其表述的力度决不比这里的更强。西丝是在马中间长大的，在生计依赖对马了解多少的人中长大的，不过"我们这儿可不想知道什么马戏的事"。那种知识不是真正的知识。模范学生毕周一听召唤，立即吐出了真货色，"四足动物。食草类"，等等；于是"二十号女生，这下你明白什么是马了吧？"这局部的反讽已足够辛辣，在接下来的情节里又得到了意味深长的发展。毕周后来的职业生涯是对他为人敏捷灵光的品评写照；而另一方面，我们终于看到，西丝之无法获得这种"事实"或套话，她对教育的迟钝反应，乃是她身上那至高无上而无法根除的人性的必要组成：正是这种美德使她不能理解，或默认，把她当做"二十号女生"的那种时代精神，或去把别人想象成一个算术上的单元。

这种反讽方式能令作者取得的效果似乎非常有限。但在《艰难时世》里，它居然与一些很不相同的手法——狄更斯艺术的弹性就是如此——非常和谐地连在一起，协同一致，共造了一个真正戏剧化的、具有深刻诗意的整体来。西丝·朱浦在这里可能仅会被当做一个传统的性格形象，实则她早已被塑造成了一个具有极强象征力的角色：她是狄更斯的天才在《艰难时世》里进行诗意创作的一部分。以下是我从上面引的那一节中省去的一段：

> 那个正方形的手指，点来点去，忽然点着了毕周，这或许是因为他恰巧坐在一道阳光中。那道阳光从那间刷得雪白的屋子没有帘子的窗口直射进来，同样地也照着了西丝。因为这些孩子们是男归男女归女分开地坐在有坡度的地板上，当中隔着一条狭窄的走道；西丝坐在太阳照着的那一排的拐角上，阳光一射进来就照着她，而毕周却坐在另一边离西丝还有几排之远的拐角上，他恰好接触到这道阳光的尾巴。但是，这个女孩子的眼睛黑黑的，头发的颜色是黑黑的，当阳光照着她的时候，她似乎能从其中汲取那较深而较有光彩的色素；至于那男孩子，他的眼睛是淡淡的，头发是淡淡的，因此同是一道阳光，却似乎把他原来所具有的一点儿色素都吸去了。他那双冷淡的眼睛几乎不能算是眼睛，幸而他那些短睫毛跟他们对比起来显得更苍白一些，所以他那眼睛的形状才被烘托了出来。他那剪短了的头发跟他额上、脸上的沙色雀斑几乎是一色的。看起来，他的皮肤缺少自然的色泽，看来颇不健康，似乎被刀割了以后，连流出来的血也是白的。（狄更斯，2008：7）

作者在这里以视觉感受的字眼，有力地表现了道德和精神上的差别，从而使象征的含义从隐喻和对具体形象的生动再现中浮现了出来。对于这种表现力度——代表了狄更斯在《艰难时世》里的一般手法——我们是无需强调的。或许可以强调的是，西丝既代表善良，也代表了生机活力，二者其实是被视为一体的。她意味着丰沛冲动

---

① 见《凤凰》文集中《人民教育》篇。——译者注

的生命力,在自我忘却中找到了自我实现的途径,总之是一切与工于心计的自私自利针锋相对的东西。发于深厚的天性之源和情感之泉的生活,坦荡不羁,丰富而多彩,与葛擂硬作坊里制造出来的贫血而半机械性的产品截然不同,以至于与毕周形成了鲜明的对照:"黑眼睛、黑头发"的姑娘似乎"从阳光中获得了一种更深且更加光彩的颜色",这里有一种本质上是狄更斯式的意味。

西丝的象征意味是同史里锐的马戏团密切相关的。在马戏团里,人性之善自来就与生机活力相连。……

马戏演员代表了天然自发的人性,与此同时,也代表着带来镇定、自豪以及安然自信的种种高度发达的技巧和娴熟——他们在训练中总是轻松愉快的,像芭蕾舞演员一样:

> 所有这些父亲都能在滚桶上跳舞,站在一些瓶子上接刀接球,滴溜溜地转着盘子,什么都敢骑,什么东西都跳得过,什么都不在乎。所有这些母亲都可以(并且也时常那样做)在松索和紧索上跳舞,在没有鞍子的马上灵手快脚地耍各种把戏,她们之中没有哪个人会因为露出了大腿而感到难为情;其中有一个每逢他们到达一个市镇的时候,总是独坐在一辆希腊式马车中,赶着6匹马飞跑。她们都装得风流、俏皮,她们平时的穿着不修边幅,而在主持家务方面也说不上什么井井有条,全团人的学问拼凑起来对任何问题要想写出一两个字都办不到。虽然如此,这些人却是异常厚道并且像孩子一般率真,对于欺骗人或占便宜的事,都显得特别无能,而且随时不厌其烦地互助或相怜,这一切,正如世界上任何一个阶层的人在日常生活中表现出来的美德一般,是值得我们以敬意来对待并以宽大的心胸来理解的。(狄更斯,2008:44)

对于功利主义的算计来说,他们的技能全无用处,但这些技能却表达了基本的人性冲动,满足了基本的人性需求。葛擂硬对马戏团不以为然,视之为轻薄无聊,纯属浪费;庞得贝则恶言恶语地嘲弄它,然而马戏却给焦煤镇(作者对其压制精神需求的丑陋面目所作的描写令人难以忘怀)的机械手们带来了他们嗷嗷待哺的东西。它给他们带来的不单是娱乐,而且还有艺术,还有喜洋洋的奇观壮景,而这种喜洋洋的举手投足好像不为别的,其本身就是目的,它以其熟练自如的风采,欢乐开怀地证明了自己的价值。狄更斯把这种象征意义赋予一个巡回马戏团,表达的是他对于工业主义的看法,其深刻性已超出了人们对他可能会抱有的期待。焦煤镇的人需要的不仅是轻松快乐;即便是他们可以每周只工作44 小时,得到舒适、安全和娱乐,生活品质的极度堕落依然还会继续下去,这才是狄更斯有感于心的东西。……

他兴致勃勃地观察着城市(以及郊区)景致所呈现出来的富有人情味的人性。当他在丑恶、龌龊以及陈腐中看到——也是他非常乐意看到的——日常显露的人性之善以及基本美德伸张自己的时候,他的反应乃是一颗温暖的同情之心,里面完全没有什么需要克服的厌恶感。比如,对眼如猎物之目、被白兰地浸透、外表松松垮垮的史里锐先生,狄更斯没有一点儿回避不迭,或疏而远之的意思,而是把他成功地塑造成了一个富有人性、反对功利主义的正面形象。这不是狄更斯在感情用事,而是天才的表现。……

……

作者用生活来驳倒功利主义,其手法是极其精湛的。葛擂硬最初对西丝表现出的善意虽然很不和蔼,却还受到了庞得贝的严厉指责;然而正是他的这一善意流露,显现出驳斥功利主义的条件就在葛擂硬先生的身上。……

……露易莎的发展和她弟弟汤姆的成长,在心理学上都是站得住的。露易莎除了爱她的弟弟,便再无表达情感生活的办法,因而她便为他而活,为了汤姆——在汤姆的压力下——而嫁给了庞得贝("这有什么关系呢?")。于是,在葛擂硬教子之方的压抑和导致的情感饥渴下,自然的温情和无私奉献的能力都成了祸害。至于汤姆,葛擂硬训子有方,却把他调教成了一个心烦气躁、郁郁寡欢的狗崽子,而且"他正变成一个工于算计的高手,这种人不乏先例,算计的时候,通常在为自己着想"——是功利主义哲学把他变成了这样。他声称,等他在银行谋得个差事,跟庞得贝住在一起的时候,他就"可以报复了"——"我的意思是,我要享受享受,四处转转,看点儿什么,听点儿什么。我这样就被养大了,我要给自己补偿一下"。他债务缠身又盗窃银行,便也是顺理成章的事。……

……当露易莎逃避引诱,回到父亲的家,向他诉说自己的困苦,哭喊着"我只知道,你的哲学和你的教训都救不了我"而倒在地上时,他看见了"他引以为豪的人,他的理论体系结出了的成功果实,变成不省人事的一堆,瘫倒在他的脚下"。他的谬误现在得到了灾难性的证明,可以被视为就集中地体现在这个"他引以为豪的人"身上,虚幻不实地把他的理论体系的成功果实与他对孩子的爱合在了一处。葛擂硬现在知道那份爱是什么了,他也知道了爱对他是比理论体系更重要的东西,于是理论倒下了(他在教育上的失败还在其次)。这里没有一点儿伤感煽情的成分;作者的示范证明是令人感佩的,因为他让我们相信了那份爱,因为他把葛擂硬给我们写成了一个"本想把事情搞好"的人。

——F. R. 利维斯,2002:378-403

《〈艰难时世〉的成就所在》节选

⊙ ［英］大卫·洛奇,著

⊙ 邱瑾,译

大卫·洛奇从形式主义的角度分析了《艰难时世》的表层结构与传统童话剧之间的联系,揭示了小说在艺术形式上的独特性。

童话剧之所以有助于阐明《艰难时世》的独特性,有好几个原因。首先,类似童话剧的某种因素实际上已在小说里存在。史里锐马戏团的演出并不像今天我们的马戏一样是纯粹的场面上的表演,它富含极强的叙事和戏剧因素。比如,西丝的父亲就在"新奇而可笑的马上戏剧'裁缝往勃润特福之旅行'"(第1卷,第3章)中扮演主角,演出"杀死巨人的杰克"(第3卷,第7章)时汤姆乔装打扮成黑仆人。那么,狄更斯引导我们去赞同的不仅是马戏团的人所代表的价值观(忠诚、慷慨、质朴等),还有他们所采用的艺术形式。其次,正如我在别处证明的,引用与童话剧典型相关的童话故事和童谣,在《艰难时世》的文本中随处可见:魔鬼与女巫、飞龙与仙子、骑在扫帚把上的老婆婆、长弯角的母牛、彼得·潘等。葛擂硬先生无情地将这一类幻想从孩子们的教育中驱除,而这正是他的教育制度荒谬的标志。

> "你念什么给你父亲听,朱浦?"葛擂硬先生更加放低了声音问道。
>
> "仙女的故事,老爷,还有矮人、驼背和神怪的故事,"她呜呜咽咽地说,"还有——"
>
> "嘘!"葛擂硬先生说,"够了,够了。这种破坏性的无聊话,不要再讲下去了。庞得贝,这样的人需要严加管教,我要好好地加以注意。"(第1卷,第7章)(狄更斯,2008:58)

第三,或许是最为重要的一点,人物自身往往扮演源自文学和戏剧传统的角色。露易莎和汤姆好像是常出现在童话故事里的一对兄妹(如史里锐马戏团的另一个保留节目"丛林中的孩子"),被重重危险所包围——在这里,恶魔就是他们的父亲(第1卷,第8章)。对斯蒂芬·布拉克普尔来说,庞得贝就是城堡中的巨人("斯蒂芬……转过身来,仿佛为责任所驱,走向巨人庞得贝的红砖古堡去了")(第2卷,第14章),但他的形象很大程度源于传统喜剧角色大话王,即"米雷斯·格罗里奥塞斯",那个好吹牛而实际上胆小的士兵。随着葛擂硬家子女长大成人,露易莎变成面临威胁的公主,中了邪恶仙女或女巫(巴不得露易莎从"大梯子"上往下走的斯巴塞太太)的魔法;汤姆成了行窃的无赖;赫德豪士则是总处在烟雾缭绕中的魔王:

> 带着他那种独特的从容态度抽着烟,而且和颜悦色地看着那个狗崽子,似乎他知道自己是个迷人的鬼精灵,他只消缠着对方,那么,如果必要的话,对方一定会把自己的整个灵魂出卖给他。(第2卷,第3章)

这些人物交往的方式,正是典型的童话剧及其他通俗戏剧中直接、明显、常规的戏剧方式。

……

用童话剧形式来处理"英国状况"的主题,是极具想象力的一笔。首先,它使狄更斯不必客观、细致、逼真地表现功利主义、工会运动或者工业资本主义的运行——不管怎么说,他都缺乏必要的经验和技术知识来做到这一点。第二,通过嘲讽式地借助童话世界,让这了无生气、布满沙砾的维多利亚工厂小镇的居民重新上演民间传说和传奇的中心情节,将人们的注意力引向对人类幻想力的压抑和消灭,而狄更斯认为如果完全按照物质至上主义、经验主义"有用"的标准来治理社会,就会造成文化上的灾难后果。这双重效果集中体现在反复将焦煤镇的工厂描写为"童话宫殿":我们看到的不是现实的、充满纪录式细节的对工厂的描写,而是一个有反讽意味的隐喻。抱怨小说缺少现实成分,就不能捕捉到隐喻的含义。……

——大卫·洛奇,2004:6-8

练习思考题

1. 试分析西丝·朱浦形象与作品道德寓意的联系,据此写一篇小论文。
2. 阅读《艰难时世》,试分析其中焦煤镇环境描写的特征与意义。
3. 如何认识狄更斯小说艺术中的童话色彩?

延伸阅读

罗经国.1981.狄更斯评论集[M].上海:上海译文出版社.

童真.2008.狄更斯与中国[M].湘潭:湘潭大学出版社.

谢天振.1994.深插底层的笔触——狄更斯传[M].上海:世界图书出版公司.

伊瓦肖娃.1983.狄更斯评传[M].蔡文显,廖世健,李筱菊,译.广州:广东人民出版社.

詹姆斯.2009.查尔斯·狄更斯[M].上海:上海外语教育出版社.

赵炎秋.1996.狄更斯长篇小说研究[M].北京:社会科学文献出版社.

参考文献

狄更斯.2008.艰难时世[M].全增嘏,胡文淑,译.上海:上海译文出版社.

安德鲁·桑德斯.2000.牛津简明英国文学史[M].谷启楠,韩加明,高万隆,译.北京:人民文学出版社.

大卫·洛奇.2004.《艰难时世》的成就所在[M].邱瑾,译//张中载,赵国新.文本·文论——英美文学名著重读.北京:外语教学与研究出版社.

F. R. 利维斯.2002.伟大的传统[M].袁伟,译.北京:三联书店.

Ruskin J. 2006. Unto This Last. Paperback . New York:Cosimo Classics.

第十六章　《德伯家的苔丝》

托马斯·哈代（Thomas Hardy，1840—1928），英国杰出的乡土小说家、诗人。出生于英格兰西南部的一个村庄，父亲是一位爱好音乐的石匠。哈代从 16 岁开始在一名教堂建筑师身边当学徒，同时刻苦自学拉丁语、法语和希腊文，并开始写诗。1862 年他到了伦敦，继续学习和从事建筑工作。从 1871 年开始，他先后创作了《远离尘嚣》（*Far from the Madding Crowd*，1874）、《还乡》（*The Return of the Native*，1878）、《卡斯特桥市长》（*The Mayor of Casterbridge*，1886）、《德伯家的苔丝》（*Tess of the D'Urbervilles*，1891）、《无名的裘德》（*Jude the Obscure*，1896）等 14 部长篇小说和 4 部短篇小说集。他的小说多以"威塞克斯"（英国西南部他的家乡多塞特郡一带）为背景，故被称为"威塞克斯小说"。这些作品的活力来自他对这个地区人们的语言、习俗和生活方式的深刻了解，他还有意识地把希腊悲剧的主题移植到小说中去。1895 年后他开始转向诗歌创作，在晚年的 30 多年中，出版了诗集 8 卷，近千首抒情诗，以及史诗剧《列王》（*Dynasts*，1904—1908）。

《德伯家的苔丝》于 1891 年 11 月出版，其副标题是"一个纯洁女子的真实写照"，描写了女主人公苔丝不幸和悲惨的一生。该书出版后，哈代受到维多利亚时代道德观念捍卫者的攻击，但他还是坚持在该书多次再版修订时保留这个副标题。

一、精彩点评

- 在《德伯家的苔丝》中，哈代显现了悲剧体验复原的能力、苔丝在死亡中所获得的是道德和精神上的胜利，以及她有限的力量与自然界巨大力量沟通之后的扩增。苔丝的毁灭并不是致命的，因为她并没有犯罪的企图，因为她是与大自然融会一体的，所以，不是隶属于社会道德的。（卡莎格兰德，2005：449）

- 《德伯家的苔丝》是强烈意义上的诗化小说……它也像一首诗一样优美，一样具有诗的特征：每个细部都是必不可少的，每个片段都充满着情感。（阿尔瓦雷斯，1978：16）

- 《德伯家的苔丝》的叙述结构由多方面的重复（语词、主题和叙述）编织而成，同时它

又是一个有关重复的故事。（J. 希利斯·米勒,2008:132）

二、评论文章

《托马斯·哈代的长篇小说》节选

⊙［美］W. 特伦特,著
⊙ 邵殿生,译

美国哥伦比亚大学的特伦特教授从人物形象、场景和自然描写等方面对《德伯家的苔丝》进行了高度评价,虽然只是印象式的论断,但有助于使我们从关于该小说过分的主题探讨转向对其艺术质地的关注。

　　首先,争论苔丝是否真正纯洁依我们看没有什么用处。对于她的第二次堕落,我们可以有所谅解,另外一个人也可以不予谅解。但是,谁都不会看不到,哈代先生创作苔丝是刻画了一个非常成功的人物,不,应该说刻画了他最最成功的人物,我们甚至敢说是近来小说领域中最成功的人物。她一下子抓住了你的注意,始终紧紧地毫不放松。从艺术的观点来看,只要她没有引起我们反感,她是否纯洁于我们又有什么关系?这里既没有引诱人趋向罪恶,也没有企图把恶说成善,也没有想把罪恶用属于美德的色彩加以粉饰。我们在她身上看到的,只是一个美丽的血肉之躯和命运的搏斗,这命运是太强大了,终于把她送入耻辱的坟墓,但是命运却无法剥夺她在另一个世界的安宁和欢乐。这个身上流着诺曼底贵族血液的农民的女儿,她天生丽质,她有着天然的清新气息,也就是哈代先生笔下其他农民所共有的泥土气,同时她又有着他们所没有的天然的力量和高贵的品质,使她成为适合置身于莎士比亚女性画廊中的一位女性,这就是说,她是时间所无法泯灭的一件天才杰作。她的故事纯粹是悲剧,依我们看来,是伊丽莎白女王时代以来所创作的最大的悲剧——它缺乏"诗的成就",但是它至少是以最强有力的纯粹的散文语言叙述的。……

　　这个作品就其各个细部来看,正如就其整体来看同样给人强烈的印象。它的次要人物都刻画得恰到好处,都有助于情节的开展。作为丈夫的安玑·克莱几乎不值得苔丝去爱,但是哈代先生有希腊大师们作为依据,用男人的自私和屈服于习俗来衬托出女人天然的纯洁和可爱。欧里庇得斯曾用阿德墨托斯作为阿尔刻提斯的陪衬。德北太太,这位对苔丝的堕落负有责任的愚蠢的母亲,是她这一阶层中时常遇见的人物。安玑的属于福音派新教会的双亲,也是寥寥数笔,就惟妙惟肖,只有大师的手笔才能达到。至于牛奶场主克里克和那些为恋爱神魂颠倒的挤奶女工们,也许无需我们再加赞扬,因为哈代先生对于这些人物素来是得心应手的;对于这些人物,他从来就不乏幽默,尽管这幽默还达不到约瑟夫·普尔格拉斯的创作者所应有的高度。

这还是一本有着扣人心弦和令人难忘的场面的小说。苔丝为她蒙受耻辱所生之子施洗,给他取名"伤心",她的小弟弟、小妹妹们在一旁权充牧师和观众的这个场面,借用马修·阿诺德的说法,是哀婉动人、令人心碎的。这一场面在《苔丝》第一次在美国出版时被删节了,全书因此大受损害。只要读过这本书的人,没有一个能忘记这一场面、忘记它给人的宽厚待人的教训。描写苔丝向丈夫坦白以及坦白所带来的后果的那些场面也非常动人,虽则不可否认,这一对夫妇所经历的梦游的场面是有些过分夸张了的。安玑一走,接二连三的厄运开始像乌云一样密集到苔丝头上,悲剧急遽激化,列举场景已没有意义。但是,谁又能忘掉苔丝到达贫瘠的高原农场的第一天,或是她想去探望她公公而受到挫折,或是她和诱奸她的人的再度相遇,或是她在疯狂中突然采取的行动,或是她在索尔兹伯里平原的悬石坛下的被捕? 要想忘却这些场面等于说能忘掉李尔王在寒冬腊月荒野里的情景或是奥赛罗在他"温柔的夫人"毙命的卧室里的情景。

在《德伯家的苔丝》中,除了作者所始终表现的性格刻画和戏剧性描写的才能之外还有其他优点。关于自然景色的描绘时不时地打断紧张的情节线索,哈代先生对于大自然的知识在这里为他带来了空前的效果。它们取得了小说中一切自然景色描写所应该起到的效果,即加深作者努力通过人物和情节所灌输给读者的印象。读过这些片段再置身关于苔丝不幸遭遇的描写时,深感大自然在使它最美好的创造物免受厄运方面的无能为力。有时候仿佛觉得这位现代英国人真是一位希腊大师,秉有赋予女主人公足迹所涉的树林、河流以人性的能力,真如他在无时无刻不感到无情无义的命运之存在方面,也像一个希腊人那样。总而言之,这部小说的作者哈代依然是从前那个使我们着迷、使我们感动的哈代,同时又是秉有比以前更为高超、更为成熟的才能的哈代——一位写小说的大师。

——W. 特伦特,1992:203-205

《哈代的主要小说》节选

⊙［英］约翰·哈罗威,著
⊙ 梁新徒,译

英国学者约翰·哈罗威以一两个扩展的比喻来理解《德伯家的苔丝》的发展过程,堪称关于该小说从观念到细节构成的最有效的阐释之一。

《德伯家的苔丝》也有贯穿整部小说发展过程的统一性;我们也可以用一个单一的比喻来理解这种统一性的性质。这就不是驯服野兽了,可以说是猎取(至少暂时可以这样说)。书里有一些话和一些事可以清楚地说明这点,最明显的是苔丝被丈夫遗弃后给他的一封信:"我的苦难只能向你呼救——我没有别人了……如果我因堕入可怕的陷阱而垮下来,我最后的结局就比头一次更惨了。"她与受伤的山鸡一起在树林里度过的一夜也同样说明问题:那情景强烈地使人想起在那以前的一个晚上,也是在树林里,她堕入亚雷设置的陷阱的情景。苔丝在她整个生命的历程中总是从一个地方被赶到另一个地方,而且时间越来越短促。甚至她与亚雷的关系刚开始就有这种猎取的意味:"那位年轻漂亮的骑马的阔少"清早就驾着他的轻便双轮马车来接她了。小说的结尾就更清楚了,狩猎已经结束,被捕获的苔丝躺在悬石坛的祭石上——从前就是在这块祭石上,像绝望的公鹿之类的祭品被割断了喉管。记住这些,那么,哈代被许多人所谴责的引用埃斯库罗斯的话("埃斯库罗斯所说的众神主宰已经结束了对苔丝的戏弄")就有了新的意义,显得非常贴切。

但是苔丝的经历不只是被猎取,还有别的东西。这究竟是什么,也可以用比喻来概括,为了进行概括,我们几乎是不期然地要想到这个比喻。哈代把这本书分为几个"期",用这个词本身也许正表明哈代的思想部分地活动的领域。因为"期"这个词是19世纪历史学和自然史学中的通用词,卡莱尔就很喜欢用这个词。"第三期"的标题是"重整旗鼓"。在这一章里,苔丝去到一个新农村。她离别了她所熟悉的舒适的环境"小牛奶厂谷地",跨越横亘在她前面的埃格敦荒原,进入了一个新天地:"大牛奶厂谷地",这里的生活方式大不一样。但她几乎完全适应了,甚至还找到安玑·克莱这样一位配偶,她几乎马上就要——只有一个词好用——滋生发芽了。这个词初看似乎奇怪,其实不然。哈代着力渲染苔丝这个时期整个环境的美丽富饶,繁花似锦;同时又以谨慎而有力的笔法着力描绘苔丝本人高度成熟的适婚性,描绘她同那里的奶牛,同那正在结子的繁花茂草的水乳交融的联系。

重整旗鼓失败了。苔丝不得不放弃顺利的环境,被迫走上条件恶劣,生存更困难的高地。她奋力挣扎,但现在不再是为了生育繁殖,只是为了活下来。虽然如此,她坚忍不拔,在颇长一段时间里她居然活下来了。但是等到她的家里最后被赶出了乡土,她的力量动摇了;到最后,达尔文所谓的性的选择就起了与自然选择相反的作用。苔丝放弃斗争了。她被彻底赶出了她自然的栖息地,到桑德伯恩与亚雷同居,成了他的玩物。

我认为这里就产生了哈代用以体现这本小说中心运动的第二个比喻,这个比喻范围更大,并且包括了第一个比喻。这一系列事态发展的中心运动需要用达尔文主义的语言来描述:有机体、环境、斗争、适应、繁殖、存活和坚持,还有最后:一个方面胜利了,另一个方面消灭了——哈代是完全按照物种选择基本原理的深度和广度来看待个体生命的。

这本书里有许多事件显示出这种总体运动。举例说,哈代在本书的开头和结尾分别用了两个场面向读者提示这种总体运动。第一个场面是安玑回头向路边望去,看见那群穿白衣的村女在春天的草地上跳着舞:苔丝这时还与他们结合在一起,她站在树篱旁边。另一个场面是安玑在他认为已与苔丝作最后分别之后,回头望那空旷的乡野和那条空荡荡的路:"当他定睛细看时,只见远处空旷灰白的画面上,一个小黑点在慢慢蠕动。那是一个跑动着的人影。"那是现在已经脱离人群,完全孤立了的苔丝。再看苔丝和她的家人在他们家族的墓窖暂时栖身的时候(第52章)。用狩猎的比喻来说,他们这时是被赶进洞了,而这一情景又与安玑在梦游中把苔丝放进空棺材的情景相类似(第37章)。这就是说,在小说的大的运动形式之中又包含着类似的小的运动形式。苔丝在牛奶场时说,如果我们"夜晚躺在草地上,眼睛盯着一颗又大又亮的星星","就可以让我们的灵魂离开自己的身体。"(这正是本书结尾时,她在索尔兹伯里平原上她生活的最后一个晚上所做的)这时奶场老板克里克把正在吃饭的刀叉并排竖了起来,"好像要搭绞刑架了"。最突出的是在小说快结束时,哈代又用巧妙生动的总结形式让我们完整地重温了苔丝的全部经历过程。这就是苔丝与安玑一起度过的最后几天——这部分地是心理上的神游,部分是总结回顾,部分兼而有之。她毅然抛开与亚雷在一起的罪过,回到安玑身边,他们在一起的头两天,那茂密的树林相当于富饶的牛奶场谷地。他们睡觉的庄园主的空房子相当于以前他们几乎完成了婚姻的古宅。荒凉的索尔兹伯里平原相当于弗林库姆——阿什高地。悬石坛的一幕既与苔丝栖身墓穴的时候相呼应,也与她像一个祭神的牺牲品靠在路边的十字架旁休息的时候相呼应。这是在她的生命即将结束时反映出的她的悲惨的一生的缩影。

——约翰·哈罗威,1992:243-246

《哈代:〈德伯家的苔丝〉》节选

⊙ [英]阿诺德·凯特尔,著
⊙ 陈焘宇,译

英国文学批评家阿诺德·凯特尔谈到哈代在这部作品中过分集中地使用了偶然事件,让人物说出与他们的身份不符的哲学言论,损害了作品的真实性,但同时他又认为哈代对现实深刻的洞察力多少弥补了这一缺陷。

　　为了多种原因,重要的是要着重指出《德伯家的苔丝》是一个有关道德方面的寓言,是对历史上人类状况作一概括的说明,它既不是(如大家普遍认为的)纯属个人的悲剧,也不是(哈代似乎存心要写成那样)总的说来对生活,特别是对妇女的命运作一番富有哲理性的评论。如果我们把这本小说看作是个人的悲剧,是苔丝的个人历史,对很多东西我们就会大为不满。

　　首先(正如人们经常提到的),哈代在书里由于坚持运用了一系列最最不幸的偶然事件,嘲弄了正常的可能性。在《德伯家的苔丝》里,这种事件中最引人注目的情节是:苔丝把写好的自白书从安玑的房门底下塞进去,却塞到地毯底下去了,以及当苔丝从梭窟槐步行到爱敏寺,却无意中听见安玑的两个哥哥在议论她,因而无心去看她的公婆。如果这两桩事有一桩没有发生，一切就都可能容易避免了。再者，从更为广泛的可能范围来说，苔丝最终杀死亚雷，是不是真有恰当的理由呢？不错，她不知道安玑究竟宽恕她到什么地步，但是她至少知道安玑已经从根本上改变了态度。我们所不满的也许不是表现这些不大可能发生的悲剧中的任何一种，而是反对把它们都汇集到一起。……

……

从最好的方面来说是一个中立的观察者，从最坏的方面来说是一个积极的教唆者。这句话所适用的范围大大超出哈代对基督教的看法。《德伯家的苔丝》中使我们觉得特别难以令人信服——如果不是令人反感的话——的一个方面，那便是斯图尔特先生所提到的虚假的感觉。它以令人最不感兴趣的方式，出现在书中那些明显不过地是用来作为基本哲学评论的章节里。比如，书中有一个大家都知道的情节，写的是苔丝驾着马车去赶集时和她弟弟关于星星的谈话：

> "苔丝，你不是说过每一个星星都是一个世界吗？"
>
> "是。"
>
> "都跟咱们这个世界一样吗？"
>
> "我不大知道，不过我想是。有时候，它们好像是和我们家那棵尖苹果树上的苹果一样。大多数都很光滑，没毛病，只有几个是有毛病的。"
>
> "咱们住的这个，是光滑的？还是有毛病的哪？"
>
> "是有毛病的。"
>
> "有这么些个没毛病的世界，咱们可偏偏没投生在那样一个世界上，真倒霉。"
>
> "不错。"
>
> "真是这样吗，苔丝？"亚伯拉罕把这句稀罕话又想了一遍以后觉得很感动，所以又问他姐姐，"要是咱们投生在一个没毛病的世界上，那该是怎么个样儿哪？"
>
> "那样的话，咱爹不会老咳嗽，老磨磨蹭蹭的了，他也不会喝得昏迷不醒地连这趟集都不能赶了；咱妈也不会老长在洗衣盆上，老没有洗完的时候了。"
>
> "你也一下生就会是个阔太太，用不着等到嫁了阔人才能成个阔太太了，是不是？"
>
> "哎呀亚北，不要——不要再说这个啦！"（第4章）

我们准备以两个理由来反驳这一情节：首先，我们不相信一个农家姑娘会说出这种话来；其次，其中所包含的哲理（全书的结构使我们认为，作者对此即使不赞成，也是赋予全部同情的）不是打算用来赢得我们的同情的。像一只有毛病的苹果一样的世界是个太容易创造的形象，尽管我们可以认识苔丝的悲观主义的力量，我们也不能满足。然而,我认为重要的是要强调指出,即使在这段里,悲观主义还是有实际情况作为明确的根据的。正是父母亲所过的那种生活使苔丝感到失望,事实上也正是她母亲老是洗个没完这句话挽救了这一情节。因为在这里,没有夸夸其谈的关于命运的哲学,而只有对千百万劳动妇女的真正命运的苦痛的、现实主义的回忆。

——阿诺德·凯特尔,1992:309-313

《小说与重复——七部英国小说》节选

⊙ [美]J.希利斯·米勒,著
⊙ 王宏图,译

美国当代著名文学批评家,耶鲁学派代表人物之一的希利斯·米勒对这部作品作了解构主义的分析,指出了作品中大量的重复现象的运作方式及其开拓的意义空间,其洞察幽微的阐释方式值得学习。

　　太阳因为有雾气的关系,显得不同寻常,好像一个人,有五官、能感觉;想要把他表现得恰当,总得用阳性代名词才行。他现在的面目就是这样,加上一片大地上,连一个人影儿也没有,这就立刻叫我们明白了古代崇拜太阳的缘故。我们自然而然地要觉得,通行天地间的宗教,没有比这一种再近情合理的了。这个光芒四射的物体,简直就是一个活东西,有金黄的头发,有和蔼的目光,神采焕发,仿佛上帝,正在年富力强的时期,看着下面包罗万象的世界,觉得那儿满是富有趣味的事物。

　　过了一会儿,他的光线就透过了农舍的百叶窗缝儿,一直射到屋子里面,把碗橱、抽屉柜和别的家具都映上了一条一条的红线,好像烧红了的通条一般;把躺在床上的那些还没起来收拾庄稼的工人,也都晒醒。(第14章)

这些段落暗示读者,对这部小说中出现的所有那一系列红色的事物该赋予怎样的意义:苔丝头发上系的红丝带;她那张嘴(它的内部全都让安玑看见了,"红赤赤的,好像蟒蛇的嘴一般",第27章),发她方言中富于特征性的"ur"音的那两片殷红的嘴唇;亚雷强迫她吃下去的红草莓,亚雷送给她、她用来刺自己下巴的玫瑰;收割时她手腕上红色的伤痕("工作久了,胳膊上柔嫩的皮肤,都叫麦秆划破了,往外流血",第14章);……在安玑遗弃她后,她作了一次最终流产的尝试,向他的父母求助,那时她看到"一块带血迹的纸,从一个买肉人家的垃圾堆上,叫风刮了起来",它"在路上前后飘扬""因为太轻,所以老停不住;又因为太重,所以老飞不走"(第44章);苔丝用"跟战士们的手套一样又沉又厚"的打谷用的手套抢了亚雷一下(富于讽刺意味的是,它使人联想起她"甲胄满身的祖先们"的手套),亚雷的脸上露出了"一道见血的红印子"(第47章);亚雷被杀后,天花板上不断增大的血迹,"好像一张硕大无比的幺点红桃牌"(第

56章)。所有这些红色的事物都是潜藏在事件的背后创造性与毁灭性兼具的力量(哈代称之为"内在的意志")所作的标记,它的一种表现形态便是太阳,同时它还扩散到所有那些繁衍、伤害,或在交媾、肉体暴力和写作(它将这部小说组合成一个整体)这三重反复再三的行为系列上制作标记的力量中去。……

——J.希利斯·米勒,2008:140-141

练习思考题

1. 写一篇小论文,分析哈代在苔丝的处境和她周围的自然世界之间所建立的联系。

2. 古老的家世对作品的主要人物——苔丝、约翰·德伯、亚雷和安玑分别有什么影响?

3. 苔丝的故事充满预兆,她的悲剧很大程度上被各种贯穿始终的凶兆预示着。这些预兆是什么?他们的作用是什么?

4. 请找出作品中有关苔丝的睡眠和安玑梦游的场景,并体会二者之间的联系。

延伸阅读

陈庆勋.2005.吟唱着英国民谣的哈代作品[J].上海师范大学学报:哲学社会科学版(5).

马弦.2002.苔丝悲剧形象的"圣经"解构[J].外国文学研究(3).

聂珍钊.1992.悲戚而刚毅的艺术家——托马斯·哈代小说研究[M].武汉:华中师范大学出版社.

祁寿华,William W. Morgan.2001.回应悲剧缪斯的呼唤——托马斯·哈代小说和诗歌研究文集[M].上海:上海外语教育出版社.

张中载.1987.托马斯·哈代——思想与创作[M].北京:外语教学与研究出版社.

张玲.2002.哈代[M].北京:华夏出版社.

参考文献

阿尔瓦雷斯.1978.苔丝引论[M].伦敦:企鹅图书公司.

阿诺德·凯特尔.1992.哈代:《德伯家的苔丝》[M].陈焘宇,译//陈焘宇.哈代创作论集.北京:中国社会科学出版社.

卡莎格兰德.2005.哈代小说中的统一性[M]//哈代.苔丝.吴笛,译.北京:中国戏剧出版社.

W.特伦特.1992.托马斯·哈代的长篇小说[M].邵殿生,译//陈焘宇.哈代创作论集.北京:中国社会科学出版社.

约翰·哈罗威.1992.哈代的主要小说[M].梁新徒,译//陈焘宇.哈代创作论集.北京:中国社会科学出版社.

J.希利斯·米勒.2008.小说与重复——七部英国小说[M].王宏图,译.天津:天津人民出版社.

第十七章 《红与黑》

司汤达（Stendhal，1783—1842），法国作家，原名亨利·贝尔（Henri Beyle）。他的重要作品有《红与黑》（*Le Rouge et le Noir*，1830）、《巴马修道院》（*La Chartreuse de Parme*，1839）、《阿芒斯》（*Armance*，1827）、《拉辛与莎士比亚》（*Racine et Shakespeare*，1823—1825）等，在他的每部长篇小说里，主人公都以其魅力影响周围的人。尽管这些主人公出现在不同的社会环境中，但他们对外界的反应和要求是相同的，他们都是作者想象中的自己。司汤达信奉德·特拉西的哲学，认为人行动的目的是为了在物质和肉体方面充分享受生活。他本性中的合理享乐主义和小说中人物的英雄主义糅合在一起。他一生追求幸福，在现实中总是归于失败，然而，在《红与黑》和《巴马修道院》中，却找到了幸福。

司汤达以《司法公报》上一则情杀案的报道为素材，写出了长篇小说《红与黑》。小说展现了 19 世纪 30 年代法国社会的广阔生活，从外省到巴黎，从社会底层到高级贵族，通过教会、政党以及各阶级的矛盾斗争，对法国社会作了真实描绘。通过于连的冒险行为，使作品的历史真实性、思想意义、艺术手法等都达到了新的高度。

司汤达在世的时候，作品并未引起广泛关注。现在，司汤达在法国文学史上已是公认的第一流作家。在中国，他的代表作《红与黑》和《巴马修道院》以及若干中短篇小说，都有译本。他是我国读者熟知的法国作家。

一、精彩点评

- 司汤达所描绘的爱情，是摆脱了日常生活卑微庸俗感情的高度"结晶化"。按照莫洛亚的说法，司汤达证明了激情是"使人比动物高尚的唯一力量。"
  高度激动的时刻和对这种时刻的回忆是人最珍贵的财富。等待死亡的于连哀伤地对德·瑞那夫人说："如果不是你这次到监狱来探望我的话，我大概至死也不知道什么是幸福。"司汤达笔下的爱情是一种独特的、忘我的、不可克制的力量。（瓦西列夫，1985：267）

- 我们谈到《红与黑》，歌德认为这是司汤达的最好作品。

他补充说，"不过我不能否认他的一些女性角色浪漫气息太重。尽管如此，她们显示出作者的周密观察和对心理方面的深刻见解，所以我们对作者在细节方面偶有不近情理之处是可以宽恕的。"（歌德，1988:226）

- 司汤达首先是一个心理学家。泰纳先生说他唯一关心的是心灵的生活，这就很好说明了他的创作领域。在司汤达看来，人单单由头脑组成，其他器官都算不上。当然要把情感、激情和性格等放在头脑里，放在思想和活动的物质里。他不承认身体的其他部分对这"高贵"的器官会有影响，或至少在司汤达眼中，这影响不够强大，不值得注意。此外，他极少提到周围环境，我是说，他的人物所浸浴的气氛，外部世界几乎不存在。概括地说，这就是他的整个公式：研究心灵的机械结构，为了满足想了解这种机械结构的好奇心，只作有关人的纯粹哲学和道德的研究，把人从自然中取出，放在一边，只对他的智慧和情感方面作简单的观察。（左拉，1985:51）

- 那么，司汤达的天才特点究竟是什么？在我看来，是在于他经常用他这心理学家的工具所获得的真实强度上，虽然这工具可能是不那么完整和那么有成见的。我曾说过，我从他身上看不出他是一个观察者。他并不观察，他并不以老实人身份描绘自然。他的许多小说是头脑里的产物，是用哲学方法过分纯化人性的作品。他曾很好地观察世界，而且观察得很多，不过，他并不在真实的惯常生活中追忆它，阐述它，他要它从属于他的理论，只透过他自己的社会概念来描绘它。然而这心理学家藐视现实，整个依靠在他的逻辑上，只由智慧的纯粹推理，达到了在他之前从来没有人敢在小说里尝试取得的大胆和壮丽的真理。这就是激起我兴奋的所在。（左拉，1985:55-56）

二、评论文章

《论司汤达》节选

⊙［法］左拉，著
⊙ 毕修勺，译

左拉本人是著名的作家，他对自己的同胞、先辈作家司汤达进行了深入研究，《论司汤达》就是研究的心得和结果。在我们节选的文字中，左拉对《红与黑》的写作背景、人物形象和心理描写等作了深入的剖析。

这里我首先必须说明拿破仑的命运在司汤达作品里所发挥的巨大作用。如果人们不回想到构思这部小说的时代，不着重注意到皇帝的神奇野心得到满足这一事实所留给司汤达这一代人的思想状态,《红与黑》将仍然是不可理解的。这个怀疑者,这个冷静的嘲讽者,这个没有成见的道德家,这个躲避任何兴奋的作家,却因拿破仑这唯一名字而颤动、而低头。在这个观点上,必须看出于连·索黑尔是整个时代野心勃勃的梦想和惋惜的化身。

我将谈得更远一些。依照我的意思,司汤达曾把自己本身的很大一部分反映在于连身上。我愿意想象在普通士兵会变成法国元帅的时代,他曾梦想军职的光荣。随后,帝国崩溃了,包括他在内的全部青年,这些狂热的欲望,这一切相信会在弹药盒里找到王冠的野心,一下就跌到了另一个时代:教士们和佞臣们统治的时代,这个复辟的时代;教堂更衣室和上流社会的沙龙代替了战场,虚伪将是新贵们最强有力的武器。这就是书的开头部分于连性格的关键,直至《红与黑》这个令人迷惑的书名都仿佛指出教会的统治继承了军人的统治。

我坚持说下去,因为我从来没有看到过有人研究拿破仑在我们文学上所产生的真实影响。帝国时代是文学创作很平庸的年代,但是人们不能否认拿破仑的命运像铁锤一样敲碎了当时的许多脑袋。这个影响到后来才显现出来,人们能看到一些人的思想动摇。在维克多·雨果身上,裂痕从整批的抒情浪潮中泄露出来,在巴尔扎克身上,有了人物的畸形发展,他显然愿意像拿破仑曾梦想征服旧世界一样,在小说里创造一个世界。一切野心的膨胀都企图转到规模巨大的方向,在文学上和别处一样,人们也梦想着普遍的王权。但是最使我惊奇的,是看见司汤达也感染到这种病症;他不再讥讽,他仿佛看到拿破仑像一个神明,带走了法国的真挚和高贵。

所以于连暗地里把拿破仑奉为他的上帝,如果他愿意抬高自己,抬到他所处的条件之上,他只好被迫隐藏他的崇拜。这个如此复杂,开头又那样奇特的整个性格,将被建立在这个论据上。一个本性高尚、敏感和娇弱的人,在他的野心不再能公开满足时,即投向虚伪和最复杂的阴谋诡计里。事实上,除去了野心,于连在他原来的环境里是幸福的;或许给于连一个与他合适的战场,他将壮丽地获得胜利,而不落到外交家似的连续欺诈,所以他确实是这历史时刻的孩子。一个有着优越智慧的青年,被自己梦想发大财的品质所驱迫,要想成为拿破仑的元帅们之一,已经太迟了,只好决定通过教堂更衣室,以虚伪的奴仆身份,去实现他的目的。从此,他的性格明朗化了,人们了解他的服从和他的反抗,他的温柔和他的残酷,他的诈骗和他的真挚。他总处在两个极端上,同时显露天真和机智,他的无知还多于他的聪明。司汤达愿意指出人随着环境变化的对立面或矛盾。的确,分析是最值得注意的,从来没有人以同样的细心去挖掘一个头脑,我只不过惋惜人物的连续紧张,他不再在生活,他经常而且到处是作家眼前的一个对象。在这方面,他的小动作提供了比他所存在的决定性行为还多得多的材料。

……

德·瑞那夫人是司汤达创造的许多很好的形象之一。她一开始似乎只是一个相当微不足道的资产阶级女人;不久,小说家给她以优越的妇女形象,而且时时刻刻都这样。没有什么比于连与这位漂亮女人最初的相见更悦目了；他们的爱情，以及女人的自弃和年轻人那样冷静的天真估计，有着稍稍润色过的真实音调，足以构成卢梭《忏悔录》的一章。不过我承认：当他们两个都显示优越时，当德·瑞那夫人随时随刻都谈到于连的天才时，我不免感到不舒服。"他的天才，"——司汤达说——"一直使她惊骇，她相信自己每天都更清晰地瞥见这年轻神父是位未来的大人物。"请考虑一下。于连还没有 20 岁，他绝对没有做过任何事情，也从来没有做过什么可以证明司汤达强加给他的"天才"。在司汤达看来，于连是一个天才，无疑的，因为司汤达是人物的唯一主人，他把自己认为是天才的机能放到这个头脑里。那就是拿破仑震破脑壳的这种内伤。此外，对司汤达像对巴尔扎克一样，天才是人物的普遍状态。

我引用于连谈到德·瑞那夫人这句话："这是一个赋有天才的女人，可惜她被极端的苦痛折磨了，因为她认识了我。"然而最坏的是于连在别处对这个女人却发出愚蠢的判断。例如，他在较后的场合，作了这样的考虑："上帝才知道她有过多少情人，她之所以决定喜欢我，大概由于相见的容易吧。"这句话伤害了我的情绪，因为如果是这样，于连必须是个真正不大有见识的人，他不能由他们所生活的小城市和他们每天的接触，认清德·瑞那夫人的为人。如此，往往只在若干行之外，又有了奇特的跳跃；这是连续的急转弯，使看的人迷失方向，给作品以作者所愿意给的特性。无疑，人是充满矛盾的；这个人物的连续摇摆，这一分钟又一分钟的不同并在最小的细节里记下的头脑生活，在我看来，是有害于生活的较广阔和较温良的过程的。每一页上，都有机器碰撞的轧轧声响，机件不肯服从运转的机械系统的生硬和阻碍情况。只举一个例子，于连握着德·瑞那夫人的手陶醉了，而司汤达却补充说："但是感动是一种欢娱而不是激情。回到他的房间里，他只想到了一个幸福，就是再拿起他所最心爱的书；20 岁时，世界和这世界所产生的事实等观念，在他的心里胜过一切。"人们将不相信作家对欢娱与激情所作的这哲学上的区别，竟那么阻碍我的思维，你们立刻看见他拿一个例子来陪衬这个区别：他要于连喜欢阅读《圣爱伦笔记》胜过他对刚才与德·瑞那夫人紧紧握手，此刻还灼热着的回忆。我不否认事实，这情况是可能的。但是这引起我的烦扰，因为我觉得他把这个放在那里，不是由于一连串观察的结果，只是要拿它作为支持他区别爱情里欢娱与激情的理论的证据。作者到处都以论证者和逻辑学者身份显露出来，他记下安放在他的人物身上的心灵状态。司汤达要他的一切人物都在那里开动脑筋，似乎都要患头痛症。当我读他的小说时，我也替他们受苦，我往往很想向他喊着说："请饶饶吧，请让他们稍稍安静些吧，请让他们有些时候随着本能推动，在健康的自然环境中间，简单地过着禽兽般的惬意生活吧；请你也和他们一样，笨拙地过着像老实人似的生活吧。"

作品除了特别显出司汤达所愿意的这种特性之外，还着重分析于连的虚伪，人们可以说《红与黑》完全是虚伪者的手册。司汤达最操心的是撒谎的艺术，好像别人生来就是警察，而他自己呢，似乎生来就是外交家，他洞悉神秘而复杂、精细而广博的双重性,这些造成职业传统光荣的巧妙因素。我们曾改变了司汤达这种外交家的看法,我们知道外交家也是一个普通的人,也同其他人一样蠢笨。司汤达硬要把优越性放在一个强有力的精神观念中,让自己从欺骗别人中得到享受,从欺骗里感到愉快。请注意,像我所说过的,于连实际上是世界上最崇高的精神产物,他是慷慨的、无私的和温柔的,他之所以毁灭了,是由于想象的过分,他的诗人成分太重了。因此,司汤达强加给他撒谎,作为他达到幸福的必要工具。司汤达把他造成虚伪的夸口者,当司汤达使他表现出某一个好的双重性时,人们觉得他是幸福的。例如,司汤达带着父亲般的满意喊着说:"不应该太坏地推测于连,他正确地创造出许多狡猾和谨慎的虚伪话语。这在他这样年纪的人,是不坏的。"另一方面,当于连有了诚实人的反抗时,作者为他发言,提出下面这句话:"我坦率地说,于连此刻所表现的弱点,让我觉得他可怜。"当司汤达写出"于连发誓永远只说对他自己也似乎虚伪的话语"时,司汤达要我们提防书中自头至尾,显示意志多于做人道理的人物。

　　除此之外,书中还充满了壮丽的篇章。人们到处都发现我曾说过的这个逻辑家的天才的奋发,被描写场面的真实将永远不会忘记,正如于连与德·瑞那夫人相爱第一夜里显露出来的,爱情的虚伪和高贵、苦难和欢乐,从来没有被分析得更为透彻,丈夫的形象尤其描绘得出色。我不曾看到一个人内心所爆发的风暴,能这样灵活地被形容出来。没有虚假的声势,只有真实准确的音调;德·瑞那先生收到揭发他的女人通奸的匿名信,他面对自己所作的可怕的斗争,实在被叙述得好极了。我之所以要在小说开头多谈一些,因为它的确是作品的最好部分,它允许我清楚地建立起观察的方式和了解司汤达的写作方法。

　　……

　　于连在神学院的生活也是一个可赞叹的插曲,这里主人公的虚伪再也引不起人的不舒服,因为他自己也处在和伪君子们斗争的一种环境里。另外,这可怜的于连,及其虚伪的技巧,在这些不用努力就天生虚伪的大伙伴们面前,只觉得自己是个小孩子罢了。如果不受野心的刺激,他一下就会放弃虚伪。司汤达在一个弥漫着不信任气氛和隐藏着密探的神学院里,像他后来在巴马亲王宫廷里似的,大概觉得相当舒服,因而他留下动人的图画,即使不是出于直接的观察,至少也是来自强有力的卓越演绎。于连的出现,他同彼拉神父的初次相见,神学院的内部生活,都是书中最好的描绘。

　　我要谈到于连与德·拉·木尔小姐的爱情了,它占去作品的一大半。由我看来这是较差的一部分,因为我们早已进入惊险和怪诞了。

　　创造一个于连这样奇特的机械头脑,对司汤达来说,还是不够的:他要创造一个雄性的雌物,他虚构德·拉·木尔小姐,另一个至少也同样令人惊奇的机械头脑。这是第二个于连。像一个可以视为最冷酷、最残忍的浪漫姑娘,又像一个具有优越精神的产物。她轻蔑她的周围,由于一种智慧的复杂和紧张,她投入冒险的行为。司汤达说:"她只把亨利第三和巴松比埃尔时代人们能在法国遇见的这英雄情感,叫做爱情。"她从这点出发,长久考虑而轻率决定,爱上了于连。这是她自己先向他表白的,当于连从窗口进入她的房间时,她所表示的唯一观念是要完成一种义务,她委身给他,虽然她心里充满了不舒服和厌恶。从此,他们的爱情成为最讨厌的胆大妄为。本来不爱她的于连,通过回忆,转而崇拜她,疯狂地渴望她、爱他。但是她害怕会给自己找到一个支配自己的主人,即以轻蔑压抑他,直到在一次争吵之后,想象她的情人会杀害她,她再被激情袭击,才重新和他相好。此后,他们的不和继续存在。于连为了再征服她,便依照一种长久的策略,设法迫使她产生嫉妒。最后,德·拉·木尔小姐怀孕了,向她的父亲坦白了一切,对父亲宣告她要嫁给于连。我不知道哪儿还有比这更艰难、更不简单和更不诚挚的爱情。两个情人过于精细的持续忧虑,是完全无可忍受的。司汤达以最有力的分析者身份,喜欢使他们的脑筋复杂到无限程度,好像一些打弹子的能手要给自己布置种种障碍的打法,能阻止他们做到一弹碰两弹。那里,只存在着脑筋的不可思议性。

——左拉,1985:57-64

《司汤达与巴尔扎克》节选

⊙［英］乔治·圣斯伯里,著
⊙ 马林贤,译

英国文学史家乔治·圣斯伯里对德·瑞那夫人和于连的关系,于连的形象,以及小说的写作手法发表了独到的见解,给人以启发。

　　人们对小说的其中一个女主人公德·瑞那夫人兴许有两种意见,她始终是于连的情人,也在两种意义上是于连的受害者,直接导致于连被处死,虽然于连并非直接导致德·瑞那夫人的死。而我似乎认为,德·瑞那夫人不过是法国人称之为软弱的女人,爱而不敢爱,爱她的孩子们但不够,对其丈夫若即若离而不忠,对其情人似嫉妒而非嫉妒,而这嫉妒是致命的,也背叛情人,总之她什么都是软弱的。要换了莎士比亚或者奥斯丁都可以让这样的人物引人入胜,司汤达却不能。

　　于连,从其约会对象而言,是小说里最杰出的男主人公之一。他英俊潇洒、智力超群且有超人的记忆力。虽然早年没有受过良好的教育,但其短时间内学习新东西的能力很强,而且他能很恰当地表现出这些优点。

　　英国有个著名的法官,他的仰慕者说他一成为男子汉就比其他年轻人赢得更高的分数。于连在法国那方面的得分情况与这个英国法官一样。

　　从道德层面上说,于连既没有什么好品德,又没有坏德行,可能的只有纵欲和贪色。不论做什么事,当家庭教师还是受人之托、独挡一面,于连都不能算是一个忠信之人。他先诱奸了第一任老板的妻子,又引诱了第二个雇主的女儿。这现在是,过去也是这本小说与其他小说相比较决定优劣取舍的基本点和不可避免的障碍。撇开这个基本点以后,于连的所作所为和他本身的情况就要值得深思。他不是一眼就看穿的脸谱化的坏人,尽管他有那种古怪的、即便在当时那种情况下也是很让人瞧不起的随身携带小手枪的习惯。

他不是那种令人厌恶而履历不清的拜伦式的英雄。于连也不像书信体小说《危险的关系》里那位瓦莱蒙特子爵,是个毫无激情的猎艳高手。他也不像《白衣女郎》里的福斯科伯爵,是个骗子。如有必要还可以列出一长串这样的反面人物,但于连都不是。他不过是个绝对自私、自高自大、嫉妒心强的出身低微的普通青年,要么是其环境,要么是他自己的卑劣行径,二者交替作用下,先是腐蚀,然后才毁灭他。

你绝对一点也不同情他,除了在极个别的重大情况下;但同时于连这种人物既不让你特别厌倦,又不让你十分反感。人性使司汤达这样去塑造于连,这才使司汤达成了一种天才,并且超越了小说家范围。

……

司汤达的小说多少有这样一个写作特点,就是具有一种超然物外的疏离感,有一种好像在博物馆或者太平间那样的一堵虽透明但不可穿过的大墙,把观察者与观察对象隔开。实际上,虽然他的坦诚总像他的图章在外表上总有夸耀的成分,但在一定程度上,他坦言,尽管他不善于用对话或者戏剧的写法,但他仍然能把小说写的精彩。司汤达这种小说写法几近震撼的转变,或许更准确地说是惊人的加强,我认为出现在他所有作品中最杰出的、最重要的小说《红与黑》中。

——Saintsbury G,1994:252-253

练习思考题

1. 《红与黑》中,于连声称:"那时我是根据时代的风尚行动。"(卷下第四十五章)请通过阅读,用千字左右的文字,对1830年前后的时代精神的核心内涵进行概括。

2. 以于连收到玛特尔信后的心理活动为例,简要分析司汤达心理分析的特点。

3. 通过小说一二章"挡土墙"的描写,试析《红与黑》的象征手法。

4. 怎样认识于连与德·瑞那夫人和玛特尔小姐的爱情?

延伸阅读

理查.1992.文学与感觉:司汤达与福楼拜[M].顾嘉琛,译.北京:三联书店.

李江山.2001.与经典对话——关于《红与黑》文本解读中的象征寓意[J].宁夏大学学报(3).

兰守亭.2008.论《红与黑》中于连的否定之否定人生道路[J].学术探索(1).

斯蒂芬·茨威格.1998.自画像:卡萨诺瓦、司汤达、托尔斯泰[M].袁克秀,译.北京:西苑出版社.

张德明.2002.《红与黑》:欲望主体与叙事结构[J].国外文学(1).

张伟航,孟昕.2006.借来的欲望——《红与黑》再解读[J].兰州学刊(8).

赵隆襄.1983.司汤达和《红与黑》[M].北京:北京出版社.

参考文献

司汤达.1979.红与黑[M].罗玉君,译.上海:上海译文出版社.

歌德.1988.歌德谈话录[M].爱克曼,辑录.朱光潜,译.北京:人民文学出版社.

瓦西列夫.1985.情爱论[M].赵永穆,范国恩,陈行慧,译,北京:三联书店.

左拉.1985.论司汤达[M].毕修勺,译∥智量.外国文学名家论名家.上海:华东师范大学出版社.

Saintsbury G.1994. Beyle and Balzac∥Cerrito J,Lazzari M,Ligotti T,et al,eds. Nineteenth-Century Literature Criticiam,Vol.46. Detroit:Gale Research Inc.

第十八章　《巴黎圣母院》

维克多·雨果(Victor Hugo,1802—1885),法国诗人、戏剧家、小说家,生于法国东部的贝桑松,其父为一位将军。雨果在20岁前即成为诗人,1827年发表诗剧《克伦威尔》(Cromwell)及其序言,成为浪漫主义的代表人物。1830年,雨果的诗体悲剧《爱尔那尼》(Hernani)上演,引起一场有名的文学之战,结果是浪漫主义者大胜古典主义者。他后来的戏剧代表作有《国王取乐》(Le Roi s'amuse,1832)和《吕依·布拉斯》(Ruy Blas,1838)等。雨果的小说代表作有《巴黎圣母院》(Notre-Dame de Paris,1831)和《悲惨世界》(Les Misérables,1862)等,它们极受欢迎而使雨果成为当时世界上最成功的作家之一。雨果晚年作为一位政治家和政论家,因为拥护共和反对专制而不得不在1851—1870年间流亡国外,这期间诞生了雨果宏阔新颖的独创之作,包括政治讽刺诗集《惩罚集》(Les Châtiments,1853)、《沉思集》(Les Contemplations,1856)和《世纪传说》(la Légende des siècles,1859,1877,1883)的一部分。雨果流亡返国后于1876年成为参议员,他逝世后被当做民族英雄安葬于先贤祠。

《巴黎圣母院》是一部司各特式的历史小说,以巴黎圣母院为主要场景,描写吉卜赛女郎爱斯梅哈尔达、圣母院敲钟人伽西莫多及副主教克罗德之间错综复杂、曲折离奇的故事。小说伊始,雨果即提出"天数"之说,使三个主要人物在命运安排的碰撞下演出悲剧色彩十分浓重的纠葛。小说借用情节剧手法,实现了崇高和滑稽相结合的原则。雨果具有描写历史场景的卓越才能,他把以巴黎圣母院为中心的15世纪生活写得生动鲜活、喧闹紧张。从具体描写看,小说的真正主人公不是人物,而是巴黎圣母院这座哥特式大教堂。雨果对圣母院精彩绝伦的描写,引起法国人对哥特式艺术的兴趣和重视,为保护古建筑作出了贡献。

一、精彩点评

● 谈起司各特,雨果曾经明确过他的理想:"一部小说,同时又是一部剧,一首史诗。"这是由诗人来看历史,而这正是这本书的价值所在。……这是一部"诗的小说"。历史的主题产生两种不同的效果:一方面,是史诗般的画卷,演绎出大教堂隐秘和过去的生活(尤其是丐帮的攻击和大火);另一方面,是精彩纷呈的描写和场景(愚人节、奇迹院），其大胆泼辣令人想起拉伯雷或佛兰德斯的几位画家。维克多·雨果的想象力独自完成多种体裁的融合。这部完美体现浪漫主义的作品实现了诗人1826 年发出的心愿，如果用夏多布里昂的话说，哥特式大教堂具有森林的品格，而《巴黎圣母院》则如原始森林一般茂密丰盛。……

其实，《巴黎圣母院》和《死囚末日记》一样，还是一部"理念小说"，雨果从此只惦记着捍卫人类的流亡者。他的第一个怪物是"魔王"，在他向普天下复仇的渴望里，不是没有一点区分的。伽西莫多在令人害怕的丑陋外表下，隐藏了一个原始人的忠诚和正义感，他也有原始人的粗野本能。爱斯梅哈尔达美丽而又纯洁，是环境把她变成了一个女巫。他们由于出身受到社会的排斥，注定被其他人盲目地憎恨，而他们的命运最后落入一个外表是十分虔诚的圣人，实际是同道里十分龌龊的人的手里。主题在这些自始至终强烈的反差中显示出来。在理念的方面，应该加上《向毁坏文物者开战》①的主题……最后，《巴黎圣母院》，用雨果的提法，是一部"戏剧小说"。戏剧源自抽象理念的碰撞，诗人借以创造他的人物：伽西莫多的丑陋和仁慈，克罗德的禁欲和欲念，弗比斯愚蠢的美貌。爱克曼②笔下的一则歌德谈话严厉地批评了不合人情的简单化，批评这种人物"木偶"般的僵硬。诗人没有错。作品开卷时作为关键字提出的命定论，把这样"三颗天生不同的男人心"，拖进一场围绕带山羊跳舞的女郎的爱情圆舞中，跳得令人眩晕。……浪漫主义的命定论，在这部小说中更加激动人心，小说以大教堂为象征，大教堂的影子神秘地凌驾于小说的情节之上。（让-贝特朗·巴雷尔，2007：88-90）

● 蒂博代在小说里看到的是"法国散文的精品之一"。在他看来，这是一部风格的杰作，是在小说中实现由《〈克伦威尔〉序言》发端的豪华散文，也有这种文体必然会有的变异。可以不必欣赏这种变化多端，从夏多布里昂继承来的节奏感从不缺乏变化多端，不必欣赏有心安排的丰富词汇，还窥视从艺术史到黑话的技术词汇，不必欣赏以滥用同义词和重复为基础的滔滔不绝的句法。但是，这些特点构成了小说特有的新颖，相比之下，使同时代的小说散文黯然失色。……小说的技巧除风格和人物的形象外，还有一个有违常规的成分：题外的内容。在斯特恩和狄德罗的小说里，题外的内容在配合进展时是一成不变的、沉闷的，雨果则和古典派的简洁和统一相反，把题外的内容变成小说新艺术的一张王牌。（让-贝特朗·巴雷尔，2007：90）

● 这本书的引人入胜之处，是那些插叙和描写。应当看到，书中的那些场面一会儿令人捧腹，一会儿叫人不可思议，一会儿又使人感到恐怖。它们像一幅幅铜版画，黑白对比异常鲜明。人物谈不上生动，基本上平淡无奇，一切都流于表面——要是可以

---

① 《向毁坏文物者开战》有中译本，见人民文学出版社的《雨果文集》第八卷。——译者注
② 爱克曼（Eckermann，1792—1854）：德国作家，歌德晚年的秘书，出版《歌德谈话录》。——译者注

说的话,只是一些轮廓,但这些轮廓往往又简洁动人,使人着迷。更为生动的是群众,尤其是人民群众,那一群群乞丐和流浪汉。更为生动的还有巴黎城本身,那15世纪的巴黎,黑黝黝,令人生厌,万头攒动,复杂的街势,奇特的面貌,一一奇妙重现。尤其栩栩如生的是其阴影笼罩全城的大教堂。在这部小说中,巴黎圣母院是唯一真正有灵魂的人物。这可怕而又迷人的怪物,是这部作品的真正主人公,诗人在它身上发现了一种"性格"。总之,心理描写付阙,情节无足轻重,场面奇特别致,艺术新颖有力,还有古老的巴黎所具有的几乎是幻觉般的景象,这些,就是雨果在一部小说中所展示给我们的东西。小说也许不是一种可信的历史再现,但它至少给人眼花缭乱的联想。(朗松,1994:279)

二、评论文章

《论雨果》节选

⊙ [法]圣伯夫,著
⊙ 胡淑云,译

19世纪法国杰出的文学批评家圣伯夫在《论雨果》一文中认为建筑乃《巴黎圣母院》中极其出色的严肃主题,除此之外,雨果就多用嘲讽来书写。和其他不少批评家一样,圣伯夫对《巴黎圣母院》的艺术成就还是持保留态度的。

《巴黎圣母院》里第一个极其重要的思想,作品灵感之所以层出不穷,毫无异议,归诸于艺术、建筑学、大教堂、对这座大教堂以及对它的建筑的热爱。诗人采用了这样一面,或者可以说,他严肃主题的这一正面,被出色地进行装饰,用一种无法比拟的热烈仰慕的激奋,来使它享有盛誉。但是此外,在四周,这一宏伟的建筑物除外,是嘲讽在起作用,它流传散布,它打乱破坏,它戏谑,它搜索,或者它点头,同时用一种漠不关心的神气看着,但临近第二卷处除外,那里厄运密布,紧压下来,雷鸣电闪,总之,甘果瓦是道德方面的中心人物,直到克罗德加速结局的到来。

诗人在思考他的《巴黎圣母院》时,曾在《秋叶集》的序诗里这样说过:

> 如果,我喜欢借助嬉笑怒骂的小说,
> 作为藏匿爱情和痛苦的某个场所。

甘果瓦极妙地向我们表现了这一"嬉笑怒骂"的总和,这一已得经验的成果。这位老实的辩证怀疑哲学家,在他的褴褛里杂七杂八地装着真理、怪癖、见识、滑稽可笑、科学和错误,他时而有一种平庸的神气,时而趾高气扬,完全像巴汝奇和桑丘一样。他是"某种事物,就像和情感对立的推理",也像阿尔弗雷德·德·维尼先生的"黑衣大夫",不过和我们那位带着他金苹果手杖的重要大夫相比,他的仪表较差,作风也不够严肃。甘果瓦只是无目的地乱走,可怜的拉伯雷式的魔鬼,在每条铺石路面上踉踉跌倒,又重新站起,总是自我安慰着,从失望到迷恋,爱争辩而又一言不发,穿得花花绿绿。用一种狂热的爱好来治愈另一种,千真万确是个较少热情的人,确实如此,生殖力和爱情也较弱,一个灵魂里充斥着旧货和别人酷似的人,甘果瓦以雨果先生的名义,许给我们相当多的小说;他还要许给我们一些更为吸引人的小说,要是某种受节制的爱情能更加人情化、有时中断并和他奇特的性情又有联系的话。

通过甘果瓦,雨果先生竟然发展到嘲笑这一构成信仰以及成为他这本书的对宗教的建筑术的崇拜。在向我们指出悲剧性的,遭人嘘赶的和被人遗忘的诗人之后,他使我们看到诗人正在热心观察主教法庭的教堂的外部雕刻,"正处于艺术家在世上只看到艺术,并且只在艺术中看到世界时那种自私、专注、崇高的享受的时刻"。直至那时为止一切都很好。讽刺的处置和弗比斯这一人物,和贡德洛里耶府上那些如此优美、如此幼稚地卖弄风情的姑娘们为之倾倒的那个人,也还相称,但是当诗人接触到真正热情的性格时,如神甫、伽西莫多、拉·爱斯梅哈尔达、隐修女,嘲讽立即消失在情感被激发时的强烈欲望里,只有厄运替代了嘲讽,一种狂暴的、幻觉的、落入铁掌的无怜悯之情的厄运。然而,这一怜悯,我还要说下去吗? 我向它请求,我向它哀恳,我愿它在我身旁某个地方,在我之上,要不就在这世上,至少应在那儿,要不就在人身上,至少应在天上。对这座神圣的大教堂而言,它缺少的是天国的阳光,它就像从下面被地狱的气窗照亮一样。这独一无二的伽西莫多像是它的灵魂,在大教堂里我徒然寻找二品天使和天使。在阴森的结局处什么都减弱了,什么都起不来了,任何可爱的遥远的东西也闻不到了。对救了他自己山羊的甘果瓦的讽刺,对弗比斯以及对他"悲剧的收场",也就是说对他婚姻的讽刺,不再使我满足,我渴望着某种具有天主灵魂的事物。我沉痛地怀念一种悲壮的声调,一种为曼佐尼所有的、能安慰人的光泽。作者让我们随着这些躯体来到绞刑架,他让我们用手指去触及尸骨,但对道德及精神方面的状况,却一字不提。敏感性(它对致命的激情而言,即使天上柔和的光线也是属于雷鸣的),在别处好多地方犯错误,但这里所缺的是宗教本身。只要人事实上停留在人类冒险的中间地带,停留在挽有尘世的不幸和激情的地带,如同勒萨日和菲尔丁所描写的那样,人就能保持一种无忧无虑或嘲弄人的中立性,就能制住那由于致命一击和因某种微笑而要流的泪,但自从人们一次次努力,从死亡到死亡地攀登到最富有诗意的命运的黑暗边缘,在顶峰因失去希望而压垮,这一虚无就太过分了,这钢铁般的天空撞破了额头并将它焚毁。在《巴黎圣母院》整个最后部分,抒情的乐队,可以这么说,风琴,以伴奏的方式,可能会演奏那首《山上听到的声音》,这一《秋叶集》中奇妙而阴惨的交响乐。

总而言之,《巴黎圣母院》是因写这本小说而消耗殆尽的天才的产物,而天才,就在产生这一小说的同时,还使成熟停止发展。在其中,大家找到人类天性(不是被带到有可能熔化和减弱的阶段去)的极限,思想因而停留在有点僵化的状态中。作者照自己的意愿来掌握支配所有这一切:艺术的风格和魔力,一句话,即熟练、灵活和丰富,为了能更多解开疑难的、探索的眼光,有关群众、嘈杂的人群、爱虚荣的人、空虚的人、自命不凡的人、乞丐、流浪汉、博学的人和淫荡的人的深刻的认识,对形式的闻所未闻的精深的知识,对优美、物质的美以及伟大的无与伦比的表达,一座巨大宏伟建筑物的不可摧毁的等量的复制,优雅可爱,喋喋不休的废话,年轻姑娘和木仙的喃喃低语,母狼和母亲的内心,一个成年男子充满激情直至发狂的头脑里的沸腾。他在《巴黎圣母院》里写了最早的而且也肯定不是他将来选定要继续写下去的那些宏伟小说中最差的一部。

——圣伯夫,1994:60-64

《雨果的传奇作品》节选

○［英］斯蒂文森,著
○ 王希苏,译

英国作家斯蒂文森认为《巴黎圣母院》在"哥特化的城市里,尤其是在此哥特化的教堂中,安排了比环境更加典型的哥特化的一组人物",认为小说乃是哥特艺术的再现。但他也毫不客气地指责小说有不少"败笔"。

在构思《巴黎圣母院》的时候,作者面临的道德目的(他告诉我们说)是"抨击"以愚蠢和僵化的迷信形式胁迫人们的外部灾难。坦率地讲,这一道德目的似与艺术构思无甚关系。道德主题显得不明不白,艺术构思却发挥得淋漓尽致,古老的巴黎为我们复活了新的生命:这个城市在我们的眼前被一条大河的两只臂膀切割成三块,中心的船形岛由五座桥梁系于走向不同的河岸,两侧是大小不一的两个城区。那逐一出色描绘的宫殿、教堂和修道院,连篇累牍,难以存在于我们的记忆之中,头脑简单的读者很可能因此得出结论,说这是些抛诸脑后的段落。然而事情并非如此。我们的确忘却了细节,正如我们忘却或不去注意一幅绘画成品上油彩的不同层次。预期的目的却如愿以偿:这座城市"哥特式的形貌"和"尖顶、塔楼和钟楼的森林"印入我们的脑海,我们不去理会其富丽、迷乱的怪诞。巴黎圣母院始终以远远超过它两个对称塔楼的高度巍然耸立在巴黎上空。自书的第一页至最后一页,我们都感到这教堂的存在,书名给予我们的暗示,而且从法庭大厅的一幕起,故事便通过形形色色的人物与这一核心建筑挂起了钩。这纯粹是海市蜃楼式的印象,因为它在巴黎并不具有如此君临一切和突兀的气势。……这一印象却以意外的执著和力量渗透,贯串全书。接着,雨果在此哥特化的城市里,尤其是在此哥特化的教堂中,安排了比环境更加典型的哥特化的一组人物。我们认识哥特式的人物,我们看见他们麇集在廊柱残破的顶部,或者被做成滴水嘴在教堂屋顶上延颈探头,大张其口。他们僵硬、怪诞,给人以非现实之感,是奇形怪状,以及某种中产阶级的闲适,同扭曲变态和阴森可怖的混合物。这便是典型的哥特式艺术。爱斯梅哈尔达颇有些例外,她和她的羊像漫游梦境的两个孩子一样出入故事。该书最为精彩的一章是她和羊同另外两个主人公,伽西莫多和克罗德神甫,同时避匿在寒冷的古教堂里。正是这里,我们最深切地感受到传奇作品创造人物的艺术观念。这四者难道不是脱胎于某种古怪的模具,在演示福音、十诫和七大罪吗? 伽西莫多不是活的雨檐滴水嘴是什么? 这本书不是哥特艺术活的再现又是什么?

奇怪的是,五部伟大的传奇作品中,这一部发表最早,它却极少有近来几乎被我们认定是雨果风格的那种夸张的运用。然而,它的措辞、思想、事件令人难以对它表示相信和同情,我们不无惋惜……

他的晚期作品虽然充斥着恐怖和痛苦,却很少有这本书中实际的情节剧场面,极少或者说绝无作为情节剧和真正悲剧的最终分界的那种野蛮,那种施于情感的毫无意义和不堪忍受的暴力。《巴黎圣母院》里爱斯梅哈尔达迷恋不足挂齿的弓箭手的全部过程足以令人倒胃,当她高声呼唤这个早已将她忘却的肮脏家伙,从而暴露她的最后一块隐匿地,暴露她自己和她可怜的母亲的时候——唉,这将是读者无法容忍的事件。他们不喜欢这个情节,而且他们是正确的。生命对苦命的人来说是多么艰难,何必再用拙劣的艺术无休止地向它灌注更多的苦水。

——斯蒂文森,1994:368-370

《法国文学经典》节选

⊙ [美]玛里琳·S.西弗森,著

⊙ 邓鹏飞,译

美国学者西弗森在导读《巴黎圣母院》的文章中,全面分析了小说的历史背景、人物性格、主题内涵和风格技巧等,这里选译了她对小说主题的精彩分析。主题分析是我们阅读分析文学作品最重要的一环。

《巴黎圣母院》有丰富的主题内涵:强调命运、美丑对照、知识与权力之间的联系,通过大教堂和印刷文字的对比来表达坚如磐石的公意到个人观念之间的变动发展,影响着人类且暗示出未来大变乱的各类压制。雨果把这诸多的观念编织入一个激动人心的故事里,这个故事结束于众多人物的死亡,而不是这些观念的和解与解决。

命运的重要主题的灵感,来自于雨果看到圣母院一根柱子上一句用希腊文刻下的关于命运的话。小说里面,克罗德把这句话以希腊文刻于大教堂高处他的居室里。这位备受折磨的神父认为命运主宰一切,乃至于粘于蛛网上的苍蝇之覆灭。他告诉来访者无须援救被网住的苍蝇,且将自己和苍蝇做了比较,欢快地追逐光明却命定失败,命定被缚住。"你却没想到,命运已经把薄薄的蛛网张挂在光明和你之间,你全身扑进去了,可怜的疯子啊,现在你可跌跤啦,你的脑袋粉碎了,翅膀折断了,你在命运的铁腕中挣扎!"①(雨果,1991:319)克罗德甚至把自己对爱斯梅哈尔达的垂涎归之于命运,他告诉她,自己在第一次看到她跳舞时就被命运之手攥住了。克罗德本是告发爱斯梅哈尔达是会魔术的女巫的人之一,但他仍然控诉命运:"是命运把你抓住了,并且把你放在我私自做成的机器的可怕的齿轮下面了。"(雨果,1991:376)而且,在爱斯梅哈尔达的行刑终止前,他从大教堂上冲下来为命运的角色哀挽:"他偶然望了一眼命运使他们两人所经历的那两条曲折的道路,一直望到那使他们一个在另一个身上碰得粉碎了的交点。"(雨果,1991:407)在副主教看来,是命运而不是自己的行为导致自己的跌落。尽管他曾为自己的目标努力挣扎,但还是命定从高处跌落在圣母院前的道上摔死。

爱斯梅哈尔达尽管不像克罗德那样渴求知识,也没经受克罗德所经受的折磨,但她也认为和命运斗争不过徒劳。在圣母院遭受攻击时,爱斯梅哈尔达被甘果瓦和克罗德从圣母院带走,她被迫跟克罗德相处时,她意识到和命运争斗是徒劳无用的。在雨果的描绘中,命运是不可阻挡、无法逃遁的。

《巴黎圣母院》里的世界,也是美丑对照的世界。最清楚明白的表现是爱斯梅哈尔达和伽西莫多的对照。小说开始,伽西莫多被选为"愚人之王"时,雨果详尽地描述这个畸形的创造物。如那位老妇人把被遗弃在圣母院门边的四岁孩子伽西莫多当成"魔鬼"一样,伽西莫多似乎一生都和魔鬼相联系。除了克罗德,他以恐惧和厌恶对待每一个人。对大多数人类之间的联系,伽西莫多以冷酷和恶毒来回应。大教堂是他的天堂,大钟是他最忠实的朋友。他并不是完全的野兽,而只是不被看做人类。雨果将伽西莫多对克罗德的爱和感激等同于奴隶的驯服和最忠实鹰犬的警觉。对于爱斯梅哈尔达的同情行为——在伽西莫多遭受鞭笞时给他水喝,伽西莫多产生了对这个美人的崇敬之爱。

爱斯梅哈尔达是美的体现。人们围观她跳舞,男人们被她的美吸引,当她出现时就连宗教法庭的恶棍打手也被打动,在她被送上绞刑台时旁观的人们发生了骚动。尽管身处狱中,爱斯梅哈尔达仍然是美丽的,她自己也很关心美,但不是自己的美貌而是王家弓箭队队长弗比斯的英俊,弗比斯在她被伽西莫多和克罗德绑架时救了她。爱斯梅哈尔达没有意识到人物漂亮脸蛋之下的阴暗。爱斯梅哈尔达因伽西莫多在圣母院庇护照顾她而产生的些微感激同情,在一知道弗比斯仍然活着时立刻就消失了。爱斯梅哈尔达为弗比斯没有回应她见面的请求而责备驼背敲钟人,即使在最后,爱斯梅哈尔达也以弓箭队队长是多么英俊但副主教是多么丑陋而傲慢地拒绝了克罗德。直到爱斯梅哈尔达听到弗比斯拒绝帮助乞丐们从隐匿小屋救出"女巫"时,她才完全放弃对弗比斯的爱,蜷缩在囚牢的一角断断续续地重复念叨弗比斯的名字。

---

① 译文采用陈敬容译本,下同。——译者注

美不常等同于善,丑也不常等同于恶。爱斯梅哈尔达对甘果瓦和伽西莫多表现出同情,却仍爱一个仅仅外形美的人。伽西莫多既极端暴力,也有温柔的感情。巴黎地下世界的古怪居民们把残忍的暴力和对自己人的温情混合在一起。佛勒赫·贡得罗西耶,弗比斯的未婚妻和她漂亮娇贵的朋友以观赏的态度对待爱斯梅哈尔达的绞刑,她嫉妒吉卜赛舞者的美丽,意识到她对弗比斯的影响。通过所有这些对照,雨果展示出美并不完全是善良无邪的,丑也不完全是败坏的。在古怪丑陋的外表下,伽西莫多有心灵之美。爱斯梅哈尔达虽一直美丽,却从未学会透过表象看清本质。美与丑,是微妙混合在一处的。

印刷文字将会代替建筑术作为人类"大书"的主题,是和追求知识等同于权力之意志的主题相联系的。这些在故事呈现中尤其是在克罗德的性格发展中起着重要作用。克罗德迷恋学习,疯狂地想要解开世界之谜。在学习了 15 世纪法兰西一切可以阅览的对象后,他沉迷于炼金术。如果能发现如何造出金子,克罗德相信自己可以比法国国王更有权势,因为他能够重建东方帝国。终极的知识将绝对和权力相等。国王路易十一也被这种想法吸引了,然而他太老了(克罗德坚持认为路易十一太老而不能获得这种终极知识),并且有病在身。克罗德在从大教堂高处摔下来以前并未造出金子,而路易十一死于 1483 年,无论是终极知识还是永恒权力,都没有得到。克罗德斩钉截铁地说出"书籍将要消灭建筑"(雨果,1991:211),他是那些总结印刷文字之力量的段落的中心人物。在接下来的段落中雨果扩展了这个主题(第五章第二节)。他追溯建筑艺术的历史来表达自己的观点,通过建筑,人性展示出发展的各个阶段:"不但一切宗教的象征,而且连人类的全部思想,在那本大书中和它的纪念碑上都有其光辉的一页"。(雨果,1991:205)然而,仅仅在小说故事情节发生之前数十年的 1440 年古腾堡印刷术发明之后,印刷术就改变了建筑的角色,降低了它记录思想和信仰的重要性。随着印刷文字传播思想,人类进步的新可能性出现了。雨果把这种情形比作新的巴别塔。对雨果而言,塔是一个积极的形象,强调人的可能性而不是人类相互之间的冲突。

雨果通过革命暴乱的主题和镇压的主题之对比来阐说这些冲突。因为雨果以点缀的方式在小说叙事中谈及并解说了 1483 年后的历史事件,读者会有革命时机尚未成熟的印象。在雨果的思想中,通过君主治权来代替封建采邑制作为中世纪的结束,预示了 1789 年法国大革命:群氓将起来反抗凌驾于他们之上的特权。乞丐、流浪汉攻打圣母院为巴黎人民攻打巴士底狱的前驱(1483 年时法兰西国王住在巴士底,而巴士底的毁灭是法国大革命的典范之作)。雨果在小说中对群众的态度似乎是含混的。流浪汉们是暴力的、丑陋可恶的,他们在黑夜里向大教堂进军,是一群举着火把手持刀叉戈矛的愤怒的乌合之众。在攻击中他们将被国王军队打败屠杀,雨果说伽西莫多没有认识到这群流浪汉是他天然的盟军。但是,雨果让弗兰芒使节警告法兰西国王下等阶级将会在未来成功:"人民的时刻还没有到来。"

作为反叛与镇压主题的另一面,雨果介绍了中世纪的司法制度。在第二部第二章,读者了解到中世纪罪犯被施刑的各种方法,雨果讲出了自己对"悲惨的断头台"的观点:在他的时代,断头台履行自己使命的必要性消失了,不再是巴黎景观的不变组成。1483 年,巴黎的司法体系同样对人类权利视而不见、充耳不闻:当伽西莫多在克罗德唆使下试图劫持爱斯梅哈尔达未果后被带到法官面前,无论是审判者还是被控者似乎都聋了,听不到彼此所言,或者理解不了问或答的话语。法官不了解罪犯及所犯之罪就武断判决,而被控者也从没理解指控和审判。

爱斯梅哈尔达被控刺杀弗比斯的审判,给小说家又一个批评司法制度的机会。甘果瓦并不知道爱斯梅哈尔达被指控何种罪行却来旁观审判,因为他发现审判是一种形式的娱乐,"法官通常是逗人发笑地愚蠢"。酷刑照例被用来得到招认。雨果详尽地描述了刑讯的场面,一旦爱斯梅哈尔达认罪,王室检察官告诉她:她的认罪照亮了司法体系,提示说她可以证明自己得到了尽量的优待。这些细节和对话显示出雨果对司法体系的观点,在这样的司法体系里面,无辜的女孩被指控,被酷刑折磨,被投入暗无天日的阴冷牢房,最终被当众绞死。她的尸体被抛入蒙特弗贡的藏尸所,这个藏尸所接受以法律之名被处死者的遗体:有罪的和无辜的,良善的和邪恶的。

——Severson M S,2007:117-121

练习思考题

1. 请撰写一篇小论文,分析《巴黎圣母院》中美丑之间的对照或其他的叙事对照。
2. 请在第七章第六节找出雨果描述蛛网及苍蝇的文字,分析它所表达的主题意义。
3. 有学者认为《巴黎圣母院》是一部历史小说、一部理念小说,还是一部戏剧小说,请试着从主题、人物、环境、时段、描述语言等方面加以阐释。

延伸阅读

安德烈·莫洛亚. 1989. 雨果传[M]. 程曾厚,程干泽,译. 北京:人民文学出版社.

程曾厚. 1994. 雨果评论汇编[M]. 合肥:安徽文艺出版社.

程曾厚. 2008. 程曾厚讲雨果[M]. 北京:北京大学出版社.

柳鸣九. 1983. 雨果创作评论集[M]. 桂林:漓江出版社.

Severson M S. 2007. Masterpieces of French literature. 北京:中国人民大学出版社.

参考文献

雨果. 1991. 巴黎圣母院[M]. 陈敬容,译. 北京:人民文学出版社.

朗松. 1994. 法国文学史[M]. 程干泽,译//程曾厚. 雨果评论汇编. 合肥:安徽文艺出版社.

让-贝特朗·巴雷尔. 2007. 雨果传[M]. 程曾厚,译. 上海人民出版社.

圣伯夫. 1994. 论雨果[M]. 胡淑云,译//程曾厚. 雨果评论汇编. 合肥:安徽文艺出版社.

斯蒂文森. 1994. 雨果的传奇作品[M]. 王希苏,译//程曾厚. 雨果评论汇编. 合肥:安徽文艺出版社.

Severson M S. 2007. Masterpieces of French literature. 北京:中国人民大学出版社.

第十九章　《高老头》

　　巴尔扎克(Honoré de Balzac,1799—1850),法国作家,被公认为最伟大的小说家之一。其毕生最重要的作品——卷帙浩繁的巨著《人间喜剧》(*La Comédie Humaine*,1829—1848)——在小说史中占有突出的地位。父亲是文官,分别在路易十六和拿破仑手下工作了43年,母亲出身巴黎织造商家庭。8~14岁在旺多姆的奥拉托利学院读书。拿破仑垮台后,全家迁到巴黎,他又上了两年学,然后在一家法律事务所当了3年办事员。他醉心于文学创作,最初写悲剧未获成功,改写小说也没有引起人们的注意。转而经商,做过出版商,办过印刷厂和铸字厂,到1828年负债累累,濒临破产,于是决心回到文学创作的道路上来。1829年的两部作品《舒昂党人》(*Les Chouans*,1829)和《婚姻生理学》(*Physiologie du mariage*,1829)为他赢得一些名声。他开始涉足贵族上流社会,生活阔绰,并结交了一些女友和情妇,但依然勤奋写作,每日伏案14~16小时。《舒昂党人》是他用真名发表的第一部作品,也是《人间喜剧》的第一部。把全部作品纳入一个总的计划,以构成一个整体,这样的一个设想是在1834年产生的。当时他想把他的作品分为三类,即阐明支配人生与社会各项原则的《分析研究》,揭示人的行为之所以产生的各项原因的《哲理研究》与显示上述各项原因所产生后果的《风俗研究》。后者又分为私人生活、外省生活、巴黎生活、政治生活、军队生活和乡村生活6个场景。《人间喜剧》这个名称是1840年取的。1829—1847年,他写下了篇幅不等的小说和随笔90余部,其中重要的有《驴皮记》(*La Peau de chagrin*,1831)、《乡村医生》(*Le Médecin de campagne*,1833)、《欧也妮·葛朗台》(*Eugénie Grandet*,1833)、《高老头》(*Le Père Goriot*,1834—1835)、《幻灭》(*Illusions perdues*,1837—1843)、《农民》(*Les Paysans*,1844—1855)、《贝姨》(*La Cousine Bette*,1846)、《邦斯舅舅》(*Le Cousin Pons*,1847)等。

　　《高老头》以1819年底到1820年初的巴黎为背景,主要写了退休面条商高里奥老头被两个女儿冷落,悲惨地死在伏盖公寓的阁楼上,而青年拉斯蒂涅则在巴黎社会的"现实"教育下决定走上野心家的道路的故事。

一、精彩点评

● 在巴尔扎克1833年和1834年出版的作品中,有两部特别值得注意——精雕细刻的第一流故事《欧也妮·葛朗台》和雄伟有力、命运攸关的《高老头》。巴尔扎克可以拿前一部作品和莫里哀(《悭吝人》)先后辉映;至于后一部作品,他和莎士比亚(《李尔王》)这样一位作家比起来也毫无逊色。(勃兰兑斯,1997:210)

- 主人公(高老头——译者注)是巴尔扎克用心最深的描写对象,他非理性的激情得到了强有力的呈现和细致的阐释,它构成了小说的戏剧性要素,并且一直发展到一个崇高的悲剧性高潮。(Limouzy P F,1967:30. 宗争,译)

二、评论文章

《十九世纪文学主流·法国的浪漫派》节选

⊙ [丹麦] 勃兰兑斯,著
⊙ 李宗杰,译

在《十九世纪文学主流·法国的浪漫派》一卷中,勃兰兑斯用了六章来评价巴尔扎克,足见其对巴尔扎克的重视。而他对《高老头》一书的评论,尤其是对巴尔扎克笔下的拉斯蒂涅的分析,也堪称经典。

在《高老头》中,视野扩大了。这里所探讨的,宛如一幅全景画卷舒展在我们眼前的,不是外省穷乡僻壤的一角,而是巴黎这座伟大的都市。像《驴皮记》中那些概括化和象征化的东西,这儿一点也没有;社会的每个阶级,每个阶级中的每个人物,都各自有其独具的风貌。我曾经谈到过《李尔王》;然而这两个冷心肠女儿和她们父亲的故事,尽管充满深刻的意蕴和感情,只在外表的意义上是这本小说的主题。真正的主题是:那个比较起来尚未腐化的外省青年踏入巴黎社会,逐渐发现了这个社会的真正性质;他一发现就感到恐怖;不肯去做别人所做的事;他受到了诱惑,逐渐又迅速地接受了他周围人所过的生活给他的教育。巴尔扎克所写的其他作品,或者实际上其他任何现代小说家所写的任何作品,没有一篇比这一篇研究拉斯蒂涅性格发展的小说更深刻的了。他以惊人的技巧表明,除了在人们的言谈是出于虚伪或极度天真的场合,这个青年如何从四面八方碰到了同样的社会见解,受到了同样的规劝。他的亲戚和女保护人——迷人而高贵的鲍赛昂夫人,对他说:"你越没有心肝,越高升得快。只能把男男女女当做驿马,把他们骑得筋疲力尽,到了站上丢下来。……倘使你有什么真情,必须藏起来,永远别给人家猜到,要不就完啦。……倘若你能使女人觉得你有才气,有能耐,男人就会相信,只消你自己不露马脚。……那时你会明白,社会不过是傻子跟骗子的集团。你别做傻子,也别做骗子。"逃亡的苦役犯伏脱冷对他说:"在这个人堆里,不像炮弹一样轰进去,就得像瘟疫一般钻进去。清白老实一无用处。在天才的威力之下,大家会屈服;先是恨他,毁谤他,因为他一口独吞,不肯分肥;可是他要坚持的话,大家便屈服了;总而言之,没法把你埋在土里的时候,就向你磕头。……你试着瞧吧,在巴黎走两三步路要不碰到这一类的鬼玩意儿才怪。……所以正人君子是大众的公敌。你知道什么叫正人君子吗? 在巴黎,正人君子是不声不响,不愿分赃的人。"

拉斯蒂涅是那个时期典型的法国青年。他有才华,但并未达到非凡的程度,而且除了由于年轻缺乏经验而产生的理想之外,也谈不上什么理想。他亲眼所见、亲身经历的一切,都给他留下了很深的印象,他于是良心逐渐泯灭,欲望日益增长,开始渴望追求财富的恩赐。当伏脱冷第一次向他提出这个陈旧的、假设的问题:如果只要想做就能做到的话,他会不会杀死一个不知名的中国官吏而获得他所希望的百万财产呢?那时他是多么愤慨地摒弃这个念头啊? 可是在多么短的时间以后,这位"官吏"就躺倒在地作垂死的挣扎了。起初,拉斯蒂涅像一切人在青年时代一样自言自语地说,决心不惜任何代价成为伟人和富豪,无异于决心对那些说谎、欺骗、卑躬屈节、阿谀奉承的人也同样说谎、欺骗、卑躬屈节、阿谀奉承。他立刻摆脱了这些念头,决心根本不去想它,只随着自己内心的本能行事。有一个时期,他虽然还太年轻,不会精打细算,却又大到常常产生一些模糊的观念和蒙眬的幻觉,这些观念和幻觉要用化学方法加以凝结的话,是不会留下非常纯净的沉淀的。他和时髦的贵妇人、高里奥的女儿——岱尔芬·特·纽沁根的暧昧关系,完成了他的教育。

他一面对时髦生活大大小小的卑鄙行径瞭若指掌,如数家珍,一面又受着伏脱冷的冷讽热嘲、玩世不恭的影响。"再加上几分政治家的策略,你就能看到社会的本相了。只要玩几套清高的小戏法,一个高明的人能够满足他所有的欲望,台下的傻瓜连声喝彩……今天你要瞧不起我也由你,以后你一定会喜欢我。你可以在我身上看到那些无底的深渊,广大无边的感情,傻子们管这叫做罪恶;可是你永远不会觉得我没有种,或者无情无义。"

拉斯蒂涅的眼睛张开了,他看见他的周围都是虚情假意,看见道德和法律只是一些烟幕,在这些烟幕后面,无耻的罪恶勾当肆无忌惮地畅行无阻。每一个地方,无论什么地方,都是虚假的体面,虚假的友谊,虚假的爱情,虚假的仁慈,虚假的神圣,虚假的婚姻! 巴尔扎克用精彩的技艺抓住了那个年轻人一生中的那一刹那,并使之永垂不朽了——在那一刹那,如我已经说过的,他的心膨胀起来,变得异常沉重,他环顾左右,感到仿佛一道轻蔑的泉水在他的胸怀里汹涌起伏。"他在穿衣时的反省是最悲伤,也是最令人气馁的了。在他看来,社会像一片烂泥的海洋,人只要踏进一只脚,便立刻沉没到脖子了。他自言自语地说:'在社会里,人光犯一些卑鄙的罪行。伏脱冷却更伟大一些'。"到最后,他把这座地狱全面衡量了一番,就舒舒服服地在这里面安身立命了,而且准备爬到社会的高峰,升到高官厚禄的位置,我们在以后的小说里再遇见他时,就看见他占据要津了。

在这部计划庞大的作品发展过程中,巴尔扎克全部富有特征的品质几乎都对他起了有利的作用。他那生气勃勃的明快笔锋,他那源源不绝的锐利的形容词,自然有助于描写那一伙坐在伏盖公寓餐桌边的杂七杂八、寒酸褴褛、打打闹闹、聪明得下流的人们的谈话。在这部作品里,几乎没有什么高尚的人物,因而作者也就没有机会沉湎在索然寡味的哀婉情绪里;然而读者却有数不清的机会欣然看到巴尔扎克以准确无误的眼力和精密性解剖一个罪犯、一个卖弄风情的女人、一个百万富翁、一个嫉妒的老处女的灵魂。作为这部小说书名的、那个被人忽视、被人否认的年迈的父亲,决不能说是一个写得完全成功的人物。高老头是一个牺牲者,而巴尔扎克对于牺牲者总是大发伤感之情的。他以极端的低级趣味,管这个老头儿叫做"父爱的基督",而且给这种父爱赋予了一种歇斯底里到近于色情的性格,几乎使我们作呕了①。虽然如此,整个情节都是以这个被遗弃的老头儿为中心,他自己的女儿蹂躏着他的心,这个事实赋予这部作品一种令人满意的统一性和完整性。岱尔芬为什么不去看她命在垂危的父亲呢?因为她希望在社会的阶梯上更爬高一步,这时不得不利用渴望已久的请帖去参加鲍赛昂夫人舞会;"整个巴黎"都挤挤攘攘地抢着参加舞会,仅仅由于残酷的好奇心去侦视一番女主人脸上痛苦的痕迹,这种痛苦是她的情人与别人订婚所造成的,这个消息到当天早晨才传到她的耳朵里——在这一段描写中,整个于维纳②式的社会讽刺被凝练、被压缩成仿佛一首讽喻短诗了。

我们看见,岱尔芬乘坐自己的马车去赴舞会,拉斯蒂涅陪在她的身边。这位青年心里十分明白,为了在舞会上出头露面,她会驾车碾过她父亲尸体的,但他既不能放弃她,又没有勇气责备她,惹得她不高兴,便情不自禁地说了几句关于这位老人的惨状的话。眼泪涌到她眼里来了。"倘若我哭起来,样子会很难看的,"她想,于是,眼泪马上就干了。她说:"明天早晨我就去看父亲,好好照顾他,永远不离开他的枕边。"她说的是真心话。她还不是一个坏透了的女人,但她是社会矛盾的一幅活生生的图画。就出身说,她是属于下层阶级的;而就婚姻说,却属于上层阶级了。她很有钱,可是她婚姻的屈辱境况使她失去了控制财富的权力;她贪图享乐,心灵空虚,野心勃勃。巴尔扎克的创造力比不上莎士比亚对朴素纯洁的坷岱丽亚的创造;他的意境不是高尚人物的意境;然而他所创造的里根和冈涅丽,却比这位伟大的英国人所创造的人物更合乎人情,更忠实于人生。

——勃兰兑斯,1997:211-215

---

① "天哪!哭啦,她哭了吗?"——"头靠在我背心上,"欧也妮说。——"啊,把这件背心给我吧,"高老头说。——原注

② 于维纳(Decimus,Junius Juvenal,60-130):罗马讽刺作家兼诗人。——译者注

《巴尔扎克》节选

⊙［英］萨默赛特·毛姆，著
⊙李希文，译

英国著名作家毛姆从另一个角度分析了《高老头》，作为作家，他更关注巴尔扎克在创作方面的特点。

在巴尔扎克浩瀚的著作中，要挑出一部最有代表性的小说来，实非易事。差不多在他的每一部小说中，至少都有两三个角色，因为受到某种原始而单纯的激情所驱使而特别突出，具有令人难忘的力量。巴尔扎克的长处正在于描绘这样的角色，让他去写较为复杂的性格，他就不那么得心应手。差不多所有的作品都有宏伟的场面，在某几部作品中，有非常吸引人的故事。我挑中《高老头》，基于以下的几条理由。故事情节自始至终是引人入胜的。巴尔扎克写某些其他小说时，会把故事放下来不讲，而去讨论不相干的事情，但《高老头》就没有这样的缺点。他让他的角色用自己的语言和行为去客观地解释他们自己，如同在实际生活中一样。《高老头》的结构很好，一方面高老头为两个忘恩负义的女儿奉献无私的爱，另一方面雄心勃勃的拉斯蒂涅在熙来攘往、风气败坏的巴黎初试锋芒，两条线索令人可信地交织在一起。

《高老头》之所以有吸引力，还因为从这一部小说开始，巴尔扎克首次系统地运用了这样的概念，把同一角色从一部小说引入一部又一部的小说中去，这是很难的。因为你必须使自己创造的角色非常有吸引力，才能使读者急于知道他们在下一部小说中的遭遇。巴尔扎克在这一点上取得了辉煌的胜利。就我个人而言，每逢在小说中看到已知人物的下落，我的乐趣总是有增无减。例如，对拉斯蒂涅，我就很想知道他的未来。

这种设计还有一个好处，就是比较省事。但我相信，对于具有无穷创造力的巴尔扎克来说，他采用这个办法，决计不是出于这种考虑。我想，他一定感觉到，这样的安排可以增加小说的现实感。因为在实际生活中，我们往往会与同一部分人反复打交道，但更主要的是，他想把他的全部著作连成一个统一的整体。他的目的，不在于描写一群人、一类人、一个等级的人，甚或至于一个社会，而在于描写一个时代，一种文明。他和许多法国人一样，有一种错觉，认为不论经历了多少灾难，法国始终是全宇宙的中心；但也许正是因为如此，他才有信心创造一个五彩斑斓的、纷繁复杂的、无限丰富的世界，他才有能力赋予他创造的世界一种令人信服的生命的脉搏。

但这涉及整个《人间喜剧》了。我这里只想谈《高老头》。我相信巴尔扎克是第一个以兼包客饭的公寓楼为背景来写作的小说家。以后又有人多次运用过这种手法，因为这样做便于把处境不同、性格不同的人摆在一起来写。但别人是否写得像《高老头》那样成功，我就不得而知了。

小说开始时进展较慢。巴尔扎克的方法，是首先详细地描写场景。显然，他很喜欢这样描写,他告诉你的东西,超过了你想知道的范围。他从来不曾学会,只讲不得不讲的,不讲无须饶舌的。写完场景,他才会告诉你,他的角色相貌长得如何,家庭出身如何,生活习惯如何,思想观念如何,有何缺点毛病,等等,讲完这些,然后才开始讲故事。他的角色都是透过他自己热情洋溢的气质来观察的,他们的现实性不同于实际生活中常见的现实性;他们是用红、黄、蓝三原色涂抹而成的,非常生动,有时有点虚饰,但比普通人更能激动人心;他们都是活生生的人,你从不怀疑他们的存在。我认为,这是因为,巴尔扎克本人从来就不怀疑他们的存在。他在几部小说中都写过一个聪明诚实的医生,名叫皮安训。巴尔扎克临死时曾说:"快去叫皮安训来,他能够救我。"

《高老头》还有一点特别值得注意,我们在书中遇到巴尔扎克创造的最使人不寒而栗的一个人物:伏脱冷。这样的典型曾经被写过千百次,但都不如伏脱冷写得那么鲜明,形象那么饱满,又具有令人信服的现实感。伏脱冷头脑灵活、意志坚强、精力充沛。请读者注意巴尔扎克的卓越技巧,不到最后他决计不会泄露天机,但同时他又暗示出此人性格中有某种邪恶的成分。他和气、大方、善良;他体魄健壮、聪明非凡、沉着冷静;你不仅敬重他,而且同情他;但很奇怪,有时他会使你心惊肉跳。你为他所吸引,那个雄心勃勃、气质高贵、到巴黎来闯世界的拉斯蒂涅也同样为他所吸引,你从本能上感到不安,拉斯蒂涅同样也有这种感觉。伏脱冷可能是那种在情节剧中常见的角色,但他不失为一件伟大的创造。

一般公认,巴尔扎克的文字并不好。他是一个粗野的人(难道粗野不正是他天才的一部分么?),他的文字也是粗野的。他的文字啰嗦、矫饰,而且不断出错。卓越的批评家埃米尔·法盖在他论巴尔扎克的一部书中专门用一章的篇幅来讨论他在鉴赏力、文体、语法以及语言方面的错误。其中有一些非常明显,不需要多高深的法语水平就可以看出,坦白地说,这是骇人听闻的。现在,大家都承认,查尔斯·狄更斯的英文写得不算太好,一些有教养的俄罗斯人告诉我,托尔斯泰和陀思妥耶夫斯基的俄文都不怎么样。真奇怪,全世界四位最伟大的小说家为什么写各自本国的语言都写不好。看来,就一位小说家而言,文字写得好与不好似乎并不是一个主要的条件,而对生活的热情和生命力,想象力,创造力,观察力,对人性的理解,怀着浓厚兴趣和同情的理解,这些才是更重要的。但话又说回来,写得好一些,终旧还是比写得较差一些好。

——萨默赛特·毛姆,1994

《高老头》第三版序言(节选)

⊙ [法]巴尔扎克,著

⊙ 袁树仁,译

巴尔扎克为《高老头》的两次出版分别写过两个序言,针对当时评论界对作品道德问题的批评,他提出了自己的反驳。

作者清清楚楚地知道,这个高老头,正像他在现实生活中一辈子受苦受罪一样,命里注定在文学生活中也要受苦受罪。可怜的人!因为他已经没有财产,几个女儿不愿意认他。报纸也借口他不讲道德而将他抛弃。报纸这个神圣的或该死的宗教裁判所一旦给一个作者扣上"不道德"这顶帽子,给他穿上地狱服①,这个作者怎么能不极力脱掉这身衣裳呢?如果作者描绘出的画面不真实,批评界应该指责这些画,对作者说,他诽谤当代社会。如果批评家认为这些画面是真实的,那么,不道德的就不是作者的作品了。作者耐心细致地解释过,高老头怎样出于无知和出于感情而对社会上的清规戒律愤愤不平,正像伏脱冷出于不为人知的权势和性格的本能对这些戒律进行反抗一样,但是这个老好人没有得到充分的理解。某些人不得不弄明白他们到底在批评什么,原来他们希望这个囤积面粉的伊利诺斯州人、巴黎小麦市场上的哈荣②知道什么是体面。

作者见此情景,不禁哑然失笑。为什么不责怪他既没有读过伏尔泰的作品,也没有读过卢梭的作品呢?为什么不责怪他不懂沙龙的规矩和法兰西语言呢?高老头就像杀人犯养的狗,见主人的手被血染红了就去舔。他不争辩,不判断,他只是爱。正像他自己说的,为了能接近自己的女儿,他会去给拉斯蒂涅擦皮鞋。他的女儿们缺钱时,他愿意去抢银行。对于没有使他的女儿得到幸福的他那几个女婿,他怎么能不义愤填膺呢?他喜欢拉斯蒂涅,因为他的女儿爱拉斯蒂涅。请每个人环顾一下四周,请你们说老实话,难道你们看不见有多少穿裙子的高老头吗?高老头的感情就意味着母爱。但是,这些解释几乎毫无用处。那些大喊大叫反对这部作品的人,如果这本书是他们自己写的,他们一定会把它说得头头是道!何况,人们使用的道德、不道德这些字眼本来就不确切,如果硬要用的话,作者也没有故作道德或不道德的姿态。

——巴尔扎克,2003:309-311

练习思考题

1. 仔细阅读《高老头》最后一章《父亲的死》,注意场景的转换与对人物动作的叙述,写一篇 600 字左右的读书笔记。
2. 仔细阅读巴尔扎克为《高老头》所作的两篇序言,对文学作品与道德教化的关系谈谈自己的看法。
3. 试分析《高老头》中高里奥形象与《李尔王》中李尔王形象的异同。

延伸阅读

巴尔扎克.2003.巴尔扎克论文艺[M].艾珉,黄晋凯,选编.袁树仁,等,译.北京:北京人民出版社.

勃兰兑斯.1997.十九世纪文学主流:第五分册[M].李宗杰,译,北京:人民文学出版社.

---

① 宗教裁判所给判火刑者穿的黄色衣服。——译者注
② 这里的比喻表明在《高老头》写作上,作者受到库柏作品很大影响。——译者注

布吕奈尔.1997.十九世纪法国文学史[M].郑克鲁,译.上海:上海人民出版社.

德·奥勃洛米耶夫斯基.1983.巴尔扎克评传[M].刘伦振,译.杜嘉蓁,李忠玉,刘伦振,校.北京:中国社会科学出版社.

亨利·特罗亚.2002.巴尔扎克传[M].胡尧步,译.北京:商务印书馆.

参考文献

巴尔扎克.1978.高老头[M].傅雷,译.北京:人民文学出版社.

勃兰兑斯.1982.十九世纪文学主流:第五分册[M].李宗杰,译.北京:人民文学出版社.

萨默赛特·毛姆.1994.巴尔扎克[J].李希文,译.蒙自师专学报:社会科学版(1).

巴尔扎克.2003.巴尔扎克论文艺[M].艾珉,黄晋凯,选编.袁树仁,等,译.北京:人民文学出版社.

Limouzy P F.1967.Cliffs Notes on Pere Goriot.Cliffs Notes Inc.

第二十章　《包法利夫人》

居斯塔夫·福楼拜（Gustave Flaubert，1821—1880），出生在鲁昂一个世代为医的家庭里。由于父亲是著名的外科医生，他从小在医院的环境里长大，对生老病死、尸体解剖都习以为常，这对日后他的思维偏向科学实验主义，远离宗教思想有很大影响，也对他日后的忧郁与悲观埋下了阴影。家人希望他成为律师，他在 18 岁那年来到巴黎学习法律。但他对法律兴趣不大，却向往文学。他在巴黎文艺圈里结识了自己崇拜的大诗人雨果，对文学创作的兴趣更加浓厚。1843 年，他放弃了对法律的学习，开始一心一意地进行文学创作。1846 年，父亲和姐姐的去世，以及自身精神疾病的缠绕，使他的思想变得对人生更加悲观失望，于是他拒绝世俗的生活，一辈子独身未婚，将自己全部献身于文学艺术。

从 1851 年起，他呕心沥血用了 5 年多的时间来创作《包法利夫人》（*Madame Bovary*，1856）。这部作品一发表就受到了拿破仑第三统治时期的帝国政府检察署的抨击，并对福楼拜提出公诉，指控该作品败坏公众道德，诽谤宗教，要求严惩作者。由于律师的出色辩护和许多文化名人的声援，最后法庭宣布福楼拜无罪，不予追究。

福楼拜其他的重要作品有《萨朗波》（*Salammbô*，1862）、《情感教育》（*L' Education sentimentale*，1869）、《圣安东尼的诱惑》（*La Tentation de saint Antoine*，1874）、《三故事》（*Trois contes*，1877）等。

福楼拜晚年用了 7 年时间来培养后来的短篇小说之王的莫泊桑，左拉和都德等重要作家都受到他的重大影响。

一、精彩点评

- 福楼拜在世界文学史上过去是、现在仍然是为艺术真理进行忘我劳动的崇高榜样。这位不知疲倦的"文字劳动者"把他自己的整个一生都奉献给这个真理了。（伊瓦青珂，1959：96）

- 福楼拜把所谓巴黎的及外省的因素统一在爱玛·包法利的形象中和她一生的事实的概括中，来说明它们之间的区别的明显相对性。不论她所过的是这一种或"另一种"生活,它们都是庸俗的、缺乏内容的,归根到底如女主人公自己所感到的,都是琐屑而卑微的。福楼拜写道:"在通奸的爱情中,她又看到了婚姻的爱情完全是呆板无味的。"在和赖昂的爱情中,爱玛认识到"这种可怜的幸福所带来的屈辱性"。这部小说是在把外省生活的愚昧和巴黎的特殊的生活方式无情地加以揭露中展开的。后者在本质上和外省同样缺乏内容而又琐屑庸俗。

爱玛·包法利是外省环境中的牺牲者,福楼拜借这揭露了形成庸俗理想的复杂的内幕。作为一个深刻的心理分析的能手,他指出像爱玛这路女性,其所以产生"风雅的"理想,只不过是作为逃避粗俗的现实生活的一种手段,而最后却以最不雅观和最肮脏的现实来收场的。(伊瓦青珂,1959:17)

- 请认真思考下面这个事实:一个具有福楼拜那种艺术才华的大师,构想出一个肮脏的世界,里面居住着骗子、市侩、庸人、恶棍和喜怒无常的太太们。这位大师将这样一个世界写成一部富有诗意的小说,一部最完美的作品。他依靠的是艺术风格的内在力量,靠的是各种艺术形式和手法,包括从一个主题过渡到另一主题的多声部配合法①,预示法和呼应法。他运用这些手法,将零星的部件组合成一个和谐的整体。没有福楼拜就不可能有法国的普鲁斯特,不会有爱尔兰的詹姆斯·乔伊斯,俄国的契诃夫也不会成为真正的契诃夫。(弗拉基米尔·纳博科夫,2005:128-129)

- 创作是他的生活,字句是他的悲欢离合,而艺术是他整个的生命。一切人生刹那的现象形成他艺术的不朽。……大家看包法利夫人走下法庭,以为是一个披头散发的泼妇,不料她和希腊女神一样庄严!……司汤达深刻,巴尔扎克伟大,但是福楼拜,完美。

古尔蒙(Gourmont)②把福楼拜说做法国19世纪最伟大的作家;散慈玻瑞(Saintsbury)没有那么狂热,以为他是法国19世纪后半叶最伟大的小说家;而塞克瑞(Thacheray)去世之后,欧洲没有一位出乎他的肩右③。普鲁斯特(Proust)一点不推崇福氏的比喻,却说他用词类(如动词,接续词,等等)复兴法国文字的革命④;狄保戴(Thibaudet),仿佛恶作剧,指出他和福氏风格的因缘⑤。(李健吾,2007:5-6,10)

- 为了描写爱玛服毒自尽,他声称尝过砒霜。这样的确还不够,他希望他的小说的句子,诗歌里的句子一样准确、精当和必不可少。"对美的这种关注,在我看来是一种方法。""我想写一本没有什么内容的书……使用素材最少的书就是最完美的书。"

---

① 原文为"Counterpoint"系音乐术语,意为旋律配合法,多声部音乐,或对照法。——译者注
② 参阅古尔蒙的《文学漫游》(Promenades Litteraires)第四卷。——原注
③ 参散慈玻瑞《法国小说史》第二卷。——原注
④ 参阅普鲁斯特的报章集(Chroniques)。——原注
⑤ 参阅狄保戴的《福楼拜》。——原注

他塑造的人物平庸，"失败"这个主题反复出现在他所有的小说中，他到处揭露资产阶级的愚蠢，甚至编纂《成见辞典》，收集各种蠢话："我将向同时代的人倾吐他们令我感到的鄙视。"他的通信证明了写作给他带来的痛苦和欢乐，他写道："很少有人为了文学像我这样受那么多的苦。"（弗朗索瓦·普洛坎，2001：100）

二、评论文章

《教学大纲中的法国十九世纪的伟大作家》节选

⊙［法］安德烈·拉卡德，著
⊙ 宋军，译

法国学者安德烈·拉卡德在《教学大纲中的法国十九世纪的伟大作家》一书中，对阅读研究福楼拜的名著《包法利夫人》的关键问题作了要言不烦的概括，对我们阅读这部小说提供了钥匙。

1. 现实主义小说

作者从一个真实发生的事件中得到启发，以近乎科学的准确性来进行创作。福楼拜父亲的学生欧仁纳·德拉玛是喜镇的一位医生，他不忠的妻子最终服毒自杀，而他也因为忧伤过度而死去。

小说里的荣镇实际上是喜镇，是按照喜镇的原貌进行了细致的描述：药店，"金狮子"客栈，"燕子"马车都是真实存在的。人物也是真实的：包法利几乎是德拉玛的肖像，包法利夫人在很多方面和德拉玛夫人相似。其他人物是组合的，但也取自真实：郝麦的形象取自好几位现实中的药剂师。还有，当作者没有真实事件支撑时，他创造了现实的真实感觉，这种真实感来自作家自己曾经观察到的细节：他曾经多次参加农村的婚礼和农业展览会，他把这些场面如实地描述给我们。福楼拜的现实主义同样表现在他给我们描述的那场豪华的舞会上和农妇那间破烂的屋里。

2. 多种性格以及包法利性格

从心理的角度来看，现实主义在于根据一种纯粹的客观来观察人，最大真实地想象人物的思想、情感，甚至语言。包法利的平庸，郝麦庄严的蠢话，赖昂的羞怯，奶妈的尖刻，作家所追寻的这些可能是永恒的真实令我们拍案叫绝。关于女主人公，福楼拜精心描述了包法利夫人在青少年时代内心所受的浪漫主义情调的影响，然后描写贵族舞会的豪华奢侈的外部因素对爱玛的感情引导，写出了她的心理变化过程；而且，整个小说有一种决定论的思想，是由于外部事件和它性格的乖僻之间的相互影响，她如同在一个斜坡上一样，逐渐滑向厌烦、谎言、不忠和最后的自杀。

爱玛实际上是她的理想与她感性的小资产阶级的地位完全不相符合,以及她自身积聚的幻想的牺牲品。这可能是讽刺与当时时代有关的女性的浪漫主义;但更表现了福楼拜精心研究的自身存在的人类深层的乖僻。(参看"包法利夫人,就是我!")他写道:"我可怜的包法利夫人在法国二十个村庄受难、哭泣",这是他感受到了他通过观察一个个案,已经创造了一个普遍性的女主人公。人们自信自己将成为某种人,梦想自己无法达到的幻觉中的幸福,这种倾向是人类各种邪恶的主要源泉,福楼拜在多部小说中揭露这一倾向。这种恐怖的幻想的机能从此接受了传统的名字,就是"包法利性格"。

3.《包法利夫人》和道德

似乎是宿命使包法利夫人成为了坏妻子、坏母亲,使她误入歧途。但把宿命的控制描述成"自然的",即使这一描述是真实的,但作者毫无顾忌地描述,这是否是危险的?这是文学作品中真实与道德的问题。然而,福楼拜的律师认为这部作品的阅读引发对恶习的厌恶,而对错误的赎罪应促使人走向道德,这些辩护使法庭宣布他无罪释放。

爱玛是富裕农民的女儿,嫁给了平庸的查里·包法利,他是诺曼底省道斯特地区没有获得博士学位的医生。这位具有浪漫主义情怀的年轻姑娘梦想着在一个烛光满堂的午夜结婚:她应该对自己的农家婚礼感到满足,福楼拜用了一整页极为真实、极为出色地描写了这一场景。在婚礼过后不久,她试图弄明白生活中人们所理解的那些她在书里所见到的字眼:忠贞、激情、陶醉,这些内容书里表现得多么美妙啊!她是通过自己对浪漫主义作品的阅读来幻想生活的。福楼拜描述了她上学的修道院,让我们发现了未来包法利夫人感情诞生的原因。但这一描述与纯粹客观的创作相去甚远:在探讨女主人公心灵所受到浪漫主义作品影响的同时,作者看到了自己青年时代的影子,并让人感受到他讽刺的情绪。

包法利夫妇被邀请参加贵族家庭舞会,爱玛终于见识了只是在书本里憧憬过的上流社会生活。在这个令她难以忘怀的晚会上,她全神贯注地留心舞场上的每一个细节,每一段她所听到的对话以及种种快乐。作者以现实主义作家灵巧的创作方法,让我们通过人物的眼光来感受一切,来捕捉他们的情感。自从这次梦幻舞会之后,这位对此赞叹不已的小资产阶级夫人就不能忍受回家后的乏味生活,不能生活在一个没有理想、随着年龄增大而行动迟缓的丈夫身边。福楼拜花费了整整一个章节来描述这些日子的乏味冗长,包法利夫人在这些日子里感到一阵阵的枯燥烦闷。

爱玛将出生后不久的女儿寄养在一位农妇家。身体还虚弱的她突然特别渴望见到女儿,她在路上碰到了赖昂,赖昂冒着败坏她名声的危险陪她一道去奶妈家。福楼拜在这个片段里用现实主义的笔触来描写奶妈家的贫穷和她的唠叨,接着又描写了爱玛和赖昂悄然诞生的爱情。这段爱情的描写显示了福楼拜的另一才能:心理分析。他是细腻心理分析爱好者,他抓住了爱玛与赖昂之间尚未确定的爱情的萌生。

——Lagarde A,1969:455-468

《文学讲稿》节选

⊙［美］弗拉基米尔·纳博科夫,著

⊙申慧辉,等,译

弗拉基米尔·纳博科夫本人是杰出的小说家,有《洛丽塔》行世,他又是杰出的文学研究家,《文学讲稿》就是他在大学课堂分析文学作品的讲稿。《文学讲稿》一书中对《包法利夫人》形式的分析以细腻著称。这里选取他对州农业展览会进行分析的相关章节。州农业展览会这一章节如同交响乐的多种音响的综合,同时可以听见牛儿鸣叫声,情人窃窃私语,政治家慷慨陈词。福楼拜把全体人物都集中到展览会来,以便展示自己的艺术风格。

展览会一节再次使用了平行插入法或称多声部配合法。罗道耳弗找到三张凳子,排成一个长凳,和爱玛坐在市政厅阳台上观看主席台上各种人物的表演,边听人发言,边絮絮叨叨,情话绵绵。严格地讲,他俩还没有成为情侣。结构转换的头一个动作是州行政委员发言,他口才拙劣,用词草率,以至比喻前后不符,自相矛盾:"诸位先生,首先允许我(在没有和你们谈起今天这场盛会的目的之前,我相信你们全有这种感情),我说,请允许我赞扬一下最高当局、政府、国君、诸位先生,赞扬一下我们的主上,万民爱戴的国王。大家知道,事关繁荣,不问公私,圣上一律关怀,即使是怒海狂涛,危险百出,圣上也坚定审慎,稳步行车。何况圣上讲求和平,就像他重视战争、工业、商业、农业和艺术一样。"

起初,罗道耳弗与爱玛的对话一直和官员的演讲交叉进行着。

罗道耳弗道:"我该后退一点坐。"

爱玛道:"为什么?"

不过州行政委员的声音分外高了,他朗诵到:"诸位先生,兄弟阋于墙,血染公众广场的时期,已经一去不复返了;业主、商人,甚至于工人夜晚安眠时听见警钟齐鸣而忽然惊醒的时期,已经一去不复返了;邪说横行,擅敢颠覆社稷的时期,已经一去不复返了……"

罗道耳弗接下去道:"因为下面也许有人望见我;这样一来,我就要一连两个星期编造道歉的借口,像我这样的坏名声……"

爱玛道:"哎呀! 你成心糟蹋自己。"

"不,不,你听我讲,坏极了。"

州行政委员继续道:"可是,诸位先生,放下这些暗无天日的画面不去回想,转过眼睛,浏览一下我们美丽祖国的现状,我又看见了什么?"

福楼拜把报刊和政治演说中所有的陈词滥调都搜罗来了。不过最重要的是,如果官员的讲演是陈腐的"官腔",那么罗道耳弗与爱玛情意绵绵的对话也只是陈腐的"浪漫腔"了。福楼拜的高明之处在于,这里写的不是善恶之争,而是一种丑恶与另一种丑恶纠结在了一起。正像福楼拜所说的,他是在往色彩上添加色彩。

第二个动作是这样开始的:州行政委员廖万先生坐下,德洛日赖先生起来发言。"他的讲演也许不像州行政委员的讲演那样富丽,不过他也有他的特征:风格切实,就是说,学识比较专业,议论比较高超,少了一些颂扬政府的话,宗教和农业分到更多的地位,二者息息相关,一向就同心协力,促进文化。罗道耳弗和包法利夫人谈着梦、预感、催眠术。"与前一动作相比,第二动作中这对情侣的谈话及台上的发言一开始都是以间接叙述的方式写出,到了第三个动作,直接引语才重新出现。台上发奖的呼唤随风传来,与两人的谈话迅速交错,此时既无作者的评论,也无间接叙述了:罗道耳弗由催眠术一点一点谈到同感。主席引证:秦齐纳土斯掌犁,戴克里先种菜,中国皇帝立春播种。年轻人这期间向少妇解释:吸引之所以难于抗拒,就是前生的缘故。

他说:"所以就拿你我来说,我们为什么相识? 出于什么机缘? 我们各自的天性,你朝我推,我朝你推,毫无疑问,像两条河一样,经过千山万水,合流为一。"

> 他握住她的手,她没有抽回手去。
>
> 主席喊道:" 一般种植奖!"
>
> "比如说,刚才我到府上……"
>
> "甘冈普瓦的毕日先生。"
>
> "我怎么晓得我会陪你?"
>
> "70 法郎!"
>
> "有许多回,我想走开,可是我跟着你,待了下来。"
>
> "肥料奖。"
>
> "既然今天黄昏会待下来,明天、别的日子、我一辈子,也会待下来!"
>
> "阿尔格意的卡隆先生,金质奖章一枚!"
>
> "因为我和别人在一道,从来没有感到这样大的魅力。"
>
> "伊如里·圣·马尔丹先生!"
>
> "所以我呐,我要永远想念你的。"
>
> "一只'麦里漏斯'种公牛……"
>
> "不过你要忘记我的,我会像影子一样消失的。"
>
> "圣母……的柏劳先生。"
>
> "哎呀! 不会的。我会不会成为你的思想、你的生命的一部分?"
>
> "猪种奖两名:勒害里塞先生与居朗布尔先生,平分60 法郎!"
>
> "罗道耳弗捏住她的手,觉得又温暖,又颤抖,如同一只斑鸠,虽然被捉住了,还想飞走;但是不知道是她试着抽出手来,还是响应这种压抑,她

动了动手指;他喊道:

"谢谢! 你不拒绝我! 你真好! 你明白我是你的! 让我看你,让我端详你!"

一阵风飘进窗户,吹皱了桌毯,同时底下广场中乡下女人的大帽子像白蝴蝶扇动翅膀一样,个个翘起来。

主席继续说道:"豆饼的使用。"他加快了讲话的速度:"养粪池——种麻——排水长期租赁——家庭服务。"

现在第四个动作开始了:两人沉默下来,只听见主席台上宣布颁发特别奖的声音——这回引用了整句话,还加入了作者的评述:"罗道耳弗不再说话。两个人你望我,我望你,欲火如焚,干嘴唇直打哆嗦,于是心旌摇曳,手指不用力,就揉在了一道。

"萨司陶·拉·盖里耶尔的卡特琳·妮开丝·艾莉萨白·勒鲁,在一家田庄连续服务 54 年,银质奖章一枚——值 25 法郎!"……

于是就见一个矮老妇人走上主席台,神色畏缩,好像和身上的破烂衣服皱成了一团一样……脸上的表情,如同一个修行的道姑那样呆滞。任何哀、乐事件也软化不了她那黯淡的视线。她和牲畜待在一起,也像它们一样喑哑、安详……这干了半世纪劳役的苦婆子,就这样站在这些喜笑颜开的布尔乔亚之前……

"过来,过来!"

杜法赦从扶手椅上跳起来说:"你聋了吗?"他朝她的耳朵喊道:"54 年服务! 银质奖章一枚! 25 法郎! 是给你的!"

她接过奖章,仔细打量,随即一脸幸福的微笑,径自走开。大家听见她咕哝道:

"我拿这送给我们的教堂堂长,给我做弥撒!"

药剂师朝公证人俯过身子,喊道:"信教信到这步田地!"

这多声部配合的这一章写得很精彩,但最妙的一笔却是卢昂报纸上登载的郝麦关于展览会和宴会的一篇报道:"为什么张灯? 为什么悬花? 为什么结彩? 一种热带的太阳光,直射我们的阡陌。这群人仿佛怒海巨涛,冒着头上的热流,朝什么地方跑?"……

他列举重要的评判委员,还说到自己;甚至于他在一个小注里,也提醒读者:药剂师郝麦先生,曾经给农学会送去一篇关于苹果酒的论文。他写到赠奖,形容得奖者的喜悦,文之以抒情笔调:"父亲吻抱儿子,哥哥吻抱兄弟,丈夫吻抱妻子。许多人傲形于色,指着他们的小小奖章,不用说,回到家里,在贤内助身旁,边哭,边拿它挂到茅庐的缄默的墙头。"

"六点钟左右,酒席摆在索艾加尔先生的牧场,参加大会的主要人物聚在一道,自始至终,充满着发自衷心的最大热忱。宴会中间,不时举杯致敬:廖万先生提议,为国君的健康干杯! 杜法赦先生提议,为州长的健康干杯! 德洛日赖先生提议,为农业干杯! 郝麦先生提议,为工业和艺术这一对姊妹干杯! 勒普里谢先生提议,为改善干杯! 到了夜晚,明光四射,烟火忽然照亮天空。这简直可以说成真正的万花筒、真实的歌剧布景。当时我们这小地方,还以为是处在《天方夜谭》的梦境。"

从某种意义上说,工业和艺术这一对孪生姊妹象征着牛郎猪倌们与这对情侣的荒谬混合。这一章写得极妙。这种写法对詹姆斯·乔伊斯产生了很大的影响;依我看,尽管表面上詹姆斯·乔伊斯有一些小的创新,从根本上讲,他并没有超越福楼拜。

……

马的主题

如果挑出《包法利夫人》中写到马的段落,放在一起,我们就能得到这部小说的一个完整的故事梗概。在本书的浪漫故事中,马奇怪地扮演着一个重要角色。

马的主题是这样开场的:"有一天夜晚,来了一匹马,当门停住,响声吵醒他们(查理和他的前妻)。"有人带来消息,说卢欧老爹摔断了腿。

查理快到农庄了,再过一会他就会见到爱玛。这时他的马一害怕,来了个大闪失,似乎他和她未来命运的阴影惊吓了那匹马。

查理寻找马鞭,慌里慌张地俯在爱玛身上,帮她从一袋小麦背后拾起鞭子来。(弗洛伊德,那个古板守旧的江湖骗子,一定能从这一场面中分析出许多名堂来。弗洛伊德的著作中把马当作一种性象征。——原编者按)

婚宴结束,酒醉的客人们在月光下驱车回家,马拉车飞奔,跳进水沟。

为小两口送行的时候,爱玛年迈的父亲回想起当年他怎样把自己年轻的妻子放在马鞍后边的坐垫上带回家去。

请注意爱玛如何咬下一瓣花,靠在窗口,让花瓣落在丈夫那匹马的鬃毛上。

爱玛回忆在修道院时那些规矩的修女们谆谆劝悔应当克制肉体,拯救灵魂,她"就像马一样,你拉紧缰绳,以为不会出事,岂知马猛然站住,马衔滑出嘴来了"。

渥毕萨尔侯爵请她去做客,带她去看他的马匹。

离开侯爵的庄园,她和丈夫看见子爵和别人一道骑马飞驰而过。

查理骑一匹老马四处奔波行医。

爱玛第一次在荣镇和赖昂谈话就是以谈马开的头。查理说:"你要是也像我,经常非马来马去不可……""不过",赖昂转向包法利夫人,"我觉得骑马兜风非常有趣……"这一段写得确实有趣。

罗道耳弗向查理建议说,骑马对爱玛一定大有益处。

罗道耳弗与爱玛在树林中骑马幽会的著名场面可以说是透过她的亚马孙式服装

长蓝面纱看到的。请注意这个细节:在她骑马出行之前,孩子隔着玻璃窗远远递她一个吻,她的回答是摇摇马鞭。

后来,读父亲从农庄写来的信时,她想起了农庄——马驹在嘶叫,奔驰,奔驰。

包法利想治好马夫那只马蹄般的畸形脚,这是马的主题的荒诞变形。

爱玛送给罗道耳弗一根漂亮的马鞭。(老弗洛伊德在黑暗中发笑了。)

爱玛期盼着与罗道耳弗一起过新生活,她最先幻想的是"乘了驿车,四匹马放开蹄子,驰往意大利"。

罗道耳弗乘一辆蓝色提耳玻里马车疾驶而去,离开了她。

另一个著名的情节——爱玛和赖昂坐在关上门窗的马车中。马的主题没有先前高雅了。

最后一章中,来往于荣镇和卢昂之间的公共马车"燕子"在爱玛的生活中扮演着重要角色。

在卢昂,她依稀看见子爵那匹黑马,这是一个回忆。

爱玛走投无路,最后一次拜访罗道耳弗,向他要钱。罗道耳弗说他没有钱,爱玛讥讽地提到他马鞭杆上昂贵的装饰品。(黑暗中的那个笑声会更加放肆了。)

爱玛死后,有一天查理去卖他的老马——他最后的财路——遇见罗道耳弗。现在他知道罗道耳弗曾与自己的妻子有瓜葛。马的主题在这里结束了。如果用象征主义来分析,马也许并不比今天的敞篷汽车更具有象征意义。

——弗拉基米尔·纳博科夫,2005:137-140,152-154

练习思考题

1. 仔细阅读《包法利夫人》,找出其中对药的描写,分析药在这部作品中的作用,并据此写篇小论文。
2. 在包法利夫人的浪漫故事里,马扮演了什么重要的角色?
3. 在《包法利夫人》这部作品里,作者对千层饼主题是如何表现的?
4. 包法利夫人悲剧的原因是什么?

延伸阅读

柳鸣九,郑克鲁,张英伦.1991.法国文学史(中册)[M].北京:人民文学出版社.

孟宪义.1985.福楼拜:1821—1880[M].沈阳:辽宁人民出版社.

王钦峰.2009.福楼拜与现代思想续论[M].合肥:黄山书社.

王钦峰.2001.重审福楼拜的现实主义问题[J].北京:《国外文学》(1).

Bouty M. 1972. Dictionnaire des oeuvres et des thèmes de la littérature franc,aise. Paris ：Hachette.

参考文献

福楼拜.1958.包法利夫人[M].李健吾,译.北京:人民文学出版社.

弗拉基米尔·纳博科夫.2005.文学讲稿[M].申慧辉,等,译.上海:上海三联书店.

弗朗索瓦·普洛坎.2001.法国文学大手笔[M].钱培鑫,译.上海:上海译文出版社.

李健吾.2007.福楼拜评传[M].桂林:广西师范大学出版社.

伊瓦青珂.1959.福楼拜[M].盛澄华,李宗杰,译.上海:上海文艺出版社.

Lagarde A.1969.Dix-neuvième -siècle LES GRANDS AUTEURS FRAN,CAIS DU PROGRAMME.Paris:
Bordas.

第二十一章　《恶之花》

夏尔·波德莱尔（Charles Baudelaire,1821—1867）,出生于法国巴黎。父亲约瑟夫·弗朗索瓦·波德莱尔是18世纪哲学家的信徒,也喜欢绘画艺术。弗朗索瓦·波德莱尔60岁再婚,娶了一位26岁的孤女,2年后生下了后来的伟大诗人波德莱尔。父亲年老得子,对儿子百般呵护,经常带着他在巴黎风景优美的卢森堡公园散步,给他讲公园里美丽雕像的神话和传说。这使得波德莱尔从小对"形象"产生浓厚的兴趣和遐想,父亲的兴趣和爱好也对他产生了深刻的影响。然而不幸的是父亲在他6岁那年就撒手人寰,留下了孤儿寡母。母亲在一年后改嫁军官欧比克少校。继父是一个循规蹈矩的人,他很欣赏继子的聪慧,很想培养他成为达官贵人,但波德莱尔天马行空的思绪和玩世不恭的心态使他很难遵习俗、守纪律,父子之间的矛盾和冲突随着波德莱尔年龄的增加而越来越剧烈。

1839年,18岁的波德莱尔在巴黎拉丁区开始了为期3年放荡不羁的文人生活。他结识了许多文人,阅读了许多浪漫主义作家的作品。他特别推崇雨果、戈蒂耶、拜伦和雪莱的作品。他同时又在巴黎的酒吧、咖啡馆里寻欢作乐,宣泄浪荡。有着传统观念的家庭要改变他不检点的生活,于1841年让他外出到印度旅游,这使他有机会领略了异国的情调。大海、太阳和异域风光对他影响深刻,为他以后诗歌创作的感受力奠定了基础。

1842年,他向家里索要父亲留给他的遗产,过上了挥金如土的放荡生活。一位叫让娜·杜瓦尔的粗俗混血女人成了他的情人,他们之间暴风骤雨般的爱情对他诗歌的创作留下了深刻的烙印。而他和萨巴迪夫人之间则是一场柏拉图式的精神恋爱,他将她视为自己精神的保护神与避难所,他在她身上寄托了自己精神的向往与追求。然而他的挥霍无度使他家人对他进行经济管制,从此他开始了贫困的生活。1867年8月31日,因吸毒和不检点生活而疾病缠身的波德莱尔离开了人世,年仅46岁。

波德莱尔的文艺生涯首先是从艺术批评开始的。他的画评《1845年的沙龙》(Salon de 1845,1845)、《1846年的沙龙》(Salon de 1846,1846)观点新颖完整,引起的了文艺界的广泛关注。1852年以后,他进入了诗歌创作的高峰期。1857年6月25日,他的诗集《恶之花》(Les Fleurs du mal,1857)一出版就受到媒体的批判,指责他的诗歌不合乎道德。法庭判处波德莱尔300法郎罚款,并删除6首"淫诗"。1861年,波德莱尔用35首诗替换那6首当时不少作家认可而媒体反对的诗歌,第二次出版《恶之花》,获得巨大成功。

一、精彩点评

- 波德莱尔说过:"在这本残酷的书里,我放进了我全部的心,全部的温情,全部的信仰(改头换面的信仰),全部的仇恨。"他和浪漫主义作家不同,他确实在自己的诗集里创作了纯粹的诗歌。然而,使波德莱尔的作品具有独特性的,是他向读者作出的真诚坦白:他的罪恶,他的希望,他的失败以及他的堕落。他和其他著名诗人不同,他们选择鲜花盛开的外省作为诗意的领域,而波德莱尔却要"从恶中提炼出美来"。诗人通过自己的经历,意欲勾画出常常伪装真诚的虚假人类的悲剧:"虚伪的读者,我的兄弟,我的同类!"这是双重人格的人类的悲剧,人是一种失败的创造物,心中永远具有天堂与地狱的冲突:"在每一个人身上,时刻都存在着两种要求,一个向着上帝,一个向着撒旦。祈求上帝或精神是一种上升的意愿;祈求撒旦或兽性是一种堕落的快乐。"正是这一永久的冲突解释了这本表面混乱的诗集的秘密结构。一部分诗歌表现了向往理想的胜利,另一部分则暗示了悲惨的堕落以及诗人称之为"忧郁"的恶德的源头。

  在命名为《忧郁与理想》的第一部分诗集里,波德莱尔为了治好弥漫在尘世的心灵厌烦,他投身于诗歌,然后转向爱情,这些良药仍然无效,无法彻底驱散忧郁,忧郁这一暴君最终粉碎了战败了的灵魂。诗人没有失去勇气,又寻找其他逃避的方式:在《巴黎风貌》里表现的城市的风貌以及他和自己同类的心灵相通,在《酒》里表现的"人造天堂",在《恶之花》里表现的邪恶。所有这些尝试都是徒劳无用的,于是,失败的诗人通过一种绝望的反抗自暴自弃于黑暗的神秘中去了:"啊撒旦,怜悯我这无尽的苦难!"(参见《反抗》)当尘世间所有的可能性都失败后,诗人转向最后一剂良药,向另一个世界《远行》,"在未知的深邃中寻找真知"。(Lagarde A,1969:430.宋军,译)

- 波德莱尔钦佩的老师唯美派诗人奥尔菲·戈蒂耶说:毫无疑问,波德莱尔在这部描写当代腐化堕落现象的作品中,展示了许多丑恶的画面,使被揭露的败行在泥潭里打滚,使它全部可耻的丑态暴露无遗。但诗人说到它时带着极度的厌恶,轻蔑的愤慨,不断地向往着那种讽刺作家所常常缺乏的理想;诗人把灼热的铁不可磨灭地烙在这些涂满油膏和铅白粉的不健康的身体上。对真正洁净的空气,喜马拉雅山的积雪那样纯洁无瑕的白色,晶莹的天蓝色,永不熄灭的光明的渴望,没有再比在这些作品中表现得更强烈的了,而这些作品却被烙上了不道德的印记,仿佛抨击邪恶本身就是邪恶,仿佛谁描写制造毒药的药厂,谁自己就中了毒。(奥尔菲·戈蒂耶,

1988：43-44）

- 保尔·魏尔伦评价道：我认为，夏尔·波德莱尔的深刻的独创性在于强有力地、从本质上表现了现代人……我还认为，将来写我们这个时代的历史学家们，为了不致片面，应该仔细地、虔诚地阅读这本书，它是这个世纪的整整一个方面的精粹和极度的浓缩。（Verlaine P,1927：4. 宋军，译）

- 文学批评家罗贝尔·维维安对波德莱尔的忧郁进行了细致的分析：它比忧愁更苦涩，比绝望更阴沉，比厌倦更尖锐，而它又可以说是厌倦的实在对应。它产生一种渴望绝对的思想，这种思想找不到任何与之相称的东西，它在这种破碎的希望中保留了某种激烈的、紧张的东西。另一方面，它起初对于万事皆空和生命短暂具有一种不可缓解的感觉，这给了它一种无可名状的永受谴责和无可救药的瘫痪的样子。忧郁由于既不屈从亦无希望而成为某种静止的暴力。（Vivier R,1926：108-109. 宋军，译）

二、评论文章

《教学大纲中的法国十九世纪的伟大作家》节选

⊙［法］安德烈·拉卡德，著
⊙ 宋军，译

安德烈·拉卡德在《教学大纲中的法国十九世纪的伟大作家》一书中，对波德莱尔的名著《恶之花》进行了四个方面的评论，并精选20多首经典诗作来论证自己的观点。

（一）诗人与诗歌艺术

《忧郁与理想》通过头十几首诗来说明诗人的状况与诗歌的使命。在《祝福》这首诗里，诗人在人类中是一个被遗弃的人，陌生的人，被不理解他的大众所折磨的人。然而，波德莱尔却接受了这不幸的厄运，他在诗中写道："感谢您，我的上帝，是您把痛苦当做了圣药疗治我们的不洁，……我知道痛苦乃是唯一的高贵，"只有通过痛苦作为代价，上帝才允许艺术家抵达美的崇高境界，来表现完美。在我们这堕落的大千世界里，忧郁总是占据我们的心灵，灵魂因受到恶魔的诱惑而堕落到罪恶之中，诗人的思想为世人所不齿，只有在理想的高等领域才受到欢迎。他渗透进了物质和精神感应的神秘领地：他的直觉总使他领悟到了大自然的秘密，使他触及到了神圣的彼岸真知。他因此拥有了高等世界的启示，而这一世界却远离了忧郁隐约的捕捉。艺术为我们带来了心醉神迷、神圣快乐的预感，而这种预感只有通过诗歌和音乐我们才能隐约地、含混地、瞬间即逝地感觉到。逃离现实就可以治愈诗人的忧郁,他于是努力开始向其他人交流源于美的令人心醉神迷的观念。

但追求理想的激情和现实的障碍相对立:疾病(参见《病缪斯》)、贫穷逼迫诗人贬低了他的艺术,懒惰使他灵感枯竭(参见《坏修士》),时间这个敌人"吃掉了生命"(参见《仇敌》),而厄运将作品抛到脑后。特别是艺术家不满意自己的作品而使精神备受折磨:"为了射中神秘本质这个目标,箭筒啊,我还要把多少箭射歪?"(参见《艺术家之死》)……

1.《应和》

《应和》这首诗体现了波德莱尔诗歌创作的基本理论:"自然是座庙宇",神秘的自然是有灵性的,他向人类发出信息从而显示自己的存在,与人的内心世界相互感应,人在这里和神秘的真实世界进行交流。"柱子说出神秘的话语",这可以和古代多多纳神庙①里祭司通过橡树叶声音来解读神的旨意的传说联系起来。人们生活在一个看得见的世界,却蕴涵着一个看不见的体系,诗人就是那古代的祭司,通过解读柱子发出的声音,来解读这一神秘的体系。人和自然之间是有感应的,而人自身的各种感觉也是相互感应的:听觉可以唤起视觉,视觉唤醒味觉,味觉唤来听觉,也就是说可以听到颜色,看到香味,闻到声响。味觉"芳香"可以和触觉"儿童的肌肤"联系,还可以和听觉"柔和如双簧管"联系,还可以和视觉"青翠如绿草场"联系。这是生理和心理,感觉和想象的通感现象,波德莱尔将它视为一种新的创作方法,为后来的象征派诗人提供了理论依据:诗人不再使用再现真实的传统手法,而是用暗示和启发的手法,诗人不再描绘现实世界,而是进入世界的内部去表现各方面的联系。诗歌越来越变成引起读者联想的魔法。

2.《灯塔》

《灯塔》这首诗极为出色地证明源于《感性》的新的诗歌理念。在四行诗歌的束缚下,波德莱尔这位出色的艺术批评家通过令人吃惊的魔力,在我们身上唤起了一些和艺术大师的作品相感应的感觉。这些艺术家们解读大自然的神秘语言,表现了人类的担忧,他们是照亮民众道路的灯塔,给民众的有限生命产生了一种奇异的尊严感。

3.《高翔远举》

这首诗的标题将我们引向一种神秘的解释。远离人世间的平庸和忧郁的源头,诗人在理想的崇高境界找到了自己真正的天空。在展示可视世界和超验的精神之间的神秘感应时,诗实际上将它所选中的读者带到了顶峰,在这里,有波德莱尔想要建构的他的梦幻的宁静。借助于尘世的词汇,诗人激起了升华、超越以及快乐和自由的情怀。

4.《信天翁》

这首诗最初的创意是在1859年,和诗人在1841年在法国海外省留尼汪旅行时发生的一件事情有关。波德莱尔没有采用浪漫主义诗人使用的雄鹰的翅膀,或者勒恭

①　多多纳(Dodona)神庙:古希腊著名神庙,供奉宙斯,是著名的神谕圣殿。——译者注

特·德·李勒所描绘的骄傲孤独的大兀鹰来象征诗人,而是选取了一个更加痛苦的象征:信天翁。它代表了人的双重性,人一方面被钉在地面上,一方面也向往永生;它特别象征了不为世人所理解的诗人。在《外乡人》这首散文诗里,诗人表现出对尘世的厌恶:"我爱那云朵,经过天堂的云朵……美妙的云朵。"

5.《献给美的赞歌》

在《美》一诗中,波德莱尔通过一尊面无表情的雕像来象征理想美的完美无缺,现实的改变以及艺术家的痛苦。而在《献给美的赞歌》这首诗中,诗人提出了一个更加现代化,也更加令人不安的概念,它和"恶之花"意义是一致的:美是神圣的还是邪恶的? 诗人为忧郁所折磨,拒绝道德或神秘的追求,最终诗人把美作为治愈苦恼的良药而接受了它。通过艺术的成功结合,美在这里呈现出了女性的面容和性格,她也是邪恶的和神圣的,我们也看到了美的背景是爱的主题,爱也是毁灭和升华的。

(二)波德莱尔——爱情诗人

在与厌烦的争斗中,爱在艺术里占据一个特别的位置,波德莱尔认识到了人类爱的两种互补的形式,但却不能将它们联系在一起:这两种形式,一是在让娜·杜瓦尔身边所感受到的肉欲的激情,二是他献给萨巴迪夫人柏拉图式的爱的激情。

波德莱尔在肉欲之爱里,更加感觉到的是种审美的快乐和异国自然风光的悠闲。棕发女子让娜·杜瓦尔的美和她头发的芳香唤醒了诗人心中的感官世界和阳光灿烂的景象。他喜欢看她皮肤的亮光,对于她的妖冶举止,他把她比作一个跳舞的蛇,或把她的躯体横陈比作一叶扁舟,张起风帆,徐徐行走,有一种轻柔、慵懒、舒缓的节奏。他艺术家的敏感在这位黑维纳斯雕像般的美丽面前极其容易激动。但由于痛苦经历的伤害,波德莱尔分析了这种爱的苦涩:背叛、残忍、恶毒、灵魂的动荡。肉欲的爱远没有带来安宁,却使他品尝到了罪恶和死亡。

在精神恋爱中,波德莱尔的诗歌让我们感受到了他对精神热切的追求和怀念,以及这种爱的神秘。由于萨巴迪夫人的外表,她得到了总统夫人的绰号,她是一位金融人士的朋友。除此之外,我们对她几乎一无所知:她好像是虚拟超脱的。对诗人来说,爱情只有脱离肉欲之爱,具有情人、母亲、姐妹的温柔以及博爱,才能成为拯救我们罪恶的良药。所爱的女性变成了守护天使、缪斯和圣母,具有高尚的品德和超凡脱俗的魅力。爱情就这样建立在神圣的高度,远离了忧郁。

可是作者总是试图逃避这理想的世界:在精神恋爱之后,诗人再次堕入肉欲之爱,这原始的色欲之重将人类的苦难捆绑在堕落上。诗集的核心部分题目是《恶之花》,结尾的两首诗是将爱情最终确定到忧郁的源头上:在《库特拉岛之行》和《爱与头颅》两首诗中,爱情被表现得像毁灭人类的灾难一样。

1.《异域的芳香》

在代表着肉欲诱惑的让娜·杜瓦尔身边,波德莱尔感觉到了异国闲暇的魅力,这和他青年时代的旅行有关。这首十四行诗就像《头发》一诗一样,感官的各种感应以及鲜艳的女人迷人的芳香将诗人带向阳光灿烂和幸福的领地:各种芳香,各种景象以及美妙的歌声,将他的灵魂送到了梦幻的世界,诗人在那里"大口吮吸回忆之酒"。

2.《死后的悔恨》

诗人对永恒和肉欲的追求能够出现片刻的快乐,但灵魂却得不到宁静和满足。但这种爱情背叛的温柔之后,波德莱尔感受到了堕落和虚无:所爱女人肉体的魅力难以抵制地唤起了坟墓的恐怖,肉体的毁坏以及罪恶的念头,而这一恶念预备了以后长期的悔恨。

3.《精神的黎明》

这首十四行诗是献给萨巴迪夫人的,诗中表现了神秘爱情精神的纯洁和肉欲爱情的枯涩之间的对立,以及纯洁之爱是永恒的保证。波德莱尔在诗中还表现了只有这种真爱才可能使灵魂战胜物质的理念。

4.《今晚你将说什么,孤独的灵魂……》

这首诗充满了热情的敬意,萨巴迪夫人不再是人间凡尘女子:她成了天使来守护着处于卑鄙无耻、放荡行径中的诗人,她成了缪斯来引导诗人走向"美的历程",她成了圣母用充满柔情的权力拯救诗人。

5.《黄昏的和谐》

这首诗是由萨巴迪夫人引发的灵感。这是一首马来诗体①,第一句诗在最后一句要重复,雨果在《东方集》中曾采用这一诗体。波德莱尔只采用一部分词语的重复是为了产生宗教咒语的效果。这首诗充满了暗示和令人遐想的魔力,逐步将读者引向神秘的陶醉之中。

6.《通功》

这首诗的标题影射天主教宗教圣徒的教义,根据这一教义,一个义人的美德可以转换给其他信徒。由于忧郁而痛苦,加上疾病、过早的衰老,波德莱尔开始关注自己身体健康的稳定和萨巴迪夫人的道德。在他匿名向萨巴迪夫人作出的祈求里,他希望通过自己的祈祷,"天使"将健康的身体转换给自己,把自己从罪恶中拯救出来。这一渗透着忧郁痛苦音符的祷告文,以理想绚丽的诗节结束,表现了诗人美好的愿望。

(三)波德莱尔的忧郁

在理想与忧郁之间不停息的争斗中,忧郁逐渐占据了灵魂。作者的人格给忧郁打下了独特的色彩。波德莱尔的忧伤,物质生活贫困的烦恼,身心功能的衰退,他的身体与灵魂的垂暮之年,爱情生活的折磨,衰老和死亡过早的困扰,这些都构成了忧郁的源泉。在这位诗人心中,还有理想被世人拒绝的困惑:

> 在这个世界里,现实不是梦想的姊妹。

---

① 马来诗体(Pantoum 或 Pantum,Pantun):"连环诗体"之一种,即每节第二行和第四行都在下一节第一行、第三行中重复,全诗交叉压韵(只押两个韵),造成回环往复之感,《黄昏的和谐》与此相合,但未见"第一句诗在最后一句要重复"。——译者注

实际上,波德莱尔的忧郁追根溯源来讲主要是超验的。在压迫着他的罪恶面前,诗人绝望地试图逃向理想的世界;但现实却不断地来阻止他的逃离的冲动,而旧病的复发使得他的忧伤更加难以忍受。有限的人生追求无限的理想的失败,导致了诗人失去了勇气,陷入灵魂逃逸的思绪中,陷入了我们本性不可救药的堕落中,陷入一切解救的努力都是徒劳无益的情绪之中,因为"是魔鬼牵着我们活动的线。"(参见《告读者》)苦难使我们恐慌的意识在时间的双重主题下得以表现:有时是我们浪费了珍贵时光的焦虑,有时是由于厌倦而孤独就放任自己寄托未来。

对人类苦难的探索导致了心灵的破碎,它构成了具有细微差异的种种忧郁的状态:窒息的感觉,软弱无力的感觉,道德正义感,无可救药的厌烦感,阴森可怕、残酷无情的感觉,不适的感觉以及陷入疯狂的幻觉。

1.《破钟》

这首十四行诗最初的标题是《忧郁》,它表达了波德莱尔式的恶中最痛苦的元素之一:窒息的感觉,这种无法克服的软弱无力的感觉,使人无法创作,甚至无法生存。诗人通过对照的技巧和感人的比喻,向我们传达了他的怀念以及他的烦闷感觉。

2.《秋歌》

对于被忧郁所控制的诗人来说,秋天不再具有拉马丁式的温柔的哀伤与大自然相一致的魅力;它是冬天的预言,身体的痛苦的征兆,通过感应,它是感觉到重大危机来临的灵魂的苦难。这首诗是波德莱尔诗歌表达方式的代表作:第一感觉被很快描述;思想在物质与超现实之间摇摆不定;一切词语都是征象、信息以及人类境遇的更加清晰的形象,同时不断借助于暗示来加强这神秘诗意的秋天气候。

3.《忧郁之四》

在这首诗里,波德莱尔用忧郁的剧烈和反常的特征来表现忧郁,使忧郁具有更加悲壮的特征。从一个诗句到一个诗句,在一种不断增大的烦闷的氛围里,忧郁走向神经分裂的境地,它强烈无序地爆炸,很快到达了一种放松。但这种放松不是得到了解放,因为恐惧又占据了被征服的、拒绝追求理想的灵魂。我们在这些诗句里发现诗意的表达由于感应的技巧而变得多么丰富多彩:只能通过暗示来引出病态的含义,人在病态中感到愚蠢的风翅从身上经过。

4.《忧郁之二》

"我所感受到的,是勇气的完全丧失,是一种难以忍受的孤独感,对一种模糊的不幸的害怕,一种对身体力量完全不信任,一种无法找到任何娱乐的感觉……我不断地自问:这有什么用?那又怎么样?"(参见《给母亲的信》)诗人暗示了自己永久的厌倦,这和一种病态的恐惧有细微的差异。在疲惫颓废的、18世纪过时绘画作品的优雅中,加入了奇怪的、阴森的景象,把异国情调作为忧郁的表达方式,对于诗人来说,异国通常是逃向理想的领地。

5.《盲人》

在《巴黎风光》一组诗歌里,诗人从城市里和城市的活动里去寻找治愈他忧郁的良药。他的思考总是把他引向孤独,他感到了流亡到神秘国度的恐慌,陷入了没有上帝引领的人的苦难。在这首诗里,盲人的举止更像“通灵人”。

6.《给一位过路女子》

只有在大城市里才能产生这样的诗歌,人们在城里不断地和不相识的人擦肩而过,每天和一些陌生的灵魂或幸福偶遇。这位优雅的陌生女子的诱惑和波德莱尔的女性诗意美的概念相对应,她同时让人含糊地思念肉欲,又感到忧伤;她包含了哀愁、疲惫,甚至是厌烦的含义。

7.《天鹅》

波德莱尔同批评家圣伯夫谈论他的散文诗,他把自己看成是一个城市诗人,把自己狂热的思想与闲逛时所遇到的每一事件联系起来,他的《巴黎风光》这组诗歌就是这样作的:许多回忆和思考都和一些平凡的场景有关联。这首《天鹅》成了所有流亡者的象征,是那些怀念理想领地的人的象征。《恶之花》第二版中的这首诗是献给流亡到国外的大文豪雨果的。

8.《您曾经忌妒过的那位善良女仆……》

向一位女仆致敬是波德莱尔少见的诗歌之一。他对抚养他长到 10 岁的老玛耶特女仆怀着深情的回忆,他当时每天晚上将她的名字加入自己的祷告。我们在此看到了诗人对地位卑微的人的热情。他在《恶之花》诗集里很少写穷人,但在散文诗里多次涉及他们。在这首诗里,家庭和平庸的诗情很适合一位女仆的主题,这和一些诗人的由于死亡而引发的极度抒情相交织:在诗人戈蒂耶阴森的想象中,我们联系到了维庸的痛苦追忆。

9.《库特拉岛之行》

波德莱尔在诗集的中间部分,加上了第四组诗歌,命名为《恶之花》。在这组诗里,激情被无可救药地摧毁了。而在前三组诗里,诗人则不断地被带向理想。在库特拉岛海域(文艺作品中爱与欢乐的天国),诗人奈瓦尔曾经惊奇地看到一个他开始以为是雕塑的物品飞向天空:“那是一个绞刑架,一个三个支干的绞刑架,其中一个是装饰的。”根据这个简单的逸闻,波德莱尔将他的诗歌艺术的多样性,他对罪恶和死亡的厌恶,他身体和道德衰落的困扰,都在诗里表现得淋漓尽致,这首诗也成为他最具特色的诗作之一。

(四)死亡

为永恒所困惑的那些人最后的希望是死亡,他们不会和尘世的平庸相适应。在另外一个世界,情人们了解一种感官和精神及心灵融合的纯真爱情(参看《情人之死》),穷人摆脱了苦难得到了安宁,饱受痛苦的艺术家通过理想看到“让他们头脑中的花充分绽开。”(参看《艺术家之死》)在这些希望之歌之后,在《好奇者之梦》一诗里,对死亡的担忧,使作者怀疑生命:生命尽头是否虚无?大幕揭开是否是空荡的舞台?但波德莱尔不愿将自己的书结束在失败之上,在《远行》这首诗的结束部分,急切的灵魂又奔向了永恒。

1.《穷人的死亡》

穷人们指望死亡是他们结局的报酬。他们先是用平庸的词语来想象死亡,比如说他们物质贫困的结束,但这一主题被扩展到神秘的境界,在那里,贫穷是以天主教的方式来设想的,比如说灵魂神圣化,这具有和上帝进行交换的价值,可以抵达超自然的幸福。

2.《远行》

发表于1859年的这首长诗的创作,表现了波德莱尔最完整的思想。在前面的108首诗里,诗人暗示为了逃避忧郁而去旅行是毫无用处:不管是什么原因,生活的创伤,永恒的渴望,爱情的背叛,对变革前的思念,我们都将走向失败,因为我们的灵魂是一样的,恶驻足在我们身上。《远行》在人类的社会里,我们到处看到永久罪恶所产生的令人烦恼的景象。我们只剩下将我们的希望放到朝向深渊的远行,既是地狱又是天堂,它将减弱对永恒追求的困扰。

——Lagarde A,1969:430-453

练习思考题

1.《恶之花》"巴黎风光"组诗中,对巴黎的市民、风俗、风景等进行了描述,请通过阅读,用800字来总结其诗中的"巴黎形象"。

2.波德莱尔的创作观念是如何在《应和》一诗中得到体现?

3.请解读波德莱尔式忧郁的特征。

4.请分析旅行在波德莱尔诗作中的象征意义。

延伸阅读

波德莱尔.2002.波德莱尔美学论文选[M].郭宏安,译.桂林:广西师范大学出版社.

杜青钢.1988.《恶之花》赏析[J].法国研究(3).

弗朗索瓦·普洛坎.2002.法国文学大手笔[M].钱培鑫,译.上海:上海译文出版社.

郭宏安.1989.《恶之花》:按本来的面目描绘罪恶[J].法国研究(1).

郭宏安.1992.恶之花[M].桂林:漓江出版社.

柳鸣九.1991.法国文学史(中册)[M].北京:人民文学出版社.

米歇尔·布迪.1972.法国文学作品主题词典[M].巴黎:阿赛特出版社.

克丽斯蒂娃.1992.波德莱尔——无限与芳香[J].秦海鹰,译.法国研究(1).

皮舒瓦.2007.波德莱尔传[M].董强,译.上海:上海人民出版社.

Bouty M. 1972. Dictionnaire des oeuvres et des thèmes de la littérature fransaise. Paris :Hachette.

参考文献

波德莱尔. 1986. 恶之花[M]. 钱春绮,译. 北京:人民文学出版社.

奥尔菲·戈蒂耶. 1988. 回忆波德莱尔[M]. 陈圣生,译. 沈阳:辽宁人民出版社.

Lagarde A. 1969. Dix-neuvième -siècle LES GRANDS AUTEURS FRAN, CAIS DU PROGRAMME.
　　Paris:Bordas

Verlaine P. 1927. Oeuvres Posthumes 2. Paris:Albert Messein.

Vivier R. 1926. ll'originalité de Baudelaire. Paris:Rennaissance du livre.

第二十二章　《叶甫盖尼·奥涅金》

普希金（Александр Сергеевич Пушкин，1799—1837），俄国诗人、作家、剧作家，俄罗斯近代文学的奠基人和俄罗斯文学语言的创建者。出身于贵族地主家庭，毕业于皇村中学。因发表抨击专制制度、歌颂自由的诗歌《致恰达耶夫》（К Чаадаеву，1818）、《自由颂》（Вольность，1817），被沙皇政府流放。流放期间写了一组"南方诗篇"，包括《高加索的俘虏》（Кавказский пленник，1820—1821）、《强盗兄弟》（Братья разбойники，1821—1822）、《巴赫切萨拉依的泪泉》（Бахчисарайский фонтан，1821—1823）、《茨冈》（Цыганы，1824）等四篇浪漫主义叙事长诗。1825 年完成历史悲剧《鲍里斯·戈都诺夫》（Борис Годунов）。

1830 年秋，普希金在波尔金诺村度过了 3 个月，这是他一生创作的丰收时期。他完成了自 1823 年开始动笔的诗体小说《叶甫盖尼·奥涅金》（Евгений Онегин），塑造了俄罗斯文学中第一个"多余人"的形象，这成为他最重要的作品。还写了《别尔金小说集》（Повести покойного Ивана Петровича Белкина，1830）和四"小悲剧"《吝啬的骑士》（Скупой рыцарь，1830）、《莫扎特与沙莱里》（Моцарт и Сальери，1830）、《瘟疫流行的宴会》（Пир во время чумы，1830）、《石客》（Каменный гость，1830），以及近 30 首抒情诗。1837 年 2 月为了维护自己的荣誉同法国波旁王朝的流亡者丹特士决斗，负伤后不治而亡。《叶甫盖尼·奥涅金》的写作时间长达 7 年，普希金在这部作品中描写的同名贵族主人公成了俄罗斯文学史上第一个"多余的人"，其女主人公达吉亚娜也被认为是俄罗斯文学中妇女形象长廊中的第一位，作品以被称为"奥涅金诗节"的十四行诗构成。

一、精彩点评

- 我们在《叶甫盖尼·奥涅金》中首先看到的，是俄国社会在其发展过程中最重要的一段时间里的诗体的画面。从这一点来看，《叶甫盖尼·奥涅金》是一部名副其实的历史的长诗，虽然它的主人公当中并没有一个历史人物。它是俄罗斯这一类作品的第一次经验，也是一次光辉的经验，因此这部长诗的历史优越性也就更高。在这部作品中，普希金不仅仅是一名诗人，而且也是社会中刚刚觉醒的自我意识的一位代表：史无前例的功勋啊！普希金之前，俄国诗歌只不过是欧洲缪斯的聪敏好学的小学生而已——因此,那时俄国诗歌的一切作品都更像是习作临摹,而不像是独特灵感所产生的自由作品,但是由于有了普希金,俄国诗歌便从一个胆怯的小女学生一变而成为一个天才的经验丰富的巧匠了。……因此他的《叶甫盖尼·奥涅金》是一部最高度独特的、俄罗斯的、民族的作品,普希金的这部诗体长篇小说与它同时代人格里鲍耶夫的天才作品《智慧的痛苦》一同为现代俄国诗歌和现代俄国文学奠定了一个坚实的基础。(别林斯基,1980)

- 奥涅金是个游手好闲的人,因为他们从来不做什么事,他在他所处的范围是一个多余的人,并且没有足够的性格力量可以脱出这范围。这是一个把生命拷问到死的人,他希望去体味死,要知道它是不是比生命好些。他什么事情都插一脚,可是什么事情都做得不彻底,他想的越多,做的越少;他在 20 岁就老了,可是在开始老的时候,又因为爱情而年轻起来。像我们一样,他老是在等待什么,因为这个人还不至于疯狂到相信俄罗斯今天的情况会继续下去……什么都没有盼到,可是生命逝世了。奥涅金的典型是这样地富有民族性,我们在所有一切俄国稍有名望的长篇小说和长诗中都可以碰到他,并且不是因为大家想模仿他,而是因为在自己周围或自己身上可以找到他的缘故。(赫尔岑,1953:13-14)

- 只有这部作品才能全面了解他的天才,并展开他才能的千变万化。这就是《叶甫盖尼·奥涅金》。从描绘方面来说,这部长诗开始是二流大师的笔法,而结尾则是最完美的大师笔法,即是说,达到他才能的顶峰。头几章模拟拜伦的《唐璜》,但做到完全的俄国化。最后几章格调迥然不同,可以说,讽刺家和无情的怀疑论者让位于热烈而温柔的心灵。……他一发现崇高和美,就变成歌颂崇高和美的诗人。(梅里美,1995:勒口)

二、评论文章

《〈叶甫盖尼·奥涅金〉注释》节选

⊙ [俄]尼古拉·布洛茨基,著

⊙ 刘亚丁,译

尼古拉·布洛茨基的《〈叶甫盖尼·奥涅金〉注释》初版于 1932 年,该书对这部作品作了逐节的详尽注释,通过考索普希金同时代的文学、历史和其他相关文献,深入阐释《叶甫盖尼·奥涅金》所蕴含的社会历史意义,体现了社会历史批评方法的风貌。下面节选的文字是对《叶甫盖尼·奥涅金》第一章第 38 节前 5 句的注释。

Недруг, которого причину

Давно бы отыскать пора,

Подобный английскому сплину,

Короче: русская хандра

Им овладела понемногу⋯

得这种病是什么缘故，

早就该去查查究竟，

很像英国的肝气不舒，

简单说：是俄国式的忧郁病

逐渐控制了他⋯⋯（普希金，1995：36-37）

"忧郁病""忧郁""郁闷"是奥涅金典型的精神特征。他的"享受美好的青春时光、情场"的 8 年，也是五味杂陈的 8 年，被伴随着他走完了整部小说的一味忧郁的年岁替代了：

Хандра ждала его на страже,

И бегала за ним она,

Как день иль верная жена.

忧郁病仍然在忠实地等候他，

紧紧跟随着他，寸步不离，

像影子，也像忠实的妻。

忧郁四处追逐着他，不管是在城市，还是在乡村，不管是在"高加索的崇山峻岭"，还是在"里海波涛拍击的岸边"。

这种让奥涅金告别上流社会、寻求幽静生活的忧郁，不是突然冒出来的，而是逐渐出现的："忧郁病逐渐控制了他"。普希金指出了导致他的主人公处于这种厌倦生活的痛苦状态的复杂原因，甚至注意到了临时性的、偶然性的原因，"他不能总是⋯⋯喝得头昏脑胀，就来发一发满腹牢骚"，自然他并不赋予这种特殊情况特别的意义。表面上热热闹闹的生活、无所事事、习惯于不劳而获（"不懈的劳动使他感到难捱"），凭借漠视徭役制和佃租制的农奴的生活而建立起来的上流社会的整个繁文缛节，是造成奥涅金心灵空虚和"哈欠连天"的前提条件。因为在"上流社会的俗众"中诸如此类的"某某某"真是多不胜数：

Кто в двадцать лет был Франт иль хват,

А в тридцать выгодно женат⋯и т. д—

谁在二十岁时是个浪子或光棍汉，

而在三十岁上合算地结了婚。

他们中谁没有多多少少感受到那对奥涅金追逐不舍的"苦闷"！

作家创造性的工作在某种程度上能够解除奥涅金的忧郁病态,但是,首先,由于他显然缺乏文学创作的天赋,他从事作家事业的尝试显然失败了;第二,下面我们可以读到,奥涅金的情绪与那个时代的一些著名作家的情绪是相契合的,自然,假如奥涅金加入普希金隶属的诗人圈子,那他也和小说的作者一样,因为同样的原因会受到"忧郁"的时时造访。

靠阅读来填补"精神空虚"也是不现实的,他所读的书只会加深他的那种体验,"要么胡诌骗人,要么毫无意义,要么带有各种锁链"。作为亚当·斯密的宣传者,他不可能对"古旧的东西"感到满意("古旧的东西早已经衰老"),读新的东西,也得出了这样的结论:"新东西也哼着旧的梦呓",各种思想体系的互相替代也是永久循环的方式,古旧东西的梦呓也通过"新的东西"的形式爆发出来,因而造成生活没有目标、没有出路的印象。阅读没有让奥涅金更"清醒",没有把他从习惯于郁闷和忧郁的情绪的圈子中解脱出来。"但还有些书,虽然寥寥无几,却依然受到他的青睐",他从他们的书中读出了自己的忏悔,看到了自己的面容、深思和感情。

在描写与奥涅金近似的主人公的时候,普希金特地从他们的性格中突出了追逐理想、愤世嫉俗和热衷于虚无行动的特点(第 7 章 22 节)。

我们正逐渐接近于揭开奥涅金"忧郁"的重要原因。他在生活中所看到的一切都是与他的理想相悖的;他的理智在分析周围的现实的时候,变得愤恨和冷漠起来;正是这现实成了障碍,使其个人生活变成了某种虚无。"奥涅金的幸福和不幸都在环境中,也只有通过环境才能显现",别林斯基认为造成奥涅金困顿的原因是"不可抗拒的、也不依赖于我们意志的境况"(1844 年)。

接近普希金贵族圈子中的许多人都感染了奥涅金那种英国忧郁式的病症。1811—1822 年间,К. Н. 巴秋什科夫在《漫步莫斯科》一诗的片段中描写了主人公的自传性形象:

Который посреди рассеянной стольцы

Тихонько замечал характеры и лицы

Забавных москвией;

Который с год зевал на балах богачей,

Зевал в концерте и в собранье,

Зевал на скачке, на гулянье,

Везде равно зевал.

在人心惶惶的首都,

他在悄悄地观察着

心事重重的莫斯科人的性格和脸孔;

　　他周年四季在豪华的舞会上呵欠连天，

　　在音乐会和集会中打哈欠，

　　在跳舞和游乐中打哈欠，

　　无论何时何地都一样呵欠连天。

　　В. Ф. 奥陀耶夫斯基在《大学生日记》中承认："我觉得生活又重新变得忧郁、沉重起来"。

　　А. М. 谢尔宾纳是"绿灯社"的成员、普希金的朋友，在他（1821 年）退役之后，他母亲写道："打心眼儿里希望，他把忧郁症留在莫斯科"。可是，他到了乡下后继续感到苦闷："我在这里烦闷得很"。

　　如果在这些对社会事物没有倾向性的、只是对日常生活中的庸俗表示反感的人士身上，忧郁特征只是偶尔冒出来的话，那么在那些幻想社会生活中的进步和变革、有时陷入痛苦的境地、有时不得不听从像斯卡茹廖夫①之类的官吏的呼唤，感受暴政的沉重的、令人压抑的魔掌的阶层中，客观生活连同其腐朽本质会激起更加强烈、激动的抑郁和忧郁之感。

　　在政治流放中的普希金发出了呻吟："我郁闷""我忧郁""你在彼得堡感到郁闷，我在乡村感到郁闷""时常害着忧郁症""忧郁症成了有思想的人士的唯一附属品"。

　　1814 年，Н. И. 屠格涅夫开始写《忧郁之书》，到了 1820 年，他呼吁政府把国家从农奴制中解放出来的提议以失败告终。他在 6 月 1 日的日记中写到："我绝望到了极点，忧郁、阴暗的未来，无处不在的老朽，天寒地冻、历史悠久的祖国到处是利己主义者，满目疮痍。"由于这一失败，他的兄弟 С. И. 屠格涅夫在 1820 年 7 月 11 日写到："我的愉快时光消失了。我的敌人们兜头泼我一身凉水，——他们喽啰不断攻击我。"

　　维亚泽姆斯基对当时的俄罗斯生活作出了阴郁的评价："从我们出生起，致命的昏睡症就跟上了我们，不管是带有不少缺陷的叶卡捷琳娜时代，还是给予很多许诺的 1812 年，无论什么都不能唤醒我们。也许稍微摇晃了几下，但那墨杜萨②之头，即公民的、政治的颠顶，重新又僵化了刚刚有点热度的感情。"普希金以微妙的暗示指出，这墨杜萨之头正是奥涅金忧郁症的主要原因，而这忧郁症则是贵族阶级一定阶层的社会心理事实。

——БРОДКИЙ Н Л,2005:79-82

----

①　格利鲍耶陀夫的《聪明误》中的人物，一个颠顶无知的军官。——译者注

②　希腊神话中戈尔戈三女怪之一，她的头发为毒蛇，能把看到她的人变成石头。——译者注

《〈叶甫盖尼·奥涅金〉的艺术结构》节选

⊙ [俄]洛特曼，著

⊙ 刘保静，译

莫斯科-塔尔图符号学派的创始人尤里·洛特曼在《〈叶甫盖尼·奥涅金〉的艺术结构》中研究了无结构的生活与有结构的文学文本的复杂关系。在我们所选的部分里，洛特曼清楚地揭示了《叶甫盖尼·奥涅金》第四章的两节中存在着多个有趣的相似修辞结构。

我们看一看小说第四章中两个段落的修辞结构：

XXXIV

追求名声与自由，

弗拉基米尔一旦灵感降临,心潮激荡,

他本可以写写庄严的颂诗,

可惜奥尔加未必欣赏。

有些喜欢抹泪的诗人,

每向意中人倾诉衷肠,

便琅琅读起得意之作,

据说,这是世间最高的奖赏。

的确如此,一个腼腆的恋人

面对着他所歌颂的女郎,

诉说他心中的一片痴情,

而她又美得令人魂飞神荡!

这当然是无上的艳福……尽管,

也许她心中正另有所想。

XXXV

可我只好把未完的篇章,

读给儿时的伴侣老奶娘。

这都是终日遐想的果实,

谐声的游戏,取其节奏铿锵。

或在乏味的晚餐之后,

总有邻人顺路相访,

出其不意把他拖到角落里,

用悲剧逼下他热泪两行。

或者(这绝不是开玩笑)

半为韵脚所苦,半为惆怅,

> 我在寂静的湖边徘徊，
> 惊起一群野鸭,慌慌张张,
> 原来它们听到我的吟哦,
> 便一哄而散,飞离湖旁。（Ⅲ,87-88）

在修辞上相反的体系中,诗节是同一场面的多次重复:"诗人给情人读自己的诗"。场面的三个成分("诗人""诗""情人")中的每一个都能完全变样。

Ⅰ 弗拉基米尔	颂诗	奥尔加
Ⅱ 有些喜欢抹泪的诗人	得意之作	所歌颂的女郎
Ⅲ 腼腆的恋人	一片痴情	而她又美得令人魂飞神荡
Ⅳ 我	未完的篇章	老奶娘
Ⅴ 我	悲剧	邻人
Ⅵ 我	吟哦	野鸭

以适当方式念诗的行为每次得到特别的名称:"我读给""我喘不过气""惊起"。客体对读物的反应却经受了以下的变化:

> 奥尔加未必欣赏……据说,
> 这是世间最高的奖赏。

> 这当然是无上的艳福……尽管,
> 也许她心中正另有所想。

> 原来它们听到我的吟哦,
> 便一哄而散,飞离湖旁。

这些诗句的意义是按照复杂的体系构成的:每一个单独的词汇单位得到它包括在内的与结构特点相符合的补充的诗的意义。在这里,首先,这个词最近的环境将起作用。诗人在第三和第四个场合中的行为差不多同样地被说明了:

> 诉说他心中的一片痴情……

> 我只好把未完的篇章,
> 读给……
> 这都是终日遐想的果实,
> 谐声的游戏,取其节奏铿锵。

但是,在第三个场合,这个行为联系着"腼腆的恋人"和"她又美得令人魂飞神荡",而在第四个场合是"我"和"老奶娘",这使同样的词更具有极为不同的修辞意义。"一片痴情"在第三个场合被包括在虚假的文学表现结构之中,而根据虚假的表现和真实的内容原则同第四个场合互相关联着。"老奶娘"遇到的正是对"她又美得令人魂飞神荡"同样的态度。但是,"虚假的诗——真实的散文"的对照更加复杂化了,因为"老奶娘"同时也是"少年时代的女友",并且这个结合不是作为各种风格讽刺的衔接点,而是作为同义的修辞词组。代替"诗—散文"对照的另一种对照便出现了:"虚假的诗——真实的诗"。"名声和自由"的崇拜者和他的"颂诗"获得特别的意义,由于"奥尔加没有读它们"(在这种情况下出现了双向关系:奥尔加的冷淡揭示了连斯基"一旦灵感降临,心潮激荡"的不切实际的性格,因为诗——"可惜奥尔加未必欣赏"——听起来像清醒的散文的声音,它在小说的结构中始终不变地同真实结合着,但是,同时,"名声和自由"和"灵感降临"的诗的绝对的魅力强调了奥尔加在日常生活中的求实态度)。"据说,这是世间最高的奖赏"——两个同样均衡的单位,口语的和文学虚拟的结合引起"渐降"修辞效果。但是这些诗节的意义不仅仅是由音义段的联系构成的。被安排在上下排里的词被理解为同一不变量意义的异说(变化表的)。同时,其中任何一个都同另一个无关,就像内容同表现一样:它们并置,构成复杂的意义。那些概念如"面对着他所歌颂的女郎""老奶娘""邻人""野鸭"的遥远意义本身和表面上的互不相容,在它们进入一个变化表行列时,便成为语义强化的重要手段。于是出现了独特的语义错综的学说,有了它,不同的距离很远的词同时使人感到像是同一概念的不同说法。这使概念的每个不同说法难以单独地先讲出来,因此,也就特别有意义。还必须指出另一点:不仅距离很远的词在复杂的最大单位里互相接近,不同的(时常是对立的)修辞体系的因素被包括到统一的修辞结构中。那种不同的修辞布局相等,使人认清每一个修辞体系的相对性和讥讽的出现。讥讽在《叶甫盖尼·奥涅金》风格的一致中占优势地位,这在文学中是个显而易见的事实。

——洛特曼,2004:116-120

练习思考题

1. 找出与达吉亚娜有关的重点段落,并以《达吉亚娜命运和性格的演变》为题,写一篇小论文。

2. 阅读《叶甫盖尼·奥涅金》第一章,对作品中奥涅金的形象和抒情主人公(即"我")的形象作分析,并进一步分析两者的关系。

3. 仔细阅读《叶甫盖尼·奥涅金》第六章6—25小节,试描述奥涅金和连斯基在决斗之前的心理状态。

4. 阅读《叶甫盖尼·奥涅金》第五章26小节,从中判断隐含作者对达吉亚娜命名日宴会的来宾的态度。

延伸阅读

康林.1988.俄罗斯文学之父——普希金[M].北京:北京出版社.

李红.2004.《叶甫盖尼·奥涅金》中的"我"[J].陕西师范大学学报(2).

刘文飞.2002.阅读普希金[M].北京:人民文学出版社.

刘亚丁.第二章普希金[M]//刘亚丁.1989.十九世纪俄国文学史纲.成都:四川大学出版社.

刘亚丁.三种《叶甫盖尼·奥涅金》注释本解读[J]//中国外国文学学会.2010.外国文学研究60年.杭州:浙江大学出版社.

牛光辉.1991.浅析《叶甫盖尼·奥涅金》中的隐喻[J].四川外语学院学报(2).

彭甄.2000.《叶甫盖尼·奥涅金》:叙事者形象分析[J].国外文学(2).

宋德发.2003.《叶甫盖尼·奥涅金》中的道德疑难[J].四川外语学院学报(1).

吴晓都.2006.俄国文化之魂——普希金[M].济南:山东画报出版社.

查晓燕.2001.普希金——俄罗斯精神文化的象征[M].北京:北京大学出版社.

张铁夫.2004.普希金新论:文化视域中的俄罗斯诗圣[M].北京:中国社会科学出版社.

参考文献

普希金.1995.叶甫盖尼·奥涅金[M].智量,译.//卢永.普希金文集:5卷.北京:人民文学出版社.

别林斯基.1980.论叶甫盖尼·奥涅金[J].王智量,译.文艺理论研究(1).

赫尔岑.1953.论革命思想在俄国之发展[M].满涛,译.//果戈理,等.1953.文学的战斗传统.满涛,译.上海:新文艺出版社.

洛特曼.2004.叶甫盖尼·奥涅金的艺术结构[M].刘保静,译//赵毅衡.符号学文学论文集.天津:百花文艺出版社.

梅里美.1995.叶甫盖尼·奥涅金[M]//卢永.普希金文集:5卷.北京:人民文学出版社.

БРОДКИЙ Н Л.2005. Евгений Онегин. Комментарии. Москва:Мультиратура.

第二十三章　《罪与罚》

陀思妥耶夫斯基（Фёдор Михайлович Достоевский，1821—1881），俄国文学家，出生于莫斯科的医生家庭。军事工程学校毕业后，当过绘图员，并开始从事文学创作工作，一度对法国空想社会主义有浓厚兴趣。处女作《穷人》（Бедные люди，1846）获得俄国著名文学批评家别林斯基的赞扬。这个时期的重要作品还有《双重人格》（Двойник，1846）。1849 年，陀思妥耶夫斯基因参加彼得拉舍夫斯基小组活动被沙皇政府逮捕，先判死刑，后改为 4 年苦役和 6 年兵役，西伯利亚的流放经历对他未来的创作和思想发展起了重要作用。返回彼得堡后趋向保守，提倡"土壤"理论。《被侮辱与被损害的》（Униженные и оскорблённые，1861）体现了其早期创作的现实关怀。以流放生活为背景的《死屋手记》（Записки из Мёртвого дома，1862—1864）恢复了他早期在文坛所获得的声誉。在《冬天里的夏天印象》（Зимние заметки о летних впечатлениях，1863）中，宣称他所观察到的欧洲文明的种种弊端增强了他对俄国崇高使命的信仰。《地下室手记》（Записки из подполья，1864）则体现了对人性的深刻观察。在《白痴》（Идиот，1868—1869）中，作家把重点从外在世界转向内心世界。在《群魔》（Бесы，1871—1872）中，作家展示了反虚无主义主题，主张俄国必须摆脱革命思想的影响，从基督教中寻找出路。长篇小说《卡拉马佐夫兄弟》（Братья Карамазовы，1879—1880）是他杰出的代表作，从构思到写作历经 30 年之久，作品反映了"偶合家庭"的悲剧，以及对信仰和自由等问题的深刻思考。《罪与罚》（Преступление и наказание，1866）为作者赢得了广泛的声誉，小说以犯罪及由此引出的道德后果为线索，对俄罗斯人民的现实境况和精神危机作了深入的思考和探索。《罪与罚》是陀思妥耶夫斯基最有影响的小说之一。

一、精彩点评

• 毫不奇怪，被琐屑、失败的生存斗争折磨得筋疲力尽的拉斯柯尔尼科夫，陷入了身心交疲的冷漠之中；同样毫不奇怪的是，正是在这种身心交疲的时日里他的脑子里产生了犯罪的念头。甚至可以说,大部分针对财产的犯罪都有共同的特点,都是按照拉斯柯尔尼科夫犯罪的计划来实施的。贫困是偷盗、抢劫最常见的原因,每个了解刑事案件统计数的人都明白这一事实。(ПИСАРЕВ Д.,1868. 刘亚丁,译)

- 让我们看一下,拉斯柯尔尼科夫是怎样犯罪的。

  首先,为什么拉斯柯尔尼科夫要用斧子去杀死那个老太婆?

  看门人的斧子是种很不适合用来杀人的东西。很难把它带到杀人现场,斧子是很难于携带的东西。

  拉斯柯尔尼科夫没有自己的斧子。他指望房子里有把家用的斧子,他在看门人那里寻找它。

  为什么要挑选斧子作为武器呢?要知道用秤砣或任何铁块之类的东西就可以杀死一个老太婆嘛。

  因为,斧子在当时是一种象征。

  人们在传单里就写过斧子。车尔尼雪夫斯基曾对赫尔岑谈过斧子:

  "号召罗斯①拿起斧子吧!"

  在陀思妥耶夫斯基其他一些作品里是怎样提到斧子的呢?

  在 1871 年写成的《群魔》里,陀思妥耶夫斯基再次谈论到斧子。

  ……

  这里对斧子作了评述性描写。这是革命的武器。

  ……

  陀思妥耶夫斯基不信赖拉斯柯尔尼科夫的斧子,但拉斯柯尔尼科夫那种对彼得堡——那个奢华与贫困的城市,处在毁灭边缘上的旧世界的化身——的憎恨之情,他是很有同感的。(维·什克洛夫斯基,1994:29-33)

- 他建造的叙事文学丰碑——《罪与罚》《白痴》《群魔》《卡拉马佐夫兄弟》(其实这些都不是叙事文学,而是长篇剧作,几乎通篇构思都是舞台式的,这些作品,通过超现实主义的对话,把惊心动魄的、常常是压缩在几天之内的情节表现出来),不仅仅是在染病的情况下,而且也是债务和丢脸的经济困难的鞭挞下写就的。(托马斯·曼,1994:97)

---

① 俄罗斯古称罗斯。——编者注

二、评论文章

《陀思妥耶夫斯基诗学问题》节选

⊙ [苏]巴赫金，著
⊙ 白春仁，顾亚铃，译

苏联时期的文艺学巨匠巴赫金有很多理论建树，比如复调小说、多声部、狂欢化理论等，而陀思妥耶夫斯基是他研究得最透彻的作家。在巴赫金的《陀思妥耶夫斯基诗学问题》第四章《陀思妥耶夫斯基作品的体裁特点和情节布局特点》中，他以独创的狂欢化理论来阐释《罪与罚》，深入分析这部说中狂欢化的种种表现，并同普希金的作品作了比较。

现在我们来看一看陀思妥耶夫斯基长篇小说中狂欢化的其他一些特点。

狂欢化——这不是附着于现成内容上的外表静止的公式，这是艺术视觉的一种异常灵活的形式，是帮助人发现迄今未识的新鲜事物的某种启发式的原则。狂欢化把一切表面上稳定的、已然成型的、现成的东西，全给相对化了；同时它又以自己那种除旧布新的精神，帮助陀思妥耶夫斯基进入人的内心深处，进入人与人关系的深层中去。事实说明，狂欢化对于艺术地认识发展中的资本主义关系，是惊人地有效。因为那时，原来的生活形态、道德基础和信仰全变成了"腐烂的绳索"；人的两重性，人的思想的两重性，此前一直隐蔽着，这时暴露出来了。不仅人和人的行为，就连思想也从自己那些等级分明的封闭巢穴里挣脱出来，在"绝对性"的对话（即不受任何约束的对话）的亲昵氛围里，相互间交往起来。资本主义很像牵线撮合的苏格拉底在雅典集市广场上那样，把不同的人、不同的思想拉扯到一起。在陀思妥耶夫斯基的所有长篇小说中，从《罪与罚》开始就始终一贯地实现着对话的狂欢化。

在《罪与罚》中，我们还看得出狂欢化的其他表现。这部作品中的一切，如人们的命运、他们的感情和思想，都被推到了自己的边缘；一切都好像准备转化为自己的对立面（这里当然不是指抽象的辩证法的含义），一切都被引到了极端，达到了自己的极限。小说中没有任何东西能够稳定下来，能够心安理得地平静下来，能够纳入普通的传记体的时间，并在这个传记体的时间中展开情节（陀思妥耶夫斯基只是在小说的结尾指出：拉祖米欣和杜尼娅的事也可以用传记体时间来叙述；当然他并没有这么做，因为传记体的生活不在他的艺术世界之内）。一切都要求更替，要求变化。一切都是在未完结的转化过程中摄取下来加以表现的。

很能说明问题的是，连小说情节发生的地点——彼得堡（它在小说中起着重大的作用)——也处于存在与不存在的边缘,现实与幻象的边缘,而这个界限眼看就会像雾一样消失不见的。彼得堡也仿佛失去了内在的根据,不再能保持在应有的稳定状态中了,于是它处于边沿上。①

《罪与罚》中狂欢化的来源,已经不是果戈理的作品。我们在这部作品里,部分地感到了巴尔扎克式的狂欢化,部分地也感到了社会惊险小说的成分(苏里耶、欧仁·苏)。但这部小说狂欢化的最重要、最深刻的来源,恐怕是普希金的《黑桃皇后》。

我们只想分析小说中的一小段情节,通过分析可以揭示陀思妥耶夫斯基狂欢化的某些重要特点,同时解释一下我们提出的关于普希金的影响的论点。

第一次同波尔菲里见面之后,出现了一个神秘的人呼叫"凶手!"之后,拉斯柯尔尼科夫做了一个梦。他梦见自己又在行凶杀死老太婆。下面引述梦境的结尾一段:

> 他在她身旁站了一下。"害怕了"他想,轻轻地把斧子从绳套里抽出,摸着黑朝老太婆砍去,砍完一斧又砍了一斧。奇怪,砍下去她连动都不动,像根木桩。他大吃一惊,弯腰靠近去察看。谁知她头弯得更低。他就把头贴了地板,从下面望她的脸,这一看吓得面如死灰:这老婆子坐在那儿笑呢,只听轻微的咯咯笑声,还在使劲儿憋着,好不让他听到。突然间他觉着卧室门开了一条缝,里面好像也有人在笑着耳语。他一时怒起,使出全身气力猛砍老太婆脑袋。不想每砍一斧,卧室里的笑声和耳语声就愈响一点,老太婆竟哈哈哈,笑得前仰后合。他拔腿就跑,可走廊上全是人,楼梯的门全大敞开了,楼梯上和楼梯口,一直往下去,到处是人,脑袋挨着脑袋,所有的人都在张望,却又是屏息等着,默不作声!……他心头发紧,腿迈不动,像长到了地上……他刚想喊叫就醒过来。(第5卷,288页)

这里有几点值得我们注意。

一、这第一点我们是熟悉的,即陀思妥耶夫斯基所采用的梦境中的幻想逻辑。不妨提醒一下他说过的话:"……人超越了空间和时间,跳过了生存的规律和理智的规律,只在你内心所想之处停下步来。"(《一个荒唐人的梦》)这一梦境逻辑使作者有可能在这里塑造出一个被杀死却还大笑的老太婆形象,有可能把笑同死亡、凶杀结合起来。可是,狂欢式的两重性逻辑,同样也能使作者获得上述的可能性。摆在我们面前的,是狂欢式中的典型的结合。

奸笑的老太婆形象,很像普希金笔下躺在棺木里使眼色的老伯爵夫人和纸牌上使眼色的黑桃皇后的形象(附带说一句,黑桃皇后可说是老伯爵夫人狂欢型的替身)。这里我们见到的,是两个形象至关重要的遥相呼应,而非偶然的外表的相似,因为它们的互相呼应是以这两部作品(《黑桃皇后》和《罪与罚》)的总体呼应为背景的,所谓总体呼应,指

---

① 对彼得堡的狂欢体感受,首先是出现在陀思妥耶夫斯基的中篇小说《脆弱的心》(1847)里,其后在《彼得堡梦幻的诗文》中获得了比陀思妥耶夫斯基早期创作远为深刻的发展。——原注

的是人物形象的周围环境和基本思想内容的一致,亦即在年轻的俄国资本主义的土壤上产生的"拿破仑主义"。这个具体的历史现象在两部作品中都获得了第二层意味深远的狂欢式的内涵。这两个遥相呼应的奇幻形象(笑着的死老太婆),产生的根据也是极相像的:在普希金作品中产生的根据是发狂,在陀思妥耶夫斯基作品中是梦魇。

二、在拉斯柯尔尼科夫的梦境里,发笑的不只是被杀的老太婆(当然,在梦里其实没能把她杀死),还有卧室里的人,而且声音越来越响。然后楼梯上和楼下出现了人群,人数很多。对于从下面往楼上来的人群来说,他是站在楼梯顶上。这里我们看到了一幅民众在广场上给狂欢节上自称的国王脱冕并加以嘲笑的场面。广场是民众的象征;小说结尾,拉斯柯尔尼科夫在去警察局自首前,就来到了广场,给人们深深地鞠了一躬。拉斯柯尔尼科夫在梦境里,照"内心所想"的样子如此向民众脱冕,这在《黑桃皇后》里是找不到完全对应的情景的。但多少相似的情形还是有的,像格尔曼在伯爵夫人棺木旁当着众人的面晕倒过去。同拉斯柯尔尼科夫梦境比较全面对应的情形,我们可以在普希金另一部作品《鲍里斯·戈杜诺夫》中发现。我们指的是僭称王者的三次梦兆(奇观寺中僧房里的那场戏):

> 我梦见登着陡梯,
> 爬到了楼顶俯望,
> 莫斯科好似蚂蚁窝,
> 脚下的广场人声鼎沸。
> 人们手指点着我笑声不绝,
> 我不由又是羞耻又是恐惧,
> 猛然跌下去,随即惊醒……

这里同样是狂欢体的那种逻辑:自充高贵——民众在广场上戏谑地将其脱冕——跌下宝座。

三、在上面引述的拉斯柯尔尼科夫的梦境里,空间获得了附加的狂欢式的象征含义。上面、下面、楼梯、门槛、走道、广场获得了"点"的意义,在这个"点"上出现危机、剧变、出人意外的命运转折;也是在这个"点"上,人作出决定、越过禁区、获得新生或招致灭亡。

陀思妥耶夫斯基作品中的情节,主要地正是在这些"点"上展开的。远离自己边缘(即远离门槛)的房内空间,陀思妥耶夫斯基几乎从来不利用。当然,吵闹和脱冕的场景应是例外,那时房内空间(客厅或大厅)就变成了广场的替代者。陀思妥耶夫斯基"超越"了房宅住室中那种住得舒适而又坚固的远离门槛的空间,因为他所描绘的生活,不是出现在这个空间里。陀思妥耶夫斯基最不像那些写庄园、家事、住室、家庭的作家。在远离门槛的住得舒适的内部空间里,人们是在传记体的时间里过着传记式的生活:怎样诞生,怎样度过童年和少年,怎样结婚、生孩子,怎样衰老病死。这种传记体的时间,陀思妥耶夫斯基同样"超越"不用。而在门槛边、在广场上,有的只可能是危机的时间,它的一瞬间何啻数年、数十年,甚至相当于千百亿年(如在《一个荒唐人的梦》中)。

如果我们现在从拉斯柯尔尼科夫的梦境出来,转而看看在小说的现实里发生了什么事,那么我们就会相信,边沿以及它的替代物乃是小说情节中几个基本的"点"。

首先,拉斯柯尔尼科夫实在说是生活在边沿上,因为他那狭小的房间,"棺材"般的房间(这是狂欢式的象征手法),紧挨着楼梯口,他的房门连出去的时候都从来不锁(换言之这不是一个封闭的内部空间)。在这口"棺材"里,是不可能过上传记体的生活的,这里只能是经受危机,采取最后的决定,死亡或是重生(如在《豆粒》的许多棺木里和在《一个荒唐人》的棺木里)。马尔美拉多夫一家也是生活在边沿上,在紧挨着楼梯的过堂屋里(正是在这个门槛上,当拉斯柯尔尼科夫送回喝醉的马尔梅拉多夫时,他第一次认识了这家的成员)。在被他杀死的放高利贷的老太婆家里,当屋门外的楼梯口上站着找老太婆的人们并不断拉铃时,他也是在门槛旁边度过了可怕的几分钟。后来他又来到这儿,自己拉铃,为的是重温这短暂的一刻。在走廊的门槛上,紧靠着油灯,出现了他对拉祖米欣半吐真情的场面,不是通过言辞,而是通过眼神。在邻家屋外的门槛边,发生了他同索尼娅的几次谈话(隔着门,斯维德里加依洛夫在偷听他们)。不言而喻,完全没有必要把小说里发生在门槛上、门槛旁,或想象中的门槛附近的一切"戏",全部罗列出来。

门槛、过道、走廊、楼梯口、楼梯,梯阶、朝着楼梯敞开着的屋门、院子大门,而在这些之外,还有城市:广场、街道、建筑物的正墙、小酒铺、罪犯窟、桥梁、排水沟——这些便是这部小说的空间。同时,实际上却完全没有那种忘记了门槛的室内空间,如实现传记体生活的客厅、饭厅、大厅、书房、卧室的内部。而屠格涅夫、托尔斯泰、冈察洛夫等人小说中的事件,恰恰是在这些地方展开的。当然,如此组织作品空间的方法,我们还可以在陀思妥耶夫斯基的其他小说中见到。

——巴赫金,1988:233-238

《19—20 世纪俄罗斯文学史》节选

⊙ [俄] Б.C. 布格罗夫,等,著
⊙ 刘亚丁,译

陀思妥耶夫斯基称幻想性是艺术中现实的最重要本质,这几乎就是作家的美学宣言。可是如何理解这种幻想性,一般分析陀氏艺术风格的著作对此语焉不详。莫斯科大学语文系主编的《19—20 世纪俄罗斯文学史》的《陀思妥耶夫斯基的风格的艺术特征》一节从《罪与罚》的结构、时间跨度、处理成梦幻式的现实和偶然巧合等方面展开分析,把陀思妥耶夫斯基的幻想性现实落到了实处。

"我对(艺术中的)现实有自己特殊的观点,多数人几乎称之为幻想的或奇特的东西,对我来说,恰恰构成了现实最重要的本质。"作家本人这样来确定自己的创作方法。在陀思妥耶夫斯基所使用的意义上的"幻想性的"这个形容词,相当准确地描述出他本人的散文同托尔斯泰和屠格涅夫的批判现实主义的区别。这并不是说,在小说的情节中具有明显的奇迹成分,而是说,由于一些看似不协调的特点结合,小说艺术结构本身就具有"幻想性":激烈的侦探情节与恣肆汪洋的哲理性对话相伴,福音书文本与淫秽的笑话相随,报纸上的小品文与袒露内心的书信为邻。在陀思妥耶夫斯基的笔下,诸如喜剧和悲剧,感伤和恐惧,自然主义式的日常生活与神秘因素形成了奇异的融合。

《罪与罚》的结构也是"幻想性的"。如果说在一般的侦探小说中叙述的兴趣是揭开犯罪的秘密,那么《罪与罚》却像是"反侦探小说",因为在这部小说里读者一开始就认识了罪犯。小说中的人物,一个接一个,几乎所有的人物对他的秘密都洞若观火,包括侦察员波尔菲利·彼得洛维奇在内。尽管这样,所有这些知道秘密的人,仿佛对拉斯柯尔尼科夫的精神痛苦满怀恻隐之心,一味地同情他,期待他自露其恶然后去自首。因此读者的注意力就从情节转向了罪犯的精神世界,转向导致他犯罪的一系列思想。

小说的艺术时间也不符合通常的长度。一方面,艺术时间不同寻常地充斥着事件,另一方面,有时又感觉不到艺术时间,它"消失在主人公的意识中了"。令人难以置信的是,这么复杂的事件被安置在两周的时间框架内。时间的节奏时而舒缓,时而急促。在一天之中,常常是主人公的精神世界所经历的事件是现实中的人一生所经历的。比如拉斯柯尔尼科夫从热病清醒过来的第二天早晨,同来看他的妹妹和母亲谈话,劝她们同卢仁决裂,又向她们介绍突然而至的索尼娅。他又同拉祖米欣一起去认识了波尔菲利,后者诱使他详细地介绍了自己的理论。波尔菲利邀请拉斯柯尔尼科夫明天去,要向他解释关系到他生死的问题。在回家的路上,拉斯柯尔尼科夫遇到一个"从地底下钻出来"的小市民,对着他喊"杀人犯",让他大为惊恐。这以后,他又做了自己杀人的噩梦,醒来后看见了斯维德利加伊洛夫,突然同他展开了一番长长的富有哲理意味的谈话。此后他又同刚刚赶来的拉祖米欣一同去看望自己的亲人,劝他们坚决同卢仁决裂。同时他自己又不能忍受同她们的亲近,突然起身离去。并且在离开时对拉祖米欣说他会永远离开。然后他第一次去见索尼娅,让她谈论自己的经历,而后央求她读拉撒路复活的故事,并暗示她说要向她揭露一桩罪行。这一切事件都被安排在一天的范围内。[①]

与此同时,小说的情节常常又会被内在的独白和对人物精神世界铺张的描写所中断。一时间在主人公狂热的大脑中思绪翻滚,在下一瞬间他又陷入了失忆状态,在他杀人后就是这样。在热病中,"有时他觉得自己在那里躺了一个月了,有时又觉得仿

---

① 见《罪与罚》第三部第三章至第四部第四章。——译者注

佛完全是当天的事情似的。"即使是在梦魇结束后,在拉斯柯尔尼科夫的身体明显康复的时候,在以后的几章里,他还继续处于热病和半谵妄状态。这种"处于时间之外"的恍惚与小说时间的强化同样决定了小说的"灾难性"和虚拟现实性。

陀思妥耶夫斯基特意处理得近似于梦幻的小说的整个现实都是幻想性的。主人公常常觉得现实是病态的梦,而梦又激活了在现实中"未能充分体现"的感情和思想。拉斯柯尔尼科夫仿佛是在梦中犯了罪。后来在第三部的末尾,在噩梦中的拉斯柯尔尼科夫觉得自己似乎注定要永远杀人。斯维德利加伊洛夫的突然到来,让他觉得是梦的延续,更何况在谈话中他又说出了最幽暗、隐秘的思想,这一切让拉斯柯尔尼科夫甚至怀疑自己的对话者的真实性。

小说中的每个细节、每次相遇、事件的每一次转折尽管具有充分的现实逼真性,但时常会投下神秘的影子,或者会获得命中注定的不可更改的性质。偶然的巧合(比如在市场上偷听到明天丽萨维塔不在家)导致了他犯罪,"就像他的衣服被卷进了车轮,他也开始跟着被卷了进去一样"。杀人的每个细节都是具有意义的,象征性的,但这与给读者留下深刻印象的现实突出感并不矛盾。仅仅是关于斧头的细节就值得关注,拉斯柯尔尼科夫为它准备了挂在外套内左腋下的活套,因为他的锋口紧贴着心口,所以便于很快抽将出来。但是临到杀人前主人公想到了房东的斧头,他没有得手,这几乎毁了他精心构思的计划。"他突然眼睛一亮,离他两步远,在门房的里屋,有件东西在他的眼前发亮……他冲到斧头跟前去(那可是一把斧头呀),从长凳上把它拖出来,'不用去想,真是鬼使神差。'他怪模怪样地咧嘴笑着想道。这个偶然的机会异常地提起了他的精神。"(后来他将让索尼娅相信,"是魔鬼杀了老太婆",而不是他本人)拉斯柯尔尼科夫砍死老太婆用的是斧头背,也就是说利刃是向着他自己的,这就意味着拉斯柯尔尼科夫在用不正确的方法砍的时候,他自己也就成了牺牲者[1]。好像是为了逃避杀死自己,拉斯柯尔尼科夫用斧头砍死了丽萨维塔,可是事实上从丽萨维塔引出了后来引领拉斯柯尔尼科夫走向拯救的线索——索尼娅·马尔美拉多娃,她佩带的十字架就是这个无辜的牺牲者送的。后来,索尼娅给拉斯柯尔尼科夫读拉撒路复活的故事,用的就是丽萨维塔送的福音书。还有一个象征性细节的例子:过路的人由于怜悯拉斯柯尔尼科夫衣衫褴褛,还挨了车夫的鞭子,给了他20戈比,就像施舍乞丐一样,他厌恶地将银币扔进水里,"此刻他觉得仿佛一刀把自己跟一切人,一切事的关系都割断了似的"。

在《罪与罚》中,从斯维德利加伊洛夫所发现的圣母面容的"幻想性"这个意义上说,陀思妥耶夫斯基人物的性格也是幻想性的,"西斯廷教堂的圣母的脸是幻想性的,那悲戚的癫僧似的脸,你注意到了吗?"无法结合的东西(天使般的美丽和病态的紧张)的悖论式的结合,对陀思妥耶夫斯基的思维来说是非常典型的。《罪与罚》中所有

---

[1]　迈耶尔第一个注意到了这个细节,参见他的《夜之光·论〈罪与罚〉·细读实验》,1967年。——原注

人物的性格都处于这种对立面的结合中:高尚的杀人犯、贞洁的妓女、赌棍兼贵族、鼓吹福音书的醉鬼兼官吏。他们全都因为"处境的幻想性"而给人留下了深刻的印象。崇高的理想和卑劣的情欲、强盛和软弱、慷慨和自私、自卑和高傲以奇异的方式结合在这些性格中。"人是宽广莫测的,甚至太宽广了,可是我宁愿他狭窄一些……理智上认为是丑恶的,情感上却简直当做是美。"《卡拉马佐夫兄弟》中的这句话,绝好地注释了陀思妥耶夫斯基带到世界文化中的对人的心灵的新理解。

——БУГРОВ Б С,2006:397-400

练习思考题

1. 在认真阅读《罪与罚》、做好笔记的基础上,组织一次对拉斯柯尔尼科夫的"法庭"辩论,一组同学扮演"法官",另一组同学扮演"辩护律师"。

2. 《罪与罚》中有不少与宗教有关的情节,如多次出现的十字架,读《福音书》等,请找出有关的细节,并思考宗教在人物命运转折中的作用。

3. 请从《罪与罚》中找出有关孩子的描写,然后以《〈罪与罚〉中的儿童形象》为题目写篇小论文。

4. 将《罪与罚》同一部以福尔摩斯为主角的小说作比较,说明它同侦探小说的异同。

延伸阅读

何云波.1997.陀思妥耶夫斯基与俄罗斯文化精神[M].长沙:湖南教育出版社.

刘翘.1986.陀思妥耶夫斯基创作论稿[M].长春:吉林大学出版社.

刘亚丁.2008.文化试错的民族寓言:《罪与罚》的一种解读[J].外国文学研究(5).

彭克巽.2006.陀思妥耶夫斯基小说艺术研究[M].北京:北京大学出版社.

王志耕.2003.宗教文化语境下的陀思妥耶夫斯基诗学[M].北京:北京师范大学出版社.

赵桂莲.2002.漂泊的灵魂:陀思妥耶夫斯基与俄罗斯传统文化[M].北京:北京大学出版社.

参考文献

陀思妥耶夫斯基.1982.罪与罚[M].朱海观,王汶,译.北京:人民文学出版社.

巴赫金.1988.陀思妥耶夫斯基诗学问题[M].白春仁,顾亚铃,译.北京:三联书店.

维·什克洛夫斯基.1994.陀思妥耶夫斯基[M].张耳,译//世界文论编辑委员会.陀思妥耶夫斯基的上帝.北京:社会文献出版社.

托马斯·曼.1994.评陀思妥耶夫斯基——应恰如其分[M].张东书,译.陈恕林,校//世界文论编辑委员会.陀思妥耶夫斯基的上帝.北京:社会文献出版社.

БУГРОВ Б. С. 2006. Русская литература XIX-XX века. Москва Издательство московского университета.

ПИСАРЕВ Д. И. 1868. Борьба за жизнь. Дело(8)//. Материал из Википедии//http://ru. wikipedia. org/wiki/

第二十四章　《战争与和平》

列夫·尼古拉耶维奇·托尔斯泰（Л. Н. Толстой，1828—1910），伟大的俄国作家和思想家。出生于俄罗斯图拉省的亚斯纳亚·波利亚纳，自幼接受贵族家庭教育，肄业于喀山大学。曾参加在高加索袭击山民的战役和塞瓦斯托波尔保卫战。1852 年在《现代人》杂志上发表处女作《童年》（Детство），随后陆续发表《少年》（Отрочество，1854）和《青年》（Юность，1857）等小说。主要作品有小说《哥萨克》（Казаки，1863）、《战争与和平》（Война и мир，1869）、《安娜·卡列宁娜》（Анна Каренина，1877）、《伊万·伊里奇之死》（Смерть Ивана Ильича，1886）、《复活》（Воскресение，1899）、《哈吉-穆拉特》（Хаджи-Мурат，1904），剧本《黑暗的势力》（Власть тьмы，1886）、《活尸》（Живой труп，1900）等。由于家庭关系恶化，1910 年 11 月 10 日从亚斯纳亚·波利亚纳离家出走，中途患肺炎，20 日在阿斯塔波沃车站病逝。《战争与和平》创作于 1863—1869 年，被公认为是世界文学史上最伟大的小说之一。小说以 1805 年和 1812 年俄国与拿破仑统治下的法国的几次战役为背景，将宏观叙事与微观描写有机地结合起来，通过战争与和平场景的交替，勾勒出当时俄国社会的基本面貌，突出了战争的人民性问题和托尔斯泰本人的历史哲学观。

一、精彩点评

• 多么宏伟，多么严整啊！没有一种文学给我们提供类似的作品。上千个人物，无数的场景，国家和私人生活的一切可能的领域，历史，战争，人间一切惨剧，各种情欲，人生各个阶段，从婴儿降临人间的啼声到气息奄奄的老人的感情最后迸发，人所能感受到的一切欢乐和痛苦，各种可能的内心思绪，……在这幅画里都应有尽有。然而，没有一个人物挡住另一个人物，没有一个场面，没有一种感觉妨碍另一个场面和另一种感觉。一切都很妥帖、清晰，各部分明，彼此之间和整体的关系十分协调。类似的艺术珍品，而且是以最朴素的手法创造出来的珍品世界上还从未有过。（斯特拉霍夫，1982：111）

• 《战争与和平》一直被称为迄今为止最伟大的小说。……托尔斯泰企图通过人来表现历史、又通过历史来表现人，是承担了十九世纪创作家最伟大的任务，正如弥尔顿企图为辩护上帝对待人类的行动,承担了他那个世纪最伟大的任务一样。……《战争与和平》如此博大,每一位读者可以选出他最欣赏的文学成分。我们举出三点。这三点毫无疑问大家是注意到的。这三点是:包罗万象、自然和永恒。(克利夫顿·法迪曼,1983:325,329)

- 《战争与和平》给我们描绘了一幅人类生活的全景画面;当时俄罗斯的全景画面;各种事物的全景画面,其中贯穿有他们的幸福生活和伟大事业,也贯穿有他们的忧愁和他们的耻辱。这是一部惊人伟大的作品,虽然很多人感觉到它的伟大,但很少人理解它多么伟大。托尔斯泰是一个能揭示生与死的秘密的人。历史的意义、民族的力量、死亡的秘密、爱情和家庭生活的现实——这就是他所处理的题材。(莫德,1983:208)

二、评论文章

《托尔斯泰与陀思妥耶夫斯基》节选

⊙ [俄]德·梅列日科夫斯基,著

⊙ 杨德友,译

德·梅列日科夫斯基是俄罗斯白银时代(19—20世纪交汇期)著名的文艺学家,本人也是象征派诗人。托尔斯泰的人物描写艺术向来被作家和批评家推崇备至。在《托尔斯泰与陀思妥耶夫斯基》一书中,梅列日科夫斯基以拿破仑、小公爵夫人、玛利亚小姐等为例,详尽地分析了托尔斯泰在描述人物外在特征与内在精神气质相契合方面所运用的独特艺术手法。

我们从《战争与和平》最初几页就已知道,安德烈公爵的夫人,包尔康斯卡娅公爵夫人"那很好看的、长着轻轻发黑短须的上唇比牙齿短,但是在上唇张开的时候反而因此更可爱,而且,它有时更可爱地向前伸出,又盖在下唇上。"经过二十章后,这上唇又出现了。从小说开始,时间过去了几个月;"娇小的公爵夫人在此期间怀了孕,发胖了,但是一双眼睛和长短须又带微笑的短上唇依然高兴而可爱地向上扬起。"两页以后,"公爵夫人滔滔不绝地说着话;长短须的短上唇时时于瞬间内飞落,必要时就轻轻触及着绯红色下唇,于是闪亮的牙齿,还有眼睛又微笑开来。"公爵夫人对小姑——安德烈公爵的妹妹,女公爵玛利亚·包尔康斯卡娅谈论丈夫要去作战之事。玛利亚伯爵温柔的双眼指向她的腹部,说:"真的吗?"伯爵夫人脸上表情骤然变了。她叹息了,说:"是的,是真的。唉!这很可怕啊"……娇小公爵夫人的上唇向下降了。在一百五十页之内我们见过有不同形容语的这个上唇四次。在二百页之后又见："因为有了娇小公爵夫人细声和长有小须上唇上扬,露出雪白牙齿,谈话很和谐,很活跃。"在小说第二部中,她因分娩困难而死去。安德列公爵步入妻子房间;她已死去,那姿势和他五分钟以前见到她时一样;虽然目光已凝滞,双颊苍白,但在这张长着布满小黑须上唇的俊美娃娃脸上依然是那同一种表情:"我爱你们大家,对谁也没有做过错事,你们对我都做了些什么呢?"这是在 1805 年。"战争正激烈进行,战场正向俄国边境推进。"在描写战争的同时,作者仍不忘插叙,在娇小公爵夫人坟墓上方树立了大理石纪念碑,上面刻有一个天使,"她的上唇有些上扬,这上唇给她的脸上添加的表情,正是安德列在自己死去的妻子脸上看到的那种:'唉,你们为什么要对我这样做呀?'"许多年过去了。拿破仑完成了在欧洲的征战。他已经越过俄罗斯的边界。在秃顶山的寂静中,已去世伯爵夫人的儿子"长大,变了样,脸上透出绯红,长满深色的卷发,而且,自己也不知道,在高兴欢笑之时,总要抬起好看的小嘴的上唇,就像已故的娇小公爵夫人一样。"

在娇小公爵夫人生前、死后、又在她墓碑天使脸上、最后在她儿子脸上,反反复复地记述和强调面部的同一特征——她的"上唇",刻印在我们记忆之中,不可磨灭地、清晰地留存在那里。因此,我们一回忆这位小公爵夫人,便会想到她那上扬的、长有小须的上唇。

安德列公爵的妹妹,女公爵玛利亚·包尔康斯卡娅长着"两只沉重的大脚",在远处就能听到声音。"这是女公爵玛利亚的脚步声。"她"以沉重的步子"走进房间,"脚后跟先着地。"她的脸"因斑点发红"。在和哥哥安德列公爵正正经经谈他妻子时,她的脸"红得出现斑点"。因为未婚夫要来,家里人要为她梳妆一番,她觉得自己受到侮辱:"她着急了,脸上布满斑点。"在下一卷里,在和彼埃尔谈长老和香客等"笃信上帝的人"时候,她给弄糊涂了,"斑点发红起来"。在这最后两次提及玛利亚女公爵的红斑之间,是对奥斯特里茨战役、拿破仑胜利、各民族巨大规模的斗争、决定世界命运事件等的描写——但是,艺术家没有忘记,而且直到最后也忘不了他感到好奇的那种肉体特征。这样,他有意或无意地就也迫使我们记住了玛利亚女公爵明亮的眼睛,沉重的脚步和红斑点。的确,这些特征,无论显得多么外在和没有价值,但是事实上是和出场人物十分深厚与重大的内在精神特性联系在一起的:时而愉快地上扬的、时而可怜地下降的上唇,表现了娇小的公爵夫人孩子般的无忧无虑和无可奈何之情;而玛利亚女公爵笨重的步态表现出她整个外貌中缺乏女性的柔媚,但是她一对亮亮的眼睛和发红的斑点——是和她内在的女性的柔媚、健全的心灵的纯洁联系在一起的。有时候,这些个别特征突然引发出完整、复杂、巨大的画面,给这画面带来惊人的鲜明和立体性。

在荒凉的莫斯科发生人民暴动时候,在拿破仑进入莫斯科之前,罗斯托普钦伯爵为了平息群众强烈的怒火,指出了政治罪犯维列夏金;他被顺手指出,其实是完全无罪的;他被指责为间谍和"下流胚",似乎是因为他莫斯科才沦陷的;他细而长的脖颈,和全身的细小、单薄、脆弱都表现出这个牺牲品面对群众粗横、野兽般力量的艰难处境。

"'他在哪儿?'伯爵说;就在他问这话的时候,他看见从房屋角落后面由两名龙骑兵押送着走出一个年轻人,脖子又长又细"……他的一双"皮靴不干净,穿歪了,细长。在细而无力的脚上挂着镣铐"……"'把他带到这儿来!'罗斯托普钦指着最下一级台阶,说。——那青年人……笨重地踏上指定的那级台阶,叹了一口气,以顺服的姿势把两只细长的、没干过活的手放到肚子上……'孩子们!'罗斯托普钦说,发出有金属声的嗓音,'这个人,维列夏金,就是因为这个下流胚,莫斯科才遭殃的。'维列夏金抬起头来,想要捕捉住罗斯托普钦的目光。但是后者没有看他一眼。在青年人又细又长的脖子上,耳朵后面的血管涨了起来,发出青色,像细绳子一样。——人们沉默着,互相推挤着,越来越厉害……——'打他! ……让叛徒偿命,不能让他污染俄罗斯人的名誉!'罗斯托普钦大叫……"——"'伯爵! ……'在又降临寂静中,维列夏金怯懦的、同时又像在剧院里的声音传来。'伯爵,我们头上只有一位上帝……'"——"他那细脖子上粗血管又充满了血。有一个当兵的用他粗重的双刃刀打了他的头部……维列夏金惊恐地大叫着,用双手捂住头,向人群奔去。他撞在一个高身材男人身上,那男人用双手掐住维列夏金的细脖子,发出野性的吼叫,和他一起倒在向前涌来,呼号声冲天的人们脚底下。"刚刚犯过杀人之罪的这些人"面带病态而惋惜的表情,看着那具尸体,那一张脸发青色,沾满鲜血和尘土,又细又长的脖子已被折断。"

关于牺牲者内在的精神状态,只字未提,但是,在五页之内细长的这个词组成不同词组出现了八次之多:细长的脖子,细长的腿脚,细长的皮靴,细长的手——这一外在特征完全地描述了维列夏金的内心状态,他与群众的关系。

托尔斯泰惯常的艺术手段就是如此:从可见到不可见,从外在到内在,从肉体到灵魂,或者,至少,到"精神"。

有时候,出场人物外貌中这些重复描写的特征,仅仅是和整个作品最深刻的基本思想,和其活动主轴联系在一起的。例如,库图佐夫虚胖身体的沉重,他老年的懒散的福态和动作缺乏灵活等特征,表现出了他智慧的冷静的、观察入微的稳定性,他的基督徒式,或者,说得更准确些,佛教徒式排除一己意志的态度,对命运或上帝意志的忠诚;这位英雄,在托尔斯泰看来,首先是俄罗斯的、民族的英雄,是不行动,或者无为的英雄;与其对立的是西方文化中的虽然活动,却徒劳无功、轻率、勇猛、过于自信的英雄——拿破仑。

安德列公爵在第一次于查列沃耶——查伊米谢检阅军队时候观察过总司令:"从那时起,安德列公爵没有见到他;在此期间,库图佐夫更加发胖、臃肿,全身长着肥油。"他脸上和身上都显出疲倦。"他沉重地伸展腿脚,乘着自己那匹结实的矮马。"检阅之后,他走到场外,脸上显出"计划在出场之后可得到休息的人士之满足的喜悦。他把左脚从镫子中拉出,全身倾倒,因费力气而皱起脸皮,困难地把左脚放在马鞍上,用膝盖撑着,嗨哟地叫了一声,落到哥萨克们和副官手上,他们都扶住了他……他向前踱去,步态前倾,沉重地走上台阶,那台阶在他的重量下吱吱发响。"从安德列公爵那里得知他父亲去世的消息后，他"沉重地，从胸膛底部发出一声叹息，沉默了。"然后。"他拥抱了安德列公爵，把他紧贴在自己肥厚的胸膛上，很长时间没放开。在放开时，安德列看到，库图佐夫肥而厚双唇抖动着，热泪满眶。他叹息了，用双手扶着凳子，要站起来。"在下一章里，库图佐夫"笨重地站起来，拉平了肿胀脖子上的皱纹。"

另外一位俄罗斯英雄——普拉东·卡拉塔耶夫体态给人留下的"圆形"印象，具有同样深刻的，似乎甚至是神秘的意味：这一圆形形象体现了一切普通、合乎自然、自然而然事物的永恒不动的环境，封闭的、完成的和自满的环境——在艺术家看来，这是俄罗斯民族精神的首要本质。"普拉东·卡拉塔耶夫在彼埃尔心里留下了对一切俄罗斯的，善的和圆形事物的永恒、最强烈和最珍贵的回忆和体现。另一天，在黎明之时，彼埃尔望见了自己的邻居，完全证实了对某种圆形事物的第一印象：普拉东穿着用细绳束起来的法国式外套，戴着无沿帽，穿着树皮鞋——整个形体是圆形的，头是完完全全圆形的，后背、胸膛、双肩，甚至似乎时时准备拥抱什么的双手，是圆形的；愉快的微笑，一双栗色的温柔的大眼睛是圆形的。彼埃尔觉得，'甚至在这个人的气息中，都有某种圆形的东西'。"在这里，外在的躯体特征被发展到了似乎是最高程度的几何图形的简洁与鲜明，仅凭这一特征就表达了一种巨大的和最抽象的综合；这种综合和全部托尔斯泰的、不仅艺术上的，而且还有形而上学和宗教上的创作之最基本、内在基础联系在一起。

在他的笔下，人体的个别部分也具有这样令人难忘的综合性表现力，如拿破仑和斯佩兰斯基的手，这是有权势者的手。面对联军，皇帝们会见之时，拿破仑把荣誉军团奖章送给了俄国士兵；他"从白小手上摘下手套，把它撕碎了，扔了。"几行以后："拿破仑向后收回自己的肥软小手"。尼古拉·罗斯托夫回忆起了"独断专行的波纳巴特及其白白的小手"。在下一卷里，在和俄国外交家巴拉舍夫谈话时，拿破仑用"自己又小、又白、又肥软的手"做出一个有力的提问姿势。

艺术家不满足于对手的描写，还向我们展示主角的赤裸肉体，令其脱离人类权力与荣誉诸多令人迷乱的标志，使其返回我们共同的原初状态——动物性特征，并且让我们深信，这位"半神"也有像我们大家一样的脆弱肉体，这样的"死亡的躯体"，用使徒保罗的话来说，这样的"灰烬"，正如"炮灰"一样，因为其余的人在拿破仑看来，就是炮灰。

在鲍罗金诺战役前一天清晨，皇帝在帐篷里洗澡："他用鼻子出出气，用嗓子哼哼着，一会转过肥厚的后背，一会转过长满黑毛的肥软前胸，让近侍用刷子轻轻地刷。另外一名近侍则用指头捏着一个小瓶子，往皇帝那精心保养的身体上洒香水，那副表情是说，只有他一个人才可能知道应该往什么地方、洒多少香水。拿破仑的短发湿淋淋的，乱乱地贴在在前额上。但是，他的脸虽然浮肿，发黄，却表露出肉体的舒适。'喂，再来一次，喂，劲儿再大点'，他一面凑过身去，一面哼哼着，对给他擦澡的近侍说，不断地弯下腰去，把肥圆的肩膀凑过去。"

拿破仑的肥软小白手，像他精心保养的肥胖躯体一样，在艺术家的想象中，看来是要说明他缺乏体力劳动,这暴发户"主角"属于"坐在劳动人民肩上"的"游手好闲"之辈;而这些手上有污泥的"平民",他们是那样冷漠地、在小白手一挥之下去送死,像"炮灰"一样。

斯佩兰斯基也长着"白皙肥软的双手"在描写这两只手时,托尔斯泰似乎有些滥用了重复与强调这些他偏爱的手法:"安德列公爵观察了斯佩兰斯基的全部活动;这个前不久的卑微不足道的神学院学生,现在,手里——那一双白皙而肥软的手——却掌握着俄罗斯的命运,——包尔康斯基就这样看。"——"安德列公爵在其他任何人那里也没有见过面容和尤其是双手如此细嫩的白皙——手有点大,但是不同寻常地肥软、细致的白皙。脸色的这种白皙和细嫩,安德列只在长期住医院的士兵脸上见过。"不久以后,他又"不由自主地望着斯佩兰斯基又白、又嫩的手,就像一般人望着有权有势的人之手一样。那冰冷的目光和这细嫩的手不知为什么,令安德列公爵恼怒。"似乎该到了一段落了:不管读者怎样健忘,他也永远不会忘记,斯佩兰斯基有一双白而肥软的手。但是,艺术家还嫌不够,几个场景过后,这个细节又不知疲倦地、顽强地卷土重来:"斯佩兰斯基向安德列公爵伸出自己一只又白又嫩的手。"紧接着还有:"斯佩兰斯基用自己雪白的手抚摸了女儿。"到最后,这只手开始像妖魔一样追随我们:它似乎脱离了身体其他部分——像公爵夫人的上唇一样——自作主张行动起来,享有自己特殊的、奇怪的、几乎是超自然的生命,就像幻想中的人物,有如果戈理的《鼻子》一样。

有一次,托尔斯泰把作为艺术家的自己和普希金加以比较,并告诉别尔斯说,他们的区别之中有一项是,"普希金描绘一个艺术细节是随随便便的,他不关心读者是否注意到、是否理解;而他自己呢,则似乎要用这个艺术细节紧紧抓住读者,非向读者说个明白透彻。"这个比较乍看上去更意味深长。的确,托尔斯泰是"紧紧抓住读者"的,不怕令读者生厌,定要加深描写,反反复复,坚持不懈,层层着色,涂了又涂,把色彩弄得浓重又浓重,而普希金,则轻轻触及,用笔一带,看似不经意,不够小心,而事实上,那笔触是有无限信心的,忠诚的。我们总是觉得,特别是在散文中,普希金是吝啬的,甚至是枯燥的,给得太少,让人想得更多。而托尔斯泰给得多上加多,我们再也不想多要——我们即使没有撑坏,也已饱上加饱了。

普希金的描写技法像是古代佛罗伦萨大师的薄层水色颜料,或者庞贝城的壁画及其均施的、暗淡的、透明有如空气的彩色,这彩色宛如清晨雾霭一样,连画稿线条也压不住。而托尔斯泰具有北方大师们那种更浓重、粗厚,但也同样更为强力的油画色彩:与深厚、不可穿越的种种黑暗却依然生机勃勃的阴影并列的是——突如其来、令人目眩、似乎穿透一切的光线的条条光芒;这光线突然从黑暗中射出并照亮某一个别形体——赤裸的躯体,运动极其迅速中多样的衣褶,或者被热情或者痛苦扭曲的面容之一部分;这光线还赋予这一切惊人的、几乎是排斥性和令人惊骇的生命力,似乎艺术家在被引导向最后界限的自然中寻找超自然物,在被引导向最后界限的肉体中寻找超肉体之物。

似乎可以说,在世界文学中,在用语言描绘人体方面,没有与托尔斯泰可伦比的作家。他虽然滥用重复手法,但并不多见,因为他用这个方法时大部分是要满足他的需要;他从来没有滥用其他甚至是强而有力又经验丰富的大师那里常见的,在描写出场人物时关于各种复杂躯体特征的冗长堆积。他追求准确、朴实和简明,只选择为数不多细小的、难以为人所发现的个人的特殊之处,却又不是一下子,而是慢慢地、一个接一个地对待,分布在叙事全过程中,将其纳入事件的展开,场景的有机组织之中。

——梅列日科夫斯基,2000:171-178

练习思考题

1. 《战争与和平》以"四大家族"为主线,把故事串联起来,除此之外,还有一个维度即俄国的普通民众。请设计一个场景,如广场集会、沙龙、圆桌会议等,将学生分成五组,分别代表四大家族和俄国民众,并按各自的身份地位,针对拿破仑进入莫斯科城,进行对话,从而发表各自的见解。
2. 读了《战争与和平》中安德列·包尔康斯基负伤后仰卧奥斯特里兹原野的场景后,请写一篇800字的读书笔记。
3. 《战争与和平》中作者为什么用相似的手法描写拿破仑与库图佐夫的外貌?
4. 试析小说中作者是如何书写彼得堡与莫斯科的形象。
5. 《战争与和平》中"家庭的思想"与"人民的思想"之间有什么关系?

延伸阅读

布宁.2000.托尔斯泰的解脱[M].陈馥,译.沈阳:辽宁教育出版社.

贝奇柯夫.1981.托尔斯泰评传[M].吴钧燮,译.北京:人民文学出版社.

列夫·托尔斯泰.1984.托尔斯泰文学书简[M].章其,译.长沙:湖南人民出版社.

雷成德,等.1985.托尔斯泰作品研究[M].西安:陕西人民出版社.

莫德.1984.托尔斯泰传[M].宋蜀碧,徐迟,译.北京:北京十月文艺出版社.

邱运华.2000.诗性启示-托尔斯泰小说诗学研究[M].北京:学苑出版社.

上海译文出版社,编著.1983.托尔斯泰研究论文集[M].上海:上海译文出版社.

赵桂莲.2002.生命是爱——《战争与和平》[M].昆明:云南人民出版社.

参考文献

列·托尔斯泰.2008.战争与和平[M].刘辽逸,译.北京:人民文学出版社.

克利夫顿·法迪曼.《战争与和平》英译本序[M].董衡巽,译//陈燊,编选.1983.欧美作家论列夫·托尔斯泰.北京:中国社会科学出版社.

莫德.托尔斯泰一八五二年至一八七八年间的作品[M].薛鸿时,赵蔚青,杨静远,译.杨静远,校//陈燊,编选.1983.欧美作家论列夫·托尔斯泰.北京:中国社会科学出版社.

梅列日科夫斯基.2000.托尔斯泰与陀思妥耶夫斯基[M].杨德友,译.沈阳:辽宁教育出版社.

斯特拉霍夫.列·尼·托尔斯泰伯爵的《战争与和平》第五、六卷[M].冯增义,译//倪蕊琴,编选.1982.俄国作家批评家论列夫·托尔斯泰.北京:中国社会科学出版社.

第二十五章 《樱桃园》

安东·巴甫洛维奇·契诃夫（Антон Павлович Чехов，1860—1904），俄国小说家、戏剧家。生于罗斯托夫省塔甘罗格市。祖父是赎身农奴。父亲曾开设杂货铺，1876年破产，全家迁居莫斯科，但契诃夫只身留在塔甘罗格，靠担任家庭教师以维持生计和继续求学。1879年进莫斯科大学医学系。1884年毕业后在兹威尼哥罗德等地行医，广泛接触平民和了解生活，这对他的文学创作有良好影响。他写了一系列反映知识份子思想探索，揭示由庸俗生活引起的愤懑情绪的小说，如《带阁楼的房子》（Дом с мезонином，1896）、《姚尼奇》（Ионыч，1898）、《带狗的太太》（Дама с собачкой，1899）、《在悬崖》（В овраге，1900）等作品，还有具有巨大社会概括力的小说，如《六号病室》（Палата №6，1892）、《套中人》（Человек в футляре，1898）。1891年后，契诃夫将重心转向戏剧创作，1896年剧本《海鸥》（Чайка）在莫斯科艺术剧院上演获得空前成功。之后，《凡尼亚舅舅》（Дядя Ваня）于1899年、《三姊妹》（Три сестры）于1901年、《樱桃园》（Вишнёвый сад）于1904年分别上演，奠定了他在戏剧史上的声誉。这些话剧的导演斯坦尼斯拉夫斯基也逐渐创立了自己的表演体系。《樱桃园》围绕贵族郎涅夫斯卡雅的樱桃园的保留和拍卖，展开了不同阶层、不同年龄的人们的精神碰撞。

一、精彩点评

• 赋予《樱桃园》中的罗巴辛以夏里亚宾[①]的豪放，赋予年轻的安尼雅以叶尔莫洛娃[②]的热情，并让前者用自己的全部力量去砍掉衰朽的东西，而让同彼得·特罗菲莫夫一起预感到新时代即将来临的年轻姑娘向全世界喊道："新生活万岁！"那你就会明白，《樱桃园》对我们来说正是一个活生生的、可亲的、同时代人的剧本，契诃夫的声音在其中有力地、令人激动地鸣响着，因为他不是向后看，而是向前看的。（斯坦尼斯拉夫斯基，1979：326）

---

① 费·夏里亚宾（1873—1938），俄罗斯歌唱家。——译者注
② 叶尔莫洛娃（1853—1928），俄罗斯表演艺术家。——译者注

- 陈旧的美崩裂了,一如神甫的十普特①重的女儿的胸衣崩裂。在斧头声中,樱桃园被拍卖了,连同它那些刺绣、一打半的路易风格的红家具和被陈腐的语言磨损的衣帽间。(МАЯКОВСКИЙ В. В. ,1978:298. 刘亚丁,译)

- 无疑,《樱桃园》的意蕴联系着"樱桃园的易主与消失"这个戏核。但随着时代的演进,从这个戏核可以发出种种不同的题旨来。在贵族阶级行将就木的 20 世纪初,由此可以反思到"贵族阶级的没落";在阶级斗争如火如荼的十月革命后,由此可以导引出"阶级斗争的火花";而在阶级观点逐渐让位给人类意识的本世纪中后叶,则有越来越多的人从"樱桃园的消失"中,发现了"人类的无奈"。在最早道出这种新"发现"的"先知先觉"中,就有比契诃夫晚生 9 年但比契诃夫多活 55 年的契诃夫夫人克尼碧尔。她也是"樱桃园的女主人"一角的最早的扮演者。在她去世前不久的 20 世纪 50 年代末,像是留下一句遗言似地留下了这样一句话:"《樱桃园》写的乃是人在世纪之交的困惑。"(童道明,2004:287-288)

二、评论文章

《预见未来》节选

⊙ [俄]B. 波格丹诺夫,著
⊙ 刘亚丁,译

1982 年,莫斯科出版《樱桃园》的一个版本时,B. 波格丹诺夫写了序言《预见未来》。在该文中,他对《樱桃园》的内涵作出了独特的解释:俄罗斯生活的非正常秩序,导致了人们的不幸。《樱桃园》的人物处于"生活悖谬"的压力之中,他们既非天使,又非恶魔。

契诃夫竭力表明,人们的不幸和社会困顿,具有比"恶棍的主动行为"要深刻得多的原因。离开历史舞台的主人与进入它的主人之间的矛盾固然加剧、激化了俄罗斯生活的戏剧性,但是契诃夫认为,基本的邪恶在另一方面,在于俄罗斯生活的非正常的秩序,在于社会、精神、日常生活关系的无处不在的非组织性。比如,造成科罗列夫(《现实中一幕》)不幸的不仅有工人,还有厂主,甚至还有一开始就出现的不可理喻的神秘的东西。他甚至想到了"红眼睛魔怪""哄骗所有人的魔鬼"。最后他得出了结论:在人们之间有一种"隔阂""逻辑悖谬"。

---

① 　一普特约等于 16. 38 千克。——译者注

因此，契诃夫认为，有总体的、决定一切的景况，按照他的信念，它加深了无所不在的困顿，剥夺了强者和弱者的人性和幸福感。

剧本的戏剧行动也揭示了《樱桃园》主人公们生活和行为中的"悖谬"。

当罗巴辛向郎涅夫斯卡雅说明了避免破产的唯一途径的时候，加耶夫和郎涅夫斯卡雅是如何回答他的提议的呢？

> 加耶夫：对不起，你谈的都是废话。
>
> 柳鲍芙·安德列耶夫娜：我不大懂你的意思，叶尔莫拉·阿列克塞耶维奇。（契诃夫，1980:353）

罗巴辛再一次回到这个话题，提出愿意提供真诚无私的帮助："别墅的事情，只要你拿定了主意，我马上就到哪儿去给你弄 5 万卢布，请你好好考虑一下吧！"反应却是：瓦里雅勃然大怒，加耶夫骂他是势利小人。

在第二幕里罗巴辛已经不再提建议了，而简直就是在央求了。

> 罗巴辛：我告诉过你们，说你们的地产不久就要被抵押拍卖了，我说的全是清清楚楚的俄国话呀，可是仿佛一句话都听不懂。
>
> 柳鲍芙·安德列耶夫娜：那么我们该怎么办呢？告诉我们该怎么办？
>
> 罗巴辛：我每天都跟你说，我每天说的都是同一句话。要明白这个，只要你一下决心，肯叫这里盖起别墅来，那么，那么所需要的款子，要借多少就能借到多少，你们就有救。
>
> 柳鲍芙·安德列耶夫娜：请原谅我吧，什么别墅呀，什么租客呀，哎，多俗气呀。
>
> 加耶夫：我完全同意你的话。
>
> 罗巴辛：你这话叫我不是哭就是叫，要不然就得晕过去。我可再也受不了啦！你真要我的命！（契诃夫，1980:371-372）

在第三幕中，郎涅夫斯卡雅的行为已经完全失去了逻辑。城里在开拍卖会，庄园里却在办舞会，大厅里乐队伴奏，人们翩翩起舞。就连柳鲍芙·安德列耶夫娜本人也明白眼前的一切是不合时宜的："乐队今天来得偏偏不是时候，我们的舞会偏偏选在这么一个别扭的日子……咳，算了，也没有什么关系。（坐下，低唱着）"

在交际舞第一对中出现的夏洛蒂，给客人们耍魔术，并以其魔术花招震惊了客人们的想象力，她把这场与城里的结局相对比的舞会看成是十足的荒诞。所发生的一切似乎都是幻影的反光。好像是在评价舞台上发生的一样，罗巴辛说："我们所过的生活简直糊涂透了"，"这么烦乱，这么痛苦的生活"，"现在可好，颠三倒四，全乱了"。费尔斯附和着他。

契诃夫的主人公们常常感到自己处于生活不正常的、荒唐的结构压力之下，他们生活在"逻辑悖谬"的威严的、无法抗拒的影响之下。这种"逻辑悖谬"把他们中的大部分人变成了自己的工具。但是不管"逻辑悖谬"如何支配人,契诃夫绝对不认同它是预先决定的、是命中注定不可避免的观点。在将自己的主人公们描写成矛盾性人物的时候,契诃夫并不认为他们是"无罪的罪人",决不推卸他们在制造"颠三倒四的生活"上的责任。

前面已经指出,在契诃夫的笔下,没有"恶棍"和"天使",他也不会将自己的主人公划分为正面人物和反面人物。在他的作品中经常碰到大量"既好又坏"的主人公,或者是就像他所描述的《林妖》中的出场人物一样,是"好的、健康的人",也是可爱的人,只是"一半是如此"。这样的人物对传统的戏剧分类原则来说是陌生的,这导致在剧本中出现了包含着矛盾着的特点的、甚至是互相包含的特点的性格。

郎涅夫斯卡雅不切实际、自私自利,在情欲方面表现得低劣、庸俗,可是她又是善良的,富有同情心,在她身上爱美之心并没有枯萎。罗巴辛真心想帮助郎涅夫斯卡雅,对她表达了真诚的同情,赞同她对樱桃园的美的欣赏。契诃夫在关于《樱桃园》排演的信中强调说:"罗巴辛是中心人物,要知道,这不是庸俗意义上的商人,他是个心肠很软的人,从各方面看,他都是体面的人,他应该保持着得体、文绉绉的姿态,不低俗,没有机心。"可是这个心肠很软的人却是个掠夺者。彼嘉·特罗费莫夫解释罗巴辛的意义时说:"在新陈代谢的意义上看需要凶残的野兽,它要吞下落在他路上的一切东西,因此就需要你这样的家伙。"就是这个心肠很软的、体面的、文绉绉的人吞掉了樱桃园。

对性格如此多侧面的描写需要艺术的客观性,这是契诃夫美学的基石。但是在他的主人公们的行为中,作家区分了"自主"的动机和"非自主"的动机。他不是任意混淆,而是将那些矛盾的、有明确的目标的行为同受情势影响的行为相结合。这样契诃夫就在足够明确的道德评判中实现了客观的、多侧面的性格描写。……

——БОГДАНОВ В,1982:3-22

《契诃夫〈樱桃园〉中的语言行为》节译

⊙ 欧文·迪尔,著

⊙ 刘亚丁,译
　李兵,校

一般的批评家认为,契诃夫的戏剧缺乏戏剧冲突,其对话也缺乏逻辑性。欧文·迪尔的《契诃夫〈樱桃园〉中的语言行为》可以算是一篇小题大做的论文。该文讨论了契诃夫《樱桃园》中的一段对话,通过深入分析,他得出了令人信服的结论:这段对话既是人物内心矛盾的体现,又是其避免行动的方式。

在处理契诃夫的未删节的长剧时,导演和演员都会遭遇到许多棘手问题,尤其是他们在试图揭示和表现契诃夫的那些重要的戏剧性对白时,更是困难重重。困难并不在于契诃夫的对白要求多高的表演技巧,而恰恰在于它们没有明显的形式。它们看起来是混乱的、分散的、互不相关的。以《三姐妹》第一场中一个简短的场景为例。奥尔加一面改学生的练习簿,一面自言自语地回忆父亲的葬礼,抱怨工作的枯燥乏味,谈论长久以来去莫斯科的梦想。伊丽娜习惯性地提及了莫斯科的话题,于是奥尔加再次陷入了她的"内容丰富"的言语中:

> 像你今天这样精神焕发,看上去比平常更美丽了。玛莎也很美。安德烈本来该很好看的,可惜他长得太胖了,这对他很不相称。只有我,老了很多,也瘦得很厉害。这都是总跟学生生气的关系。你看,我今天一待在家里,清闲一天,头也不疼了,自己也觉得比昨天年轻了。我才 28 岁……一切都好。自然什么都是由上帝给我们决定的,不过我想假如我早就结了婚,整天待在家里的话,恐怕还要好得多啊。(停顿)我一定会爱我的丈夫。(契诃夫,1980:248)

如果看到契诃夫的戏剧中充斥着诸如此类联想丰富的谈论,就不难理解,为什么某些批评家(如华·克尔①、威廉·阿切尔②)会把契诃夫的剧作视为缺乏冲突和进展的、没有形式的堆砌物。

……

在契诃夫的对白中,即使其意思清晰、逻辑连贯,也常常会因为别的原因而产生模糊不清的感觉。剧作中的对白通常是双向的、同时性的交际手段:人物间在直接对话,同时他们也在间接对观众说话。但是在契诃夫的剧作中,这两种对话功能似乎常常是分离的。人物好像只是在神情恍惚地自言自语,其实主要是要给观众作出直接解释。契诃夫似乎比叶·斯克里布③更胜一筹。叶·斯克里布让人物为观众提供背景信息时,须得安排两个仆人来台上一面掸灰尘一面交谈。契诃夫只需一个人物就能对付,而且不用掸灰尘。

比如在《樱桃园》中,商人罗巴辛和女仆杜尼亚莎开场的对话就很值得思索。杜尼亚莎在焦急地等着女主人郎涅夫斯卡雅和随从乘坐的火车。后来她告诉罗巴辛火车已经到了,他回答说:"……谢天谢地……可是火车误了多久哇?至少也有两个钟头。(打着呵欠,伸着懒腰)你看我这是怎么啦?我真是糊涂透了。我是特意为了到火车站去接他们才来的,可是我一下子就睡着了。你可该把我喊醒了的呀。"杜尼亚莎回答说:"我以为你已经去了。(倾听)像是他们已经到了。"罗巴辛也倾听着,然后回答说:

> 不是,他们还得领行李什么的。(停顿)柳鲍芙·安德列耶夫娜在国外住了 5 年。可不知道她变样儿没有?她为人可真好啊!没有架子,待人

---

① 瓦·克尔(1913—1996),美国作家、百老汇批评家。——译者注
② 威廉·阿尔切(1856—1924),英国批评家。——译者注
③ 叶·斯克里布(1791—1861),法国剧作家。——译者注

心眼儿又那么好。我记得我才 15 岁那一年,我父亲在这个村子开着一个小铺子,有一天,他一拳头打到我脸上,把我的鼻子打得直流血……那天我父亲喝醉了,我们也不知道为什么到这座园子里来的,我记不得了。柳鲍芙·安德列耶夫娜那时还那么年轻,啊,还那么瘦弱,这我可记得跟昨天的事情一样清楚。她把我领到洗脸盆前,就在这儿,就是这间幼儿室里。"别哭了,小庄稼佬,"她说,"等一结婚就什么都找补回来了!"(停顿)"小庄稼佬!"……真的,我的父亲确是一个低贱的庄稼佬,可是我现在已经穿起白背心黄皮鞋来了;你很可以说我这是长着猪嘴的也吃起精致点心来了;我一下子就阔起来了,手里有了一堆堆的钱,可是等你走近仔细看看,实际上照旧还是庄稼佬里的一个庄稼佬。(翻着书)就跟这本书一样似的,我读了又读,可是一个字也不懂;我坐在那儿读着读着就睡着了。(停顿)(契诃夫,1980:342-343)

杜尼亚莎好像一个词也没有听到一样,她回答说:"连家里这群狗都整夜没有睡觉,它们晓得主人们要回来了。"

正如我们看到的那样,罗巴辛和杜尼亚莎之间只是时不时地交谈两句。尽管舞台上只有他们两人,但他们与其说是在交谈,不如说是在自言自语。罗巴辛长长的独白似乎只是给观众提供背景信息。杜尼亚莎对如此专注于自己话语的罗巴辛没有作出任何回应。她对他说的要么早已知道其内容,要么当时她完全不感兴趣。他的话没有引起她的任何反应。这里似乎不存在人物之间的戏剧关系,也不存在人物自己与其所处环境的关系。

莎士比亚的人物在自言自语时,显然是陷入了剧作中的中心冲突,并会导致新的行动。就以麦克白的"要是干了以后就完了"那段独白为例。麦克白所说的每句话都反映了他克服良心焦虑的努力和对报应的担忧。这一段独白成了鞭策他走向弑杀邓肯的关键点的过程中的重要一环。与莎士比亚的独白一样,很多现代剧作中的独白显然是与剧本中的中心冲突和情节相关联的。比如在培尔·金特自言自语地谈论奴仆安妮特拉的美貌(见易卜生的《培尔·金特》)时,我们一刻也不会感到茫然。我们看到了他先前就表露出来的白日做梦的倾向。他对这个姑娘的美化与她肮脏的脚和自私的行为形成的对比很快就不仅向我们表明培尔是什么样的人,而且也预示他会因钱财而被她断送。

即使我们假设罗巴辛处于半醒半睡状态,因而并不指望其言谈如麦克白或培尔·金特那样言之有物,但他的话依旧像是废话连篇。阿瑟·米勒的推销员威利·洛曼是个神志恍惚、精神颓丧的人物,他常常自言自语。尽管威利或许神志恍惚,常常"沉溺于怀旧中",但米勒显然总是要赋予他的自言自语以某种意义。正如总是伴随着威利的"喃喃自语"的倒叙所表明的那样,威利既试图重温被美化的过去的梦幻,又因为过去的错误而深深自责。另一方面,在罗巴辛所说的话中,似乎没有什么是在表达他的感觉或愿望。难怪导演和演员难以了解契诃夫的对话是如何表现人物，或是如何表现剧作中的冲突的。

但是，仔细研究这段对白就可以揭示出，罗巴辛杂乱无章的议论实际上表现了剧本作为中心冲突组成部分的内部冲突。罗巴辛只是部分地完成了他迎接郎涅夫斯卡雅回樱桃园的意图。本来他要到火车站去接那一行人，结果却睡着了。醒来后他责备自己未能完成自己的意图。他的沉思是以自责的调子开始的，也是以自责的调子结束的。他似乎在责备自己内心的冲动和愿望，它们阻碍了达成目标的自觉性意志。

其实，罗巴辛在罪孽感中备受煎熬，有比睡过头更深在的原因。他甚至质疑自己呆在樱桃园的权利。"我父亲确是一个低贱的庄稼佬……我也是庄稼佬。"因为出身和教养都是农民，他对自己在郎涅夫斯卡雅面前的卑躬屈膝深有感触。他还回忆起，当时在幼儿室的荣耀抵偿了挨父亲揍的耻辱。现在作为一个被解放的农奴，他有钱，有成为贵族的愿望。他责备自己想超越自己阶级的念头："长着猪嘴的也吃起精致点心来了"，实际上他想做的正是这桩事。正是因为如此，在他发现农民穿白背心的不协调的时候，他正在努力协调自己内心各种愿望的斗争。

在冲突的愿望中他所受的煎熬是如此严重，甚至他在"谈论叫醒自己"的时候，这谈论本身也成了白日梦的一种形式。在他试图被"叫醒"，并去迎接郎涅夫斯卡雅的时候，他恰好陷入了冥想：过去的樱桃园对他意味着什么："我记得我才15岁那一年……"他的冥想开始于试图廓清自己的问题，但是最终却变成了对问题的逃离。由于专注于在他看来似乎是不能解决的问题，他失去了行动的意志。在结尾时他只剩下了自责，因为他确实不能获得贵族体面的阅读技巧。他用对自己问题的认知来代替了对问题的解决。

罗巴辛的这段台词显然是非功能性的，实际上却从几个方面发挥了功能。首先，有责备自己规避了对郎涅夫斯卡雅应负的责任的意思。其次，这可以帮助他形成对这种责任的重要性的认识，并使他更清楚地意识到必须更加努力去践行这责任。第三，这使他能够以谈论对问题的认识来代替解决问题，从而逃避这些问题的现实性。因为第三个功能是同前两个功能相对立的，所以罗巴辛对白的词语像是他梦呓般的行动：它形成了他试图在协调自我的矛盾中采取行动的一种张力。

这个剧本中的主要人物在面对问题时，都采取了与罗巴辛相似的方式：像他一样，在冲动和愿望的矛盾中他们备受煎熬。郎涅夫斯卡雅太太和加耶夫都满怀激情要不惜任何代价保住樱桃园，但他们阻止采取任何形式来保住它，因为他们的愿望是要原封不动地保持作为过去的象征的樱桃园。安娜和彼嘉·特罗费莫夫深深地相爱着，但是他们压抑结婚的念头，因为他们都要为纯粹的理想献身。

因为主要的人物实现任何重要目标的尝试都受到其相反力量的阻碍，所以他们像罗巴辛一样，往往会沉溺于白日梦。与罗巴辛一样的另一种情形是，他们出于两种相反的原因而需要有所行动，一种原因是重新审定目标，另一种原因是逃避他们实现目标所要遇到的困难。郎涅夫斯卡雅太太和加耶夫在面对问题现实性的时候会感到恼火，于是他们同罗巴辛一样，他们就逃逸到过去中去。郎涅夫斯卡雅太太狂热赞美对她有特殊意义的幼儿室；加耶夫发表了一大段关于橱柜的台词，大谈特谈它对他们家族的意义。不管是对幼儿室的狂热赞美，还是对橱柜的热情颂扬，最后还是提醒郎涅夫斯卡雅和加耶夫注意到了问题的存在。像罗巴辛一样，他们变得更加坚定要解决问题；他们也同罗巴辛一样，把对问题的认识当成了对真正解决问题的一种安逸的逃遁。

如同罗巴辛的白日梦一样，郎涅夫斯卡雅和加耶夫，还有其他重要人物，常常采用感伤的语调来谈论樱桃园。几乎所有的人都把它想象成乌托邦，在那里他们可以把自己渴望的、目标明确的、统一的生活变成现实。它成了每个人为之奋斗的理想的象征。在思忖和讨论自己想象的理想世界的时候，契诃夫的人物获得了目标感。他们诱使自己相信他们确实可以把协调和目标带进自己的生活。

但是他们偶尔也会发现，他们逃进感伤的白日梦实际上阻止了他们解决任何实际问题。正如彼嘉·特罗费莫夫所说："这很明显，我们的一切漂亮的谈论，只是骗骗自己，骗骗别人罢了。"瓦里雅也意识到，希望罗巴辛萌生娶自己为妻的意愿，通过空谈是没有效用的。她说："整整有两年了，什么人都跟我谈论他，个个都谈论这件事，可是他自己呢，不是一字不提，就是拿这件事开玩笑。"也正是这对目的和行为之间差异的认识，促使他们为实现自己的目标而斗争。罗巴辛一次次地劝说郎涅夫斯卡雅太太：如果她想保住樱桃园，就要把它变成商业用地。加耶夫试图以直面问题来取代堕入白日梦和感伤谈论。郎涅夫斯卡雅太太竭力关注眼前的问题，而不是沉溺于过去的幸福。但是这些人物总是在做着实现目标的梦，并且用这种梦幻来替代现实中目标的实现。同时由于他们常常让自己的思想和言论代替本来可以帮助他们实现自己愿望的直接行动，他们必定失败。罗巴辛买了樱桃园后对郎涅夫斯卡雅太太说："谁叫你不听我的话呀？我可怜的、善良的柳鲍芙·安德列耶夫娜呀！事到如今，可已经太晚啦。啊，要是能够把现在的一切都结束了，可多么好哇！啊，要是能够把我们这么烦乱、这么痛苦的生活赶快改变了，那可多么好啊！"

因此，契诃夫的对白在产生功能的时候，正是由于它常常具有混乱的、无形式的性质，而不是相反。借助于这样的对白，契诃夫实现了明确的意图：即突出人物以现实行动解决问题的意愿同回避解决问题的白日梦意愿之间的持续的冲突，以及他们以种种方式大做白日梦来逃避问题的愿望。正是因为谈话既为他们提供了一种斗争的方式，又为他们提供了一种逃避的方式，他们因此得以回避拯救樱桃园的努力。因此，契诃夫的对白非但不是无关紧要的东西，实际上反而是对《樱桃园》中心冲突的最本质的表达。

——Deer I,1958:30-34

练习思考题

1. 将《樱桃园》改编为三场话剧,以进行课堂演出,或拍 DV,尽量吸收更多的同学参与。

2. 契诃夫在《樱桃园》的标题下标了"四幕喜剧"的说明,你认为这个剧作是悲剧,是正剧,还是喜剧,请说明你的理由。

3. 从《樱桃园》中找出彼嘉·特罗费莫夫和安尼雅之间的对白,并从中思考他们对现实的认识和对未来的展望。

延伸阅读

蔡淑华,盛海涛.2009."个体独立声音多重奏"的典范——《樱桃园》中朗涅夫斯卡雅的语言特征 [J].戏剧文学(3).

董晓.2009.从《樱桃园》看契诃夫戏剧的喜剧性本质[J].外国文学评论(01).

童道明.2004.我爱这片天空:契诃夫评传[M].北京:中国文联出版社.

叶尔米洛夫.1985.论契诃夫的戏剧创作[M].张守慎,译.北京:中国戏剧出版社.

安·屠尔科夫.1984.安·巴·契诃夫和他的时代[M].朱逸森,译.北京:中国社会科学出版社.

朱怡虹.2005.美丽花园的淡淡哀愁——从《樱桃园》解读契诃夫对"美"的追求[J].国际关系学院学报(3).

参考文献

契诃夫.1980.契诃夫戏剧集[M].焦菊隐,译.上海:上海译文出版社.

童道明.2004.我爱这片天空:契诃夫评传[M].北京:中国文联出版社.

斯坦尼斯拉夫斯基.1979.我的艺术生活[M].史敏徒,译.郑雪来,校//米·尼·凯德洛夫.斯坦尼斯拉夫斯基全集,(1).北京:中国电影出版社.

БОГДАНОВ В.1982. Пречувствие будущего.//А. П. Чехов Вишневый сад,Москва:Детская литература.

МАЯКОВСКИЙ В. В.1978. Собране сочнений. Т. 11. Москва:Правда.

Deer I.1958. Speech as Action in Chekhov's 'The Cherry Orchard'. Educational Theatre Journal. Vol. 10,No. 1.

第三编　现代文学

　　本编"现代文学"中的"现代"一词,在术语上取一种宽泛的用法,时间上既包括一般意义上的现代,也包括所谓的后现代,空间上既有西方,也有东方,这也就意味着,要总体把握这一时空范围巨大而内容复杂的"现代"殊非易事,尤其是在理论上反总体论、同质论的今天,这种企图本身就不合时宜。事实上,现代的确是多样的现代,不同地区、不同种族、不同文化、不同历史,都有其不同的现代境遇及其精神反应。

　　对于主导现代历史的西方来说,叶芝"一切都四散了,再也保不住中心"的喟叹,或是弗兰纳利·奥康纳"你来自之处已经不见,你要去之处从未存在过,你所在之处也不是一个好地方,除非你能够从那儿离开"这咒语般的诊断,既是现代主义者(如艾略特、乔伊斯、卡夫卡和福克纳等)挥之不去的基本情绪,同样也是某些所谓后现代作家(如贝克特、尤奈斯库等)的精神背景。在这个意义上,所谓现代文学和后现代文学的界线其实相当模糊,因为,破碎的现实感和渴求秩序的焦虑共同构成它们突围的两极,只不过侧重稍有不同而已。但一向被人视为后现代作家的纳博科夫不应被纳入这个精神谱系,他像是一个不折不扣的游戏者,其游戏拒绝一切视其为深度寓言的解读,然而这并不意味着他只是一个肤浅的修辞爱好者。或许应该这样看待像他还有罗布·格里耶这样的作家,他们让文学重新回归自身,甩掉了现代主义者加之于文学身上的过于沉重的精神包袱。

　　现代主义对于其时代的反应,曾经遭到卢卡契的严厉指责,被其贬低为时代的"浮世绘"。他的意思是说,那些把作品搞得支离破碎的现代作家,其实不过是一些没有能力真正把握其时代的近视眼,与之相对,"伟大的现实主义"则承担起了曾经属于史诗的伟大使命。罗曼·罗兰、肖洛霍夫的作品,或许应该在这个意义上得到理解。同样,诡异的《百年孤独》,只要揭去那件"魔幻"的外衣,也可视为书写美洲那片神奇土地、神奇国度、神奇种族的不朽史诗。

　　现代东方在现代西方的逼促中发生巨变,其文学提供的则是完全不同的审美和精神景观。优雅沉静而肃穆难测的川端康成表达了他独特的现代感受,或更准确地说,他就像中国的沈从文,或是美国的福克纳,沉溺于旧时代的氛围而难以自拔,及至最终也拒绝妥协,并以极端的方式表达了他对于现代的态度。另外两位现代东方的诗人,泰戈尔和纪伯伦,他们的现代反应既不是焦虑的,也不是哀婉的,而是在布道般的智慧中寄寓他们的现代诊断,其超凡脱俗的气质,显示了他们和破碎的现代是何等的格格不入。他们的诗不属于大地而属于云端,不属于现在而属于未来,对于佝偻匍匐的现代人来说,像是一种难以企及的引领之梯。

第二十六章 《荒原》

　　T. S. 艾略特(Thomas Stearns Eliot,1888—1965),美国出生的英国诗人、剧作家、文学批评家和编辑,诗歌领域现代派运动的领袖。艾略特生于美国密苏里州圣路易斯,家境殷实,父亲是公司总裁,母亲原是教师。1905 年秋,艾略特进入哈佛大学学习哲学和文学,接触过梵文和东方文化,获比较文学学士学位及英国文学硕士学位。1910 年前往巴黎的索邦大学学习,对柏格森的哲学尤感兴趣,并因此重返哈佛修读哲学博士学位。1914 年旅欧时遇到埃兹拉·庞德,经由庞德引荐,发表了不少诗作,其中最重要的乃是 1915 年发表的《普鲁弗洛克的情歌》。1915 年初,艾略特认识了舞蹈家薇薇安·海伍德(Vivien Haigh-Wood),两人一见钟情,于同年 6 月结婚,然而,罹患精神病症的薇薇安使整个家庭濒于破裂。迫于生计,艾略特承受着繁重的工作量,担任某学校讲师的同时还兼任《自我中心者》(The Egoist)杂志的助理编辑。1916 年,尽管艾略特完成了博士论文,却因其拒绝回国未能获得学位。1917 年,艾略特经朋友介绍在劳埃德银行担任评估员,收入渐趋稳定,拥有了更多的时间和精力继续诗歌创作。同年,他的第一本书《普鲁弗洛克及其他》经由庞德夫妇匿名资助出版,奠定了其诗人地位。1922 年,《荒原》出版,被评论界视为 20 世纪最有影响力的一部诗作。1927 年,艾略特加入英籍,此后 30 年,成为英国文坛上最卓越的诗人及评论家。1933 年,薇薇安因精神问题住进疗养院,身心疲惫的艾略特与妻子正式分居。1956 年,艾略特与第二任妻子弗岚切(Valerie Fletcher)结合,这场婚姻十分幸福。1965 年 1 月 4 日,艾略特于伦敦家中逝世。艾略特代表作有《普鲁弗洛克及其他》(Prufrock and Other Observations,1917)、《荒原》(The Waste Land,1922)和《四个四重奏》(Four Quartets,1943)等。

　　1922 年《荒原》出版,艾略特赢得了国际声誉。这一由 5 篇组成的诗作系依照“文气断续”的原则写成,这种断续反映了 20 世纪西方现代都市人支离破碎的情感体验。原诗稿大约有 800 行,经庞德建议删至 433 行。《荒原》或许并非艾略特最伟大的诗作,然而却最为知名。

一、精彩点评

　　●《荒原》是一首五章长诗。它给人的第一印象是:芜杂,凌乱,不知所云。……当然,经过注释(包括艾略特本人的注释),这首诗还是可懂的。它有一个总骨架,即西洋神话中渔王的故事。……荒原指经历了第一次世界大战的整个欧洲。一切崩溃了,只见狂人突奔(这狂人是指东欧原野上的革命队伍),而西欧城市里则只有猥琐的人在过着毫无生气的生活,其标志为无爱情的性行为,如引文中所写的小伙计同女打字员之间的一类①。诗人认为比战争破坏更严重的是整个文明社会的毁灭,尤其是宗教信仰的丧失。荒原最缺的水是人灵魂里的水。救济之道在于用宗教来净化灵魂。诗的后部响起了梵文字所组成的雷声,它是上帝的告诫:施舍、同情、自制! 最后还加上连续的三声 Shantih,表明一切归于非人所能理解的平静。(王佐良,1997:430-433)

- 彼时,《荒原》一经发表,著名的《泰晤士文学副刊》即在当年10月26日发表了这样的评论:"艾略特先生的诗(《荒原》)也是一个个片段的集合,但没有杂乱感。因为所有的片段都是与同样的东西关联,这些片段集合在一起构成了诗人对现代生活的看法的完整表达,富有宽度、深度和漂亮的表达。对一首伟大的诗歌而言,还有什么比这更重要的呢? ……没有任何一位现代诗人能如此准确而动人地向我们表现美丽和丑陋的交织与纠缠,而正是这美丽和丑陋构成了生活。"(Graham C,1990:63. 宗争,译)

二、评论文章

《埃兹拉·庞德和 T. S. 艾略特》节选

⊙ [美] A. 沃尔顿·利兹,著
⊙ 李毅,译

《哥伦比亚美国文学史》作为当今权威的美国文学概论,概括了《荒原》两个重要的特点,以期整合艾略特一生的创作。

在《荒原》的手稿发表之前,这首诗通常被理解为是对现代社会的权威性评判;而晚近一些时候,由于有了新的材料,批评家们开始强调这首诗的个人的和抒情的性质。同《毛伯利》一样,两种理解都是成立的,并且相辅相成。也许我们可以说这首诗以个人的自由为开始,以对时代的概括为终结。早期的批评家们由于受到艾略特对《尤利西斯》"神话方法"评论的影响,强调圣杯传说对全诗结构的重要性;今天的读者会发现艾略特将伦敦的景物一丝不走样地摄入诗中也是同样重要的,因为以熟悉的景物为衬托,他可以加强幻景的力量。为了反驳艾略特是摧毁传统的"布尔什维克"诗人这一出现于早期的指控,艾略特的第一批支持者也许过于强调了这首诗的"秩序"和神话结构,而忽略了使《荒原》浑然成为一体的独特的声音。当弗吉尼亚·伍尔芙在

---

① 引文见原书中所选章节前面的相关文字。——编者注

1922年下半年某天听艾略特朗诵这首诗时，她说她还不能"抓住意思"，"只有它的声音在我的耳中回荡……但是我喜欢这种声音"。任何人听了艾略特熟练的朗读这首诗之后，都会认识到这高低错落的音调变化出自一个人格完整统一的诗人。

《荒原》中的两个方面可以作为与他更晚一些的作品（特别是《四个四重奏》）比较的基础，因此应当加以注意。首先是用典准确，这一点可以从作家颇具学究气的注释中看出。在第一部分结尾处，叙述者望着滚滚人流乘车去伦敦市内上班，他说道：

> 在冬日棕黄色的晨雾下，
>
> 人群流过伦敦桥，那么多人，
>
> 我不曾料到死神竟夺去了那么多人的生命。

这里艾略特（他在注释有说明）期望读者看出第三行出自但丁的《地狱》第三篇，其中但丁记叙了自己与从来就没有真实生命的幽灵相遇的经过。同阅读艾略特的四行体诗歌一样，读者必须理解他如何利用过去，才能把握他对现在的态度。庞德和艾略特创作的这一类新诗就是这样人为地制造了一些"困难"，这种方法迫使被诗歌的音乐所迷住的读者去探索它的典故的出处。庞德和艾略特的早期诗歌的的确确是为了印证他们的批评观念。

第二个方面是诗中众多"旁观者"的心理本质。从他诗人生涯的开始到结束，从普鲁弗洛克的海底景象到《荒原》里的风信子花园和《烧毁了的诺顿》里的玫瑰园，艾略特最深切的体验是典型的詹姆斯式的。他所表现的是一个能够认识却无法行动，能够理解却无法交流的悲剧："我无法/说话，我的眼睛昏花，我既不是/活着，也没有死去，"旁观者望着风信子花园里的"光的心脏"，这样说道。他就像希腊神话里的蒂利希阿斯，预知一切，并且为将要发生的一切而痛苦，却不能阻止任何事情的发生。艾略特这种孤立无援的感受与詹姆斯是一致的。在以后的作品里，艾略特的确试图通过节制或皈依宗教去冲破"意识的包围"，但是在《荒原》里，唯一的慰藉却是来自记忆和整理过去："在我的废墟里我支起那一块块碎片"。

——A. 沃尔顿·利兹，1994：802-803

《T. S. 艾略特的荒原》①节选

⊙ ［美］柯林斯·布鲁克斯
　　罗伯特·佩恩·沃伦，著
⊙ 查良铮，译

查良铮先生在《英国现代诗选》一书中，翻译了布鲁克斯和沃伦共同编著的《理解诗歌》（Understanding Poetry）一书中的相关章节，对《荒原》作了细致深入的解读。

---

① 本文译自柯林斯·布鲁克斯（Cleanth Brooks）和罗伯特·华伦（Robert Penn Warren）二人编著的《理解诗》（Understanding Poetry），1950年版。——译者注

　　《荒原》是一首有名的最难懂的诗。它确实有难懂的地方,可是它最吓人的倒不一定是那许多文学典故,或那许多外国文字的引语。典故可以阐明,外文可以译出。本文后面将有一部分这一方面的注解。危险在于:读者或许把解释看做就是诗了,认为既已领会了前者,就是掌握了后者。本文将进行的讨论只能被看做是达到目的的一种手段,这目的乃是对于诗本身获得想象的理解。因此,读者满可以一开始就朗读这首诗并且"听"它,先不必太关注于某些段落的意义。要理解任何一首诗,这都是可取的办法,它完全适用于《荒原》。在如此做时,读者会充分地对诗作为诗而加以尊重,不致被大量的注解所淹没。因为解释不管多么必要,要是以它代替了诗本身的话,那终归是无济于事的。

　　本诗的题名取自一个中世纪的传说,传说中讲到有一片干旱的土地被一个残废而不能生育的渔王统治着,这个渔王的宫堡就坐落在一条河岸上。这土地的命运是和它主人的命运相联系的。除非主人的病治愈,这片土地便只有受诅咒:牲畜不能生育,庄稼不能生长。只有当一个骑士去到渔王的宫堡,并在那里对显示给他的各种东西询问其意义的时候,这种诅咒才能消失。

　　……

　　但对本诗的读者来说,使用荒原的传说有其特殊用意。诗人意欲戏剧性地体现出人对生活在一个世俗化的世界,亦即毫无宗教意义的世界里是怎样感觉的。但对于现代的读者,主要的困难是在于他自己过于世俗化了,看不出诗人说些什么。因此,诗人就想办法把读者置于类似圣杯故事中骑士的地位。那故事中的骑士必须追问他所见的一切事物的意义是什么,必须对显示给他的征象探询其意义,然后才能使灾祸消失。假如我们要体验这首诗,而不是仅仅被告知它的主题是什么,我们就必须注意我们读的一切具有什么意义。否则,我们将只看到一堆零乱的片段,它们可以被一个抽象而主观的结构联结起来,但不能在感觉的意义上统一起来。

　　前面说过,这首诗还使用其他的一些象征来描述现代世界,而且大量引用了文学典故。……艾略特作为现代世界的特征所描写的一切,以前也出现过。《圣经·旧约·以西结书》的第二章,艾略特从那里引用了"人子呵"(第 20 行)描绘了一个完全世俗化的世界:

　　1."他对我说:'人子呵,你站起来,我要和你说话'"。

　　2."他对我说话的时候,灵就进入我里面,使我站起来,我便听见那位对我说话的声音。"

　　3."他对我说:'人子呵,我差你往悖逆的国民以色列人那里去。他们是悖逆我的,他们和他们的列祖违背我,直到今日,'"

　　《以西结书》第三十七章描述了先知所预见的一片荒原——枯骨的平原。……

　　《旧约·传道书》第十二章(艾略特在本诗节第 23 行注中提到它)也描述了一个枯干有如梦魇的世界:

……

现代的荒原也好似但丁的地狱。艾略特在第63行的注里,让我们参看《地狱篇》的第三章;在第64行的注里,要我们参看第四章。第三章描写一处居住着那些曾在世间"不受赞誉或责备地活着"的人们。和他们共同住在这地狱的前厅中的是这样一些天使:"他们既不作乱,也不忠于上帝,而是为自己。"他们两面讨好,不介入任何行为。他们哀叹"没有希望获得一死。"尽管他们没有希望获得一死,但丁却轻蔑地说他们是"从没有活过的不幸者"。要想过真正的生活,就需要有为,而过分怕死的人是绝不肯有为的。《地狱篇》第四章所写的是这样一些灵魂:他们生时善良,但在基督福音传世以前死去。他们没有受到洗礼。他们是现代荒原上居住的两类人中的第二类:一类是完全世俗化的人,一类是没有获知信仰是什么的人。

记着这三种空虚和荒瘠的境界(即圣杯故事、《圣经》和但丁所描写的),我们就可以看看在本诗中是如何展开的。在第一章,在叙述者的脑中流过一个世界的浮影,这个世界是倦怠和怯懦的,无聊而不安,喜欢冬天的半死不活而规避春天生命力激烈的复苏。这个世界害怕死亡,把它看做是最大的坏事,可是想到诞生又使它不安,而且把生和死看成是截然有别的。我们看到对这个世界的特点的思考(第1-7行,20-30行)杂以对某些特殊情景的回忆(第8-18行,35-41行),在这之间,有片段的歌或回忆到的诗句。

这个世界害怕未来,渴望看到预兆和征象,尽管看到了也不会相信。主人公被算了一命,可是算命人告诫他的是"小心死在水里吧",而不是那近似神的启示的警告,即第13行的"我要指给你恐惧在一撮尘土里"。

当主人公看到伦敦桥上成群的人在冬日早晨的雾里走去上班时,他想到但丁在地狱的幻景中所看见的那成群的死者。这些人在无目的的活动中是死了,并非活着。对繁殖之神进行埋葬的仪式,是由于相信他的精力将会复苏,犹如大自然的精力一样。而在这里,死者的葬仪没有带来复苏的希望。

第一章里有一处狂喜和美的情景,那是回忆及风信子园外的一段事。它说到的那一刻不是半生半死,而是生命丰满的,可是主人公却要说在那一刻"我不生也不死"。这种说法尽管好像夺去了生机,但之所以如此,是由于把这一刻和魔法师看到幻相的一刻等同起来,因此它和荒原上的生中之死是决然不同的。试把这段里的"我说不出话来……什么都不知道"和下一章里的"你什么也不知道? 什么也没有看见?"(第121-122行)相比较,这两段有完全不同的效果。

第二章在某种意义上是全诗最容易懂的。我们看到荒原上两种生活的侧影,描绘了处于社会两极的两个处女:一个是豪华居室中的女人;另一个是丽尔,她被两个伦敦朋友在酒馆里谈论着。但这两个女人都是幻灭而悲哀的,对于这两人,"爱"成了难题:一个情绪不好,扬言要冲到大街上去;而另一个呢,已经堕过一次胎,现在当丈夫退伍的时候,害怕又生孩子。两个都是荒瘠的女人,是现代世俗社会的精神荒瘠的象征。她们还代表现代世界的两个方面:贫民窟的堕落和客厅的神经质,虽然表面看来大不相同,却都是现代世界的精神溃败的体现。

第77-78行把客厅的女主人比作在西德纳河上初次呈现在安东尼面前的克柳巴(见莎士比亚的《安东尼和克柳巴》二幕二场190行)。可见屋中的豪华只不过反衬女主人生活实质上的空虚。室内陈设反映了富丽的文化遗产,可是这些征象对她毫无意义,过去对她是死了的,因此本诗在104行把室中的其他装饰以"时光的其他残骸断梗"一词作结而撇开。在她和坐在室中陪她的情人或丈夫之间没有真正的共感。她终于绝望地追问:"你可是活着吗? 你的头脑里什么也没有?"她在她的生活中看不出什么意义——除了单调的惯常行为:"10点钟要热水。若是下雨,4点钟要带篷的车。"她的生活意义就像一盘棋那样人为规定的。

丽尔的生活在她两个朋友喝啤酒时的谈论中,显出了可怜的惨况。酒馆伙计越来越紧地以关门的通知催她们走,终于把这两个妇女赶出酒馆去。

河水主宰着本诗的第三章:先是现代的河,河岸上零乱地堆积着垃圾;接着是伊丽莎白时代的河,像斯本塞在《结婚曲》里所描写的,那河上举行过庄严的婚礼。主人公行经城市来到河沿,他又看到河,一条现代的河,洋溢着"油和沥青";接着又是古代伊丽莎白女皇乘坐皇家游艇的河;接着我们又看到作为龌龊爱情的背景——现代的河。

在河的背景上提出的爱情主题,在本章的中心事件中得到明显的发展。这就是女打字员和满脸酒刺的年轻人的相会,他们的爱情只是生物机能的行为,除此没有任何意义。这种机械行为甚至反映在诗的格律上。那年轻的女人做了一件"失足的蠢事",但她没有被骗之感,因为她没有幻觉,她不期望什么,因此也没有失掉什么。诗人把哥尔斯密斯(Oliver Goldsmith,1730? —1774)的诗《当美人儿做了失足的蠢事》从主题、情调和节奏的性质上都改写过,精彩地传达出对同一行为的两种截然不同的概念。她没有感到恐惧和悔恨。她什么也没有感到。她机械地用手理理头发,并拿一张唱片放在留声机上的这一动作,表示那件事对她是毫无所谓的。

菲罗美通过痛苦而获得歌喉,因被奸污而有了"神圣不可侵犯的歌声"(第101行)。这女打字员当然不是被强奸的,但也没有神圣不可侵犯的乐音——只有留声机上的机械的乐音。

……

在这一章里,或许有一个美而蓬勃有力的现代景色,这就是那在第260-265行里所描写的。由任(Wren)所修建的辉煌的殉道堂如今已围在鄙陋的房子中间,但是怨诉的四弦琴是"悦耳的",鱼贩子们是生气勃勃的("酒吧间内……发出嘈杂的喧声"),而教堂内还有"说不尽的爱奥尼亚的皎洁与金色的辉煌"。这里有一种生命感,和主宰其他幕景的那种半死半活不同。就本身的意义说,这些贫苦的鱼贩子有了生命力;就象征的意义说,他们和鱼——繁殖的象征——相关联。第三章以"烧"字结尾,它所描写的世界是一个被枯竭的人欲燃烧的世界。第四章简短的抒情插曲与此形成对照:不是无意义的燃烧,而是淹死;不是半死,而是真死;不是干燥的小顶楼里的干骨头,而是海底的洋流低语地啄着的骨头。读者或许要把这一段仅仅看做是单纯的对比——是语调和情致上的变化。但这一段是被它以前的三章大大充实了的。扶里巴斯是叙利亚商人之一。这里的"水里的死亡",正是索索斯垂丝夫人警告主人公要小心的。不管扶里巴斯在这里是否经历了"海里的变化,变为富丽而奇异的东西",这里至少有一种和平与超脱之感。利润和损失不再烦扰他。他回到了一切生命之源的大海,而且甚至还有返本归原之感——"经历了苍老和青春的阶段"——仿佛他现在重历他从娘胎开始的历程。

这一章和第一章一样,以一个普通号召而结束:"你们转动轮盘和观望风向的"——就是说,你们像扶里巴斯一样驾驶你们的船和观望天时变化的,你们以为是自己掌握着航程,并且自信不是无能为力地转动轮盘和毫无意义地兜圈子的——请不要忘记扶里巴斯一度和你们一样强大有力,却回避不了漩涡。死亡是一个回避不了的事实。

本诗的最后一章给人以经历噩梦景象的痛苦旅程的感觉。神已经死了。第322-323行暗示耶稣在客西马尼园中的受难,他被囚禁审判和最后死在十字架上,第324-325行暗示他在彼拉多面前的受审。"那一度活着的如今死了"。但是,对于不信奉他的人,他是在一种特别的意义上死了;那些无信仰者既然是荒原上的人,他们并不是真正活着:"我们曾活过而今却在垂死,多少带一点耐心。"(第329-330行)

下一段暗示为干旱所苦的旅人陷于呓语中。叙述人总感到一个隐身人的存在。《路加福音》第24章记载,在耶稣被钉在十字架上后,有两个门徒在前往以马忤斯的路上,发现他们身边走着一个陌生人,这人以后显现为复活的耶稣。在本诗里没有这一显现,只有幻觉扩大为一个颠倒的世界的恶梦幻景。城,像是在海市蜃楼中的倒影,"破裂,改正,又在紫红的空中崩毁。"钟楼是"倒挂在半空中"的,其中的钟声是令人"回忆"的,还有歌声发自"枯井"。

文明是崩溃了,现实和非现实好像混在一起。那个宣称"我要冲出去,在大街上走,披着头发,就这样"的女人(第132-133行)又出现了,"一个女人拉直她黑长的头发,就在那丝弦上弹出低诉的乐音"(第377-378行)。带着"婴儿脸"的蝙蝠和"发自空水槽和枯井"的歌声都指明一场无益的渴望的梦魇。

这一梦魇的旅程带有探索者走向"凶险的教堂"的旅程的性质。那教堂是荒凉无人的,因此更显得充满凶兆。然而屋脊上的公鸡在闪电中叫,还有"随着一阵湿风,带来了雨",预期着安慰。

电闪之后跟来了雷鸣。雷声是由拟声的字"哒"(Da)表现的。但诗人也利用它是如下梵文字"哒塔"(给予)、"哒亚德万"(同情)和"哒密阿塔"(节制)的头音。雷说的话包括了消灾的秘密。不愿意献出自己——不愿意承担责任——是和孤立之感及行动瘫痪相连的,而这两者正是荒原的特点。"给予""同情"和"节制"正是对这一困境的逐条解答。

这几个字的每一字后的段落都是该字的解说,并把它和本诗前面的一些情况联系起来。人不能绝对地只顾自己。即使种族的繁殖也需要承担责任和奉献自己。活着就需要信仰生命以外的一些东西。

……

雷的第三个指示(第 418 行)的解说,既响应"水里的死亡",又和它形成对照。这里的水手不像那淹死的水手扶里巴斯那样无所作为,只随着洋流起落,而是整个主宰着小船,仿佛它就是他自己意志的扩展。它"欢快地响应"着,说"你的心会欢快地响应",这意味着心还没有做到。叙述人是处在逆境中。"要给予"这一指示引起他问道:"我们给予了什么?""要同情"这一指示使他想起他曾听见钥匙"只转动了一下"。钥匙必须转动第二下,他的牢门才能打开。

诗人用梵文字来解释雷鸣,从而把他的引证推向人类最早的历史。在吠陀经《优波尼沙土》里有着关于雷的指示的神话,因此,古代的智慧是包容在原始的语言中,而现代的欧洲语言大都是从那语言引申出来的。

但是,本诗不是以令人复苏的降雨而告终。它的主旨在于使现代荒原的经验得以印证,因此把荒原保持到底。叙述人获知了古代智慧,这件事本身并不能消除普遍的灾祸。不过,即使世俗化已经或可能摧毁现代文明,叙述人还有他自己的个人义务要履行。即使伦敦桥崩坍了,"是否我至少把我的园地整理好?"

主人为支撑他的荒墟而捡起"碎片"(第 430 行),仿佛对本诗做了一个艰难的、不够满意的结尾。但如果我们知道这些碎片是从哪儿引来的,其来源的总体是什么,我们就会看到,尽管它们标志着主人公的绝望处境,它们并不仅仅是一堆杂乱的东西:它们堆在他的荒墟上是有着某一宗旨的。"于是他把自己隐入炼狱的火中"(第 427 行),这是但丁《炼狱篇》中诗人阿脑特所说的话。他对但丁说,"我是阿脑特,又哭泣又行走作歌,在脑中我看见我过去的疯狂,我又欢欣地看到我所期待的未来的日子。"他的痛苦不是无意义的,他欢欣地退到炼狱的火中。

"何时我能像燕子"(第 428 行)是从一首晚期拉丁诗《维纳瑞斯之夜》引来的。那首诗也是以希望的调子结束,其迭唱句是:"明天,但愿那未曾爱过的和已爱过的人都有爱情。"

"阿基坦王子在塌毁的楼阁中"(第 429 行)是从吉拉得·德·诺瓦尔(Gerard de Nerval)的十四行诗《被废谪的人》引来的。那首诗结尾的几行译出如下:"我曾两次胜利地渡过阿克隆河(冥府的河);在奥菲士的竖琴上我分别弹出圣徒的悲叹和仙子的哭泣。"和他一样,《荒原》的主人公也来自地狱。塌毁的楼阁就是"凶险的教堂",它也是整个衰败的传统。主人公决心恢复和重建他的传统。第 431 行的"当然我要供给你"取自伊丽莎白时代的戏剧《西班牙的悲剧》,这剧的副名为《海若尼莫又疯了》。海若尼莫为了替被害死的儿子复仇而装疯。

……

……和海若尼莫一样(也和阿脑特和被废谪的人一样),本诗的主人公现在找到了他的主题,他将要做的事不是"无益的"了。

……

诗人此处的写法可能同样显得是发疯,全诗以"仅仅一团糟"而结束。但如果我们看到本诗是涉及一种文化的崩溃,并看到许多文化都归到一个主题上这一重要事实,这种写法就是可以理解的。这样结尾还有一个理由:主人公意味到全诗收尾的一些话在许多人看来是毫无意义的胡言乱语,尽管其中有着最古老最永恒的人类的真理:"哒嗒。哒亚德万。哒密阿塔。"还有一串雷鸣:"善蒂,善蒂,善蒂。"艾略特的注释告诉我们,这里重复的梵文字的意思是"超乎理解的和平"。

……

《荒原》使用的基本手法如下:诗人借助表面的类似而实则构成事实上讽刺的对比,又借助表面的对比而实则构成事实上的类似。这两方面合起来所引起的效果,是把混乱的经验组成一个新的整体,而经验的现实的外表还是忠实地保留着。经验的复杂性并没有因为显然强加于它的一个预先规定的设计而被破坏。

——Brooks C,Warren R P,1985:66-82

《后现代与文化理论》(节选)

⊙ ［美］弗·杰姆逊,著
⊙ 唐小兵,译

弗雷德里克·杰姆逊在《后现代与文化理论》这篇演讲稿中,精辟地分析了《荒原》中的代词变化。首先,他认为《荒原》中的零散化是可以整合的;其次,他认为代词反映了人们从原始种族集体的"深层意识"走向了工业化时代的"贬值了的集体"。

我讲《荒原》先从一个问题开始:即《荒原》这首诗与后现代主义有什么区别? 我说过后现代主义的一个主要特征就是零散化,而艾略特的诗也是分裂或若干碎化的。但艾略特的诗虽然是通过零散化效果而起作用,这一首诗却仍然要求读者能够超越这首诗并且将这些碎片重新组合起来。在后现代主义的作品中我们却无法做到这一点。

……

在艾略特的诗中我们仍有可能将那些零散化的诗句重新组合起来,当然不是按照传统的故事方式,而是通过一个神话或其他因素。我认为有两种理解这首诗的方式:一是通过各种元素来理解它。这是首关于水、关于火的诗,特别是炎热、沙漠和水。我们甚至可以认为这首诗是直接向我们的肉体而不是心灵说话,我们能直接体会到那种干渴和绝望,也能感觉到那最后一节中远处的雷声。我觉得那种认为最后一切都得到解决,雨水降下来了的观点是值得怀疑的,我们不知道最终是否会下雨,下雨是否会解决这一切困境。艾略特要表现的正是我们处于一片沙漠之中,我们都很口渴,都绝望了,但我们并不知道什么是拯救,只盼望解脱,而且是肉体的解脱。雨水就是我们的解脱,就是我们唯一可以理解的事,也许确实存在着某种拯救,但我们却不可能得到它。

另外一个方法就是研究一下诗中代词的作用。我先来读一下前面几段,看看这里的代词有什么特点。如果你稍加注意,你会发现一些意想不到的东西,而且是单纯地对内容进行思考所不能发现的。

> 四月是最残忍的一个月,荒地上
> 长着丁香,把回忆的欲望
> 参合在一起,又让春雨
> 催促那些迟钝的根芽。

这里没有代词,只是一种陈述,但很明显这陈述表达的是重新回到生命的痛苦,表达的是荒地上新芽迸发时的震动。

> 冬天使我们温暖,大地
> 给助人遗忘的雪覆着,又为
> 枯干的树根提供少许生命。
> 夏天使我们惊讶,在阵雨的时候
> 来到了斯丹卡基西;我们在柱廊下躲避,
> 等太阳出来又进了霍夫加登,
> 喝咖啡,闲谈了一个小时。
> 我不是俄国人,我是立陶宛来的,是地道的德国人。
> 而且我们小时候住在大公那里
> 我表兄家,他带着我出去滑雪橇,
> 我很害怕。他说,玛丽,
> 玛丽,牢牢揪住。我们就往下冲。
> 在山上,那里你觉得自由。
> 大半个晚上我看书,冬天我到南方。

这里开始出现"我们""冬天使我们温暖",而"夏天使我们惊讶""我们在柱廊下躲避""我们小时候""我很害怕"里的"我们"已不同于"冬天使我们温暖"中的"我们"了。这里有丰富的场面变化,从集体性向个体性变换。最初的"我们"表现的集体性是最古老的,有点类似一个种族最早的集体无意识。突然,"夏天使我们惊讶"中的"我们"就是具体的人了,不再是那种集体性的"我们"。这里可以说是一小群人,或是一群朋友,他们相互做伴,而且用不同的语言交谈。

然后,"而且我们小时候"中的"我们"又不再是刚才那个朋友之间的"我们"了,这里指的是一个家庭,还有一个表兄。由此我们进入了一个女孩童年的记忆。这个家庭显然是欧洲 19 世纪末期那种贵族之家,但随着大革命时代的到来已经一去不返了。

这样,这首诗已经有了关于阶级和性别的内容。诗中主要人物之一是帖瑞西士,他由于遭宙斯的惩罚有着既做男人又做女人的经历,这在希腊神话中是很独特的经验;所以诗不断地变换角度,或者从男人的角度,或者从女人的角度来叙述,但大多数都是妇女在忍受着痛苦和恐怖。这可以说是诗中对妇女问题的反映。

"在山上,那里你觉得自由",这里有个"你",是非人称的"你",相当于法语的"on",或德语"man",并不指示任何特定的人;最后,"大半个晚上我看书,冬天我到南方",谁在读书呢? 和刚才的"你"有什么关系? 这也许是一位读者的意识,是封闭的意识。这个"你"后来又出现了:"你! 虚伪的读者! ——我的同类——我的兄弟。"在这些代词的变化中,我们经历了一系列的意识状态,而这首诗也就是用这种方式来扩展的,其他的东西都可以融进这个基本框架。首先诗里有一种"深层意识",这也许就是一个种族的集体性深层意识,而这正是诗中神话的来源;然后是一个"贬值了的集体",这就是工业化的社会中的人们;而这种集体性中的个人也是没有生命的。正如但丁笔下那些既没有得到拯救也没有被贬入地狱的人一样,因为他们是毫无价值的。还可以认为诗中有另外一种类型的个人,他们经历了一场精神危机,在最后的雷声和即将到来的雨水中他们或许能感到一些生命的欢乐。艾略特和其他的现代主义思想家一样,相信不论是"深层意识"还是"贬值了的集体"都必须经过"死亡的焦虑"的洗礼而达到净化,在这首诗中艾略特没有给出任何宗教性的对来世的许诺,虽然后来的他是很富宗教意味的。他在诗中强调的是如果有什么拯救的话,那么任何集体和个人都必须经历精神上的磨难,必须体会对死亡的恐惧。

这首诗同时也是关于现在和过去的,中间有好几个层次。最突出的当然是"贬值了的现在",现代的伦敦和古老神话的对比,另外还有历史上那些英雄的壮举,如伊丽莎白时代的人和现代人的对比。最后,诗中还直接反映了革命和战争。"那里我看见一个熟人,拦住他叫道:斯代真! /你从前在迈里的船上是和我在一起的! /去年你种在你花园里的尸首,/它发芽了吗? 今年会开花吗? /还是忽来严霜捣坏了它的花床? ……"这里谈的是第一次世界大战,而且在"花园里的尸首"中明显地包含了个人的罪孽。

艾略特主张的是诗歌非个人化,诗人不应该出现在诗中,而且也不可能有自己的个性,这和佛教的教义是相通的,追求的是个性人格的完全泯灭。同时,从现代主义艺术的角度来看也还有其历史原因。我们讲过现代主义中表达的问题,绘画及小说中都有关于表达本身的内容,而诗人们感受到最深刻的一点就是个人重要性的消失。如果说浪漫主义发现了个人、自我的话(对此我是从来不太相信的),现代主义,特别是 T. S. 艾略特则是反浪漫主义的,因为在这样一个时代自我已经不存在了。因此,现代主义诗人追求的是普遍性,力求描写、抒发普遍的甚至是人们还没有意识到的感情,而不是那种个人的哀怨烦恼。……在《荒原》中他使用了非人称化的手法,使这首诗不是任何个人的焦虑或感情的表达,而是传达出一种无名的焦虑,这就是他对艺术的普遍性追求。在艺术手法上,他也放弃了任何个人风格,他的最大特点就是摹做或者直接引用前人的诗句,因为他不认为诗人有表达自我的可能性和必要性。现代艺术中面临的难题就是没有任何一个真正的个人能够说自己具有普遍性,只要一个人试图表达某些具有普通意义的东西,就会显得滑稽,而且具有讽刺意味。艾略特通过对个人压抑来处理这一难题,因此在他的诗中是"无名的感情",而且没有任何一种感情与一个特定的历史环境相关。不能说诗中有任何的感情表达,而是让读者断断续续地感受到这一切。

——弗·杰姆逊,1987:188-193

练习思考题

1. 分析《荒原》中的"水"意象,就此写一篇千字左右的小文章。

2. 如何理解杰姆逊所说的"艾略特的诗虽然是通过零散化效果而起作用,这一首诗却仍然要求读者能够超越这首诗并且将这些碎片重新组合起来"?

3.《荒原》原诗稿大约有800行,经庞德建议删至433行,意图何在?

4. 试分析《荒原》的现代性意识。

延伸阅读

阿克罗伊德.1989.艾略特传[M].刘长缨,等,译.北京:国际文化出版公司.

艾略特.1994.艾略特诗学论文集[M].李赋宁,译注.天津:百花文艺出版社.

艾略特.1989.艾略特诗学文集[M].王恩衷,编译.北京:国际文化出版公司.

董洪川.2004."荒原"之风:T.S.艾略特在中国[M].北京:北京大学出版社.

张剑.T.S.艾略特:诗歌和戏剧的解读[M].北京:外语教学与研究出版社.

T.S.艾略特.1989.基督教与文化[M].杨民生,等,译.成都:四川人民出版社.

参考文献

艾略特.1994.情歌、荒原、四重奏[M].汤永宽,译.上海:上海译文出版社.

弗·杰姆逊.1987.后现代主义与文化理论[M].唐小兵,译.西安:陕西师范大学出版社.

王佐良.1997.英国诗史[M].南京:译林出版社.

A.沃尔顿·利兹.1994.埃兹拉·庞德和T.S.艾略特[M].李毅,译//埃默里·埃利奥特.哥伦比亚美国文学史.朱通伯,等,译.成都:四川辞书出版社.

Brooks C,Warren R P.1985.T.S.艾略特的荒原[M].查良铮,译//查良铮,译.英国现代诗选.长沙:湖南人民出版社.

Graham C,ed.1990.T.S.Eliot:Critical Assessments,1-4 vols.London:Christopeer Helm(Publishers)Ltd.

第二十七章　《尤利西斯》

　　詹姆斯·乔伊斯(James Joyce,1882—1941),爱尔兰小说家。其父曾为都柏林税务专员,收入丰厚,后家道中落。乔伊斯曾在都柏林大学攻读语言学,1902 年获学士学位。毕业后前往巴黎靠写书评和教英语为生。这一时期的书评和美学笔记后来被汇编成《詹姆斯·乔伊斯评论文集》(*The Critical Writings*)于 1959 年出版。1903 年乔伊斯回国,《都柏林人》(*Dubliners*)于 1914 年出版,其中最后一篇《死者》(*The Dead*)被公认为世界短篇小说史上的杰作之一。对象征主义和现实主义的兴趣使乔伊斯开始在创作中把这两种对立的倾向结合起来。《青年艺术家的肖像》(*A Portrait of the Artist as a Young Man*,1916)是一部半自传体小说,读者由于直接面对主人公斯蒂芬·德迪勒斯(Stephen Dedalus)的内心活动而倍感亲切。1915 年,乔伊斯移居苏黎世,经济极为拮据,健康日益恶化,几乎双目失明。1920 年,应庞德之邀前往巴黎。1922 年,《尤利西斯》(*Ulysses*)在巴黎出版,除了意识流手法的运用令人侧目外,这部作品的主要力量在于其中人物描写的深度和幽默的广度。1939 年,乔伊斯出版了他最后一部小说《为芬尼根守灵》(*Finnegan's Wake*),这部描写一个普通爱尔兰家庭及其所有人梦幻的作品初读似乎费解,但充满了诗意和机智。

一、精彩点评

- 作为一位小说家,他的高超技巧,对于人性微妙而直率的描述,对于语言的掌握和对于新颖文学创作手法的辉煌发展,使他成为当代作家中最有权威和影响的人物之一。(简明不列颠百科全书编辑部,1986:639)

- 大多数批评家认为《尤利西斯》是充分展示了乔伊斯那可观的才能的一部小说。……乔伊斯以复杂多变的技巧和尝试创作了《尤利西斯》,例如,其中一章是对从盎格鲁—萨克逊起到目前为止的所有英语散文形式的模拟。在《尤利西斯》中,以及后来的《为芬尼根守灵》中,他前所未有地发展了意识流的技巧。(Hall S K,Ligotti T,1982:157. 范锐,译)

- 它一直是 20 世纪最现代的小说——它就是人工时代的人类生活的那一份报告。

（Bellow S,1975:11. 范锐,译）

- 我认为《尤利西斯》是当今时代能发现的最重要的表达；这本书我们都从中受益，这本书我们都无从逃避。（Eliot T S,1963:198. 范锐,译）
- 通过他从爱尔兰的长期自我放逐，他把他的爱尔兰记忆抛进了更长和更包罗万象的书中，造就了他杰出的都柏林史诗，从一个都柏林收税员家庭延伸开来，包含了整个人类历史。《都柏林人》《青年艺术家的肖像》《尤利西斯》和《为芬尼根守灵》在保存了世纪变换时都柏林生活故事的同时也站在了世界现代小说的峰顶。（Wilkie B,Hurt J,1988:1742. 范锐,译）

二、评论文章

《文学讲稿》节选

⊙ ［美］弗拉基米尔·纳博科 夫,著

⊙ 范锐,译

弗拉基米尔·纳博科夫在《文学讲稿》中，以诗意的语言对《尤利西斯》进行了精彩的赏析。

　　《尤利西斯》描写了1904年的6月16日，一个星期四，几个都柏林人的生活情形，他们在这一天以及第二天凌晨几个小时之间的散步、乘车、交谈、闲坐、饮酒、做梦以及一些心理和哲学意义上的活动——有些是次要的，有些是主要的。为什么乔伊斯偏偏选择了1904年6月16日这一天呢？在一本出发点良好但效果不佳的叫作《惊人的旅行家：詹姆斯·乔伊斯的〈尤利西斯〉》的书中，理查德·凯因告诉我们，这一天是乔伊斯与后来成为他妻子的劳拉·巴拉克尔相识的日子。关于作者可以就说这些。

　　《尤利西斯》由若干场景构成，这些场景围绕着三个主要人物而展开。利奥波德·布鲁姆又是三个主角中的主角。他是一个从事广告行当的小商人，准确地说，就是一个广告推销员。他曾经在维兹海姆·西里的文具商行当旅行推销员推销吸墨纸，但此时他已自己经营广告宣传业务，生意并不太好。乔伊斯赋予他匈牙利犹太人的出身，个中原因我随后会很快谈到。另两个主要人物是斯蒂芬·德迪勒斯，乔伊斯早在1916年的《青年艺术家的肖像》中就曾描写过他以及布鲁姆的妻子，马里恩·布鲁姆，即毛莉·布鲁姆。如果说布鲁姆是中心人物，那么斯蒂芬和马里恩就是三幅连环画的两头：小说始于斯蒂芬，终于马里恩。斯蒂芬·德迪勒斯的姓氏出自一位神话人物，他制造了克里特岛上那座克诺萨斯王家迷宫和其他一些传说中的新发明，包括给他自己和伊卡诺斯做的翅膀；伊卡诺斯是他的儿子，也就是斯蒂芬·德迪勒斯。斯蒂芬，22

岁,都柏林一位年轻的教师,一位学者和诗人。他在上学时一直接受耶稣会教育,深受教规约束,现在则激烈反对这种教规。但归根到底,他的本性仍然是形而上学的。他是一个深沉的年轻人,甚至喝醉了都是个教条主义者;一个束缚着自我的自由思想家;一个绝顶聪明、不时会令人意外地发表很多格言警句的人;一个身体羸弱、像圣人一样不爱洗澡的人(他上次洗澡是在 10 月份,而现在已经是 6 月份了);一个喜欢抱怨和生气的年轻人——读者永远都无法想象出他真正的形象,他不是被艺术家的想象力所创造出来的鲜活的新生命,而是作者的精神的一种具象化。批评家们很愿意把斯蒂芬看作青年时代的乔伊斯,但是对这一点他们并没有说清楚,而我对此也并不打算来说明。不过哈里·勒文说过:"乔伊斯失去了他的宗教信仰,然而却保留了信仰的种种类别",斯蒂芬同样如此。

布鲁姆的妻子马里恩(毛莉)·布鲁姆,父亲是爱尔兰人,母亲是西班牙犹太人,她本人是音乐会歌手。如果说斯蒂芬具有高层次的文化修养,布鲁姆具有中等层次的文化修养,那么毛莉·布鲁姆则肯定只有低层次的文化修养,而且为人极其庸俗。然而,这三个人各有其艺术情趣。就斯蒂芬而言,他的艺术情趣高雅得近乎失真——他对日常生活中的随意的语言都具备着完美的艺术控制,在"真实生活"中谁也不会遇到这样的人。有着中等文化教养的布鲁姆的艺术气质比斯蒂芬少,但却比批评家们所发现的多得多:事实上,他的思想活动方式有时候与斯蒂芬的很接近,关于这一点我将在后面加以说明。最后是毛莉·布鲁姆,虽然她平庸、粗俗,虽然她的想法具有传统特性,但是她却能够对生活中那些浅薄但可爱的东西表现出丰富的情感反应。在作为全书结尾的那段非凡的独白快结束时,我们可以看到这一点。

在讨论这部作品的内容和风格之前,我还要就主要人物利奥波德·布鲁姆说几句。当普鲁斯特描写斯旺时,他把斯旺写成一个独立的人,一个具有独特个性特征的人物。斯旺既不是一个文学典型,也不是一个民族的代表人物,虽然他正好是一个犹太证券经纪人的儿子。在塑造布鲁姆这个人物时,乔伊斯的意图是,在他的故乡都柏林所有的爱尔兰人当中放进一个爱尔兰人,一个和他一样爱尔兰式的人物;同时又是一个流亡者,一头害群之羊;这一点,也和乔伊斯一样。因此,乔伊斯逐步实现了这个合理的计划,选择了一个局外人的典型,一个流浪的犹太人的典型,一个流放者的典型。然而,在积累和强调所谓的种族特性方面,乔伊斯有时候做得还不够好,这一点我在后面再作说明。另一点与布鲁姆有关的是那些如此之多的写过如此之多的关于《尤利西斯》的文章的人们要么很纯洁要么很堕落。他们的倾向是把布鲁姆看做一个生性极为平常的人,并且认定乔伊斯本人就打算塑造一个普通人。然而,有一点是很明显的,那就是,在性生活方面,布鲁姆如果不是处于精神错乱的边缘,至少也是一个极度的性成见和性反常的很好的临床实例,并且他还有着各种稀奇古怪的并发症。当然,他的问题明显是异性之爱的,不像普鲁斯特笔下大多数女士们先生们的同性之爱(同性爱 Homosexual 这个词中的 Homo 是希腊文"相同"的意思,而不是有的学生认为的拉丁文的"男人")——但是他的异性之爱的范围很广,他所沉迷于其中的那些行为和梦想从动物学和进化论的观点来看显然也是不够正常的。我不想列举他的古怪欲望来使人厌烦,但是我要指出这一点:在布鲁姆的头脑中和乔伊斯的书中,性的主题不断地和厕所的主题混合纠结在一起。上帝知道,我对小说中的所谓直率是无论如何都不反对的。恰恰相反,这种直率还太少,而已有的那些直率已经变得因袭和庸常,这是被那些所谓的硬汉作家们、读书俱乐部的宝贝们以及俱乐部女会员的宠儿们给用成这样的。但是我确实反对这种意见:认为布鲁姆是一个普通市民。如今,一个普通市民的头脑持续地细细地思索生理问题,这是不真实的。我反对的不是这种思索的恶心,而是这种思索的持续性。在这种特定的顺序中,所有这些特殊的病理学的材料似乎都是人为的和没有必要的。我建议你们中那些有洁癖的人以完全超然的态度对待乔伊斯这种特殊的偏见。

《尤利西斯》有着华丽和稳定的结构,但是这种结构无形中被那样一些批评家们高估了,这些批评家对思想、普遍性、人类等的兴趣超过了对艺术作品本身的兴趣。我必须明确反对这种看法,即利奥波德·布鲁姆在一个夏日里在都柏林无聊的闲逛和小小的历险是对《奥德赛》贴切的戏拟。在这种看法中,广告员布鲁姆扮演奥德修斯或者说尤利西斯这个足智多谋的角色,布鲁姆的与人通奸的妻子代表贞洁的珀涅罗珀,同时斯蒂芬·德迪勒斯则被赋予了忒勒玛科斯的身份。诚然,在布鲁姆的流浪这一主题中确实有着与荷马史诗之间非常模糊和非常概略的呼应,正如这部小说的题目所提示的那样;而且在这本书的进程中也有一些经典的典故以及更多的其他典故存在;但是,如果要在这部书的每一章、每个场景中去寻找与荷马史诗贴切的对照,那将完全是在浪费时间。再也没有比建立在陈腐的神话基础上的延伸和牵强的寓意更乏味的了,而在这部作品部分发表之后,当乔伊斯看到那些学究气和假学究气的无聊鬼们的意图时,他敏捷地删除了他的章节中那些仿荷马式的标题。还有一点,有个无聊鬼,叫斯图亚特·基尔伯特的,被乔伊斯本人娱乐式地列出的一份书单所误导,在每一章中都发现了一种占统治地位的特定的器官——耳朵、眼睛、胃,等等。对于这种乏味的废话我们也应该置之不理。从某种意义上讲,所有艺术都是象征性的;但是对于那些有意把一位艺术家的精妙象征变味成书呆子的陈腐寓言——把《一千零一夜》篡改成朝圣者们的聚会——的批评家,我们要大喊一声"小偷,住手!"

那么这本书的主题是什么呢? 很简单。

1. 绝望的过去。很久以前,布鲁姆的儿子还是婴儿时就夭折了,但那画面一直保留在他的血液和脑海里。

2. 荒谬的和悲剧性的现在。布鲁姆还爱着他的妻子毛莉,但他听天由命。他知道在 6 月中旬的这一天的下午 4:30,博伊兰,毛莉的风头十足的经理,音乐会代理人,将会探访她——而布鲁姆对此听之任之。他很过分地想要避开命运的轨迹,但事实上,一整天,他随时都可能迎面撞上博伊兰。

3.悲哀的未来。布鲁姆同时也在奔向另一个年轻人——斯蒂芬·德迪勒斯。布鲁姆最后认识到,从命运来看这也许是另一个小小的关照。如果他妻子一定要有一个情人,那么敏感的、有艺术家气质的斯蒂芬会是比粗俗的博伊兰好一点的选择。事实上,斯蒂芬可以教毛莉一些东西,可以帮她改善她的歌手职业所需的意大利语发音,简单地说,他可以影响毛莉,使之变得文雅一些,这就是布鲁姆悲哀的想法。

这就是主题:布鲁姆和命运。

每一章都是以不同的形式写出的,或者说,每一章的主要风格各不相同。关于为何如此没有特别的原因——为何这一章会是直接讲述,另一章则通过汩汩的意识之流来讲述,而第三章则通过多棱镜式的戏拟来讲述。尽管没有特别的原因,但是人们可能会争论说这种视点的经常变化会传达出更多的各种各样的内容,从各个方面传达出新鲜的、栩栩如生的印象。假如你曾试过站着弯下腰,头顶朝下,下巴朝上,从两腿之间向后看去,你就会以一种截然不同的眼光看到世界。在海滩上试试,当你倒着看人时,他们走路的样子十分好笑。他们的每一步似乎都是在不失威严的情况下使双脚摆脱地心引力的吸附。是的,这种变换场景的把戏和变换视角的戏法就可以用来比喻乔伊斯的文学新技巧。这是一种新手法,人们可以通过这种手法看到更鲜绿的青草和更清新的世界。

这些人物在他们贯穿都柏林一日的漫游中被不断地聚集到一起。乔伊斯从来没有失去对他们的控制。事实上,他们的来来去去、他们的相遇分开以及再相遇都是在活生生地扮演着某种命运的慢舞中小心翼翼的一节。一系列主题的重现是这本书最引人注目的特征之一。比起我们从托尔斯泰和卡夫卡那里提炼出来的主题,《尤利西斯》里的这些主题要远为轮廓清晰,远为精心表现。我们将逐步认识到,整部《尤利西斯》就是一个深思熟虑造就的主题重现和琐碎事件同时发生的典范。

乔伊斯以三种主要的形式来写作:

1.原本的乔伊斯:直截了当、口齿清楚、讲求逻辑、不慌不忙。这是第一部分的第1章和第二部分的第2章和第3章的主体。这种直截了当、口齿清楚、讲求逻辑和不慌不忙的部分在其他章节中也出现过。

2.不完整的、急促的、零碎的措辞,也就是所谓意识流,或者不如说是意识的跳跃。这种写法可以在大多数章节中找到,不过通常只是和主要人物有关系。对这种手法的讨论往往涉及该手法最著名的例子,即第三部第3章中毛莉的最后的内心独白,不过人们在这里可以评价说,它夸大了思想可以言辞化的一面。人思考并不总是用语言,也要用形象,而意识流则反其道而假定思想总是能够记录下来的文字之流:然而,要让我们相信布鲁姆一直在持续不断地和他自己交谈,这是很困难的。

3.对各种各样的非小说形式的戏拟:报纸的标题(第二部分第4章),音乐(第二部分第8章),神秘剧和粗俗的滑稽剧(第二部分第12章),问答教学式的考问和回答(第三部分第2章)。还有对文学风格和作者的戏拟:第二部分第9章里的滑稽叙述者,第二部分第 10 章里妇女杂志的作者,第二部分第 11 章中一系列具体的作家和文学期刊,以及第三部分第 2 章中优美的新闻文体。

……

这种思想之流的技巧当然具有精炼的优势。它是从脑海中迅速摘下的一系列简短的信息。不过相比于一般的描绘,它确实要求读者更多的专注和共鸣……

外部的印象在思想者的头脑中引出了富有含义的词语的组合、语言的联结,并因此使内部思想浮向表层。例如,我们可以看看海的概念在斯蒂芬苦闷的灵魂中引出的最为隐蔽的想法。墨利根一边刮脸一边盯着外面的都柏林湾,轻轻地评价道:"上帝啊……这海难道不是艾基(所谓艾基,指艾吉尔隆·斯温本,一个英国后浪漫时代的二流诗人)所称的一个灰色的甜蜜母亲?"(注意甜蜜一词)我们伟大的甜蜜母亲,他补充道,似乎直接把"灰色"的"grey"一词的词尾加上一个"t"改成了"伟大"的"great"①。我们强大的母亲,他继续说道,推敲出了一个不错的头韵。接着他提及斯蒂芬的母亲,和斯蒂芬不祥的罪孽。我姨妈认为你杀了你妈妈,他说。可你是个多好的哑剧演员(也就是说,小丑)啊,他低语道[注意一个接一个的头韵所引出的一个接一个的意识:强大的母亲(mighty mother——译者注),哑剧演员(mummer——译者注),低语(murmur——译者注)]而斯蒂芬听着那中气十足的声音,母亲(mother——译者注)和低语着的(murmuring——译者注)强大的(mighty——译者注)甜蜜的苦涩的海合为一体,而另外还有其他合并的形象。"海湾的环形轮廓和天际之间是一大堆暗绿色的液体。"这在斯蒂芬的思绪内转变为"早已放在她临终的床边的白色瓷碗里装着黏滞的绿色胆汁,那是她一次次地大声呻吟着从她的腐朽的肝里吐出来的。"甜蜜的母亲变成了苦涩的母亲,苦涩的胆汁,苦涩的懊悔。接着巴克·墨利根在斯蒂芬的手帕上擦着他的刮胡刀片:"'啊,可怜的苦力',他声音和善地说,'我必须给你一件衬衫和几张手帕。'"这就把鼻涕绿色的海水和斯蒂芬的污秽的手帕和碗中的绿色胆汁联结起来;而装胆汁的碗和刮脸用的盆子和海水,苦的泪水和咸的黏液,都在一瞬间融合到了一个意象中。这就是最好的乔伊斯。

——Nabokov V,1980:283-289,297

练习思考题

1. 查找有关《尤利西斯》中涉及的希腊神话人物,如涅斯托尔、普罗透斯、卡吕普索等的背景,谈谈《尤利西斯》的人物和情节结构与《奥德赛》和动物器官之间存着的对应关系,并据此写篇小论文。

2. 纳博科夫在对《尤利西斯》的赏析中,不断提到"爱尔兰人""都柏林人""犹太人""流浪者",同时,在其他评论家的文章中,"都柏林史诗""人类历史"这些词汇和短语也不断出现,试思考二者之间的关系,谈谈它们在《尤利西斯》中是如何得到表现的。

---

① great[greit]是由 grey[grei]加 t 变化而来。——译者注

3. 你对"戏拟"（Burlesque 或 Parody，或译为"谐摹""滑稽模仿"等）现象了解多少？你认为纳博科夫所提到的《尤利西斯》中这种众所周知的特点有何价值？

延伸阅读

李维屏. 2000. 乔伊斯的美学思想与小说艺术[M]. 上海：上海外语教育出版社.

李梦桃. 1989. 意识流小说与《尤利西斯》[M]// 柳鸣九. 西方文艺思潮论丛·意识流. 北京：中国社会科学出版社.

Bolt S. 2005. 乔伊斯导读[M]. 北京：北京大学出版社.

Bulson E. 2008. 詹姆斯·乔伊斯[M]. 上海：上海外语教育出版社.

Attride D, ed. 1990. The Cambridge Companion to James Joyce. Cambridge：Cambridge University Press.

Jung C G. 1966. ULYSSES：A Monologue//The Collected Works of C. G. Jung：The Spirit in Man, Art, and Literature, Vol. 15. Princeton：Princeton University press.

参考文献

詹姆斯·乔伊斯. 1997. 尤利西斯[M]. 金隄，译. 北京：人民文学出版社.

简明不列颠百科全书编辑部. 1986. 简明不列颠百科全书：卷6[M]. 北京：中国大百科全书出版社.

Nabokov V. 1980. James Joyce："Ulysses"// Nabokov V. Lectures on Literature. New York：Harcourt Brace Jovanovich.

Bellow S. 1975. Literature in the Age of Technology//Technology and the Frontiers of Knowledge. New York：Doublrday.

Eliot T S. 1963. Ulysses, Order, and Myth//Givens S. James Joyce：Two Decades of Criticism, Cambridge：Vanguard.

Hall S K., Ligotti J, et al, eds. 1982. Twentieth-Century Literary Criticism, Vol. 8. Detroit：Gale Research Inc.

Wilkie B, Hurt J, 1988. Literature of the Western World, Volume 2. New York. ：Macmillan Publishing Company.

第二十八章 《等待戈多》

　　萨缪尔·贝克特（Samuel Beckett，1906—1989），爱尔兰小说家、评论家和剧作家，诺贝尔文学奖获得者（1969）。他兼用法语和英语写作，由于他的主要作品都是先以法文写成的，一般都把他算作法国作家。《等待戈多》（En attendant Godot，1952）在巴黎巴比伦剧院上演，确立了他作为荒诞派代表戏剧家的地位，对世界当代文学产生了广泛影响。除《等待戈多》之外，贝克特的剧作还有《结局》（Fin de partie：suivi de Acte sans paroles，1957）、《克拉普最后一盘录音带》（Krapp's Last Tape，1958）、《快乐的日子》（Happy Days，1961）、《戏剧》（Play，1963）。它们偏重于表现人们处境的紧迫感和精神危机。在他的笔下，这个世界是空荡荡的，阴郁的，甚至置人于死命。贝克特的小说力图描绘这样一个世界：一切在无休止的重复和重新开始。他时常取消标点符号，人物说话像讲呓语一样。凡此种种，已开了新小说作家喜爱翻新写作花样的先河。他的长篇小说有《莫菲》（Murphy，1938）、《马洛伊》（Molloy，1951）、《马洛纳之死》（Malone meurt，1951）。

　　从贝克特的作品可以窥知他博学广识。他巧妙地旁征博引，涉猎所及，既有大量文学材料，也有不少哲学和神学著作。对他的思想产生重要影响的人是但丁、笛卡儿以及乔伊斯。在贝克特看来，基本的问题似乎是：我们根本未曾要求而被投入世界，投入存在；我们如何对待这个事实。我们本身的真实性质是什么？人所说的"我"，究竟是什么意思？

一、精彩点评

● 要是荒诞派艺术可以宣称有一个唯一的"大师"的话，那么这个人就是萨缪尔·贝克特（生于1906年）。……他在艺术中反映了那种生活之毫无意义及存在之极其荒诞的思想。贝克特笔下可以互相取代的主要人物全都生活在死亡和疯狂的阴影里，然而他们受尽痛苦却得不到光荣，得不到神圣的桂冠，得不到智慧。他们是典型的在等待的人——如在《等待戈多》（1952）中的那两个滑稽的流浪汉，他们满怀希望地耐心等待表明了希望本身的荒诞性，也就是理性的荒诞性。一点不走运的幸运儿在用他那蜕化了的语言谈到存在着"一个个人的上帝 quaquaquaqua"时就表明了该剧的主旨：

　　不知什么原因尽管有网球事实俱在但时间将会揭示我接下去讲哎哟哟总之一句话石头的住所谁能怀疑我接下去讲但是别这么快我接下去讲头颅要萎缩衰弱减少与此同时尤其是不知什么原因尽管有网球胡子火焰球队石头那么蓝那么平静哎哟哟头颅头颅头颅头颅在康纳马拉尽管有网球未完成的徒然的劳动更加严肃的石头的住所总之我接下去讲哎哟哟徒劳的未完成的头颅头颅在康纳马拉尽管有网球头颅哎哟石头丘那德（混战，最后的狂喊）网球……石头……那么平静……丘那德……未完成的……（贝克特，1980：53）（大·盖洛威，1989：646-647）

● 萨缪尔·贝克特是独一无二的。他向那些衰老、伤残、不善辞令的人和走投无路的男女发出声音，他省略了惺惺作态和虚伪矫饰，绝口不谈意味深长的存在。他似乎想说，只有在那里、在那时、在上帝的贫乏而非丰足当中，新陈代谢降低，才能到达人之为人的核心……不过他的音乐的韵律，精致准确的语句，不禁驱散了那空旷的虚无……如同传说里火中不死的蜥蜴，我们在贝克特的火焰中幸存。（Ellman R，2006：封面页）

二、评论文章

《荒诞派戏剧》节选

⊙［英］马丁·艾斯林，著
⊙ 华明，译

　　荒诞派戏剧是否被人们接受，如何理解荒诞，是人们面对荒诞派戏剧不能回避的问题。英国学者马丁·艾斯林在《荒诞派戏剧》一书中，从《等待戈多》的演出效果，荒诞的含义，《等待戈多》的主题等方面对这部作品进行了全面而独到的分析。

　　1957 年 11 月 19 日，一群心怀疑虑的演员正在准备出场面对观众。他们是旧金山演员工作室的成员。观众是圣昆丁监狱的 1 400 名囚犯。自从萨拉·伯恩哈特 1913 年在圣昆丁演出之后，那里还没有演出过戏剧。现在，44 年之后，将要演出萨缪尔·贝克特的《等待戈多》，之所以选择该剧，很可能是因为其中没有妇女。

　　难怪演员们和导演赫伯特·布劳感到担忧。他们如何把这样一出高度含糊、诉诸理性、曾在西欧许多成熟观众中几乎引起骚乱的戏剧，带到世界上最粗野的一群观众面前呢？赫伯特·布劳决定让圣昆丁监狱的这些观众对即将上演的这部戏剧有所准备。他登上舞台，向黑暗的北餐厅里满满的一群观众讲话——囚犯们点烟之后把火柴头摇灭，场内是一片闪亮的火柴头的海洋。布劳把这部戏剧比做一曲爵士乐，"你得仔细听,才能发现里面有什么"。同样,他希望,在《等待戈多》里,对于每个观众,都有某种含义,某种个人意义。

大幕拉开。戏剧开始。曾经使得巴黎、伦敦和纽约的成熟观众大惑不解的东西却立刻被这群囚犯观众理解了。……

《旧金山记事报》的一位记者也在场,他注意到犯人们在理解此剧方面没有困难。一个犯人告诉他,"戈多就是社会"。另一个说,"他是外面的世界"。据报道,监狱里的一个教师说,"他们知道等待意味着什么……他们知道如果戈多最终来了,他也只能令人失望"。这家监狱报纸的社论表明,这些作者是如何清楚地理解了该剧的含义的:

"它是一种表达,为了避免一切人为失误,它是象征性的,作者希望每位观众得出他自己的结论,作出他自己的错误判断。它不提出任何有针对性的问题,它不把任何戏剧化的道德观念强加给观众,它不怀有任何特别的希望……我们仍在等待戈多,还将继续等待。当布景变得越来越单调,情节变得越来越缓慢的时候,我们开始互相谩骂,赌咒永远分手——但是,却没有地方可去!"

据说戈多本人以及台词特点和剧中人物,从此成为了圣昆丁监狱个人语言的永久组成部分,一个体制性的神话。

……

"荒诞"原来在音乐语境中意味着"失去和谐"。因为它的词典定义为"与理智或者适宜不合;不一致、不合理、不合逻辑"。在通常用法上,"荒诞"可能仅仅意味着"荒唐",但这不是加缪使用该词的意义,也不是当我们说到荒诞派戏剧时使用该词的意义。在一篇论卡夫卡的文章中,尤涅斯库就他对该词的理解作出如下定义:"荒诞是缺乏目的……切断了他的宗教的、形而上的、超验的根基,人迷失了,他的一切行为都变得无意义、荒诞、没有用处。"

对于人的状态的荒诞性带来的这种形而上的痛苦之感,广义上说,就是贝克特、阿达莫夫、尤涅斯库、热奈和本书中讨论的其他作家的剧作的主题。

……

这是一个内在矛盾,荒诞派戏剧家试图通过本能和直觉而不是有意识的努力加以克服和解决。荒诞派戏剧不再争辩人类状态的荒诞性;它仅仅是呈现它的存在——也就是说,以具体的舞台形象加以呈现。这就是哲学家和诗人的方法之间的区别;举个其他领域的例子,就是托马斯·阿奎那或者斯宾诺莎著作中关于神的理念和基督徒圣约翰或者埃克哈特修士著作中关于神的直觉的区别——即理论与体验的区别。

……

当艾伦·施奈德要执导《等待戈多》在美国首演时,他问贝克特戈多是谁或者是什么意思,他得到的回答是,"要是我知道,我就会在剧中说出来了"。

对于那些想要找到有助于他们理解的关键词、以精准明确的术语论证贝克特剧作的含义这种方法进行研究的人们来说,这是一个善意的警告。在对付一位从一种明确的哲学或者道德概念出发,进而将它变为具体的情节和人物的作家时,这样的方法也许是合理的。但是即使在这种情况下,如果最终产物形成了一个真正的创造性想象的作品,那么它有时也会超越作者最初的意图,把它自己表现得更加丰富、更加复杂、可以容纳多种其他解释。

……

然而,无论戈多是否旨在暗示一个超自然力量的干预,是否代表一个神秘的人物,可以指望他的到来改变局势,或者是这两种可能性的结合,他的确切性质只有次要意义。剧作的主题不是戈多而是等待,是作为人的状况的基本和特有方面的等待行动。在我们的一生中,我们总是在等待什么东西,戈多只是代表了我们等待的对象——它可以是一件事、一个事物、一个人,或者死亡。此外,正是在等待行动中,我们体验了最纯净、最明显的时间流逝。如果我们活动,我们很容易忘却时间的流逝,我们度过了时间,但是如果我们仅仅消极等待,我们就将面对时间本身的行动。正如贝克特在他对普鲁斯特的分析中指出的,"没有什么能够逃过时光和岁月。既逃不过明天也逃不过昨天,因为昨天已经把我们变形,或者说被我们所变形——昨天不是一个已经过去的里程碑,而是岁月碾压道路上的时间之碑,是我们无法回避的一部分,在我们身上,沉重而又危险。我们不仅因为昨天而更加消沉,而且变成了其他东西,不再是昨天的苦难道路之前的我们。"时间的流逝迫使我们面对存在的基本问题——自我本质的问题,因为它在时间中不断改变,所以处于不断的流动中,因而超越了我们的掌握——"个性,它的永久真实只能理解为内省的假定。个人是发生这样一个过程的场所,是黏黏糊糊、暗淡单色的未来时间连续倒入装着过去时间液体的容器的过程,由于时光的效力,过去时间变得动荡不定和五光十色。"

由于我们受到时间流逝过程的影响,在此过程中不断改变自己,因此我们在一生中任何时刻都不是我们自己。于是,"我们对我们高兴地称之为成就的徒有虚名的东西感到失望。可是成就是什么东西呢? 就是主体与其欲望客体达到一致。主体已经死亡——也许在路上已经死了许多次。"如果戈多是弗拉季米尔和爱斯特拉冈的欲望的客体,那么他似乎自然地处于他们不可及的地方。充当中间人的孩子从头至尾都分不清这两个人谁是谁,这件事情有意义。法文版中明确指出,第二幕中出现的男孩与第一幕中的是同一个孩子,然而这个孩子否认他以前曾经见过这两个流浪汉,并且坚持说他是头一次为戈多当信使。当孩子离开时,弗拉季米尔试图让他记得,"你可以肯定你没见过我,你不是跟我说过,明天你不会说以前没有见过我吗?"孩子没有回答,我们知道他会再次说不认识他们。我们是否能够确定,我们今天遇到的人就是昨天遇到的同一个人呢? 当波卓和幸运儿第一次出现时,弗拉季米尔和爱斯特拉冈似乎都不认识他们;爱斯特拉冈甚至把波卓当做戈多。但是他们走后,弗拉季米尔说上次见面之后他们变了。爱斯特拉冈坚持说他不认识他们。

> 弗拉季米尔:不,你准认识他们。
>
> 爱斯特拉冈:不,我不认识他们。
>
> 弗拉季米尔:咱们认识他们,我跟你说吧。你把什么都忘啦。(略停。自言自语)除非不是他俩……
>
> 爱斯特拉冈:要是那样,他们怎么不认得咱们?
>
> 弗拉季米尔:这算什么。我也假装不认得他们哩。再说,又有哪一个认得咱们的?(贝克特,1980:52-53)

在第二幕,当波卓和幸运儿再次出现时,他们已经被时间的作用无情地改变了,弗拉季米尔和爱斯特拉冈再次怀疑他们是否就是自己前一天遇到的相同的人。而波卓也记不得他们了,"我记不得昨天我遇见过什么人。但是明天我又会记不得今天我遇见什么人。"

等待就是体验时间的作用,而时间是不断变化的。然而,正如并没有什么真正的事发生一样,变化本身也是一种幻觉。时间的不停作用本身是自我毁灭的和漫无目的的,因此也是无效和无用的。事物越是变化,它们就越是相同,这就是世界的可怕的稳定性。"世界的眼泪是个常量。在一个人开始哭泣的时候,其他某处的另外一个人就停止哭泣了。"一天和另一天一样,当我们死去的时候,我们不再存在。……

……

正如弗拉季米尔和爱斯特拉冈反复指出的那样,他们的消遣是用来阻止他们进行思想的。"我们不再处于思想的危险之中……进行思想并不是最糟糕的……可怕的是有了思想。"

弗拉季米尔和爱斯特拉冈不停地谈话。为什么? 他们以剧中也许是最抒情、措辞最优美的段落进行了暗示:

> 弗拉季米尔:你说得对,咱们不知疲倦。
>
> 爱斯特拉冈:这样咱们就可以不思想。
>
> 弗拉季来尔:咱们有那个借口。
>
> 爱斯特拉冈:这样咱们就可以不听。
>
> 弗拉季米尔:咱们有咱们的理智。
>
> 爱斯特拉冈:所有死掉了的声音。
>
> 弗拉季米尔:它们发出翅膀一样的声音。
>
> 爱斯特拉冈:树叶一样。
>
> 弗拉季米尔:沙一样。
>
> 爱斯特拉冈:树叶一样。
>
>   沉默。
>
> 弗拉季米尔:它们全都同时说话。

爱斯特拉冈：而且都跟自己说话。

　　沉默。

弗拉季米尔：不如说它们窃窃私语。

爱斯特拉冈：它们沙沙地响。

弗拉季米尔：它们低言细语。

爱斯特拉冈：它们沙沙地响。

　　沉默。

弗拉季米尔：它们说些什么？

爱斯特拉冈：它们谈它们的生活。

弗拉季米尔：光活着对它们来说并不够。

爱斯特拉冈：它们得谈起它。

弗拉季米尔：光死掉对它们来说并不够。

爱斯特拉冈：的确不够。

　　沉默。

弗拉季米尔：它们发出羽毛一样的声音。

爱斯特拉冈：树叶一样。

弗拉季米尔：灰烬一样。

爱斯特拉冈：树叶一样。

　　长时间沉默。（贝克特,1980:74-76）

在这段话里,爱尔兰杂耍喜剧演员的斗嘴被神奇地转化成了诗歌,它包含了开启贝克特作品大部分内容的钥匙。是的,关于过去的这些喃喃低语就是我们在他的长篇小说三部曲中听到的声音;它们是探索存在的神秘和处于痛苦和受难的极限中的自我的声音。

弗拉季米尔和爱斯特拉冈试图不去听这些声音。紧接在他们对于往事的回忆之后的长时间沉默,被"痛苦的"弗拉季米尔的这句话所打破,"无论如何说点什么吧!"然后他们两个人重新开始等待戈多。

希望获得拯救可能仅是为了逃避对人的状态的真实所带来的受难和痛苦。在这里,在让-保尔·萨特的存在主义哲学和贝克特的创造性直觉之间,的确有着惊人的相似之处,只是后者从不有意识地表达存在主义的观点。对于贝克特来说,也和对于萨特一样,如果人有责任面对人的状态,认识到归根到底我们的存在只有虚无、自由以及在一系列选择中创造自我的需要,那么戈多很可能变成萨特所谓的"坏信仰"那种东西的一个形象,"坏信仰的第一个行为就是逃避人所不能逃避的东西,逃避人所是的东西。"

虽然这些相似之处具有启发性,但是我们不能走得太远,企图把贝克特的看法与任何哲学流派相等同。正是像《等待戈多》这样的一部剧作的特别丰富性,在如此众多的不同角度上打开了我们的视野。它可以从哲学、宗教和心理学的角度进行解释，然而它首先是一首诗，一首关于时间、时间易逝、存在的神秘性、变化与稳定的矛盾性、必然与荒诞的诗。它表达了瓦特对诺特先生一家的感想："……诺特先生的家庭没有任何改变，因为什么也没有留下，什么也没有来，什么也没有去，因为一切既是来又是去。"①在观看《等待戈多》时，我们感到是在像瓦特一样思考着诺特先生的世界的结构："但是，当他对他曾经感到必然的东西感到荒诞的时候（因为必然之感难得不伴有荒诞之感），一方面，他已经很难觉察到这些东西的荒诞性，另一方面，他很难觉察到其他东西的必然性（因为荒诞之感难得不伴有必然之感）。"

——马丁·艾斯林，2003：5-6，8-9，23，27-29，34-36

《戏剧剖析》节选

⊙［英］马丁·艾斯林，著
⊙ 罗婉华，译

马丁·艾斯林对《等待戈多》的真实性进行了阐释，这一阐释对我们理解现代主义和后现代主义文学极具启迪意义。

根据我在本书尝试着提出的一些看法，我认为这样一个争论是错误的：即那些带有社会和政治倾向的剧作家仅仅注意外在的真实（政治形势、社会问题，等等），而像贝克特或尤奈斯库这类内向的带有诗人气质的剧作家却往往为了内心的真实而忽略社会环境的"事实"及其与客观事实的符合。他们的剧本与其说是外在世界的写照，不如说是幻梦。但是这些幻梦对他们（以及观众）来说，正如外在的事实对那些布莱希特派的剧作家一样，是真实的。而且的确，他们剧里的政治含义跟那些关心外在世界的剧本的社会现实主义（social realism）同样有力。那本描写期望落空了的《等待戈多》，其政治影响所及，远达阿尔及利亚和波兰等地。无田无地的阿尔及利亚农民，把从来没有到来的戈多看做是已许诺却没有实现的土地改革；而具有被别国奴役历史的波兰观众，对戈多的反应就一致认为戈多是他们时常得不到的民族自由和独立的象征。《等待戈多》之所以有这种影响，是由于这个剧本内在的（与外在的相对而言）情节及主题的现实和真实：它主要是把一种心情、一种心理上的真实感，即当一个人等待那口惠而实不至的东西时所"感受"到的希望落空的情绪加以戏剧化了。……戏剧的真实性表现在意义的多层性上。

——马丁·艾斯林，1981：112

---

① 参见贝克特小说《瓦特》。——编者注

练习思考题

1. 荒诞派戏剧是一种"反戏剧"吗？对此，你如何认识，请写一篇千字左右的文章，论述你的观点。
2. 你如何评价马丁·艾斯林把荒诞派戏剧和 20 世纪"语言学转向"联系起来进行考察的思路？
3. 你也必须"等待戈多"吗？

延伸阅读

蓝仁哲.2004.感受荒诞人生见证反戏剧手法——《等待戈多》剧中的人及其处境[J].外国文学评论
　（3）.

吴岳添.2006.贝克特——充满矛盾的作家[J].外国文学评论（3）.

王晓华.2000.后上帝时代的等待者——对荒诞派戏剧《等待戈多》的文本分析[J].深圳大学学报
　（人文社会科学版）（5）.

王雅华.2005.走向虚无——贝克特小说的自我探索与形式实验[M].北京：北京语言大学出版社.

Pilling J,ed.2000.The Cambridge Companion to Beckett.上海：上海外语教育出版社.

参考文献

贝克特.1980.荒诞派戏剧集[M].施咸荣,译.上海：上海译文出版社.

大·盖洛威.1989.荒诞的艺术,荒诞的人,荒诞的主人公[M].杉木,译.袁可嘉,校//袁可嘉,等.现
　代主义文学研究（下）.北京：中国社会科学出版社.

马丁·艾斯林.2003.荒诞派戏剧[M].华明,译.石家庄：河北教育出版社.

马丁·艾斯林.1981.戏剧剖析[M].罗婉华,译.北京：中国戏剧出版社.

Ellman R.2006·贝克特肖像[M]//詹姆斯·诺尔森,约翰·海恩斯.贝克特肖像.王绍祥,译.上海：
　上海人民出版社.

第二十九章 《约翰·克利斯朵夫》

  罗曼·罗兰(Romain Rolland,1866—1944),法国著名作家和反战斗士。出生于法国中部小镇克拉姆西,父亲是公证人,母亲为旧教徒。幼时的罗曼·罗兰就对音乐有浓厚的兴趣。1882年,举家迁往巴黎,入圣路易中学,1886—1889年,入巴黎高师先攻文学后攻历史,期间与托尔斯泰通信,诉说自己的苦闷和彷徨。1890—1891年,游历罗马,结识德国理想主义思想家玛尔维达·封·梅森葆。1895年,获得博士学位。1903—1910年,在巴黎大学主讲艺术史。其间,以改革法国戏剧为责任,创立"人民戏剧",论文结集为《人民戏剧》(*Le Théâtre du peuple*,1903)。同期,创作出"革命戏剧"三种:《群狼》(*Les Loups*,1898)、《丹东》(*Danton*,1900)、《七月十四日》(*Le 14 Juillet*,1902);"信仰悲剧"三种:《圣路易》(*Saint Louis*,1897)、《艾尔特》(*Aërt*,1898)、《理性的胜利》(*Le Triomphe de la Raison*,1899)。20世纪初,开始作家传记研究和小说创作,先后写出《贝多芬传》(*Vie de Beethoven*,1903)、《米开朗琪罗传》(*Vie de Michel-Ange*,1905)、《亨德尔传》(*Haendel*,1910)、《托尔斯泰传》(*Vie de Tolstoï*,1911)等;并于1904—1912年间,创作出长篇巨著《约翰·克利斯朵夫》(*Jean-Christophe*),1919年创作中篇小说《哥拉·布勒尼翁》(*Colas Breugnon*,1919)。1915年,获诺贝尔文学奖。两次世界大战期间,罗曼·罗兰成为反战斗士,同时,对俄国社会主义产生了向往,并于1935年访问苏联,期间,完成小说《克莱伦勃》(*Clérambault*,1920)、《欣悦的灵魂》(又译为《母与子》,*L'Âme enchantée*,1922—1933)等。

  罗曼·罗兰一生创作颇丰,他在小说、戏剧、时事评论、艺术家传记、日记和书简等各方面均有建树,为我们留下了丰富的文学遗产。《约翰·克利斯朵夫》是他最重要的作品,该书共10卷,叙述了音乐家约翰·克利斯朵夫的一生,描绘了广阔的社会图景,是20世纪欧洲著名"长河小说"之一。

一、精彩点评

● 真正的光明绝不是永没有黑暗的时间,只是永不被黑暗所掩蔽罢了。真正的英雄绝不是永没有卑下的情操,只是永不向卑下的情操屈服罢了。

所以在你要战胜外来的敌人之前,先得战胜你内在的敌人,你不必害怕沉沦堕落,只消你能不断地自拔与更新。

《约翰·克利斯朵夫》不是一部小说,应当说:不止是一部小说,而是人类一部伟大的史诗。它所描绘歌咏的不是人类在物质方面而是在精神方面所经历的艰险,不是征服外界而是征服内心的战绩。它是千万生灵的一面镜子,是古今中外英雄圣哲的一部历险记,是贝多芬式的一阕大交响乐。愿读者以虔敬的心情来打开这部宝典罢!

战士啊,当你知道世界上受苦的不止你一个时,你定会减少痛楚,而你的希望也将永远在绝望中再生了罢!(傅雷,1986:代序)

- 罗曼·罗兰广博而坚定的信念,在 10 卷本小说《约翰·克利斯朵夫》中都表现了出来。在那里,他试图描绘所有事物都联合在一个基本的统一体中,并阐释了人类在整个宇宙系统中所具有的独特作用。

罗曼·罗兰坚定地认为人类拥有获得正直和高贵行为的伟大潜能,因此,他把构建和激励人性作为艺术的职责,并把这一宗旨贯注到自己的艺术创作中。比如,在《约翰·克利斯朵夫》中,罗曼·罗兰就为我们创作了一个他理想中的人物:一个敏感、勇敢的人,他不但拥有天赋,而且秉持自由的理念,这些使他能够全面地、清晰地、客观地感知世界。……罗曼·罗兰在《约翰·克利斯朵夫》中所体现出的最高超的艺术技巧,在于运用大河作为小说的主旋律。这展现了罗曼·罗兰内心的信仰,即存在是人类和自然界中所有现象在时间中的流动,而人类和自然界,他们由共同的物质构成,遵守相同的自然法则,互相依赖而不可分割。"生命之流"的主题,也继续贯穿在罗曼·罗兰的第二部长篇小说《欣悦的灵魂》中。(Poupard D,Lazzari M,Ligotti T,1987:247-248. 薛玉楠,译)

- 把司汤达《红与黑》中于连的形象和约翰·克利斯朵夫形象相比照,是具有迷惑性的,因为于连在智力上高于克利斯朵夫,而克利斯朵夫在灵魂上高于于连。确实,克利斯朵夫不仅是一个音乐天才,而且还是一个道德和精神意义上的英雄形象。虽然,他也做过很多"非英雄"的事情,并且源于本性的善良常常被青年期的狂暴和天才的自负所遮蔽,但是,他仍然是一个富有同情心的高贵的人,因为,他是激情而鲜活的生命;因为,他也深责曾经的过错;因为,他也在苦难中坚持着;因为,他厌弃谎言,并对真理孜孜以求。(Palmer C,1987:250. 薛玉楠,译)

二、评论文章

《约翰·克利斯朵夫》节选

⊙［奥］斯·茨威格，著
⊙ 姜其煌，方为文，译

茨威格在《罗曼·罗兰传》中对《约翰·克利斯朵夫》进行了多方面的解读，我们选取了其中的两小节，这两小节主要论述了文学与音乐的关系以及文学中的国家形象等。

英雄交响乐

众多的人物和事件以及种种对比情节，只靠一种因素即音乐结合在一起。在《约翰·克利斯朵夫》中，音乐不仅是内容，而且也是形式。决不能说这部小说（只有办事简单化的人才会这样说）因袭了巴尔扎克、左拉和福楼拜叙事诗的传统，因为他们力图用化学方法把社会分解成一些基本元素。也不能说这部小说因袭了歌德、哥特弗利德·凯勒和司汤达的传统，因为他们力图使人物固定化。罗兰不是一个讲故事的人，也不是一个通常的诗人，他是一个音乐家，他要把一切都搞得很和谐。归根结底，《约翰·克利斯朵夫》是一首交响乐，他赖以产生的音乐精神，就是尼采据以写出了古代悲剧的那种精神，它的规律不是一个故事和一次朗诵的规律，而是一种被克制住的感情的规律。他是一位音乐家，而不是一位诗人。

作为一个讲故事的人，罗曼·罗兰并不具有通常所谓风格那种东西。他不是用经典式的法文写作，他没有固定的句子结构，没有规定的韵律，没有文字中的色彩，没有特别清晰的语言。他没有个性，因为不是他掌握着材料，而是材料掌握着他。他只具有适应事件的节奏和局势变化的天才，他是感情的反响和震动。序言的第一句话就像一首诗，往下节奏就指挥着各个场面。由此产生了简短、断续、有时听起来像是一首小歌的一些插曲，其中每一个插曲都有不同的调子，而且它们很快就会停止，让位于别的思想和别的感情。在《约翰·克利斯朵夫》中，有一些短小的序曲，它们纯粹是一些歌曲，是一些柔和的短歌和狂想曲，是喧嚣的世界中的一个音乐孤岛；也有一些思绪，一些像叙事诗那样的忧郁夜歌，充满凶恶的力量和悲愁。当罗兰根据音乐灵感进行创作的时候，他进入了最伟大的语言艺术家之林。诚然，有些地方是当代的一位历史学家和批评家在那里说话，这时，光辉就熄灭了，他们所起的作用，正如歌剧中联系种种事件所必需的一支平淡的宣叙调起的作用。激动的感情似乎想回避他，虽然他激励着智力的发展。在这个作品中，还可以看出音乐家和历史学家之间永恒的分歧。

不过，只有根据音乐特性，才能理解《约翰·克利斯朵夫》的结构。不管书中所有人物描写得如何姿态万千,他们所以能产生影响,只是因为他们在主旋律中汇合成一股沸腾生活的巨大力量:最重要的事情,总是来自他们的节奏,最强烈的,是音乐家约翰·克利斯朵夫身上的节奏。法文原稿分为 10 卷,这只是为了出版商的方便。如果只注意这种表面现象,就不能理解这部作品的内在结构思想。最重要的停顿,是把作品划分成一些细小片段的地方,其中每一个片段都用不同的语调写成。只有音乐家,只有熟悉交响乐的严肃音乐家才能说明,这部英雄史诗是根据交响乐的精神,根据英雄交响乐的精神创作的,最广阔的音乐画面的形式,在这里被移植到了语言王国之中。

只要回忆一下类似圣歌的奇妙序曲——莱茵河的喧嚣就足够了。它令人感到原始的力量,生活的洪流,轰鸣着从永恒奔向永恒。可是悄悄地响起了一支小曲,一个孩子,约翰·克利斯朵夫,诞生了。他是从天地之间的伟大音乐中诞生的,以便与音乐融成一体,而每一个波涛都在这无限的音乐中奔驰,直至消失。接着出现了第一批人物,神秘的圣歌悄然止息,开始了人世间悲哀的少年时代。渐渐地,大地上到处出现了人和抑扬顿挫的曲调,曲调和大地胆怯的声音此起彼伏。后来,约翰·克利斯朵夫强大有力的声音和奥里维比较柔和的声音,就像一个长调和一个短调,占据了中心的位置。在他们之间,通过谐和音和不谐和音,展开了各种各样的生活和音乐:突然出现的贝多芬式的忧郁症,以艺术为题材的机智的赋格曲,舞蹈的场面(如在《烧不尽的一丛灌木》中),对无限的歌颂,像舒伯特的歌曲一样纯洁地推崇大自然的赞歌。一切令人惊叹地合而为一,汹涌的洪流又令人惊叹地分驰而去。紧张忙乱悄然停止,最后的不和谐融合在伟大的和谐之中。在最后的画面上,又奏起了(在无形大合唱的伴奏下)开头的曲调:怒吼的洪流又回流入无边的海洋。

这样,约翰·克利斯朵夫这首英雄交响乐的结尾,是一首歌颂无穷生命力的圣歌,是一种返回到永恒的自然力量中去的活动。罗兰想通过最接近于无限的形式,即通过超时代、自由、超民族和永恒的音乐艺术的形式,来描述这种永恒的自然力量。它既是作品的形式,也是作品的内容,既是内核,也是外壳。按歌德关于大自然的话来说:大自然永远是一切艺术规律中最真正的规律。

法国的形象

在这部长篇小说中,法国的形象十分重要,因为这里是从两个方面,即从外部和内部,从德国人的观点和法国人的观点,来进行考察的。除此之外,也因为约翰·克利斯朵夫的判断,不仅是一种观察,而且是一种观察的科学。

这位德国人的思想方式,无论就整体或部分而言,都是很典型的。他生活在小城市的时候,还没有看见过法国人,而传统观念所培养出来的感情,是一种愉快的温情:"法国人善良,但是胆小"。作为一个德国人,他早先的感觉也是如此:法国人是一些无原则的艺术家,粗俗的士兵,说谎的政治家,轻浮的妇女,但他们都很聪明、愉快、开放。在他们身上悄悄地产生了一种摆脱德国的制度和德国的冷漠而去追求法国民主自由的渴望。他第一次和法国女演员高丽纳(是歌德的菲丽娜的教妹这一类人物)的会见,似乎证实了他粗率的判断。但第二次和安多纳德的会见,他体会到了另一个法国。"您这样严肃"——他对这一位文静而沉默寡言的姑娘表示惊奇,当时他漂泊异乡,备受折磨,在一些不可一世的暴发户那里当家庭教师。她的气质完全不符合他历来的偏见,说什么一个法国姑娘一定要轻浮、高傲、淫荡。起初,他认为法国是一个"两面性之谜",这第一远方的回声变成了神秘的诱饵。他感到了丰富多彩的异国情调,并且像格鲁克、瓦格纳、梅尔柏①、奥芬巴赫②一样,离开了德国外省的狭隘环境,而奔向引人入胜的真正世界艺术的祖国——巴黎。

他到达巴黎以后的第一个感觉是混乱,这给他留下了不可磨灭的印象。这是第一个也是最后一个强烈的印象(这位德国人经常要起来反对这种情况):巨大的力量在这里常因缺乏纪律而化为乌有。第一个带他去逛市场的,是一个冒充的"真正巴黎人",这种人竭力装得比巴黎人还要巴黎人,实际上他是一个移居巴黎的德国犹太人西尔代·高恩。他在这里自称哈密尔顿,掌握着艺术界的一切线索。他向约翰·克利斯朵夫介绍了不少艺术家、音乐家、政治家、新闻记者。约翰·克利斯朵夫失望地离开了他们。他在他们的作品中,只感到一股不愉快的"女人味儿"和一种沉重窒息的气氛。他看到的是香烟缭绕,粉红黛绿,听到的是一片赞扬声和喧嚣声,但没有看到一部真正的作品。的确,他似乎看到了某种艺术,但这是一种细致的、精巧的、颓废的艺术,创造这种艺术的是趣味而不是力量,它的内部结构因讥讽而受到损害,它聪明盖世,精巧异常并带有古希腊的风韵,这是亚历山大时期的文学和音乐,是正在消亡的民族发出来的气息,是行将枯萎的文化释放出来的令人窒息的芬芳。他看到的,只是结尾而没有开头,这一位德国人已经听到了"大炮的隆隆声,它行将击毁这个衰落的希腊"。

在他所认识的人中,有好的也有坏的,有贪慕虚荣的也有天性愚钝的,有呆头呆脑的,也有聪明机灵的。但在巴黎各界和沙龙中,没有一个人能使他对法国满怀信心。第一个报信人来自远方,这就是西杜妮,他生病时服侍他的一个农家姑娘。从她身上,他立刻认识到,法国这块土地是多么安静和坚稳,多么肥沃,而这些不相干的、人工栽培的巴黎之花,却从这块土地上取得了力量。他也认识了法国人民,有力、粗壮、严肃的法国人民。他们耕种着自己的土地,不管巴黎集市上的喧嚣,以自己的仇恨引起了革命,以自己的鼓舞力量进行了拿破仑战争。从那时起他就感到,一定存在着一个他所不认识的真正的法国。一次谈话时,他向西尔代·高恩提出一个问题:"法国在什么地方?"高恩骄傲地回答说:"法国就是我们!"约翰·克利斯朵夫只好苦笑。他知道,他必须花很长时间去寻找法国,因为人们把它细心地藏起来了。

可是,一次萍水相逢,却成了他命运的转折,使他得到了感性认识。他遇见了奥里维,安多纳德的兄弟,一个真正的法国人,犹如但丁,在维吉尔的引导下,漫游了新的认

---

① 梅尔柏(1791—1864),作曲家、钢琴家、乐队指挥。——译者注。

② 奥芬巴赫(1819—1880),法国作曲家,法国古典小歌剧大师。——译者注。

识领域,他也在他的"满腔热忱的智囊"导游下,惊奇地发现,在喧嚣的帷幕后面,在熙熙攘攘的表面现象背后,那些优秀分子正在默默地工作。他看到了诗人的作品,但他们的名字从未在报纸上出现过;他看到了人民,看到了很多温和的正派人,他们不爱尘世浮华,各自干着本分的工作。他认识了法国新的理想主义,这种理想主义由于吃了败仗而在思想上得到巩固。仇恨和无情,这是他在发现这种情况后首先觉察到的两种感情。他提高嗓门对温和的奥里维说:"我不明白,你们生活在最好的国土上,拥有众多的人才,掌握着人类的思想,却不知道该怎么办。你们让一小撮流氓统治着你们,践踏着你们。站起来吧,团结起来,把你们家里的垃圾清扫干净!"一个德国人最初的最自然的想法是把优秀分子组织起来,团结起来,强者的第一个思想是斗争。但法国的优秀分子却偏偏袖手旁观。他们不敢进行斗争,一方面是由于某种神秘的乐观主义,另一方面是由于某种淡淡的温和态度和极度的悲观主义情绪(这一点雷南表现得最明显)。他们不愿意采取行动,而最困难的事,是推动他们采取共同行动。"他们太聪明了,他们在斗争以前就看到了反作用",他们没有德国人那种乐观主义,所以他们是孤立的,有些人是出于谨慎,有些人是出于骄傲。他们有"不喜欢出门的特点",约翰·克利斯朵夫在自己住的房子里对这一点看得最清楚。每一层楼上都住着一些正派人,他们本来完全可以互相了解,但他们却闭门索居。20年中,他们走的是同一个楼梯,但他们却不认识,互相不感兴趣,因此,杰出的艺术家们彼此如同陌路。

突然,约翰·克利斯朵夫理解了法国人民的主要思想(自由思想)的长处和危险。每一个人都想做一个自由人,谁都不愿意受到约束。法国人浪费了骇人听闻的巨大力量,因为他们每个人都独自肩负起本世纪的全部斗争重担,他们不愿意被人组织,与人联合。他们的活动力量虽然因理性的作用而瘫痪,但这种力量在他们的意识中还是自由的,因此他们一方面保持着用孤独这种宗教式的热情来渗透到自己革命性中去的能力,另一方面也保持着经常革命化地更新自己信仰的能力。这种始终不渝的精神是他们的救星,它使他们摆脱了制度的束缚,否则他们会停滞不前;它使他们抵制了机械化的影响,否则他们会失去个性。约翰·克利斯朵夫认识到,喧嚣的集市戏台,只能吸引那些浑浑噩噩的人,而真正的实干家却埋头于自己创作的孤独之中。他看到,这种喧嚣是法国人的气质所需要的,它鼓舞人们去进行工作;他看到,中途改变主意,是经常变革的协调形式。他和很多德国人一样,对法国的最初印象是,法国人是一个成熟的民族,20年以后,他相信他当时这种看法并没有错。法国人确实已经成熟,但只是为了一切都重新开始,而在他们似乎充满矛盾的思想中,盘踞着某种神秘的不同于德国的另一种秩序和另一种自由。这位世界公民不想强迫哪个民族接受相似于本民族的东西,他微笑地观察着各民族之间永恒的差异,他们就像七彩光谱一样构成了整个世界,构成了这个多姿多彩的伟大公社,全人类的总和。

——斯·茨威格,1984:125-128,149-153

《罗曼·罗兰》节选

⊙ ［德］赫尔曼·黑塞,著
⊙ 薛玉楠,译

德国著名小说家赫尔曼·黑塞在《罗曼·罗兰》一文中,对《约翰·克利斯朵夫》中的人物形象、故事发生场景等进行了分析。

在浩如烟海的小说世界里,我们经常陶醉于小说的开头,但是,至于说到对小说的每一页都保持同样的好感,则是很少见的。自然,在《约翰·克利斯朵夫》中,故事的每一页也并不具有同等重要的价值。从艺术和诗性的角度出发,我认为小说的第一部分,对主人公少年和青年时期的成长历程的描述,是非常重要的。无论如何,没有一个读者,会不喜欢这部作品的整体,也没有一个读者会不钦佩作者的耐心和忠实的工作,以及对后续章节所持的公平的理解和判断力,当然,它最成功部分的构思和创作,更是令人钦佩。从纯艺术的观念出发,一首美妙的四行诗,比任何小说,甚至比《威廉·麦斯特》,都更完美而有意义。而对于《约翰·克利斯朵夫》这篇小说来说,它不仅是艺术,是灵魂的高尚行为,而且更是一种观念的尝试,这种观念试图从理智上理解或者在某种程度上来说,对于一个时代、一种文化、一个区域的人们的集体精神状态进行判断。音乐家约翰·克利斯朵夫,不仅是故事中的一个角色,昔日诗人形象的再现,他同时也是一个抽象的观念,一个具有丰富内涵的意义的载体,或者说是一个神话。他是音乐的灵魂,德国独特性和迟钝的复杂性的象征,而可爱的、亲切的、堕落的、要小聪明的、孩子气的、疯狂的、辉煌壮观的巴黎却对他的命运起着决定性的作用,它对约翰·克利斯朵夫来说,是一个镜子,一个诱惑,一次激励,或者一个天堂般的美妙之处。罗曼·罗兰,一个地道的法国作家,在描述他的德国英雄的时候,倾注了过多的爱,这点远胜于他本人对于巴黎本地人的爱。对于这部一千多页的小说,我们总是怀着强烈的同情心,坚定地站在和盲目的、罪恶的、虚伪的巴黎相抗争的音乐家一边。巴黎的风俗、巴黎的艺术、巴黎的生活方式,都被乏味无情的粗制滥造所遮蔽,而英雄人物约翰·克利斯朵夫,却成为了永恒之爱的象征。很明显,约翰·克利斯朵夫是对的,而巴黎是错的。……

——Hesse H,1987:253

练习思考题

1. 用文学来表现音乐,中国文学亦有这种现象,如《琵琶行》,《老残游记》第二回“明湖居听书”等,请从《约翰·克利斯朵夫》中选取一段类似文字(如《约翰·克利斯朵夫》第一册第64-65页等),或欣赏现实中的音乐,仿写一篇千字左右的赏析文章。
2. 斯·茨威格在《罗曼·罗兰传》中,不但对法国形象,而且还对意大利、德国形象进行了分析,请通过阅读,谈谈你对"意大利形象""德国形象"的看法。

3. 在《约翰·克利斯朵夫》中,犹太人无处不在,茨威格称他们为"失去了祖国的人们",请从约翰·克利斯朵夫的视角出发,谈谈犹太人与"善良的欧洲人"及"世界公民"之间的关系。

延伸阅读

柳鸣九.2004.不朽的《约翰·克利斯朵夫》[M]∥柳鸣九.法兰西文学大师十论.上海:复旦大学出版社.

罗大冈.1984.论罗曼·罗兰[M].上海:上海文艺出版社.

罗曼·罗兰.2004.罗曼·罗兰文钞[M].孙梁,译.桂林:广西师范大学出版社.

罗曼·罗兰.1988.认识罗曼·罗兰——罗曼·罗兰谈自己[M].罗大冈,编选.北京:中国社会科学出版社.

威尔逊.1953.罗曼·罗兰传[M].沈炼之,译.上海:文化生活出版社.

杨晓明.2000.欣悦的灵魂:罗曼·罗兰[M].成都:四川人民出版社.

参考文献

傅雷.1986.译者献辞[M]∥罗曼·罗兰.约翰·克利斯朵夫.傅雷,译.北京:人民文学出版社.

斯·茨威格.1984.罗曼·罗兰传[M].姜其煌,方为文,译.长沙:湖南人民出版社.

Poupard D,Lazzari M,Ligotti T,et al,eds.1987.Twentieth-Century Literary Criticism,Vol.23.Detroit:Gale Research Inc.

Palmer C.1987.Romain Rolland's 'Jean-Christophe'∥Poupard D,Lazzari M,Ligotti T,et al,eds.Twentieth-Century Literary Criticism,Vol.23.Detroit:Gale Research Inc.

Hesse H.1987.Romain Rolland∥Poupard D,Lazzari M,Ligotti T,et al,eds.Twentieth-Century Literary Criticism,Vol.23.Detroit:Gale Research Inc.

第三十章 《变形记》

　　卡夫卡（Franz Kafka,1883—1924）,捷克出生的德语幻想小说作家。在他死后发表的作品,尤其是《审判》(*Prozess*,1925)和《城堡》(*Das Schloβ*,1926),展现了 20 世纪人的焦虑和异化。他父亲的形象有如阴影笼罩着他的作品和生活,实际上是他创作的最令人难忘的形象之一。因为这个专横跋扈的店主和一家之主在他的心目中是个令人敬畏、冷漠无情的暴君。在自传作品《致父亲的信》(*Brief an den Vater*,1919)中,他把生活的失败和逃避于文学都归咎于父亲的阻挠。和父亲的矛盾直接反映在他的小说《判决》(*Der Prozeβ*,1912)里。这一冲突以更大的规模反映在他的长篇小说中。但卡夫卡焦虑和绝望的根源并非仅仅在于他与父亲和家庭之间的决裂,而在于绝对的孤立感。对自己作品的疑虑使卡夫卡去世前强烈要求把一生所有作品全部销毁。但是,卡夫卡大学时代的好朋友马克斯·勃罗德把他的全部作品都保留下来并整理出版。

　　《变形记》(*Die Verwandlung*,1912)是卡夫卡的力作之一,它描述了推销员格里高尔一夜之间,从人变成甲虫,并最终被家人抛弃的历程。这部作品看似荒诞,实则表现了 20 世纪人的内在心理体验,是一部当代心灵史。

一、精彩点评

- 弗·卡夫卡作为现代小说的奠基人之一,无疑具有某些与詹·乔伊斯相近似的特点。这首先反映于:对十九世纪现实主义社会小说传统的摒弃、从社会心理学的心理分析向世界象征模式的"综合"构拟的过渡(就此而论,詹·乔伊斯和弗·卡夫卡不仅同十九世纪的长篇小说、而且同马·普鲁斯特的著作相对立)、创作情致超越具体的空间和时间(历史)界限而移至永恒的玄学问题。犹如詹·乔伊斯在其《尤利西斯》中,卡夫卡在其《审判》《城堡》及其中篇小说中,着力描绘个人与社会两者之间根本无法解决的二律背反及与之相应的主人公意志消沉;而其主人公则一向是普遍化的"个体"之表征。在弗·卡夫卡的作品中,世界和人的不可知性,作为荒诞不经的幻想呈现于现象学级类。(叶·莫·梅列金斯基,1990:391)

- 卡夫卡在《城堡》已经展示出一幅伟大的和悲剧性的图景,描写进行融合不过是徒劳;在这个简单的故事里,他从犹太人的灵魂深处讲出来的犹太人的普遍遭遇比一百篇科学论文所提供的知识还要多。(马克斯·勃罗德,1988:81)

- 卡夫卡作品中荒诞离奇的喜剧性,对于当代"黑色幽默派作家"可能是有影响的;……卡夫卡笔下的反英雄逐步发展(或者说堕落)成为贝克特和尤奈斯库笔下没有个性特征的机械人,有时甚至被进一步割裂得肢体残缺不全。(乔伊斯·欧茨,1988:683)

二、评论文章

《文学讲稿》节选

⊙ [美]纳博科夫,著
⊙ 申慧辉,等,译

纳博科夫的《文学讲稿》采取案例分析的方式,对世界文学经典作了一番梳理。他认为,文学作品传达给大家的不只是思想观点,而是一种结构和风格。他的案例分析很少涉及主题思想和人物内涵,却花大量篇幅去分析为什么会出现这个道具,这个道具在整个作品中起什么作用,是伏笔还是一种氛围暗示,它和作者的写作特点有什么关系。

纳博科夫是公认的文体大师,他对《变形记》文本的解读明显具有形式主义批评的倾向,他反对对卡夫卡作非文本的分析。从他的文本解读中,我们或许可以真正领略到卡夫卡小说艺术的某种真谛。

纳博科夫首先批判了卡夫卡研究中的两个极有影响的观念,接着对《变形记》的情节作了概述,然后是结构分析。纳博科夫的文字充满了谐趣和想象力。

在谈论《变形记》之前,我要清除两个观点。首先我要彻底清除马克斯·勃罗德的观点,他认为卡夫卡的作品只适合从圣徒的角度而不是从文学的角度去理解。卡夫卡首先是位艺术家,虽然可以说每个艺术家在某种意义上也是圣人(我自己对此深有感受),但我认为不能用任何宗教含义来解释卡夫卡的天才。我要清除的另一个观点是弗洛伊德观点,那些持这种观点的传记家们,如内德在《冰冻的海》(1948)里所写的那样,认为《变形记》是以卡夫卡与他父亲的复杂关系以及伴随他一生的罪孽感为背景的。他们还认为在以象征为特点的神话里,儿童通常是以虫来替代的——我怀疑是否如此——那么按照弗洛伊德批评家们的假定,卡夫卡以甲壳虫的形象来代表儿子。

他们说,甲壳虫把他在父亲面前所感受到的那种无足轻重的感觉恰当地形象化了。在此我只对甲壳虫感兴趣,对空话毫无兴趣,因此,我拒绝接受这种胡说八道。卡夫卡本人对弗洛伊德的观念极其不以为然。他认为心理分析是"一个不能自圆其说的错误"(我用他的原话),他还认为弗洛伊德学说是非常模糊,非常粗糙的图画,它在对待问题的细节,或者进一步说,在对待问题的实质方面都有失公正。这也就是我为什么要清除弗洛伊德的分析方法,而集中在艺术本身的探讨上的另一个原因。

对卡夫卡影响最大的是福楼拜的文学创作。福楼拜厌恶过分讲究辞藻的散文,因此肯定会赞赏卡夫卡的创作态度。卡夫卡喜欢运用法律和科学方面的术语,给这些词汇以讽刺性的精确,而且从不介入作者个人的感情;这正是福楼拜的手法,福楼拜运用此法达到了一个纯粹的诗的效果。

《变形记》的主角是格里高尔·萨姆沙(读做 zamza),他是布拉格市的一个中产阶级夫妇的儿子,这对夫妇就像福楼拜笔下的市侩,只对生活中物质方面感兴趣,且欣赏趣味低俗。……但当故事开场的时候适逢他(格里高尔)两次出差之间,可在家里呆一晚上。正在这期间,可怕的事发生了。……

现在我们来看,可怜的格里高尔,倒霉的推销员,所突然变成的那个"甲壳虫"究竟是什么。很显然,他属于一种"多足虫"(节肢动物),蜘蛛、百足虫和甲壳虫都属于此类。如果小说开头提到的"许多条腿"指的是多于 6 条腿,那么从动物学的角度来说格里高尔就不是昆虫了。但我想一个人一觉醒来发现自己有 6 条腿在空中乱蹬,一定会觉得 6 这个数字足可以用"许多"来形容了。因此,我们可以假定格里高尔有 6 条腿,他是一只昆虫。

下一个问题是:什么虫? 一些注释家说是蟑螂,这显然不对。蟑螂是一种扁平的有着长腿的昆虫,而格里高尔的形状绝不是扁平的,他的腹背两面都是凸出的,而且腿很细小。他与蟑螂只有一处相似,即他的颜色是棕色的。只此一点。除了这一点以外,他还有一个极大的凸出的,被折皱分成一条条块状的肚皮,他还有一个坚硬的圆鼓鼓的背,使人想到那底下可能有翅膀。甲壳虫在身上的硬壳下藏着不太灵活的小翅膀,展开后可以载着它跌跌撞撞地飞上好几英里。奇怪的是,甲壳虫格里高尔从来没有发现他背上的硬壳下有翅膀(我的这一极好的发现足以值得你们珍视一辈子,有些格里高尔们,有些乔和简①们就是不知道自己还有翅膀)。另外,他有强有力的硬颚,他就是用这些器官去转动插在锁上的钥匙,同时用他的两只后腿直立,即他的第三对腿(一对有力的小腿)。这就使我们知道了他的身体长度,大约有三英尺②左右。随着故事的发展,他渐渐习惯使用他的新器官——他的脚和触须。这个棕色的、鼓鼓的、像狗一般大小的甲壳虫长得很宽大。……

---

① 这两个名字在英语国家中很普通,代表普通的男男女女。——译者注
② 1 英尺 ≈ 0.3 米——编者注

第一部分

下面我将分析小说的结构。小说的第一部分可以分为七个场景或段落。

第一场景:格里高尔醒来,他单独一个人。这时他已经变成了甲虫,但在他身上随着变化而得到的虫的本能中仍然掺杂着人的知觉。故事在引进仍属人的感觉的时间因素后,第一场景也就此结束了。

> 他看了看柜子上嘀嘀答答响着的闹钟。天哪! 他想道。已经六点半了,而时指针还在悠悠然向前移动,连六点半也过了,马上就要七点差一刻了。闹钟难道没有响过吗? 从床上可以看到闹钟明明是拨到四点钟的。……下一班车是七点钟开;要搭这一班车他得发疯似地赶才行。可是他的样品都还没有包好,他也觉得自己的精神不佳。而且即使他赶上了这班车,还是逃不过上司的一顿申斥。因为公司的听差一定是在等候五点钟那班火车,这时早已回去报告他没有赶上了。(卡夫卡,2001:87-88)

他考虑着是否向公司说明自己病了,但结论是保健大夫会证明他十分健康的。

……

第三场景:起床这一难关是由仍然属于人的头脑设想而由甲壳虫的身体来行动的。这时格里高尔仍旧在用人体的观念考虑自己的身体,但现在人的下半身已是甲壳虫的后半部了,人的上半身是甲壳虫的前半部。对格里高尔来说,人的四肢似乎相应于甲壳虫的6条腿。他现在还没有完全明白自身的状况,坚持着要用他的第三对腿站立起来。

> 他想,下身先下去一定可以使自己离床,可是他还没有见过自己的下身,脑子里根本没有概念,不知道移动下身真是难上加难,挪动起来是那样的迟缓。所以到最后,他烦死了,就用尽全力鲁莽地把身子一甩,不料方向算错,重重地撞在床脚上,一阵彻骨的痛楚使他明白,如今他身上最敏感的地方也许正是他的下身。……可是接着他又对自己说:"七点一刻以前我无论如何非得离开床不可。到那时一定会有人从公司里来找我,因为不到七点公司就开门了。"他立刻开始有节奏地摇动整个身子,希望能借助惯性把自己甩下床去。(卡夫卡,2001:89-90)

第四场景:当家庭主题或者说门的主题又一次开始时,格里高尔还在挣扎。在这一场景里他终于从床上掉下来了,发出了一声闷响。这个场景中的对话有点像希腊戏剧中的合唱。格里高尔办公室的主任被派来看格里高尔为什么还没有到车站。这种对稍有疏忽的雇员迅速严格的检查和监督带有噩梦的特点。第二场景里的那种隔着门的对话又开始了。请注意次序:办公室主任从左边的起居室里对格里高尔讲话;葛蕾特,他的妹妹在右边的屋子里对哥哥讲话;他的父亲和母亲加入了办公室来人,一起在起居室里讲话。这时格里高尔还能说话,但他的声音已变得越来越模糊不清了,很快他的话就无法听懂了。（在20年后詹姆斯·乔伊斯写的《为芬尼根守灵》里，两个隔着河谈话的洗衣妇渐渐变成了一棵粗壮的榆树和一块石头。）格里高尔不明白他妹妹为什么在右边屋子而不和其他人在一起。"她大概刚起床，还没来得及穿好衣服。那她为什么哭呢？因为他没有起床请主任进屋？因为他有失业的危险？还是因为老板会向他父母催逼那笔该死的旧债？"可怜的格里高尔已经习惯于作全家人的使用工具，以至于从来想不到可怜自己，他甚至也不希望葛蕾特同情他。母亲和妹妹隔着格里高尔的房间互相呼唤。妹妹和仆人被派去请医生和锁匠。

格里高尔现在倒镇静多了。显然，他发出来的声音人家再也听不懂了，虽然他听来很清楚的，甚至比以前更清楚，这也许是因为他的耳朵变得能适应这种声音了。不过至少现在大家相信他有什么地方不太妙，都准备来帮助他了。这些初步措施将带来的积极效果使他感到安慰。他觉得自己又重新进入人类的圈子。（卡夫卡，2001:95）

……

第二部分

第六场景：兄妹之间建立了一种新的关系，这次是与窗户，而不是与门有关。格里高尔"用足了浑身的劲把一张扶手椅推到窗下，然后爬上窗框撑在椅子上，靠着窗玻璃，显然回忆起了过去每当看窗外时就有的那种自由的感觉。"格里高尔，或者卡夫卡，似乎认为格里高尔爬向窗子的欲望是一种对人的经历的回忆。事实上，这是昆虫具有的典型的趋光性。……他的妹妹不知道格里高尔尚保留着一颗人的心，人的感觉，人的体面感，羞耻感，屈辱感，以及可怜的自尊心。她那样急急忙忙、乒乒乓乓打开窗户通风的举动使格里高尔极度不安，她丝毫不想掩盖她对甲虫窝的那股难闻的气味表现出来的恶心。即使当着他的面，她也不掩饰对他的厌恶。

有一次，大概在格里高尔变形一个月以后，其实这时她已经没有理由见到他再吃惊了，她比平时进来得早了一些，发现他正在一动不动地向着窗外眺望，所以模样更像妖魔了。要是她光是不进来格里高尔倒也不会感到意外，因为既然他在窗口，她当然不能立刻开窗了，可是她不仅退出去，而且仿佛是大吃一惊似地跳了回去，并且还砰地关上了门；陌生人还以为他是故意等在那儿要扑过去咬她呢。格里高尔当然立刻就躲到了沙发底下，可是他一直等到中午她才重新进来，看上去比平时更显得惴惴不安。这使他明白，妹妹看见他依旧那么恶心，而且以后也势必如此。

为了使她不致如此，有一天他花了4个小时的劳动，用背把一张被单拖到沙发上，铺得使它可以完全遮住自己的身体，这样，即使她弯下身子也不会看到他了。如果她认为被单放在那儿根本没有必要，她当然会把它拿走，因为格里高尔这样把自己遮住又蒙上自然不会舒服。可是她并没有拿走被单，当格里高尔小心翼翼地用头把被单拱起一些看她怎样对待新情况

的时候,他甚至仿佛看到妹妹眼睛里闪出了一丝感激的光辉。(卡夫卡, 2001:107-108)

我们应当注意到这可怜的小怪物是多么善良,多么好心眼。他的甲壳虫身份虽然扭曲和贬低了他的身体,但却把他内心人的美好一面全都体现出来了。他彻底的无私精神,总是替别人着想的品质与他自身可怕的灾难形成强烈的对比。卡夫卡的艺术在于他一方面逐步积累格里高尔虫的特征,包括他虫的外表所有可悲的细节,另一方面又生动地、清晰地向读者展现格里高尔善良的,体贴入微的人的本性。

……

第十场景:扔苹果的一幕现在开始了。格里高尔的父亲已经变了,正处于力量的顶峰。他已不是从前那个常常无精打采地躺在床上,与人打招呼几乎连手都不抬一下的人了,已不是那个出门就得拄着根歪把拐杖,拖着双腿艰难地挪动的老头了,“现在他站在那里显得体型很好。……他把制服的下摆向后一撩,双手插进裤袋里,然后表情严厉地向格里高尔走去。很可能连他自己也不知道想干什么。总之,他的脚抬得特别高,格里高尔完全被他那巨大无比的鞋底震住了。”

像通常一样,格里高尔对人的腿的动作,对人又大又厚的脚特别感兴趣,它们与他的细弱的肢体相比大不一样。我们在这里看到慢动作主题的重复。(那办公室主任,拉着双腿向后退却也是慢动作)现在父亲和儿子慢慢地在屋子里转,由于动作太慢,整个过程看上去一点儿也不像追捕。这时,父亲开始用起居室兼饭厅里仅有的炮弹——苹果,小小的红苹果——向格里高尔开火。格里高尔被赶回到中间屋子,退到了他甲壳虫的心底里去了。

> 正在这时,突然有一样扔得不太有力的东西飞了过来,落在他的后面,又滚到他前面去。这是一只苹果;紧接着第二只苹果又扔了过来;格里高尔惊慌地站住了,再跑也没有用了,因为他父亲决心要轰炸他了。他把碗橱上盘子里的水果装满了衣裳,也没有好好地瞄准,只是把苹果一只接一只地扔出来。这些小小的红苹果在地板上滚来滚去,仿佛有吸引力似的,都在互相碰撞。一只扔得不太用力的苹果轻轻擦过格里高尔的背,没有带给他什么损害就飞走了。可是紧跟着马上飞来了另一只,正好打中了他的背并且还陷了进去;格里高尔挣扎着往前爬,仿佛能把这种惊人的莫名其妙的痛苦留在身后似的;可是他觉得自己好像被钉住在原处,就六神无主地瘫倒在地上。在清醒的最后一刹那,他瞥见他的房门猛然打开,母亲抢在尖叫着的妹妹前头跑了过来,身上只穿着内衣,她女儿为了让她呼吸舒畅好缓过气来,已经把她衣服都解开了,格里高尔看见母亲向父亲扑过去,解松了的裙子一条接着一条都掉在地板上,她绊着裙子径直向父亲奔去,抱住他,紧紧地搂住他,双手围在父亲的脖子上,求他别伤害儿子的生命——可是这时,格里高尔的眼光已经逐渐暗淡了。(卡夫卡,2001:115)

第二部分在这里结束。现在我们来总结一下。妹妹已明确地变成了敌视哥哥的人。她可能爱过他,但现在对他只有厌恶和愤怒。萨姆沙夫人的气喘病与感情在争斗。她是一个十分机械的母亲,对儿子有某种机械的爱,但我们很快就发现她也准备丢弃他。正如已经提到的,父亲在体质上和残忍上已达到某种顶点。从一开始他就急于伤害他那个无能为力的儿子的身体,现在他扔的苹果已嵌在了可怜的格里高尔甲壳虫的肉体里了。

第三部分

……

第六场景:在这重要的音乐一场中,房客们听到葛蕾特在厨房里拉小提琴,出于对音乐娱乐价值的机械反应,他们请她为他们演奏。三位房客和三位萨姆沙共聚在起居室。

我不想贬低音乐爱好者,但我确想指出,一般意义上的音乐,就像它的消费者理解的那样,与文学和绘画相比,只属于艺术等级上的较原始、较具动物性的形式。我指的是广义上的音乐,是从音乐对一般听众的影响这方面来考虑的,而不是指个人的创造、想象、作曲,这些当然完全可以与文学艺术和绘画艺术相比。一位伟大的作曲家与伟大的文学家、画家一样,是兄弟。但我认为一般化的原始形态的音乐对于听众产生的影响比起一本一般化的书或一张一般化的画对其欣赏者产生的影响来说,质量要低得多。我要特别指的是音乐对一些人起的那种安抚、催眠、消沉的作用,就像收音机或唱机播放的音乐那样。

在卡夫卡的故事里,这只是一个女孩子可怜巴巴地在小提琴上锯来锯去。这种音乐与今天的盒装音乐或者一插插头即可听的音乐一样。卡夫卡对一般音乐的感受同我刚才的阐述一样,即使人迟钝,使人麻木,动物般的性质。在理解下面一句很重要的话时,我们头脑里必须有这种音乐观。许多译者就曾误解了这句话的原意。从字面上看,句子是这样的:"音乐对他有这么大的魔力,难道因为他是动物吗?"这是说,在他具有人形时,他不喜欢音乐,但在这一场,在甲壳虫的身份下,他被音乐征服了:"他觉得自己一直渴望着某种营养,而现在他已经找到这种营养了。"这场戏是这样开始的,格里高尔的妹妹开始为房客们演奏,格里高尔被音乐吸引,把头伸进了起居室。……

……

第十场景:最后一场就其讽刺性的简洁来说是最精彩的。明媚的春光环绕着萨姆沙一家人,他们正在写三封信——多节的腿,幸福的腿,三个昆虫在写信——分别炮制借口向他们的雇主请假。

　　于是他们三个一起离开公寓,已有好几个月没有这样的情形了,他们乘电车出城到郊外去。车厢里充满温暖的阳光,只有他们这几个乘客。他们舒服地靠在椅背上谈起了将来的前途,仔细一研究,前途也并不太坏,因为他们过去从未真正谈过彼此的工作,现在一看,工作都蛮不错,而且还很有发展前途。目前最能改善他们情况的当然是搬一个家,他们想找一所小一些、便宜一些、地址更适中也更易于收拾的公寓,要比格里高尔选的目前这所更加实用。正当他们这样聊着,萨姆沙先生和他太太在逐渐注意到女儿的心情越来越快活以后,老两口几乎同时突然发现,虽然最近女儿经历了那么多的忧患,脸色苍白,但是她已经成长为一个身材丰满的美丽少女了。他们变得沉默起来,而且不自觉地交换了个互相会意的眼光,他们心里下定主意,快该给她找个好女婿了。仿佛要证实他们新的梦想和美好的打算似的,在旅途终结时,他们的女儿第一个跳起来,舒展了几下她那充满青春活力的身体。(卡夫卡,2001:130-131)

……

你们要注意卡夫卡的风格:它的清晰、准确和正式的语调与故事噩梦般的内容形成如此强烈的对照。没有一点诗般的隐喻来装点他全然只有黑白两色的故事。他的清晰的风格强调了他的幻想的暗调的丰富性。对比与统一,风格与内容,形式与情节达到了完美的整合。

——纳博科夫,1991:221-246

《论无边的现实主义》节选

⊙［法］罗杰·加洛蒂,著
⊙吴岳添,译

> 罗杰·加洛蒂从动物的主题方面,探讨了《变形记》和动物之间的关系。动物的主题,也许是人的"异化",也许是人的一种荒诞的生活状态,抑或是人类关系的象征。在《变形记》中,无疑这些都有所表现。

相反,透过全部作品可以看到一些重大的主题,占首要地位的至少有三个:动物的主题、"寻求"的主题和"未完成"的主题。

动物主题大概是最明显的了。《致科学院的报告》是一只变成人的猴子做的,一个人的《变形记》成了一只蟑螂,《一只狗的探索》《女歌唱家约瑟菲娜或老鼠民族》《地洞》,以及大量的片段,都通过一种动物的生活提出了人的问题。

动物主题首先是和觉醒的主题联系在一起的。人怎样从动物中出现的?习惯、传统,只因习惯才仍然是野兽一般的生活之外如何产生觉醒?"孩子要成为大人,应该尽早地摆脱动物性,"卡夫卡给他的妹妹写道。对他来说,动物性就是家庭的环境,人在这种环境里担负不了责任,不能获得人类特有的主动性,也无法对最终目的提出疑问。

——罗杰·加洛蒂:1986:149-150

练习思考题

1.“三”这个数字在故事里起了什么作用？请据此写篇千字左右的小论文。

2.《变形记》是否对你以往确立的文学作品的审美标准提出了挑战？

3.如何理解“孤独”在古今中外的文学作品中的不同内涵？

延伸阅读

罗纳德·海曼.1988.卡夫卡传[M].赵乾龙,译.北京:作家出版社.

任卫东.1996.变形:对异化的逃脱——评卡夫卡的《变形记》[J].外国文学(1).

卡夫卡.2001.卡夫卡全集:十卷本[M].石家庄:河北教育出版社.

叶庭芳.1988.论卡夫卡[M].北京:中国社会科学出版社.

吴晓东.2003.从卡夫卡到昆德拉[M].北京:三联书店.

Preece J,ed.2002.The Cambridge Companion to Kafka.Cambridge:Cambridge University Press.

参考文献

卡夫卡.2001.变形记[M].李文俊,译.北京:北京燕山出版社.

罗杰·加洛蒂.1986.论无边的现实主义[M].吴岳添,译.上海:上海文艺出版社.

马克斯·勃罗德.1988.无家可归的异乡人[M].张金言,译//叶庭芳.论卡夫卡.北京:中国社会科学
　出版社.

纳博科夫.1991.文学讲稿[M].申慧辉,等,译.北京:三联书店.

乔伊斯·欧茨.1988.卡夫卡的天堂[M].俞其歆,译//叶庭芳.论卡夫卡.北京:中国社会科学出
　版社.

叶·莫·梅列金斯基.1990.神话的诗学[M].魏庆征,译.北京:商务印书馆.

第三十一章 《静静的顿河》

米哈伊尔·亚历山大罗维奇·肖洛霍夫（Михаил Александрович Шолохов，1905—1984），苏联作家。肖洛霍夫 1905 年 5 月 24 日出生于顿河畔的维约申斯克镇克鲁日林村，只受过相当于小学的教育。少年时在顿河地区经历国内战争，参加布尔什维克的征粮队，一度被匪帮俘虏。1922 年后曾到莫斯科试图求学未果，参加文学团体"青年近卫军"，1924 年开始发表作品。1925 年回到顿河地区定居，开始创作《静静的顿河》。卫国战争时期，肖洛霍夫作为随军记者走上前线，写了大量的通讯、特写。主要作品有短篇小说集《顿河故事》（Донские рассказы，1926）和《浅蓝的原野》（Лазоревая степь，1926）、长篇小说《静静的顿河》（Тихий Дон，1928—1940）、《新垦地》（Поднятая целина，1932—1964）以及短篇小说《一个人的遭遇》（Судьба человека，1956—1957）和未完成的长篇小说《他们为祖国而战》（Они сражались за родину，1943—1968）等。《静静的顿河》1941 年获斯大林奖。1965 年，肖洛霍夫因其"在描写俄国人民生活各历史阶段的顿河史诗中所表现出来的艺术力量和正直品格"而获得诺贝尔文学奖。《静静的顿河》共 4 卷，中译本近 2 000 页。作品以葛利高里·麦列霍夫为主人公，表现 1912 年至 1922 年间战争和革命中顿河哥萨克命运的巨变。

一、精彩点评

- 《静静的顿河》是 20 世纪伟大的书，她以前所未有的深刻性和真实性表现了 20 世纪最大的历史事件——俄罗斯革命。……《静静的顿河》这部众所公认的天才作品，是与《堂吉诃德》《神曲》《死魂灵》和《战争与和平》比肩而立的伟大的书。（КУЗНЕЦОВ В，2005：5. 刘亚丁，译）

- 尽管肖洛霍夫表现了对自己生于斯长于斯的地方的人民更多的爱，但他创作出的是一部具有全民族性质的伟大史诗。（СИГОВ В，2005：434. 刘亚丁，译）

- 复述《静静的顿河》也是十分困难的。不要在这部作品里寻找那种通常见到的、有关惊险曲折主题的浪漫主义情调。这里没有故弄玄虚的场面……故事宛如顿河的流水，或者宛如生活本身一样，向前流去。在这部农民的交响乐里，最动人心弦的是葛利高里和阿克西尼娅的爱情乐章,他们的爱的激情洋溢着春日和夏日的气息,使广阔的乡村天地焕然一新,它仿佛同解冻的大河喧闹的河水汇合在一起,挟卷着残存的冰块涌向大海。……《静静的顿河》是一部散发着自然气息、充满了激烈情感的、从而使我们返回到生活真正源泉中去的书籍。(乔治·阿尔特曼,1982:449)

二、评论文章

《〈静静的顿河〉是如何创作出来的》节选

⊙ [苏]B.古拉,著

⊙ 刘亚丁,译

《静静的顿河》是一部史诗性的长篇小说。这部以长期站在红军对立面的葛利高里·麦列霍夫为主人公的小说,在众多正面描写革命胜利进程的苏联作品中显得非常独特,其思想观念和艺术表现形式都比较复杂。苏联批评界围绕作家对葛利高里的态度众说纷纭。在《〈静静的顿河〉是如何创作出来的》一书中的"作者和他的主人公们"一节中,古拉通过对《静静的顿河》中一幅幅风景描写的分析,对作者与葛利高里及普通哥萨克的情感联系作了丝丝入扣的揭示。

"静静的顿河"的形象在小说最初的篇什中就出现了:"微风吹皱的青光粼粼的顿河急流",在它的旁边,有丛生的白艾簇拥的黑特曼大道,岔道口上是小教堂,在这里,在光荣的顿河土地上,这里有冷风吹拂的沉寂百年的鞑靼村的山岗。从这里开始,"静静的顿河父亲""光荣的土地"——具有古老历史的顿河原野,不仅成了情节展开的地域,而且在作为人民叙述的小说的思想观念体系中是内涵丰富的艺术形象,它也是家乡的象征,对家乡的爱和痛从来没有告别过小说的主人公们和作者。

在小说的第三部里,"平静的、庄严的、把两岸成荫的绿树倒映在水里的顿河",只是作为童年的遥远回忆才出现。现在顿河是激荡的、沸腾的,从浅到深都被搅得浑浊一片。

> 从顿河静静的深渊里溢出许多支浅流,浅流中,水波盘旋,激荡……但是在河床狭窄、洪流不能奔腾的地方,顿河就在河底冲出深峡,咆哮着,犹如万马奔腾,翻着白浪,滚滚流去。在突崖岬角处,水流在峡谷中形成漩涡。那里水流疯狂地旋转,翻腾,让人不忍卒看。(肖洛霍夫,2000,4:1147-1148。根据俄文原文对译文略有改动——引者注)

狂躁的、深深的漩涡的飞沫与裂岸狂涛的怒号相交织的顿河的形象,与生活的暴烈属性几乎达到了字面意义上的平行:"而生活却从平静的浅滩进入惊涛拍岸的峡谷。顿河上游掀起了巨浪。两股洪水冲突争流。哥萨克们分道扬镳,冲起漩涡,盘旋不已。"(肖洛霍夫,2000,4:1148)

与顿河的形象密不可分的是第三部中充分展开的顿河草原的形象。那在太阳的照耀下,在冬雪的掩埋下,弥漫着坚韧的艾蒿的苦味,遍布羽茅草和各种蓝色的小花的草原,一年四季、白天黑夜几乎都得到了描绘。在夜间草原的上空——照耀着"月亮——哥萨克的小太阳","高傲的、星群铺成的道路";白天,"一片暑热,气闷,白雾弥漫。褪色的蓝天、酷热的太阳……一望无际的耀眼的羽茅草,热气腾腾的、驼毛色的杂草……草原上热气腾腾,但是却死一样地静穆,四周的一切都是透明的,纹丝不动。就连古堡也在目力所能及的天边神话般地、若隐若现地闪着蓝光,就像在梦中一样"。(肖洛霍夫,2000,4:1 014-1 015)当作者开始打量"亲爱的草原"的时候,古堡也出现了。这些沿顿河连续分布的古堡,同草原一样古老,一直延伸到蔚蓝的大海。"古时候波罗维茨人的侦察兵和勇敢的布罗得尼人在这些古堡上监视来犯的敌人"。(肖洛霍夫,2000,4:1 399-1 400)

正是这古老的、灰白的羽茅草遍布的草原在作者激动的目光前展开了,它激起了作者高涨的情绪、感情不同寻常的激越。作家的嗓音甚至变得颤抖起来。在长篇小说中,他还从来没有以如此的力量,如此酣畅淋漓的抒情述说过:

> 亲爱的草原! 带苦味的风把马群的骟马和种马的鬃毛吹倒。干燥的马脸被风一吹,散发出咸味,于是马就呼吸着这又苦又咸的气味,用缎子一样光滑的嘴唇嚼着,嘶叫着,感到嘴上既有风又有太阳的滋味。上面是低垂的顿河天空,下面是低垂的亲爱的草原! 到处蜿蜒着漫长的浅谷、干涸的溪涧和荒芜的红土深沟、残留着已被杂草遮没的一窠窠马蹄痕迹的广袤的羽茅草大草原,珍藏着哥萨克光荣的古堡在神秘地沉默着……哥萨克永不褪色的鲜血浇灌着的顿河草原啊,我要像儿子一样,恭恭敬敬向你弯腰致敬,我要亲吻你那淡而无味的土地。(肖洛霍夫,2000,4:1 015)

我们还应该指出,作者对叙事的这一积极干预发生在顿河哥萨克的悲剧性迷误、事件的史诗性—戏剧性转变的前夕。

从这个时候开始,只要作家一描写草原,尽管他的声音具有丰富的音色,但总是充满着紧张的语调。春天复苏的草原,甚至同已然铺开的事件之间有那么点象征意味:"开始返青的草原上洋溢着解冻的黑土地的古老的气息和总是那么清新的嫩草的芳香"(肖洛霍夫,2000,4:1 264)。① 新与陈的冲突,虽然稚嫩却强劲生长的生命的胜

---

① 注意,在古拉所引的文字前后,肖洛霍夫还写有这样的文字:"暴动像吞没一切的草原野火一样蔓延开来"。——译者注

利,生命的不可戕伐与旺盛——这一肖洛霍夫心爱的思想像一条红线贯穿于这些描写之中,固然在这些描写中作家不可避免地运用了多种多样的手法:平行、比喻、对比和象征,等等。

> 春天带来的丰富多彩、朝气勃勃、眼睛看不见的生机洋溢在草原上:春草繁茂,新婚的禽鸟和大小走兽情侣们,避开人类贪婪的眼睛,隐藏在草原秘密庇护处幽会;田地里萌发出一片片尖尖的禾苗嫩芽……只有已经结束了生命的去年的衰草——风滚草,在草原各处留有古代堡垒的山坡上奔拉着,紧贴着地面,在寻求庇护,但生机勃勃的、清新的春风,毫不留情地吹断它的枯根,吹着它在阳光普照、恢复了生机的草原上到处翻滚。(肖洛霍夫,2000,4:1 333)

还有一处对白雪覆盖生命的草原的描写,就其语调而言,就其词汇、诗意和韵律而言,就整个情绪铺陈而言,与作者情感最为激荡的抒情插笔是相互呼应的:

> 东风像哥萨克在自己家乡的草原上一样奔驰。大雪填平了峡谷。凹地和深沟都齐平了。看不见大路,也看不见小径。周围是一片被风舔得溜光的、空旷的雪原。草原仿佛已经死去,偶尔有一只寒鸦从高空飞过。它像这片草原,像窝棚后面顶着苦艾般高耸的华贵海狸皮雪帽的古堡一样古老……但是大雪覆盖着的草原还活着。在像冻结的波涛、银光闪闪的雪海下,在秋天翻耕过的、像一片僵死的水波似的田地里,被严霜打倒的冬小麦,把富有生命力的根须贪婪地扎进了土壤里。缎子似光滑的、绿油油的冬小麦,披着眼泪般的露珠,不胜其寒地紧紧依偎在松酥的黑土地上,吮吸着它那营养丰富的黑色的血液,等待着春天和阳光,以便冲破融化的、像蜘蛛网似的晶莹薄冰,直起身来,在5月里长得碧绿一片。时间一到,冬小麦就会挺起身来。鹌鹑将在麦丛中嬉斗,4月的云雀将在麦地上的晴空飞鸣。太阳仍将在那里照耀它,风也仍将那样吹拂它,直到成熟饱满、被暴雨和狂风蹂躏的麦穗还没有垂下长着细芒的脑袋,还没有倒在主人的镰刀底下,还没有驯顺地撒下一串串的沉甸甸的麦粒为止。(肖洛霍夫,2000,4:1 113。译文根据俄文原文有所改动。)

对草原的这一番描写,无论就情感的饱满而言,还是就思想的充实而言,都堪称丰厚。作家又一次带着喜悦的自信肯定了生机的不可戕伐,生命力的旺盛。与此同时,掩藏在时序中的大自然与潜藏在顿河沿岸的村镇焦虑地等待的人的生活世界的对比,包含着对这个萧条、焦虑的时代的评判:

> 顿河沿岸全都过着一种隐秘的、压抑的生活。阴暗的日子来到了。山雨欲来,不祥的消息,从顿河上游,沿奇尔河、楚茨坎河、霍皮奥尔河、叶兰卡河,顺着布满哥萨克村庄的大大小小的河流传播开来……人们对这些谣言将信将疑。在这之前各村什么样的谣言没有啊。谣言把那些胆小的人

吓跑了。但是等到战线移过来后,也的确有不少的人夜不成眠,只觉得枕头烫脑袋,褥子硬邦邦,连娇妻也变得可憎了。另一些人则后悔没有逃到顿涅茨河对岸去,但是木已成舟,悔之晚矣,落在地上的眼泪是收不起来的。……(肖洛霍夫,2000,4:1 113-1 114)

在小说最初的篇什中出现的灰色黑特曼大道穿过了整个叙述,时而人迹罕见,通向诱人的远方;时而人声鼎沸,仓皇溃退者的辎重塞路断道。"黑特曼大道上车声辚辚。从山上一直到河畔的草地是一片马嘶、牛叫和人语声。"(肖洛霍夫,2000,4:1 375)

道路的形象出现在第一部的结尾,这是未知的生活的道路,充满坎坷和十字路口的道路:

> 蜿蜒起伏的群山遮断了通向四方的大道,它在枉费心机地招引人往那里去,往那朦胧如梦、碧绿的地平线的神秘的广原中去,而人们却被关在日常生活的牢笼里,被家务、收割的繁重劳动折磨得痛苦、疲惫不堪;而这条旷无人迹的大道———一线引人愁思的踪迹,却穿过地平线,伸向看不见的远方。西方在大道上卷起滚滚烟尘。(肖洛霍夫,2000,2:438)

这被遮断的、伸向未知的远方的道路,就像那被抛出了常轨、被分成了无数支流的生活:"简直难以预料,它那叛逆和狡狯的洪峰将泻向哪条支流。"(肖洛霍夫,2000,1:439)

在这里紧张地思考自己主人公们命运的作者的声音又一次出现了,他同他们休戚与共,他想看看,未来是什么在等待着这些在最焦虑的日子里告别了自己家乡、用斗争搅浑了顿河的人们:"一大早又奔上大道,从山岗上最后一次看看白莽莽、肃穆广漠的顿河,看看可能从此永别的故乡"。(肖洛霍夫,2000,4:1 073)在这里,作者又一次让自己的声音与人民的声音相叠合,和自己的主人公们一起思考他们选择道路的理由:

> 谁愿意早早地去赴死,谁能预卜人世沧桑……战马对故土都依依难离。哥萨克就更难从忧心如焚的心上割舍下对亲人的牵挂。多少人的思想,此时此刻又顺着这条风雪弥漫的大道返回家园。有多少痛苦的思想斗争是在这条大道上进行的……也许带着血一样咸味的眼泪,正是在这里,顺着鞍背,落到冰冷的马镫上,洒在铁蹄踏烂的大道上。从此,这地方,就是春暖花开的季节,也不再会开出黄色的、天蓝色的送别亲人的小花!(肖洛霍夫,2000,4:1 073)

葛利高里·麦列霍夫也很难找到脚下正确的生活道路。他厌倦了战争,"他真想避开这个沸腾着仇恨的、敌对的和难以理解的世界""渴求静谧的世界""让心灵得到温暖""就到草原上去,用渴望劳动的双手去扶犁柄,跟在犁后走着,感觉到犁的迅速抖动和跳跃;他想象自己将呼吸到嫩草的芳香和犁铧翻起的、还带着融雪的潮湿气息的黑土的香味。"(肖洛霍夫,2000,3:798)葛利高里常常回忆起"已经有些忘却的过去的生活",那和平的、劳作的、甜蜜醇和得像酒浆一样的生活。在这些回忆里有他的声音、他的感情、他的情绪和体验。可是作者也不是旁观者。在这些回忆里,作者同自己的主人公息息相通,回应他的情感,体验他的感受,与他一同呼吸家乡土地的气息,在面临阴郁的绝路的时候,与他一起选择生活道路。这绝路是突然遭遇的,但在第三部的开始部分就已经做了象征性的勾勒:

> 就好像山沟顶上一条被羊蹄子踏出的小路,蜿蜒曲折,沿着山坡伸延下去,但是突然在一个拐弯的地方,小路钻进了沟里,像被切断一样不能通行,前进无路,艾蒿丛生,像墙一样挡住了,变成了死路。(肖洛霍夫,2000,4:973)

麦列霍夫兄弟已经知道,"从前联系着他们的道路已经长满往昔经历的荆棘,荒芜阻塞了。"彼得罗看出,他们必将分道扬镳。("我感觉到,你好像越来越远离我了……你的思想在动摇,打不定主意……我担心你会跑到红军那边儿去";"我已经走上了应该走的路,谁也不能把我从这条路上拉开!葛利什卡,我决不会像你这样摇摆不定。")

科特利亚罗夫严厉地审判了葛利高里在生活道路选择中的立场:"他总是不靠岸,就像在冰窟窿里打旋的牛粪团,转来转去。"(肖洛霍夫,2000,4:1 131)施托克曼把葛利高里从那些"就像耕地的牛一样并肩前进"的人中除了名,认为"他比所有的人,包括被捕的人在内更危险",把他看成是"过去的敌人"。在暴动之前,科特利亚罗夫就把葛利高里看成是"苏维埃政权的敌人"。用科舍沃伊的话说,葛利高里"对苏维埃政权来说是最凶恶的敌人"。

对史诗主人公的这些评判是偏激的,又是极其主观的,但是史诗的客观叙述者又不可能绕过这些评判,作者常常给主人公提供说话的机会,而且更重要的是,在葛利高里自己的这些言论中处于重要地位的是对"自己的事业不对头"的意识:"我倒是认为,我们起来暴动才是一时糊涂呢""这些有学问的人把我们搞得晕头转向……老爷们叫我们上当啦!操纵我们,去为他们卖命。"(肖洛霍夫,2000,4:1 232)"咱们要不就投靠白军,要不就投靠红军,想站在中间是不成的,他们会把你挤死。"(肖洛霍夫,2000,4:1 261)"现在已经没有法子使我们跟苏维埃政权讲和了,我们双方使彼此流的血太多啦,而士官生的政权现在是顺着毛儿摩挲我们,然后再戗茬儿抽我们。滚他妈的吧!怎么个结局都行啊!"(肖洛霍夫,2000,4:1 367)

作家在关注着主人公的每一句话,每一行为,每一思绪。葛利高里意识的细微变化、情感和体验的蛛丝马迹都得到了分析:"还由于他已经站到了两种自己都反对的原则的边缘,因此产生了无法消除的、压抑不下去的愤怒。"可是在他找到道路的时候,"从今而后,他要走的道路清楚了,就像灿烂的月光的照耀下的大道一样清楚。"

（肖洛霍夫,2000,4:1 173）假如为了得到真正的愉快而故意制造错觉,那么就会感到"愉快,轻松,脱离现实和思念"。（肖洛霍夫,2000,4:1 254）

——ГУРА В,1989:169-175

《小说家肖洛霍夫的诗学》节选

⊙［苏］B.塔玛欣,著
⊙ 刘亚丁,译

苏联学者 B.塔玛欣的专著《小说家肖洛霍夫的诗学》中的《〈静静的顿河〉的风景描写》一文也值得推荐。从这段风景描写中,塔玛欣既领悟到植物和动物生命的勃发,还借此驳难了叶尔米洛夫观点:《静静的顿河》中风景描写对主人公是冷漠无情的。

　　过了半个月,小坟头上已经长出了车前草和嫩绿的苦艾,野燕麦已经开始抽穗,山芥菜在坟边开着灿烂的黄花,喜人的草木樨像丝绒穗子似的耷拉着头,百里香、大戟和珠果散发着诱人的芳香。不久,从附近的林子里来了一个老头子,在坟前挖了个坑,栽上了一根新刨光的橡木柱子,柱顶装着一个小神龛。圣母的忧伤的小脸在神龛三角形木檐下的黑影里流露出慈爱暖人的神情。檐下的框板上用黑色斯拉夫花体字母写着两行字:
　　在动乱、荒淫无耻的年代里,
　　兄弟们,不要深责自己的亲弟兄。
　　老头子走了,可是这个神龛留在草原上,以它那永恒的凄凉的惨相刺痛着过客的眼睛,在他们心里引起无限惆怅。
　　又过了些日子——5 月里,野雁群集在小神龛旁边搏斗,在浅蓝色的苦艾丛中斗出一块幽会的地方,蹂躏了附近一片碧绿的、正在成熟的冰草:它们为了争夺母雁,为了生存、爱情和繁殖后代的权利而拼搏。过了不久,仍旧是在这儿的小神龛旁边,在一丛乱蓬蓬的老苦艾下面的一个土墩里,母雁生了九只蓝灰色的蛋,它趴在这些蛋上,用自己身上的温暖孵化着它们,用灿烂夺目的翅膀保护着它们。（肖洛霍夫,2000,3:948）

显然,借助这一风景描写,表达了对生活的两种看法,两种对立的世界观。如果说有圣母像和斯拉夫花体字的神龛是宗教主题的象征,它把不可调和的阶级斗争解释为"动乱、荒淫无耻的年代",因此在这里发出了宽恕一切的基督教式的呼吁,那么春天热烈的复苏则象征着对"生存、爱情和繁殖后代的权利"的肯定,它揭示了革命斗争的生机勃勃的力量,追求真理、不屈不挠的丁钩儿（引文中提及了《静静的顿河》中的人物丁钩儿的坟墓）为了革命的理想奉献了自己的生命。整个画面的布局是为表达这一思想服务的。大自然的春天的呼吸成了作品风景描写的框架。一开始就着笔于植物的生长,结束于动物世界里生命的繁衍过程。因此乐观的主题成了统摄性的音响。

上述看法驳斥了这样的观点,一些人认为,《静静的顿河》的自然描写可以分为两类,一类是积极的,一类是消极的。一方面,一位批评家在这部史诗性作品描写自然的画面中看到了对出场人物内心体验的反映、再现行为时间的创新性手段,指出了在自然与人的对比中的哲学、心理学和美学意义。另一方面,同一位批评家写道:"在肖洛霍夫不懈歌颂的流溢着所有色彩的、温暖、芳香的自然中,又出现了一种对人无动于衷、冷漠的大自然。繁荣的大地的魅力,无论对葛利高里、阿克西妮亚、纳塔莉娅,还是对不断痛苦地死去的人物都是毫无助益的。"(波尔基金.1946)

——ТАМАХИН В,1980:124

练习思考题

1. 以《静静的顿河》第四部第 8 卷的 17—18 章为基础,编写小剧本"葛利高里:伤逝·归家",并在课堂上演出。

2. 仔细阅读《静静的顿河》中有关葛利高里和科舍沃伊的描写,写一篇比较叙述者与这两位人物的情感距离远近的文章。

3. 仔细阅读《静静的顿河》,从中选择一两段风景描写,找出描写色彩、气味、温度等的词汇,努力体会其中蕴涵的叙述者的情感。

延伸阅读

冯玉芝.2001.肖洛霍夫小说诗学研究[M].太原:山西人民出版社.

何云波.2000.肖洛霍夫[M].成都:四川人民出版社.

李树森.1987.肖洛霍夫的思想与艺术[M].长春:吉林大学出版社.

刘亚丁.1996.《静静的顿河》:成人童话的消解[M]//刘亚丁.苏联文学沉思录.成都:四川大学出版社.

刘亚丁.2000.肖洛霍夫的写作策略[J].外国文学评论(1).

刘亚丁.2001.顿河激流:解读肖洛霍夫[M].成都:四川教育出版社.

孙美玲.1994.肖洛霍夫的艺术世界[M].北京:社会科学文献出版社.

孙美玲.1982.肖洛霍夫研究[M].北京:外语与研究出版社.

徐家荣.1996.肖洛霍夫创作研究[M].兰州:兰州大学出版社.

参考文献

肖洛霍夫.2000.肖洛霍夫文集:2-5 卷[M].金人,译.贾刚,校.北京:人民文学出版社.

波尔基金.1946.肖洛霍夫《静静的顿河》的自然主题[J].十月(12).

乔治·阿尔特曼.1982.关于《静静的顿河》[M].孙美玲,译//孙美玲.肖洛霍夫研究.北京:外语与研究出版社.

ГУРА В. 1989. Как создавался《Тихий Дон》. Москва：Советский писатель.

КУЗНЕЦОВ Ф. 2005.《Тихий Дон》：судьба и правда великого романа. Москва：ИМЛИ.

СИГОВ В. 2005. Литература. Москва：Дрофа.

ТАМАХИН В. 1980. Поэтика Шолохова-романиста. Ставрополь：Ставропольское книжное издательство.

第三十二章 《喧哗与骚动》

　　威廉·福克纳(William Faulkner,1897—1962),生于美国密西西比州,只上过两年中学和一年大学。他1924—1929年的早期创作包括1本诗选和3部长篇小说,其中第三部《坟墓里的旗帜》(*Flags in the Dust*)在遭退稿后于1929年以《萨托里斯》(*Sartoris*)为名出版,成为第一部以虚构的约克纳帕塔法县(Yoknapatawpha County)为背景的约克纳帕塔法世系(Yoknapatawpha cycle)小说。同年10月出版的《喧哗与骚动》(*The Sound and the Fury*)是他的第一部成功之作。1930—1942年福克纳出版了其大部分约克纳帕塔法世系小说,包括《在我弥留之际》(*As I Lay Dying*,1930)和《押沙龙,押沙龙!》(*Absalom,Absalom!*,1936)等。福克纳在20世纪40年代以编写好莱坞电影剧本为生,1946年出版《袖珍本福克纳选集》(*The Portable Faulkner*)。1950年他获全国图书奖,同年获1949年度诺贝尔文学奖,并发表著名演说,预言人类将在处于自我毁灭边缘的世界里生存下去。晚年,福克纳发表了5部长篇小说,从而结束了约克纳帕塔法世系小说。

　　《喧哗与躁动》是福克纳最成功的小说之一,它以康普生一家为主线展开故事,描写了丰富的社会现实和历史变迁,以及当时男权与女权之间,黑奴与奴隶主之间的对抗等。同时,在艺术上采用了多角度叙述以及意识流等手法,从而使这部小说成为现代派小说的经典之一。

一、精彩点评

- 《喧哗与骚动》仍然是福克纳被阐释得最多的小说之一,并且经常被认为是20世纪意义最为深远的散文作品之一。(Matuz R,Falk C,Segal D,1991:106. 范锐,译)

- 在评价《喧哗与骚动》的时候,……我们应该说威廉·福克纳是乔伊斯最有才华和最始终如一的美国弟子。(Robbins F L,1991:106. 范锐,译)

- 尽管福克纳有着记载历史的倾向,他还是可以被认为更接近于那些唯我化的诗人们如乔伊斯、亨利·米勒、纳博科夫、霍金斯,而不是那些如莎士比亚、奥斯汀、巴尔扎克、斯坦贝克一般的现实主义者。(Harold B,1975:229. 范锐,译)

- 《喧哗与骚动》当然是本世纪美国最伟大的小说,我们的散文体《荒原》。(Traschen

I,1976:798. 范锐,译)

● 福克纳的约克纳帕塔法世系小说具备美国小说史前所未有的特点:地方感、历史感和乡土社会感。小说描写白人、黑人、印第安人紧张甚至痛苦的生活,实际上是反映美国南方社会历史状况,乃至世界各地人类命运的寓言故事。(简明不列颠百科全书编辑部,1985:211)

二、评论文章

《评〈喧哗与骚动〉:福克纳作品中的时间》节选

⊙ [法]让-保尔·萨特,著
⊙ 安内特·米格尔森,英译
　范锐,译

让-保尔·萨特从福克纳作品中的时间维度切入,对《喧哗与骚动》进行了点评。他认为,福克纳意识中的"时间"是没有"未来"的绝望哲学。

福克纳尽其所能来告诉我们昆丁的独白和他最后的出行已经是他的自杀了。我想,这就解释了这一奇怪的悖论:昆丁在想着他已经过去的最后一天,就像是一个在回忆着这一切的人。但情况是主人公最后的思想已经快要和他的记忆一起爆裂和消亡了,那么是谁在回忆呢? 必然的回答是,小说家的技巧就在于选择合适的现在以便引出过去……(他的)艺术的实质,以及,实事求是地说,所有的……幻象,都无非是替代了作者本人所缺乏的对于未来的直觉。这就解释了一切,尤其解释了在时间上的不合理;因为当前发生的事实是不能预料的,那种杂乱只能是由过多的回忆所造成的。现在我们也明白了为什么持续性是"人所独有的不幸"。如果未来是可实现的,时间把我们从过去拉过来并使我们靠近未来;但是一旦你取消了未来,时间就不再是那种可以分割的,它不再能把现在从自己身上抛开。"当你想到有一天它将不再这样伤害你,你会受不了的。"人终其一生与时间斗争,而时间,就像酸液,蚀掉人,蚀掉他的自我,使他无法实现他的人性。一切都是荒诞的。"人生如痴人说梦,充满了喧哗与骚动,没有丝毫意义。"

……

福克纳在人类生活中发现的荒诞恐怕是他自己放进去的。不是说生活就不荒诞,而是有着另一种荒诞。

为什么福克纳和其他这么多作家要选择这么一种特定的既不吸引人又不真实的荒诞呢? 我想我们应该从我们目前生活中的社会状况里去寻找原因。对我来说,福克纳的绝望大于他的哲学。对他来说,就像对我们所有人来说一样,未来是关闭的。我们所看到和经历到的一切都使我们不得不说:"这只是暂时的";然而改变却甚至是不可想象的,除非以大灾大难的形式。我们生活在一个不可能革命的时代,而福克纳以其出色的艺术描绘出了我们的窒息,描绘出了一个正在苍老中死去的世界。我喜欢他的艺术,但是我不相信他的哲学。关闭的未来仍然是未来。(用海德格尔的话来说)"即使人的实在'前面'一无所有,即使'它已了账',它的存在仍然取决于'自我预期'。比如说,所有的希望的丧失,并不能剥夺人的实在自身的所有可能性;这种丧失只是存在指向这些可能性的一种方式而已。"

——Sartre J,1966:91-93

《〈喧哗与骚动〉前言》①节选

⊙ [美]威廉·福克纳,著
⊙ 范锐,译

威廉·福克纳1933年,在为《喧哗与骚动》写的前言中,对这部作品的创作历程进行了描述。

……当我开始写这本书的时候,我根本没计划。我甚至都不是在写一本书。在那之前我写过3部小说,越写越不容易,越没有乐趣、收获和酬劳。其中第三本3年不能面世,在那3年之中我把那些书稿送到一个又一个出版商那里,保持着一种顽固和越来越淡漠的希望,希望最终证明我至少对得起我用掉的那些纸和花掉的那些时间。这种希望最终一定是破灭了,因为有一天突然好像有一道门在我和所有出版商的地址和推荐书目之间悄然地和永远地关上了,这时我对自己说,现在我可以写了。现在我可以只是写了。于是我,一个有三个兄弟但一个姐妹都没有的人,一个命中注定第一个女儿会早夭的人,开始写关于一个小女孩的故事。

我当时并没有意识到我正在试图制造出一个姐妹和一个女儿——我本没有姐妹,后来也失去了女儿;我几乎在写下凯蒂的名字之前就确定了她有三个兄弟,这大约能表明我没有姐妹的事实。我只是写一个哥哥和一个妹妹在小河里相互泼水,妹妹摔倒打湿了衣服,最小的那个弟弟哭起来,以为姐姐被打败了或者可能被伤害了。或者,也许小弟弟知道姐姐为了安慰他这个小宝贝可以什么水仗都不打了。当她真的这么做了,当她穿着湿衣服向他弯下腰来,由这个小弟弟在第1章中讲述的整个故事,好像在我面前的纸上喷发出来。

我知道这个宁静的情节将会有黑暗的、严酷的发展,姐姐将被抛到再也不能回来安慰弟弟的境地,但我也知道仅仅是分开和隔断还不够,远远不够。她还必须被抛到耻辱和羞愧之中。我还知道班吉再也不能从这个时刻长大,对他来说一切的感知都从那个湿漉漉的、弯腰的、急促喘息着的、带着树一样气味的身影的定格开始,也从这里结束。他一定不能长大到可以用理解力来消化丧失亲情的忧伤,像杰生那样以愤怒来缓解,或者像昆丁那样以漠然来缓解。

---

① 本文选自福克纳为1933年版《喧哗与骚动》写的前言,但是未发表,1973年首发于《密西西比季刊》(*Mississippi Quarterly*)。——译者注

　　我看到大人们叫他们下午在牧场玩,以便他们在祖母的丧礼时避开宅子,于是三兄弟和黑孩子们可以在凯蒂爬上树从窗户去看丧礼时看见她泥污的内裤。那时他们没有认识到那条脏内裤的象征意义,在这里她有着一种勇气,这种勇气将光荣地直面她将要招致的耻辱,这种耻辱昆丁和杰生都无法直面:一个用自杀来拒绝,另一个则因愤恨使然去劫掠凯蒂寄给他那位私生外甥女的可怜的款子。这时我已经进入夜间,进入卧室,迪尔西用那条泥污的内裤用力擦那个命已注定的小女孩的光屁股——她试图清洁掉那脏污了那个身体、那个肉体的横祸,耻辱已经在此时被暗示和预示,她好像已经看见那黑暗的未来和她在这个未来中将扮演的角色,即努力维系那个崩溃的家庭。

　　于是这个故事就完成了,结束了。迪尔西就是未来,站在那个像烟囱一样倒塌了的家庭的废墟上,憔悴着,忍耐着,不屈不挠;而班吉就是过去。他是个白痴,所以,像迪尔西一样,他在未来面前也坚定不移,不过与迪尔西不一样的是,他完全拒绝接受未来。不假思索,拒绝领悟;一个阉人,不成人形,像是创世之初似乎有过的那种又聋又哑、仅仅因为能忍才能存在的东西;浑身瘫软,在黑暗中摸索:阳光下所有白痴式的创痛的苍白而无助的集合,这种创痛要他在晚上带着那个热切而有勇气的生命进入缓缓明亮的梦乡才会产生,这个生命对他而言就是一个触摸,一种在每个高尔夫球场都能听到的声音①,一种像树的气味。

　　故事就是如此,第1章,如班吉所述。我并未有意地使它变得晦涩;当我意识到这个故事可能发表,我又写了3章,都比班吉的长,来使故事变得清晰。不过当我在写班吉那章时,我并没有想到要发表。如果现在重来一次的话我会做得不同,因为在把它写成现在这个样子的过程中我学会了怎样当作者和怎样当读者,甚至更多:我还学会了我已经读过的,因为在完成它的过程中,在一次次的五雷轰顶中我发现了福楼拜们、康拉德们和屠格涅夫们,这些我早在10年前就完全没有消化地囫囵吞枣,就像一只蛾子或是山羊一样。从此我什么都没读过了,我不必再读了。从那时起我明白了一件事,关于写作,那就是,那种明显的、生理上的、难以形容的情感,由《喧哗与骚动》的班吉一章的写作带给我的——那种狂喜,那种渴望和愉快的信念,以及意料之中的那种还有这么多没写的惊奇——再也不会回来了。主动的开端,写得不错时冷静的满意,勤奋的完成,这些感觉都还在,而且只要我还干得不错就一直在。但是另外的感受就不会回来了,我再也不会感觉到了。

　　所以我又写了昆丁和杰生两章,想让班吉那章变得清晰一点。但我明白了我只是在妥协,我应该完全逃离这本书。我认识到我会得到报偿,从某种意义上讲我可以做完最后一步去榨出一些终极的精髓。不过在此之前我先花了个把月的时间提笔写作《阴云惨淡的黎明》(*The Day Dawned Bleak and Chill*)。有一个故事讲一个罗马老人把他喜爱的伊达拉里亚花瓶放在床头,他的亲吻慢慢地把瓶边都磨损了。我已经给我自己制造了一个花瓶,但是我想我其实一直就知道我不能永远呆在那里面,也许我更

---

①　高尔夫球场的球童常被称为"开弟",发音接近班吉的姐姐的名字凯蒂。——译者注

应该拥有它,也躺在床上看着它;当那一天到来时确实如此,在这一天不光写作的狂喜会失去,写作的主动性和那些值得一提的东西也会失去。想到你死后会留下一些东西是不错的,不过造出一些可以带着去死的东西就更好,如果是一个 4 月里爬上开花的梨树去看窗户里的葬礼的命运已定的小女孩的泥污的屁股,那就好上加好。

——Faulkner W,1991:107-108

《〈喧哗与骚动〉透视研究》节选

⊙[美]奥尔加·W.威克瑞,著

⊙范锐,译

美国学者威克瑞在《〈喧哗与骚动〉透视研究》一文中,对这部作品的结构、主题等进行了论述。

福克纳把结构固定下来,但却让这个结构的中心状况模糊不清,他就通过这一点强迫读者重建这个故事并自己去领悟其含义。因此,一旦读者抓住了班吉、昆丁和杰生的关系,也就复原了那个故事。这一点还有赖于读者对于小说前 3 章中各自存在的过去和现在事件的关系的充分理解。随着读者从一章读到另一章,事件逐步被澄清,由班吉提供的那些场景和对话的碎片逐渐拼合。这样,从情节方面看,4 个章节很纠结地联系了起来;但是从中心状况看,这 4 章是区分开的,自说自话的。前 3 章都分别与这个中心的焦点发生关系,分别提供了同一事件的不同版本,这些版本时而是真相,时而又是对真相的完全歪曲。于是造成了这样的结果,即《喧哗与骚动》通过结构所表达出的主题,是行为和人对于行为的预见之间的关系,是事件和对事件的理解之间的关系。这种关系绝不是刻板或者僵硬的东西,而是相当于某种移动的透视,因为从某种意义上讲每个人都在制造他自己的真相。这么说的意思不是真相是不存在的、破碎的或是不可知的,而是要强调真相不光是思想的逻辑,同时也是心灵的回响。

伴随着这个主题,前 3 章各自围绕着自己那个真相的碎片建立了界限分明和孤立的世界。班吉是个哑巴,这一事实是这些世界的封闭本性的象征。由于作为 3 个章节中心的凯蒂对每个人而言意味着不同的东西,所以在 3 个世界之间是不可能有什么交流的。对班吉而言她是树的气味;对昆丁而言她是荣誉;而对杰生而言,她是钱,或者至少是搞到钱的途径。不过这些情绪化和个人化的剧情都还是与可见的行为相关并发生在公众世界之中。因此,在第 4 章我们就看到了一个关心但是又置身事外的观察者是如何看待康普生家族的。我们第一次知道了班吉有着两只蓝眼睛,康普生太太日常穿黑色衬衣,以及杰生看上去有点像个酒吧招待的漫画像。不止于此,由于我们不再能分享人物的意识和记忆,凯蒂就不再立马成为中心了。不过,她的绯闻的最后反响通过杰生和昆丁小姐的矛盾穿透进了杰斐逊,甚至莫特森的生活。同时,在康普生家的宅子——这宅子本身就是孤立的象征——之外,一个人,迪尔西,浮现出来,抓住了真相,这真相既可以讲述出来,更可以被感受到。

……在班吉那里我们完全被限制在无法与别人交流的感觉之中,这种感觉符合需要,所以班吉不会说话。他在各种感觉之中为他自己建造的那种封闭的世界立刻变成了经验的最扭曲和最不扭曲的描述。他交代的完全是对话和所发生的场景的片段,这种交代并不一定就是真相;但是,班吉将其当做他的不可违背的真相,因为他遵循着感觉为他的经验强加上了的非常明确的秩序。虽然班吉生活在看上去一片混沌的碎片中,但他的世界其实是偏执与僵硬的。这种偏执通过他抗议的咆哮扩展开来,不管是对勒斯特犯的错,还是对凯蒂用了香水,或者是对她性生活放荡的反应。

昆丁的世界几乎和班吉的一样孤立和偏执,但是这个世界的秩序更多的不是建立在感觉基础上,而是建立在观念基础上。所以,昆丁这一章充满了模仿,有文学性的,有圣经上的,有名言,以及联想到的一些名字,这些名字被他巧妙地纳入了他自己的思路之中。这些模仿具有一种仪式的性质,他利用这种仪式试图把他的经历幻化得符合他的愿望。当凯蒂的行为扰乱了他的世界,他的愤怒和创痛与班吉的异曲同工。他的经历和他认为应该有的经历之间突然有了一道深深的鸿沟,他绝望地站在这个深渊面前。他支配他的经历的努力归结起来就是一个词:乱伦。当这种努力完全失败,他选择了死亡,只有死亡才能使他摆脱那个他身不由己地置身其中的环境。

相比之下,第3章要清楚一些,不过并没有更客观。原因在于,杰生的行事方式遵循了逻辑性,这种逻辑性构成了社会联系的基础。我们或许不赞同他的逻辑为他指引的方向,但他的行为源自清晰的、有条理的、符合因果律的思想,这一点是无可争议的。他的道理自然而然地步步推进:因为是凯蒂导致他不光失去遗产,还失去了说好的工作,所以他必须从凯蒂那里得到赔偿;又因为昆丁小姐事实上是惹得赫伯特不高兴的原因,所以他同时进行的敛财与报复都要通过她来实行。杰生对凯蒂明显的冤枉要和逻辑、理性联系起来,这是这一章总体上的讽刺意味的一个组成部分,因为这将一种新的透视投向康普生家的行为,也投向杰生——这个"理智"的人的行为。

第4章的客观性质预先排除了所有的单一层面上的见解,同时则唤起了最为复杂的责任。几乎和班吉一样不善言辞的迪尔西,仅仅因为她的行为就成了心灵真实的化身,心灵真实在这里是道德的同义词。她接受时光带来的一切,不问情由,毫不抗拒,这使得她能够从她所处的环境中制造出一种秩序,而不是去反抗这种环境,这样她就为自己的生活赢得了尊严和意义。从某种意义上讲,迪尔西代表着直接指向过去的时光和康普生家族终极的透视;不过,这也是读者的透视,迪尔西只是为这种透视提供了优先的角度。这一事实为这一章的客观叙述提供了又一个原因:把迪尔西当做一个提供观察角度的人物将会去除她作为伦理典范的效果,因为那样只会给我们又一种真相的碎片,我们会受到提供真相者这一人物本身思想的局限。

——Vickery O W,1987:294-296

练习思考题

1. 萨特对于福克纳的评价是"我喜欢他的艺术,但是我不相信他的哲学"。你如何理解这种评价?

你本人是否认为《喧哗与骚动》"描绘出了一个正在苍老中死去的世界"？据此写一篇小论文。

2. 仔细阅读《喧哗与骚动》，如果要从中选择一个中心场景，你会选择哪个？这个中心场景和作品的总体结构是什么关系？对理解整部作品有何作用？

3. 文学作品终究出自作者，所以作家论作品往往不光有助于我们理解作品，还有助于我们理解文学。福克纳的《喧哗与骚动》前言为你提供了这种帮助吗？

4. 在威克瑞的分析中和福克纳的前言中，迪尔西的作用有何不同？作为《喧哗与骚动》中的叙述者之一，这一人物有何叙述学上的意义？

延伸阅读

波克. 2007.《喧哗与骚动》新论［M］. 北京：北京大学出版社.

卡尔，等. 2007. 福克纳传［M］. 陈永国，赵英男，王岩，译. 北京：商务印书馆.

李文俊. 1980. 福克纳评论集［M］. 北京：中国社会科学出版社.

李文俊. 2008. 福克纳的神话［M］. 上海：上海译文出版社.

Edel L. 1962. How to Read "The Sound and the Fury". New York：New York University Press.

Weinstein P M, ed. 2000. The Combridge Companion to William Faulkner. 上海：上海外语教育出版社.

参考文献

福克纳. 2007. 喧哗与骚动［M］. 李文俊，译. 上海：上海译文出版社.

简明不列颠百科全书编辑部. 1985. 简明不列颠百科全书：卷3［M］. 北京：中国大百科全书出版社.

Faulkner W. 1991. An Introduction to "The Sound and the Fury"//Matuz R, Falk C, Segal D, et al, eds. Contemporary Literary Criticism, Vol. 68. Detroit：Gale Research Inc.

Harold B. 1975. The Value and Limitations of Faulkner's Fictional Method//American Literature. North Carolina：Duke University Press.

Vickery O W. 1987. "The Sound and the Fury"：A Study in Perspective//Minter D, ed. "The Sound and the Fury" by William Faulkner：An Authoriative Text, Backgrounds and Contexts, Criticism. New York：W. W. Norton&Company.

Robbins F L. 1991. In a review of "The Sound and the Fury"// Matuz R, Falk C, Segal D, et al, eds. Contemporary Literary Criticism, Vol. 68. Detroit：Gale Research Inc.

Sartre J. 1966. On "The Sound and the Fury"：Time in the Work of Faulkner// Warren R P. ed. Faulkner：A Collection of Critical Essays. New Jersey：Prentice-Hall, Inc.

Traschen I. 1976. The Tragic Form of "The Sound and the Fury"//Traschen I. The Southern Review：Vol, 12. No. 4, Autumn 1976：798.

第三十三章　《洛丽塔》

弗拉基米尔·纳博科夫(俄文:Владимир Владимирович Набоков,英文:Vladimir Vladimirovich Nabokov,1899—1977),俄裔美国作家、诗人、评论家。出生于俄罗斯圣彼得堡一贵族家庭。1917 年俄国二月革命爆发后,纳博科夫一家离开俄罗斯,前往克里米亚居住。在克里米亚白军起义失败之后,全家又被迫前往欧洲西部开始流亡生活。1919—1940 年,全家辗转于英国、德国和法国。在英国,纳博科夫成为剑桥大学三一学院的一名学生,有计划地学习斯拉夫语和罗曼语。纳博科夫随家前往英国前曾出版两本诗集。《国王、王后与杰克》(*King, Queen, Knave*,1928)体现了纳博科夫精雕细琢、讲究格局形式的艺术特色。纳博科夫在昆虫学方面具有的兴趣和研究方式也使他的作品对事物的观察与描述显示出一种细致入微和精巧的特色。纳博科夫作品的中心主题是用各种象征手段表达艺术本身的问题。《斩首的邀请》(*Invitation to a Beheading*,1936)充分显示了他的才华。他最优秀的俄文小说《才能》(1937—1938)依赖文学模仿,是一个转折点,热衷于采用模仿,后来成为他的主要写作技巧。移居美国后,他把 1940 年移居前的生活写成自传体小说《说吧! 回忆》(*Speak, Memory*,1951)。他的英文小说包括为他带来巨大财富和国际声誉的畅销书《洛丽塔》(*Lolita*,1955)、《苍白的火》(*Pale Fire*,1962)和《艾达》(*Ada*,1969)。除小说、诗歌外,他还发表了 4 卷普希金的《叶甫盖尼·奥涅金》(*Eugene Onegin*,1964)的译作和论述。1977 年 7 月 2 日,纳博科夫病逝于瑞士洛桑。墓碑镌文将其丰富的一生精炼为如下字句:"弗拉基米尔·纳博科夫,作家"。

《洛丽塔》通过最终沦为死囚的主人公亨伯特·亨伯特(Humbert Humbert)的自白,叙述了他(一个中年男子,大学教授)和一个未成年少女的"畸恋"故事。小说最初未获准在美国发行,于 1955 年首次由法国巴黎奥林匹亚出版社出版。1958 年小说终于在美国出版,短时间内即蹿升至《纽约时报》畅销书榜榜首。1962 年,1997 年,2005 年,分别由著名导演库布里克、亚德里安·林恩、贾木许改编为电影。

一、精彩点评

• 《洛丽塔》是纳博科夫最为著名的作品,小说最初也未获准在美国发行,于 1955 年首次被欧洲巴黎奥林匹亚出版社出版。《洛丽塔》围绕着一个中年男子对一个十多岁的小女孩的不正当的爱展开。小说最令人震惊的主题和作者对主人公——亨伯特反讽式的同情,使得美国出版商对这部小说小心翼翼,不敢付印。因此最初在巴黎出版。1958 年才在美国发行,并成为畅销书。这部小说于 1962 年和 1997 年两次改编为电影。(Damrosch D,Pike D L,2008:474. 匡宇,译)

- 纳博科夫的意图是把这本书写成一个悲剧。其目的是让亨伯特在找到失踪的洛丽塔之后,第一次意识到他爱洛丽塔。但那个时候洛丽塔已经失去了美貌和魅力,她怀孕了,非常贫穷,实际上已经变成一个不知羞耻的女人。"这本书的悲剧从一开始就注定了,亨伯特最初迷恋洛丽塔完全是出于自私的目的。但在她不再可爱时,他却真正爱上了她。"这是纳博科夫对小说作出的最直接的评论。(Field A,1977:310. 匡宇,译)

- 《洛丽塔》是一部关于监禁的小说。亨伯特写他的回忆录时,他正在监狱里。洛丽塔是亨伯特的囚徒,从另一方面说,亨伯特也是她的囚徒,他还是他和夏洛特痛苦婚姻中的囚徒。亨伯特和洛丽塔投宿的旅馆如同临时的监狱。最重要的是,亨伯特还是自己经历的囚徒。他对性感少女的变态渴望,实际上是对自己田园诗般和性混乱的少年罗曼蒂克的重复。此外(在亨伯特看来),性感少女们长大以后,就被囚禁于"粗糙的女性肉体做成的棺木"中。(Field A,1977:320. 匡宇,译)

- 如同纳博科夫的许多小说一样,《洛丽塔》最本质的特征就是戏仿。文学不是纳博科夫那支游戏之笔仅有的描写对象。其他不相关的材料、纳博科夫自己的名字(他将自己的姓名颠倒字母顺序,拼写成 Vivian Darkbloom)和美国文化的人工制品——如旅馆——都受到纳博科夫的关注。

  小说中的人物模仿文学作品中的人物或者模仿历史人物(如亨伯特模仿埃德加·爱伦·坡),也模仿同一作品中的其他人物(亨伯特模仿克莱尔·奎尔蒂),他们还模仿自己(好色的父亲亨伯特和负责的父亲亨伯特)。这些角色通常进行了伪装,或带上面具,彼此之间互为镜像。小说中充斥着大量的词语游戏,特别值得一提的是那些有意重复的词语[亨伯特·亨伯特、小约翰·雷——"小(Jr.)"由"约翰·雷"的首字母(J-R)构成]和含蓄的回应[如"黑兹(Haze)的姓氏"]。类似俏皮话的游戏让某类动词不断地重现。虽然作者始终控制着文本,但是线索、虚假的线索、象征、隐喻相互碰撞,就像电子网球游戏中的白点。在所有的欺骗伎俩和游戏之中,如同在现实主义作家福楼拜和索尔·贝娄那里一样,或多或少地存在着一个传统的、悲剧的爱的故事。(O' Connor P F,1980:139-143. 匡宇,译)

- 小说的风格和参照也是很重要的。然而,《洛丽塔》最终依赖于亨伯特叙述的真实性和紧迫性。小说运用了很多将读者的注意从故事的真实性中引开的策略。如果说这本书的风格是现实主义的,那么,它也是"现实主义的洛可可"。(Field A,

1977:321-322. 匡宇,译)

二、评论文章

《〈洛丽塔〉和亚里士多德的伦理学》节选

⊙ ［美］彼得·莱温,著
⊙ 梁昭,译

> 美国学者彼得·莱温对《洛丽塔》作出了处于叙事和道德张力之中的深入解读。他转换了亨伯特的叙述视角,从而论证了亨伯特的道德是一种"道德唯我论"。从视角转换的角度看,这种道德是邪恶的。

　　纳博科夫十分厌恶"小说的思想"这种说法——尤其是托马斯·曼和陀思妥耶夫斯基的小说思想。在1969年的一次访谈中,他解释道:"说到'思想',我当然指的是普遍的意思,即弥漫在所谓伟大小说中的宏大而真挚的思想。这种思想最后不可避免地就会发展成膨胀的时事评论,像死去的鲸鱼一样进退两难。"《洛丽塔》,一个男人迷恋一个12岁小女孩的故事,也许可以被讽喻性地解读出"普遍的思想",如自私、抗议、强迫。但是在小说的一开始,作者就清楚地警告读者不要这样去阅读这部作品。在"序言"中,一个虚构的心理学者小约翰·雷博士强调:"这部书对严肃的读者所应具有的道德影响。"因为,他解释说,"在这项深刻的个人研究中,暗含着一个普遍的教训:任性的孩子,自私自利的母亲,气喘吁吁的疯子——这些角色不仅是一个独特故事中栩栩如生的人物,他们提醒我们注意危险的倾向,他们指出具有强大影响的邪恶。《洛丽塔》应该使我们大家——父母,社会服务人员,教育工作者——以更大的警觉和远见,为在一个更为安全的世界上培养出更为优秀的一代人而作出努力。"

　　这个段落警示我们避开小约翰·雷博士的阅读技巧:博士给小说添加了他个人的妄自尊大的东西。所谓"社会服务人员""教育工作者"是对洛丽塔、夏洛特和亨伯特的误解,他们在小说里并不是这样的人。小约翰·雷博士根据布兰奇·施瓦茨曼博士告诉他的,至少每年有20%的美国成年男性沉醉于亨伯特所沉溺的激情。小约翰·雷博士和他的同事试图简化人类行为并将其分类,在金赛报告的单一化的统计数字中看待一切事情。小约翰·雷博士回忆起的是17世纪创造了著名的昆虫分类体系的英国自然科学家——给昆虫分类也是纳博科夫在文学工作以外最喜欢的消遣。这个虚构的小约翰·雷博士,想要我们将亨伯特定位于"人纲""罪犯目""自我主义者科""性欲狂者属"和"鸡奸者种"中。纳博科夫对他的昆虫分类工作很自豪,但他在小说中并没有把人像昆虫一样分类;他对把一个"深刻的个人研究"作为更宽泛理论的例子没有兴趣。否则就是模仿小约翰·雷博士的做法,而小约翰·雷博士是纳博科夫虚拟的一个滑稽的人物。

　　假如不将亨伯特分类的话，我们如何阐释这个故事？纳博科夫给埃德蒙德·威尔森写信说："当你读《洛丽塔》时，请将它视为一个具有高度道德感的作品，而不是关于美国富农的写照。"当然，纳博科夫可能错误估计了他自己小说的道德价值，但他的评论建议我们，这本书是值得为了道德目的而仔细研究的。亨伯特有时候说"陪审团的女士们和先生们"，有时候说"读者们"；他明确地向他们（或者我们）请求宽恕和理解。我们不得不决定是否准许他的请求。在某种程度上这是判断他所告诉我们的是否是全部的真相。也许，从没有完全、中立、公正的真相，纳博科夫的小说里也没有。另一方面，对文本进行细致的、批判性的阅读，会发现亨伯特没有直接提到的诸多事件的线索；同时也发现他提及的事件的其他视角。实际上，我们可以建构起另一个完全平行的故事，在其中，洛丽塔而不是亨伯特是主角。在我们正确评判亨伯特之前，我们必须从他给我们讲述的故事片段中重新建构洛丽塔的故事，因为他自己的陈述一定是具有极大误导性的。一个访谈者曾经评论说，他发现亨伯特是"令人同情的"。纳博科夫回应说："我要表达一个不同观点，亨伯特是一个自负而残忍的不幸者，他试图表现得'令人同情'，这个词语，在它真实的意义上，也能适用于我可怜的小女孩。"

　　亨伯特的自我辩护始于故事的第一页。他回忆起他3岁时因电击去世的母亲，这个事件剥夺了他的温暖和爱。此外，他说他13岁时，和一个小女孩有了浪漫的关系，但她死于斑疹伤寒。……因此，亨伯特毫不犹豫地采用了两种常用的辩护方式——不幸福的童年和永不消散的精神创伤。

　　然而，对他的整个故事另有一种阐释。亨伯特回忆："起初，安娜贝尔和我谈了一些无关紧要的事情"，即"芸芸众生的世界、富有竞争性的网球比赛、无限、唯我论，等等。"（弗拉基米尔·纳博科夫，2005:15-16）这里出现的每一个短语在后文再次出现，其意义相互呼应。"唯我论"的问题，预示了亨伯特后来对洛丽塔的态度是自私的（例如，他仅仅把她视为一个再生的安娜贝尔），在这一点上，他甚至吹嘘洛丽塔在他的幻想中"已经安安稳稳地唯我存在了"。（弗拉基米尔·纳博科夫，2005:91）无限的概念后来在他解释他的性变态时再次出现："未成年的少女所以对我具有魅力，……而在于那种情况的安全性，因为在那种情况下，无限的完美填补了极少的赐予和极多的许诺之间的空白——那许多永远也得不到的灰色玫瑰"。（弗拉基米尔·纳博科夫，2005:421-422）然而这个无限的幻觉是彻头彻尾的唯我主义的，他对于这个12岁的人物、这个"极少的赐予"不加理睬。洛丽塔的长项是网球比赛，但亨伯特承认，他摧毁了她的意志，阻止她成为一个明星。这个"芸芸众生的世界"，其繁复与广阔远非"两个欧洲青春前期的聪明孩子"的浮泛的好奇心所能理解，而亨伯特向我们显示了他的世界；但假如我们想知道真正发生了什么，我们必须记住，还有其他的视角，包括洛丽塔居住的那个世界。

　　说到"无限"和"唯我论"，这看似召唤出了纳博科夫所反对的文学中的宏大而普遍的思想。但"无限"是亨伯特的概念,是他对自己性迷狂的托辞,而且,小说可被解读为一种戏仿,戏仿亨伯特对超越抽象的自私用法。至于成为小说中一个议题的唯我论,这并非纳博科夫提出或批评的理论(如"除了我以外无物存在或重要")。我们也不能从故事中得出非常有普遍性的观点。一个"不要成为道德唯我主义者"的命令是非常空洞的,也是无须提及的,就像"不要变得邪恶"的建议一样。重要的是判断什么构成了唯我主义。在这个例子中,亨伯特的叙述体现了唯我主义固有的精神,这个缺陷阻止我们获悉一切关于他和洛丽塔的事情,除非我们能超越他的视角。事实是我们通过挑战他的唯我论的陈述来获得某些信息,这就证明他的陈述是充满偏见的。这样,他的唯我论就不是一种理论或者信仰,而是文本的特征。

亨伯特的下一个自我辩护是提出:禁止与年轻女孩发生性关系。这是一种相对的文化现象,而这种禁令在古代的以色列、埃及和波利尼西亚等地是不存在的。总之,所有像这样的行为准则都是主观的:"不久,我发现自己在一种文明中成熟起来,这种文明允许一个 25 岁的男人向一个 16 岁而不是 12 岁的女孩求爱"。(弗拉基米尔·纳博科夫,2005:27)这是对的,但是亨伯特并没有向洛丽塔求爱,他强奸了她;任何一个试图从洛丽塔的视角重新阐释这个故事的人,都不会记得他关于异文化的抽象争论。文化相对主义对于道德哲学而言是一个持久的整体,但是纳博科夫展示给我们的是哲学从未确实地告诉我们的,即亨伯特是一个邪恶的人,他关于意外事故或者道德价值相对性的借口与之毫无关联。……

在亨伯特描述最初他和洛丽塔在一起的重要时刻之前,亨伯特写道:"我希望有学识的读者都来参与我正准备重新搬演的这个场景;我希望他们仔细观察所有的细节,并亲自看看整个这件香艳的事,如果用我的律师在我们私下的一次交谈中称作'不带偏见的同情'的目光来看,是多么谨慎,多么纯洁。因此让我们开始吧。摆在我面前的是一项艰巨的工作"。(弗拉基米尔·纳博科夫,2005:88)如果他的目标是提供一副香艳而纯洁的场景,那么当然面临着一项艰巨的工作。纯粹的事实是受到诅咒的:他检查洛丽塔的瘀伤时,试图感受"(洛丽塔)腹股沟的热乎乎的洼处";她拒绝了他,扭来扭去,骚动不安。但是这些事件被置于十分抒情的上下文之中,如起居室里充满了"隐约的阳光""填补的白杨枝叶"和"深切炽热的快感"。亨伯特在进一步采取行动之前,看到哼唱的洛丽塔"已经安安稳稳地唯我存在了"。(弗拉基米尔·纳博科夫,2005:91)实际上,她的想法和欲望都隐藏在亨伯特以自我为中心的抒情话语中,亨伯特在自己的心中从一只"目光忧伤、体力衰退的杂种狗"变成一个"容光焕发、体格健壮的土耳其人"。这就是亨伯特对这个时刻的想象;但是对于洛丽塔来说,当他碰她的时候,她大叫,"嗓音里突然出现一种尖利的声调"。(弗拉基米尔·纳博科夫,2005:92)于是,这个时刻呈现出了截然不同的另一面。

……

在这里,我有意从亨伯特的叙述中选择了一些片段,这些片段让他看起来罪大恶极;

在很多时候,他其实很有魅力,也富有同情心。一些批评家认为亨伯特是这个故事中的牺牲者,洛丽塔是一个冷酷的勾引男人的少女。我认为这种判断是根本错误的,但这显示了亨伯特的叙述十分具有说服力。总之,我的目的是从亨伯特的辩护性叙述中读出相反的东西——当我揭示出被小说隐蔽的世界时,这个方法就被证明是有价值的。

——Levine P,1995

《〈洛丽塔〉与美的现代体验》节选

⊙[美]斯蒂芬・H.巴特勒,著

⊙梁昭,译

> 美国学者巴特勒从审美的现代性体验的角度,对文本做出了深刻而细致的分析。

关于美的不同概念必然包含着对于美的不同体验。既然性感少女的美牵动了亨伯特的所有感知和能力(嗅觉、味觉、触觉,同时还有心灵活动、视觉和听觉),那么,爱和诱惑不可分割。尽管亨伯特具有一颗出类拔萃的心灵,但他的唯心论必然导致他用天堂和地狱的二元论来看待美的体验:

> 读者必须理解,在占有并奴役一个性感少女的时候,那个着魔的旅客可以说是处在超幸福的状况中。因为世上没有其他的幸福可以和抚爱一个性感少女相比。那种幸福是无与伦比的,它属于另一类,属于另一种感受水平。尽管我们发生口角,尽管她性情乖戾,尽管她大惊小怪,老是做出一脸怪相,尽管这一切都粗俗下流,充满危险,根本没有希望,但我还是深深地藏在我选定的天堂中——一座天空充满了地狱之火的颜色的天堂——但仍是一座天堂。(弗拉基米尔・纳博科夫,2005:262)

这样,亨伯特越轨的性行为就非常客观地关联着他对美的体验……(狂热的迷恋)戏剧性地瓦解了艺术和性爱之间的柏拉图式的区分,也夸大了由这种区分引起的罪责和折磨。在关于美的现代体验中,升华总是伴随着痛苦。因此,在亨伯特的例子里,他努力抑制自己精神错乱,害怕被洛丽塔背叛,担心被禁止的爱被发现,感到自己被各种象征着厄运的人跟随(迈费特、特拉普和奎尔蒂),这一切使他狂热的爱缓和下来。被洛丽塔引诱以后,亨伯特明白了,当艺术和性爱不再是截然分开的时候,关于美的梦就可能成了噩梦:"且不管毕生所抱的梦想的实现是否超过了原来的期望,从某种意义上说,这确实做过了头——陷入了一场噩梦"。(弗拉基米尔・纳博科夫,2005:221)

……

这部小说的某些成分只是表明,亨伯特对天堂和地狱的感知,源于对艺术和性爱的传统区分的摧毁,他的感知出于他对美的概念的理解(而不是来自神经机能病)。

而且,恰好因为这些感知是典型罗曼蒂克的感知,《洛丽塔》才使得我们在某一方面能解释——就美学理论而言——玛丽欧·普瑞兹所谓的"浪漫的痛苦"。此外,我赞同弗洛斯奇的观点,他认为《洛丽塔》采取了原创的艺术形式,但我不是在戏仿的效果中发现原创性,我是在文本的力量中找到原创性,文本的力量来自于读者对亨伯特体验美的相似反应。

考虑到亨伯特关于美的概念,我们已经看到他注定要去一个地狱般的天堂("一座天空充满了地狱之火的颜色的天堂")。然而他告诉读者他经历了天堂和地狱般的感觉,是为了质疑他对自己命运的赞颂:"我尽力把这一切描述出来,倒不是为了在我目前无限的痛苦中重新经历一次,而是为了在那个奇特、可怕、叫人发狂的世界里——性感少女的性爱中——区分出地狱和天堂。兽性和美感在某一点交融在一起,而我想确定的就是这条界线,但我感到自己完全做不到这一点。为什么呢?"(弗拉基米尔·纳博科夫,2005:213)

如果我们先把亨伯特的失败感放在一边,那么这个质疑就将我们带到他的写作色情的一面。例如,如同加布里埃尔·乔西普维奇的评论,亨伯特作为一个作家的最终目的是抓住"洛丽塔神秘的美,不是通过世俗的占有,而是通过语言去捕捉。"(《世界和书:当代小说研究》)为了用语言捕捉住洛丽塔神秘的美,亨伯特的策略是让我们分享他的感觉。这样,他的写作就是有意激起读者的性欲,而不是写一部完全淫秽的作品。而且,他的写作最典型的特征,是不断调整他对性感少女之爱中兽性(性欲)的成分和美丽(审美)的成分。

一个典型的例子,就是亨伯特重新回忆他爱洛丽塔的温柔时刻。在这样的时刻,欲望似乎让位于爱。但是正当我们开始理解这种爱的时候,我们突然被带回了真实的情欲:"我会埋在她温暖的秀发里呻吟,随意地爱抚着她,默默无语地祈求她的祝福,而当这种充满人情味的痛苦、无私的柔情达到顶点的时候(我的灵魂实际上正在她那赤裸的身体四周徘徊,正准备要忏悔),突然,既具有讽刺意味又十分可怕,肉欲又开始袭来。'噢,不,'洛丽塔总深深地叹一口气说。接下去又出现了那种柔情,那种淡青的颜色——所有这一切随即都破灭消失。"(弗拉基米尔·纳博科夫,2005:457-458)相反,著名的自慰场景是从肉欲调整到审美。亨伯特明确地要求我们认同他("我希望有学识的读者都来参与我正准备重新搬演的这个场景"),于是我们首先被引到他的对性欲阴谋的细致描述,我们可能甚至替他担心被发觉的可能性。接着,在真正的高潮时刻,我们却感到相对轻松,这个场景很平稳地过去了。最后,亨伯特像回顾艺术成就一样回顾这次富于美感的胜利,我们甚至可能因此而动摇:"我疯狂占有的并不是她,而是我自己的创造物,是另一个想象出来的洛丽塔——说不定比洛丽塔更加真实,这个幻象与她重叠,包裹着她,在我和她之间漂浮,没有意志,没有知觉——真的,自身并没有生命。"(弗拉基米尔·纳博科夫,2005:95)

——Butler S H. 1986

练习思考题

1. 请梳理小说对亨伯特和洛丽塔在旅途中下榻的旅馆类型,并分析纳博科夫笔下的美国旅馆文化特点,就此写一篇小文。

2. 请分析小说中亨伯特的叙述特点,说明其视角对于洛丽塔自身感受的遮蔽。

3. 请结合小说中亨伯特对洛丽塔的美的描述,分析这种描述的特点。

延伸阅读

李小均.2007.自由与反讽:纳博科夫的思想与创作[M].南昌:百花洲出版社.

纳博科夫.2005.文学讲稿[M].申慧辉,等,译.上海:上海三联书店.

谭少茹.2009.纳博科夫文学思想研究[M].武汉:湖北人民出版社.

汪小玲.2008.纳博科夫小说艺术研究[M].上海:上海外语教育出版社.

参考文献

弗拉基米尔·纳博科夫.2005.洛丽塔[M].主万,译.上海:上海译文出版社.

Butler S H. 1986. "Lolita" and the Modern Experience of Beauty. Studies in the Novel, 18. 4（Winter 1986）:pp. 427-437.

Damrosch D,Pike D L. eds. 2008. The Longman Anthology of World Literature, Volume F. Longman.

Levine P. 1995. "Lolita" and Aristotle's Ethics. Philosophy and Literature, Volume 19, Number 1, April 1995,pp. 32-47.

Field A. 1977. Vladimir Nabokov:The Life and Art of Vladimir Nabokov. New York:Crown Publishers.

O'Connor P F. 1980. "Lolita":A Modern Classic in Spite of Its Readers. A Question of Quality:Seasoned "Authors"for a New Season Bowling. Green University Popular Press.

第三十四章　《先知》

纪伯伦·哈利勒·纪伯伦（Gibran Kahlil Gibran，1883—1931），黎巴嫩出生的美国哲理散文家、小说家、诗人、艺术家。纪伯伦出生于黎巴嫩北部山乡卜舍里，1895 年随父母移居波士顿，后定居纽约市。青年时代，纪伯伦曾在法国学习绘画和雕塑，曾得到艺术大师罗丹的奖掖。1911 年重返波士顿，次年迁往纽约从事文学艺术创作活动，直至逝世。他用阿拉伯文和英文写作，其小说创作基本上使用阿拉伯文，而诗歌大多采用英文。1923 年出版的《先知》（*The Prophet*）是一本诗体散文，在好几代美国青年中达到了狂热崇拜的程度。他的其他著名作品还包括《疯人》（*The Madman*，1918）、《沙与沫》（*Sand and Foam*，1926）、《人之子耶稣》（*Jesus, The Son of Man*，1928）、《漫游者》（*The Wanderer*，1932）等。

《先知》全书共分 28 节，师承尼采的总体构思而驰骋想象，以先知布道的形式，分别探讨了爱与美、生与死、婚姻与家庭、劳动与娱乐、法律与自由、理智与热情、善恶与宗教等一系列人生和社会的重大问题，是纪伯伦文学创作的巅峰，以其独有的"纪伯伦"风格而闻名遐迩。

一、精彩点评

- 无疑，纪伯伦是个思想家，而且是个大思想家，有时他能发表许多独到的见解，尤其是在《先知》一书中，他阐述了许多高尚而富有哲理性的教诲。……纪伯伦具有东方苏菲精神、火样燃烧的感情、《圣经》所启示的奇特想象力。在表达中，他作为一个艺术家胜过作为一个作家，他像是用艺术家的画笔而不是用作家的笔进行创作。他擅长描写，不像一般的作家和诗人只会因循守旧，写一些流行的肤浅内容。他的创作发自内心，以其才智创作出许多富于个性的画面。他的大部分描写都是从晨曦、黑暗、光明中得到灵感。（汉纳·法胡里，1990：689）

- 在纪伯伦从 1883 年到 1931 年相当短暂的一生中，阿拉伯语世界逐渐把他视作他那个时代的天才，而在西方他的作品常常与布莱克、但丁、泰戈尔、尼采、米开朗基罗和罗丹相提并论。作为具有一个独创性的作家，他的通俗性也是史无前例的。在今天,《先知》已是继 T.S. 艾略特和叶芝的作品之后,受到最高度重视的 20 世纪的诗歌,也是这个世纪被广泛阅读的作品。(Bushrui S,Jenkins J,1998:2. 欧震,译)

二、评论文章

《纪伯伦和惠特曼:他们的文学对话》节选

⊙ [美]苏海尔·伊本-萨利姆·哈纳,著

⊙ 欧震,译

美国阿拉伯学者苏海尔·伊本-萨利姆·哈纳在《纪伯伦和惠特曼:他们的文学对话》一文中,比较了纪伯伦《先知》和惠特曼《自我之歌》在作品思想、创作主题、艺术形式和艺术手法方面的关系,展示了两位诗人创作之间的共同特征,指出他们创作的相似之处不是作家思想和风格的偶然近似,而是纪伯伦有意识地吸收惠特曼经验的产物。

汉密尔顿·A. R. 吉布曾经表示:"年轻的叙美派的优秀作家所从事的散文诗这种新文学的创造工作,其灵感要归功于华尔特·惠特曼和美国的自由诗。"虽然吉布教授只是附带提出来,但这个观点确实非常具有穿透力。只需简要、粗略地分析纪伯伦的作品中,就会发现其与惠特曼作品明显的相似。尤其是纪伯伦对精神的渴求、宏阔的视野、神秘的力量、他对自我的赞颂以及东方和西方观念的混合,这些和其他的品质在惠特曼作品中也能找到。在风格上,纪伯伦像惠特曼一样,也打破了惯常的诗歌形式,运用了松散的、不规则的、时而是吟诵的节奏。总体上,这两个方面相当广泛的相似之处,构成了两位诗人写作的特色。而惠特曼在《自我之歌》,纪伯伦在《先知》中,创作了或许是他们最优秀也是最充分体现了其特色的作品。本论文首先以这两部作品为例,归纳纪伯伦和惠特曼早期采用的主题和风格;其次,论文还要论证纪伯伦是有意识地回到惠特曼那里,他们之间的相似绝非巧合。

首先,神秘主义是《先知》和《自我之歌》中最主要、最普遍的要素。

像《自我之歌》一样,《先知》也与创作者的生活息息相关。然而两部作品绝非严格意义上的自传性作品。它们都没有把纪伯伦和惠特曼作为中心人物,而是塑造了具有完全不同精神、态度和个性的人物形象。因为构成两部作品基础的是这种深刻的认知:人的灵魂以柏拉图式的方式分享了一个更高的灵魂。纪伯伦和惠特曼都相信,诗人的灵魂总是倾向于与其他人的自我融会在一起。他的生命及其爱、欢乐、痛苦和希望,成为其同伴生命鲜活的部分。因此,《先知》和《自我之歌》远非单一的"心灵的日志",而是所有"灵魂的道路"。

　　人的生活拥有许多的阶段,时而曲折动荡,时而舒缓平静,但它们都属于同一个生命流动、同一种生活的组成部分。我们可以从纪伯伦生活的不同阶段,勾画出他生命的轨迹。比如,在他早年,纪伯伦执迷于一种无所畏惧的、叛逆的异教生活模式,一种带有尼采特征的模式。正如纳伊米指出的,这耗费了纪伯伦大量的时间才让他摆脱了尼采的悲观主义和狂躁的羁绊。在他生命后来的阶段(结束于他 48 岁),纪伯伦开始拒绝 19 世纪的反叛精神,而转向一种更为强烈的对 18 世纪启蒙观念的信仰。像惠特曼一样,纪伯伦逐渐发现并进而接受一个良善和和谐宇宙的现实。

　　在一种神秘的体验中,自然和上帝的王国具有生气勃勃的特征。对纪伯伦和惠特曼来说,上帝不是《新约》的基督教上帝,也不是《旧约》的主耶和华。在《人之子耶稣》中,纪伯伦剥掉了基督传统的神性,而分派他最尊贵、最崇高、最鼓舞人心的人类理想的品质。在《歌唱那神异的正方形》中,惠特曼以一种不太一样的模式引进了一种对基督教精神而言激进的观念。在这首诗中,上帝不是三位一体,而是四位一体。《旧约》的上帝经常被认为是自然的主宰,而构成《先知》和《自我之歌》基础的上帝却具有无所不在的特征,他的神性内在于自然之中。从历史上讲,他是《吠陀经》中的神,是婆罗门教的"万物中的万物"——是绝对的、永恒的、包容一切意识的"太一"。从根本上讲,上帝不是真实的个人,而是一种原则;不是一个形象,而是一种力量。"或许,"纪伯伦思索到,"我们每一次试图分开他,去发现单个的他,就更靠近他。"同古代印度神秘思想一样,纪伯伦和惠特曼相信,所有的生灵都源自上帝也将归于上帝。

　　根本上,纪伯伦认为,如果与"万有"的合一具有意义,神秘体验者"必须弃绝他个人的自我而在无限的全我中寻找自我。他无须憎恨任何人,因为他已经成为了所有人"。基于这样的信仰,纪伯伦似乎与惠特曼在《自我之歌》第五部分的吟诵形成共鸣。在其神秘主义中,像惠特曼一样,纪伯伦的人性自我(用吠陀文学的术语讲,就是 atman 或者 jivatman)与其他人的自我产生认同。在这个过程中,他真实的自我将与无限的全我,与婆罗门,与爱默生的至上精神(Over-Soul),更确切讲,与上帝融会在一起。

　　除了弥漫于《先知》和《自我之歌》中明显的神秘主义思想的混合物外,两部作品结构上也有相同之处。两部作品在形式上首先不是逻辑的而是心理学的,它们不呈现几何学的特征而表现为音乐的推进。作为音乐,《先知》如同《自我之歌》一样,并非真正的通过对比展开的交响乐,也没有遵循前奏曲,咏叹调,宣叙调和终曲的歌剧模式。在与作品真正的结构相关之处,构成惠特曼杰作的声调的因素也明显适用于《先知》:"它更接近于交响音诗狂想曲,从一个主题到另一个主题不断转换,调性和节奏不断变化,时而沉入梦幻曲又骤然升向高潮,但仍然保持了以波纹的方式推进的情绪的一致性"。还可以进一步补充,纪伯伦像惠特曼一样,"更愿意让一个形象暗示出另一个形象,这些形象又反过来暗示了某种情绪或者信念。他的主题在纯粹的相互联系中转换,就像在梦游中一样,他的每一次转换都产生本能上正确的结果。"

把《先知》和《自我之歌》设想成诗人在其中担当了主角的戏剧,也许非常有意义。两部作品都描绘了诗人进入神秘的状态,他穿越不同阶段的旅程,最后他们从这种状态中退出。亚墨斯达法——纪伯伦的"探寻绝对的神的先知"——非常像惠特曼的行吟歌手,四处游荡,心驰万方,高歌唱吟,以"一种洪亮的、坚定的、确凿的声音""在人群中间呼告"。在两个地方,作品的主体,也即其稳定的叙事结构,建立在诗人对人类命运光谱丰富多彩的观念之上。诗人言说之物已直接呈现于他的神秘体验之中。因此,在本真意义上,诗人已经披上了先知的外衣。他感到一种强烈的与诸如宗教、时间、邪恶、信仰、死亡、上帝、痛苦和永恒这样一些更宏大的生活命题纠结的吁求。惠特曼在《自我之歌》的"布道"中所传达的信息,与亚墨斯达法,这位中选者和被宠幸者,给予他的第一位信徒的解释是一致的。这位信徒祈求他:"现在请把我们的'真我'披露给我们,告诉我们你所知道的关于生和死中间的一切。"

就在纪伯伦向阿法斯利人作最后的告别之前,他重申了走向普遍的、泛神论的上帝感情。同样的情感也回响在惠特曼《自我之歌》结尾的"布道"中。正像前面提及的一样,两个人都——在比喻而不是真实意义上——感受到妆扮了人格特征的上帝的出现。比如,惠特曼把"上帝之手"看作"我自己的期诺";同样的还有,"上帝的精灵就是我自己的兄弟"。纪伯伦也把上帝想象为具有人类的特性,他宣称:

> 上帝不垂听你的言语,
> 除了他借你的嘴唇说出他自己的语言之外。

而他们之间最清晰、最显著的相似,在于他们对上帝存在于所有的地方,所有的事物,所有时间之中的强烈的信仰。

这些都还只是在惠特曼的《自我之歌》和纪伯伦《先知》之间找到的一些相似。从这些以及其他的作品中,你还能梳理出更多两个诗人共同分享的主题、手法和态度。但还有一个关键的问题值得留意:这些相似之处对纪伯伦这个学生到底具有什么价值? 总体上讲,这些相似不仅为纪伯伦的教理增添了可能的资源,也暗示了纪伯伦风格中表现手法的创新之处。

惠特曼与《圣经》、布莱克和尼采一起对纪伯伦风格的影响也需要考虑。如上所述,他们之间的思想存在着极大的相似性,暗示了两个诗人之间可能的对话。纪伯伦对惠特曼对神秘的渴求颇有同感。他表现出对这个美国诗人的欣赏,对他"狂野的呼唤(barbaric yawn)",对他遍及万物的乐观主义感同身受,并且熟知他对人类、宗教、知识、进步和上帝的信仰,至少在写作《先知》前后如此。纪伯伦不仅接受了惠特曼的信念,似乎也模仿了他的媒介。

表现在《先知》中的主要风格特征在《自我之歌》中也可以找到。最为相同的特征是:放弃了格律和音律体诗,采用带节拍的、不规则的吟诵体,强弱变化、反复和排比;

圣经赞美诗的共鸣。还有其他的相似,例如,在他的散文诗中,纪伯伦常常运用反问句,一种包括《自我之歌》在内的惠特曼作品经常运用的技术手段。

除了反问用作散文诗的整合手段外,两个诗人还对感情、态度和想象等方面的表达大肆铺陈。纪伯伦与他的导师惠特曼一起运用了铺陈手法。在《先知》中,纪伯伦谈到:"爱没有别的愿望,只要成全自己",他接下来警告:

> But if you loved and must needs have desires, let these be your desires:
> To melt and be like a running brook that sings its melody to the night.
> To know the pain of too much tenderness.
> To be wound by your own understanding of love;
> And to bleed willingly and joyfully.

> 但若是你爱,而且要求愿望,就让以下的做你的愿望吧:
> 溶化了你自己,像溪流般对清夜吟唱着歌曲。
> 要知道过度温存的痛苦。
> 让你对于爱的了解毁伤了你自己;
> 而且甘愿地喜乐地流血。

另一个与铺陈手法密切相关的特点,是像"but""and""for""nor"这样的起首词的重复,这使得语势、思想甚至主题的逻辑得以延续。

在《先知》和《自我之歌》中,这一基本命题是非常清晰的,即对诗人担当着预言家和导师角色这一神秘经验的本质上的戏剧化。围绕诗人进入、推进和退出神秘王国的内在结构也非常明显。在两种情况下,诗人都作为回应着人类理想和情感的人被欢呼着。一切注意力都集中在他的思想、情绪和想象中。确实,无论是《先知》中的亚墨斯达法还是《自我之歌》中的"曼哈顿宇宙",并没有被视作博学的心灵而被膜拜。然而,两个人都以新鲜、清澈的洞察力穿透了人类经验的深度。通过他们的想象,两个诗人都照亮了赋予人类生活形式、外形和意义的阴影。

进一步讲,纪伯伦和惠特曼都是诗人—预言家信仰的信徒。许多诗人都属于这一群体,其中雪莱可能更为雄辩。《为诗一辩》虽然未完成,但仍然是关于诗人角色最激动人心的宣言。在那里,雪莱为诗人分派了立法者和预言家的双重使命。诗人"不仅明察客观的现在,发现现在的事物所应当依从的规律,他还能从现在看到未来,他的思想就是结成最近时代的花和果的萌芽"。正如他们的作品表明的,纪伯伦和惠特曼在雪莱的论辩中看见了一种成熟的洞察力。

在某种意义上,他们的告别,或者是他们从神秘领域的退场,体现了两个诗人共享的大多数元素。惠特曼和纪伯伦,在完成他们的"布道"之后,准备离开他们的人民,告别这项绝对适合他们的至高使命。两位诗人都在诸如上帝、宗教、知识、死亡和别的生活等重大命题上作出了宣讲,现在他们已功德圆满。但没有最后的保证,他们仍然难以离弃自己的伙伴,他们的精神已与这些伙伴融会在一起。……从他们的告别(这暗示出结构上的相似性),我们可以非常清楚地勾画出主题和风格上的平行关系。

在《先知》中,纪伯伦非常明显地采用了许多惠特曼更早使用过的主题和风格技巧。从上面的所有例子中,甚至是那些随意选择的表现他们风格平行性的例子,人们能探测到他们态度的密切的关系,他们观点和经验的亲缘性。

在除《先知》和《自我之歌》之外的作品中,人们还能发现纪伯伦和惠特曼之间许多别的相似之处。比如,在《巴尔贝克来的诗人》中,灵魂转世的观念得到清晰的概括。在这部作品中,纪伯伦赞扬了黎巴嫩诗人哈利勒·叶凡迪·穆特南(Khalil Effandi Mutran),歌颂了寄寓于诗人身体中的伟大灵魂。而惠特曼在《自我之歌》《审慎之歌》以及其他诗歌作品中表达了类似的信仰。

非常明显,《先知》中的许多观念和形式在惠特曼的诗歌,尤其是他的《自我之歌》中也能找到。在这里,"也能找到(can be found)"这个短语的使用是深思熟虑的,因为批评的真正问题是探讨是否在纪伯伦的诗歌中"能追踪到(can be traced)"这位美国诗人创作的痕迹。许多研究,冒着经常老生常谈的危险,试图证明纪伯伦的创作反映出印度神秘主义,各种形式的柏拉图主义,当然还有圣经的影响。更特殊的也是很有说服力的论证是尼采和布莱克的影响。但即使是在这些林林总总的研究成果之下,人们还是能捕捉到纪伯伦作品的主要特性和惠特曼诗歌的联系,如前所示,这些联系表现在经验、模式、观点之间的非常接近的亲缘性——亲近到要祛除掉"这只是文学史上有趣的巧合"的想法。进一步讲,纪伯伦的写作折射了一种有意识的而非巧合的朝惠特曼的回归,这一论点是可靠且扎实的。

——Hanna S,1968:174-198

《哈利勒·纪伯伦的精神和思想》节选

⊙ [黎]N.纳伊米,著
⊙ 欧震,译

> N.纳伊米对纪伯伦《先知》中表现的思想观念进行了概括,分析了其中的神秘主义因素,并指出了先知亚墨斯达法不过是纪伯伦的想象性自我。

不用太费劲就会发现先知亚墨斯达法就是纪伯伦自己,而到他已经居住了近十多年的纽约市就是阿法利斯城,他1912从波士顿移居这里,而他期望归去的黎巴嫩就是阿法利斯的诞生岛。但更深地关照,会发现亚墨斯达法还象征了纪伯伦心目中成为自己的更自由的自我的那个人,那个在自身中实现了由人性到神性跨越的人,这个人已经成熟到获得解放,与绝对的生命连接在一起。他乘坐的小舟象征着死亡,是它把他摆渡到他的诞生之岛——那个柏拉图式的形而上现实世界。而对阿法利斯人来说,他们很大程度上象征着人类社会。在那里,他们远离自己真实的自我,也就是远离上帝,被放逐于时空的存在之中。在朝向上帝的旅途中,他们都渴求先知般指引性的手引导他们从自身的人性走向神性。在整本书中,因为自己已经完成了这一旅程,亚墨斯达法都在通过布道将自己展现成这样的导师。

剥去了其诗歌的修饰,纪伯伦《先知》中的教谕建立在"把生活视作整一和无限"这一独一无二的观念基础上。作为一个生命现象,人的现世的存在不过是他真正自我的影子。要实现人的真实自我,就必须同与自己息息相关的无限合一。因此,自我实现只能建立在超越人的时间—空间维度的基础上。于是,自我被扩展到包括每一个人和一切事物的范围。因此,人实现自己更广大的自我的唯一途径在于"爱"。爱是亚墨斯达法向阿法利斯人进行公开布道的主题。除非他不可能或者无法想象的事物,没有人能够在不指涉事物整体的情况下使用"我"这一称谓,更不可能在不爱别人的情况下真正去爱自己。因此,爱同时是解放也是受难。说它是解放,是因为它把人从其狭隘的限制中释放出来,引领他进入更广阔的自我意识的领域,在那里他感受一个人与无限的联结;说它是受难,是因为成长为更广阔的自我要打碎作为来源和先知的狭隘的自我。

——Naimy N,1974:64

练习思考题

1.《先知》中的"亚墨斯达法"是一个什么样的艺术形象? 纪伯伦使用什么样的手法来突出他言说的权威性? 就此写一篇小文。

2. 试分析《先知》中"船"的意象。

3. 在《先知》中纪伯伦是如何理解"自我"这一概念的? 这种"自我"概念表达了纪伯伦对人的存在怎样的看法?

延伸阅读

蔡德贵.2004.纪伯伦的多元宗教和哲学观(上)[J].阿拉伯世界(5).

蔡德贵.2004.纪伯伦的多元宗教和哲学观(下)[J].阿拉伯世界(6).

林丰民.2002.惠特曼与阿拉伯旅美诗人纪伯伦[J].阿拉伯世界(1).

马征.2008.重建生命的神圣:纪伯伦《人子耶稣》中耶稣形象的隐喻意义[J].国外文学(2).

朱凯.1992.纪伯伦和他的散文诗[J].国外文学(3).

Shehadi W. 1992. Kahlil Gibran:A Prophet in the Making. Syracuse:Syracuse University Press.

Wagner W F. 2006. The Life and Writings of Kahlil Gibran. Martinsville:Airleaf Publishing.

Waterfield R. 1998. Prophet:The Life and Times of Kahlil Gibran. Darby:Diane Publishing Co.

参考文献

纪伯伦. 2000. 纪伯伦全集[M]. 冰心, 等, 译. 北京:人民文学出版.

汉纳·法胡里. 1990. 阿拉伯文学史[M]. 郅傅浩, 译. 北京:人民文学出版社.

Bushrui S, Jenkins J. 1998. Kahili Gibran:Man and Poet. Oxford :Oneworld Publications.

Hanna S. 1968. Gibran and Whitman:Their Literary Dialogue. Literature East and West, XII(2,3,4): 174-198.

Naimy N. 1974. The Mind and Thought of Kahlil Gibran. Journal of Arabic Literature, V:55-71.

第三十五章　《吉檀迦利》

罗宾德拉纳特·泰戈尔（Rabindranath Tagore，1861—1941），印度作家。主要作品有诗集《吉檀迦利》（*Gitanjali*，1912）、《园丁集》（*The Gardener*，1913）、《新月集》（*The Crescent Moon*，1913）、《飞鸟集》（*Stray Birds*，1916），中篇小说《沉船》（*The Wreck*，1903—1906），长篇小说《戈拉》（*Gora*，1908—1910），戏剧《邮局》（*The Post Office*，1911—1912）和散文集《人格》（*Personality*，1917）、《民族主义》（*Nationalism*，1917）、《创造的统一》（*Creative Unity*，1922）、《中国演讲集》（*Talks in China*，1925）、《人的宗教》（*The Religion of Man*，1931）等。

《吉檀迦利》是泰戈尔从自己创作的孟加拉语诗歌中选译而重新结集的英文诗集，曾经获得了 1913 年诺贝尔文学奖。这是亚洲作家第一次获得诺贝尔文学奖。《吉檀迦利》共有诗歌 103 首，有多种中译本，其中以冰心翻译的最为流行。《吉檀迦利》是泰戈尔以形象化的艺术手法表现自己宗教哲学思想的抒情诗集。

一、精彩点评

- 《吉檀迦利》直译是"歌之献"，译为"献歌"还不确切，因此泰戈尔只用印度语为书名。用汉语直译也还不得不加上一个"之"字。古代汉语可以说"芹献"，说"歌献"似乎不合习惯。这本诗集是诗人把他的诗歌献给他的"神"，其实也就是那个"人"（"人心"等，"最上的人"），像献香献花一样……这本诗集仿佛是有起、有结、有主题旋律又有变奏的完整乐章……又是谈爱，又是颂神，又充满物质人间的形象，说的又不像是日常生活中的自然语言，这使我们中国读者觉得神秘。（金克木，2002：43-45）

- 泰戈尔的《吉檀迦利》是一部宗教的颂诗集……这部作品已完全地、实实在在地归属于英语文学了。虽然作者本人就文化教养和创作实践而言，是印度本民族语言的诗人，但他却给他的诗批上了新装（英语），而这新装在形式与灵感的独立性上都同样完美。由于克服了语言的障碍，这使得英格兰、美国以及整个西方世界中那些对贵族文学抱有兴趣并予以重视的人士都能够接受和理解他的诗作。（毛信德，2001：137，上述评价摘自 1913 年诺贝尔文学奖颁奖演说词）

- 在《吉檀迦利》中，泰戈尔向我们展示的是另一种完全不同的文化，这种文化在印度辽阔的、平静的、奉为神圣的森林中达到了完美的境界。这种文化寻求的是灵魂的恬静和安宁，这与自然本身的生命是互相和谐的。（毛信德，2001：142，上述评价摘自1913年诺贝尔文学奖颁奖演说词）

- "那天夜晚，"罗森斯坦写道，"我读了那些诗（指《吉檀迦利》），感到这是一种崭新类型的诗，是神秘主义高水平的伟大诗作。当我把那些诗歌给安德鲁·布莱德雷看时，他很同意我的观点：'看来一位伟大诗人终于来到我们中间。'……"（K.克里巴拉尼，1984：264，英国学者罗森斯坦语）

- 《吉檀迦利》这种不可思议的宁静四处弥漫。我们在突然间发现了自己的新希腊。平稳均衡感仿佛回到文艺复兴前的欧洲，我觉得，一种健康合理的宁静感走进了我们当下的机械轰鸣中……当我向泰戈尔先生告辞时，我确实感觉到，我好像是一个手持石棒、身披兽皮的野人。（K.克里巴拉尼，1984：266-267，美国著名诗人艾兹拉·庞德语）

- 他写道，"当我坐在火车上，公共汽车里或餐厅里读着它们时，我不得不经常阖上本子，掩住自己的脸，以免不相识的人看见我是如何激动。我的印度朋友指出，这些诗的原文充满着优美的旋律，柔和的色彩和新颖的韵律。这些诗的感情显示了我毕生梦寐以求的世界。这些诗歌是高度文明的产物，就像灯心草和其他草一样从土壤中生长出来。"（K.克里巴拉尼，1984：264-265，英国诗人，1923年诺贝尔文学奖得主威廉.B.叶芝语）

二、评论文章

《诺贝尔奖金》节选

⊙［美］艾兹拉·庞德，著
⊙ 倪培耕，译

美国诗人艾兹拉·庞德对《吉檀迦利》表现的人与自然的和谐关系进行了分析。参见K.克里巴拉尼所著《泰戈尔传》第九章《诺贝尔奖金》。

泰戈尔心中具有自然的静谧。《吉檀迦利》里的诗篇显然不是暴风骤雨或是烈焰燃烧的产物，只是他一贯的心性使然。他与大自然浑然一体，和谐相处。这与西方作家的风格形成了强烈对比。在西方，我们若要创造"伟大的戏剧"，必得竭力显示对自然的征服。这些描写也与古希腊对人的表现和对众神嬉戏娱乐的描写形成对比。古希腊的人和神皆受命运的摆布。

In the deep shadows of the raing July, with secret steps, thou walkest, silent as night, eluding all watchers.

> 在七月霢雨的浓阴中，
> 你用秘密的脚步行走，
> 夜一般的轻悄，
> 躲过一切守望的人。（泰戈尔,2000:129,《吉檀迦利》第22首）

这是一百首抒情诗中的一首。你可以在英译本读到它。记住，它的形式如十四行诗那么优美精致，富有强烈而又纤细的音乐感。请留意诗的韵脚，重音在第一个词，随后在第三、第四个词上，韵律胜过扬抑格。

总之，我在这些诗歌中体味了一种完全而普遍的情感。它使人想起，在我们西方生活的迷惘之中、在城市的喧嚣聒噪之中、在粗制滥造的文学作品的唧唧喳喳中、在广告的漩涡中，我们一直可能忽略了许许多多的东西。

——K. 克里巴拉尼,1984:266-267

《诺贝尔奖金》节选

⊙ ［英］C. F. 安德鲁斯,著
⊙ 倪培耕,译

英国学者 C. F. 安德鲁斯也对《吉檀迦利》中的一首诗歌进行了精彩的点评。（参见 K. 克里巴拉尼所著《泰戈尔传》第九章《诺贝尔奖金》）

夜空无云，天宇间弥漫着一层紫红色的印度氛围。万籁俱寂中，我静静地体味着《吉檀迦利》中诗歌的奇妙韵味：

On the seashore of endless worlds children meet. The infinite sky is motionless overhead and the restless water is boisterous. On the seashore of endless worlds the children meet with shouts and dances.

> 孩子们在无边的世界的海滨聚会。
> 头上是静止的无垠的天空，
> 前边是不宁的海波奔腾喧闹。
> 在无边的世界的海滨，
> 孩子们欢呼跳跃地聚会。（泰戈尔,2000:147,《吉檀迦利》第60首，个别词语有改动）

这些英语诗歌荡气回肠、婉转悠扬的旋律如此淳朴简单，如同我童年时代所有的美妙声音一般，把我整个心灵征服了。在夜空下我踌躇漫步，一直呆到黎明破晓时分。

——K. 克里巴拉尼,1984:265

《结论》节选

⊙ [印度]S. C. 圣笈多,著

⊙ 董红钧,译

> 印度学者S. C. 圣笈多在《泰戈尔评传》第十二章《结论》中对泰戈尔的《吉檀迦利》进行了比较分析。

……但不管凯勃的诗歌有多么伟大,它们都没能产生作为泰戈尔诗歌主要特色的那种丰满完美的印象,那种天和地、有形和无形之间的和谐印象。凯勃也没有泰戈尔的那种醇厚、静谧和沉着。如果我们将这两位诗人表现同一题材的两首诗歌加以比较,我们就会发现一首粗犷、强烈、单纯,而另一首则细腻、温雅、醇厚。凯勃写道:

> 瑜伽信徒用爱情的色彩涂染的
>
> 是他的服饰,而不是他的灵魂。
>
> 他在耳朵上刺了洞孔,
>
> 他长着满脸的胡子和蓬乱的头发,
>
> 看起来就如一头山羊。
>
> 你被束缚住了手脚,
>
> 正在朝死亡之门走去。（凯勃诗歌一百首,第66首）

这首诗可以和《吉檀迦利》第11首进行比较:

> 把礼赞和念珠撒在一边吧!
>
> 你在门窗紧闭幽暗孤寂的殿角里,
>
> 向谁礼拜呢?
>
> 睁开眼你看,
>
> 上帝不在你的面前!
>
> 他是在锄着枯地的农夫那里,
>
> 在敲石的造路工人那里。
>
> 太阳下,阴雨里,
>
> 他和他们同在,
>
> 衣袍上蒙着尘土。
>
> 脱掉你的圣袍,
>
> 甚至像他一样的下到泥土里去吧!

……

从静坐里走出来吧，

丢开供养的香花！

你的衣服污损了又何妨呢？

去迎接他，

在劳动里，在流汗里，

和他站在一起吧。（泰戈尔，2000：125，《吉檀迦利》第 11 首，个别词语有改动）

——S. C. 圣笈多，1984：236-237

《泰戈尔与英语文学》节选

⊙ ［印度］M. 巴塔契吉，著

⊙ 尹锡南，译

印度学者 M. 巴塔契吉在跨宗教文化的视野下对泰戈尔的《吉檀迦利》进行了论述分析。

在歌颂梵的神秘时，泰戈尔畅所欲言，内心充满惊喜。被他选用做诗歌意象的是各种各样的世俗对象，如雨、云、风和涨潮的河流；灯、寺庙、鼓声、笛声和维纳琴声；在黄昏飞翔的鸟，绽放旋即枯萎的花儿，等等。在描写它们时，泰戈尔倾注了全部细腻的感情，如爱怜、虔诚、绝望、恭敬、感激等。这些情感特别清晰而真诚。下面略举几例：

我不知道你怎样地唱，我的主人！

我总在惊奇地静听。

你音乐的光辉照亮了世界。（《吉檀迦利》第 3 首）

悠长的一天消磨在为他在地上铺设座位；

但是灯火还未点上，我不能请他进来。（《吉檀迦利》第 13 首）

在七月霪雨的浓阴中，

你用秘密的脚步行走，

夜一般的轻悄，

躲过一切守望的人。（《吉檀迦利》第 22 首）

我跳进形象海洋的深处，

希望能得到那无形象的完美珍珠。（《吉檀迦利》第 100 首）

　　《吉檀迦利》曾经被用来和《圣经》里的《诗篇》(*The Book of Psalms*)相比较。雅利安人①和犹太人的世界观差别明显，这甚至比《旧约》和《新约》之间的差异更为显著。历史可以解释这种现象。《旧约》的背景是异教徒和以色列人之间的战争，上帝摧毁背信弃义者，而赐予忠诚者以胜利。但是，《新约》中体现爱和宽容的上帝并非印度雅利安人的神秘原人(Purushottama)②。原人在他的娱乐嬉戏中以各种方式体现自己，如以父亲、朋友或恋人的形象出现，以明亮灯光和黑暗阴影出现，在喜不自禁或哀伤悲戚中出现，在忏悔不已或毕恭毕敬中出现。《吉檀迦利》体现了这一无可名状的神秘意识。

　　然而，希伯来先知的虔诚和印度歌者的狂热忠诚之间还是有着一些特殊的相似。并且，《圣经》的权威翻译版本的语言和泰戈尔的散文诗有些类似。这绝不是说彼此之间有过任何影响。实际上，泰戈尔曾经坦言否认在以英语翻译孟加拉语诗歌前仔细阅读过《圣经》。很明显，《圣经》里《诗篇》的作者超凡的诗歌直觉可以和泰戈尔的独创才能相媲美。而这一点还得追溯到双方在意象营造和遣词造句方面的部分相似。《圣经》和《吉檀迦利》都是翻译之作，后者是作者自译。二者都在很大程度上保持了文学品质的原创性。这包括与信念教条无关的语言的音乐感、诗歌韵律和意象。下面从《圣经》和《吉檀迦利》中引用的片段可以印证两者的相似点：

　　　　诸天诉说，神的荣耀，苍穹传扬他的手段。

　　　　这日到那日发出言语，这夜到那夜传出知识。（新旧约全书.《诗篇》第 19 篇）

　　　　耶和华是我的牧者，我必不至缺乏。

　　　　他使我躺卧在青草地上，领我在可安歇的水边。（新旧约全书.《诗篇》第 23 篇）

　　　　神啊，你为至大。你以尊严为衣服。

　　　　披上亮光，如披外袍，铺张苍穹，如铺幔子。

　　　　在水中立楼阁的栋梁，用云彩为车辇，藉着风的翅膀而行。（新旧约全书.《诗篇》第 104 篇）

　　　　今天，炎暑来到我的窗前，轻嘘微语；

　　　　群峰在花树的宫廷中尽情弹唱。（《吉檀迦利》第 5 首）

---

① 根据欧洲早期东方学家和历史学家的考证，一般认为，印度人为雅利安人迁徙到南亚次大陆后繁衍的后代。——译者注

② 这里所谓原人其实是指印度教徒崇拜的各个人格神，如毗湿奴、湿婆等。——译者注

在深夜中国王降临到我黑暗凄凉的房子里了。

空中雷声怒吼。黑暗和闪电一同颤抖。(《吉檀迦利》第 51 首)

你的手镯真是美丽,镶着星辰,

精巧地嵌着五光十色的珠宝。

但是依我看来你的宝剑是更美的,

那弯弯的闪光像毗湿奴的神鸟展开的翅翼,

完美地平悬在落日怒发的红光里。(《吉檀迦利》第 53 首)

——Sen Gupta S C,1962:28-31

练习思考题

1. 请将这首小诗(《吉檀迦利》第 6 首)翻译成汉语,同时比照冰心先生的译文,谈谈两种译文之间的优劣,并根据这首小诗,申发联想,写一篇千字左右的赏析文章。

Pluck this little flower and take it, delay not! I fear lest it droop and drop into the dust.

It may not find a place in thy garland, but honour it with a touch of pain from thy hand and pluck it. I fear lest the day end before I am aware, and the time of offering go by.

Though its colour be not deep and its smell be faint, use this flower in thy service and pluck it while there is time.

2. 《吉檀迦利》第 100 首诗云:"我跳进形象海洋的深处,希望能得到那无形象的完美的珍珠"(P170),因此,该诗集中,用了很多形象,如:花(莲花)、灯光、酒杯等,来表现"无形象"的"主""我的上帝""万王之王"等,请问这里运用了哪种文学手法,并对这种文学手法的妙处进行分析。

3. 《吉檀迦利》孟加拉文原意为"献给神的赞歌",请问这一诗集的题目,对于主题的揭示具有怎样的作用?

延伸阅读

侯传文.1999.寂园飞鸟:泰戈尔传[M].石家庄:河北人民出版社.

刘燕.2003.泰戈尔:在中国现代文化中的误读——以《吉檀迦利》为个案研究[J].新疆大学学报(2).

唐仁虎,等.2003.泰戈尔文学作品研究[M].北京:昆仑出版社.

泰戈尔.2000.泰戈尔全集[M].刘安武,倪培耕,白开元,译.石家庄:河北教育出版社.

尹锡南.2003.世界文明视野中的泰戈尔[M].成都:巴蜀书社.

尹锡南.2005.发现泰戈尔:影响世界的东方诗哲[M].台北:圆神出版事业机构.

尹锡南.2002.解读泰戈尔获诺贝尔文学奖[J].东方丛刊(2).

Kripalani K. 1980. Rabindranath Tagore: A Biography. Calcutta: Visva Bharati.

Sisir S K, ed. 2004. The English Writings of Rabindranath Tagore, Vol. 1, Poems. Delhi: Sahitya Akadem.

参考文献

泰戈尔. 2000. 泰戈尔诗选[M]. 冰心, 郑振铎, 石真, 译. 北京:人民文学出版社.

K. 克里巴拉尼. 1984. 泰戈尔传[M]. 倪培耕, 译. 南宁:漓江出版社.

毛信德. 2001. 20 世纪诺贝尔文学奖颁奖演说词全编[M]. 南昌:百花洲文艺出版社.

S. C. 圣笈多. 1984. 泰戈尔评传[M]. 董红钧, 译. 长沙:湖南人民出版社.

新旧约全书. 1992. 南京:中国基督教协会印发.

Sen Gupta S C, ed. 1962. Rabindranath Tagore: Homage from Visva-Bharati. Santiniketan: Visva Bharati.

第三十六章　《雪国》

　　川端康成（かわばたやすなり，1899—1972），日本现代最著名的小说家，1899年生于大阪市。他幼年失去父母，从小跟祖父生活。他 8 岁时祖母去世，16 岁时祖父故去。这种经历对川端康成日后的文学创作有着深刻的影响。川端康成在中学时代开始学习文学创作。1920 年考入东京大学英文系，后转入国文系。1924 毕业后，川端康成开始在文坛上崭露头角，并成为日本文坛新感觉派的代表人物。1948年任日本笔会会长，1957 年任国际笔会副会长，1961 年获日本政府颁发的文化勋章，1968 年川端康成因"非常细腻地描写了日本人的心情本质及叙事的卓越性"而获诺贝尔文学奖，在授奖仪式上发表了著名讲演《美丽日本的我》（美しい日本の私）。1972 年在工作室用煤气自杀。代表作有小说《伊豆的舞女》（伊豆の踊り子，1926）、《雪国》（雪国，1935）、《千羽鹤》（千羽鶴，1949）、《山之音》（山の音，1949）、《古都》（古都，1961）等。

一、精彩点评

- 日本川端康成研究会会长长谷川泉这样评价川端康成的小说《雪国》："《雪国》是近代日本文学中日本式抒情文学的典型。……主人公岛村饱食终日无所用心，与他相关的是雪国艺妓驹子以及相当于其妹的叶子，《雪国》描写了三个人之间的微妙关系。小说以越后的温泉为舞台，抒情诗般地展现了雪国的风物，并以此为背景描写了驹子执著的爱情，以及美丽少女叶子清纯的姿色。……。本作品中虽然驹子有其原型，但是在欣赏本作品时并不需要追求原型，在本作品中，深厚的新感觉技巧将小说素材发挥到了极致。（久松潜一，1981:287. 宋再新，译）

- 川端康成研究专家森晴雄认为川端康成的小说《雪国》是描写了岛村与艺妓驹子以及叶子伤感之恋的佳作，他总结出《雪国》的三大特色："以雪乡为背景描写了纯粹无私的爱情；描写了认为人生纯属徒劳的主人公经历的悲凉情感世界；（日本作家）获诺贝尔文学奖先驱的 20 世纪 30 年代屈指可数的名作。"（尾崎秀树，等，1987:48. 宋再新，译）

二、评论文章

《川端康成论考》节选

○［日］长谷川泉，著
○ 宋再新，译

日本学者长谷川泉在《川端康成论考》一书中，对《雪国》进行了精彩的评析。他指出，在《雪国》中川端康成对岛村是虚写，是驹子和叶子抚动了他内心的琴弦。

《雪国》里几乎没有描写什么算得上事件的事，甚至令人感到惊讶的是：如果硬要按凡俗的观点从小说中找寻高潮的话却会遍寻而不可得。如果按常识来看的话，很明显只有在小说最后一幕"雪中火灾"算是唯一的轰动场面。特别是小说里没有设计好的故事情节，其实就是作者根据印象而写就的随笔式小说，可以说故事情节是以散文诗式小说的形态发展。小说中有的只是细微虚幻的复杂心理，经作者目光滤过的雪国美丽风景，以及寂然虚白中无韵生命的无常。由"从风景中获得短篇的启示"及"在电车中或街道上所见的人物"受到刺激而产生新鲜的空想非常之多。（川端康成《我的七条》）就像川端康成初期的作品《骑驴的妻子》《蓝海黑海》《招魂节》《夫人的侦探》《穷人的恋人》那样，作者从雪国的风物中看到了小说出场人物的魂灵。而在视线离开这样的风景瞬间，就产生了歌颂这个作家特有生命的歌。从这个意义上来说，川端康成所描写的纤丽人物形象与他创作初期的超短篇小说并无本质上的变化，只不过是将曾经描写过的人物形象置于各种不同的风景之中加以欣赏而已。《雪国》的背景是超现实的叠加镜像：车窗中浮现出来的傍晚景色和姑娘的脸，发出嫩叶清香的后山、三弦声、飞蛾、蜻蜓、茅草花、童谣，还有轰然驶离的货物列车、"晾雪"的麻绔、雪中火灾、银河，等等。川端康成以其敏锐的眼力捕捉到了小说开始时超现实的傍晚景色的镜像，这象征着小说《雪国》的主题。

> 镜子的衬底，是流动着的黄昏景色。就是说，镜面的映像同镜底的实物，恰像电影上的叠印一般。出场人物与背景之间毫无关联。人物是透明的幻象，景物则是蒙胧逝去的日暮野景。两者融合在一起，构成一幅不似人间的象征世界。尤其是姑娘的脸庞上，叠现出寒山灯火的一刹那间，真是美得无可形容，岛村的心灵都为之震颤。（川端康成，1986：6）

在车窗上投影的叶子形象当然是虚像，而且是生动的虚像，是充满生活哀愁的映像。傍晚景色的镜像所象征的小说《雪国》当然是虚构的故事，是川端康成对自己秉性的祈祷式的讲述。不过这种祈祷式的讲述绝对不是受到娇宠毫无用处的饶舌，而是一字一句中充满了感受对象生命的爱情。并且这种爱情是远远超越了里尔克①的静谧而具有扬弃性，可以说是让自己所酷爱的对象走架空的钢丝，是用冷酷的眼神凝视不顾一切的爱情盛宴。这样的爱情诞生于挽歌式的较为克制的挣扎中，"我总是觉得所谓葬仪是人生中非常华丽的葬礼。"（川端康成《上野之春》）这句话最能把这种强烈的寓意说出来。川端康成透彻的目光恰如清澈的溪流一样忽地黯淡起来，他知道以些许事实为契机描写梦境的方法，同时抓住些许事实而掌握了本质。

　　凭借西洋的出版物，撰写有关西洋舞的文章，哪有比这更轻松的事。看都没看过的舞蹈，便妄加评论，岂不是鬼话连篇！那简直是纸上谈兵。算得上是异想天开的诗篇。虽然名曰研究，实则是想当然耳。他所欣赏的，并不是舞蹈者灵活的肉体所表演的舞蹈艺术，而是根据西方的文字和照片所虚幻出来的舞蹈。就如同迷恋一位并不曾见过面的女人一样。（川端康成，1986：16）

在《雪国》里，岛村对驹子就如同上面所描写的那种意义上的爱情，正如正宗白鸟②所说的，"因为和舞蹈不同，女人是活的生物。"（东京朝日新闻）所以，曾几度憧憬破灭，架空的结晶也飞散而去。岛村对驹子的爱情不过是虚幻、虚构的故事。然而《雪国》并不是描写消逝而去的无常作品。作为对自己的秉性祈祷式的饶舌，为了编织架空的梦境，川端康成的思想绝不像瓦雷里③所说的那样"像蜡一样柔软，像黏土一样顺从"。他动手起草后历经10年，斟词酌句，最后"陷入他掌心中的被创造物才得以成型。"

《雪国》虽仅仅由岛村、驹子和叶子三个出场人物演绎整个故事，但岛村是川端康成对远离自己的人物投以厌恶和憎恨的落寞虚像，由此，岛村在《雪国》中的地位就降低了。岛村的胸中所珍重的不过是全无一物的空虚，自然也全无生气。而以岛村为衬托描写出的驹子和叶子在抚动岛村内心深处的琴弦时，岛村不过是被驹子和叶子赋予生机、活灵活现的木偶而已。川端康成在《雪国》中描写的并不是对西洋舞蹈抱有兴趣、饱食终日无所用心的岛村，而是描写了驹子的生活，描写了叶子异常的生命。《雪国》中令人惊奇的作品结构的妙处就在于此。

——长谷川泉，1991：310-312

---

① 里尔克（1875—1926），奥地利诗人。——译者注
② 正宗白鸟（1879—1962），日本作家。——译者注
③ 瓦雷里（1871—1945），法国诗人。——译者注

《〈雪国〉中的自然》节选

⊙［日］羽鸟彻哉，著
⊙ 宋再新，译

日本川端康成研究专家羽鸟彻哉在他的论文《〈雪国〉中的自然》中分析了《雪国》中对银河的描写。作者认为，银河达到了启发形而上思的作用：与以银河为背景出现的人融为一体，真挚相爱，真诚奉献。

对于岛村来说，与驹子的爱是欢乐，也属难得。不过他们只是萍水相逢的旅伴，只要想到岛村在东京还有妻子，就可以知道这种暧昧的关系是不可能持久的。特别是驹子越是对岛村一往情深、不可自拔，这种暧昧的关系就会越使驹子痛苦不堪。岛村已决意与驹子分手回家，也为了能坚定决心，他到麻绉的产地去看看，结果在当晚回温泉村的时候，村子里失火了。这场火灾似乎与马上要和岛村分别的驹子炽热的感情相呼应。两个人一起向火场跑去，在途中，他们注意到了银河。

"银河，多美呀！"

驹子喃喃自语，望着天空，又跑了起来。

啊，银河！岛村举头望去，猛然间仿佛自己飘然飞身银河中去。银河好像近在咫尺，明亮得能将岛村轻轻托起。漫游中的诗人芭蕉，在波涛汹涌的大海上所看到的银河，难道也是如此之瑰丽，如此之辽阔么？光洁的银河，似乎要以她赤裸的身躯，把黑夜中的大地卷裹进去，低垂到几乎伸手可及的地步。真是明艳已极。岛村甚至以为自己渺小的身影，会从地上倒映入银河。是那样澄明清澈，不仅里面的点点繁星一一可辨，就连天光云影间的斑斑银屑，也粒粒分明。但是，银河却深不见底，把人的视线也吸了进去。（川端康成，1986：108）

这是小说中第一次对银河的描写，其后直到结尾，银河出现了至少5次，即当二人在人间上演离别剧的时候，银河正悬在他们的头上。

这是银河所起的作用，可以使人想象现实世界中不得不分手的男女，相约在遥远的某处携手。

在前面引用之处，有岛村举头望去，"猛然间仿佛自己飘然飞身银河中去"一句，在银河下次出现的地方，有"驹子的面庞好似映在银河里"的一句，这回描写的是驹子像要飞上银河那方一般。而且银河不仅要把这男女二人捧上天空，还"把黑夜中的大地卷裹进去，低垂到几乎伸手可及的地步""银河好似要拥抱大地，垂降下来"，也就是说岛村、驹子、还有雪国和其他一切的一切，银河将其全部包裹起来，连为一体，这就是川端康成的描写手法。

作者是想说，即便二人在现实中分手，也会在什么地方重新相聚。

如果要问为什么要在什么地方重新相聚的话,那是因为二人之间曾经有爱,是因为曾经有真挚的爱。二人被现实中的樊篱所阻隔,不得不天各一方。这带来了难以忍受的痛苦。……那么二人相爱却无任何结果,是不是只是显现出痛苦而已呢? 显然不是。所谓曾经有过爱,这种痛苦同时一定又以某种形式在鼓励着二人,成为二人生活的勇气,还有欢乐。他们所受到的鼓舞,并不会只是停留在他们自己的内心。他们的苦楚或许会超越他们自身而波及他人也未可知。而另一方面,他们的欢乐,他们的勇气也可能会超越他们自身而惠及他人。驹子的爱通过岛村被传达给了岛村周围的人,岛村的爱也通过驹子被传达给了驹子周围的人。作者未将这一切表达,而是以某种象征的形式使人感知,这种形式就是对银河的描写。

为此,就有了银河要将大地全部包裹起来的描写,还有了"真是明艳已极""虽然冷幽已极,却是惊人的明丽"等的描写。在现实中有令人难以承受的孤寂,但另外能在某处重新相聚的期盼也带来了"明艳"。

于是,可以认为银河这一自然体起到了一种启示形而上思的功用:与以其为背景出现的人融为一体,真挚相爱,真诚奉献,这一切将保持永远的生命力。

不难看出,在《雪国》这部作品的开篇和结尾最重要部分,暗示形而上思的关于自然的描写以前后关照的形态出现,与作品中其他对风景的描写相比,虽有程度上的不同,但都有使人从篱笆缝隙观看现实的感受。所以应该看到,这部作品的基调或者说核心,在于爱、献身、拒绝孤独的野性、现实事物的悲哀,这基于这种生活的形而上思,或者基于对永恒性、普遍性感觉的表露。

——羽鸟彻哉,1985:95-97

《关于〈雪国〉》节选

⊙［日］川端康成,著

⊙ 叶渭渠,译

川端康成在 1968 年写的《关于〈雪国〉》一文中讲述了自己创作《雪国》的心得。

《雪国》似乎是瑞典艺术院铨选我获诺贝尔文学奖的一条线索。《雪国》已译成 10 个国家的文字出版,我的作品最为西方人所知的,莫过于这部《雪国》了。就是在日本国内,它和《伊豆的舞女》一起,成为我拥有最多读者的作品。

……《雪国》是在 1934 年至 1937 年间时断时续地分别刊载在多种杂志上的。从年龄上来说,那是我 36 岁至 39 岁这段时间,是 30 多岁的作品。也就是说,大致是 30 年前的作品了。不过,1937 年以单行本出版的《雪国》,实际上是一部未完成之作。其后到了 1940 年、1947 年、战前、战后我尝试着继续写下去,好容易才形成今天的《雪国》的模样。从进入"夜空下一片白茫茫"的雪国开始,到在雪中火场仰望银河结束,这首尾的照应,在下笔前就构思好的。

"穿过县界长长的隧道,便是雪国"这句开头所写的"隧道",就是上越县界的清水隧道,所以"雪国"就是越后(新泻县),温泉浴场就是汤泽。但是,我特意把各地名隐埋起来了。一是为了避免由于写明地名会妨碍读者想象的自由驰骋,二是担心会给作为模特儿的女子带来麻烦。《雪国》中的驹子是有模特儿的。然而,这部小说是不是模特儿小说呢?作为作者,我觉得是个疑问。这部小说并没有把模特儿现实地加以写生。例如,脸型等也都特意描绘成另一副模样。叶子则没有模特儿,完全是虚构的。岛村不是我,他似乎只不过是作为一个男子存在罢了。大概只是像映照驹子的镜子那样的东西吧。此外,虽说作者并非没有"作者的语言",不过我不喜欢对自己的作品做解说。唯希望读者自由阅读,我觉得作品的命运就维系在读者的自由阅读中。

——川端康成,1988:183

《独影自命》节选

⊙［日］川端康成,著
⊙ 叶渭渠,译

在《独影自命(六)》这篇文章里,川端康成也谈到了《雪国》的创作。

……这部小说不是一气呵成,而是想起来就续写,断断续续地在杂志上发表。所以,显得有点不统一,不协调。

起初是打算写成40页稿纸的短篇,刊登在《文艺春秋》昭和十年(1935年)1月号上。本来估计写成短篇就可以把这份素材处理完的,可是到了《文艺春秋》截稿日期还未写完,才又决定在截稿日期稍晚几天的《改造》杂志同月号发表其续篇,随着处理这份素材的日数的增加,余情尚存,便成了与起初的打算不同的东西了。在我来说,这样写成的作品为数不少。

这部《雪国》的开头部分,就是为了刊在《文艺春秋》和《改造》昭和十年(1935年)1月号上面写的部分。我到《雪国》中所写的温泉旅馆去了。自然,也与《雪国》中写到的驹子见了面。可以说,在写小说开头部分的时候,后边的材料也就渐渐地形成了。还有在写小说开头部分的时候,末了的情况实际上还没有发生呢。

后来我也去过这温泉旅馆,有的部分就是在那里写就的。看起来,描写自然的部分似是空想出来的,可却出乎意料,竟是以写生为基础的。今天的小说家很少是在仔细观察自然之后才动笔的。所以,有时候精心于写生,反而会被人疑为是空想的呢。

有时候,我这个作者在想:从《雪国》的整体来说,也许读者以为是事实的,却出乎意料是作者空想;以为是空想的,反而倒是事实。

决定《雪国》获文艺恳谈会奖的时候,坐在我贴邻的宇野浩二氏谈及驹子的时候,总是说"她……"或"对她……"那口气仿佛驹子就是我亲戚似的,使用了敬语。我听后有点不知所措,同时也被某种感情所打动。宇野氏热心地对我说:研精会的乐谱要比弥七的乐谱好，请转告"她"吧。

驹子是实在的人物，而叶子则是虚构的。花柳章太郎氏上演寺崎浩氏改编的《雪国》一幕时，曾在某杂志上同镝木清方氏进行对谈，其中谈到《雪国》，据他说：叶子的眼睛远比驹子的明亮。我读到这段时，不由觉得奇怪。花柳氏究竟把谁当做叶子呢？我这个作者也无法猜测。或许是温泉浴场的人告诉花柳氏"这位就是叶子"，而我是不认识这位姑娘的。叶子是作者的虚构人物。

花柳氏的信中也说：他想看看《雪国》的地点和模特儿，以作演戏时的参考。当然，我没有答复什么地点，只希望他读读小说。据说，花柳氏等人似乎找到了一个什么地点，就赶到这个《雪国》的温泉浴场去了。

随着《雪国》为人所爱读，有些好奇者也很想看看地点和模特儿，甚至连温泉旅馆也利用它来做宣传。从有模特儿这个意义上来说，驹子是实在的人物，但小说中的驹子同模特儿有明显的不同。也许说，非实在的人物是正确的。岛村当然不是我。说到底，这个人物只不过是映衬驹子的道具罢了。这是这部作品的失败，也许又是这部作品的成功。作者深入到作品人物驹子的内心世界之中，而对岛村则不大顾及。从这个意义上来说，与其说我是岛村，莫如说我有些地方像驹子。我创作时有意识地尽可能把岛村同自己分开来写。

《雪国》中的事件和人物感情，与其说是实际发生的，莫如说是虚构的更贴切些。感情方面，特别是驹子的感情，主要就是我的悲伤情绪，或许有些情绪要在这里向人们倾诉的吧。

……昭和十二年（1937 年）由创元社、后来由改造社出版的我的选集，以及一两种文库本也收入的《雪国》，实际上并未写完。这是一部随处可以中断的作品。不过，开头和结尾的照应虽然不好，可从中期写前部分的时候开始，火灾的场面就已经浮现在脑海里了。故事尚未写完，心里总是不时牵挂着。本想成书以前，再将这部作品好好整理一遍，我的这种心情是很强烈的。尽管剩下不多，却难以继续写下去。

昭和十五年（1940 年），在《公论》12 月号上发表了《雪中火场》，接着昭和十六年（1941 年），在《文艺春秋》8 月号上发表了《银河》，这种尝试失败了。后来在昭和二十一年（1946 年）的《晓钟》5 月号上又发表了《雪国抄》，在昭和二十二年（1947 年）的《小说新潮》10 月号上发表了《续雪国》，好歹写完了。自创元社的旧版本算起，正好是 10 年之后。

因为是 10 年之后，所以许多事情显得十分牵强，也许写得不够充分反而更好呢。这是几年来的悬案，总算完成了。现在决定以增加终章的形式出版。

……

以上是创元社版《雪国》[昭和二十三年（1948 年）12 月发行]的"后记"。它比较多地谈到《雪国》，我想在这里作以下的补充。

"在雪中缫丝、织布，在雪水中漂洗，在雪地上晾晒。"从绉纱以后就是加上的终章。这全集本也是采用了加入终章的形式。究竟有终章好还是没有好，作者本人没有太深入的考虑,并不十分清楚。

有关绉纱的事,当然是根据铃木牧之的《北越雪谱》写就的。由创元社出版了《雪国》旧版之后,我读了这本书。我觉得若是在这之前读了,也许早就把《北越雪谱》中所描绘的风俗和景物都吸收在《雪国》里了。

《雪国》的地点是在越后的汤泽温泉。我的作风是,在小说里不大写明地名。因为我觉得地名会束缚住作者和读者的自由。而且明确把地名写出来,仿佛非得确实写该地不可。

……关于人物的模特儿,问题就更大了。不妨想想自己被人当作模特儿的滋味就明白了。《雪国》中的驹子等,我特意将许多地方写成与实在人物不同,连脸型也不近似。去看模特儿的人感到意外,这是当然的。

"岛村当然不是我……与其说我是岛村,莫如说有些地方像驹子。我是有意把岛村与自己分开来写的。"这是我在创元社版《雪国》的"后记"里说过的,这是肯定无疑的。不过,像这样的问题也不太可能说得那么确切,那么一清二楚。对我这个《雪国》的作者来说,岛村是我最担心的人物。我似乎是想说我并没有写岛村,可这也是值得怀疑的。

我写了驹子的爱,是否也写了岛村的爱呢?岛村把不能爱的悲哀和后悔埋藏在内心底里,那种空虚感难道不是反而把作品中的驹子更难过地浮现出来了吗?

我觉得与其认为作品是以岛村为中心,而把驹子和叶子搁置在他的两边,不如说以驹子为中心,在她的两边安置了岛村和叶子更好些。所谓两边的岛村和叶子,是采用不同的写法,哪方都没有明确写出来。本想在创元社的旧版之后,把若明若暗的叶子再多添几笔,也让她探寻同驹子的来龙去脉,但最终还是省略了。在火场上,叶子神志昏迷,驹子说声:"这孩子疯了"的地方就结束了。所以,对我来说,这部作品完结之后,岛村不再来了,而驹子抱着精神失常的叶子而活着的形象,便朦朦胧胧地浮现出来了。

——川端康成,1988:184-189

练习思考题

1. 请用 800 字总结岛村的人生态度。

2. 从小说中选出驹子对岛村痴情的描写。

3. 叶子在岛村心目中具有怎样的形象?

延伸阅读

何乃英. 2010. 川端康成小说艺术论[M]. 北京:北京师范大学出版社.

李强. 2001. 川端康成创作"情感"析微——由《雪国》谈起[J]. 日本研究(1).

孟庆枢. 1999. 川端康成研究在中国[J]. 外国文学研究(4).

乔迁. 1997. 川端康成研究[M]. 上海:上海社会科学出版社.

叶渭渠.1989.东方现代探索者——川端康成评传[M].北京:中国社会科学出版社.

参考文献

川端康成.1986.雪国·千鹤·古都[M].高慧勤,译.桂林:漓江出版社.

川端康成.1988.川端康成谈创作[M].叶渭渠,译.北京:三联书店.

长谷川泉.1991.川端康成论考[M].东京:明治书院.

羽鸟彻哉.1985.《雪国》中的自然[M]//长谷川泉,鹤田欣也.《雪国》的分析研究.东京:日本教育出版中心.

久松潜一,等.1981.现代日本文学大辞典[M].东京:明治书院.

尾崎秀树,等.1987.日本文艺鉴赏事典:11卷[M].东京:株式会社行政.

第三十七章 《百年孤独》

加夫列尔·加西亚·马尔克斯(Gabriel García Márquez,1928—),哥伦比亚小说家、记者,1982 年诺贝尔文学奖获得者。马尔克斯生于阿拉卡塔卡镇,外祖母博古通今,善讲神话传说及鬼怪故事,这对他日后的文学创作有着重要的影响。13 岁时,马尔克斯随父母迁居波哥大,曾在国立波哥大大学攻读法律。1948 年,哥伦比亚发生内战,中途辍学。不久,他进入报界,任《观察家报》记者,同时从事文学创作。1954 年起,任该报驻欧洲记者。1961 年起,任古巴拉丁社记者。1961—1967 年侨居墨西哥,从事文学、新闻和电影工作。马尔克斯作品的主要特色是幻想与现实的巧妙结合,以此来反映社会现实生活,审视人生和世界。他的主要作品包括小说《一个没有人给他写信的上校》(*El coronel no tiene quien le escriba*,1962)、《恶时辰》(*La mala hora*,1962)、《百年孤独》(*Cien años de soledad*,1967)、《族长的没落》(*El otoño del patriarca*,1975)、《一桩事先张扬的凶杀案》(*Crónica de una muerte anunciada*,1981)、《霍乱时期的爱情》(*El amor en los tiempos del cólera*,1985)、《迷宫中的将军》(*El general en su laberinto*,1987)等。

《百年孤独》通过布恩地亚家族七代人的经历,在神话史诗般的气氛中,描绘了加勒比海沿岸某国小镇马贡多从一片完全崭新的天地建造村庄开始,经过几代人的繁衍生息,在长达一百年的时间里,经历“香蕉热”、自由党与保守党的长期内战、香蕉工人的大罢工等事件,最终毁于一场历时 4 年 11 个月 2 天的大雨之中的故事。1982 年,马尔克斯主要凭借该小说获得诺贝尔文学奖。

一、精彩点评

● 从《百年孤独》这部神奇的小说中退出就像从梦中、从心灵的火焰中退出。一个坐在壁炉边的黑暗、年岁模糊的人物,半是历史学家,半是占卜僧人,用一种时而是天使时而是狂人的声音,首先安抚你攫着驯服的现实入睡,接下来又把你关进传说和神话之中。《百年孤独》不只是布恩地亚家族和哥伦比亚小镇马贡多的故事,也是我们的进化和知识经验的概括。马贡多是缩微了的拉丁美洲:地方自治与国家政权角力,反教权运动,党派政治,联合香蕉公司的来临,扑灭的革命,被历史剥夺的纯真。而那些布恩地亚(发明家、工匠、战士、情人和神秘主义者)似乎注定陷入生物学的悲剧循环,从孤独到魔术到诗歌到科学到政治到暴力再到孤独之间兜圈子。(Leonard J,1970:39. 欧震,译)

- 《百年孤独》可能确是对一个时代和一种文化的刻画,然而马尔克斯也非常清楚地表明:比起某种社会和历史真实的汇编,他的故事更是艺术的梦想。在作品的结尾处,当这个梦想因所有已经消失的人类生活的循环而获得隐喻的力量时,你才会领会到这本书的出类拔萃是基于它对奇闻轶事的胜利,是基于它对人类试图去摆脱的荒谬的易逝性命运时产生的种种虚妄和琐屑的激情的洞察。(Richardson J,1970:3. 欧震,译)

- 《百年孤独》是自《创世纪》以来整个人类这一物种都有必要阅读的第一部文学作品。它以近百年来的小说家更不必奢谈其中的某个人难以企及的清澈、巧妙、睿智和诗意,展示了从创世之初起一直贯穿进入太空时代人世间发生的包罗万象的一切。……马尔克斯先生除了为读者创造了一种对生命中所有深刻、意蕴丰富和毫无意义的事物的感知外,什么也没做。(Kennedy W. 1970. 欧震,译)

二、评论文章

《加夫列尔·加西亚·马尔克斯与失传的叙事艺术》节选

⊙ [西]里卡多·古庸,著
⊙ 欧震,译

里卡多·古庸是西班牙批评家、艺术史家,在下面的评论文章中他对《百年孤独》的叙事手法进行了细致分析,考察了小说叙事的空间、语调、节奏和主题等元素的运用,指出了小说真实和幻想有机融合的艺术效果的取得,不仅仅是小说故事情节编织的结果,也是小说家创造性地运用各种叙事艺术手段的产物。

　　谈起《百年孤独》的出类拔萃,仅仅提及加夫列尔·加西亚·马尔克斯创造了一个原创性的想象世界是远远不够的,虽然很难忘记这正是小说所达到的。这一创造本身就是显而易见的成就,在今天这尤其不同寻常。提醒我们注意一个众所周知但常为人们忽视的事实并非多余:就其隐含的从混沌到宇宙的转换及秩序的建构而言,小说中空间的创造类似于神圣的空间创造。完成一个创造行动的最初冲动,近似于地基的铺设、边界的划定、属地(用其美语的意义)的分配,在那里虚构的空间得以成长。

虚构的空间与外部世界,也就是与生活本身,二者既相互交流又互相封闭。考虑到虚构空间和神圣空间之间存在的相似,这一点很容易理解。被神圣和虚构的空间包容和同化的一切事物都具有形式,然而保留在两个空间之外的事物并不是缺少形式而继续表现出混沌,也非因此而被排斥。由于这些以及其他的原因,加夫列尔·加西亚·马尔克斯给我们提供了作为小说必不可少的部分的地基以及如何铺设地基的细节,这非常正确。马贡多成为并在接下来就是"世界"。在这个世界中,人类诞生并从此繁衍生息。一切事物都被包含在这个世界中,在它的边界内所有神奇的事件发生了。被排除在小说之外的事物,更少密度,更不连贯,常常模糊不清,往往缺少形式。

一个人会惊讶马尔克斯何以创造了一个与我们的日常世界如此相似却又迥乎不同的世界。技术上,在展现真实和非真实世界的这方面,他是一个现实主义者。不知怎么,他能娴熟地应付现实,使得真实和狂想的界限相当自然地模糊了。

这种技艺要求我们分析其根源。对我来说,首要的就是叙事的语气。当他注意到语气可以担当小说的主要的整合力时,马尔克斯本能地把握住了存在于空间和语气之间的生动关系。语气属于叙事者的权利,这个叙事者是最终的叙事者:某个从其叙事中超然出来的人,他知晓他叙述的事件的一切信息,他像个书记一样记录它们,平静,不受影响,不作评论,不去传递对客观事实的道德评判。他既不怀疑也不去追问事件和事实。对他来说,或然或否然的事物没有区分。他履行自己的使命——也是他的职责——讲述一切,讲述死者时就像讲述生者一样自然,极其自如地把实在的和非实在的联系在一起。他的自信体现于其从不变化、前后一贯的语气上。从第一页到最后一页,都保持着同样的语气,没有陡起陡落,也没有七上八下。

离奇的事件和奇迹总与村子日常生活和家务事交织在一起。通过感叹和惊讶的运用,叙事者绝不允许在奇特的事物和日常现象之间的真正的差异变得明显。比如,一个人物在朝(他并未看见的)鬼魂小便时,把他惊醒。幽灵可能在睡觉或做别的让人忘记其状态的事,正如生者可能在任何时候飞翔却没有任何人对这表现出些许的重视。在加西亚·马尔克斯的小说中,他们都很容易交流。为什么他们不能如此呢?他们本身就紧挨着生活在一起——弥漫在一种毫无分别包裹着他们的空气中,使他们平等。在这部小说的空间中,真实的和寓言的事件都是同样真实,都是一切伟大小说表现出的真实。

在《奥德赛》中,塞壬既不比奥德修斯更真实也不比他更不真实。因为理解到这一点,马尔克斯突破了现实主义的文学惯例。然而他并没有完全背离传统或者背离虚构的现实。他对事件的忠实的表现(也就是他的语气),允许他免于解释和证明。因此,完全没有必要去证明一个人物死去,或者似乎要死了,却又重新活过来;或者在20年,100年,500年之后再次出现;毫无理由去遵循编年纪的时钟,或者日历的时间,这时唯一重要的时间是小说自身的时间。一百年的孤独?难道不可以是一百个世纪的孤独?何以小说时间不能是绝对的、总体的时间,起于人世的觉醒,止于它的终结?难道不可能从数学意义上计算这个世界的存在,把它装入一枚果壳中,让它装盛从创世纪到启示录的整个历史?

这部小说有着旋转轮辐般的循环和动力结构。叙述者目睹了轮子的转动,发现了他与他在担当着整合力量的轮子的不住的旋转中发现的事件之间的联系。当有关的事件在不可能和日常生活的周而复始之间振荡时,叙述的可靠性变得更容易被感知。例如,我们让何塞·阿卡迪奥·布恩地亚告诉普鲁登希奥·阿基拉尔的幽灵进入地狱时,就像他在告诉一个兄弟般的邻居。

我们被告知,对事件的叙述,经过了两次记录。第一次,是在事件实际发生之前,由墨尔基亚德斯使用对马贡多居民来说不可理解的语言讲述;作为预言家—编年史家,他预见了将要参与到他故事中的一切(假如他在轮子的另外的转动中看出来的话)。第二次,是在事件发生之后由叙述者用西班牙语讲述。他把过去联系在一起,将其视作当然如此。在小说的第一页,他就预告了奥雷良诺·布恩地亚的死刑,而这在数年甚至数世纪之内都还没有实际发生。为什么叙事者不能是另一个墨尔基亚德斯,或者用小说的话讲,是他的转世投胎?无论如何,我们都知道在他的版本和永生者的版本之间没有冲突。一个是另一个的摹本。当我们在最后一页读到奥雷良诺四世解读墨尔基亚德斯的羊皮卷时,我们发现小说的故事早已被包含在其中——它事实上就是小说本身,也才会明白为什么只有在小说终结时它才能够被参悟。直到预言最终实现,这些古代的文献不允许其意义不言自明。叙事者一步步描述这个完成过程。他把自己限制于叙事这个行动本身:他既不预言未来,也不奢求占有过去。墨尔基亚德斯复制了叙事者,某种意义上介入其中。作为一个神话的、传奇式的人物,他拥有特殊的能力,在小说中扮演着多重的角色。

开始我们不明白其中包含了什么样的差别,即使我已经觉察到墨尔基亚德斯的行踪无定,很容易消失。我们逐渐感觉到他仅仅是经过马贡多而已。这使得他具有一个没有开端也没有终结的人物的特性。他并非其他人的转世,他在其虚假的死亡之后,又重新出现。当他从小说中退出时,他仅仅是为了完成扮演预言家和圣约撰写者的角色才如此。墨尔基亚德斯相继是炼金术士、冒险家、发明家、科学家、百科全书式的家世记录者,又同时是这些人的总和;他既是不朽的神明又是凡夫俗子,一个一再复活的存在。但最重要的,他是自由穿梭于小说空间并表现了它的漫游者,他不必费神就能跨越二者的边界,担当了生者和死者之间的信使和联系纽带。

在小说中,只能听到叙事者的声音,这也是语气统一性的要求。通过它,读者领会了人物话语和内心活动,他们的对话和独白。正像叙事语气暗示的一样,叙述的声音亲切而熟悉。这是一种让倾听者获得信心,也让其自身被读者毫无排斥地倾听和接受的声音。叙述声音(也是叙事者的)和读者的关系,是一种非常熟悉的关系,因而也是没有距离的关系。在读者面前,事件发生、人物发展,都最为自然、贴近,似乎在空间和心理上与他没有距离。

叙事者毫不减弱的、平静地说话,甚至在描述悲剧事件时也一如既往,并没有阻止他成为意识的中心。恰恰相反,叙事者和叙事之间的距离,强化了他的客观性,允许他无须下判断就讲话。因其言说的方式,其言说之物也具有了道德上的资格。人物从词语以及词语所来自的意识获得了一致性;意象和独一无二的修饰词汇的使用,允许读者捕捉到仅仅暗示出的而不是清晰表达出的道德判断。当军队进入马贡多扑灭大罢工时,叙事者说道:"这条多头巨龙的喘气,使中午明净的空气中充满了腐臭的气味。"

当一个沉浸于日常生活状态中的人物,展示对读者本人如此熟悉的细微活动时,在读者和人物之间被极端压缩的距离,由于叙事者声调的亲密性,实际上消失了。奥雷良诺上校,并没有放弃他某种退休神话人物的特性,就在大白天的相同的时间解小便。上校的规律性使他更靠近读者,读者也更容易与他形成认同,从而接受小说这一章和前一章关于他的一切描写。

小说的中心人物是乌苏拉·伊瓜朗,何塞·阿卡迪奥·布恩地亚的妻子,他们一起组成了小说的前两章。乌苏拉既是某位母亲,又是所有的母亲,一直贯穿于小说中。她表现了一些很主要的场面;她建设性的、辛勤不辍的"日常"的家务活动,创造了一个关键性的事件得以发生、其他事件缓慢发育的中心。这个中心渗透着乌苏拉散发出来的独一无二的空气。乌苏拉的功能是用日常生活现实孕育这个虚构的空间,以便神奇现实可以不留痕迹地进入。正由于这种稳定化和"正常化",小说空间同化了神奇事物并将它们转换成读者能毫无障碍认可的现象。

假如我们比较哥特小说和其他类似叙事作品背景的基调,加西亚·马尔克斯创造的这种基调的独创性,就愈发明显。爱伦·坡小说中的城堡、墓地、阴影、电闪雷鸣和幻象,产生了与《百年孤独》的基调完全相反的效果。由于没有把异常和现实糅合在一起,这些背景边界那么清晰,把真实和不真实对立起来,阻碍了二者的交流。在哥特小说中,"真实的"生活与其相关的幻想插曲泾渭分明。

关于小说的空间还可以进一步分析。布恩迪亚家的屋子和马贡多这座小镇,也是包括时间在内的万物各得其所的大千世界的象征。直到创世者来临并为事物命名,创世之前的原始性空间都未经组织:"这块天地如此之新,许多东西尚未命名,提起它们时还须用手指指点点。"何塞·阿卡迪奥·布恩迪亚是第一个把握了空间并在最完满的意义上将其具体化并明智地加以把握的人物:"当他能熟练地操作仪器时,他对空间有了认识。这使他足不出户就能泛舟神秘之海,漫游荒漠之地,还能跟显贵要人交往。"何塞·阿卡迪奥的想象空间和乌苏拉的日常空间,一道接纳了曾经存在或正在存在的事物,从空无到无限。

至少有一位批评家埃曼纽埃尔·卡瓦罗,暗示了马贡多作为西班牙语美洲对应物的可能性。但也许这是一个错误,它把小说的幅度狭隘化为特殊的地方。虽然这部小说可能暗指了哥伦比亚的一些成分,但很明显,小说超越了物理的具体所指,提供了一个创世纪、人类历史和人类天性的替代性寓言。

小说的循环结构把读者从创世之处的混沌和虚无引向万物终结的混沌和虚无。一个被恰当限定的、具体的地理空间(马贡多)的展现,并没有削弱其普遍性,而是强化了这种普遍性。小说的圆形结构与情节是协调一致的。情节通过线性发展朝前推进,从不后退,同时却不断地回溯到故事的起点。这本书没有索引,章节也没有标题,它是一条反复讲述的故事链。它本身就是连贯的整体。人物的名字不断重复,总是有人物新的开端,新的回归——我几乎要说是前生转世。他们的难以泯灭的个性一再出现,与他们命定的姓名协调一致:那些何塞·阿卡迪奥们,奥雷良诺们,雷梅苔丝们,阿玛兰塔们和乌苏拉们。那个曾经的女祭师和欲望的化身——庇拉·特内拉知道:"布恩地亚家族的历史是一架周而复始无法停息的机器,是一个转动着的轮子,这只齿轮,要不是轴会逐渐不可避免地磨损的话,会永远旋转下去。"这段引文中旋转的车轮的意象正好印证了这部小说的结构特征。因为墨尔基亚德斯,既是魔术师又是预言家,这个轮子对他是多余的,他只需注视水晶球,便在其中把握了整个时间——没有连绵,没有过去,也没有未来。在一个魔幻王国中,事件和世界以同时性和缜密性出现,我们被告知,这个王国只有在死亡的时刻才能够把握。因此,墨尔基亚德斯的羊皮卷守护着自己的秘密,只有在小说结尾时才会被参悟,就绝非偶然。

车轮永不停止,它的不断移动,将开端和终结连接在一起,这在乌苏拉那里充分体现出来。她的垂垂老矣既像其他老人又不像其他老人。随着许多年(也许是许多世纪)过去,她逐渐在缩小,"谁也搞不清她在说当时的感觉还是在回忆过去。最后的几个月,她竟变成了一只裹在衬衣里的干洋梨"。这些强有力的意象已为下文作出了铺垫,当叙事者描写乌苏拉开始变得"胎儿一般",以至于像"一个刚出生的老太婆"时,她并非以她诞生的方式结束的唯一一个人。这种回复过去的信号在小说中不断增加:在结尾,那些出现在开头(无数年或无数世纪以前)的吉卜赛人,又回到村子,再一次带来了早先引发了如此大范围惊异的奇观、磁铁、巨大的哈哈镜、假牙。这些东西成为永恒变化中的事物或者不停地变迁以确认过去之所是的事物的象征。那些阿拉伯商人还在以前他们呆过的地方,未来还会再次呆在那里,"坐在同一个地方,摆出一样的姿态,像他们的父母祖父母一样不苟言笑,无所担忧,对时光百毒不侵"。

当大洪水之后,奥雷良诺第二次回到他情妇佩特拉·科特的屋子,发现她已经虚弱、衰老,患病了,但还在开始更新,再一次准备从事帮助他们找到运气的活动。她"仍然在小纸片上写着数字,准备做抽彩生意"。后来,乌苏拉在墨尔基亚德斯的房间中找到何塞·阿卡迪奥第二,非常惊讶地发现她自己在重复多年以前当她把何塞·阿卡迪奥刚刚告诉自己的话转告给奥雷良诺上校时上校对她说的话。这是极为可怕的觉悟时刻:"时间并没有流逝,它一直在兜圈子。"

《百年孤独》所特有的声调和节奏之间的对比,是另一个吸引读者,使他们信服,让他们沉迷的原因。假如熟悉的叙事声调让真实和想象之间的界限的压力可以容忍的话,那么相反节奏又使之完成:带来表面平静之下的眩晕。节奏以一种似乎与叙事声调不谐调的动力因素注入叙述中。然而事实并非如此,叙事者并没有让自己的步伐受到事件加速变化的干扰,而是在自己不断的叙事编织中对它们进行浓缩,概括,均匀安排。万花筒在转动,慢慢地拼合起不同情景的画面。如此多的事件被压缩进寥寥数页的空间中,有人也许会说叙事者过度叙述了。但其实没有,他只是把事件减少到其根本,在没有牺牲生动性的情况下将它们凝集起来,通过让人觉察不到的转换将事件联系在一起。因为自然的叙事音调使得事件自然地加速。从一种谵妄状态到另一种谵妄状态的转换,就像从非真实到真实状态的转化一样平滑。谵妄以琐屑现实的方式呈现;在幻觉中,阿玛兰塔看见死神坐在自己身边毫不吃惊,在客厅中继续织补。与逻辑相背离,现实就是谵妄的。战争如此迅捷地相互交替,最后战争变成了一种生活方式。美国人像鼠疫一样来临,横扫并吞噬这个国家,毁坏一切,然后又消失得无影无踪。奥雷良诺上校的 17 个儿子被害,很明显是发生在真实的边界线上的事例。这一事件缺少逼真性但仍然是"真实的",并以马尔克斯巧妙地融合在一起的声调上的客观性和迅捷的节奏叙述出来。仅在一页之内,残忍的杀戮起动然后结束。①

——Gullon R,1971

练习思考题

1. 找出《百年孤独》中所有的"书籍"意象,马尔克斯对这一意象的表现反映了他对语言和历史怎样的看法? 就此写一篇小文。

2. 《百年孤独》第一章关于马贡多的描写同《创世纪》神话之间存在着什么样的关系? 其中蕴含了什么样的象征意义?

3. 马尔克斯使用了什么样的叙事手法"使香蕉公司大屠杀"这一场景既具有历史感又带有神话因素?

4. 试分析《百年孤独》中"孤独"的主题。

延伸阅读

陈众议.1988.《百年孤独》及其艺术形态[J].外国文学评论(4).

达索·萨尔迪瓦尔.2001.回归本源:加西亚·马尔克斯传[M].卞双成,胡真才,译.北京:外国文学出版社.

王正蓉.1994.试论《百年孤独》的双文化视角[J].外国文学评论(4).

许志强.1998.魔幻现实主义与加西亚·马尔克斯的变法[J].外国文学评论(4).

张国培,编.1984.加西亚·马尔克斯研究资料[M].天津:南开大学出版社.

张京.1998.《百年孤独》的艺术结构[J].国外文学(4).

张枚珊.1987.马尔克斯小说中的时间[M]//柳鸣九.未来主义·超现实主义·魔幻现实主义.北京:中国社会科学出版社.

---

① 文中《百年孤独》译文参照了 1989 年上海译文出版社黄锦炎等的译本。——译者注.

Bell-Villada G H. 2002. Gabriel Garcia Marquez's One Hundred Years of Solitude: A Casebook. Cambridge: Oxford University Press.

Martin G. 2009. Gabriel García Márquez: A Life. New York: Knopf.

Shott J R. 1991. Masterwork Studies Series: One Hundred Years of Solitude. New York: Twayne Publishers.

参考文献

加西亚·马尔克斯. 1989. 百年孤独[M]. 黄锦炎, 沈正国, 陈泉, 译. 上海: 上海译文出版社.

Gullon R. 1971. Gabriel Garcia Marquez &. The Lost Art of Storytelling. Translated by Jose G. Sanchez. Diacritics, 1(1): 27-32.

Leonard J. 1970. Myth Is Alive in Latin American. The New York Times Book Reviews, March 3: 39.

Kennedy W. 1970. All of Life, Sense and Nonsense Fills an Argentine's Daring Fable. National Observer, April 20.

Richardson J. 1970. Master Builder. The New York Review of Book, XIV(6): 3-4.